祝勇故宫系列

故宫的古画之美

The Beauty of Paintings in The Palace Museum

祝勇 —— 著

人民文学出版社

图书在版编目(CIP)数据

故宫的古画之美／祝勇著．—北京：人民文学出版社，2021（2022.9重印）
ISBN 978-7-02-014521-8

Ⅰ．①故… Ⅱ．①祝… Ⅲ．①散文集—中国—当代 Ⅳ．①I267

中国版本图书馆 CIP 数据核字（2021）第 187857 号

责任编辑　赵　萍　薛子俊
装帧设计　崔欣晔
责任印制　任　祎

出版发行　人民文学出版社
社　　址　北京市朝内大街 166 号
邮政编码　100705

印　　刷　北京盛通印刷股份有限公司
经　　销　全国新华书店等

字　　数　288 千字
开　　本　880 毫米×1230 毫米　1/32
印　　张　21.75
印　　数　9001—12000
版　　次　2021 年 10 月北京第 1 版
印　　次　2022 年 9 月第 3 次印刷

书　　号　978-7-02-014521-8
定　　价　128.00 元

如有印装质量问题，请与本社图书销售中心调换。电话：010-65233595

目 录

自　序　逆光的旅行 —————— 1

序　章　画里相逢 —————— 1

第一章　如约而至 —————— 7

第二章　一个皇帝的"三次元空间" —————— 37

第三章　韩熙载，最后的晚餐 —————— 71

第四章　张择端的春天之旅 —————— 113

第五章　宋徽宗的光荣与耻辱 —————— 155

第六章　繁花与朽木 —————— 199

第七章　一片风流，今夕与谁同乐 —————— 255

第八章　空山 —————— 309

第九章　秋云无影树无声 —————— 355

第十章　死生契阔，与子成说 —————— 393

第十一章	一个家族的血缘密码	441
第十二章	家在云水间	469
第十三章	如花美眷，似水流年	511
第十四章	道路上的乾隆	567
第十五章	对照记	601
	图版说明	636
	注　释	643

自序

逆光的旅行

我们可以循着线条、笔墨的指引，一步步往回走，仿佛一场逆光的旅行，去贴近历史原初的形迹，去体会创作者在特定环境下的呼喊与彷徨。

逆光的旅行

故宫博物院收藏的历代古画，上起晋唐，下至当代，横亘千余年，总数达十多万件，完整地反映了中国绘画史的发展历程[1]。这些藏画，大部分来自清宫收藏。许多古画在进入清宫以前，就历经了辗转流离，在进入清宫以后，又经历了曲折动荡。每一幅古画，都像《红楼梦》里的通灵宝玉，经过了几世几劫，才出现在我们面前。它们比庞贝古城的精美壁画幸运得多，因为庞贝壁画中表现的"世俗美意，千姿万态，最终不敌瞬间一劫，化为灰烬。"[2]

每当我面对那些年代久远的古画，都会怦然心动，想去写它们，去表达我心中无限的感动。除了感叹古代画者的惊人技法，还会联想到那些纸页背后的传奇，就像我每当看到沉落到飞檐上的夕阳，总会想起李煜的那首《乌夜啼》："胭脂泪，相留醉，几时重，自是人生长恨水长东"[3]，脑海中浮现出那些在紫禁城里出现又消失的朝代往事。

我想写的,并不是一部美术史式的学术著作。那样的著作已有太多,不需要我再狗尾续貂。我所写下的,只是心有所感而记下的文字。贯穿全书的,不是通篇的史论,而更像是内心的独语。我把它看作一场精神上的寻根之旅。我相信那些古时的画者,在完成这些旷世名作时,脑子里也未必会装满那么多的理念、术语,而更多是听从内心的召唤。作画与观画,心动都是第一位的,假若心不动,则一切都不动,尤其对于我们,与古画隔了百岁千载,古人作画的时间空间都已不再,假若心无触动,又如何能够穿透时间的隔膜,去与作画者心神相接?观画即是观人,指向的终究是(古)人的精神脉动,需要触探人性的纵深,仅仅在学理的框架内审视这些古代艺术品,无异于隔靴搔痒。

然而,在这本书的内部,是暗含着一部美术史的,因为所有的个案,都是在历史的流程中完成的。"无边落木萧萧下,不尽长江滚滚来"。它们是萧萧落木,它们背后,我们看到的是滚滚长江。艺术品远比朝代更伟大,像顾恺之、张择端、黄公望这些名字,也远比朝代更加不朽,但反过来说,它们也终归是朝代的产物,身上纠缠着各自朝代的气息,挥之不去。它们有独立的价值,却也是时间的肌体上剥离下来的一个碎片,像一枝吸水的根须,离不开养育它的岁月山河。所以我相信,这些由不同画作生发出的文字，不是鸡零狗碎的零篇断简，而是可以汇聚成一条历史的长河。晋唐五代、宋元明清，裹挟着艺术、也裹挟着从事艺术的人，一路奔涌至今。面对古画，我们见到的不只是画，而是它们与时代的互动关系——我们表面上是在看画，其实是透过纸页去体会人的气息，去透视历史的命运。我们可以循着线条、笔墨的指引，一步步往回走，仿佛一场逆光的旅行，去贴近历史原初的形迹，去体会创作者在特定环境下的呼喊与彷徨。

收在本书里的文章，自2012年开始写起，最早在《十月》杂志的专栏《故宫的风花雪月》中连载一年，后来《当代》杂志又专门为我开设了《故宫谈艺录》专栏，一直写到今天，并收入人民文学出版社《祝勇故宫系列》中，结集为《故宫的古物之美2》和《故宫的古物之美3》两部书稿，出版后受到读者垂爱，两年间印行近十万册。为方便阅读，在此将以上二书合并为一册，更名为《故宫的古画之美》。书中所记，皆为笔者的个人心得，在此求教于大方之家。

2021年8月18日
改于故宫博物院故宫文化传播研究所

序章
画里相逢

我们的生命没有交叉,我的生命却可因这张画而延伸,终有一日,会与你们相逢。

序 章　　画里相逢

我是一位古代的画者，隐在一卷卷古画的背后，时光模糊了我的脸，没有人能够看见我，连我的身份、朝代都混沌不清。有人从我画卷的线条流动里发现了晋代的风韵；有人从笔墨的婉丽中窥见了隋唐的光色；也有人说，它们只是宋代的摹本，因为热烈外表下的那一份禅意与淡定，分明只宋代才有。我暗自发笑却不动声色，丝毫不想说破那些与我有关的秘密，因为我知道，那份神秘感，也是绘画的魅力之一——如今放在故宫博物院的那些有名的绘画，几乎每一件都有着猜不透的身世。它们的身上自带神秘感，那是时光赋予绘画的附加值——这是你们的常用词，我那个年代的画家都不懂"附加值"，只知道一门心思地画画，但我发现这个词很妥帖，一下子就说清了一幅画在时光中的递增效应。

你们看到的许多名画，在以往的年代里，虽可称优秀，却并非独一无二，因为在我们那样的年代，这样的画作多如牛毛，即使被你们视为"国宝"的《清明上河图》，在宋徽宗的《宣和画谱》，还有后来撰写的《宋史》里都只字未提。时光真是一件神奇的事物，它毁掉了一部分绘画，却又为另一部分绘画增色，乃至成为"绝色"，它们的价值，许多来自时光的赋予。你们是在看画，也是在参悟时间的秘密。因为那些年代久远的绘画，代表的不只是像我这样的画者，也代表时间。

我在某一个瑞雪纷扬的黄昏画下了这幅画，之后，这幅画就与我无关了，因为我能控制自己的笔触，但我不能控制时间，不能控制我的画在未来的命运。它在未来的命运，是由你们决定的。面对未来的时空，我常产生一种无力感，主要是因为我看不见你们的面孔（就像你们看不见我一样），聆听不到你们的声音。这让我感到茫然、孤独，甚至有一点恐惧。所以我的画，无论画得多么繁复浩大，都透着一种孤独感。真正的画家都是孤独的，孤独也几乎是所有绘画共同的主题，比如在东晋顾恺之《洛神赋图》卷轰轰烈烈的爱情里，五代顾闳中《韩熙载夜宴图》卷的繁华热闹里；宋代梁师闵《芦汀密雪图》卷的万里凝寒里，甚至宋徽宗《瑞鹤图》的祥和明艳里，都透着深深的孤独。即便是张择端，在《清明上河图》里画了七百七十八个人，他的内心，仍然是孤独的。无论多么强大的人，在时间的河流里，都会感觉到彻骨的孤独。

你们或许想不到，我需要你们更甚于你们需要我，因为只有你们才能化解我的孤独，让我变得强大。有一天我死了，我希望我的画还活着，前往我不能前往的地方，抵达我不能抵达的年代。我们的生命没有交叉，我的生命却可因这张画而延伸，终有一日，会与你们相逢。我是生下那幅画的人，但它还需要养育——一幅画就像一个人，其实是需要养育的，让它在时间中变得筋强骨健、生命蓬勃。你们不只要接受它，也要将它养大成人。

一幅画在时间中的递增，不只是价值（艺术价值与经济价值）的递增，更是精神的完成。因此，它不是在案头一蹴而就的，而是在一代代人的注视、抚摸、评鉴、阐释之下一点点地完成的。一幅名作的完成，其实需要一百年、一千年的时间，因此它不只依赖某一个天才之手，而更有赖于一个文明的体系。

因此，我要对你们表达谢意，因为自从你打量我的画的第一眼，我们的生命就因这幅画而连接在一起了。一想到你们，我的心里就会升起一股暖意，就像一片雪花，消融在春意萌生的大地上。

一个画者
写于某个朝代的夜晚

第一章 如约而至

最长的线,不是山脉,也不是江河,是时间。

一

  中国早期找得出画家名字的绘画，大抵上都采取了横卷的形式。关于"卷"，徐邦达先生有这样的定义："裱成横长的样式，放在桌上边卷边看的叫做'卷'"。而竖长的挂轴、条屏，大约到北宋时代才渐渐流行。[1]

  这或许与中国人观看世界的方式有关。中国人的目光，是属于农业文明的目光，是站在大地上的目光，所以中国人看到的世界，必然是水平的、横向展开的，所有的事物，都围绕在自己的周围。平视视角，其实就是人间视角，充满了人间的温情，中国人不以上帝的视角，全知视角地、居高临下地看世界。天地辽阔，山高水长，其实都有人间的温度。万物都很远，万物又都很近，远和近，都是感觉的、心理上的，不是物理的、透视的，不符合科学法则，像一位诗人所写：

海内存知己，

天涯若比邻。[2]

表面上说远（"天涯"），其实是在说近（"比邻"）。
还有一位诗人写道：

你
　一会看我
　一会看云

[图1-1]
《洛神赋图》卷，东晋，顾恺之（宋摹）
北京故宫博物院 藏

我觉得

你看我时很远

你看云时很近[3]

表面上是说近,其实是在说远。这就蕴含在中国古典艺术里的"相对论"。

中国古典建筑、书法、绘画,无不侧重于在水平方向上发展。中国古典建筑从不追求在垂直高度上的攀升,而注重水平幅度的伸展。这或许与木材这种材料在修筑房屋时有高度的极限有关,更多却是文化上的主动选择,即中国人的居住,应该

故宫的古画之美

第一章　如约而至

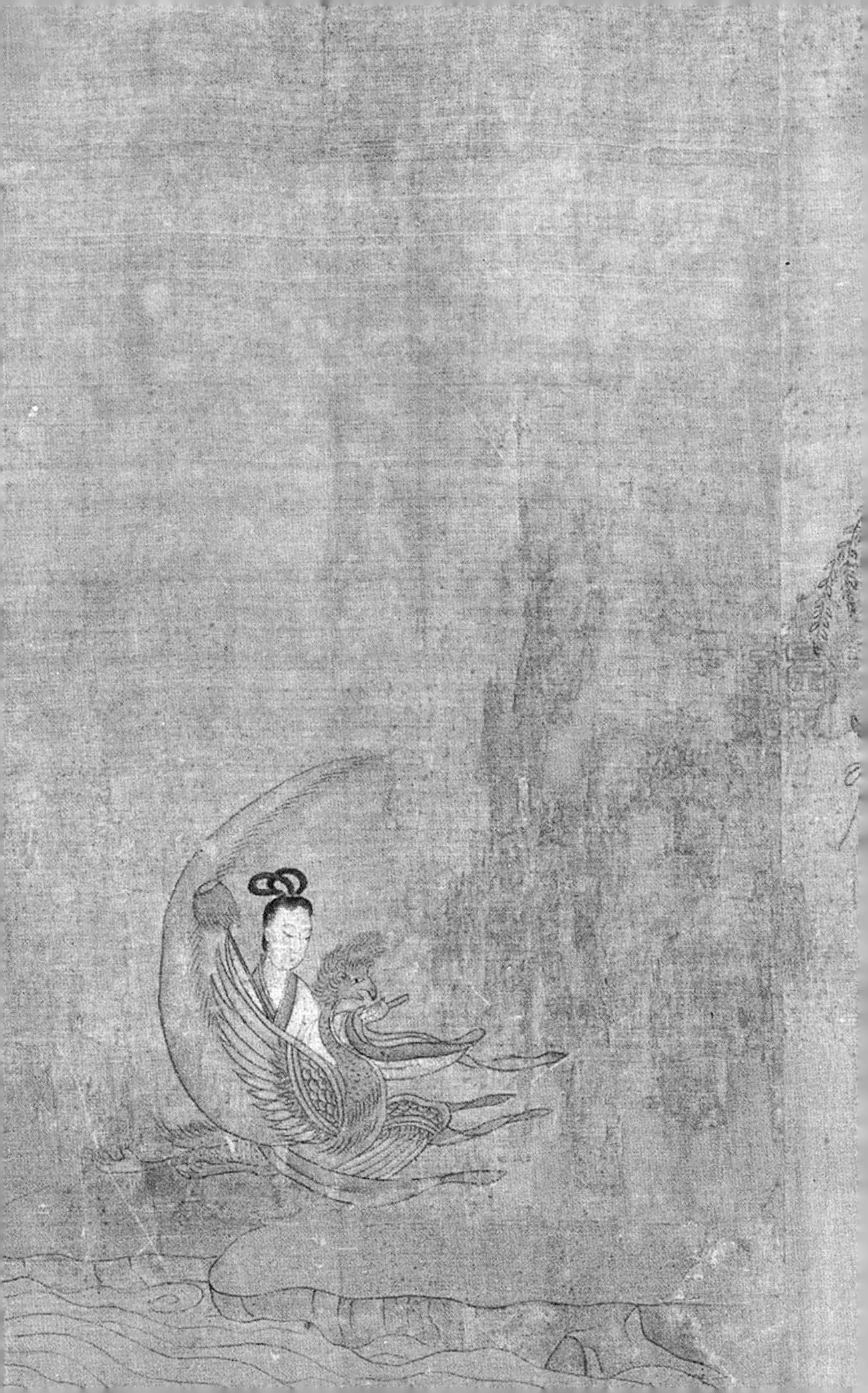

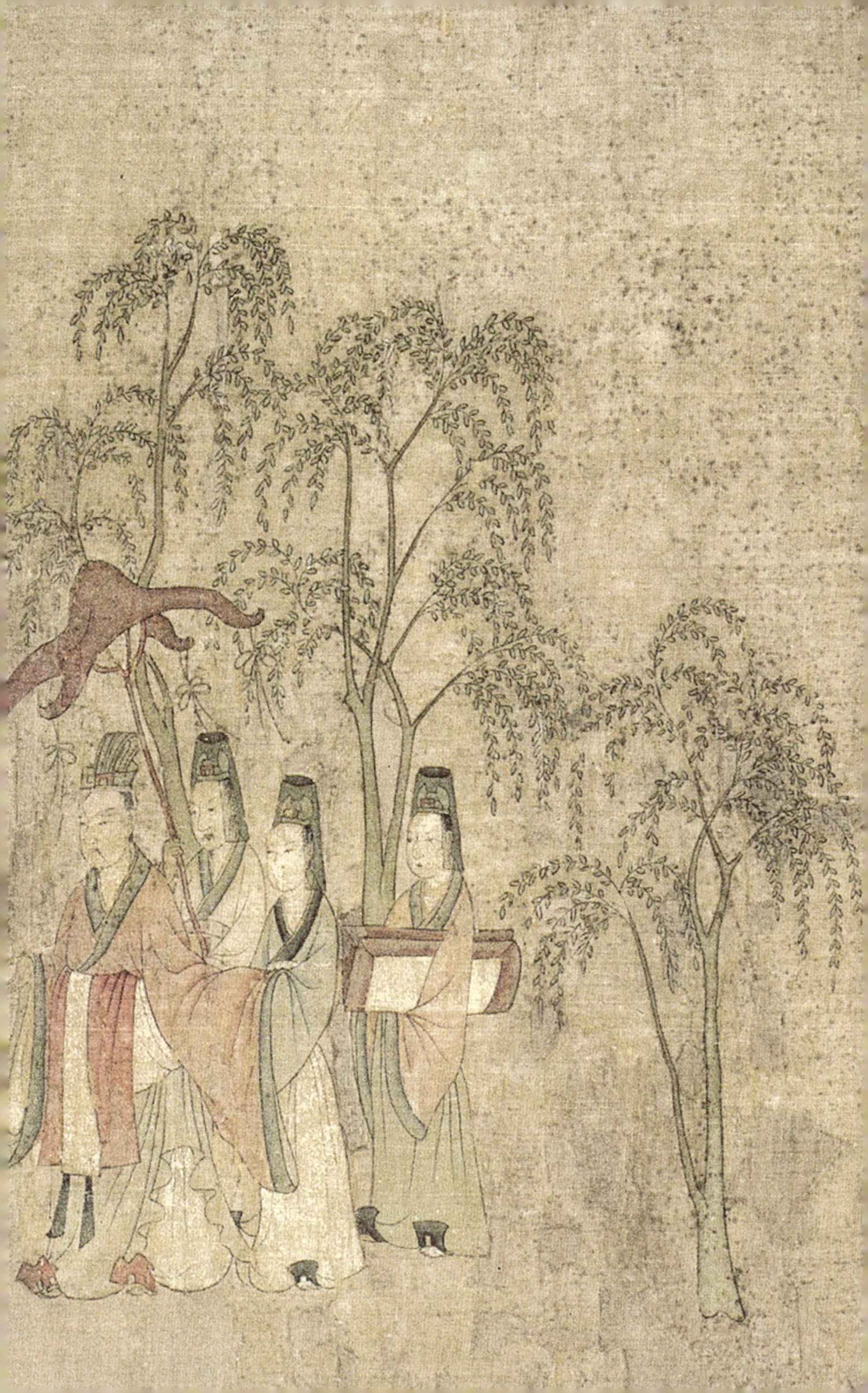

是田园的、紧紧依傍大地的，离开土地，中国人就会产生一种不稳定感。当下城市里的高楼大厦，不仅造成了人与大地的隔离，也造成了人与人的疏离，有违中国人的精神传统和文化伦理。

关于书法，蒋勋说："写过隶书的人大概都有一个感觉，当执笔写那个横向的波磔时，笔尖从右往左逆入，往下一按，再往上提笔造成'蚕头'，逐渐收笔，以中锋平出构成中段，再渐渐转笔下力，到与左边蚕头相平衡的部位，又渐渐收笔成尖扬之势，造成'雁尾'。这个过程极复杂而细微的水平线，其实只是'一'，如果我们要完成一个'平'的感觉，何不用尺来画呢？事实上，这条线，在视觉上并不是平的，它不是物理世界的'平'，而是在努力完成一种平，那种在各种偏离中努力维持的'平'是心理上真正的'平'，也才是艺术的'平'，而不是科学的'平'。"[4]

绘画在成为个人创作之初，就以横卷的形式，体现中国人的"地平线思维"。东晋顾恺之《洛神赋图》卷［图1-1］，是我们今天能够见到的确知画家姓名的最早绘画之一，顾恺之也被称为"中国画史第一人"[5]。这原本是一幅人物画，画的是汉魏之际文学家曹植《洛神赋》的内容，是一幅根据文学经典改编的绘画手卷，讲述的是曹植被曹丕轰出京城，前往鄄城途中，日暮途穷之际，恍恍惚惚之间，在洛河边遇见洛神并坠入爱河的梦幻之旅。但即使人的传奇，依然是在大地上展开，与山水脱不开干系。所以人物画,也仰仗地平线视角。只不过在晋画中,人大于山,不似宋元绘画,人只是藏在山水间的一个小点。

二

地平线,就是大地上永不消失的那一条线,是我们无法脱离的世界,所以,我们的美术史,就从一条线开始。

中国绘画,工具是毛笔,生产出来的自然是线,中国画与中国书法一样,都是线的艺术(因此赵孟頫说:"书画本来同"),不似西方油画,工具是刷子,生产出来的是色块,是涂面,是光影。当然,晋唐绘画也重色彩,也见光影,如韦羲所说:"山水画设色以青为山,以绿为水,以赭为土,间以白石红树,因青绿二色用得最多,故名青绿山水。"但那份青绿,亦是依托于线——先要用线条勾勒出山水人物的轮廓,再"晕染出体积感和简单的明暗关系"[6]。

其实在这世界上,"线"是不存在的——画家可以用线来表现一个人,正如顾恺之《洛神赋图》卷里描绘的众多人物,有山重水复、柳暗花明,还有刚刚吹过树梢的微风,但这世界原本就是一个三维的存在,山山水水、花花草草,都是复杂的多面体,哪里找得到"线"呢?

然而,比顾恺之更早,至少从原始时代的陶纹、岩画、墓室里的壁画,商周青铜器的装饰、漆器上的彩绘,秦汉画像砖(石)上的阴阳刻线等,中国的画家,就把这复杂的世界归纳、提炼成线条,再多彩的世界,再复杂的感情,都可透过线条来表达。尤其在"水墨出现以前,画面上的线条,无论是柔是刚,像蚕丝、铁线,一直都以完整、均匀、稳定的节奏在画面上流动"[7]。线,成为中国画家的通用语言,如石涛所说,"亿万万笔墨未有不始于此而终于此"[8]。

线是抽象的,又是具象的——中国的画家,把它由抽象变成具象,以至于天长日久,我们甚至以为世界本来就是由线组成的,忘记了它原本并不存在。我们已经习惯了线,甚至能够驾驭线——一个小孩描画他心中的世界,也是从线,而不是从色块开始。

在中国,绘画史是从画人开始(除顾恺之《洛神赋图》卷外,还有他的《斫琴图》卷、《女史箴图》卷、《列女仕智图》卷,隋代展子虔《游春图》卷,唐代阎立本《步辇图》卷、周昉《挥扇仕女图》卷,五代顾闳中《韩熙载夜宴图》卷等,以上皆藏故宫博物院),画人,则是从线条开始。余辉先生把画家的线条功力视作"该图成为不朽之作的关键"。在他看来,"作者用硬毫中锋做游丝描,化作人物、走兽和山川、林木的生命。画家的线描十分匀细工致",并认为"这是早期人物画线描的基本特点"[9]。

最复杂的线条,藏在人物的衣缕纹路里。中国画从不直接画人的裸体,不似古希腊雕塑、文艺复兴的绘画,赤裸裸地展示人体之美,而是多了几分隐藏与含蓄,那正是中国人文化性格的体现,半含半露,半隐半显,中国式园林、戏曲、爱情,莫不如此。

但在中国画里是看得见人体之美的,只不过这种美,是通过人身上的衣纹来实现的。在中国画里,人都是穿衣服的(不穿衣服的是春宫画,不入大雅之堂,美术史里不讲),但那衣物不仅未曾遮蔽人体之美,而且身体的结构、肌肤的弹性乃至生命的活力,反而透过衣物得以强调,这种曲折表达的身体之美,比赤裸无碍的表达更神秘,也更具美感。中国佛教绘画、造像,也同样透过衣纹线条之美展现身体之美健。而那些随身体的曲线、动作而千变万化的衣纹,正是通过线来表现的。

连文学家曹植都深谙此道,所以他在描写洛神时用了这样的句子:

奇服旷世,骨象应图。披罗衣之璀粲兮,珥瑶碧之华琚。戴金翠之首饰,缀明珠以耀躯。践远游之文履,曳雾绡之轻裾。微幽兰之芳蔼兮,步踟蹰于山隅……[10]

顾恺之就是线的艺术家，身体上的衣纹变化难不住他，相反，给了他施展的天地。[图1-2][图1-3]他将线的魅力发挥到出神入化，游刃有余，人物衣纹一律用高古游丝描，线条紧劲连绵，如春蚕吐丝，如春云浮空，如春水行地。洛神"凌波微步"的身姿仪态、"进止难期"的矛盾心情，都描摹得细致入微。

面对《洛神赋图》，我们几乎可以感觉到顾恺之行笔的速度[11]。画面上所有能够体现流动的物质，比如旗帜、裙带、衣褶的丝织感，河流的液体感，还有神骏奔跑的速度感，都依托于线条的飞动来表现。赵广超先生说他"在图案趣味的绘画传统中幽雅地突围。这种把创作情感收藏在一条线里的方法（运笔），像一个有教养的人说话那样不徐不疾"[12]。顾恺之年轻时在瓦官寺画壁画，曾引来众人围观，那场面，有如今天明星的粉丝团助威，连宰相谢安都对他五体投地，称"苍生以来，未之有也"[13]。

线的艺术延伸进南北朝、隋唐，就有了曹衣出水、吴带当风。"曹"是北齐曹仲达，他笔下的人物衣衫紧贴在身上，犹如刚从水中出来一般；"吴"是唐代吴道子，把顾恺之以来那种粗细一致的"铁线描"变成具有轻重顿挫、富于节奏感的"兰叶描"，衣带临风飞扬，有动感，有速度。只可惜曹衣吴带，都消失在时间的长河中，我们无缘得见，只能从后世画家对画法的继承里，窥到片羽吉光。

到明末清初，画家石涛把"线"（当时叫"画""划"）提升到艺术哲学的高度。他在《苦瓜和尚画语录》中，认为"画"（绘画）的本源，就是"画"（划）。他说：

> 法于何立？立于一画。一画者，万象之根，见用于神，藏用于人，而世人不知所以一画之法，乃自我立。……夫画者，从于心者也。山川人物之秀错，鸟兽草木之性情，池榭楼台之矩度，未能深入其理，曲尽其态，终未得一画之洪规也。[14]

"画"，就是"法"。

有"画"（笔画），才有"画"（绘画）。

三

线是世界存在的方式——大地的尽头，原本就是一条线，我们称之为地平线。世间万物，都存在于这些原本不存在的线中——至少在绘画中是如此。

线也是中国人看世界的方式——中国人像农夫一样匍匐在大地上，近距离地感知世界。中国人讲"天圆地方"，地是方的，犹如一幅画卷，而山脉江河，就是穿梭其中的线。

　　站在大地上，我们看到的世界，只是视线所及的一个区域。当人在大地上走，视线所及的区域就流动起来，山河大地一截一截地展开，由一个一个单独的画面连接起一幅长卷。因此在中国人的眼里，世界永远是由局部连接而成的，如李白《菩萨蛮》中所写："何处是归程？长亭更短亭。"哪里是我的归程呢？举目四望，见到的只有一个又一个的长亭，连接着一个又一个的短亭。"长亭更短亭"，就是由无数个点连接成的线、由无数个局部连接成的长卷。

　　中国文学热衷于短篇文学（如楚辞、汉赋、唐诗、宋词），而不追求鸿篇巨制，也是因为中国人的思维是始于局部、片段，甚至是细部，然后一点点向"全部"拓展，而并非始于"全部"，再逐次抵达细部。因此，中国的文学惯于"窥一斑而知全豹"，在有限中造无限。即使到了明清之际，文学中增添了长篇小说这一新品种，但那时的长篇小说，也基本上是连在一起的短篇集，像《红楼梦》这样具有整体建构的长篇，实在是凤毛麟角。

　　连中国的建筑也是如此，尤其宏大建筑，其布局谋篇的方式，也是将无数个各成单元的局部组成一个巨大的整体，像大地上的庄稼，紧贴着大地铺展蔓延。我们基本上没有办法站在一个

[图1-2]
《洛神赋图》卷(局部),东晋,顾恺之(宋摹)
北京故宫博物院 藏

[图1-3]
《洛神赋图》卷(局部),东晋,顾恺之(宋摹)
北京故宫博物院 藏

"全知性"的视角上进行俯瞰。比如北京的紫禁城,就是由无数个小四合院组成的大四合院,人们参观紫禁城,穿越一道道宫门,进入一个个庭院,看到的也永远只是它的局部,它就像手卷或者章回小说一样,一截一截地展开,给人连绵无尽之感。

中国绘画史——至少从顾恺之开始,其三大名作——《洛神赋图》卷、《女史箴图》卷、《仁智列女图》卷,纵然主题是"重大历史题材",但视角也是人间的、平视的,无论总体上多么长,也是由一个个的局部组成的。至山水画兴起,画家心中升起了宗教般的宇宙感,观看世界的方式,也基本上是平视的,紧贴着大地的,只是略微有一点俯视,即画者的视线稍稍高于地平面(至五代、宋,画家发明了四十五度角俯视,《韩熙载夜宴图》卷、《江行初雪图》卷、《清明上河图》卷都采用这样的视角),但高出的角度是有限的,更与上帝视角攀不上关系,只是站在高处的人的视角,那高处,也是大地的一部分而已。于是有中国画家推崇的"三远"——平远、深远、高远。曹植在《洛神赋》中使用"察""观""望""睹"这些关于看的动词,也基本上是平视视角。

山川在大地上优雅地展开自己的长度,中国画家首先关注的,就是它们横向拉开的长度,而不是它们的高度与落差,于是纷纷在各自的手卷里开疆拓土。因此,在那幅名叫《洛神赋图》

的手卷里，我们看到的是山峦起伏，道路远长，看到人在山水间的奔走困顿，在爱情幻觉里的瞬间闪光。《洛神赋图》卷容纳山水、植物、舟车、人物，是一部风格唯美、气势恢宏的大片。这绢本的手卷，高度（纵）只有27.1厘米，长度（横）却有572.8厘米，是超级宽银幕。在西方绘画中，几乎找不出如此极端的长宽比例。而《洛神赋图》卷还不算长，北宋王希孟《千里江山图》，用一匹整绢画成，横幅达1191.5厘米，也就是11米多，从南宋开始，一般的手卷纵幅都将近30厘米，横幅有的却能达到20米以上。清代"四王"之一的王翚主持绘制的《康熙南巡图》正本，每卷纵67.8厘米，12卷总长超过200余米。在我们这些普通人的客厅里无法拉直，就更不用说书房了。即使对于今天的故宫博物院来说，将这些画全卷展开也不是一件容易的事。它们更像是一条线，或者，与我们的视线相吻合。

西方艺术中也并非没有出现过卷轴绘画，比如10世纪拜占庭美术中著名的《约书亚卷轴》（*Joshua Roll*），就以羊皮拼成，31厘米高，长度达到了10米左右，需要一段一段地看，但在欧洲，这种卷轴绘画直到中世纪才出现，而且只此一例，巫鸿先生说："这种卷轴形式在以后的西方艺术中没有发展成一种主流。"[15]

可以说，绘画手卷是中国人独特的发明，而且发展出一个强大的谱系，绘画经验在时间中不断积累，形成了中国人特有的视角经验和审美传统。著名的《清明上河图》卷不是横空出世，手卷的绘画经验自顾恺之的时代就开始积累了，经五代顾闳中《韩熙载夜宴图》卷、赵幹《江行初雪图》卷等的创造性过渡，到宋代得以集中迸发，有了宋徽宗《江山归棹图》卷、张择端《清明上河图》卷、王希孟《千里江山图》卷、米友仁《潇湘云烟图》卷这些著名的长卷。

有人会问，如此又窄又长的画，该怎么挂呢？实际上，当时的长卷，是不会挂在屋子里的，一般会把它卷收起来，系上绳带，放在画筒里，或摆在书架上。闲暇时，就把它放在书案上，解开绳带，一截截地展开。于是，那长卷，就有了一代代人用目光抚摩，留下他们手的温度，所以也叫"手卷"。

当我们展示这样一幅手卷，我们切切实实地需要"手"的参与——我们用左手展放，用右手来收卷，我们能够看到的画幅，永远是相当于双手之间的长度（一米左右），而那画幅，随着我们双手的展放与收卷，而成为一个移动的画幅，像电影镜头一样缓缓移动——中国人在没有电的时候，就发明了我们自己的电影，材料是蚕丝织成的绢、绫，后来是"四大发明"中的纸。在世界进入工业时代以前，古老的中国式电影就已经证明了农业文明的神奇伟大。

更重要的是，手卷给我们带来一种无尽感——横向展开的画幅，与西方的画框、中国的挂轴都不同，它不是一览无余的，而只能一截截展开，一段段观看，像大地上的风景，绵延不息，永无止境。

西方绘画，无论尺幅多么巨大，都是有极限的，边框就是它的极限。纵向的挂轴，也不能无限长高吧（挂轴的高度，一般也不会超过一层楼的高度）。唯有手卷的长度是没有限制的，只要画家有足够的纸和时间，就可以把画的长度无限地延续下去（受造纸尺幅的限制，一般手卷都有接缝，但宋徽宗用纸，有一纸总长达十米以上的，是为皇帝生产的特种纸，所以在这个尺幅之内，可以没有接缝）。这正是线的意义所在。真正的线，没有开始，更没有终结。

当然没有一个画家真的这样没完没了地画下去，但至少给手卷带来了一种可能性。在这种可能性里，又埋伏着绘画的无限种可能性。

四

最长的线，不是山脉，也不是江河，是时间。

没有人能看见这条时间之线，但每个人都能感觉到它的存在，因为它连接着过去、现在与将来。没有这条线，所有的时刻都将成为断点，也都将失去意义。

中国古代手卷绘画，不仅收纳空间，更收纳时间，把不同的时间点连成一条线——这一点，在晋唐五代的绘画中表现得更为明显，因为那个时代的手卷，习惯于采用近乎连环画的形式，更像电影中的蒙太奇，连续展现一个事件的不同过程。一如这《洛神赋图》卷，采取的就是连环画的形式，画上的四个场景（相遇、相伴、相思、相别）中，男女主人公的形象反复出现，仔细看，我们还会发现画中的烛光出现过两次，表明他们的故事贯穿了三天两夜。这种连环图画的方式，是汉魏以来佛教从印度传入后出现的，在汉代艺术中几乎看不到连环画的渊源。[16] 汉代画卷一般采用图文相间的形式，一段文，配一张图，再一一衔接起来，像看图说话，顾恺之的另一卷名作《女史箴图》就是采用这样的形式。像《洛神赋图》这种连环画的画法，在那时刚刚出现，后来才被广为使用，比如后面将讲到的《韩熙载夜宴图》卷，就沿用了这种连环画画法。

五代《韩熙载夜宴图》和《重屏会棋图》两幅手卷，同样存在着这条时间连线。《韩熙载夜宴图》卷共分五幕，分别是：听琴、观舞、休闲、清吹和调笑，像一出五幕话剧，或者一部情节跌宕的电影，把一场夜宴一点点推向时间深处。这五个场面，都以屏风作为分隔的道具，用徐邦达先生的话说，"似连非

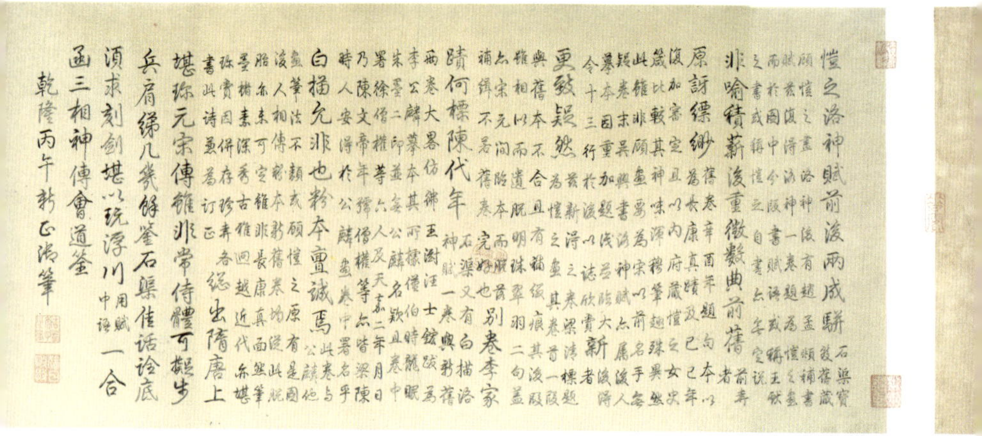

[图1-4]
《洛神赋图》卷(引首),清,爱新觉罗·弘历
北京故宫博物院 藏

连,似断非断,这和古本传称为顾恺之画《洛神赋图》的构图方法是一脉相承的。只不过《洛神赋图》以山水、树石为间隔,所以安排处理各种人物的位置方法上有些不同罢了。"[17]

《重屏会棋图》是独幕话剧,只有一个场面,就是南唐中主李璟和他的三个兄弟一起围坐下棋,画面上二人弈棋,二人旁看,又有一童子立于右侧,布置仅屏幛、几榻等物,但画面上仍然看得见时间的流动,那流动是通过现场的两件道具暗示的。这两件道具,一件在画面左边,是一只投壶(一种投箭入壶的玩具),还有两支落在榻上的箭,暗指着已经过去的时间(他们刚刚玩过投壶的游戏);另一件在画面右边,就是侍童身边的那只食盒,暗指着未来的时间(等他们下棋饿了,就会吃点心)。假如观众的目光沿着这条时间线放得更远,就会透过兄弟四人围案小坐、

妙入毫颠

弈棋闲话的一团和气，看见后来命运里的刀刃冰凉（关于李氏四兄弟在后来的命运转折，参见后文）。

《清明上河图》里河流的时间隐喻，后文亦将谈到。总之，中国古代画家在空间中，加入了时间的维度，为中国古代绘画赋予了四度空间——长、高、深、时间。这本无什么高深之处，但要知道，这是中国画家在一千多年前的美学意识。

五

前面说，一幅横卷，可以无限延长，有始而无终。即使画家的笔停止了，像顾恺之的笔，终止在曹植弃岸登车之处，收藏者却意犹未尽，以跋文的方式，将它一次次地延长，使一件手卷，有如一棵树，在时间中开枝散叶，茁壮生长。

[图 1-5]

《洛神赋图》卷(局部),东晋,顾恺之(宋摹)

北京故宫博物院 藏

我们今天看到的手卷,通常被装裱成一个包含着历代题跋的复杂结构,不像西方油画,直接装进一个框子就万事大吉。按前后(从右至左)顺序,手卷的构成部分大致是:

天头、引首、隔水、副隔水、画心(即绘画作品)、隔水、副隔水、拖尾等。

天头多用花绫镶料,引首是书画手卷前面装的一段素笺,原意是为了更好地保护卷心,后来有人就在此纸上题上几个大字,标明卷心的内容和名称,就像一部电影,在开篇的部分映出片名,而且那片名,一般是名人题字,与画心的部分,通过隔水、副隔水相连。宋徽宗题画名,习惯写在黄绢隔水的左上角,隋代展子虔《游春图》卷、北宋张择端《清明上河图》等,都是他题写的画名。乾隆过手的清宫藏画(尤其编入《石渠宝笈》的),一般不会放过在引首上题写画名的机会。这卷《洛神赋图》卷,引首"妙入毫颠"四个大字[图1-4],后又有长题,而且是两段,一段写于"丙午新正",一段写于"辛酉小春",都出自乾隆的亲笔。

乾隆书法不佳,笔画弯弯曲曲、细弱无力,人称"面条字",但引首大字有时蒙得不错,"妙入毫颠"四字就颇见功力,到了后面的两段题跋,又让我闻到了阳春面的味道。但乾隆有题字癖,而且就写在画心上,实在有违社会公德。像这卷《洛神赋图》

洛神賦第一卷

卷画心末端,"到此一游"的乾隆就忍不住写下六个稚嫩的字:"洛神赋第一卷"[图1-5]。

随着一件手卷的流传,会有一代代的收藏者、欣赏者写下自己观画的心得体会,续裱在画后,使这件手卷不断延长,这部分,被称作"拖尾"(与画心仍然以隔水、副隔水相连)。从这拖尾的题跋里,不仅让后人看到它的流传史,一件古代的绘画传到我们手里,途经的路径清晰可见(所谓"流传有序");可以作为鉴定绘画真伪的根据(许多假画就是在题跋里露出破绽);那些精美的诗文书法,亦与绘画本体形成一种奇妙的"互文"关系,见证了画家与观者之间的隔空对视、声息相通(比如故宫博物院藏五代董源《潇湘图》,前后有他的明代本家董其昌的两次题跋),即使像倪瓒、徐渭、八大山人、石涛这样的艺术怪物,也不可能陷入永久的孤独,因为有许多隔世知音热烈地追捧他们。英国历史学家卡尔说:"历史是现实与过去之间永无止境的问答交流。"这是一种比喻,但它在艺术史中确乎存在着,这些"永无止境的问答交流",就密密麻麻地写在手卷拖尾的文字中。

因此,一幅手卷,在中国绝非一个孤立、封闭的创作,而是一个吸纳了历朝历代的艺术家"集体创作"的综合性艺术品、一个没有终结的"跨界艺术展"(至少跨了绘画、书法、文学、篆刻、文物鉴定诸界）、一个开放的体系，如山容万物，如海纳百川。就像《洛神赋图》卷，拖尾上除了裱有乾隆跋文三段，还有元代赵孟頫手抄《洛神赋》全文、元代李衎、虞集，明代沈度、吴宽诗跋等，以及乾隆朝和珅、梁国治、董诰等题跋。更有各种收藏印章，在画幅间繁殖生长。徐邦达先生说："历代收藏鉴赏家，大都喜欢在他们收藏或看过的书画上钤上几个印记，表示自己收藏之美、鉴定之精。张彦远《历代名画记》中说，始于东晋，但东晋的鉴藏印我们现在没有见到过，所见只从唐代开始。"[18] 著名的，当然是宋徽宗内府收藏的"宣和七玺"，还有乾隆朝的内府五玺。一件手卷，在不同朝代、不同门类艺术家的"互动"中生长，中国的绘画，通过在时间中的不断积累、叠加，实现它对永恒的期许。那些写满题跋的尾纸，见证了手卷从一只手传向另一只手的过程。那些神秘的手已然消失，但它们同样构成了一条线——一条时间的长线，穿过一件绘画的前世今生。

六

假若你握着一件手卷，你还会发现一个秘密——手卷中的画面，不仅可以移动，让人物和事物随着右手的收卷而进入"逝去的时间中"，可以停下来，让画面定格，甚至可以反向运转，将画面倒回去，重新审视那些"消逝"的影像，就像我们观看视频时，随时可以回放，让精彩的瞬间不断重复，甚至得以永恒。

曹植《洛神赋》是一篇以"伤逝"为主题的作品，在中国文学中，"伤逝"可以说是一个永恒的主题。或者，只有"逝去"才是"永恒"的。说什么长相厮守，说什么基业永久，其实都是自己骗自己罢了。哈姆雷特说：生存还是毁灭，这是个问题。但在中国古人眼里，这根本算不上一个问题，因为所有的生存，都将归于毁灭，所以，一切都是暂时的，如春花秋月，如朝菌蟪蛄，所以诗人才能"感时花溅泪，恨别鸟惊心"，因为一花、一鸟，都牵动人心。王羲之写《兰亭集序》，也正是基于这样的感伤。曹植的本家曹雪芹参透了这时间的秘密，在《红楼梦》里贾元春归省庆元宵的繁华热闹，化作"三春去后诸芳尽"的无限凄凉。

《洛神赋》里那场华美的相遇，同样化为"悼良会之永绝兮，哀一逝而异乡"的巨大伤感，那份美，那份爱，都不过是黄昏时分的回光返照，行将在夜色里消融，在风中飘散。

连生命都是短暂的——曹植以一篇长长的《洛神赋》祭献逝者（洛神，又名宓妃，乃伏羲之女，溺死洛水而为神，故名洛神，一说曹植写《洛神赋》是为追悼他曾经爱过、后来嫁给曹丕的甄皇后，但这一说法缺乏根据)，连他自己，也终将死去。《洛神赋》是一部孤独之书，也是一部死亡之书。

但对于《洛神赋图》而言，由于展放和收拢的过程可逆，时间于是变得可逆，犹如一只沙漏，可以正放，也可以倒放。仔细观察《洛神赋图》，我们会发现在画卷的起始部分，曹植面向左，在画卷的结尾部分，曹植则面向右，似乎已经对这样一个可逆过程给予了暗示与默许。假若我们将画卷从右向左展放，那么离别就变成了抵达，而原来的初相遇，就变成了最后的告别。中国古人书写和观看的顺序都是从右向左，但我相信顾恺之在《洛神赋图》里却预留了反向观看（从左向右）的可能性，使得《洛神赋图》正看反看都顺理成章。正正反反，反反正正，反正是一回事。或者说，《洛神赋图》本身就是一个无始无终的过程，终就是始，始也是终，一如这大地上的地平线，哪里是始，哪里又是终呢？

后来的绘画手卷，像《韩熙载夜宴图》卷、《五牛图》卷、《清明上河图》卷、《千里江山图》卷等，都既可以从右向左，也可以从左向右看，这说明画家都为自己的绘画预留了反向观看的可逆空间。这绝对不是偶然，而是流露出一种共同的取向。顾恺之《洛神赋图》，绝对为后来的绘画史起到了一种示范、奠基的作用。

《洛神赋图》因此而不再是《洛神赋》,在这幅绘画手卷里,所有对于时间流逝、繁华幻灭而产生的伤感都显得多余,因为所谓的终结,不过是一个新的开始。只要心心相念,所有离散的人们,都会在某一个时辰里,如约而至。

第二章 一个皇帝的『三次元空间』

这是中国美术史上最大的一场骗局。一场视觉欺骗。

一

　　一天，我在故宫研究院的院子里看见余辉老师。即将擦肩而过之际，他突然停顿，问我："你会下棋吗？"

　　棋，当然是指围棋。

　　我不假思索地回答："不会。"

　　余辉老师是故宫博物院古代书画研究专家，那时还担任故宫研究院副院长，他的学术专著《隐忧与曲谏——〈清明上河图〉解码录》刚刚出版。

　　余老师听了我的答案，没有作声，而是沉思片响。

　　那时已近黄昏，院子里一树一树的繁花盛开着，耀眼明亮。夕阳的光芒从西北角楼的棱棱脊脊上擦过，沿着正房的屋檐滑落下来，在院子里形成了一种类似舞台追光的效果，没有被照亮的部分，渐渐隐去，那被照亮的彩绘、红柱，颜色越来越鲜明，像刚刚被重新涂过，庭院中满树粉白的花朵，在这光线中，更如蝉翼一般，晶莹透亮。

很久以后，我才恍然大悟，其实余老师也不会下棋。

他是在思考一个棋局。

二

《重屏图》，全名《重屏会棋图》［图2-1］［图2-2］，一幅关于下棋的图画。2015年故宫博物院建院九十周年"石渠宝笈特展"上，这张画在武英殿展出时，很少有人注意到它。那时的观众，目光全部被《清明上河图》吸走了，为《清明上河图》，他们宁愿排七八个小时的队，只为在《清明上河图》面前站上一分钟。《清明上河图》的光芒，把其他美术名作的光芒遮掩了，让"石渠宝笈特展"上其他书画，显得黯淡无光，但那些书、那些画并不黯淡，它们无一不是中国艺术史上的辉煌巨作，其中有：东晋王珣《伯远帖》（王氏家族唯一传世真迹）、隋代展子虔《游春图》（中国存世最古老的山水画）、唐代韩滉《五牛图》（目前存世最早纸本绘画作品）、宋徽宗《听琴图》（宋代画院人物画精品），当然还有五代周文矩《重屏会棋图》。

《重屏会棋图》（原本已佚，北京故宫博物院和华盛顿弗利尔美术馆各藏有一件摹本），让我们的目光，能够越过唐宋这两个大时代，在五代十国这个小时代上落定。作为这个小时代中走马灯似的若干个朝廷之一,南唐王朝存世只有三十九年,经历三世三帝(分别是先主李昪、中主李璟、后主李煜),面积在当时的南方十国中却是最大,最盛时幅员三十五州,大约涵盖了今天的江西全境以及安徽、江苏、福建和湖北、湖南等省的一部分,而我少时读李煜的词,竟以为南唐王朝的地盘只包含南京及其郊区的一小块地方,直到三十多年后,我走过广袤的赣南,观人文胜迹,听风声雨声,才知道那大片的肥田沃土、如黛青山,竟然都是南唐的版图。

占有中国大陆上最富庶的地区,加之王朝开创者、南唐先主李昪实行轻徭薄赋、保境安民的政策,使得这个小朝廷,在最短的时间内,迸射出丰饶的色彩,照亮了在长江中下游的辽阔版图,中国艺术史,也在这时代的夹缝里,迎来一束强光,出现了文学(以李璟、李煜两代帝王和他们的宠臣冯延巳、韩熙载为代表)和绘画(以董源、巨然、赵幹、卫贤、周文矩、顾闳中、王齐翰为代表)的两大高峰。

直到北宋时代,南唐这块云锦般明媚的土地,已被编织进大宋帝国的锦绣山河,那份华光溢彩、醉舞酣歌,依然让人迷醉和晕眩,如北宋初年,陈世修在《阳春集序》里,还在缅怀着那个属于南唐的鼎盛时日:

[图 2-1]

《重屏会棋图》卷,五代,周文矩(宋摹)

北京故宫博物院 藏

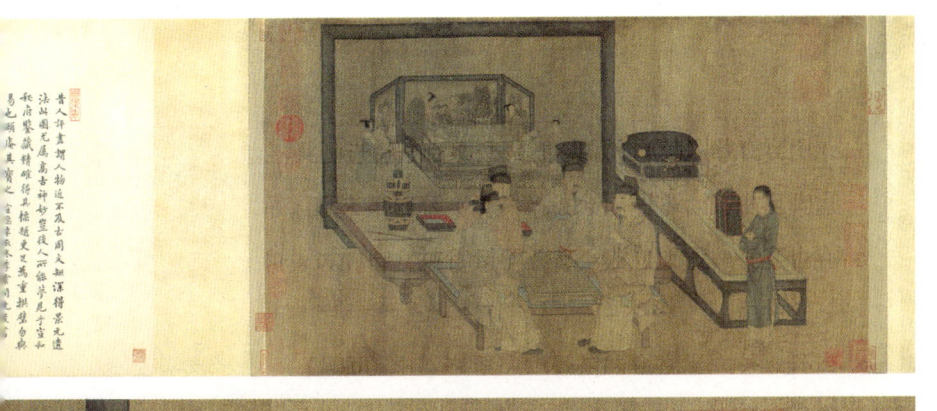

昔人詩畫摹擬人物迨不及古圖又此諢譯景光遠
沫此圖元屬高古神妙豈後人所能摹亢千古和
知所繁歲靜味得其標題史見爲重擬整台扇
烏孔聰盧其寶之 宜德辛亥秋冬日光雯舍

道光壬寅潘和浴佛之枝喜展
讀堂拾圖真馮相愉戲說盖
更完伯沉愛閻立本笔是節
撫為小帳折撤伯驾陶堂篇之
尼玉沒與幸中推其也是節
芝節先生藏名军十顧溥慶
揚雪之相枝勒圖文祖韓孝漢
卷余立名壽 翁寺謝名军章
秦十五名雙鉤法都為異松
寒嵌椅潘圖為小丁西暫此
卷夫屈傳語懷家殿堂畫亭
敬亂九壽設為文祖節習為今日
石居就者九偏於稚餘會于白
紛憎中增嵐法後下惜餘少貌
倫是偶當寫之欲於為人稀人
文挹李一生所守七古羞毛誠議—
英語古席字才之面更天倫—處情
庶变撫者小持有以時初彷團
芝節尚生雅題
湘鄉歷之生趙啟邊識

[图 2-2]

《重屏图》卷,五代,周文矩(明摹)

美国弗利尔美术馆 藏

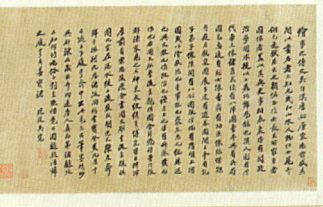

金陵盛时，内外无事，朋僚亲旧，或当燕集，多运藻思为乐府新词，俾歌者倚丝竹而歌之，所以娱宾而遣兴也。[1]

于是，南唐的一天，就在这样的盛世光景里，四名男子坐在一间布局精美的房间里，神态安详地下棋，把风声雨声、哭声喊声，都隔在了重重高墙之外。那位名叫周文矩的宫廷画家，把这场面画在绢上，那幅画，在以后的千年中就成了经典。

它，就是《重屏会棋图》。

三

《重屏会棋图》卷，绢本，纵40.3厘米，横70.5厘米，不大的版面上，却画着五个人，个个惟妙惟肖，过了一千多年，依然个性鲜明、面目如生，有人说此画"体近周昉，而纤丽过之"，连画家以他独有的"战笔描"绘出的层层衣褶都会说话。

五个人中，有四名男子分坐榻上，两人对弈，两人旁观。那一个站的，是他们的书童。

他们置身于一间摆设精美的室内，靠近观众的两名男子坐在一张二人凳上，正中摆着棋桌，两人面对而坐，在全神贯注地下棋，另两人在他们后面，坐在一张榻上，观棋不语，气氛安静肃穆，充满文人气，与周文矩在皇家画院的同事顾闳中《韩熙载夜宴图》的樽俎灯烛、觥筹交错全然不同（其实周文矩也画过《韩熙载夜宴图》，只不过他的《韩熙载夜宴图》在历史中丢失了，连后世摹本都没有留下）。

在他们身后，横着一道屏风，上面画的是白居易《偶眠》诗意，屏风里面，又画着一扇山水小屏风，让画面产生一种无限延伸的透视效果，而不再停留于封闭的室内空间。在屏风中画屏风，美术史家将此称作："重屏"。

先说四位下棋者吧。因为他们的身份，曾经是历史的谜案之一，激发了历代史学家的好奇心。比如在北宋，一次官方晒书会上，王安石见到了这幅《重屏会棋图》。他写下一首诗，叫《江邻几邀观三馆书画》：

……
不知名姓貌人物，
二公对弈旁观俱。
黄金错镂为投壶，
粉幛复画一病夫。
后有女子执巾裾，
床前红毯平火炉。
床上二姝展氍毹，

绕床屏风山有无。
堂上列画三重铺,
此幅巧甚意思殊。
孰真孰假丹青摹,
世事若此还可吁。[2]

  王安石把他的困惑写进诗里("不知名姓貌人物"),说明在他的年代,这四个人的身份之谜还没有破解。到南宋初年,王明清家藏一幅李璟肖像画,他将这幅肖像画与《重屏会棋图》进行比对,从而把画中那位面对观众、头顶峨冠的人锁定为五代时期南唐皇帝李璟,也就是五代著名词人、南唐后主李煜他爹。王明清把他的考辨过程,写在《挥麈三录》一书中。

  至于另外三人,到元代,袁桷《清容居士集》和陆友仁《研北杂志》中均考证出,他们是李璟的三个弟弟。到清代,学者吴荣光在《辛丑消夏记》里记录了庄虎孙的一段话:

  图中一人南面挟册正坐者,即南唐李中主像;一人并榻坐稍偏左向者,太北晋王景遂;二人别榻隅坐对弈者,齐王景达、江王景邈。[3]

《重屏会棋图》中四位下棋者的具体身份，至此得到了确认。画面从左至右，四位下棋者分别是：

　　南唐皇室李家的老五、保宁王李景逿；老三、齐王李景遂；大哥、南唐第二代皇帝李璟；老四、燕王李景达。（李家老二因早逝而未能入画。）

　　但《重屏会棋图》里的谜，并没有因此而破解，而是刚刚开始。

　　作为五代时期的绘画名作，不知有多少目光，从这幅画上一遍遍地扫过，但这些目光从来不曾在一个细节上停留，直到那一天，余辉老师的手指划过整幅画面，落在棋盘上，问：

　　那上面的棋子，为什么只有黑子，没有白子？

四

　　他的发问，让我愕然。

　　我的目光紧紧地锁定那一千多年前的棋盘，果然，那上面全部都是黑子，没有白子。

　　世界上哪有这样下棋的？是画家画错了吗？

　　不可能。

　　周文矩是五代最杰出的画家之一，南唐画院待诏，擅长画山水、人物、仕女，他的名字进了宋徽宗的《宣和画谱》，进了乾隆皇帝的《石渠宝笈》，进了各种版本的中国美术史，已足见他的非凡。

这位力求写实的画家,不会犯这样的低级错误。

原来所有人(当然也包括我),从来都没有认真地打量过这幅画,以至于画上至关重要的细节,被我们遗漏了。

或者说,我们从来都不曾看懂这张画。

那原本就不是一盘棋。

或者说,他们压根儿就不是在下棋。

那么,四个男人围坐在一起,做下棋状[图 2-3]——李老五(李景逿)右手轻抬,食指和中指之间夹着一粒黑子,一副落子无悔的表情;大哥李璟则手拿记谱册,要记录下棋的过程,一副一丝不苟的模样,这难道是行为艺术?

他们的葫芦里,到底卖的是什么药?

五

有学者说,"《重屏图》是中国美术史中最令人眩惑的构图之一"[4]。

我说,这是中国美术史上最大的一场骗局。

一场视觉欺骗。

所有的观画者,都被画家骗了。它的骗局,就藏在"重屏"里。那"重屏",几乎占了《重屏会棋图》一半的篇幅。

[图2-3]
《重屏会棋图》卷(局部),五代,周文矩(宋摹)
北京故宫博物院 藏

  作为中国传统建筑物内部常用的一种家具,屏风,不仅用来挡风,还承担着一些特殊的话语功能,比如在三千年前的周代,屏风出现时,以木为框,上裱绛帛,画上斧钺,专门立于皇帝宝座后面,用以衬托帝王的权力,所以《史记》中说:"天子当屏而立。"巫鸿说,至少在汉朝以前,屏风"已经作为一种政治符号频繁地出现在文献之中"[5],而屏风用来承载图像的屏幕作用,也是从那时开始的。

  后来,文人书生们爱上了屏风,屏风才从权力者的生活中脱身,成为文人生活乃至普通人日常生活的家具——"画屏",

在唐诗宋词中时常现身。韦庄诗云："落花带雪埋芳草，春雨和风湿画屏。"[6] 苏轼词云："记得画屏初会遇。好梦惊回，望断高唐路。"[7] 只是这个"后来"，据巫鸿的推断，是出现在汉代或者汉代以后，而画屏流行的时间下限，徐邦达先生认为是到北宋，在此以前，挂轴还没有成为陈列绘画的主要形式，虽然已有了横卷，但横卷平时是收束起来，并不展放的，因此有了画屏这样展示绘画的形式。他说："古代间隔堂屋用屏幛……那种绘画应是绷在梗框上的；大约到北宋时代，渐渐流行裱成的轴子。"[8] 在苏立文（Michael Sullivan）看来，"直到宋代，画屏——或许应该说是屏上装裱的绘画——与手卷和壁画一起形成了中国绘画最重要的三种形式。"[9]

但在南唐，屏风还有另一种功能，这是许多人想不到的，只有皇帝李璟有这样的想象力。南唐在他手里，也曾消灭了楚、闽二国，开疆拓土，创造了南唐历史上的最大国土，但成也萧何败也萧何，李璟奢侈无度，导致政治腐败，国力下降，后主李煜时代的淫靡灿烂，在他爹手里就已经奠定。于是，这个强盛一时的南唐王朝，被后周夺取了淮南江北之地，朝廷只好逃出金陵，迁都洪州，称南昌府。

于是我们看到《江表志》里记载的迁都（或者叫逃亡）时的浩大景象："舟车之盛，旌旗络绎凡数千里，百司仪卫洎禁校帑藏,不绝者近一载。"[10]长江以南,南唐的旌旗浩荡,络绎千里,而江北,则完全丢给了敌人,以至于李璟每次北顾,都心情黯然,于是想了一个办法——命澄心堂承旨秦裕藏,找来一批屏风,把皇帝的视线挡住,这样皇帝就不会因为想到敌占区而心情不好了。因此,在李璟的时代,屏风又有了一个新的功能——遮羞布。

六

但总的来说,屏风的功能在一点点地发展,从衬托皇权的道具,到文人士子的画屏,变成了一种绘画的媒材,接下来又成为绘画里的主题,如巫鸿所说,"屏风是传统中国绘画中最受青睐的一个图像主题。"[11]画屏本身就是画,让画屏入画,就变成了"画中画",这也成为中国美术史里一个独特的现象。

《韩熙载夜宴图》里也有几道屏风,但它们是垂直于观众视线的,起到分割场景的作用。在《重屏会棋图》中,周文矩却改变了画屏的方向,把顾闳中《韩熙载夜宴图》垂直于观众视线的屏风横过来,与画面绝对平行。

这种横过来的屏风,在中国古典绘画中其实并不少见,周文矩、顾闳中在翰林画院的同事王齐翰所绘的《勘书图》,充当画面背景的,就是一道横跨了几乎整个画面的屏风。宋人绘《宋人

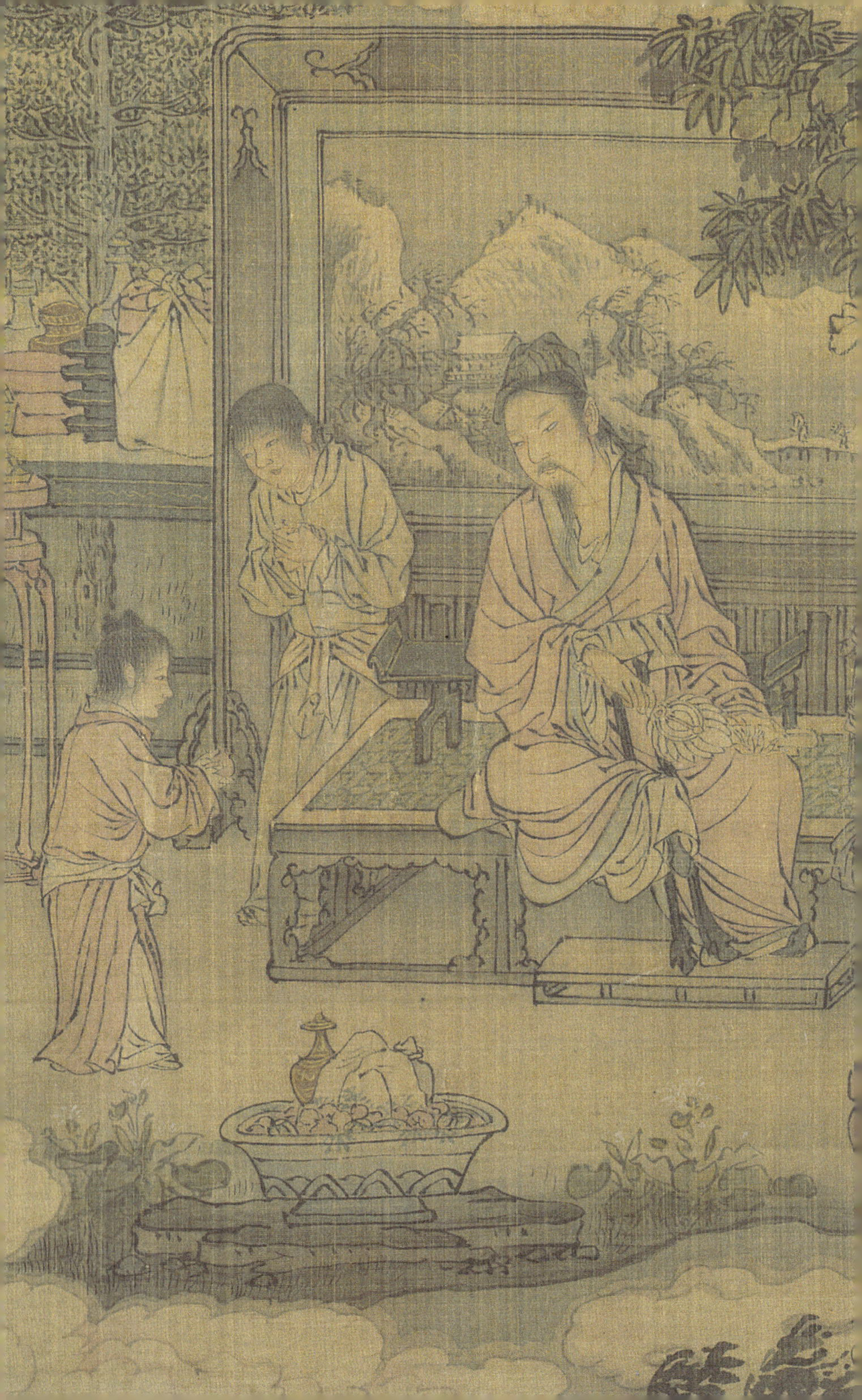

[图 2-4]
《四孝图》卷（局部），元，佚名
台北故宫博物院 藏

人物图》《高士酣睡图》，元人绘《四孝图》[图 2-4]，明代杜堇《玩古图》、唐寅《李端端图》等绘画中，都有这种横置的画屏出现。

然而，《重屏会棋图》仍然是绝无仅有的，因为周文矩画的，不只是画屏，而且是"重屏"。

在画屏里，周文矩又画了一道画屏。[图 2-5]

那第二道画屏上，不再有人物出现，而是深远清幽的山水世界。

于是，在《重屏会棋图》里，实际上画了三幅画，或者说有三个空间层次，用今天的流行语说，叫"三次元空间"。

第一幅画（第一个空间层次）：李氏四兄弟置身于一个精美的室内空间，在那里下棋观棋，那是"真实"的历史空间；

第二幅画（第二个空间层次）：第一道画屏上绘制的"偶眠"空间，它不是"真实"的空间，而是画屏上的图像，是虚拟空间，是《重屏会棋图》的画中之画；

第三幅画（第三个空间层次）：作为偶眠者的背景出现的山水画屏，也不是真实的世界，而是画屏里画的一道画屏，是"重屏"，是"画中画中画"。

七

但画中真正令人眩惑之处，在于画家把这三个空间层次纳

[图 2-5]
《重屏会棋图》卷(局部),五代,周文矩(宋摹)
北京故宫博物院 藏

入了一个相同的透视关系中,使那两道画屏看上去不是各自独立的平面,而是一个相互贯通的立体空间,乍一看去,观者很容易产生错觉,以为棋盘前的四位男子一名书童,与画屏上的四女一男处于一个相同的空间中,就好像是一套"二居室",里外间的门敞开着,没有阻隔。

但假若看得仔细,观者是可以慢慢"醒"来的——看画的过程,实际上就是一个"苏醒"的过程,因为画家周文矩,还是不忍心把观者骗得太惨,所以故意卖了一些"破绽"。好似一部悬疑小说,初看时混沌迷离,那是作者有意使用的障眼法,随着时间的推移，所有的悬念都将被一一化解，所有的混沌都将指向清晰。

在《重屏会棋图》里，周文矩布下了视觉的迷宫，也必然会为这迷宫准备一个出口。就像一出戏，要在中间拴上扣，环环相扣，又一一解开。在画里，他留下这样一些暗示：

一、画面最远端的山水屏风（即第二道屏风），周文矩有意画成一道三联屏风，于是，画中的两组屏风，一直一曲，不仅使画面富于节奏的变化，同时对两道屏风作了区分——前者是室内摆放的真实的屏风，后者则是画出来的屏风。

二、现实空间中的家具器物（包括棋盘、坐榻、卧榻、茶具等），与屏风里的家具器物，倾斜角度完全相同，也就是说，被纳入了一个完全相同的透视关系中，以此来迷惑观众，却唯独留出侍童身后的一张榻，"穿越"到立屏的背后，并被那画屏遮挡了一角[图2-6]，以证明那里的确立着一道实物的画屏，而不是一个"透明"的画框，画屏上的人像与物像，全部都是画上去的，而不是真实的存在……

八

还是回到那盘残局吧。

重屏会棋，重屏会棋，屏只是背景，棋才是核心。

[图2-6]

《重屏会棋图》卷(局部),五代,周文矩(宋摹)

北京故宫博物院 藏

在中国历史上,棋从来不仅仅是棋,棋里面有政治,决生死。

著名的淝水之战,东晋军队的指挥——谢安与谢玄还在下棋,以显示自己的指挥若定,实际上苻坚大军已然压境,这叔侄俩已危在旦夕。

唐传奇《虬髯客传》里,虬髯客和道士下棋的时候,李世民突然走进来。道士看见李世民的神采,便说:"此局全输矣!于此失却局哉!救无路矣!复奚言!"暗示李世民才是隋末群雄争霸乃至唐初皇位之争的最后胜者。

《重屏会棋图》里的棋,也不会是一盘简简单单的棋。

因为围坐在一起的这兄弟四人,是南唐王朝最有权力的四个人。

四兄弟同框,事儿一定不小。

李昪当年闭眼的时候,李璟(图上左三、戴高帽那位)曾跪在先皇灵柩前立下誓言,这个王朝的皇位,将按照兄终弟及的方式,他死之后,不将皇位传给自己的嫡长子李弘冀,而是传给三弟李景遂(左二),李景遂死后,再依次传给四弟李景达(右一)、幼弟李景逿(左一),四个兄弟转过一圈儿之后,再传回给李璟的儿子李弘冀,开始新一轮的兄弟相继。

天下的皇帝,没有不想把皇位传给自己的儿子的。李璟发出这样的毒誓,自然是有他的苦衷,那就是他的儿子还嫩,没有政治经验,三个弟弟却大权在握、实力雄厚,确立"兄终弟及"的传位方式,不只安抚了三个弟弟,更保全了自己的儿子。

几年后,他正式封李景遂为皇太弟,确定了他的接班人身份。

这是中国历史上最后一个汉人皇太弟。

同时把自己的嫡长子李弘冀外放留守东都扬州。

《重屏会棋图》里,人物的座位次序,与李璟给三位弟弟设定的继承皇位的顺序完全吻合——古代大部分朝代以左为尊(从坐者的视角看左右),而他们的座次,分别是左、右、左、右,即:李璟(左)、李景遂(右),李景达(左)、李景遏(右)。

李璟面对着今天的观众,面沉似水,波澜不惊;皇太弟李景遂与他同榻,表明他已经取得了"一字并肩王"的身份,与李璟平起平坐,但他身体微屈,视线投向那几枚黑子,流露出某种谦卑的姿态,他的右手搭在李景遏的肩膀上,以显示他的亲切随和;李景达目光紧盯着李景遏,举起一只手,手指指向弟弟手中的棋子,似乎在催他落子;那枚棋子正紧紧捏在李景遏的手里,即将在一片安静中,敲落在棋盘上。

那既然不是一盘棋,那到底是什么呢?

仔细看,会发现棋盘上的黑子,组成了一个奇特的图案。

九

余辉老师的提醒,让我注意到棋盘上黑子的排列。

竟然是北斗七星!

除了李景遏捏在手里的那枚棋子,棋盘上共有八枚棋子,除一个占桩的黑子外,另外七枚黑子已经摆出了一个北斗七星的造型,占定了北斗二(天璇)、北斗三(天玑)、北斗四(天权)、北斗五（玉衡）、北斗六（开阳）、北斗七（瑶光）的位置，唯有北斗一（天枢）的位置空缺。

李景邈手里的棋子，已经瞄准了北斗一（天枢）的位置，棋子一旦落定，这幅"北斗七星图"就会完成。

他们摆的，原是一幅天象图。

天象不是天文，在古代中国，它不只是科学，还是意识形态，关乎帝国兴衰、人事沉浮。

《尚书纬》说：

> 七星在人为七瑞。北斗居天之中，当昆仑之上，运转所指，随二十四气，正十二辰，建十二月，又州国分野、年命，莫不政之，故为七政。

七政是指：春、秋、冬、夏、天文、地理、人道。

总之，北斗七星，人世间的一切都管了。

北斗七星的斗柄，对着李璟。

北斗七星的斗柄是由玉衡、开阳、瑶光三颗星组成的，在不同的季节和夜晚不同的时间，斗柄指示的方向是不同的，真的像一把手柄，或者一根银制的指针，在夜空中缓缓旋转。古人就根据初昏时斗柄所指的方向来决定季节：

斗柄指东，天下皆春；

斗柄指南，天下皆夏；

斗柄指西，天下皆秋；

斗柄指北，天下皆冬。

若把观测的时间固定于傍晚，则斗柄指东时，正是二月春分，斗柄指南时，为五月夏至，斗柄指西时，为八月秋分，斗柄指北时，为十一月冬至。

借助斗柄指向地面上的东西南北四个方位，可以确定四个季节的中间日期。

春分、夏至、秋分、冬至确定了月份，其他月份也就容易确定了。

因此，斗柄意味着时间之始。

它指向李璟，暗示着四兄弟的权力轮传，正始于李璟。

或许，李璟就是朝代的春天，繁花似锦、绿肥红瘦。

尾随其后的，分别是夏天、秋天和冬天。

没有李璟，权力游戏就玩不下去，王朝的权力，就不可能按照"兄终弟及"的约定，周而复始地延续。

从天璇通过天枢向外延伸一条直线，大约延长五倍多些，那是北极星的位置。

棋盘上，已有一颗黑子，占据了北极星的位置。

北极星绝不是一颗平常的星,而是天之最尊之星。在古代中国人的世界观里,宇宙的中心不是太阳,而是北极星,也叫北辰,或紫微星。

太阳有升有落,唯有北极星位于天空中央,永恒不动,所有的星辰皆绕着它旋转(包括北斗星),所以中国(中原)文化里,很少有太阳崇拜,而是北极星崇拜,夸父追日,后羿射日,都不怎么拿太阳当回事。有一首歌曲歌颂领袖:"抬头望见北斗星,心里想念毛泽东",实际上是歌词作者弄错了,他想说的是北极星,而不是北斗星。故宫原来以紫禁城命名,正是基于北极星(紫微星)无可置疑的重要性。

所以,在南唐的那个棋盘上,落在北极星位置上的那颗子,是至关重要的一颗子。

它指向谁,谁就是这世界的核心。

那颗星所指,居然是李景遏。

或许,它表示所有的权力,都将收束于李景遏的手中。

未来的皇位,已经预留给他。

然后,再传给下一代,开始新一轮的轮替。

棋盘上的星图,宣示了权力之始,也预告了权力之终。

一旦李景遏手中的棋子落定,这权力的星图就得以完成,天衣无缝。

原来那不是下棋,而是一个政治仪式!

周文矩是宫廷画院的画家,他一定是奉皇帝的旨意,画成了这幅《重屏会棋图》(原画已佚,我们在故宫博物院所见为后世摹本),为这份政治盟约,留下一份证据。

十

但不论怎样,传位秩序已然确定,他们的宫廷,就省去了那些不必要的心机、诡诈、纷争、背叛,他们用一幅《重屏会棋图》,表达了他们兄弟之间渴求安定、携手共建的政治意愿。他们相信,在这世界上,比权力、比私欲更珍贵的,是同胞之情,这份情感,可以让他们无惧患难、无惧分离。

为了证明这一点,这兄弟四人,不仅"军国之政,同为参决"[12],甚至出门旅游,都不离不弃,相偕而行。话说保大五年(公元947年),春节那天,突然天降大雪,李璟赶紧召唤三个弟弟,还有身边宠臣,一起登楼饮宴。纷扬的大雪,映衬着灯火楼台,愈显后者的华灿、浓烈。那场欢宴至深夜才结束,可见李璟兴致之高、宴会气氛之热烈。周文矩也参加了那场宴会,并且与其他宫廷画家——董源、朱澄、徐崇嗣等分工合作,共同完成了一幅画。那时,南唐的领土还没为后周所占,南唐正处于攻城略地的强盛期,李璟扬扬得意,写下一首御制诗,对

比他儿子李煜后来的伤感之词,心情已别如天壤:

> 珠帘高卷莫轻遮,
> 往往相逢隔岁华。
> 春气昨宵飘律管,
> 东风今日放梅花。
> 素姿好把芳姿掩,
> 落势还同舞势斜。
> 坐有宾朋尊有酒,
> 可怜清味属侬家。[13]

只是,这"烈火烹油、鲜花着锦之盛",也终如《红楼梦》里秦可卿所说,不过是"瞬息的繁华,一时的欢乐"[14]。从李氏兄弟在大雪中登楼赋诗,到南唐在后周的强势攻击下割地称臣,也不过十年的时间。

十一

至少在兄弟四人围案小坐、弈棋闲话的一团和气里,还看不见后来命运里的刀刃冰凉。

完成王朝的政治布局,李璟可以安心地睡觉、做梦了。

于是，我们再回到那道画屏。

中国绘画史上，睡觉成了一个重要的美学主题，有点像西方绘画中的睡美人，只不过在我们的绘画上，一般都画着大老爷们儿，美人是用来伺候大老爷们儿的。正如这幅《重屏会棋图》上，一个男人正要睡觉，四名女人正忙着伺候。满目的美人，舒适的床榻，身后又立着一张精美的画屏，上面画着山水，让他仿佛在山水间入眠。这般的入睡环境，人间几人能得？

前面说过，这画屏，再现的是白居易《偶眠》诗的场景。

诗是这样写的：

放杯书案上，

枕臂火炉前。

老爱寻思事，

慵多取次眠。

妻教卸乌帽，

婢与展青毡。

便是屏风样，

何劳画古贤。

卸去乌帽，展开青毡，放杯书案，枕臂炉前。或许，这才是真正的风雅。

但这份轻松与诗意,都不过是李璟的梦而已,是政治之外的李璟(作为词人的李璟)真正的所思所想。他贵为天子,优雅的宫室(犹如《重屏会棋图》所绘)、美丽的侍女、柔软的锦衾都不难得,难得的是心的安定、优雅。

假如说画屏上的《偶眠》诗意图,画出了李璟心中的幻景,那么画屏内的第二道屏(即"重屏"),描绘的就是那位睡眠者的梦——他安睡于优雅的室内,心里想的,却是徜徉山水、醉泉眠云。不同人物的梦想,就这样借助不同的画屏,一层层地推展开。

用画屏上的图像来隐喻人物的内心世界,是中国绘画一个公认的传统(当然,这一传统并非放之四海皆准)。前面提到的《韩熙载夜宴图》,里面的山水画屏,就暗示着韩熙载的云林之志。王齐翰《勘书图》卷,人物身后也是立着三叠屏风,上面绘有青绿没骨山水,以显示画上文人的生命意境。《槐荫消夏图》也用绘有树木的屏风,来刻画人物对天地自然的皈依。

这些画上的人物表情大多静默如佛,不似西方油画,会捕捉人物瞬间的动态与表情。因此,他们身后画屏上的风物,其实呈现的是他们内心的景观。巫鸿说:"如果不以画屏透露出这种诗意的暗示的话,画中人物的情感状态常常难以被人觉察。"[15]

李璟很希望自己像画屏中的世外高人那样，在山水之间悠然入眠。这不是我的妄言。李璟自己写了：

余寒不去梦难成，
炉香烟冷自亭亭。[16]

这首《望远行》，虽是一首描述妇人思念远人的小词，但那炉香烟冷、难以入眠的孤寂之境，却是李璟最真实的心境。

但他与画屏上安眠的高人，根本不在同一个世界里。

画屏内外，虽一步之遥，却别如天壤。

十二

李璟的生命空间，其实十分有限。

他的宫，他的城，把他牢牢锁住。

正是因为现实的空间狭小，他的想象力才得以激发，梦想才变得强大，犹如一道道的画屏，或者循环无尽的梦，引领他穿越山重水复，走向柳暗花明。

理想很丰满，现实却很骨感。

头上的那顶皇冠，会时时把他拉回到无情的现实中。

清风明月、鱼跃鸢飞之外，南唐王朝的政局，早已沦为不可救药的残局。

李家王朝,在理想与现实的夹缝中苟延残喘。

公元 958 年,是后周显德五年,南唐的年号没了——五月里,在后周的强大压力下,李璟下令去掉自己的帝号,使用后周年号,自己则改称国主,以求偷安,史称南唐中主。

被李璟外放到边地的儿子李弘冀,在战斗里成长着,身体一点点地变得硬朗,心也越来越凶狠,叔父李景遂的接班人身份,也越来越让他恨之入骨。终于,李弘冀等不及了,于是在公元 958 年,买通了叔父李景遂的仇人袁从范(袁从范的儿子被李景遂所杀),将李景遂毒死。

李景遂虽死,但他的鬼魂没有放过他的大侄子。第二年(公元 959 年),李弘冀就因看到叔父的鬼魂,惊吓而亡。

同室操戈,相煎太急。历史历来如此。信誓旦旦的政治盟约,终于被撕成碎片。兄弟间亲密无间,正襟危坐地一起下棋,其实也不过是一个幻象、一场表演。

假如没有《重屏会棋图》,甚至无法确认,那盘棋,是否真的下过。

李弘冀被吓死那一年,李璟封第六子李从嘉(李煜)为吴王,居住东宫。两年后,李璟逝于南昌,年仅四十六岁。亡国之君的位置,留给了李煜。

春花秋月何时了？

春花秋月终将了。

至少在画屏上，所有的绚烂，最终都归于平淡——明代绘画中，许多画家摒弃了此前绘画中的山水屏风，以素白的屏风取而代之，使它更具禅意，比如尤求的《品古图》。

正如一场电影演完，曲终了，人散了，留下的，唯有一张洁白的素屏。

第三章 韩熙载,最后的晚餐

中国式『最后的晚餐』的含义,是极乐后的毁灭。

一

空即是色，色即是空。

夜宴的那个晚上，当所有的客人离去，整座华屋只剩下韩熙载一个人，环顾一室的空旷，韩熙载会想起《心经》里的这句话吗？

或者，连韩熙载也退场了。他喝得酩酊，就在画幅中的那张床榻上睡着了。那一晚的繁华与放纵，就这样从他的视线里消失了。连他也无法断定，它们是否确曾存在。

仿佛一幅卷轴，满眼的迷离绚烂，一卷起来，束之高阁，就一切都消失了。

倘能睡去，倒也幸运。因为梦，本身就是一场夜宴。所有迷幻的情色，都可能得到梦的纵容。可怕的是醒来。醒是中断，是破碎，是失恋，是一点点恢复的痛感。

李白把梦断的寒冷写得深入骨髓："箫声咽，秦娥梦断秦楼月。"梦断之后,静夜里的明月箫声,加深了这份凄迷怅惘。所谓"寂寞起来搴绣幌,月明正在梨花上"。

韩熙载决计醉生梦死。

不是王羲之式的醉。王羲之醉得洒脱,醉得干净,醉得透彻;而韩熙载,醉得恍惚,醉得昏聩,醉得糜烂。

如果,此时有人要画,无论他是不是顾闳中,都会画得与我们今天见到的那幅《韩熙载夜宴图》不一样。风过重门,觥筹冰冷,人去楼空的厅堂,只剩下布景,荒疏凌乱,其中包括五把椅子、两张酒桌、两张罗汉床、几道屏风。可惜没有画家来画,倘画了,倒是描绘出了那个时代的颓废与寒意。十多个世纪之后,《韩熙载夜宴图》[图3-1]出现在北京故宫博物院的陈列展上,清艳美丽,令人倾倒,唯有真正懂画的人,才能破译古老中国的"达·芬奇密码",透过那满纸的莺歌燕语、歌舞升平,看到那个被史书称为南唐的小朝廷的虚弱与战栗,以及画者的恶毒与冷峻,像数百年后的《红楼梦》,以无以复加的典雅,向一个王朝最后的迷醉与癫狂发出致命的咒语。

二

韩熙载的腐败生活,让皇帝李煜都感到惊愕。

李煜自己就过着纸醉金迷的生活,史书上将他定性为"性骄侈，好声色，又喜浮图，为高谈，不恤政事"[1]。南唐中主李璟，前五个儿子都死了，只有这第六个儿子活了下来，王国维在《人间词话》中说他："生在深宫之中，长于妇人之手"[2]，最终得以在公元961年二十五岁时继承了王位。九死一生的幸运、意外得来的帝位，让李煜彻底沉迷于花团锦簇、群芳争艳的宫闱生活，而忘记了这份安逸在当时环境下是那么弱不禁风。

北宋《宣和画谱》上记载，李煜曾经画过一幅画，名叫《风虎云龙图》，宋人从这幅画上看到了他的"霸者之略"，认为他"志之所之有不能遏者"[3]，就是说，他的画透露出一个有志称霸者的杀气，可惜他的画作，没有一幅留传下来，我们也就无缘得见他的"霸者之略"，倘有，也必然如其他末代皇帝一样，只是最初的昙花一现，随着权力快感源源不断的到来，他曾经坚挺的意志必然报废，像冰融于水，了无痕迹。公元968年、北宋开宝元年，南唐大饥，到处弥漫着死亡的气息，腐烂的尸体变成越积越厚的肥料，荒野上盘旋着腥臭的沼气。然而，在宫殿鼎炉里氤氲的檀香与松柏的芳香中，李煜是闻不出任何死亡气息的。对于李煜来说，这只是他案头奏折上的轻描淡写。他的目光不屑于和这些污秽的文字纠缠，他目光雅致，它是专为那些世间美好的事物存在的。他以秀丽的字体，在"澄心堂纸"上轻轻点染出一首《菩萨蛮》，将一个少女在繁花盛开、月光清

[图3-1]
《韩熙载夜宴图》卷,五代,顾闳中(宋摹)
北京故宫博物院 藏

為天官侍郎以
領爲時論所誚
韓熙載夜宴圖

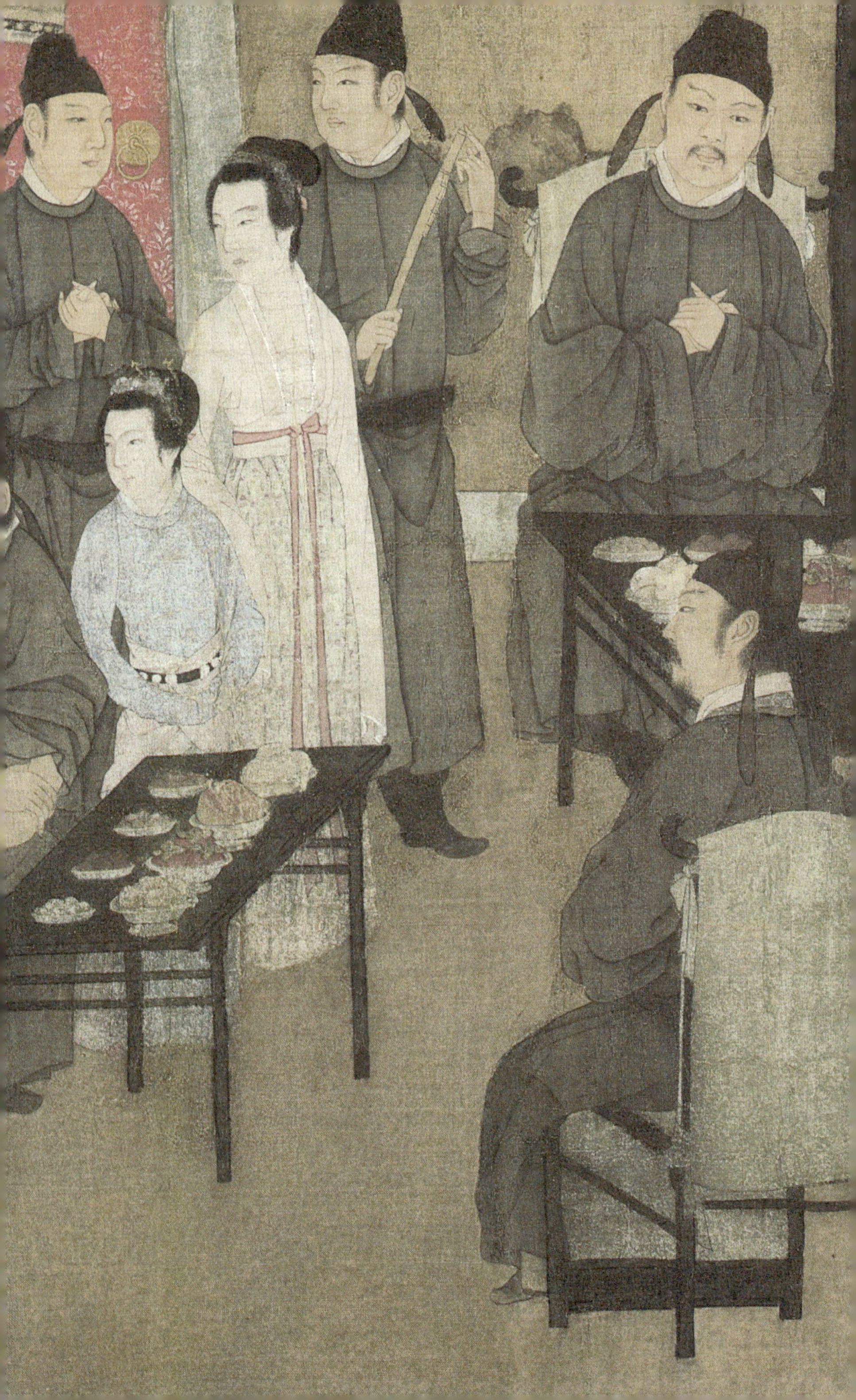

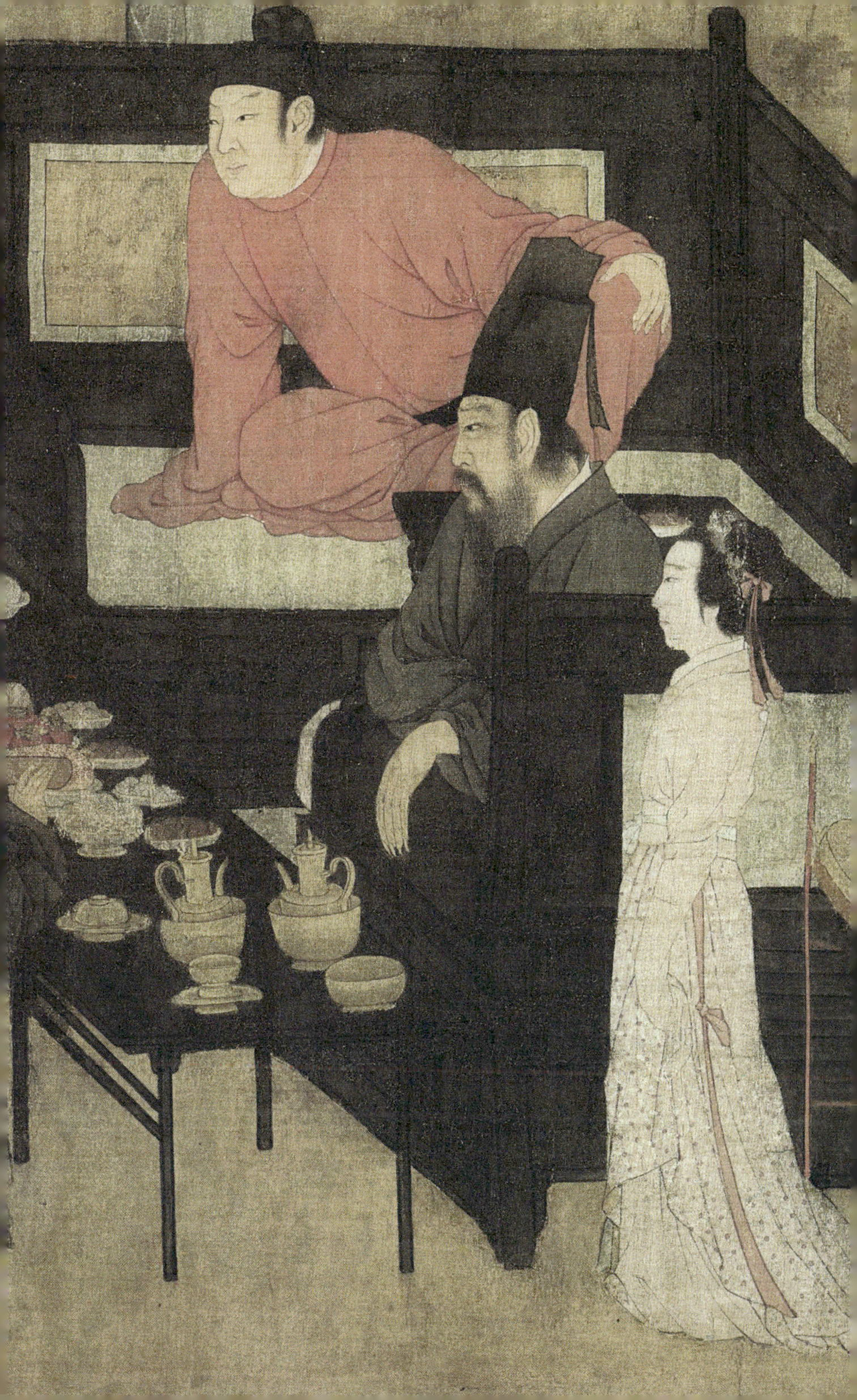

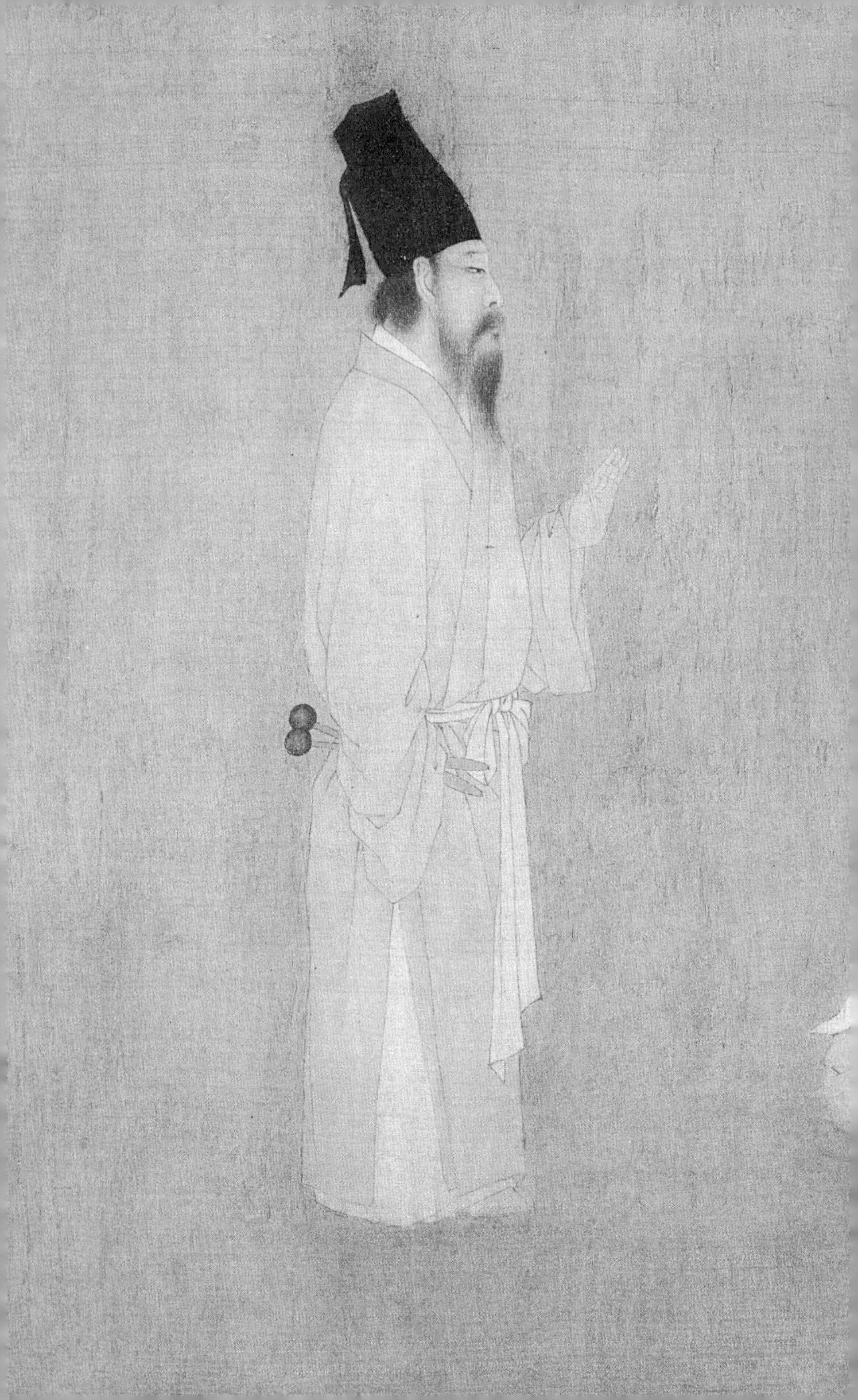

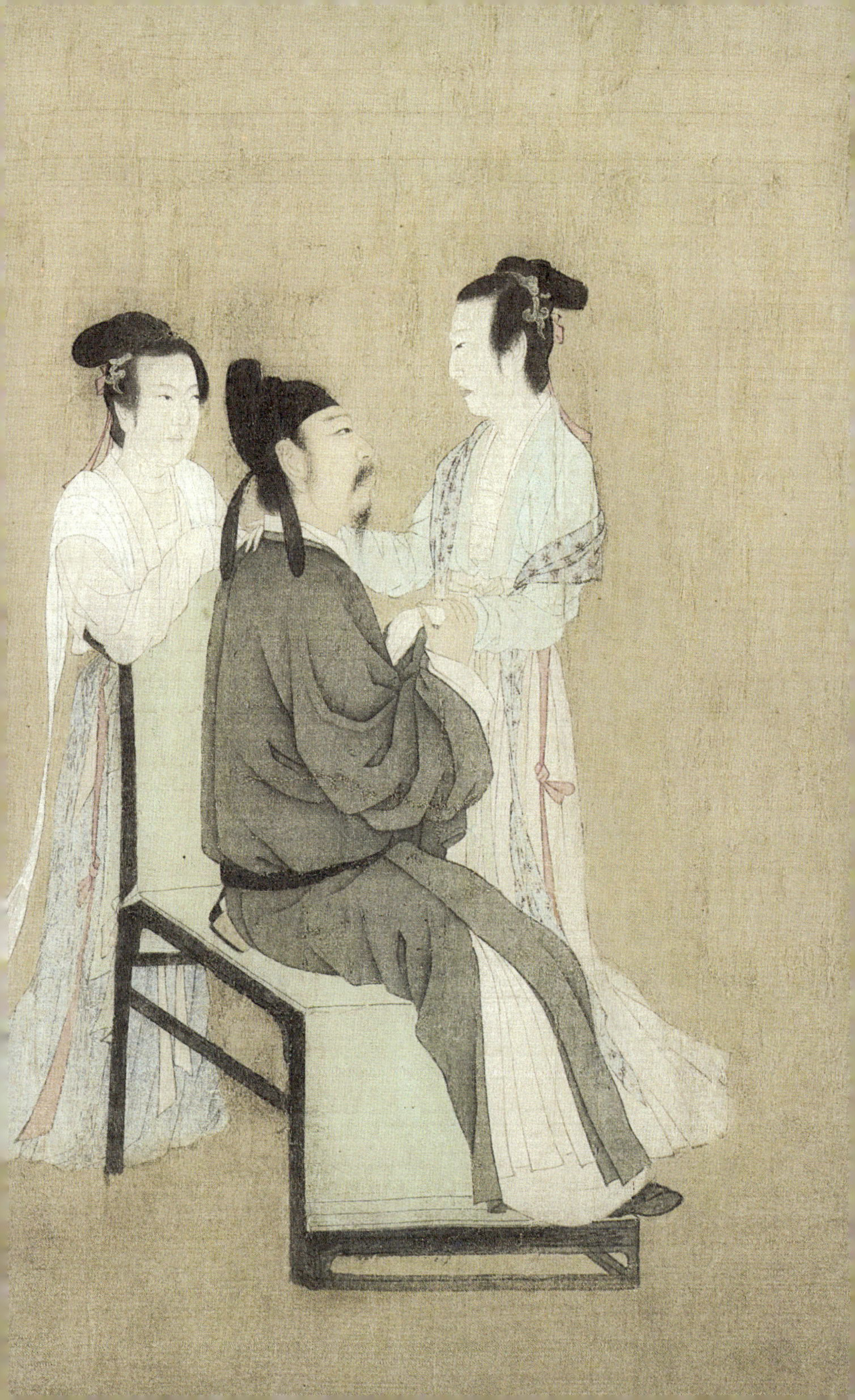

淡的夜晚与情人幽会的情状写得销骨蚀魂：

> 花明月黯笼轻雾，
> 今宵好向郎边去。
> 刬袜步香阶，
> 手提金缕鞋。
> 画堂南畔见，
> 一向偎人颤。
> 奴为出来难，
> 教君恣意怜。[4]

这首词的主人公，实际上是李煜自己和他的小周后。大周后和小周后是姐妹，先后嫁给李煜做了皇后。李煜十八岁时先娶了姐姐大周后。十年后，集万千宠爱于一身的大周后病死，就在南唐大饥这一年，李煜又娶了妹妹小周后。《传史》记载：李煜与小周后在成婚前，就把这首词制成乐府，丝毫不去顾及个人隐私，任凭它外传，似乎有意炫耀自己的风流韵事，儿女柔情。清代吴任臣在《十国春秋》里写："后主制乐府，艳其事，……词甚狎昵，颇传于外，至纳后，乃成礼而已。翌日，大燕群臣，韩熙载以下皆作诗讽焉，而后主不之谴也。"[5] 其中，韩熙载写诗，

"四海未知春色至，今宵先入九重城"，将皇帝挖苦一番，李煜也满不在乎。

"晓妆初了明肌雪，春殿嫔娥鱼贯列"构成了李煜的全部世界，那些在后宫饱受性压抑折磨的妃嫔宫娥，也在皇帝的煽动下纷纷争宠。比如天生丽质却身无才艺的宫娥秋水，因无法得宠而无比忧虑，在花园踯躅时，嗅到外国进贡奇花的幽香，就摘下几朵，戴在头上，以吸引李煜的注意；再如能歌善舞的窅娘，为讨好李煜，甚至用一条两丈多长的绢带把自己的玉足紧紧缠起来，让它们变得纤巧灵秀，这便是中国女性缠足的开始。她新月般的小脚果然打动了李煜，当天就留下她侍寝。据说李煜曾经握着窅娘动人的小脚反复赏玩，还给它起了一个优雅的名字："三寸金莲"。为了她所受到的宠爱，此后近一千年中的女性都要忍受缠足在她们发育过程中留下的撕心裂肺的伤痛。

高罗佩在《中国古代房内考》中写道：

> 尽管有人怀疑是否真是从窅娘才开了缠足的风气，但是文献的和考古的证据却表明，这一习俗确是在这一时期或其前后，即唐、宋之间约五十年的时间里出现的。这一习俗在以后许多世纪里一直保存，只是近年来才渐渐消亡……

从宋代起,尖尖的小脚成了一个美女必须具备的条件之一……女人的小脚开始被视为她们身体最隐秘的一部分,最能代表女性,最有性魅力。宋和宋以后的春宫画把女人画得精赤条条,连阴部都细致入微,但我从未见过或从书上听说过有人画不包裹脚布的小脚。女人身体的这一部分是严格的禁区,就连最大胆的艺术家也只敢画女人开始缠裹或松开裹脚布的样子。……

女人的脚是她的性魅力所在,一个男人触及女人的脚,依照传统观念就已是性交的第一步。……[6]

然而,就在这香风袅娜之间、颠鸾倒凤之际,已经建立八年的宋朝,已经在他绚烂的梦境中划出一条血色的伤口。公元971年,潮水般的宋军踏平了南汉,惶恐之余,李煜非但不思如何抵抗宋军,反而急急忙忙地上了一道《即位上宋太祖表》,向宋朝政府做出了对宋称臣的政治表态,主动去掉了南唐国号,印文改为江南国,自称江南国主,在江南一隅苟延残喘。

韩熙载曾经是一个理想主义者,自恃文笔华美,盖世无双,因而锋芒毕露,从来不把别人放在眼里,所以很容易得罪人。每逢有人请他撰写碑志,他都让宋齐丘起草文字,他来缮写。宋齐丘也不是等闲之辈,官至左右仆射平章事(宰相),主宰朝政,文学方面也建树颇高，晚年隐居九华山，成就了九华山的盛名，陆游曾在乾道六年七月二十三日《入蜀记第三》中写道："南唐宋子嵩辞政柄归隐此山，号'九华先生'，封'青阳公'，由是九华之名益盛。"即使如此，宋齐丘的文字，还是成为韩熙载讥讽的对象，每次韩熙载抄写他的文章，都用纸塞住自己的鼻孔。有人不解，问他为什么，他回答道："文辞秽且臭。"对于自己的顶头上司，他不给一点面子。有人投文求教，每当遇到那些粗陋文字，他都命女伎点艾熏之。就在发生饥荒的这一年五月，身为吏部侍郎的韩熙载，上疏"论刑政之要，古今之势，灾异之变"，还把他新写的《格言》五卷、《格言后述》三卷进呈到李煜面前。这一次李煜没有歇斯底里，认为他写得好，升任他为中书侍郎、光政殿学士，这是韩熙载摸到了头彩，也是他平生担任的最高官职。

李煜甚至还想到拜韩熙载为相，《宋史》《新五代史》《续资治通鉴长编》《湘山野录》《玉壶清话》《南唐书》等诸多典籍都证实了这一点。但韩熙载看到了这份信任背后的凶险。他知道，面前的这个李煜是一个扶不起来的阿斗，他不止一次地向他献策，出师平定北方，都被这个胆小鬼拒绝了。没有人比韩熙载更清楚，一心改革弊政的潘佑、李平，还有许多从北方来的大臣都是怎么死的。李煜的刀法，像他的笔法一样，精准、细致、一丝不苟，所有的忠臣，都被他准确无误地铲除了，连那个辞官隐居的宋齐丘，都被李煜威逼，在九华山自缢而死。李煜不是昏庸，是丧心病狂。辽、金、宋、明，历朝历代的末代皇帝，都有着丝毫不逊于李煜的特异功能，将自己朝廷上的有用之臣一个一个地杀光。

就在南唐王朝自相残杀的同时，刚刚建立的宋朝已经对南唐拔出了利剑，以南唐国力之虚弱、政治之腐败，根本不是宋的对手。韩熙载知道，一切都太晚了，他已经预见到了南唐这艘精巧的小舢板将被翻滚而来的血海彻底吞没，最多只留下一堆松散柔弱的泡沫。

最耐人琢磨的，还是韩熙载的内心。他清清楚楚地知道，眼前的粼粼春波、翩翩飞燕、喋喋游鱼、点点流红，都只是一种幻象，转眼之间，就会荡然无存。他是鲁迅所说的铁屋里的觉醒者，发现自己被困在尘世间最华丽的囚牢里，命中注定，无路可逃。当他发现自己的洞察力和预见性最终只能使自己受到惩罚，别人依旧昏天黑地醉生梦死，才知道自己是天底下最大的傻瓜。他决定改变自己的活法。

很多年后，范仲淹说了一句让读书人记诵了一千年的名言："先天下之忧而忧,后天下之乐而乐。"韩熙载没有听到过这句话，也没有宋代知识分子的庄严感，在他看来，"先天下之乐而乐"，才是唯一正确的选择。这是一种以毒败毒、以荒淫对荒淫的策略。一个人做一次流氓并不难,难的是一辈子做流氓,不做君子。在这方面,他表现出青出于蓝而胜于蓝的超强实力。韩熙载本来就"不差钱",他的资金来源,首先是他丰厚的俸禄;其次是他的"稿费"——由于他文章写得好,有人以千金求其一文;再次是皇帝的赏赐。三者相加,使韩熙载成为南唐先富起来的那部分人。于是,他蓄养伎乐,宴饮歌舞,纤手香凝之中,求得灵魂的寂灭和死亡。他以一个个青春勃发的女子来供奉自己,用她们旺盛的青春映衬自己的死亡。

  同是在脂粉堆里摸爬滚打,韩熙载与李煜有着本质的不同。李煜的脑海里只有儿女私情,没有任何宏大的设想,他被女人的怀抱遮住了眼,看不到远方的金戈铁马、猎猎征尘,不知道快乐对于帝王来说构成永恒的悖论——越是沉溺于快乐,这种快乐就消失得越快。现实世界与帝王的情欲常常构成深刻的矛盾,当"性器官渴望着同另一个性器官汇合,巴掌企图抚摸另一具丰腴的躯体,这些眼看可以满足的事情却时常在现实秩序面前撞得粉碎"[7]。在实现欲望方面,帝王当然拥有特权,能够保证他的身体欲望得以自由实现,他试图通过权力把这份"绝对自由"合法化,然而,这只是一种表面上的自由,它背后是更黑暗的深渊,万劫不复。从这个意义上说,帝王的所谓自由,实际上是一种伪自由，一个以华丽的宫殿和冰雪的肌肤围绕起来的巨大陷阱，他将为此承受更加猛烈的惩罚。李煜与所有沉迷于情色的皇帝一样，没有看透这一点。如果一定说出他与那些皇帝的区别，那就是他更有艺术才华，把他那份缱绻的情感写入词中。

而韩熙载早已洞察了一切，他只追求快乐地死去。他知道所有的"乐"，都必然是"快"的。在法语里，"喜乐"（Bonheur）是由"好"和"钟点"组成的合成词，一针见血地指明了"乐"的时间属性。昆德拉在小说《不朽》中也曾经悲哀地说，把一个人一生的性快感全部加在一起，也顶多不过两小时左右。但在韩熙载看来，这种很"快"的"乐"，将使他摆脱濒死的恐惧，使死亡这种慢性消耗不再是一种可怕的折磨。他不像李煜那样无知者无畏，他越是醉生梦死，就说明他越是恐惧。他试图以这样的方式进行反抗，让身体在这个荒谬的世界上横冲直撞，在这种"近于疯狂的自我报复之中获得快感"，等待和迎接最后的灭亡时刻，所有的爱憎、悲喜、成败、得失，都将在这个时刻被一笔勾销。鲁迅曾将此总结为："憎恶这熟悉的本阶级，毫不可惜于它的溃灭。"[8] 纵情声色，是他给自己开的一服解药。他知道自己，还有这个王朝，都已经无药可救，他只能把自己当成一匹死马来医。治疗的结果已经无足轻重，重要的是过程，那是他的情感所寄。

他挥金如土，很快就身无分文。但他并不心慌，每逢这时，韩熙载就会换上破衣烂衫，手持独弦琴，去拍往日家伎的门，从容不迫地挨家乞讨。有时偶遇自己伎妾正与小白脸厮混，韩熙载不好意思进去，就挤出笑脸，说对不起，不小心扫了你们的雅兴。

他知道自己"千金散尽还复来"，等自己重新当上财主，他就会卷土重来，进行报复式消费。《五代史补》说韩熙载晚年生活荒纵，每当他大筵宾客，都先让女仆与之相见，或调戏，或殴击，或加以争夺靴笏，无不曲尽——看起来还有性虐待倾向。这样荒淫的场合，居然还有僧人在场，登堂入室，与女仆等杂处。怪不得连李煜都被惊住了，他没想到这世上还会有人比自己更加风流，他肃然起敬。

三

如果没有那幅画，我们恐怕不可能知道那场夜宴的任何细节，更不会注意到韩熙载室内的那几道屏风。作为韩熙载享乐现场的重要证据，它们最容易被忽视，但我认为它们十分重要。

屏风共有四道，画中间有两道，再向两边，各有一道，把整幅长卷均分成五幕：听琴、观舞、休闲、清吹和调笑，像一出五幕戏剧，环环相扣，榫卯相合。这让我们看到了画者构思的用心。他不仅用屏风把一个漫长的故事巧妙地分段，连分段本身，都成了故事的一部分。

男一号韩熙载在第一幕就隆重出场了，他头戴黑色高冠，与客人郎粲同在罗汉床上，凝神静听妙龄少女的演奏，神情还有些端庄；第二幕中，韩熙载已经脱去了外袍，穿着浅色的内袍，一面观舞，一面亲自击鼓伴奏；第三幕，韩熙载似乎已经兴奋过度，正坐在榻上小憩，身边有四名少女在榻上陪侍他，强化了这种不拘礼节的气氛；到了第四幕，韩熙载已经宽衣解带，露出自己的肚腩，盘膝而坐，体态十分松弛，一面欣赏笙乐的吹奏，一面饱餐演奏者的秀色；似乎是受到了韩熙载的鼓励，在最后一幕，客人们的肢体语言也变得放纵和大胆，或执子之手，或干脆将眼前的酥胸柔腕揽入怀中。美术史家巫鸿写道："我们发现从第一幕到这最后一幕，画中的家具摆设逐渐消失，而人物之间的亲密程度则不断加强。绘画的表现由平铺直叙的实景描绘变得越来越含蓄，所传达的含义也越发暧昧不定。人物形象的色情性愈发浓郁，将观画者渐渐引入'窥视'的境界。"[9]

唯有屏风是贯穿始终的家具。在如此亲切友好的气氛中，屏风本是一个不合时宜的介入者。画轴上的一切行动，目的地只有一个，就是床，然而出人意料的是，画中的床一律是空旷的背景，只有屏风的前后人满为患。屏风的本意是拒绝，它不是墙，不是门，它对空间的分割，没有强制性，可以推倒，可以绕过，防君子不防小人，它以一种优雅的、点到为止的方式，成为公共空间和私密空间的分界线、抵御视觉暴力和身体冒犯的物质屏障。一个经受过礼仪驯化的人，知道什么是非礼勿视、非礼勿听，所以屏风站立的地方，就是他脚步停止的地方，"闲人免进"。但在《韩熙载夜宴图》里，屏风的本意却发生了扭转。拒绝只是它们表面的词义，深层的意义却是诱惑与怂恿。它是以拒绝的方式诱惑，在它们的引导下，整幅画越向内部，情节越暧昧和淫糜。

我们可以先看画幅中间连续出现的那两道屏风。一道是环绕韩熙载与四名少女的坐榻的屏风，紧靠坐榻，是一张空床，也被屏风三面围拢，屏风深处，被衾舒卷，更增添了几许幽魅与色情。它们是一种床上屏风，一种折叠式的"画屏"，拉开后，可以绕床一周，也可以三面围合，留一个上下床的出入口。韦庄《酒泉子》写："月落星沉，楼上美人春睡。绿云倾，金枕腻，画屏深。"李贺也有类似的语句："夜遥灯焰短，睡熟小屏深。"描摹的都是美人在画屏中酣睡的场景。当美人半梦半醒，或者在晨曦中醒来，揽衣推枕之际，睁眼看到四周的画屏，也不失一种别致的体验。至于画屏的作用，不仅是挡风御寒，更是最

[图 3-2]

《韩熙载夜宴图》卷（局部），五代，顾闳中（宋摹）

北京故宫博物院 藏

大限度地保护床榻的私密性，然而，任何与床相关的器物，都容易引起人们色情想象，比如我们说"上床"，在今天早已不再是一个中性词语，而被赋予了浓重的色情意味，画屏也是一样，严严实实的遮挡，换来的是窥视的欲望，欧阳炯一首《春光好》，将屏风的色情意味表现得十分露骨：

> 垂绣幔，
>
> 掩云屏，
>
> 思盈盈。
>
> 双枕珊瑚无限情，
>
> 翠钗横。
>
> 几见纤纤动处，
>
> 时闻款款娇声。
>
> 却出锦屏妆面了，
>
> 理秦筝。

我们的目光再向画轴的左侧移动，这时我们会看见连接第四、第五幕的那道屏风［图3-2］——屏风前的男人，与屏风后的女性，正在隔屏私语。画幅犹如默片，忽略了他们的声音，却记录了他们情状的甜腻。妖娆的女性身影，因其在屏风后幽

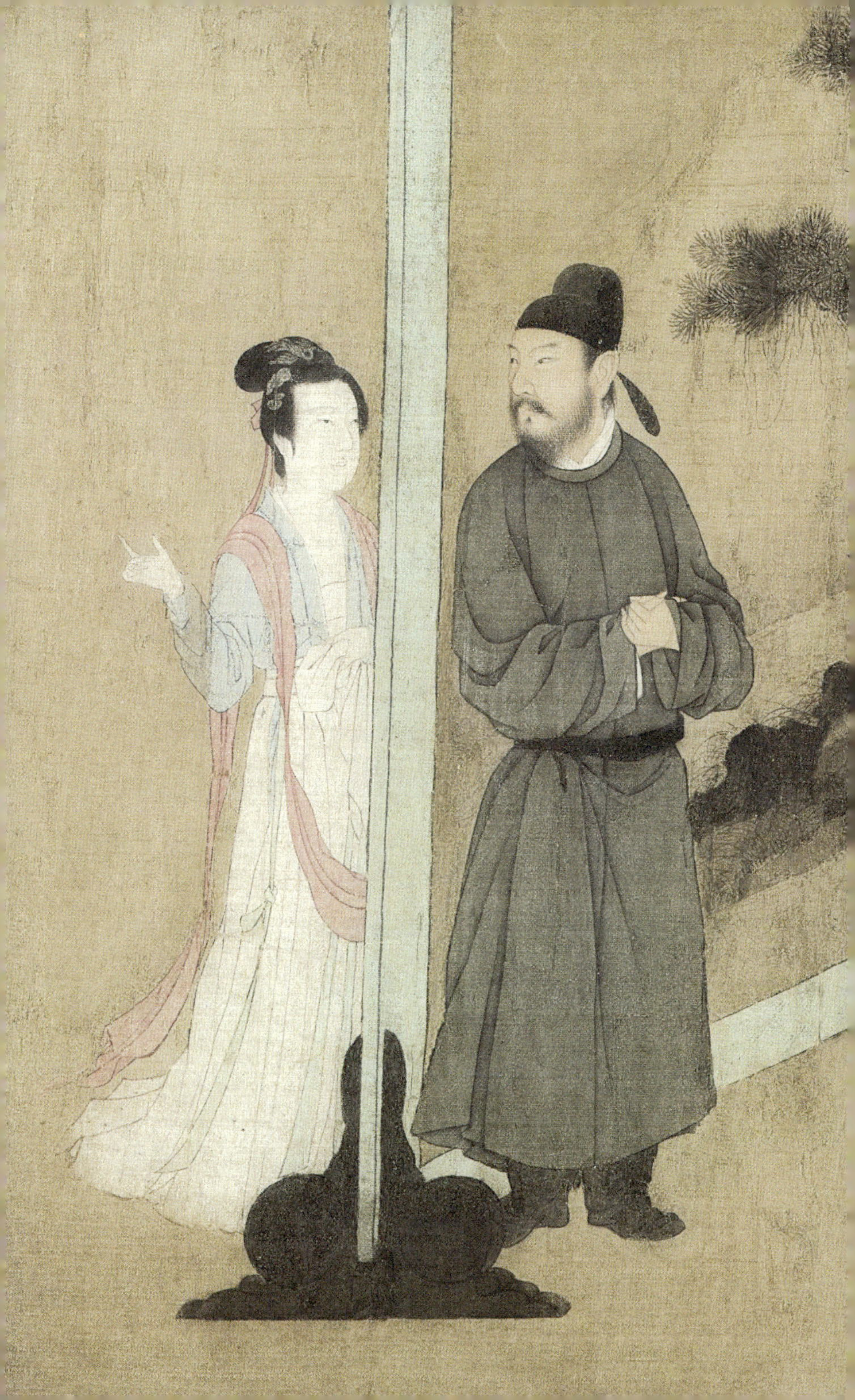

魅地浮现而显得愈发柔媚和性感，犹如性感的挑逗并非来自一览无余的裸露，而是对露与不露的分寸拿捏。调情的行家里手都明白这点常识：有限的遮掩比无限的袒露更摄人心魄，原因很简单——一望无余的袒露带来的只是视觉刺激的饱和，只有有限度的遮掩更能刺激对身体的色情想象。罗兰·巴特说："人体最具色情之处，难道不就是衣饰微开的地方吗？"与直奔主题的床比起来，屏风更有弹性，这种弹性，使它具有了拒绝和半推半就的双重可能，也更能引起某种想入非非的模糊想象。屏风带来的这种空间上的转折与幽深，让夜宴的现场陡生几分神秘和曲折。画幅之间，香风袅娜、情欲荡漾，令我想起唐代郭震的诗："罗衣羞自解，绮帐待君开"，也想起当下歌星的低吟浅唱："越过道德的边境……"在《韩熙载夜宴图》中，屏风不再用于围困，相反，是用来勾引——它以欲盖弥彰的方式，为情欲的奔涌提供了一个先抑后扬的空间，也使画中人在情欲的催促下不能自已，一往无前。

四

因此，《韩熙载夜宴图》构成了一个窥视的空间，只是这种窥视，不是单向的，而是多向的，不是平面的，而是立体的。它的内部，存在着一个由窥视构成的权力金字塔。

在这个权力金字塔中,第一层权力建立在韩熙载与歌舞伎之间。它构成男女两性之间的权力关系。这一点只要看看画上男人们的眼神就知道了——胡须像情欲一样旺盛的韩熙载、身穿红袍的郎粲,与他们对坐、面孔却扭向琵琶女的太常博士陈致雍和紫微朱铣,躬身侧望的教坊司副使李家明,还有恭恭敬敬站在后面的韩熙载门生舒雅,他们个个衣着体面、举止端庄,只有眼神充满色欲,如孔夫子所感叹的:"吾未见好德如好色者也。"[10] 衣着、举止都可以伪饰,唯有眼神无法伪饰。这是画者的厉害之处,他用窥视的眼神,将现场所有暧昧与色情的眼神一网打尽,一览无余。这证明了女权主义者劳拉·穆尔维的著名判断——"观察对象一般来说是女性……观察者一般来说是男性"[11],从仕女图、色情小说到三级片,无不是男性目光的延伸,它们所展现的,也无不是女性身体的柔媚性感,以女性为欣赏对象的色情作品一直是不占主流的。正是男性在窥视链条中的先天优势地位,鼓励了韩熙载这些画中人的目光,使他们旁若无人,目不转睛。

第二层权力建立在顾闳中与韩熙载之间。对于歌舞伎而言,韩熙载是看者;而对于画家顾闳中而言,韩熙载则是被看者。顾闳中的"看",与韩熙载的"被看",凸显了画者对"看"的特权。应当说,画者是一个彻头彻尾的窥视者。只有窥视者的目光，才能掠过建筑外部的华美，而直接落在建筑的内部空间中，因此，在这幅漫长的卷轴中，画者摒弃了对建筑本身的描摹，隐去了重门叠院、雕梁画栋，而专注于对室内空间的表达，使这幅《韩熙载夜宴图》，既有半公开半隐私的坐榻，也有空床、画屏这类内室家具。

中国古代绘画中，出现最多的应该是书案、琴桌、酒桌、座椅、坐榻这类家具，是供人正襟危坐的，而直接把画笔深入到隐私空间的，并不多见；古画中的女人，也有一个特别的称谓：仕女。我相信仕女这个词会让许多翻译家感到棘手，她们不是淑女，不是贵妇，而是一种以"仕"命名的女人。在古代，"仕"与"士"曾经分别用来指称男女，如《诗经》上说："士与女秉蕳兮"，"有女怀春，吉士诱之"。到了唐代，"仕女"才成为专有名词，画家也开始塑造女性由外表到精神的理想之美，到了宋代，这种端庄典雅的"仕女"形象，则在画纸上普遍出现。元代汤垕将"仕女"的形象概括为："仕女之工，在于得闺阁之态……不在于施朱傅粉，镂金佩玉，以饰为工。"这种精神、体态与美貌完美结合的女性，虽与欧洲中世纪的宫廷贵妇有所不同，却也有某些相似之处，约阿希姆·布姆克在《宫廷文化》一书中说："宫廷女性以其美丽的容貌、优雅的举止和多才多艺的才华唤起男人欢悦欢畅的情感，激起他们为高贵的女性效劳的决心。"[12]

但《韩熙载夜宴图》却有所不同，因为它画的不是理学兴起的宋代，而是秩序纷乱的五代。在时代的掩护下，画者的目光变得无所顾忌。他略过了厅堂而直奔内室。因为厅堂是假的，哪个在厅堂里高谈阔论的人不戴着虚伪的面具？唯有内室是真的，无论什么样的社会贤达、高级官员，在这里都撕去假面，露出赤裸裸的本性。所以，要了解明代社会，最好的教科书不是官方的正史，而是《金瓶梅》和《肉蒲团》这样的"民间文学"。尽管《韩熙载夜宴图》比它们看上去更文艺，但从窥视的角度上说，它们没有区别。

绘画是窥视的一种方式，让我们的目光可以穿透空间的阻隔，在私密的空间里任意出没。实际上，摄影、电影，甚至文学，都是窥视的艺术。本雅明早就明确提出，摄影是对于视觉无意识的解放。它们呼应的，正是身体内部某种隐秘的欲望。没有温庭筠《酒泉子》，我们就无法进入"日映纱窗，金鸭小屏山碧"这样私密的空间；没有毛熙震《菩萨蛮》，我们也无法体会"寂寞对屏山，相思醉梦间"这样私密的感受。约翰·艾利斯说："电影中典型的窥视态度就是想知道即将发生什么，想看到事件的展开。它要求事件专为观众而发生。这些事件是献给观众的，因此暗示着展示（包括其中的人物）本身默许了被观看的行动。"[13] 所有的艺术，都可以用"窥视"

二字总结。通过这种窥视,观察者与画中人形成了"看"与"被看"的关系。之所以把这种"观看"称为窥视,是因为观看行为本身并没有干扰画中人的举动,或者说,画中人并不知道观看者的存在,所以他们的言谈举止没有丝毫的变化。在韩熙载的夜宴上,每个人的身体都处于放松的状态,他们的动作越是私密,窥视的意味也就越强。

第三层权力建立在李煜与顾闳中之间。在那场夜宴上,顾闳中的目光无处不在,仿佛香炉上的轻烟,游荡在整幅画面。但作为南唐王朝的官方画师,顾闳中的创作是受控于皇帝李煜的,《韩熙载夜宴图》也是皇帝给他的命题作文,他只能遵命行事。它体现了皇帝对臣子的权力。《宣和画谱》记载,顾闳中受李煜的派遣,潜入韩熙载的府第,窥探他放浪的夜生活,归来后全凭记忆,画了这幅画,《宣和画谱》对这一史实的记录是:顾闳中"夜至其第,窃窥之,目识心记,图绘以上"[14]。

据说南唐还有两位著名宫廷画家画过同题材作品,一是顾大中的《韩熙载纵乐图》,《宣和画谱》上有记载;二是周文矩《韩熙载夜宴图》,历史上曾经有人见过这幅画,这个见证人是南宋艺术史家周密,他还把它记入《云烟过眼录》一书,说它"神采如生,真文矩笔也"[15]。元代也有人见过周文矩版的《韩熙载夜宴图》,这个人也是一个艺术史家,名叫汤垕,他还指出了周文矩版《韩熙载夜宴图》与顾闳中版《韩熙载夜宴图》的不同，但自汤垕之后，就再也没有人证实过这幅画的存在，它在时间流传中神秘地消失了，我们今天能够看到的，只剩下顾闳中的那幅《韩熙载夜宴图》，这也是顾闳中唯一的传世作品。

今天我们已经无法知道，这两幅《韩熙载夜宴图》到底有哪些区别。李煜找了不同的画家记录韩熙载的声色犬马，似乎说明了他做事的小心。他不相信孤证，如果有多种证据参照对比，他会放心得多。画画的目的，一是因为他打算提拔韩熙载为相，又听说了有关韩熙载荒纵生活的各种小道消息，"欲见樽俎灯烛间觥筹交错之态度不可得"[16]，于是，他派出画家，对韩熙载的夜生活进行描摹，试图根据顾闳中等人的画做出最后的决断。从这个意义上说，这幅画本质上是一份情报，而并非一件艺术品。或许顾闳中也没有将它当作一件艺术品，它只是特务偷拍的微缩胶卷，只不过顾闳中把它拍在脑海里了，回来以后，冲洗放大，还原成他记忆中的真实。但我们也不能不承认，作为一个在纵情声色方面有着共同志趣的人，韩熙载的深度沉迷，也吸引着李煜探寻的目光，在他的内心世界里激起暗中的震荡，对此，《宣和画谱》上的记载是："写臣下私亵以观，则泰至多奇乐。"[17]意思是把大臣的私密猥亵画下来观看，显得过于好奇淫乐。所以，在对待这件事情的态度上，李煜是自相矛盾的，既排斥，又认同。

他一方面准备用这幅画羞辱韩熙载,让大臣们引以为戒,起到遏制腐败的作用;另一方面,他自己是朝廷中最大的腐败分子,对韩熙载的"活法"颇有几分好奇和羡慕,就像今天有些黄色文学是以"法制文学"的面目出现的,李煜则是从这幅以"反腐"为主题的画中,最大限度地满足了自己的窥视癖好。

但有人认为顾闳中版《韩熙载夜宴图》也在时间中丢失了,《宣和画谱》说顾闳中"善画,独见于人物……"[18]但那只是一个传说。故宫的那幅《韩熙载夜宴图》作者是谁?没有人知道,它的身世也变得模糊不清。早在清朝初年,孙承泽就已经隐隐地感到,《韩熙载夜宴图》"大约南宋院中人笔"[19],北京故宫博物院书画鉴定大师徐邦达先生确认了这一点,认为孙承泽的说法"是可信的"[20],北京故宫博物院古画研究专家余辉先生通过这幅画中的诸多细节,特别是服饰、家具、舞姿和器物,证明它带有浓烈的宋代风格,认定这幅画"真正的作者是晚于顾闳中三百年的南宋画家,据作者对上层社会丰富的形象认识,极有可能是画院高手。画中娴熟的院体画风是宁宗至理宗(1195—1264)时期的体格,而史弥远(卒于1233年)的收藏印则标志着该图的下限年代"[21]。

南宋人热衷于对《韩熙载夜宴图》的临摹,或许与偏安江南一隅的南宋小朝廷和南唐有着惊人的相似性有关,甚至到了明代，唐寅也对此画进行过临摹，只是唐寅版的《韩熙载夜宴图》，全画分成六幕，原来第四幕《清吹》被分成两幕，其中袒胸露腹的韩熙载和身边的侍女被移到了卷首，独立成段，夜宴也在室内外交替进行。

这等于说，在顾闳中、李煜这些最初的窥视者之外，还有更新的窥视者接踵而来，于是，这些大大小小、来路各异的《韩熙载夜宴图》，变成了一扇扇在时间中开启的窗子。一代代画者，都透过这些由画框界定出的窗子，向韩熙载窗内的探望，让人想起《金瓶梅》第八、第十三和第二十三回中那些相继舔破窗纸的滑润的舌头。韩熙载的窗子，不仅是向顾闳中、向李煜敞开的，也是向后世所有的窥视者敞开的，无论窥视者来自何方，也无论他来自哪个朝代，只要他面对一幅《韩熙载夜宴图》，有关韩熙载夜生活的所有隐私都会裸露出来，一览无遗。接二连三的《韩熙载夜宴图》，仿佛一扇扇相继敞开的窗子，让我们有了对历史的"穿透感"，我们的视线可以穿过层层叠叠的夜晚，直抵韩熙载纵情作乐的那个夜晚。作为这幅画的后世观者，我们的位置，其实就在李煜的身旁。

这构成了窥视的第四层权力关系，那就是后世对前世的权力关系。后代人永远是前代人的窥视者，而不能相反。当然，所谓前世与后世，是一个相对的概念，每代人都是上一代人的后世,同时也是下一代人的前世,因此,每代人都同时扮演着后世与前世的角色。这是在时间中建立起来的等级关系,无法逾越。当一个人以后世的身份出现的时候,相对于前世,他有着强烈的优越感,一句"粪土当年万户侯",就充分体现出这样的优越感;相反,即使一个"指点江山、激扬文字"的强人,面对后世时,也不得不面临"千秋功罪,任人评说"的无奈与尴尬。前代人的一切都将在后代人的视野中袒露无余,没有隐私,无法遮掩,这凸显了时间超越性别、超越世俗地位的终极权威。

满室的秀色让韩熙载和他的客人们目不转睛,但画中的这些观看者并不知道自己也成了观看的对象,像卞之琳《断章》诗所写,"你站在桥上看风景,看风景人在楼上看你",他们更不知道,前赴后继的窥视者,将他们打量了一千多年。

于是,在这出五幕戏剧层层递进的情节的背后,掩藏着更深层的起承转合。它不是一个特定时代的孤立的碎片,而是一出由韩熙载、顾闳中、李煜,以及后世一代代的画家、官僚、皇帝参与的大戏,一幅辽阔的历史长卷,反复讲述着有关王朝兴废的永恒主题,每一代人,都有自己的"最后的晚餐"。它不只是在空间中一点点地展开,更是在时间中一点点地展开,充满悬念,又惊心动魄。

五

但顾闳中向李煜提供的"情报"里却暗含着一个"错误",那就是韩熙载的醉生梦死,是刻意为之,是表演,说白了,是装。他知道李煜在打探自己的底细,所以才装疯卖傻,花天酒地,不再为这个不可救药的王朝卖命。这就是说,他已经知道自己在窥视的权力链条上完全处于一个弱势的地位,于是利用了自己的弱势地位,也利用了皇帝的窥视癖,将计就计送去假情报。如果说李煜利用自己的王权完成了一次成功的窥视,那么韩熙载则凭借自己的心计完成了一次成功的反窥视。

或许顾闳中并没有上当,所以作为五代最杰出的人物画家,他在这幅画上留了伏笔——韩熙载的表情上,没有沉迷,只有沉重[图3-3]。韩熙载不是演技派,而只是一个本色派演员,喜怒形于色,他的放荡,始于身体而终于身体,入不了心。但李煜的头脑过于简单,所以他没有注意到顾闳中的提醒,这位美术鉴赏大师对朝政从来没有做出过正确的判断,他的王朝的命运,也就可想而知了。

一切都不出韩熙载所料,公元974年,赵匡胤遣使,召李煜入朝,李煜拒绝了,大宋王朝对这个蝇营狗苟的南唐小朝廷终于不耐烦了,开始了对南唐的全面战争。一年后,江宁府沦陷,

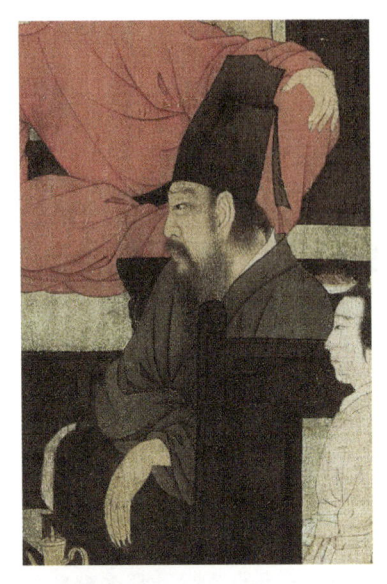

[图3-3]
《韩熙载夜宴图》卷(局部),五代,顾闳中(宋摹)
北京故宫博物院 藏

李煜被五花大绑押出京城，成了大宋王朝的阶下囚。

被俘后，李煜在词中对自己繁华逸乐的帝王生涯进行了反复的回放：

四十年来家国，
三千里地山河。
凤阁龙楼连霄汉，
玉树琼枝作烟萝。
几曾识干戈？

韩熙载死于南唐灭亡之前四年，也就是公元970年。那一年，他六十九岁。死前，他已经变成穷光蛋，连棺椁衣衾，都由李煜赏赐。

这样的不堪，落在南唐校书郎、入宋后官终陕西转运使的郑文宝的《南唐近事》里，变成这样一串文字："韩熙载放旷不羁，所得俸钱，即为诸姬分去，乃著衲衣负筐，命门生舒雅执手版，于诸姬院乞食，以为笑乐。"[22]

从前的大土豪，已经穷得当起了叫花子，一身破烂地到他从前私蓄的家伎那里打牙祭，而门生舒雅——从前夜宴的座上宾，也执手板跟在他屁股后面，亦步亦趋。若赶上歌伎业务繁忙，他就只好尴尬地说：您先忙着，我过后再来。不论他多么装疯卖傻，他的潇洒里，总还是包含着许多苦涩。有诗云：

> 我本江北人，
> 去作江南客。
> 舟到江北来，
> 举目无相识。
> 不如归去来，
> 江南有人忆。[23]

意思是说，他虽然是江北人，客居于江南，但当他乘舟抵达江北，发现满世界没有一个熟人，还不如返回江南，在那儿还有人忆念他。

韩熙载被安葬在风景秀美的梅颐岭东晋著名大臣谢安墓旁。李煜还令南唐著名文士徐铉为韩熙载撰写墓志铭，徐锴负责收集其遗文，编集成册。

人生最大的悲哀是人死了钱没花了，这样的悲剧，他避免了。

李煜死于公元 978 年。他四十一岁生日那一天，"梦里不知身是客"的他还不忘奢侈庆祝，鼓声乐声传至窗外，让宋太宗赵光义（后改名赵炅）十分光火，命人在一匣巧果里下了毒药，作为寿礼送给李煜。李煜不知有毒,对大宋皇帝的恩德感激涕零,吃下了巧果。[24] 他的死应验了卡夫卡在《审判》中的一段话:"他死了,耻辱却留在人间。"韩熙载没有死得像李煜那样难看,他要比李煜幸运得多。

六

韩熙载的糜烂之夜,让我们陷入深深的矛盾——一方面,对于韩熙载、对于李煜、对于历朝历代耽于享乐的特权阶层,我们似乎应该心存感激,正是他们贪婪的目光、挑剔的身体、精致的感觉,把我们的物质文化推向了耀眼的精致,否则就没有了博物馆里的浩瀚收藏,当然,也就没有了《韩熙载夜宴图》这幅旷世的绘画珍品,故宫之所以能够成为一座规模惊人的博物院,与权力者欲望的不受限制有密切关系,在这些精美绝伦的藏品背后,我们依稀可以看见王朝更迭的痕迹;但另一方面,人类的理性,却对这般极致化的唯美做出了否定,弗洛伊德说:"文明的发展限制了自由,公正要求每个人都必须受到限制。"享乐与道德,似乎成了对立物,鱼与熊掌不可兼得,那些精美绝伦的器物、服饰等艺术品上面,镌刻着欲望驰骋的脚步,它们盘踞的地方,也成为各种理论厮杀的战场。

与马克思、毛泽东并称"3M"的德裔美籍哲学家和社会学家马尔库塞在《爱欲与文明》中庄严宣告，文明对于身体快乐的剥夺是特定历史阶段的产物，取缔身体和感性的享受是维持社会纲纪的需要，然而，现今已经到了中止这种压抑的时候了，现代社会的经济条件已经成熟，社会财富的总量已经有能力造就一个新的历史阶段。[25] 在这些理论家的鼓动之下，身体欲望赢得了合法的地位。应当承认，资本主义商业和技术的大发展，是以承认身体欲望为前提的。如果没有肢体对速度的欲望，就不会有汽车、火车和飞机；如果没有眼睛对"看"的欲望，就不会有电影、电视和网络；如果没有耳朵对"听"的欲望，就没有电报、电话和无线通信。早就不是赞美禁欲主义和苦行主义的年代了，因为没有人能够拒绝这场物质的盛宴。但另一方面，我们的物质享乐早已经透支了。对于这一点，无所不在的广告就是最好的证明。所有的广告，都众口一词地煽动着人们对于物质的贪欲，因为柴米油盐这些生活基本需求，是由胃来提醒，而不需要广告来提醒的，可以断言，广告都是为过剩的欲望服务的。试看今日之中国，不是早已成为世界奢侈品的大仓库了吗？世界奢侈品协会曾在2009年预言，中国奢侈品市场将在五年内勇攀全球奢侈品消费的顶峰，然而，只过了三年，这一宏伟目标就被国人提前实现了——2012年，中国奢侈品市场就占据了全球份额的28%，成为全球最大奢侈品消费国。媒体将国人争购奢侈品的踊跃场面比喻为"买大白菜",西方人更是惊呼:"这是我导游生涯中见过的最壮观的景象,中国人横扫第五大道,买走了一切最好最贵的东西。"[26] 在感官享乐方面,电影公司争先恐后地以一掷千金的豪迈制造出豪华而荒诞的盛大幻象,观众们则对那些以毁掉美酒、汽车、楼宇甚至城市为卖点的电影大片乐此不疲。资本家为了利益而把牛奶倒向大海的警示言犹在耳,我们已经置身于以毁灭物质来赢得快感的世界了。啥叫有钱?有钱不是拼命花钱,而是玩命儿烧钱,看谁烧得凶狠,烧得彻底,烧得惊天地泣鬼神。我相信当今的富豪生活一定会使韩熙载自愧弗如,今天的色情网站也一定会令西门庆大惊失色。他们那点放纵的伎俩,早就显得小儿科了。我们已无法判断身体狂欢的底线在哪里,更无从知晓自己身处彼岸的天堂,还是俗世的泥潭。2012年盛行的末日传说,似乎验证了一个古老的信条,那就是"过把瘾就死",是"我死以后,哪管洪水滔天"。韩熙载式的及时行乐变成了一种无意识的集体狂欢,所有人都能面不改色心不跳地拥向那场华丽而奢靡的"最后的晚餐"。

从《韩熙载夜宴图》到《红楼梦》,"最后的晚餐"几乎成为中国艺术不断重复的"永恒主题"。只是这一中国式的"最后的晚餐",全无达·芬奇《最后的晚餐》中耶稣得知自己被出卖后的那份宁静与庄严以及赴死前的那份神圣感。中国式"最后的晚餐"的含义,是极乐后的毁灭,是秦可卿预言过的"盛筵必散"——她给王熙凤托梦时说:"眼见不日又有一件非常喜事,真是烈火烹油、鲜花着锦之盛。要知道,也不过是瞬息的繁华,一时的欢乐,万不可忘了那'盛筵必散'的俗语……"[27]在"荣国府归省庆元宵"盛大场面中,曹雪芹将这场晚餐的恢宏绚烂铺陈到了极致,仿佛焰火,绽放之后,留下的只有长久的黑暗和空寂,就像第二十二回中的贾政,当他猜到灯谜的谜底是爆竹时,想到爆竹是"一响而散之物",内心升起无尽的悲凉慨叹。如果我们能够看到他彼时的表情,我想也一定与韩熙载如出一辙。

灭掉南唐之后,南方的各种享乐之物被陆陆续续运到汴京,构成了对大宋官员的强烈诱惑,也构成了对江山安危的强大威胁,宋太祖赵匡胤意识到了它们的危险性,于是下令把它们封存起来,不是建博物馆,而是建了一座集中营——物的集中营,把它们统统关押起来,以防止这些糖衣炮弹对帝国官员们的拉拢腐蚀。对于穷奢极欲的生活方式,宋太祖不仅反感,而且痛恨,一再要求官员们艰苦奋斗、戒骄戒躁。宋太祖的低调还体现在建筑上,于是有了宋式建筑的低矮与素朴。据说他的宫殿陈设十分简单,吃穿都不讲究,衣服洗得掉了色也舍不得扔,还一再减少身边工作人员的人数,偌大的皇宫,只留下五十多名宦官和三百多名宫人。他知道坐天下如同过日子一样，不能大手大脚，要细水长流，只有保持艰苦奋斗的工作作风，才能力保大宋江山千秋万代永不变色。遗憾的是，他的以身作则，敌不过身体本能的诱惑，在绝对权力的唆使下，后世皇帝很快回到感官放纵的惯性中，不断通过对身体快感的独占，体验权力的快感。他们贪享着帝王这一职业带来的空前自由，而忘记了它本身是一种高危职业，命运常把帝王推到一种极端的处境中。任何权力都是有极限的，连皇帝也不例外，当他沉浸于自己所认为的无限权力时，命运的罚单已经在那里等候多时了。如果做一番统计，我相信中国历史上绝大多数帝王是不得好死的。但他们的下场算不上悲剧，也不值得尊敬，因为悲剧是只对高贵者而言的，而这些皇帝，有的只是高贵的享乐，而从无高贵的信仰，就像福克纳所叹息的："连失败都没有高贵的东西可失去！胜利也是没有希望，没有同情和怜悯的糟糕的胜利。"

公元1127年的春天，宋徽宗和宋钦宗被捆绑着押出汴京，那场景就像他们大宋的军队当年将李煜押出南京一样。中国五千年历史中，没有哪个王朝取得过真正意义上的胜利。对于所有的王朝来说，成功都是失败之母。只有到了这步田地，徽、钦二帝才有所觉悟，自己透支了太多的"幸福"。但新上任的皇帝依旧不会在意这一切。公元1129年，宋高宗赵构率领他的宠妃们奔赴临安（杭州）城外观看钱塘潮，欢天喜地之中，早已把父兄在天寒地冻的五国城坐井观天的惨状抛在脑后。如此没心没肺，让一个名叫林洪的诗人实在看不过眼，情不自禁写下了一首诗，诗中的讥讽与忧愤，与当年的韩熙载一模一样。

八百多年后，这首诗出现在学生课本上，化作孩子们清越的读书声：

山外青山楼外楼，
西湖歌舞几时休？
暖风熏得游人醉，
直把杭州作汴州。

第四章 张择端的春天之旅

《清明上河图》并非只是画了一条河,它本身就是一条河,一条我们不可能两次踏入的河流。

一

张著没有经历过六十年前的那场大雪，但是当他慢慢将手中的那幅长达五米的《清明上河图》画卷［图4-1］展开的时候，他的脑海里或许会闪现出那场把历史涂改得面目全非的大雪。《宋史》后来对它的描述是"天地晦冥"，"大雪,盈三尺不止"[1]。靖康元年闰十一月，浓重的雪幕，裹藏不住金国军团黑色的身影和密集的马蹄声。那时的汴河已经封冻，反射着迷离的辉光，金军的马蹄踏在上面，发出清脆而整齐的回响。这声响在空旷的冰面上传出很远，在宋朝首都的宫殿里发出响亮的回音，让人恐惧到了骨髓。对于习惯了歌舞升平的宋朝皇帝来说，南下的金军比大雪来得更加突然和猛烈。在马蹄的节奏里，宋钦宗瘦削的身体正瑟瑟发抖。

两路金军像两条巨大的蟒蛇，穿越荒原上一层层的雪幕，悄无声息地围拢而来，在汴京城下会合在一起，像止血钳的两

[图 4-1]

《清明上河图》卷,北宋,张择端

北京故宫博物院 藏

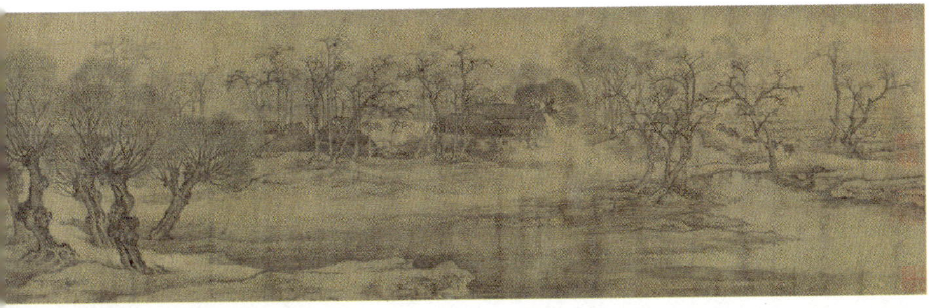

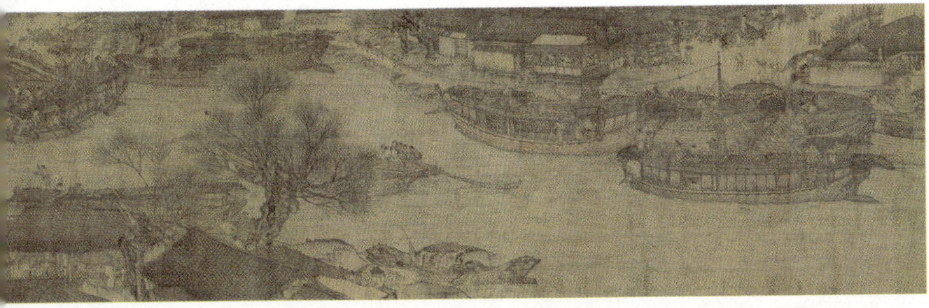

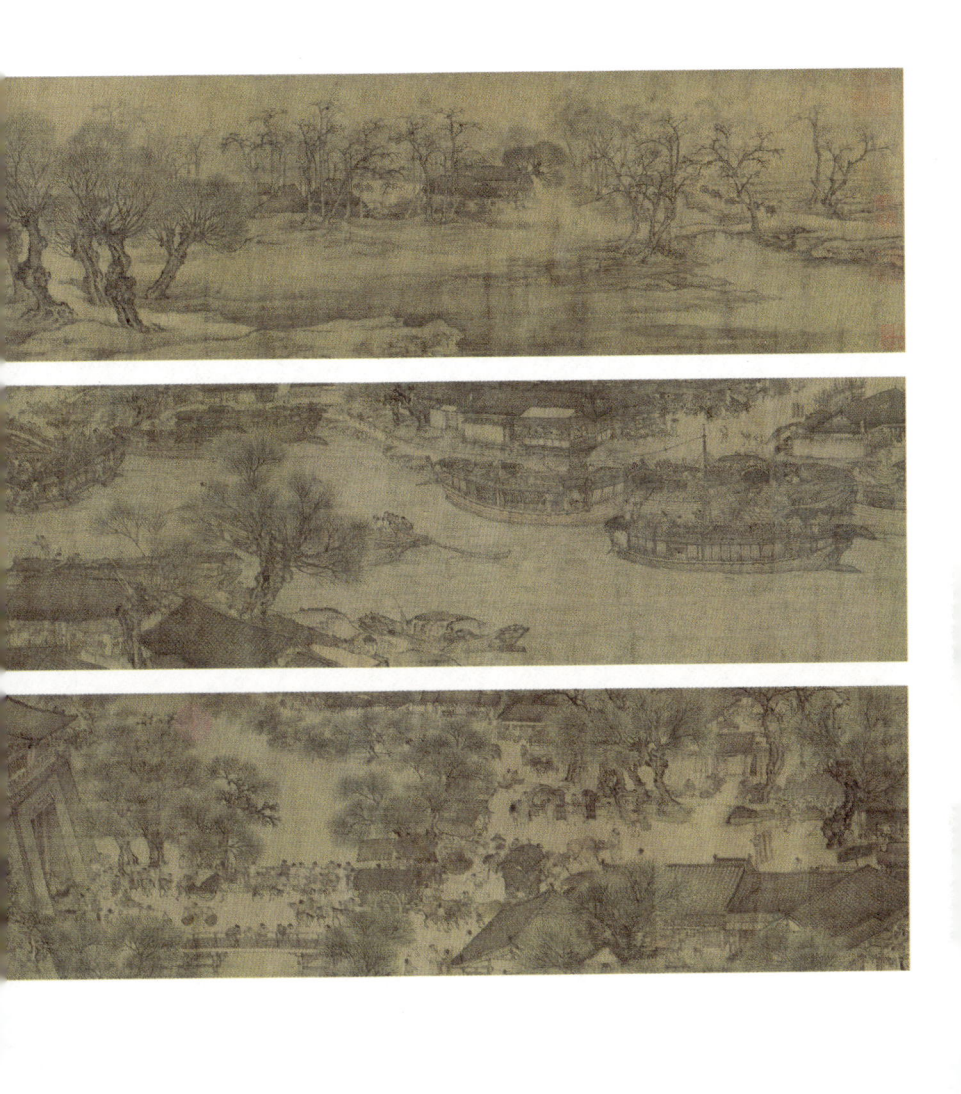

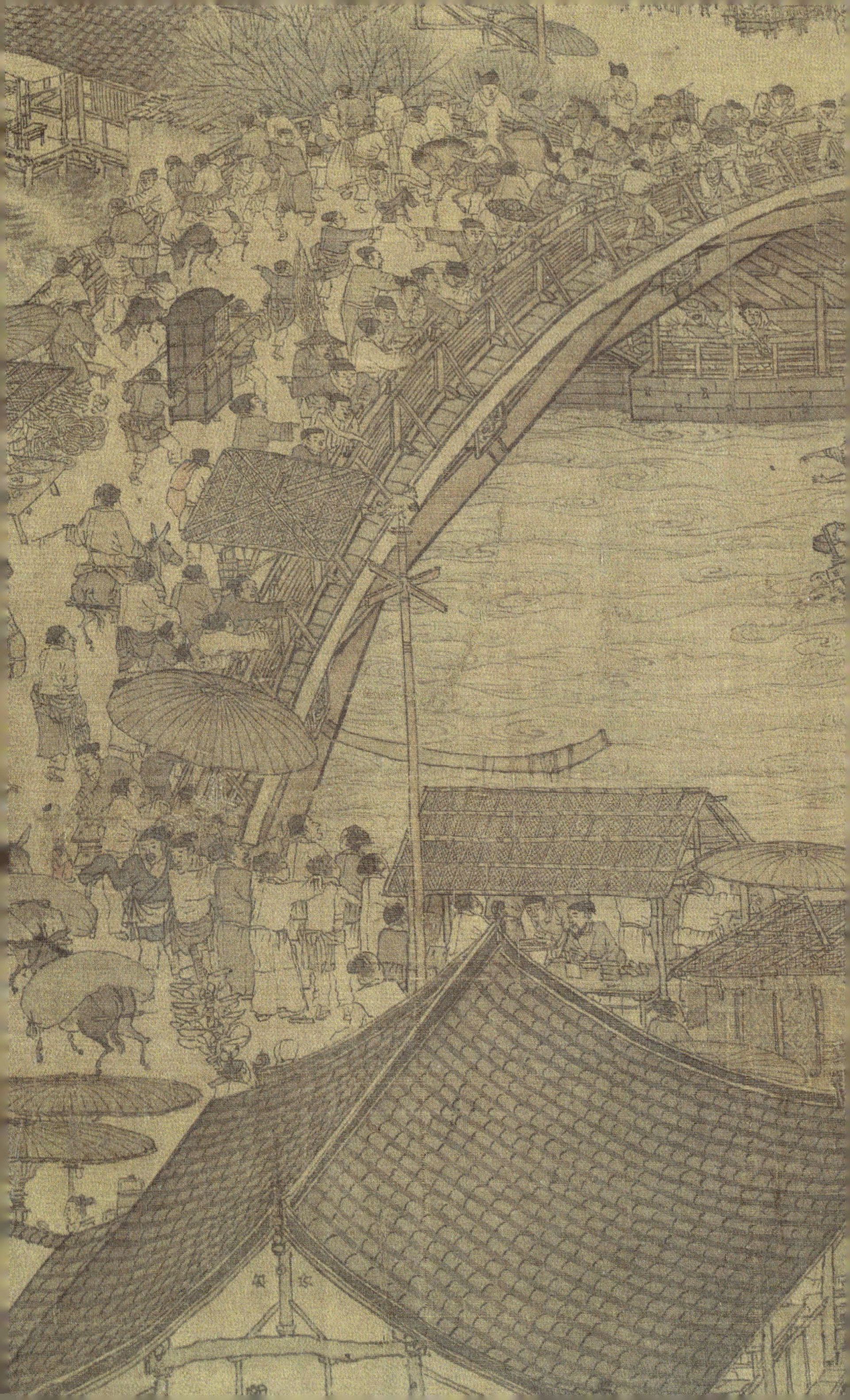

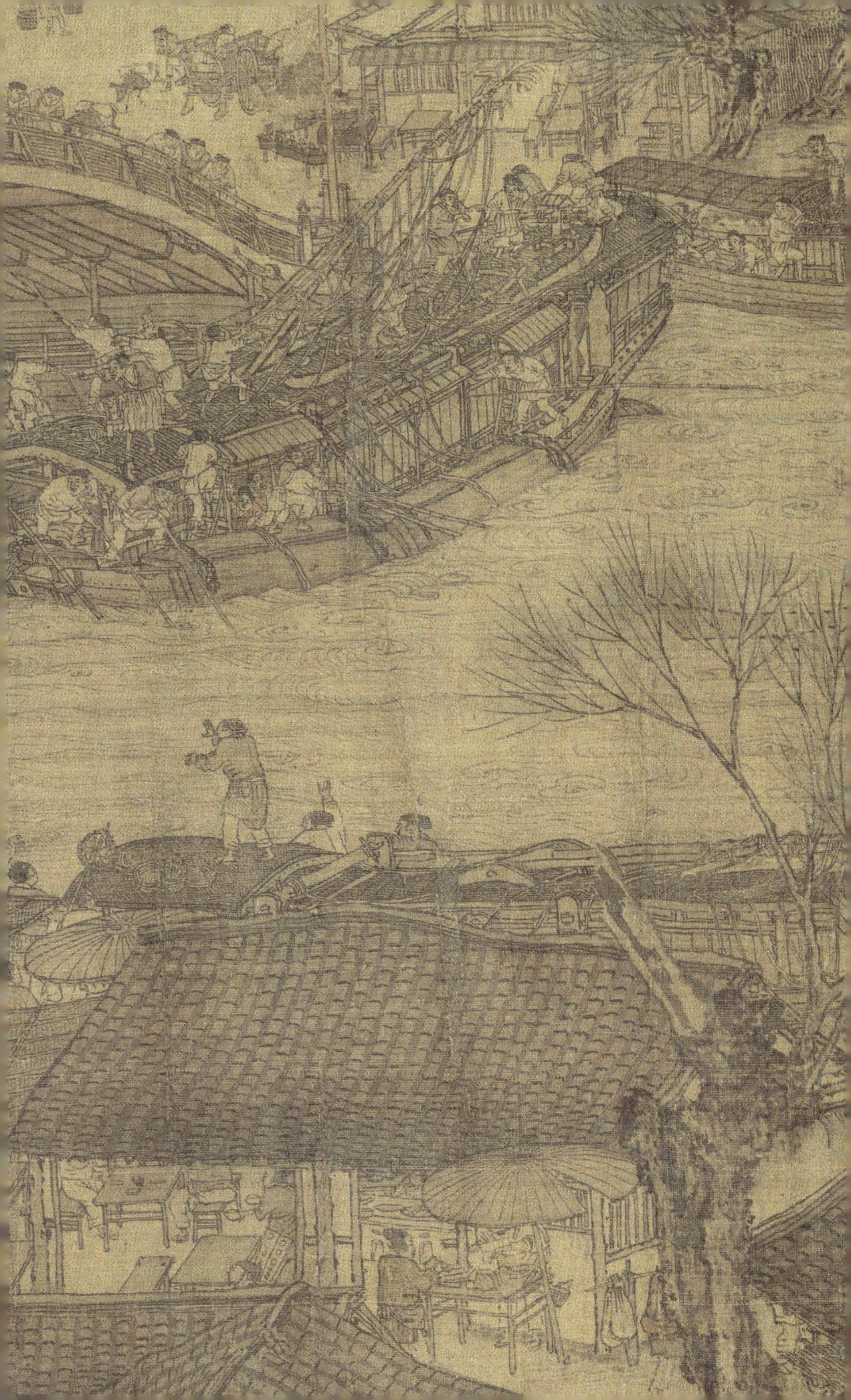

香

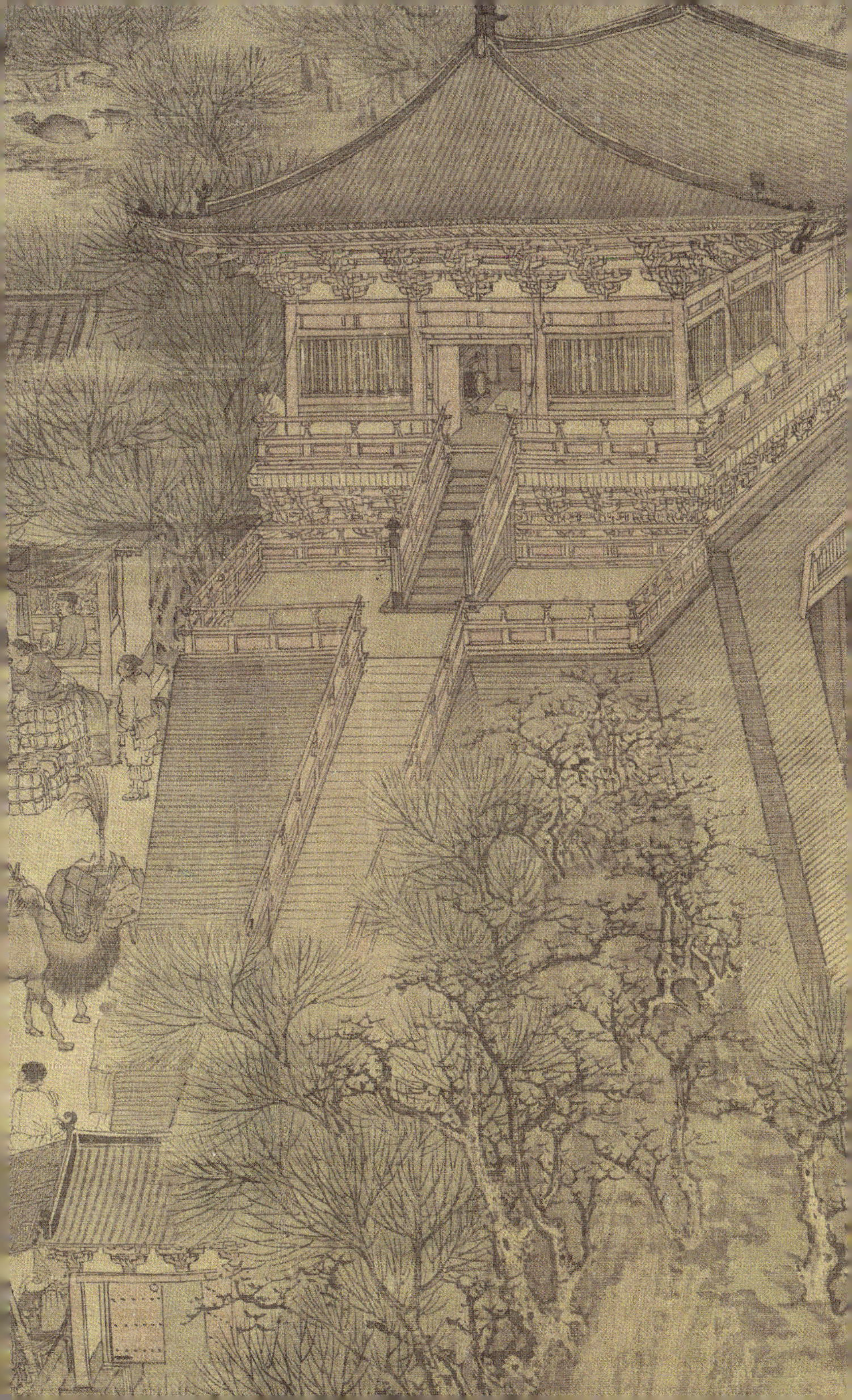

只把柄,紧紧地咬合。城市的血液循环中止了,贫血的城市立刻出现了气喘、体虚、大脑肿胀等多种症状。二十多天后,饥饿的市民们啃光了城里的水藻、树皮,死老鼠成为紧俏食品,价格上涨到好几百钱。

这个帝国的天气从来未曾像这一年这么糟糕,公元1127年、北宋靖康二年正月乙亥,平地上突然刮起了狂风,似乎要把汴京撕成碎片,人们抬头望天,却惊骇地发现,在西北方向的云层中,有一条长二丈、宽数尺的火光。[2] 大雪一场接着一场,丝毫没有减弱的迹象,"地冰如镜,行者不能定立"。[3] 气象学家将这一时期称作"小冰期"(Little Ice Age),认为在中国近两千年的历史上,只有四个同样级别的"小冰期",最后两个,分别在12世纪和17世纪,在这两个"小冰期"里,宋明两大王朝分别被来自北方的铁骑踏成了一地碎片。上天以自己的方式控制着朝代的轮回。此时,在青城,大雪掩埋了许多人的尸体,直到春天雪化,那些尸体才露出头脚。实在是打不下去了,绝望的宋钦宗自己走到了金军营地,束手就擒。此后,金军如同风中飞扬的渣滓,冲入汴京内城,在宽阔的廊柱间游走和冲撞,迅速而果断地洗劫了宫殿,抢走了各种礼器、乐器、图画、戏玩。这样的一场狂欢节,"凡四天,乃止"。大宋帝国一个半世纪积累的"府库蓄积,为之一空"。匆忙撤走的时候,心满意足的金军似乎还不知道,那幅名叫《清明上河图》的长卷,被他们与掠走的图画潦草地捆在一起,它的上面,沾满了血污。[4]

在他们身后,宋朝人记忆里的汴京已经永远地丢失了。在经历四天的烧杀抢劫之后,这座"金翠耀目,罗绮飘香"[5]的香艳之城已经变成了一座废墟,只剩下零星的建筑,垂死挣扎。

在取得军事胜利之后,仍然要摧毁敌国的城市,这种做法,并非仅仅为了泄愤,它不是一种不理智的举动,相反,它非常理智,甚至,它本身就是一场战争,它打击的对象不是人的肉体,而是人的精神和记忆。罗伯特·贝文说,"摧毁一个人身处的环境,对一个人来说可能就意味着从熟悉的环境所唤起的记忆中被流放并迷失方向"[6],把它称为"强制遗忘"[7]。

写到这里,我的眼前突然映出"9·11事件"恐怖分子驾驶飞机冲向纽约双子塔的场面,这是一场以建筑物,而不是军事目标为打击对象的战争,它毁灭了美国人对一个时代的记忆,甚至摧毁了许多中国人对西方世界的美好想象——那部深深印入我们记忆的电视连续剧《北京人在纽约》,当激越的片头音乐响起,出现在画面里的,正是象征欲望的纽约双子塔。但是当双子塔消失之后,追寻者也会突然失去了心中的坐标。一个时代结束了,城市突然失重——那是心理上,而不是物理上的重量,笑容从美国人的脸上销声匿迹,被一种深刻的敌意所取代,化作越来越严格的安检措施，化作"阶级斗争要年年讲、月月讲、天天讲"的警惕，美国人变得比从前更加团结、紧张、严肃，少了从前的活泼。他们的自信像双子塔一样坍塌了。很多年后，我来到纽约，站在双子塔遗迹的边上，看到它已经变成一个大坑，深不可测，像大地上一道无法愈合的伤疤。

美国人永远不可能把双子塔重建起来了，也永远无法回到"9·11"以前的岁月。

一座城的历史，与一个人的生命，竟然是那样息息相关。我又想起帕慕克，置身美国，内心却永远也走不出生育他的城市——伊斯坦布尔。那些留下他足迹的街巷，永远无法从心头抹去，以至于他在十五岁时开始着迷于绘制这座城市的景象。当他成为一个作家，他用《伊斯坦布尔——一座城市的记忆》这本书向他的城市致敬。他说："我的想象力要求我待在相同的城市，相同的街道，相同的房子，注视相同的景色。伊斯坦布尔的命运就是我的命运：我依附于这个城市，只因她造就了今天的我。"[8]

暴风雪停止之际，汴京已不再是帝国的首都——它在宋朝的地位，正被临安（杭州）所取代；在北京，金朝人正用从汴京拆卸而来的建筑构件，拼接组装成自己的崭新都城。汴河失去了航运上的意义，黄河带来的泥沙很快淤塞了河道，运河堤防也被毁坏，耕地和房屋蔓延过来，占据了从前的航道，《清明上河图》上那条波澜壮阔的大河，从此在地图上抹掉了。一座曾经空前繁华的帝国首都，在几年之内就变成了黄土覆盖的荒僻之地。物质意义上的汴京消失了，意味着属于北宋的时代，已经彻底终结。[9]

六十年后，《清明上河图》仿佛离乱中的孤儿，流落到了张著的面前。年轻的张著[10]一点一点地将它展开，从右至左，随着画面上扫墓回城的轿队，重返那座想象过无数遍的温暖之城。此时的他，内心一定经受着无法言说的煎熬，因为他是金朝政府里的汉族官员，唯有故国的都城，像一床厚厚的棉被，将他被封冻板结的心温柔而妥帖地包裹起来。他或许会流泪，在泪眼蒙眬中，用颤抖的手，在那幅长卷的后面写下了一段跋文[图4-2]，内容如下：

  翰林张择端，字正道，东武人也。幼读书，游学于京师，后习绘事。本工其界画，尤嗜于舟车、市桥郭径，别成家数也。按《向氏评论图画记》云："《西湖争标图》《清明上河图》选入神品。"藏者宜宝之。大定丙午清明后一日，燕山张著跋。

这是我们今天能够看到的《清明上河图》后的第一段跋文，写得工整仔细，字迹浓淡顿挫之间，透露出心绪的起伏，时隔八百多年，依然涟漪未平。

翰林張擇端字正道東武人也幼讀書遊學於京師後習繪事本工其界畫尤嗜於舟車市橋郭徑別成家數也樓向氏評論圖畫記云西湖爭標圖清明上河圖選入神品藏者宜寶之大定丙午清明后一日燕山張著跋

[图 4-2]
《清明上河图》卷（跋文），北宋，张择端
北京故宫博物院 藏

二

张择端在 12 世纪的阳光中画下《清明上河图》的第一笔的时候，他并不知道自己为这座光辉的城市留下了遗像。他只是在完成一幅向往已久的画作，他的身前是汴京的街景和丰饶的记忆，他身后的时间是零。除了笔尖在白绢上游走的陶醉，他在落笔之前，头脑里没有丝毫复杂的意念。一袭白绢，他在上面勾画了自己的时间和空间，而忘记了无论自己，还是那幅画，都不能挣脱时间的统治，都要在时间中经历着各自的挣扎。

那袭白绢恰似一幅银幕，留给张择端，放映出一部真正意义上的时代大片——大题材、大场面、大制作。在张择端之前的绘画长卷，有东晋顾恺之的《女史箴图》和《洛神赋图》，唐李昭道的《明皇幸蜀图》，五代顾闳中的《韩熙载夜宴图》、赵幹的《江行初雪图》，北宋燕文贵的《七夕夜市图》等。故宫武英殿，我站在《洛神赋图》和《韩熙载夜宴图》面前，突然感觉千年的时光被抽空了，那些线条像是刚刚画上去的，墨迹还没有干透，细腻的衣褶纹线，似乎会随着我们的呼吸颤动。那时，我一面屏住呼吸，一面在心里想，"吴带当风"对唐代吴道子的赞美绝不是妄言。但这些画都不如张择端《清明上河图》规模浩大、复杂迷离。

张择端有胆魂，他敢画一座城，而且是 12 世纪全世界的最大城市——今天的美国画家，有胆量把纽约城一笔一笔地画下来吗？当然会有人说他笨，说他只是一个老实的匠人，而不是一个有智慧的画家。一个真正的画家，不应该是靠规模取胜的，尤其中国画，讲的是巧，是韵，一钩斜月、一声新雁、一庭秋露，都能牵动一个人内心的敏感。艺术从来都不是靠规模来吓唬人的，但这要看是什么样的规模，如果规模大到了描画一座城市，那性质就变了。就像中国的长城，不过是石头的反复叠加而已，但它从西边的大漠一直铺展到了东边的大海，规模到了令人望而生畏的地步，那就是一部伟大作品了。张择端是一个有野心的画家，《清明上河图》证明了这一点，铁证如山。

时至今日，我们对张择端的认识，几乎没有超出张著跋文中为他写下的简历："东武人也。幼读书，游学于京师，后习绘事。"他的全部经历，只有这寥寥十六个字，除了东武和京师（汴京）这两处地名，除了"游学"和"习"这两个动词，我们再也查寻不到他的任何下落。"游学于京师"，说明他来到汴京的最初原因并不是画画，而是学习，顺便到这座大城市旅旅游。他游学研习的对象，主要是诗赋和策论，因为司马光曾经对宋朝的人事政策有过明确的指导性意见："国家用人之法，非进士及第者不得美官，非善为诗赋论策者不得及第，非游学京师者不善为诗赋论策",也就是说,精通诗赋和策论,是成为国家公务员的基本条件,只有过了这一关,才谈得到个人前途。"后习绘事",说明他改行从事艺术是后来的事——既然是后来的事,又怎能如此迅速地蹿升为美术大师?(北京故宫博物院余辉先生通过文献考证推测张择端画这幅画时应在四十岁左右[11]。他的绝对年龄虽然比我大九百多岁,但他当时的相对年龄,比我写作此文时的年龄还要小,四十岁完成这样的作品,仍然是不可想象的。)既然是美术大师,又如何在宋代官方美术史里寂然无闻(何况徽宗皇帝还是大宋王朝"艺术总监")?

关于他所供职的翰林画院,俞剑华先生在1937年由商务印书馆出版的两卷精装本《中国绘画史》中评价说:"历代帝室奖励画艺,无有及宋朝者。唐以来已置待诏,祗候,供奉等画官。西蜀南唐亦设画院。及至宋朝,更扩张其规模,设翰林画院,集天下之画人,因其才艺之高低而授以待诏,祗候,艺学,画家正,学生,供奉等官秩。常命画纨扇进献,最良者,令画宫殿寺院。"[12]这一传统被明代继承,同样是大画家的明宣宗朱瞻基依照宋徽宗的样子,设立了宫廷画院,地点就在武英殿以北的仁智殿(俗称白虎殿,我每次上班,都要从它的旁边经过)。与宋代不同的是,宋代进入画院的画家,都要经过严格考核,明代却无此制度,因此以书画待诏者,多为当时二流画师,像唐伯虎这样的一流画家反而无缘进入宫廷。明宪宗时,曾将当时的大画家吴伟召入阙下,吴伟放浪形骸,在皇帝面前也毫不收敛,有一次明宪宗到仁智殿,要看他作画,他喝得大醉,东倒西歪地画了一幅松泉图,画完后,宪宗惊叹:"真神仙笔也!"

朱瞻基的作品,如《山水人物图》卷、《武侯高卧图》卷,吴伟的作品,如《长江万里图》卷、《灞桥风雪图》轴等,都留在了紫禁城,成为今天故宫博物院的藏品。将近六个世纪的时光,已经抹去了他们的君臣之别,使他们在艺术史里获得了平等的身份。

进入北宋翰林画院的,寂寂无闻的也很多,俞剑华先生说:"宋朝之画院,虽为绘画史上之盛事美谈,然其中特出人才,反不若画院以外之多。例如两宋画家之见于记载者有986人之多,而画院不过164人,北宋仅有76人。"[13]

无论怎样,对我们来说,张择端的身世都是谜,无数的疑问,我们至今无法回答。我们只能想象,这座城市像一个巨大的磁场,吸引了他,怂恿着他,终于有一天,春花的喧哗让他感到莫名的惶惑,他拿起笔,开始了他漫长、曲折、深情的表达,语言终结的地方恰恰是艺术的开始。

他画"清明","清明"的意思,一般认为是清明时节,也有人解读为政治清明的理想时代。这两种解释的内在关联是:

清明的时节，是一个与过去发生联系的日子、一个回忆的日子，在这一天，所有人的目光都是反向的，不是向前，而是向后，张择端也不例外，在清明这一天，他看到的不仅仅是日常的景象，也是这座城市的深远背景；而张择端这个时代里的政治清明，又将成为后人们追怀的对象，以至于孟元老在北宋灭亡后对这个理想国有了这样的追述："太平日久，人物繁阜；垂髫之童，但习鼓舞；班白之老，不识干戈"[14]。清明，这个约定俗成的日子，成为连接不同时代人们情感的导体，从未谋面的张择端和孟元老，在这一天灵犀相通，一幅《清明上河图》、一卷《东京梦华录》，是他们跨越时空的对白。

"上河"的意思，就是到汴河上去[15]，跨出深深的庭院，穿过重重的街巷，人们相携相依来到河边，才能目睹完整的春色。那一天刚好有柔和的天光，映照他眼前的每个事物，光影婆娑，一切仿佛都在风中颤动，包括银杏树稀疏的枝干、彩色招展的店铺旗幌、酒铺荡漾出的"新酒"的芳香、绸衣飘动的纹路，以及弥漫在他的身边的喧嚣的市声……所有这些事物都纠缠、搅拌在一起，变成记忆，一层一层地涂抹在张择端的心上，把他的心密密实实地封起来。这样的感觉，只能意会，不能言传。

有人说，宋代是一个柔媚的朝代，没有一点刚骨，在我看来，这样的判断未免草率，如果指宋朝皇帝，基本适用，但要

[图 4-3]
《清明上河图》卷（局部），北宋，张择端
北京故宫博物院 藏

找出反例，也不胜枚举，比如苏轼、辛弃疾，比如岳飞、文天祥，当然，还须加上张择端。没有内心的强大，支撑不起这一幅浩大的画面，零落之雨、缠绵之云，就会把他们的内心塞满了，唯有张择端不同，他要以自己的笔书写那个朝代的挺拔与浩荡，即使山河破碎，他也知道这个朝代的价值在哪里。宋朝的皇帝压不住自己的天下了，手无缚鸡之力的张择端，却凭他手里的一支笔，成为那个时代里的霸王。

纷乱的街景中，没有人知道他是谁，要做什么，更没有人知道在不久的将来，他们将全部被画进他的画中。他走得急迫，甚至还有人推搡他一把，骂他几句，典型的开封口音，但他一点也不生气。汴京是首都，汴京的地方话就是当年标准的普通话，在他听来即使骂人都那么悦耳。相反，他庆幸自己成为这城市的一分子。他产生一种无法言说的梦幻感，他因这梦境而陶醉。他铺开画纸，轻轻落笔，但在他笔下展开的，却是一幅浩荡的画卷，他要把城市的角角落落都画下来，而不是其中的一部分。

三

这不是鲁莽，更不是狂妄，而是一种成熟、稳定，是胸有成竹之后的从容不迫。他精心描绘的城市巨型景观，并非只是为了炫耀城市的壮观和绮丽，而是安顿自己心目中的主角——

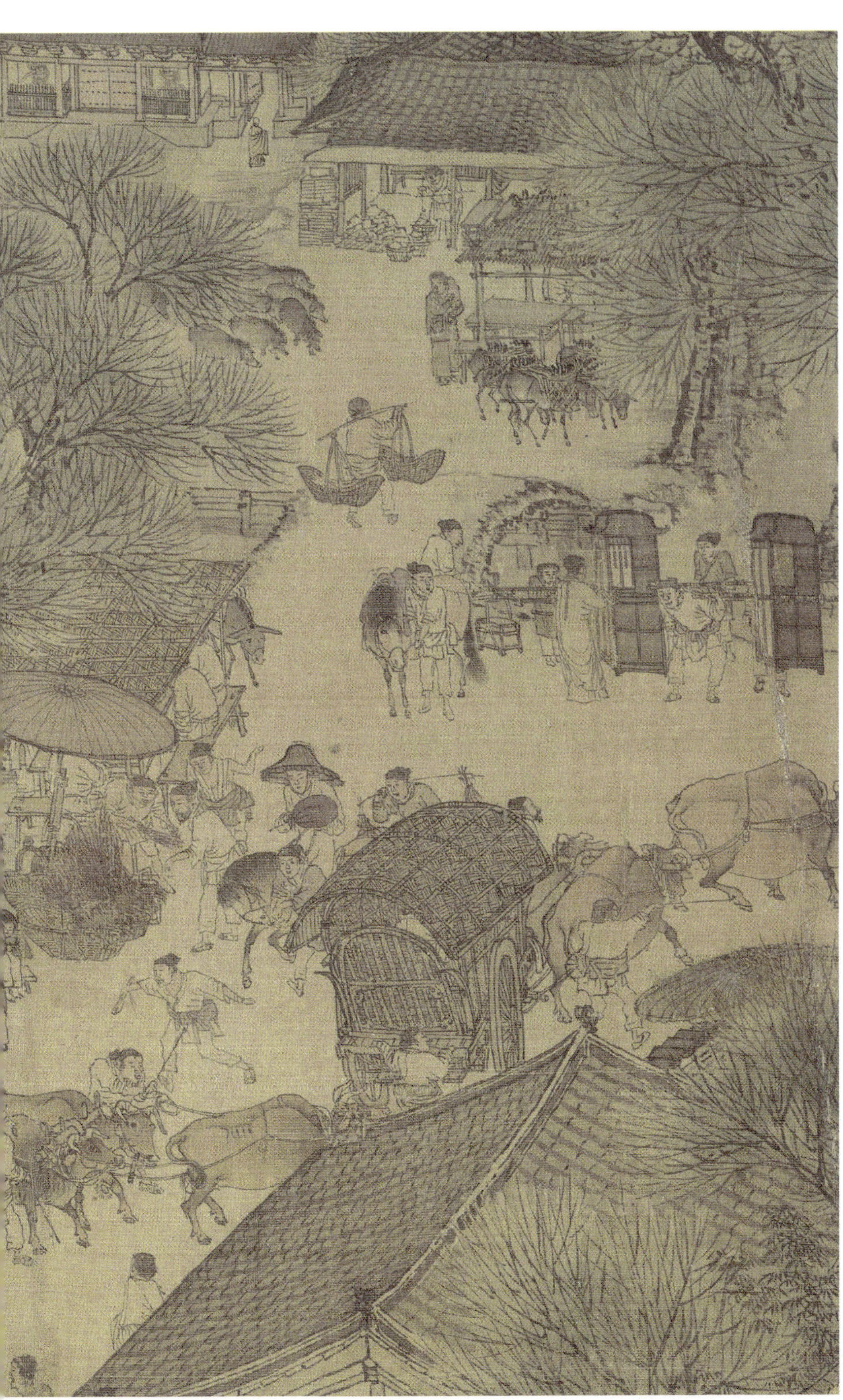

[图 4-4]
《清明上河图》卷（局部），北宋，张择端
北京故宫博物院 藏

不是一个人，而是浩荡的人海。汴京，被视为"中国古代城市制度发生重大变革以后的第一个大城市"[16]，这种变革，体现在城市由王权政治的产物转变为商品经济的产物，平民和商人，开始成为城市的主角。他们是城市的魂，构筑了城市的神韵风骨。

这一次，画的主角是以复数的形式出现的。他们的身份，比以前各朝各代都复杂得多，有担轿的 [图 4-3]、骑马的、看相的、卖药的 [图 4-4]、驶船的、拉纤的、饮酒的、吃饭的、打铁的、当差的、取经的、抱孩子的……他们互不相识，但每个人都担负着自己的身世、自己的心境、自己的命运。他们拥挤在共同的空间和时间中，摩肩接踵，济济一堂。于是，这座城就不仅仅是一座物质意义上的城市，而是一座"命运交叉的城堡"。

在宋代，臣民不再像唐代以前那样被牢牢地绑定在土地上，臣民们可以从土地上解放出来，进入城市，形成真正的"游民"社会，王学泰先生说："我们从《清明上河图》就可以看到那些拉纤的、赶脚的、扛大包的、抬轿子的，甚至算命测字的，大多数是在土地流转中被排挤出来的农民，此时他们的身份是游民。"[17] 而宋代城市，也就这样星星点点地发展起来，不像唐朝，虽然首都长安光芒四射，成为一个国际大都会，但除了长安城，广大的国土上却闭塞而沉寂。相比之下，宋代则"以汴京为中心，以原五代十国京都为基础的地方城市，在当时已构成了一

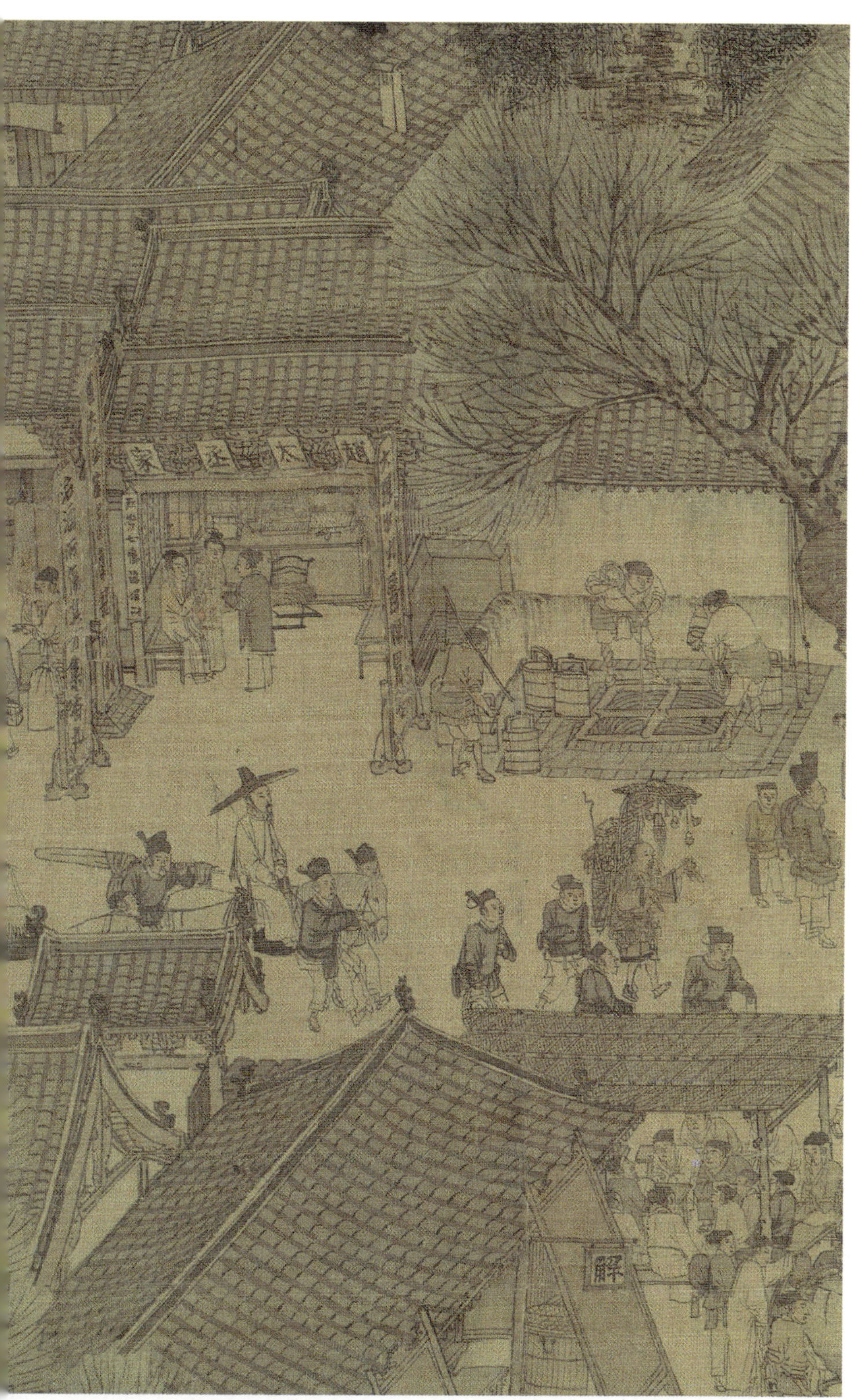
解

个相当发达的国内商业、交通网"[18]。这些城市包括：西京洛阳、南京（今商丘）、宿州、泗州（今江苏盱眙）、江宁（今南京）、扬州、苏州、临安（今杭州）……就在宋代"市民社会"形成的同时，知识精英也开始在王权之外勇敢地构筑自己的思想王国，使宋朝出现了思想之都（洛阳）和政治之都（汴京）分庭抗礼的格局。经济和思想的双重自由，犹如两支船桨，将宋代这个"早期民族国家"推向近代。

在这里，我们找到了宋代小说、话本、笔记活跃的真正原因，即：在这座"命运交叉的城堡"里，潜伏着命运的种种意外和可能，而这些，正是故事需要的。英雄的故事千篇一律，而平民的故事却变幻无定。张择端把他们全部纳到城市的空间中，是因为他意识到了这座城市的真正魅力在哪里。有论者说，张择端把镜头对准劳动人民，是出于朴素的阶级觉悟，这有点自作多情。关注普通人的灵魂，关注蕴含在他们命运中的戏剧性，这是一个叙事者的本能。他面对的是一个充满不确定性的世界、一个变化的空间，对于一个习惯将一切都定于一尊的、到处充斥着帝王意志的、死气沉沉的国度来说，这种变化是多么可贵。

在这座城市里，没有人知道，在道路的每一个转角，会与谁相遇；没有人能够预测自己的下一段旅程；没有人知道，那些来路不同的传奇，会怎样混合在一起，糅合、爆发成一个更大的故事。他似乎要告诉我们，所有的故事都不是互不相干、独立存在的，相反，它们彼此对话、彼此交融、彼此存活，就像一副纸牌，每一张独立的牌都依赖着其他的牌，组合成千变万化的牌局，更像一部喋喋不休的长篇小说，人物多了，故事就繁密起来，那些枝繁叶茂的故事会互相交叠，生出新的故事，而新的故事，又会繁衍、传递下去，形成一个庞大、复杂、壮观的故事谱系。他画的不是城市，是命运，是命运的神秘与不可知——当我在北京故宫博物院面对张择端的原作，我最关心的也并非他对建筑、风物、河渠、食货的表达，而是人的命运——连他自己都无法预知自己的命运，而这，正是这座城市——也是他作品的活力所在。日本学者新藤武弘将此称为"价值观的多样化"，他在谈到这座城市的变化时说："古代城市在中央具有重心的左右对称的图形这种统制已去除了，带有各种各样价值观的人一起居住在城市之中。……奋发劳动的人们与耽于安乐的人们，有钱有势者与无产阶级大众，都在一个拥挤的城市中维持着各自的生活。这给我们产生了一种非常类似于现代都市特色的感觉。"[19]

在多变的城市空间里，每个人都在辨识、寻找、选择着自己的路。选择也是痛苦，但没有选择更加痛苦。张择端看到了来自每个平庸躯壳的微弱勇气，这些微弱勇气汇合在一起，就成了那个朝代里最为生动的部分。

四

画中的那条大河（汴河）[图 4-5]，正是对于命运神秘性的生动隐喻。汴河是当年隋炀帝开凿的大运河的一段，把黄河与淮河相连。它虽然是一条人工河流，但它至少牵动黄河三分之一的流量。它为九曲黄河系了一个美丽的绳扣，就是汴京城。即使在白天，张择端也会看到水鸟从河面上划过美丽的弧线，听到它拍打翅膀的声音。那微弱而又清晰的拍打声，介入了他对那条源远流长的大河的神秘想象。

那不仅仅是对空间的想象，也是对时间的想象，更是对命运的想象。人是一种水生的生物，母体子宫内部那个充盈着羊水的温暖空间，是一个人生命的源头，是他一生中最温暖的居所。科学分析表明，羊水的主要成分是水，另有少量无机盐类、有机物荷尔蒙和脱落的胎儿羊水细胞。古文字中，"羊"和"阳"是相通的，阳、羊二者同音，代表人类生命之始离不开阳，因此把人类生命起始之源命名为"羊水"，实际上应该为"阳水"。人的寿命从正阳开始，到正阴而结束，印度恒河上古老的水葬仪式，表明了只有通过水这个媒介，逝者才能回归到永恒中去。《圣经》中的伊甸园是一个有河流的花园，河水蜿蜒曲折，清澈见底，滋润着园里的生物，又从园里分四道流出去，分别成为比逊河、基训河、底格里斯河和幼发拉底河。伊甸之河，隐喻了河流与生命无法分割的关系。我们的生命、我们的文化，都是在水的滋润下成长起来的，敏感的人，都能从中嗅到水分子的气味。"关关雎鸠，在河之洲"，中国诗歌出现的第一个空间形象，就是河流，这并不是偶然的。很多年前，孔子曾经来到河边，发出了那句著名的感喟："逝者如斯夫！不舍昼夜。"面对河流，赫拉克利特也曾发表过看法："你不可能两次踏进同一条河流。"有形的河流为无形的时间代言，河水中于是贮满了对生命的训诫和启蒙。千回百转的河水，在我看来更像大脑，贮存着智慧。在河流的启发下，东西方两位哲人取得了类似的意见，即：人生如同河流，变幻无常。他们各自用一句话概括了世界的真谛。

我曾经不止一次地打量过河水，起初，它的纹路是单调的，只有几种基本的形态，无论河水如何流动，它的变化是重复的，时间一久，才会发现那变化是无穷的，像一个古老的谜题，一层层地推演，永无止境。我们没有发现水纹的细微变化，是因为我们从来不曾认真地打量过河流，就像孔子或者赫拉克利特那样。我望着河水出神，它的变化无形令我深深沉迷。我知道，当它们从我眼前一一流过，河已不是从前的河，自己也不再是

[图4-5]
《清明上河图》卷(局部),北宋,张择端
北京故宫博物院 藏

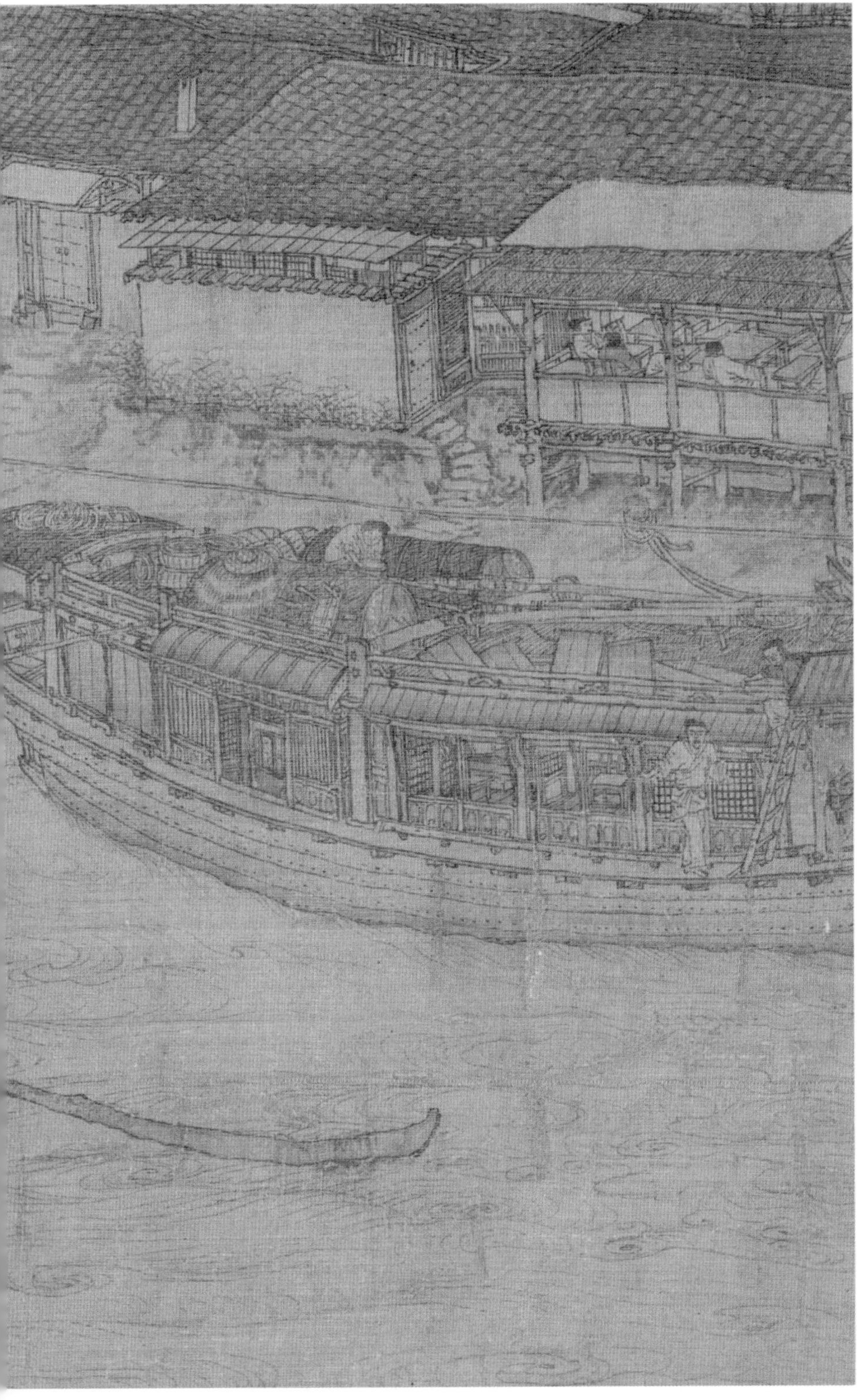

从前的自己。

在《清明上河图》中，河流占据着中心的位置。汴河在漕运经济上对汴京城起着决定性作用，如宋太宗所说："东京养甲兵数十万，居人百万家，天下转漕仰给，在此一渠水。"[20] 又如宋人张方平所说："有食则京师可立，汴河废则大众不可聚，汴河之于京城，乃是建国之本，非可与区区沟洫水利同言也。"[21] 可以说，没有汴河，就没有汴京的耀眼繁华，这一点就如同没有底格里斯河和幼发拉底河就没有古巴比伦、没有尼罗河就没有古代埃及、没有印度河就没有哈拉帕文化。但这只是张择端把汴河作为构图核心的原因之一。对于张择端来说，这条河更重大的意义，来自它不言而喻的象征性——变幻无形的河水，正是时间和命运的赋形。如李书磊所说，"时间无情地离去恰像这河水；而时间正是人生的本质，人生实际上是一种时间现象，你可以战胜一切却不可能战胜时间。因而河流昭示着人们最关心也最恐惧的真理，流水的声音宣示着人们生命的密码。"[22] 于是，河流以其强大的象征意义，无可辩驳地占据了《清明上河图》的中心位置，时间和命运，也被张择端强化为这幅图画的最大主题。

河道里的水之流，与街道里的人之流，就这样彼此呼应起来，使水上人与岸边人的命运紧密衔接、咬合和互动。没有人数得清，街市上的人群，有多少是傍水而生；没有人知道，饭铺里的食客、酒馆里的酒客、客栈里的过客，他们的下一站，将在哪里停泊。对他们来说，漂泊与停顿是他们生命中永远的主题，当一些身影从街市上消失，另一些同样的身影就会弥补进来。城市像海绵一样吸收着人群，但其中的人却是不固定的。我们从画中看到的并非一个定格的场景，铁打的城市流水的过客，它是一个流动的过程。它不是一瞬，而是一个朝代。

水在中国文化里的强大意象，为整幅画陡然增加了浓厚的哲学意味。它不仅仅是对北宋现实的书写，而是一部深邃的哲学之书。如果记忆里缺少一条河流，那记忆也将是干枯的河床。老子说："上善若水""水善利万物而不争"[23]，这是自然赋予水的功德。江河之所以永远以最弯曲的形象出现，是因为它试图在最大的幅度上惠及大地。世俗认为，水生财，水是财富的象征，所以才有了"肥水不流外人田"的民谚，这也是对水的功德的一种印证。在现实世界中，汴京就是水生财的最好例证，宋人张洎写道：

  汴水横亘中国，首承大河，漕引江湖，利尽南海，半天下之财赋，并山泽之百货，悉由此路而进。[24]

周邦彦在《汴都赋》里，把汴京水路的繁荣景象描绘得淋漓尽致：

舳舻相衔，千里不绝。越舲吴艚，官艘贾舶，闽讴楚语，风帆雨楫。联翩方载，钲鼓铿鎝，人安以舒，国赋应节。

这座因水而兴的城市没有辜负水的恩德，创造了那个时代最辉煌的文明。它的房屋，鳞次栉比；城市的黄金地段也寸土寸金，连达官贵人，也有"居在隘巷中，乘舆不能进"[25]，甚至大臣丁谓想在黄金地段搞一块地皮都办不到，后来当上宰相，权倾朝野，才在水柜街勉强得到一块偏僻又潮湿的地皮。汴京地皮之昂贵，由此可见一斑。这是一个华丽得令人魂魄飞荡的朝代，汴京以一百三十万人口，成为当时世界上最大城市，成为东方物质文明、精神文明和商业文明的壮丽顶点，张洎在描绘汴京时，曾骄傲地说："比汉唐京邑，民庶十倍。"[26]北宋灭亡二十一年后，1147年，孟元老撰成《东京梦华录》，以华丽的文笔回忆这座华丽的城市：

时节相次，各有观赏。灯宵月夕，雪际花时，乞巧登高，教池游苑，举目则青楼画阁，绣户珠帘，雕车竞驻于天街，

> 宝马争驰于御路；金翠耀目，罗绮飘香，新声巧笑于柳陌花衢，按管调弦于茶坊酒肆；八荒争凑，万国咸通，集四海之珍奇，皆归市易，会寰区之异味，悉在庖厨；花光满路，何限春游，箫鼓喧空，几家夜宴，伎巧则惊人耳目……[27]

"京都学派"（以内藤湖南为代表）的学者们认为宋代是东亚近代的真正开端。也就是说，东亚的近代，不是迟至19世纪才被西方人打出来的，而是早在10—12世纪就由东亚的身体内部发育出来了，这一论点颠覆了欧洲中心主义的历史叙事，形成了与欧洲的近代化叙事平行的历史叙事，从而奠定了"在中国发现历史"这一理论的地位。

但另一方面，水也是凶险的化身。就像那艘在急流中很有可能撞到桥侧的大船，向人们提示着水的凶险。汴河曾给这座城市带来过痛苦，它在空间上的泛滥正如同它在时间上的流逝一样冷酷无情。《红楼梦》里，秦可卿提醒："月满则亏，水满则溢"[28]，而"溢"，正是水的特征之一，如同"亏"是月的特征一样不可置疑。将黄河水导入汴河的一个重要结果是，河中的泥沙淤积严重，河床日益抬高，使这条河变得不稳定，而这种不稳定，又使整座城市，以及城市里所有人的命运变得动荡起来。因此，朝廷每年都要在冬季枯水之时组织大规模的清淤工作。然而，又有谁为这个王朝"清淤"呢？

　　王安石曾经领导了汴河上的清淤运动，甚至尝试在封冻季节开辟航运，与此相平行，他信誓旦旦地对这个并不"清明"的王朝展开"清淤"工程，但这无疑是一场无比浩大、复杂、难以控制的工程。他发起了一场继商鞅变法之后规模最大的改革运动，终因触及了太多既得利益者而陷入彻底的孤立，1086年，王安石在贫病交加中死去，死前还心有不甘地说："此法终不可罢！"[29]

　　他死那一年，张择端出生未久。

　　张择端或许并不知道，满眼华丽深邃的景象，都是那个刚刚作古的老者一手奠定的，甚至有美国学者张琳德（Johnson Linda Cooke）推测，连汴河边的柳树，都是王安石于1078年栽种的，因为她根据树的形状，确认它们至少有二十年的树龄。张择端把王安石最脍炙人口的诗句吟诵了一百篇，却未必知道这个句子里包含着王安石人生中最深刻的无奈与悲慨：

　　　　春风又绿江南岸，
　　　　明月何时照我还？

　　朝代与个人一样，都是一种时间现象，有着各自无法逆转的旅途。于是，张择端凝望着眼前的花棚柳市、雾阁云窗，他的自豪里，又掺进了一些难以言说的伤感与悲悯。埃米尔·路德信希在《尼罗河传》中早就发出过这样的喟叹："朝代来了，使用了它（尼罗河），又过去了。但是河，那土地之父却留了下来。"[30]张择端一线一线地描画，不仅使这座变幻不息的城市从此有了一份可供追忆的线索，更在思考日常生活中来不及生发的反省与体悟。

甚至连《清明上河图》自身，都不能逃脱命运的神秘性——即使近一千年过去了，这幅画被不同时代的人们仔细端详了千次万次，但每一次都会发现与前次看到的不同。研究《清明上河图》的前辈学者，比如董作宾、那志良、郑振铎、徐邦达等，已经根据画面上清明上坟时所必需的祭物和仪式，判定画中所绘的时间是清明时分，张琳德也发现了画面上水牛亲子的场景，而水牛产子，恰是在春天，到了20世纪80年代，一些"新"的细节又浮出水面，比如"枯树寒柳，毫无柳添新叶树增花的春天气息，倒有'落叶柳枯秋意浓'的仲秋气象"[31]，有人发现驴子驮炭［图4-6］，认为这是为过冬做准备，也有人注意到桥下流水的顺畅湍急，推断这是在雨季，而不可能是旱季和冰冻季节……在空间方面，老一辈的研究者都确认这幅画画的是汴京，细心的观察者也看到了画里有一种"美禄"酒，而这种酒，

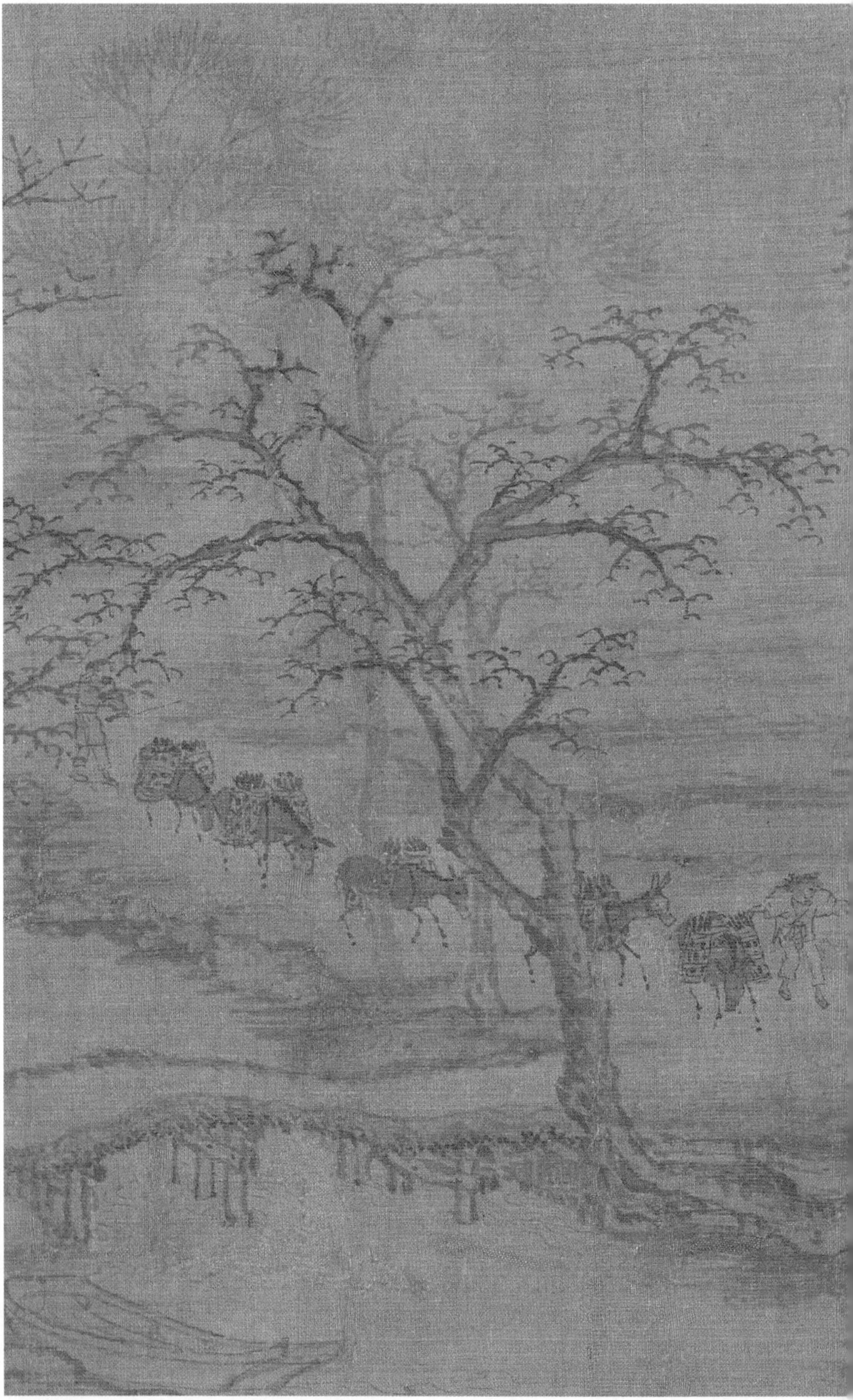

[图 4-6]
《清明上河图》卷（局部），北宋，张择端
北京故宫博物院 藏

正是汴京名店梁宅园子的独家产品[32]，这个细节也证实了故事的发生地就在汴京，但新的"发现"依旧层出不穷，比如有人发现《清明上河图》里店铺的名称几乎没有一个与《东京梦华录》里记录的汴京店铺名称一致，由此怀疑它描绘的对象根本不是汴京[33]……总而言之，这是一幅每次观看都不一样的图画，有如博尔赫斯笔下的"沙之书"，每当合上书，再打开时，里面的内容就发生了神奇的变化，以至于今天，每个观赏者对这幅画的描述都是不一样的，研究者更为画上的内容争吵不休。

直到此时我才明白，《清明上河图》并非只是画了一条河，它本身就是一条河，一条我们不可能两次踏入的河流。

五

由于一条河，这幅古老的绘画获取了两个维度——一个是横向展开的宽度，它就像一个横切面，囊括了北宋汴京各个阶层、各行各业的生活百态，让我们目睹了弥漫在空气里的芳香与繁华，这一点已成常识；另一个是纵向的维度，那就是被河流纵向拉开的时间，这一点则是本文需要特别指明的。画家把历史的横断面全部纳入纵向的时间之河，如是，所有近在眼前的事物，都将被推远——即使满目的丰盈，也都将被那条河带走，就像它当初把万物带来一样。

这幅画的第一位鉴赏者应该是宋徽宗。当时在京城翰林画院担任皇家画师的张择端把它进献给了皇帝。宋徽宗用他独一无二的瘦金体书法，在画上写下"清明上河图"几个字，并钤了双龙小印[34]。他的举止从容优雅，丝毫没有预感到，无论是他自己，还是这幅画，都从此开始了颠沛流离的旅途。

北宋灭亡六十年后，那个名叫张著的金朝官员在另一个金朝官员的府邸，看到了这《清明上河图》卷——至于这名官员如何将大金王朝的战利品据为己有，所有史料都守口如瓶，我们也就不得而知。那个时候，风流倜傥的宋徽宗已经于五十一年前（公元1135年）在大金帝国的五国城屈辱地死去，伟大的帝国都城汴京也早已一片狼藉。宫殿的朱漆大柱早已剥蚀殆尽，商铺的雕花门窗也已去向不明，只有污泥中的烂柱，像沉船露出水面的桅杆，倔强地守护着从前的神话。在那个年代出生的北宋遗民们，未曾目睹、也无法想象这座城当年的雍容华贵、端庄大气。但这《清明上河图》卷，却唤醒了一个在金国朝廷做事的汉人对故国的缅怀。尽管它所描绘的地理方位与文献中的故都不是一一对应的，但张著对故都的图像有着一种超常的敏感，就像一个人，一旦暗藏着一段幽隐浓挚而又刻骨铭心的感情，对往事的每个印记，都会怀有一种特殊的知觉。他发现了它，也发现了内心深处一段沉埋已久的情感。他像一个考古学家一样，把所有被掩埋的情感一寸一寸地挖掘出来，重见天日。北宋的黄金时代，不仅可以被看见，而且可以被触摸。他在自己的跋文中没有记录当时的心境，但在这幅画中，他一定找到了回家的路。他无法得到这幅画，于是在跋文中小心翼翼地写下"藏者宜宝之"几个字。至于藏者是谁，他没有透露，八百多年后，我们无从得知。

　　金朝没能从胜利走向胜利，它灭掉北宋一百多年之后，这个不可一世的王朝就被元朝灭掉了。一个又一个王朝，通过自身的生与死，证明着"月满则亏，水满则溢"这一亘古常新的真理。《清明上河图》又作为战利品被席卷入元朝宫廷，后被一位装裱师以偷梁换柱的方式盗出，几经辗转，流落到学者杨准的手里。杨准是一个誓死不与蒙古人合作的汉人，当这幅画携带着关于故国的强大记忆向他扑来的时候，他终于抵挡不住了，决定不惜代价，买下这幅画。那座城市永远敞开的大门向他发出召唤。他决定和这座城在一起，只要这座城在，他的国就不会泯灭，哪怕那只是一座纸上的城。

　　但《清明上河图》只在杨准的手里停留了十二年，就成了静山周氏的藏品。到了明朝，《清明上河图》的行程依旧没有终止。宣德年间，它被李贤收藏；弘治年间，它被朱文徵、徐文靖先后收藏；正统十年，李东阳收纳了它；到了嘉靖三年，它又漂流到了陆完的手里。

有一种说法是，权臣严嵩后来得到了梦寐以求的《清明上河图》，也有人说，严嵩得到的只是一幅赝品。这幅赝品，是明朝的兵部左侍郎王忬以八百两黄金买来，进献给严嵩的，严嵩知道实情之后，一怒之下，命人将王忬绑到西市，把他的头干脆利落地剁了下来，连卖假画的王振斋，都被他抓到狱中，活活饿死。严嵩的凶狠，让王忬的儿子看傻了眼，这个年轻人，名叫王世贞。惊骇之余，王世贞决计为父报仇。他想出了一个颇富"创意"的办法，就是写一部色情小说，故意卖给严嵩，他知道严嵩读书喜欢一边将唾沫吐到手指上，一边翻动书页，就事先在每页上涂好毒药，这样，严嵩没等把书读完就断了气。他想起这个办法时，抬头看见插在瓶子里的一枝梅花，于是为这部惊世骇俗的小说起了一个诗意的名字——《金瓶梅》。[35]

《清明上河图》变成了一只船，在时光中漂流，直到1945年，慌不择路的伪满洲国皇帝溥仪把它遗失在长春机场，被一个共产党士兵在一个大木箱里发现，又几经辗转，于1953年底入藏北京故宫博物院，它才抵达永久的停泊之地。

只是那船帮不是木质的，而是纸质的。纸是树木的产物，然而与木质的古代城市相比，纸上的城市反而更有恒久性，纸图画脱离了树木的生命轮回而缔造了另一种的生命，它也脱离了现实的时间而创造了另一种时间——艺术的时间。它宣示着河水的训诫，表达着万物流逝和变迁的主题，而自身却成为不可多得的例外，为它反复宣讲的教义提供了一个反例——它身世复杂，但死亡从未降临到它的头上。纸的脆弱性和这幅画的恒久性，形成一种巨大的反差，也构成一种强大的张力，拒绝着来自河流的训诫。一卷普通的纸，因为张择端而修改了命运，没有加入物质世界的死生轮回中，因为它已经成为我们民族文化的一部分。没有一个艺术家不希望自己的作品永恒，但如果张择端能来到故宫博物院，看到他在近千年前描绘的图画依然清晰如初，定然大吃一惊。

张择端不会想到，命运的戏剧性，最终不折不扣地落到了自己的身上。

至于张择端的结局，没有人知道，他的结局被历史弄丢了。自从把《清明上河图》进献给宋徽宗那一刻，他就在命运的急流中隐身了，再也找不到关于他的记载。他就像一颗流星，在历史中昙花一现，继而消逝在无边的夜空。在各种可能性中，有一种可能是，汴京被攻下之前，张择端夹杂在人流中奔向长江以南，他和那些"清明上河"的人们一样，即使把自己的命运想了一千遍也不会想到自己有朝一日会流离失所；也有人说，他像宋徽宗一样，被粗糙的绳子捆绑着，连踢带踹、推推搡搡地押到金国,尘土蒙在他的脸上,被鲜血所污的眼睛几乎遮蔽了他的目光,乌灰的脸色消失在一大片不辨男女的面孔中。无论多么伟大的作品都是由人创造的,但伟大的作品一经产生,创造它的那个人就显得无比渺小、无足轻重了。时代没收了张择端的画笔——所幸,是在他完成《清明上河图》之后。他的命,在那个时代里,如同风中草芥一样一钱不值。

但无论他死在哪里,他在弥留之际定然会看见他的梦中城市。他是那座城市的真正主人。那时城市里河水初涨,人头攒动,舟行如矢。他闭上眼睛的一刻,感到自己仿佛端坐到了一条船的船头,在河水中顺流而下,内心感到一种超越时空的自由,就像浸入一份永恒的幸福,永远不愿醒来。

第五章 宋徽宗的光荣与耻辱

纸页上的赵佶、笑傲江湖，天下无敌。

一

宋徽宗赵佶端详着《清明上河图》，半天没有说话。那些楼与船、人与物、光与影，一定让他的心里震了一下。一瞬间，他看见了属于自己的辉煌时代。它凝聚在那条河上，即使在夜里，依旧光芒耀眼。他感到一阵恍惚，对于河流所代表的岁月无常，他没有，或者说不愿去想太多。那时的他一定不会相信，他目力所及的繁华，转眼之间就会蒸发掉，甚至连这座浩大的城——包括那些苍老的城墙、笨重的石像，居然也会消逝无踪。很多年后，它们只能带着日暮的苍凉和大雪的清芬，定格在他的记忆里，供他在饥寒交迫的五国城，一遍遍地反刍。

明代陈霆《渚山堂词话》中记载，徽钦二帝被金人押解着一路北上，一天夜里，他们露宿林中，在凄冷如刀的月光下，听见有胡人吹笛，赵佶悲从中来，口占一首《眼儿媚》，那份悲凉凄切，丝毫不输给南唐后主李煜的《虞美人》：

玉京曾记旧繁华,

万里帝王家。

琼楼玉殿,

朝喧箫管,

暮列琵琶。

花城人去今萧索,

春梦绕龙沙。

忍听羌笛,

吹彻梅花。

陈霆说当时宋钦宗应和了一首,只是因为"意更凄凉",所以他不忍心录下。[1]

此时的宋徽宗,面对着《清明上河图》,对于那场逃不过的劫难却没有丝毫的预感。他仿佛亲身穿过了一个又一个古老的街区,踌躇满志地在辉煌的都城里漫步。对于眼前这个翰林画院里的年轻画师,他没有放在眼里。

如果他仔细看那幅画,定会看见在繁华的背后,凶险早已暗潮汹涌,各种不同型号的陷阱,正等着人们投奔。对此,张择端已经通过那艘即将撞向桥侧的大船做出了委婉的暗示。一种不安的情绪在城市里晃动,并且正向城市的每一个角落扩散——有商人在经历了千辛万苦的跋涉后,在城门口与税官大声争吵;有乘轿者和骑马者在虹桥上躲闪不及即将迎面相撞;有人用车推着尸体,尸体上遮盖的,竟然是被撕成碎片的名人书法;有人在"赵太丞家"的药铺里,面孔焦虑地求药……没有人知道所有事情的来龙去脉,但即使是片段,也让人怵然心惊。只是这些纷乱的场景,被繁华浩大的城市景象裹藏起来了,只有细心的人才能把它们遴选出来。

这个华丽的时代犹如一个巨大的黑洞,把所有的呼喊都吸住了,或者说,他们的呼喊,在一片歌舞升平中显得无足轻重。他们就像默片里的演员,想奋力挣扎呼喊,却丝毫发不出声音。张择端想为他们代言,但身为帝国画师,他不能把这一切都挑明,只能把这些暗示当作密码,编进《清明上河图》,等待着皇帝自己觉悟。

张择端不能明言,是因为对于任何政治上的反对派,赵佶都不留情面,尤其在蔡京掌权以后,他们一君一臣配合默契、珠联璧合,堪称黄金搭档。蔡京的艺术造诣不俗,被赵佶视为艺术上的知音,赵佶还是端王的时候,就曾花费两万贯买过蔡京的书法作品,可见他的热衷程度,蔡京的青云直上,无疑是"艺术改变命运"的杰出范例,然而,宋朝政治家中,艺术大师比比皆是，蔡京之所以脱颖而出，主要还是因为他有非同寻常的"政治头脑"，在北宋复杂的"路线斗争"中能见风使舵，左右逢源，从而在风云变幻的官场上站稳脚跟，尤其当赵佶急于摆脱司马光一党的影响时，曾经唯司马光"马"首是瞻的蔡京更是挺身而出，成为赵佶坚定的政治盟友。实际上，无论昔日司马光清算王安石，还是今日宋徽宗对司马光展开"大批判"，蔡京都站对了"立场"。他立场转得飞快，表明他根本就没有"立场"。皇帝需要什么，他的立场就是什么；或者说，头上的乌纱帽，是他唯一的立场。

王朝的政治，在这种陀螺似的转向中，不仅没有了稳定感，更没有了庄严感，即使宋徽宗决心为王安石变法张目，仍然成了一场滑稽戏，原因是他把这种"拨乱反正"当作了党同伐异的政治手段，或者说，他的心里没有原则，只有权术。

他先是将司马光、吕公著等一百二十人打为奸党，继而又下诏追查各级官员在元符末年的政治言论，据此将所有官员分为"正""邪"两种，"正等"重用提拔，"邪等"打翻在地。如同一切政治运动一样，这场轰轰烈烈的划线运动同样会"扩大化"，也可以说，这种"扩大化"是有意为之的，因为只有这样，才能给政治上的对立面安上罪名，名正言顺地消灭掉。比如章惇、曾布等人，本不是司马光的同党，只因反对过赵佶即位（赵佶是神宗第十一子，嫡庶礼法，本无继位的资格），揭露过蔡京等人的丑行，就被打入"奸党"行列；户部尚书刘拯因对这种"斗争扩大化"的做法抱有微词，也被朝廷放逐，朝廷的言路，就这样被他们封堵得严严实实。宋徽宗还下诏，禁止党人讲学，禁止他们的子弟进入都城；更凶狠的是，他把司马光所有支持者的著作、文稿一律毁版焚烧，其中包括苏洵、苏轼、苏辙、黄庭坚、秦观等人的文集。那些精湛绝伦的宋刻本，就这样在历史中永远地消失了，变成了崇宁年间一缕缕浓黑的烟雾，造成了汴京城严重的空气污染；他们的书法真迹，则变成一堆堆的碎片和垃圾，其中一片被张择端拾起来，悄悄放在《清明上河图》里那辆收尸车上，变成用来遮盖尸体的苫布。

那具被遮盖起来的尸体，或许就是元祐党人的政治遗骸。

对于张择端的叙事阴谋，宋徽宗无动于衷。

二

或许是《水浒传》里"杨志押送金银担，吴用智取生辰纲"给我的印象太深了，说到宋徽宗赵佶，我最强烈的印象，还是他对石头的偏爱。他苦心营造的皇家园林——艮岳，位于汴京的东北部，方圆十余里，高达八九十步，有泗滨、淋漓、灵璧、芙蓉诸峰耸立，有洞庭、湖口、慈溪、仇池之渊错落。为了看到云雾缭绕的景色，宋徽宗还下令有司制作油绢囊，用水浸湿，清晨悬挂在峰峦之间，吸入雾气，等皇帝驾临时，再将卷囊打开，被吸收的云雾就会徐徐释放出来，于是有了一个专有名词："贡云"。

差不多与此同时，一座辉煌的建筑群体新延福宫也在建设之中。胜利是需要纪念的，而纪念的最好方式，就是营建巨大的宫殿。原因很简单，宫殿是权力的最大载体，而这个载体，不仅是不可抹杀的，而且是最直观的——它比文字更直观，也更有传播力，更能广而告之，更带有某种公告的性质。它不可置疑的权威，是通过它的空间感，而不是文字的修辞来实现的。无须通过阅读，每个人都能在第一时间感受到宫殿的威严。因此，没有任何事物比宫殿更具有"纪念碑性"（monumentality）。

蔡京毕竟在复杂的政治斗争中经过风雨、见过世面，他知道皇帝此刻最需要什么。于是，当这场轰轰烈烈的政治运动取得了"阶段性成果"，蔡京就不失时机地提出了"丰亨豫大"的口号，意思是要大力宣扬繁荣昌盛的帝国景象。赵佶也一改宋太祖艰苦朴素的低调作风，把太祖有关"糖衣炮弹"的谆谆教诲全部当作耳旁风，启动了一系列国家重点工程，决心让帝王的意志在中原大地上爬升到顶点，其中最著名的工程，就是在汴京大内北拱宸门外修建的新延福宫。

根据历史的记载，新延福宫由五个风格各异的区域组成，故称"延福五位"。为更好地完成这一光荣的政治任务，朝廷成立了以蔡京为首的工程领导班子，内侍童贯、杨戬、贾详、何䜣、蓝从熙等五位大太监，分别监造五大区域。宫内殿阁亭台，连绵不绝，凿池为海，引泉为湖。文禽奇兽等青铜雕塑，千姿百态；嘉葩名木及怪石幽岩，穷奇极胜。

宋徽宗有着强烈的恋物癖，他的宫苑，也很快成为存放精美器物的大仓库。宋徽宗收藏有一万多件商周秦汉时代的钟鼎神器，还有数千工匠精心制作的象牙、犀角、金银、玉器、藤竹、织绣珍品。俞剑华先生在 1937 年由商务印书馆出版的两卷精装本《中国绘画史》中评价他说："万岁之暇,惟好图画。内府所藏,百倍先朝。"[2] 郑欣淼先生在论述两岸故宫文物藏品的专著《天府永藏》中也特别提道："中国历代宫廷都收藏有许多珍贵文物,到宋徽宗时,收藏尤为丰富。《宣和书谱》《宣和画谱》《宣和博古图录》,就是记载宋朝宣和内府收藏的书、画、鼎、彝等珍品的目录。"[3] 这些收藏，倒是为今天两岸故宫的文物收藏奠定了基础。仅他收藏的端砚，就有三千余方，著名墨工张滋制作的墨块，竟超过十万斤。

如果说宫殿凸显了帝王的权力，那么苑囿则创造了一个游戏性的空间，可以从容地安顿琴瑟［图 5-1］、舞蹈、欢宴、嬉戏、

[图 5-1]
《听琴图》轴，北宋，赵佶（传）
北京故宫博物院 藏

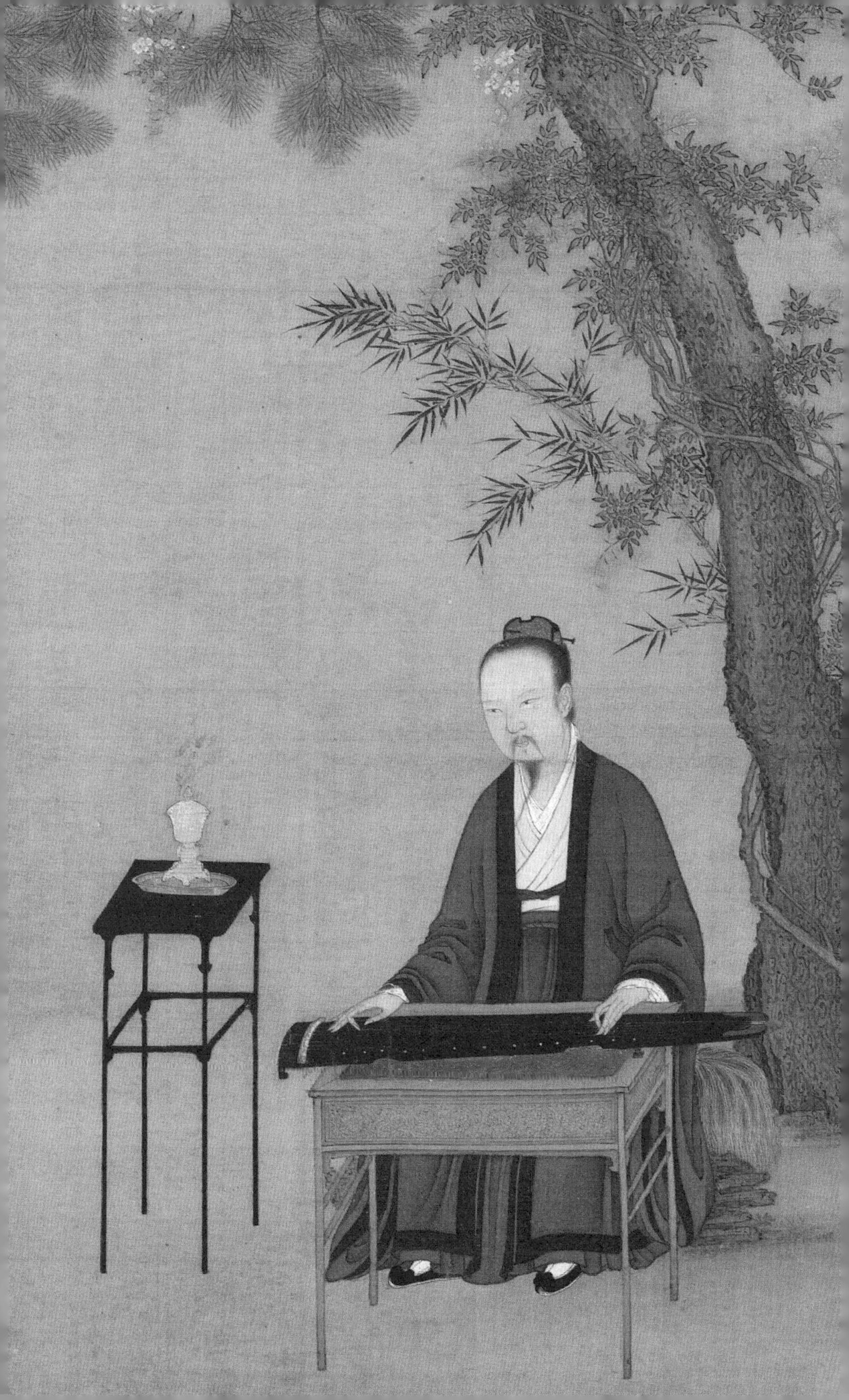

[图 5-2]
《祥龙石图》卷（局部），北宋，赵佶
北京故宫博物院 藏

书画、弈棋、做爱。

宫殿与园林形成了一种神奇的对偶，因为宫殿政治本身就是一场游戏，而苑囿里的游戏，本身也是权力的延伸。假如说前者是一个凸起在大地上的阳性的空间，那么后者就是一个以水池湖泊为代表的阴性的空间。一阴一阳，相互交替，构成了帝王生活的最重要的节律。

但宋徽宗似乎更加偏好山水林苑的阴性生活。这似乎与他的经历有关。赵佶出生在深宫，自小与妇人为伍，在他的成长历程中，后宫的世界就是他的世界，后宫的哲学就是他的哲学，这必然使他性格里缺乏剽悍气质，而变得阴柔婉转，甚至小肚鸡肠。他没有大开大合的政治气象，就像园林里的亭台楼阁、假山叠石[图5-2]，"制造出空间的变形、弯曲、交叠和自我缠绕"[4]。皇帝的后花园，是他精心打造的微观宇宙；皇帝通过它来实现着对世界的意淫。

于是，为了打造他的理想园林，他不惜代价，甚至到了丧心病狂的程度。一船一船的"花石纲"，从汴河运往京师。蔡京的亲信朱勔掠到一块太湖石，高达四丈，为了运到汴京，专门制造了一艘大船，光纤夫就达数千人，途经之处，拆水门、毁桥梁、破城墙，为了宋徽宗一人的趣味，不知浪费了多少国有资产。宋徽宗不仅不动怒，相反，给朱勔加官晋爵，并将这块

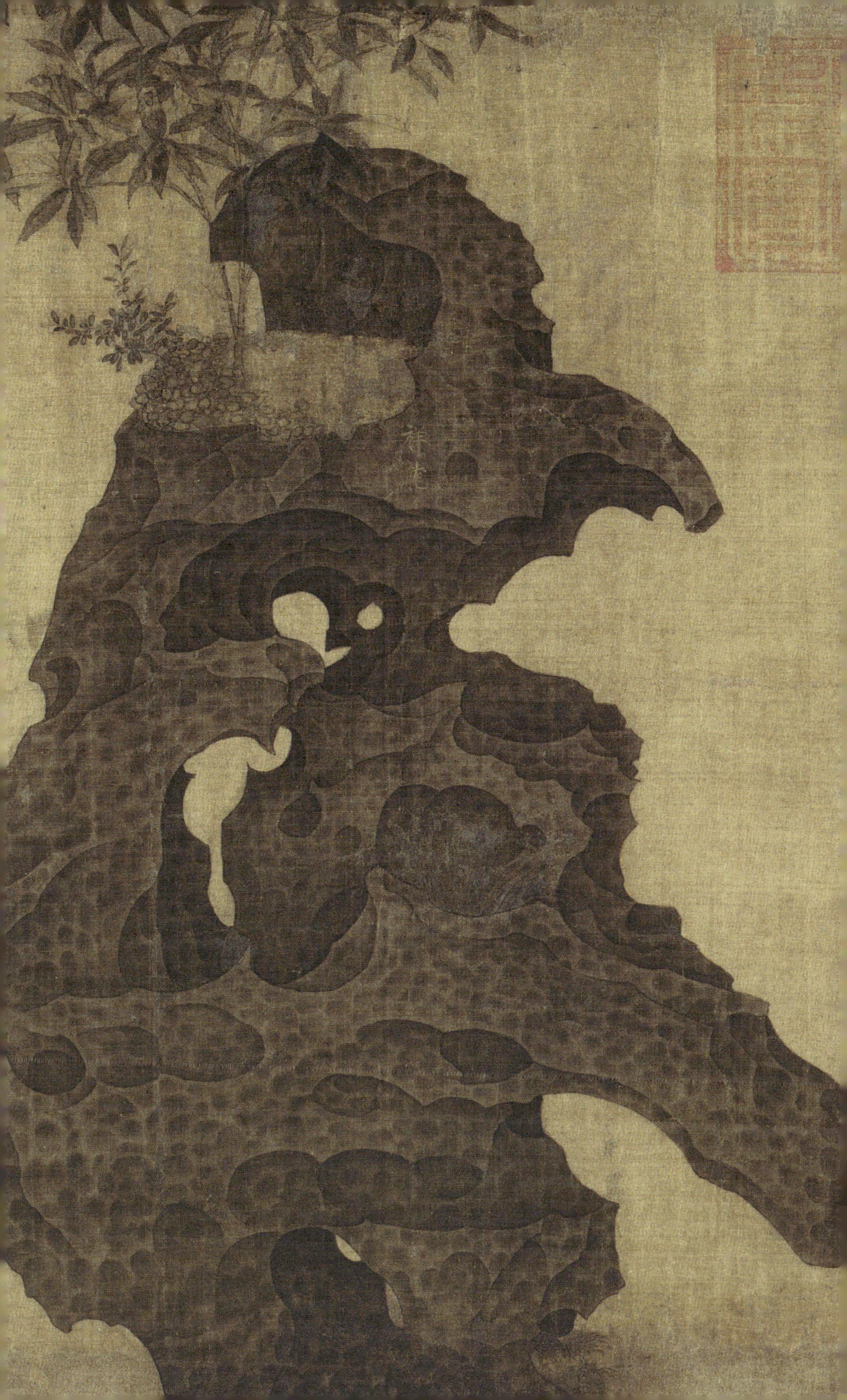

巨大的奇石命名为"神运昭功石"。

明人林有麟《素园石谱》是一本有意思的书、一部图文并茂的"石头记"。里面记录的石头中，就有"宣和六十五石"。这些被纳入皇家的石头，如同后宫嫔妃，不仅形态妖娆，而且每块都有香艳的名字，诸如：瑞霭、巢凤、蕴玉、堆青、积雪、凝翠、吐月、宿雾……

到了明末，张岱还在吴门徐清之家见过一块巨石，高丈五，当年朱勔也是试图把它运至京师，可惜一搬至船上，巨石就沉入太湖底，令朱勔大失所望。类似无法搬运的花石纲，在江南遗落了很多。[5]

梁思成说："艮岳为亡国之孽，固非无因也。"[6]艮岳初名"万岁山"，而明朝末代皇帝崇祯吊死的景山也叫"万岁山"，万岁之山，成为万岁的死穴，或许，这并非历史的巧合。

赵佶性格里的游戏的天性，就这样因为他的艮岳而得到了最大程度的激发。从某种意义上说，赵佶本性还是一个顽童，还停留在被妇人们看护和调教的未成年阶段，不同的是，他此时已贵为皇帝，掌握着生杀大权，已没有人能够真正控制他的行为了。于是，他在艮岳这个大幼儿园里嗷嗷待哺，又为所欲为。他被身边的宠臣们围绕着，饮宴的时候，这些帝国要员们居然一个个穿上"短衫窄裤，涂抹青红"，和艺人一起，满口市井浪语淫词，连起码的自尊都顾不上了。有一次，宋徽宗扮作一个参军上场，蔡攸在一旁喝彩："好一个伟大的神宗皇帝！"宋徽宗用杖鞭抽打他，说："你也是一个操蛋的司马光！"假若当年的韩熙载能够看到这样一幕，一定会愕然无语。

李煜身上携带的历史病菌早已传染给宋徽宗，他病入膏肓。李煜是死于宋徽宗赵佶的老祖宗、宋太宗赵光义（赵炅）之手。如果李煜打算复仇，最好的办法就是让赵光义的后代重蹈自己的覆辙。后来的事实没有让李煜失望，宋徽宗的宫苑很快成为整个帝国的腐化中心。只有如此巨大的空间，才能安放赵佶不断膨胀的欲望，这些宫殿园林刚好可以使他的欲望长驱直入。赵佶就像一枚快乐的精子，在宫殿的廊道内纵情游走。只有在它子宫般的温暖里，他才能感受生命的意义，哪管在与世隔绝的九重宫门之外，早已是狼烟四起，满目疮痍。

三

赵佶的瘦金体，简直就是从这样的人间仙境中生长出来的植物。

每次面对赵佶的墨迹，我都会想到植物，固然纤弱，固然任性，却如修竹兰草，有山林草泽的味道，也有植物的纤维感。

瘦金体以瘦命名，让我脑海里映出唐代颜真卿字体之肥。

颜真卿的楷书，笔触圆润肥实，有敦实厚重之感，宋代米芾说他："如项羽挂甲，樊哙排突，硬弩欲张，铁柱将立，昂然有不可犯之色。"实在有气势。据说颜真卿写字，一点一画、起止转折都不轻率，他多用圆笔，力求浑厚；在结体上力求饱满，多取向包围之势。颜真卿书法上的"对立面"，应该是柳公权，因为与颜真卿相反，柳公权变肥为瘦，结体奇险，出锋锐利，赵佶的字更极端，他走了一步险棋，让笔画更加瘦硬，在结体上却下方疏阔，长画外扬，在平常中穿插布局，在不经意间恣意伸展，使体态丰盈摇曳，妖娆多姿，绝无僵直、刻板之感。

对于书法来说，偏肥和偏瘦，都是极端，风险极大，弄不好就砸锅，但赵佶与颜真卿，都"弄"出了佳境。他们都是书法史上的极端主义分子，他们的书法，是艺术领域里面的"环肥燕瘦"。在故宫闲来无事，我常翻阅《文渊阁四库全书》里面收集的书论，翻到明代项穆的《书法雅言》，刚好看到一段关于"肥瘦"的文字，堪称佳论：

> 若专尚清劲，偏乎瘦矣，瘦则骨气易劲，而体态多瘠；独工丰艳，偏乎肥矣，肥则体态常艳，而骨气每弱。犹人之论相者，瘦而露骨，肥而露肉，不以为佳。瘦不露骨，肥不露肉，乃为尚也。使骨气瘦峭，加之以沉密雅润，端

庄婉畅，虽瘦而实腴也；体态肥纤，加之以便捷遒劲，流丽峻洁，虽肥也实秀也。瘦而腴者，谓之清妙，不清则不妙也；肥而秀者，谓之丰艳，不丰则不艳也。所以飞燕与王嫱齐美，太真与采苹均丽。譬夫桂之四分，梅之五瓣，兰之孕馥，菊之含丛，芍药之富艳，芙蕖之灿灼，异形同翠，殊质共芳也。临池之士，进退于肥瘦之间，深造乎中和之妙，是犹自狂狷而进中行也，慎毋自暴自弃哉。[7]

瘦金体之瘦，瘦中有腴，犹如今日的巴黎名模，瘦成了风尚，用项穆话说，是瘦得"清妙"。所以《中国书法风格史》评价赵佶："他是继唐代颜真卿以后的又一人。而其瘦金书的风韵情趣，又足以使他作为宋代尚意书风中的一个大家。"[8] 如果说颜真卿楷书在后世不乏继承者，那么瘦金体则是中国艺术史上的孤本，这种字体，在前人的书法作品中从未出现过[9]；后代学习这种字体的人虽然前赴后继，然而得其精髓者依然寥寥无几。难怪清代陈邦彦在《秾芳诗》卷后的观款中写道："宣和书画超逸千古，此卷以画法作书，脱去笔墨畦径，行间如幽兰丛竹，泠泠作风雨声，真神品也！"

赵佶的字，两岸故宫都有。北京故宫博物院藏有《闰中秋月》和《夏日诗》册页等，这两幅都是纸本，大小也几乎一致，纵

[图5-3]

《秾芳诗》帖,北宋,赵佶

台北故宫博物院 藏

约35厘米,横44.5厘米。台北故宫博物院藏有《怪石诗》、《秾芳诗》[图5-3]。《秾芳诗》为绢本,朱丝栏界格,它的特殊之处在于,宋徽宗的瘦金书多为寸方小字,唯独《秾芳诗》为大字,凡二十行,每行仅写两字,用笔畅快淋漓,锋芒毕露,傲气十足,有断金割玉的气势。诗的末行以小字书"宣和殿制"款,钤"御书"葫芦印一枚。

这首诗是这样写的:

秾芳依翠萼,
焕烂一庭中。
零露沾如醉,
残霞照似融。
丹青难下笔,
造化独留功。
舞蝶迷香径,
翩翩逐晚风。

舞蝶、迷香、残霞、晚风，自然的美轮美奂，似乎尽在赵佶的掌握之中，不费吹灰之力，就从他的笔端流淌出来。

园林是书写的最佳场合。宫殿并不适合书写，宫殿适合朗诵，将皇帝的意志大声地朗诵出来，布告天下，因而宫殿高大雄伟，尽可能地敞开，而四周的配殿和宫墙，则恰到好处地增加了它的音响效果。舒适的后宫适合书写，许多皇帝都有在后宫办公的习惯，比如紫禁城养心殿，自雍正到溥仪，清朝共有八位皇帝把这里当作寝宫，但即使在后宫，书写的内容也大抵与朝政有关，清朝由于不设宰相，皇帝事必躬亲，所以在这里，皇帝每天要面对堆成山的奏折，完成他的"家庭作业"。唯有苑囿，才适合写些诗意文字。如果说宫殿建筑还有某种公共性，为朝廷政治服务，那么皇家园林则只为皇帝一人服务，连大臣进入，都要经过特别的许可，这个空间内所讲述的，已不是皇帝与大臣之间的官方关系，而是男性与女性之间的私人关系，因而更私密，更个人化，更适合于宋徽宗式的游戏人生，而书法本身，就并不纯然以实用为目的，而更像是一种艺术上的游戏。

像艮岳这样的皇家园林，必会长出瘦金体这样的文字植物，

農勞

反过来说，瘦金体只能在艮岳这样的土壤上生长，只能由艮岳的甘泉浇灌，因为一种书法风格的形成，是与环境密不可分的，甚至于，一种风格，就是对一个世界的精确表达。儒家讲"格物"，通过"格物"来"致知"，物质世界与人的内心世界具有某种同构性，人们需要从物质世界中去穷究"物理"。那么，作为艺术的书法也是一样。赵佶的书法，不仅仅是书法，也是音乐，是建筑，是花卉，是美食与美器，是上述一切事物的混合物、综合体。它们都是赵佶的一部分，互相酝酿，互相生成，无法拆分。

瘦金体是典型的帝王书法，它是和帝王的极端主义美学品位相联系的。它是皇帝的专利，甚至于，连皇帝也很难写出来——中国历史上数十个王朝、数百个皇帝，也只有宋徽宗一人写出这样的字。没有一个人能像宋徽宗那样，拥有一个如此强大、丰饶、富丽的气场，也没有一个人像赵佶那样善于从这个庞大的气场上冶炼出书法的金丹。瘦金体，几乎成为中国艺术中的孤品，空前绝后，独领风骚。在宫殿、苑囿、印玺之上，它成为无与伦比的皇权徽章，甚至，它远比君权还要不朽。

很多人说，赵佶是入错了行，他应该只做艺术家，不做皇帝，假如不做皇帝，就不会有后来悲惨的下场。但在我看来，没有帝王，尤其是宋代帝王极端绮丽的生活品质，他也很难创造出这种极端的字体。这是他的悖论,是上帝早已安排好的悲剧。上帝是大戏剧家,早已为每个人安排好了角色,他无从躲闪。

  人生不忍细说,还是看他的字吧。面对《秾芳诗》,我不止一次地在心里复原着他写字时的样子。他写字的时候,他的神态应当是专注的,凝神静气。在他的身边,龙涎的香气缭绕着,在空气中弥漫成繁复的花纹。对于这种似有若无的奇香,后人有这样的描述:"焚之则翠烟浮空而不散,坐客可用一剪以分烟缕,所以然者入蜃气楼台之余烈也。"[10]龙涎香的烟缕,竟然是有形状的,可以用剪刀剪开,丝丝缕缕,如赵佶的笔在笔洗里留下的墨痕。我想象着,在龙涎的芳香中,赵佶的脸上出现了迷醉的神色,有点像太白醉酒后的那种陶醉感,又像做爱时的兴奋,只不过不是与女人做爱,而是与纸做爱。冰肌雪骨的纸,柔韧地铺展着,等待他的耕耘。赵佶的笔,就这样将龙涎香的烟纹一层层地推开,落在纸上。他以行书笔调来运笔,使他的一切动作都富有节奏韵律的美感,所以不仅他的字是美的,他写字的过程也一定是美的。瘦金体的字迹,仿佛身体深处升起的一种电击般的兴奋,一层层地荡漾出去。

  他用的是一种细长的狼毫,很难掌握,但它提供了一种塑性的抵抗力,赋予笔画以一种锋利之力,能在细微的差异中传达出书写者的鲜明个性。将近九百年后,末代皇帝溥仪也在自己的宫殿里试图复制这种笔,他偏爱赵佶的书法,紫禁城里更是搜集了许多赵佶的真迹,其中就有《秾芳诗》。他一遍遍地模仿,揣摩赵佶的心境,每当此时,他就感觉"中国书法的巨人在引导着他的手,授权给了他每一笔、每一画、每一个字中存在的书法秘诀";他写坏了许多支笔,于是为这些笔制造了一个笔冢,为每一支笔都修了一个小小的棺木,立了碑,还写了碑文,包括制笔者的姓名、开笔和封笔的日期等等,不过这些都是据说。唯一可以确认的,是溥仪如同赵佶一样,从这些笔墨出发,走向了囚徒的营地。

皇权成就了他的艺术,他的艺术却挖了皇权的墙脚。

四

血红的宫墙分出了天堂与地狱的界限。根据物质的守恒定律,当帝国的财富源源不断地集中到少数人的身边,在更大面积的国土上,则必然出现物质匮乏、饥馑甚至死亡。当宋徽宗的宫殿每夜都要消费数百支名贵的龙涎香,当蔡京的府上做一碗羹要杀掉数百只鹌鹑,这个帝国早已是"两河岸边,死丁相枕,冤苦之声,号呼于野"。其实,早在公元 1100 年,赵佶登基之初,就有一个名叫钟世美的大臣上奏:"财用匮乏,京师累月冰雪,河朔连年灾荒,西贼长驱寇边,如入无人之境。"[11] 但庭院深深,门禁森严,宋徽宗沉浸在他的艺术世界里,永远听不到宫墙外面的呻吟与呼喊。在如此浩大的宫苑中,所有不合时宜的声音都会半途夭折。宋徽宗置身人间仙境,觉得生活很美好,生命很快乐,他不明白方腊、宋江为什么要揭竿而起,不明白为什么总是有人和这个朝廷过不去。

他喜欢炫富,不炫富他就浑身难受。倘若向别人炫富也罢,可他偏偏要向金国的使者炫富。但饱汉子不知饿汉子饥,宋徽宗不计后果的炫富,对于物资匮乏的金国来说构成多么大的刺激。根据古气象学家的研究,唐末至北宋初期(公元800—1000年)是气候温暖、冬温少雪的"中世纪温暖期"(Mediaeval Warm Period),而从宋徽宗时代开始,一直到南宋中叶(公元1110—1200年)则气温低寒,雪灾频繁,冬季漫长,是典型的"小冰期",也是中国历史近三千年来的第三个寒冷期(Cold Period)。来自中亚细亚内陆沙漠的冬季干燥季风掠过中原,使北宋出现大面积沙漠化。宋徽宗政和元年(公元1111年),淮南旱;政和三年,江东旱;政和四年又旱,皇帝下诏,"赈德州流民"[12]。

与中原农耕民族相比,北方草原游牧民族对气候的依赖更大。公元1110年,辽国(当时金国还未建立)大饥,"粒食不阙,路不鸣桴"[13]。北宋政和四年(公元1114年),女真首领完颜阿骨打率领两千五百人,在来流水起兵反辽,一年后草创大金国,十年后灭掉大辽国,然后挥刀直指北宋。

在物质丰饶时代,享乐或许是个人的权利;但在民不聊生的岁月,奢侈就是罪孽,不仅需要承担道德上的责任,甚至应当承担法律上的责任。宋徽宗享乐的直接后果是:公元1120年,方腊率众在歙县七贤村起义。起事时,方腊的老婆浓妆艳抹,前胸缀嵌着一个大铜镜,对着太阳行走,远远望去,光芒耀目,在无数百姓眼里成为毋庸置疑的祥瑞之兆,于是纷纷入伙。方腊之乱,惨死者超过了两百万人。

金国也面临着普遍的饥荒。公元1124年,金国派人向宋乞粮,被拒绝。公元1125年,"冬寒倒卧人更不收养,乞丐人倒卧街衢辇毂之下,十目所视,人所嗟恻"。公元1126年正月,更是"冻死者枕藉"[14]。这一年十月,完颜阿骨打下令两路攻宋:西路以完颜宗翰为主帅,率兵六万,自云州下太原、攻洛阳;东路以完颜宗望为主帅,也率六万兵马,自平州入燕山、下真定。它们像一对铁钳,向北宋都城汴京逼来。

宫殿里的宋徽宗面对着城池接连沦陷的军报,内心比"小冰期"里的天气还凉。但他并不知道,是自己的"嘚瑟",终于"嘚瑟"出麻烦了。宋室宫苑的豪华奢靡,官场的腐败无能,军队的不堪一击,早就被金国使节看在眼里,记在心上。从某种意义上说,是宋朝自己敞开了城门,等着金国来抢。其实早在九月,大宋帝国就获知了金军即将南下的情报，但当时朝廷正在准备郊祀大典，大臣们认为这样不利的情报会破坏喜庆祥和的气氛，对这一朝廷盛事产生不利影响，所以故意压下不报。官僚主义害死人，在这个当口，金军早就迅速挺进了。靖康元年（公元1126年）大年初二，大宋的禁军已经抵达黄河北岸御敌，大敌当前，主帅梁平方却只顾饮酒作乐，既不侦察敌情，也不做任何战略部署，敌军一来，就慌忙向南岸跑，一边跑，一边烧掉浮桥，以至于身后还有几千宋兵没来得及通过浮桥，就作了金军的活靶子，被一个个活活砍死。已撤回南岸的军队，也纷纷逃亡，黄河就这样成了不设防的防线，金军只凭搜来的几条小船，花了整整五天五夜，从容地渡过黄河，没有受到任何阻击，连金军的将领都对此困惑不解，议论道："南朝可谓无人矣，若有一、二千人守河，吾辈岂能渡哉！"

万般无奈，宋徽宗只好颁布一道"罪己诏"，承认自己应负的责任，试图挽回人心，平息众怒。"罪己诏"的大意是：民生潦倒，奢靡成风。灾异屡现，而朕仍不觉悟；民怨载道，朕无从得知。追思所有的过失，悔之何及！[15]

宋徽宗并不是一个敢于承担责任的人。公元1125年12月23日，在冰雪围困的宫殿里，宋徽宗拉着蔡攸的手说："没想到金人会如此背信弃义！"他说得激愤，突然间一口气没上来，头晕目眩，从御榻上重重地跌了下来。大臣们惊惶失措，七手八脚地把他搀扶到保和殿东暖阁，掐人中灌汤药，折腾了半天，宋徽宗终于缓缓地睁开眼睛，欠起身，示意索要纸笔，然后以他精绝的瘦金体写下四个大字："传位东宫。"

这个皇帝，他做不下去了，他决定把这个烂摊子交给自己的长子赵桓，只要宫中有了这个皇帝，自己就可以卷铺盖逃跑了。那个倒霉的"替罪羔羊"，就是宋钦宗。

五

其实当时的东路金军，虽已渡过黄河，却是孤军深入，没有后援，加之他们虽号称六万，但基本上是由契丹、奚人组成的杂牌军，实在是强弩之末，战斗力并不强，宋军完全有机会将敌军彻底歼灭。宋徽宗完全是吓怕了，所以压根儿没打抵抗的主意。明朝大学者黄宗羲、王夫之在谈论这段历史的时候都说，如果当时徽钦二帝能够放弃汴京，转入内地，寻求战略大后方，诱敌深入，与金军打一场持久战，完全可以再造国家，而不至于落得双双被擒的下场，唐玄宗李隆基就是一个著名的先例。

唐玄宗的艺术才华，丝毫不输给后世的李煜和赵佶。他的一生，被政治和艺术分为两截——他用自己的前半生完成了"开元之治"这件杰作,成为一代英主;后半生却寄情深宫,终日沉浸在诗词曲赋、管弦丝竹,弃朝廷于不顾。他的五律,骨气峥嵘;他的赋,潇洒飘逸;他的书法,八分法堪称绝品;他的音乐造诣,更是史上无双,他创作的《霓裳羽衣曲》是名副其实的经典,他创建了皇家的音乐舞蹈团体,名曰"梨园",也因此被后世艺伶尊为梨园鼻祖;他与杨贵妃的爱情故事,更是一件艺术品,千古流传,被白居易一首《长恨歌》唱得缠绵凄凉。然而,艺术上的纵横驰骋,换来的却是国破家亡,他的帝国,从此万马齐喑,一败涂地。

艺术这东西够绝,别人沾得了,唯皇帝不能沾,仿佛一道悬崖,一个咒语,向前一步,便是粉身碎骨。乾隆也试图以艺术家自诩,工作之余笔耕不辍,作诗41863首,几乎比得上一部《全唐诗》,却才华平平,顶多是个"发烧友",或许正因如此,乾隆才有幸成为"十全老人",在政治上全身而退。

艺术家是浪漫主义者,在幻想的世界里生存,并把它当作全部的真实。宋徽宗即是如此。虽然王室兴建苑囿至少从周代就开始了,楚国云梦泽,方圆九百里,珍禽异木,麇集其中,楚王驾着四驳(神马),坐在雕玉的车中,在园中围猎。但宋徽宗这位浪漫主义者把它当作真实的世界,而不是人工的天堂。园林不是山林,而只是对山水自然的凝聚、压缩、变形、重构。

它并不是一个真实的世界,而只是一个虚构的世界。宋徽宗忽略了园林的虚构性(fictionality),而整日生活在云遮雾罩之中。虚无缥缈的"贡云",就是对他生存状态的最佳写照。

而他的朝廷,实际上就是一个放大的艮岳——赵佶画的《瑞鹤图》[图5-4],就是这种虚构景观在纸页上的表达。这幅画构图非同一般,他故意略去了宫殿的大部分,只留下一个屋顶,如一条浮动的大船,在一片祥云中若隐若现,把更大的面积,留给了天空,天光云影之间,群鹤飞翔起舞。赵佶以腾空飞扬的群鹤,完成着他对盛世太平的想象,成为他为自己准备的一首颂歌。在他的带动下,朝廷的颂歌自然层出不穷,他被形形色色的"贡云"团团围住,让他有了腾云驾雾之感。所有的大臣都是报喜不报忧。而他们所报之喜,更是浮夸到了极致,牛皮吹到天上。为了配合皇帝在迷幻花园里产生的各种幻想,各地纷纷呈上有关各种"祥瑞之象"的汇报——

蕲州[16]呈报:方圆二十五里漫山遍野长满了灵芝;

海州[17]、汝州[18]等地呈报:满山的石头都变成了玛瑙;

益阳[19]呈报:该地的山间小溪居然流出大量黄金,最大的一块重达四十九斤;

乾宁呈报:八百里黄河突然变清了,在长达七昼夜的时间里清澈见底……

政和壬辰上元之次夕忽有祥雲拂鬱
低映端門眾皆仰而視之倏有群鶴
飛鳴於空中仍有二鶴對止於鴟尾
之端頗甚閒適餘皆翺翔如應奏節
往來都民無不稽首瞻望歎異久之
經時不散迤邐歸飛西北隅散盡感茲
祥瑞故作詩以紀其實

清曉觚稜拂彩霓仙禽告瑞忽來儀飄飄
元是三山侶兩兩還呈千歲姿似擬碧鸞棲
寶閣豈同赤鴈集天池徘徊嘹唳當丹
闕故使憧憧庶俗知

御製御畫并書

［图5-4］
《瑞鹤图》卷，北宋，赵佶
辽宁省博物馆 藏

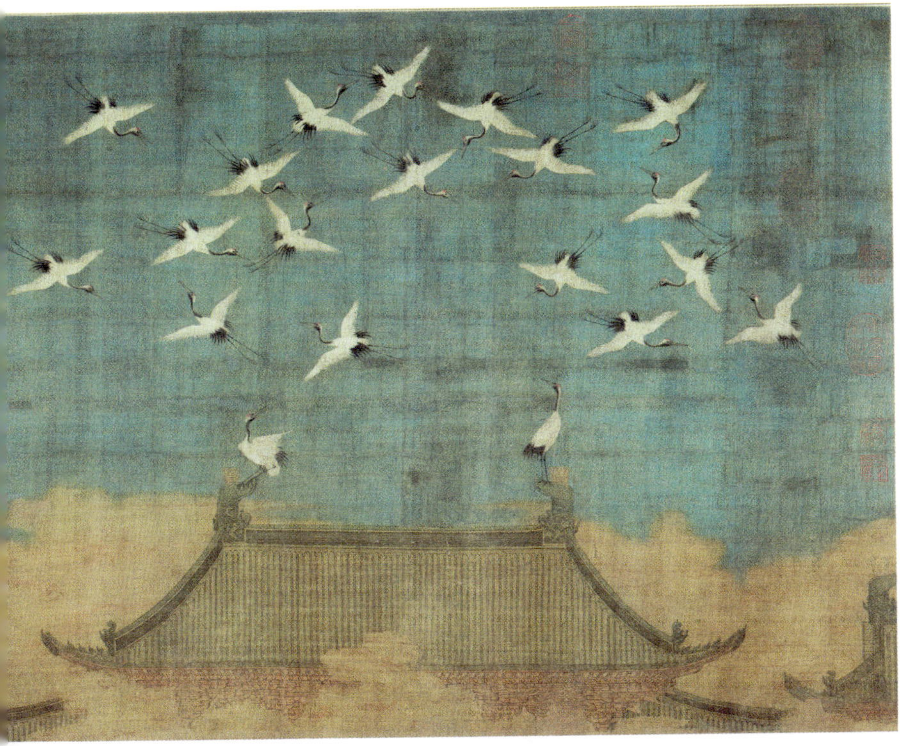

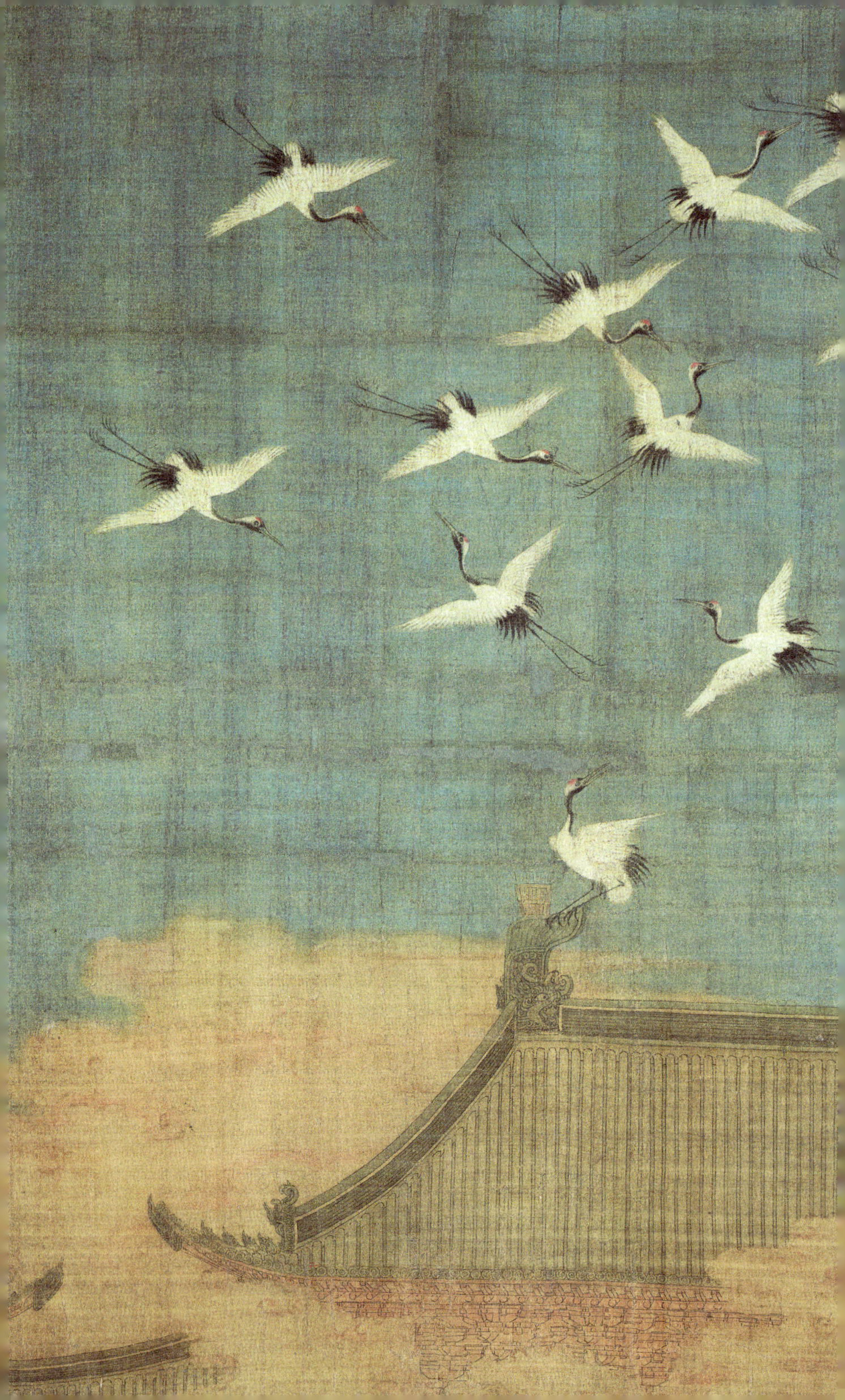

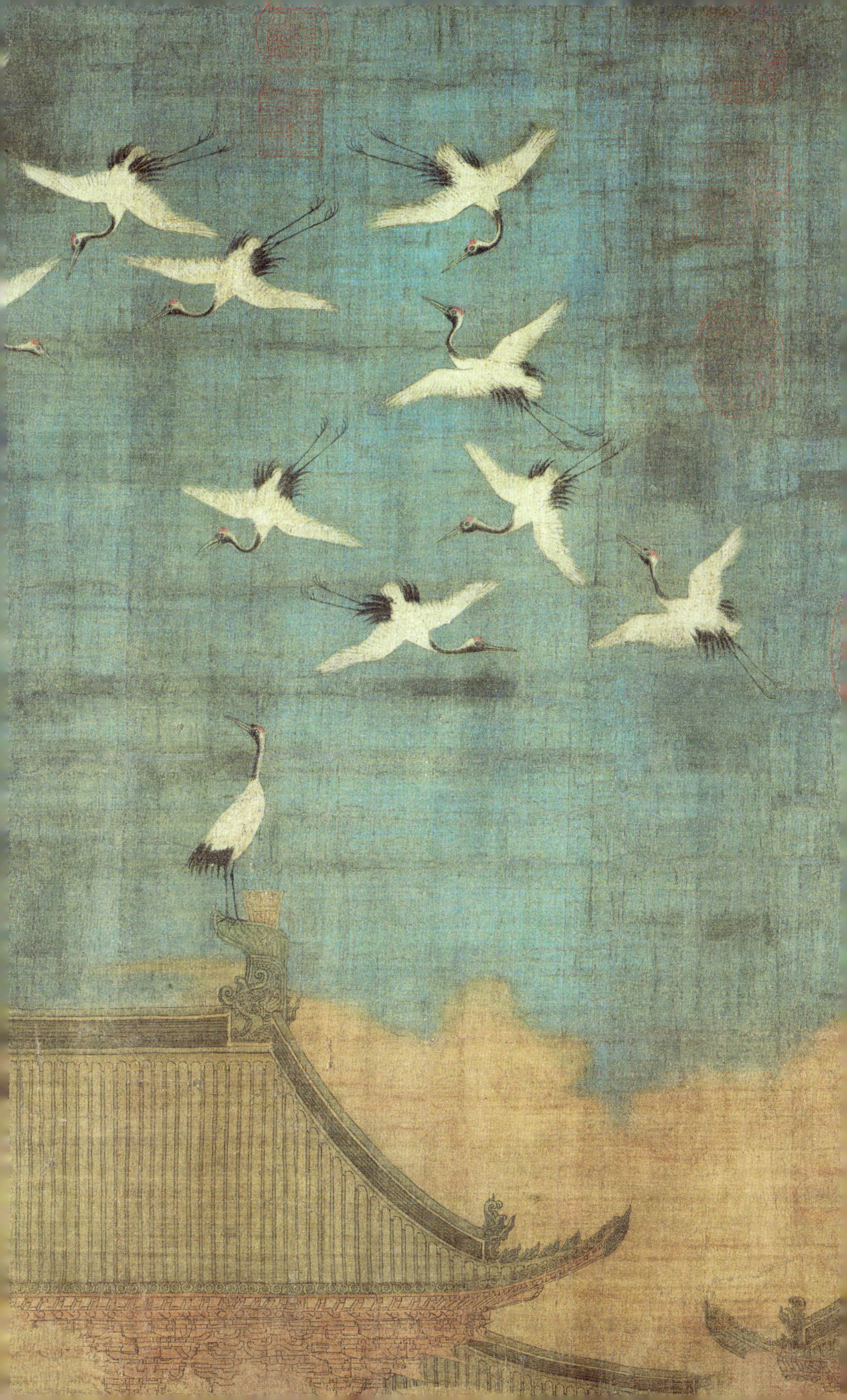

政和二年（公元1112年），民间进献一块一尺有余的玉石，经过蔡京"鉴定"，认为这是大禹用过的玄圭，宋徽宗得到它，证明宋徽宗治理天下已达到了大禹的水平，所以苍天有眼，把如此至宝授予皇帝。

在皇帝的带动下，官员们的艺术想象力得到了空前的激发，大宋朝廷的官方文书，都弥漫着一种魔幻现实主义的风格。在这一连串油嘴滑舌、不负责任的忽悠面前，宋徽宗连自己姓什么都不知道了，立刻在大庆殿举行了隆重的受元圭仪式，同时大赦天下，还遣官到先祖陵墓，向老祖宗们报喜。

孔子说："巧言令色，鲜矣仁！"[20]意思是话说得越好听，脸色越好看，"仁"的含量就越低。那些批发给宋徽宗的谎言，毫无技术含量，稍有常识的人就可能识破，皇帝之所以相信，是因为他愿意相信，唯有坚信不疑，才能证明自己的光荣伟大。一位朋友曾经说过："天才是唯一敢向造物主挑衅的人。他们不凡的手笔常常令老头子自愧弗如。"[21]赵佶是艺术家，在他的天才面前，老天爷也只能无语了。

艺术是反逻辑、反理性，甚至是反常识的。一个理性过强的人当不了艺术家，而政治家却恰恰离不开理性。政治家需要"具体问题具体分析"，需要外科医生似的冷静、细致、耐心，政治最怕的是浪漫主义的狂热，因此，有学者认为，政治的最佳架构是现实主义在朝、浪漫主义在野,这样可以把在朝者的现实操作的能力和在野者的大胆幻想都发挥到极致。[22]

不幸的是,大宋皇帝赵佶,偏偏是一位浪漫主义者、一位艺术大师。宫殿与园林、现实与虚幻、理性与非理性,两个世界在宋徽宗赵佶的内心里始终在纠缠、撞击、搏斗,使他处于严重的人格分裂之中。他在山水、园林、纸页上得到的舒畅自由,后来在人生中完全失去了。或者说,正是前期的自由,为后期的不自由埋下了伏笔——这是命运的能量守恒。壮丽的艮岳,为他的游戏、幻想、梦,划出了一个最大的边界,超出这个边界,他的世界就是一地鸡毛。人能获得自由吗?卡夫卡曾经给出一个令人绝望的答案:不能。他说:"他被拴在一根链条上,但这根链条的长度只容他自由出入地球上的空间,只是这根链条的长度毕竟是有限的,不容他越出地球的边界。"

上帝为每个人公平地分配了一根链条,只是每个人的链条长度各有不同。这是一根透明的链条,我们看不到它,也感觉不到它的重量。在链条的长度内,人们通常感觉不到链条的存在;然而一旦超出链条的长度,链条就会紧紧地捆住我们,动弹不得。即使贵为皇帝,自由也不是绝对的,而是相对的,这一点从宋徽宗的身上得到具体的印证。宋徽宗的链条,只够他在自己的逻辑里活动。他沉浸在自己的空间里,游刃有余,他没有想到,一旦走出他的艺术逻辑,那根链条就会像孙悟空的紧箍咒一样把他牢牢地限制住,让他痛苦不堪。

在中国历史上,也很少有人像宋徽宗赵佶那样,将伟大与渺小、雄健与柔弱、光荣与耻辱,如此严丝合缝地合于一身。他不能解决,只能逃避。因此,逃,成为他生命中的核心意象。先是逃到艮岳的湖光山色之间,战事一起,就向大后方疯狂逃窜,靖康元年(公元1126年)大年初二,金军刚刚逼近黄河,他就紧紧张张地出了通津门,登上一艘小船,顺汴河向东南方向逃跑,金兵占领浚州[23],他又惊惶失措地登上小舟,顺汴河连夜出逃,甚至嫌汴河流速太慢,船划不快,于是弃舟登岸,以加快逃亡步伐。马拉松长跑,铁人三项,他都不在乎了。一路上饥寒交迫,脱下靴子烤火,为冻僵的脚趾取暖。他只顾自己跑,却置百姓于不顾,甚至连自己的儿子宋钦宗赵桓他都不管不顾了。

大难临头,父子之间连最后一点情面都没能剩下。

六

宋徽宗赵佶的人间仙境在靖康二年、公元1127年灰飞烟灭了。攻入汴京城的金军变成了"强拆队",把所有能拆的构件全都拆下来,连艮岳里的"花石纲"都没落下。从正月里刮起的大风,一直刮到四月还没有停止,"大风吹石折木"[24]。在大风扬起的巨大尘埃里,宋徽宗赵佶和宋钦宗赵桓这一对父子,被捆绑着,与他们的官吏、内侍、工匠、倡优挤在一起,踏上了前往北国的路途。透过滚滚的尘烟,他们看着自己王朝历代积累的法驾、卤簿、车辂、冠服、礼器、法物、大乐、教坊乐器、祭器、八宝、九鼎、圭璧、浑天仪、铜人、刻漏、古器、图书、地图、库府蓄积等,被无数辆车马装载着,组成一条望不到头的财富的河流,向北延伸。不知那时,崇尚道教的宋徽宗是否会想起《道德经》里的那句话:"金玉满堂,莫之能守;宝贵而骄,自遗其咎。"[25]不久之后,那些奇木异石将在金国的中都北京重新组装起来,去装饰另一个王朝的盛世神话。金人目睹了汴京城的绮丽繁华,极欲仿效,金中都(北京)的建筑,处处渗透着汴京城的影响。时至今日,我们仍然能够从北海公园白塔山上堆叠的太湖石,辨认出当年艮岳的旧物。北京故宫钦安殿,曾收藏了一件宋徽宗亲笔题写的玉册中的一片,上面用瘦金体写着"太上开天执符御历含真体"十一个字,这是这位信奉道教的皇帝所写的祭祀祝词,应当共有三十五片,故宫钦安殿收存的这一片,应当位于玉册的尾端,它之所以出现在北京故宫,想必也是金朝留下来的。

显然,金朝也只是过路财神,因为没有一个朝代能够比这些珍宝更长命。螳螂捕蝉,黄雀在后,这些文物又先后落入元朝、明朝和清朝的宫廷,虽有聚散,但主体仍在,最后变成一笔盛大的遗产,被 1925 年成立的故宫博物院全盘接收。

清朝的时候,一个名叫曹雪芹的官宦后裔写了一部奇书,名叫《红楼梦》,它的另一个名字,就是《石头记》。这本书讲述的,恰恰是一块石头的前世今生。

七

徽钦二帝最先是押解到金国的上京会宁[26],金太宗吴乞买封宋徽宗为"昏德公",封宋钦宗为"重昏公",意思是父子俩加在一起,就是一昏再昏。几年后,公元 1130 年,他们被移送五国城[27]。

我不曾到过那里,散文家王充闾先生曾经这样描述:"古城遗址在县城北门外,呈长方形,周长两千六百米。现存几段残垣,为高四米、宽八米左右的土墙,上上下下长着茂密的林丛。里面有的地方已经辟为粮田、菜畦,其余依然笼罩在寒烟衰草之中。"[28]

无论当时的城池怎样,有一点可以肯定,即使在北国,那里也是偏远的边陲小镇。来自北方的飞雪狂沙将他记忆里的艮岳一层一层地覆盖起来,光怪陆离的奇幻花园,从此变成眼前望不到尽头的荒原。

"贡云"的麻醉效果早已失效，在呜呜的北风中，现实一点点地显露出它嶙峋的瘦骨。

如果说艮岳里的日子像梦，飘忽、轻盈，那么五国城的寒风就像刀刃，切割着他的肌肤，用疼痛来提醒他现实的真实性。

关于"坐井观天"的遗闻，王充闾先生分析，他们很有可能是住在北方人习惯的"地窨子"里。所谓"地窨子"，是在地下挖出长方形土坑，再立起柱脚，架上高出地面的尖顶支架，覆盖兽皮、土或草而成的穴式房屋。根据古书记载，至少在一两千年前，东北地区就有了"夏则巢居、冬则穴处"的居住习俗。这种地穴或半地穴式的房子一直延续到民国以后，满、赫哲、鄂伦春等民族冬季住宅都曾有这种形式。至于徽钦二帝不是住在"井"里而是住在"地窨子"里，王充闾先生是这样分析的："莫说是八百年前气温要大大低于现在，即使今天，在寒风凛冽的冬日，把两个身体孱弱的人囚禁在松花江畔的井里，恐怕过不了两天也得冻成僵尸。相反，那种半在地上半在地下的'地窨子'，倒是冬暖夏凉，只是潮湿、气闷罢了。"[29]

透过赵佶当年写的诗，可以依稀辨识他生存的环境：

彻夜西风撼破扉，

萧条孤馆一灯微。
家山回首三千里，
目断天南无雁飞。

假如是在井里，恐怕是无"扉"可"撼"的。

"萧条孤馆一灯微"，这句诗让我想起民国时期海上才子白蕉的一句诗："忆向美人坠别泪，江山如梦月如灯"，那份痛感，同样深刻。北国荒地的夜晚，寂然无梦无歌，只能用叹息和泪水填充。他绵长的叹息凝聚成诗，而那些诗，不是用墨，而是蘸着泪写的。

依旧是瘦金体。

或许，这是他保持与故国联系的唯一方式。

在长达九年的羁旅生涯中，他没有一天停止过书写。

但梦，终还是有的。只要有生命，就会有梦，哪怕只是些残梦。

他的梦，只用两个字就可以描述——回家。

与宫殿苑囿里各种绚烂的梦比起来，他的梦已经变得无比微薄。

赵佶没有一天不梦想自己回到大宋。他或许可以忍受这干硬而贫寒的山水，可以忍受每日重复的生活，可以习惯眼前一成不变的景象，却无法忍受如影随形的寂寞。那寂寞总是乘虚而入，比刀子还要锋利，深深地刺入他的骨髓，让他内心失血，无力反击。

只有家、国，带着巢穴般的温暖，给他以生存下去的希望。

最不希望看到他回到大宋的，其实不是金国皇帝，而是自己的亲生儿子、此时的南宋皇帝——赵构。原因很简单，皇帝的名额只有一个，假如徽钦二帝返回中原，无论谁复位，他这个替补皇帝都得靠边站。

他早已成为别人的噩梦。

但愿赵佶没有想到这一层，因为这比死还残忍。

他守着这个不可能实现的梦，独立在雪国的风中，一年一年地变老，直到满头的青丝变成荒原上的雪色。公元1135年，赵佶死于五国城，终年五十四岁，至死没能实现回家的梦想。

两年后，他的死讯才传到南宋都城临安，宋高宗赵构立刻摆出一副悲痛不已的表情，暗地里一定是松了一口气。他慷慨地为他谥号"圣文仁德显孝皇帝"，庙号徽宗。

又过了五年，他的梓宫才由遥远的北方运到临安，在会稽安葬，几百年前，另一位书法家王羲之正是在这里会聚朋友，临流赋诗，写下不朽的《兰亭集序》。这，或许是对这位书法巨人的最后慰藉。

他的儿子、宋高宗赵构的哥哥、北宋的末代皇帝赵桓，死于公元 1156 年，时年五十七岁。那一年，金国皇帝、海陵王完颜亮兴之所至，突然想让北宋末代皇帝赵桓和大辽帝国末代皇帝耶律延禧来一场比赛，PK 一下马球。这是宋、辽、金三国皇帝为数不多的"高峰会晤"，只不过他们此时的身份非常微妙，其中两个皇帝是另一个皇帝的囚犯，他们早已丧失了与金国皇帝平起平坐的机会，而必须通过惨烈的角斗来博得主子一笑。辽国是马背上的政权，耶律延禧自然比赵桓更精于马术。但耶律延禧无心恋战，他意识道，这是他逃跑的唯一的机会，于是冷不防地纵马冲出赛场，夺路而逃。在他的身后，金兵万箭齐发，利箭夹带着风声追赶着他，在划过无数道优美的弧线之后，带着一连串沉闷的声响，准确地降落在他的后背上，转眼之间，就把他扎成了一个血刺猬。赵桓吓得脸色大变，加之患有严重的风疾，慌乱中从马上跌下来，被马蹄踏成一堆不规则的肉饼。

辽宋两个皇帝居然在同一天死去，而且死得这样难看。历史是位真正的艺术家，因为没有一个艺术家有此等的想象力。

八

在北国，每逢过节的时候，金人都会赏赐徽钦二帝一些好菜好饭，让他们打打牙祭。酒足饭饱之后，金人会要求宋徽宗以他著名的瘦金体写一些"谢表"，就是感谢信，感谢大金国的恩德。对于昔日的大宋皇帝来说，这无异于莫大的侮辱，然而此时，食不果腹的赵佶也顾不了许多，从前的狂放与傲慢也荡然无存，居然卑躬屈膝地向金国皇帝大唱赞歌，所图的，不过是一顿饱饭。

拍马屁是一种语言贿赂，只不过赵佶由受贿者变成了行贿者。

漫长的囚徒生活，让他的浪漫主义彻底沦陷，一头扎进了现实主义，深不见底。甚至，他比任何人都要"现实"。因为胃是"现实"的，它可以随时提醒主人：理想不靠谱。对于这位饥寒交迫的帝王来说，脸面并不比饱暖更重要。

金国人把这些声情并茂的"谢表"装裱成册，拿到金宋边境榷场（贸易集市）上出售，既能为金国赚取"外汇"，又能挫伤大宋臣民的自尊心，让宋徽宗的苟且偷安暴露于全国人民面前，成为对他和他的帝国的第二道侮辱。

据说这些字的销路很好，这项买卖，一直持续了很久。

高高在上的大宋皇帝沦为金朝王族脚下的一只臭虫，只要想让他死，他不可能多活一个时辰。然而，有一件事物，却是他们永远也无法征服的，那就是赵佶的瘦金体。在这一绝美的字体面前，所向披靡的大金皇帝们一筹莫展。他们拿惯了马鞭和刀剑的手怎么也摆弄不好手中的毛笔。命运的那根链条，在这里显示了它的公平。大金王朝把大宋王朝打得屁滚尿流,在文化上却对宋朝高山仰止,筑宫室,造园林,学书画,邯郸学步,而且学都学不正宗。明代陶宗仪在《书史会要》中评价海陵王的墨迹时,说他"长于用笔结字,短于精神骨立"[30]。金章宗曾竭尽全力模仿宋徽宗的瘦金体,从宋廷抢来的书画名作,其中包括传为赵佶所摹的《虢国夫人游春图》,他居然学着宋徽宗的样子,用瘦金体题字,其笔势纤弱,形质俱差,一看就是赝品。

假如赵佶看到金章宗的字,一定会在鼻子里喷冷气,做梦都在发笑。

假如,刀兵入库、马放南山,宋金间的战争全凭纸笔来拼杀,那么双方的胜负关系定然会颠倒过来。

纸页上的赵佶,笑傲江湖,天下无敌。

第六章 繁花与朽木

他深藏起来的不是父皇的遗体,而是自己的恐惧。

一

绍兴十二年（公元1142年），建国十五年的南宋王朝迎来一件大喜事——根据不久前绍兴和议达成的协议，宋金两国终于化干戈为玉帛，金国将宋徽宗的棺椁归还南宋，同时释放宋高宗赵构的生母——韦太后。

上一年（公元1141年），宋金和谈终于达成一致的意见：南宋向金称臣，"世世代代，谨守臣节"；宋每年向金纳贡银、绢各二十五万两（匹）；两国东以淮河中流、西以大散关为界，金国不仅拥有了黄河流域，而且向南逼近到淮河流域，南宋王朝不仅变成了属国，而且失去了中原之后，它几乎称不上是政治意义上的"中国"[1]。

宋高宗忘记了，所谓的和平协议，不过是一张废纸。只有拥有一支强大的常备军，自己的和平才能得到保证。为了这份协议，宋高宗支付了高昂的成本——他杀掉了岳飞，使宋朝永

[图 6-1]
《迎銮图》卷，南宋，佚名
上海博物馆 藏

久失去了原来北宋的山西和关中的马场，从此岳家军的一万骑兵成为绝唱，这个王朝只能靠步兵和北方游牧民族的精骑对阵，他们的和平，从此不再设防。

然而，这份屈辱的和约，却让宋高宗心满意足。在他看来，所有的"历史问题"，都得到了圆满的解决。韦太后的归来，就是对宋金"修好"的证明。

根据史书的记载，当韦太后终于将丈夫宋徽宗棺椁运回大宋的时候，身为儿子的赵构亲自到临平[2]主持了隆重的欢迎仪式。宫廷画院的一名画家描绘了当时的场面。这幅重大政治题材的绘画作品，名叫《迎銮图》[图6-1]。

像《韩熙载夜宴图》《清明上河图》一样，这幅画采取了长卷的形式。

长卷上，我们可以看到浩大的护送队伍，排成人字形，骑

马走在最前面的,应是南宋太尉曹勋——绍兴和议的宋方代表,在他身后分开的扈从使者和金国使节,簇拥着一辆十六抬的大轿,有华盖遮在上面,这幅画的主角——韦太后,应该坐在轿子里,并没有露面,紧随其后的,是宋徽宗、郑皇后(宋徽宗的皇后,此时已为太后)以及宋高宗的邢皇后的棺椁。画的另一端,是浩荡的迎接队伍,宋高宗端坐在轿里,一副望穿秋水的悲戚表情,两侧的官员持笏肃立,还有人扭头,观察着皇帝的一举一动。

但是无论怎样繁华的典礼,都换不回宋徽宗的性命了。

此时,他静静地躺在棺椁里,对外面的喧闹无动于衷。

外面的世界很精彩,外面的世界很无奈。

在经过了长达十六年的囚徒生涯之后,宋徽宗、韦太后,终于与儿子赵构团聚了,却为时已晚,一家人,已然分隔在阴

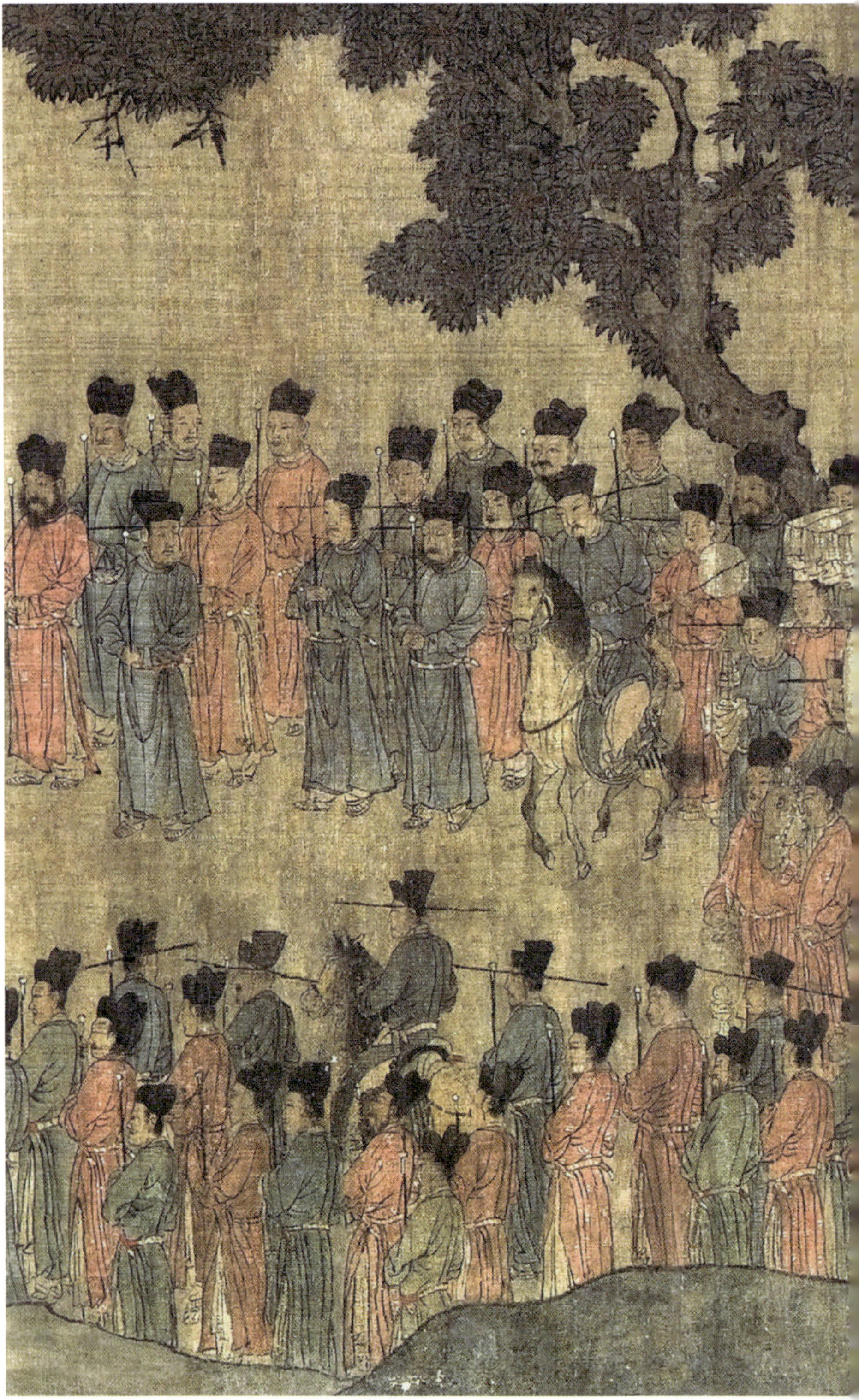

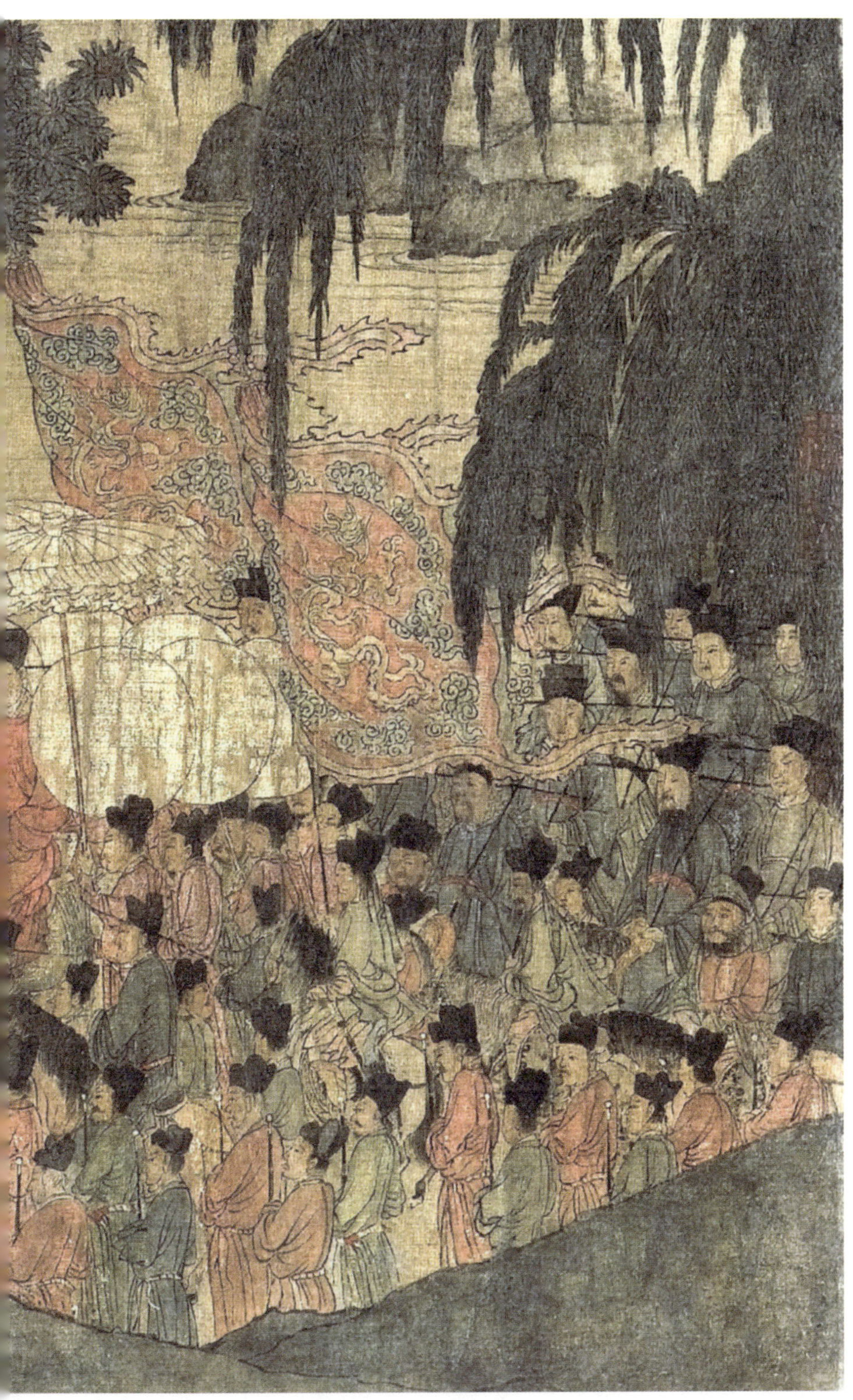

阳两界。

当儿子赵构"喜极而泣"[3]，恭恭敬敬地把韦太后迎接到慈宁宫，阴间里的宋徽宗一定会觉得，他周遭的世界，比五国城还要冰冷。

二

或许，宋高宗赵构是有着仇父情结的。

首先，他那个皇帝爹，本身就是一个声色犬马之徒，这一点，已经在上一章里写过。

其次，他那个爹，对赵构的生母也不怎么待见。

这一点与第一点有关，因为宋徽宗沉湎于歌舞酒色，所以在他的后宫里当妃子，必然是一件悲苦的事，更何况赵构生母韦氏的相貌，也毫无过人之处，假若不是乔贵妃与韦氏过从甚密，劝说宋徽宗临幸韦氏，韦氏也不会有机会生下一位皇子，宋徽宗的第九个儿子赵构就是这样诞生的。

从此，宋徽宗几乎再也没有到韦氏的宫里来过，也几乎遗忘了这对母子。

所以，赵构自小是在没有父爱的环境中长大的。直到赵构六岁那年，他的父亲才突然出现在他们面前，面对韦氏，说："韦娘子，你不认得朕了吗？"韦氏大喜过望，泪水夺眶而出，因为那一天，正是韦氏的生日。

没想到酒席宴间，宋徽宗说了这样一句话：要不是乔娘子提醒，真记不起你的生日了。

话音落处，韦氏的表情突然凝住，这酒宴，不知如何继续。

正在此时，有人来报，王贵妃要生了，宋徽宗抽身便走，赵构一把抓住父皇的衣襟，哀求他多留片刻，宋徽宗摸摸赵构的头，说去去就来，从此一去，就再也没有回来。

世界上没有无缘无故的爱，也没有无缘无故的恨，赵构幼小的心灵里已经埋上了仇父恋母的种子，父亲在母亲生日那天的抽身离去，或许就是缘故。纵然没有人浇水施肥，那颗深埋在内心里的种子，也会随岁月而发芽、壮大。

至少，赵构当上宋高宗后，在对待父母的问题上，他没有一碗水端平。

当然，这里有一个根本原因，是他舍不得他的皇位——那个位子，想上去不容易，想下来就更不容易。

倘徽、钦二帝归来，哪里还有他当皇帝的份儿？

岳飞不明白这一点，一再声明"靖康耻，犹未雪"，要"从头收拾旧山河"，还建议宋高宗赵构退位，干脆立太子继位，这样，他们父子三人就不必争了，没想到他的言论，句句都戳宋高宗的心窝子。他不下地狱，谁下地狱？

除此，宋高宗对父亲情感的冷淡，或许也是一个不便明言的原因。

六岁时父亲离去的身影，想必一直在他的内心里反刍，成为他成长岁月里一个无法抹去的阴影，当父亲作为囚徒被押解到遥远的北国，赵构的心理或许会闪动着一个恶毒的念头：既然你当时走得决绝，就永远不要想再回来了。

只是，在宋徽宗那里，当年的薄情，早已成了本性，对这一切的发生，他无知无觉。

三

公元1142年，随着宋徽宗的棺椁和韦太后一起回来的，还有宋钦宗的一封信。

那时，宋钦宗还没有死。

宋徽宗死于南宋绍兴五年（公元1135年），宋钦宗发现父亲咽气时，尸体已经僵硬。金人把宋徽宗的尸体抬到一个石坑上焚烧，烧到半焦烂时，再用水把火浇灭，将尸体扔到坑中。据说，这样做可以使坑里的水做灯油。悲伤至极的宋钦宗想跳入坑中，被人拉住，说活人跳进去，坑里的水就不能做灯油了，因此，不准宋钦宗影响到油灯的产品质量。

没有了父亲的陪伴，他陷入了更可怕的孤独。

他只能一个人，栖身在五国城的"地窖子"里，苟延残喘。

他或许并不知道，他艰难苦熬的时光，在他的弟弟赵构那里，是那么的快而且乐。

韦氏出发前，宋钦宗曾跪在韦氏面前，请她替自己给弟弟赵构带封信，恳求他把自己赎回去。

两国之间的媾和谈判，竟然置被俘皇帝于不顾，哪里还谈得到国家的体面与尊严？

宋高宗赵构一再强调，他"屈己讲和"，都是为了这份血浓于水的亲情。然而，对于自己的兄长、宋钦宗赵桓的殷殷企盼，他未予理睬。

赵桓的哀求，终于化作风中的碎片。

对待生母，赵构却是另一番态度。他曾面对金国使节这样陈词："朕有天下，而养不及亲。……今立誓言，当明方归我太后，朕不耻和。不然，朕不惮用兵。"

对于即将奉命前往金国的曹勋等人，他又叮嘱说："朕北望庭闱，无泪可挥。卿见金主，当曰：'慈亲之在上国，一老人耳；在本国，则所系甚重。'以至诚说之，庶彼有感动。"[4]

由此可见，亲情的浓度，取决于他的政治需要。

韦太后的车马启程之际，绝望的宋钦宗赵桓竟然死死地抓住车轮，哭喊道："第（只要）与吾南归，但得太乙宫主足矣，它无望于九哥也。"[5]

太乙宫,不过是一个安置犯错官员的机构而已。宋钦宗的愿望,是何等的卑微。

他无意去抢皇位。

回答他的,却只有韦太后越来越远的背影,还有更加沉重的寂寞。

熬过十六年的囚徒生涯之后,宋钦宗在五国城又苦等了十四年,在五十七岁时,被马踏死。

见死不救,就等同于杀害。

所以说,赵桓是被他的弟弟赵构害死的。

四

然而,无论华丽的轿舆、隆重的仪式,还是宫廷画家绘制的精美画卷,都不能抹去大宋皇室蒙受的耻辱与创伤。在中国历史上,还鲜有一个王朝,蒙受过大宋这样的耻辱。

靖康二年(公元 1127 年)二月初七,当金人粗暴地撕去裹在宋钦宗皇帝身上的那身龙袍,几乎所有的宋朝人都听到了这个王朝碎裂的声音。一个名叫李若水的大臣冲上去,紧紧抱住皇上,试图用身体捍卫龙袍的尊严。他嘴里大骂着:"此是大朝真天子,你杀狗辈不得无礼!"[6] 骂声未绝,几个金兵上来,先几个巴掌把他打晕,然后把满面是血的李若水拖出去,先裂颈断舌,再凌迟处死。

史料上说,"若水临死,为歌诗",最后几句是这样的:

矫首为天兮,
天卒不言。
忠信效死兮,
死亦何怨。[7]

行刑时,一位金国士兵说:"大辽亡国时,以死报国的大臣有十多人,而在宋国,为国捐躯的官员居然只有李侍郎一位,可叹,可叹!"

李若水的肉体一片片消失的时候,赵宋后妃们的肉体正在金兵的怀抱里挣扎蠕动。此时的金兵,知道了什么叫为所欲为。他们想强奸谁,就可以强奸谁,哪怕她是王朝的金枝玉叶。对于那些不服从的身体,他们可以手起刀落,将她们一分为二。在金军的营帐里,他们一面纵欲,一面杀人,几乎忙不过来。根据史书的记载,有七名女子宁死不从,结果三名被斩首,三名被用铁杆捅穿了身体,扔在金营外面,直到流血而死,还有一名,抓起一只箭头刺向自己的喉咙,当场死亡。[8]

三月里，金军在焚烧了驻扎了四个月的营寨后，押解着浩荡的俘虏，带着丰厚的战利品，启程了。

那些战利品，除了大宋王朝历代积累的法驾、卤薄、车辂、冠服、礼器、法物、大乐、教坊乐器、祭器、八宝、九鼎、圭璧、浑天仪、铜人、刻漏、古器、图书、地图、库府蓄积等以外，还有皇帝、大臣和数不尽的宫廷美女。

除了皇室，许多贵族豪宅里的财产、女人也惨遭洗劫，其中，连那个为拍宋徽宗马屁、不惜工本运送"花石纲"的朱勔也不能幸免，家中珍藏的书画美服、珍宝器皿，都被劫掠一空。[9]

俘虏的队伍中，有宋徽宗、宋钦宗、徽钦二帝的妃嫔、亲王、亲王妃、郡王、郡王妃、皇子、皇子妃、公主[10]、驸马、皇孙、皇孙妃、皇孙女、亲王女、郡王女等，除了赵构，几乎所有的皇室成员，都成了金军的战俘。从金国的亲历者写下的《宋俘记》来看，当时的战俘，人数不下二十万[11]，主要分成四类，分别是宫眷、宗室、戚里、臣民，其中，"妻孥三千余人，宗室男、妇四千余人，贵戚男、妇五千余人，诸色目三千余人，教坊三千余人……"[12]

他们在四月初一启程，走向深不可测的北方。根据亲历者许亢宗的记录，这一次的行程，在大宋境内共有二十二程、一千一百五十里，在金国境内有三十九程、三千一百二十里——

宋金国界，他是以从前的边境——白沟来算的。[13]

这无疑是一次艰难的旅程，从许亢宗的记载，进入金国原境（白沟以北）以后，他们一路经过的，都是我们今天熟悉的地名——涿州、良乡、北京城[14]、通州[15]、三河、蓟县[16]、唐山[17]、山海关[18]、营口[19]、锦州、沈阳[20]、平壤，一路直抵黄龙府[21]——所谓"直捣黄龙府，与诸君痛饮耳"，说这话的岳飞没能办到，宋徽宗却是做到了，只不过不是以胜利者的身份，而是以失败者的身份到来的，抵达北国，也没有"与诸君痛饮"的豪情，只有行旅的困顿、难以下咽的饭食和无尽的思乡之苦。许亢宗说，仅从兔儿窝到梁鱼务这一程，也就是在金国的第二十四程，就渡水三十八次，有许多人被淹死。此时正值夏秋，蚊虻众多，俘虏们在行进时，只能用衣服包住身体，歇脚时用蒿草熏烟，才能免除叮咬之苦。根据亲历者所写的《呻吟语》一书记载，宗室的三千余人，"长途鞍马，风雨饥寒，死亡枕藉。妇稚不能骑者，沿途委弃，现存一千数百人"，到甘露寺[22]时，已经"十人九病"[23]。

从前的帝王贵族，像牲口一样被驱赶着往前走。在他们视线的前方，终点似乎永远不会出现，特别是出长城后，"沙漠万里，路绝人烟"[24]，他们越走，越陷入深深的绝望，思念之痛，也越是折磨他们。过北辽河时，宋徽宗见水绕烟村、荷花满目，徘徊良久，不忍离去。他的胃，一定在想念江南的食物；他的眼睛，也在想念江南的杏花春雨。[25]

女性的灾难更加深重，她们的娇弱之躯，不仅难以抵挡这份行旅的艰辛，而且还要面对金军的凌辱。对于金人来说，这些美女的品级、地位已经无关紧要，甚至连辈分都毫不在意（被俘宫妃中，有宋徽宗、宋钦宗两代后妃），至少在金人的眼里，她们是"平等"的，她们的身份只有一个——女俘。他们只在意她们的年龄和容貌。

所以，宋钦宗的朱皇后、朱慎妃和柔福公主，几乎是同时在途中遭遇凌辱的。凌辱之后，他们听说朱皇后和朱慎妃精通辞赋，工于填词，就强迫她们填词歌咏。

朱皇后唱道：

昔居天上兮，
珠宫玉阙；
今居草莽兮，
青衫泪湿。
屈身辱志兮，
恨难雪，
归泉下兮，

愁绝。[26]

果然，朱皇后后来投水而亡，"归泉下"了。

活下来的更惨，抵达金国后，她们有的被分赐将士，有的给贵族为奴，有的被卖到高丽、蒙古，甚至卖到西夏换马（十女才换一马），更多的，则被发往军营充当军妓，或者干脆被卖到洗衣院（妓院）。

被分配给包括完颜宗弼（金兀术）在内的金国贵族、将领为奴的宋国美女，我查到这样一些名字：莫青莲、叶小红、李铁笛、邢心香、罗醉杨妃、程云仙、高晓云、卢嬝嬝、何羞金、辛香奴、冯宝玉儿……

被送入洗衣院的美女，有奚拂拂、裴宝卿、管芸香、谢吟絮、江凤羽、刘菊山、朱柳腰、俞小莲……[27]

这些女子，大多在十七到十九岁之间。

赵构的生母韦氏、妻子邢妃，还有宋徽宗的九位公主——赵构的九个亲姐妹，也不幸入了洗衣院。[28]

金国目击者在《宋俘记》里说："韦……入洗衣院。"[29]

宋国目击者在《呻吟语》里说："（天会十三年）二月，韦后等七人出洗衣院。"[30]

对此，《宋史》《金史》都讳莫如深。

因为洗衣院里的经历是那么的不堪。地位、辈分不同的女人们,所有的脸面都被撕去,她们赤身裸体地齐聚一堂,没日没夜地受到金国上层的淫污,比宋钦宗被扒去龙袍更加耻辱。词人吴激写下《人月圆》一词,记下了他的哀伤:

> 南朝多少伤心事,
> 犹唱后庭花。
> 旧时王谢,
> 堂前燕子,
> 飞向谁家。
>
> 恍然一梦,
> 仙肌胜雪,
> 宫髻堆鸦。
> 江州司马,
> 青衫泪湿,
> 同是天涯。

《燕人尘》里说,宋国女子,此时已是"十人九娼",不仅"名节既丧",而且连命都保不住,"不及五年,十不存一"[31]。

查《南征录》，仅靖康二年（公元1127年）三月二十四日这一天之中，宋徽宗就接连失去了香云公主、金儿公主和仙郎公主三个女儿。

宋徽宗的第十个女儿柔福公主在几年后（公元1130年）终于逃出魔窟，千里迢迢地回到临安。没想到韦太后归来后，不愿让人知道她那段不堪的历史，于是声称柔福公主是假公主，强逼儿子赵构拘捕了她，将他这个饱经劫难、终于死里逃生的妹妹青春俊美的头颅，一刀砍去。

五.

至此，我们才知道什么叫"靖康耻"。

这份耻，不仅是这个帝国的太上皇、皇帝和太子三代，都被一网打尽，成了敌国的阶下囚；更在于皇室的女人们，都成了敌人们泄欲的对象。

大宋皇室的尊严，被金人彻底撕碎、踩烂。

我们也才知道，这份耻，为什么始终梗在岳飞的心里，不能说，也无法说。

"靖康耻"，就是难以启齿。

唯有"壮志饥餐胡虏肉，笑谈渴饮匈奴血"，才能纾解他的心头之恨。

所有女人的耻辱，归根结底都是男人的耻辱，因为皇帝是男人，将军、士兵是男人，朝堂上那些口若悬河的大臣们也都是男人，只有他们，向宗庙社稷负责。

我们说，权利和义务是对等的。在这个国度里，女人差不多一天也没有被赋予过权利（中国朝代史上只出过武则天这一位女皇帝），也无须履行这样的义务。

政治是男人的事，却往往让女人遭受祸害，这与其说是女人的不幸，不如说是男人的无能。

她们只是王朝荒谬政治的牺牲品——在走向金营之前，她们就被绑架了。她们不仅被金军所凌辱，她们的命运也被自己的帝王将相所玩弄，假如有人以"红颜祸水"为名，把帝国沦亡的罪过推到她们身上，那就构成了对她们的第三次玩弄。

因此，韦太后之耻，也并非只是她个人之耻，起码也是她老公宋徽宗和她儿子赵构之耻。

大宋帝国不仅无人捍卫这些女子的贞洁，宋钦宗甚至签订了一纸卖身契，明码标价把她们卖给金国，以充抵犒赏金军的费用（总额应为金一百万锭、银五百万锭[32]）。帝国女人的具体价格如下：

公主、王妃：每人值金一千锭；

宗姬（宗室的女儿）：每人值金五百锭；

族姬（贵族的女儿）：每人值金二百锭；

宗妇：每人值银五百锭；

族妇：每人值银二百锭；

贵戚女：每人值银一百锭；

良家女：每人值银一百锭……[33]

这一肮脏的交易明文写入了《开封府状》，它的真实性无须怀疑。

所谓"国破山河在"，对于赵构而言，纵然繁华汴京的九重宫殿已经灰飞烟灭，但毕竟还有半壁江山矗立在南域，有李纲这些主战的文臣，有威风凛凛的岳家军……

在绍兴十年（公元1140年），也就是"绍兴和议"一年之前，金军又开始了周期性的入侵，这一次，他们祭出了一种恐怖的战阵，名叫"拐子马"，这个战阵里，三匹马为一组，并排横连，如一团黑云，自草原上蔓延而来，似乎要把岳家军彻底荡平。

他们没有想到，岳家军个个不要命，他们手持砍刀，趴在地上，当金戈铁马冲过来时，他们就用手里的砍刀，剁掉马足。他们用一个士兵的命，换取一只马足。

完颜宗弼（金兀术）惊奇地看见马蹄一只接一只地翻滚到天上，眼前血迹交错飞舞，战马连带着扑倒，横七竖八地在大地上嘶鸣和抽搐，尘埃落定时，视线的尽头浮现出的，是岳家军锃亮的铠甲。

他仰天悲鸣:"(我军)自海上起兵,皆以此(拐子马)胜,今已矣!"[34]

孔子说:"知耻而后勇。"岳家军之所以如此勇猛,就是因为他们心里有耻。那种深切的耻,把他们搅得坐卧不宁,最终化成不可匹敌的凶狠,在战场上迸发出来。

然而,随着绍兴十二年(公元1142年)韦太后的归来,赵构心里的那份痛感也渐渐地归于平复。

按照赵构的说法,他"屈己讲和",都是为了尽自己的孝道。

如今韦太后回来了,割领土,赔白银,杀忠良,签和约,就都有了正当的理由。

用宋高宗自己的话说:"和议既定,内治可兴。"[35]

对他和他的王朝来说,韦太后在慈宁宫里的幸福生活有着神奇的遮丑功效,他的苟且、软弱、无能,甚至罪恶,都被一笔勾销了。

剩下的,只有母慈子孝,天下太平。

六

根据《青宫译语》的记载,宋徽宗曾经每隔五到七天,必会宠幸一名处女,然后给她一个位号,假如继续宠幸她,就给她晋升一级，以资奖励。相比之下，宋高宗对浮华奢靡生活的热情丝毫不逊于他的父亲，《青宫译语》说他"好色如父"[36]。无论帝国处于怎样的危境，都丝毫不会影响他们享乐的雅兴，在这一点上，他与他的父亲有着惊人的相似。

早在建炎三年（公元1129年），金军大举南下，宋高宗赵构还搂着美女，在扬州城里醉生梦死。

这个在战场上胆小如鼠的皇帝，只有在床上才能展现出一剑封喉的本领。

直到金军兵临扬州城下，他才离开他的暖被窝，战战兢兢地换上铠甲，匆忙逃命。

说到逃命，这是赵构的长项，两年前，当金军大举南下，他就是这样从应天府[37]逃到扬州的，此时他又以同样的狼狈逃出扬州。

他选择临安为首都，也是为了逃跑的方便，因为这座城市，临江面海，一有风吹草动，他就可以像孔子说的，"乘桴浮于海"了。

对于逃跑的这项本领，他比其他任何事情都充满自信。这一次，这个马拉松运动员一口气跑到瓜州[38]，慌乱之中找到一条船，像摸到了救命稻草，立刻跳上去，摇摇晃晃地驶向镇江。

当赵构隔江看到金军在扬州城里燃起的大火，不禁在暗地里佩服自己逃跑的速度之快，敌人连追都追不上了。

尽管宋徽宗赵佶的艮岳已经变成废墟，汴京城的灯火都化作一场残梦，但南宋建立后，宋高宗赵构又让所有消失在汴京城里的事物在临安复活，而且变本加厉。

议和初成，他就按照汴京的规模，在这座"临时安定"的都城里大兴土木，建行宫、苑囿、宗庙、衙署，仅御花园，就有四十多座。

他还建起一座创库，云集天下奇物，库中有一个石池，里面装满的不是水，而是水银，晃动的水银上，漂浮着黄金制成了鱼和鸭，这样的"创造力"，恐怕连宋徽宗都会自愧弗如。

青出于蓝而胜于蓝，在浮华奢靡这一点上，宋高宗赵构是做到了。至于这种奢靡的生活所带来的悲剧性后果，他像他当年的父亲一样，无暇去考虑。

就在赵构逃出扬州这一年，李清照与丈夫赵明诚乘舟沿江而上，前往芜湖。经过项羽横刀自刎的乌江，想到大宋帝国的山河破碎，李清照悲从中来，写了一首诗：

生当作人杰，
死亦为鬼雄。
至今思项羽，
不肯过江东。

七

以宋高宗的奢靡腐败，南宋王朝竟然挺了一个半世纪，这不能不说是一个奇迹。但缔造这奇迹的，不是南宋，而是它的对手大金帝国。

与南宋王朝的奢靡腐败相映成趣，大金帝国在见识了汴京的绮丽繁华之后，也被历史的病菌所传染，渐渐病入膏肓。

所谓天不怕地不怕，就怕流氓有文化。

这个铁血王朝，也被北宋的"文化"所"化"，整个皇室贵族阶层都沉湎于烟柳繁华，只是抚琴叩曲之间，他们的北方口音显得无比的突兀。

他们大肆摧残被俘的北宋佳丽的时候，自身的元气也正被掏空。

尽管南宋的执政者们，同样被临安的园林美景遮住了眼，曲水流觞、停云问月之间，没有人放眼塞外，挑战那已然弱不禁风的大金，但佳人姝丽们令人销魂的身体，还是成为摧毁敌人精神的绝佳武器，成为无坚不摧的红粉军团。金军在撕去她们衣裳的时候，也撕去了自己的庄严和意志。

她们的屈辱里，暗含着对金国的致命咒语。

金国的下场，竟比南宋还要悲惨。

至金哀宗完颜守绪时代，大金王朝早已让莺歌燕语、罗绮香泽蚀透了筋骨，满朝上下，已经找不出一个干净的官员。金世祖完颜劾里钵的后裔完颜白撒，在国家危难之际，居然在汴京城修建豪华住宅[39]，壮丽程度，堪比皇宫。

经过长达二十多年的战事，南宋绍定六年、金天兴二年（公元1233年），蒙古人冲到汴京城下。在漫长的围困和瘟疫的双重煎熬下，在汴京守城的金哀宗终于挺不下去了，在冰天雪地的腊月弃城而去。蒙古军队冲入汴京的场面，与当年金军冲入汴京时如出一辙。不同的只是，金哀宗没有成为俘虏，因为不久之后，在公元1234年的正月初九，他在蔡州[40]幽兰轩，上吊死了。

金哀宗死前，大金王朝的叛臣崔立就已经将大金王朝的皇后、妃嫔、公主们献给了蒙古。关于这些后宫粉黛们被押解出汴京城的一幕，元朝诗人元好问在诗中感叹道："红粉哭随回鹘马，为谁一步一回头。"

到了汴京南面的青城，金朝的皇室男子被一一挑出，推到路边，集体屠杀，他们的女人们，于是经历一场更加猛烈的集体强奸。巧合的是，那里正是一百多年前她们的先祖们集体强奸宋朝女子的地方。对于这一历史轮回，明末士人钱谦益说："宋之亡也青城，金之亡也青城，君以此始，亦必以此终，可不鉴哉！"

八

只是，对于赵构来说，金朝依旧可怕。对于这样一个窝囊皇帝，南宋的宫廷画家们开始用自己的画笔表达不满。

大宋的帝国画院，名叫"翰林图画院"[41]，网罗了帝国最优秀的画家，被宋朝灭掉的南唐的许多宫廷画家，像画过《重屏会棋图》的周文矩、画过《潇湘图》的董源，都被赵匡胤网罗到"翰林图画院"。画院原本坐落在汴京内中池东门里，咸平元年，移到右掖门外[42]，后来在靖康之变中，和那座壮丽的城一起消失了。南宋建立后，画院在临安一个名叫园前的地方重建，也就是今天杭州望江门内，知名画家有李嵩、马远、夏圭、李唐等。李嵩画《钱塘观潮图》、马远画《石壁看云图》、夏圭画《松溪泛月图》、李唐画《长夏江寺图》，千年之后，这些精美画作，都静静躺在北京故宫博物院的文物库房里。然而，泉阁挥毫，蕉窗泼墨，那一份优雅，掩不去国破家亡的伤痛。皇帝能忘，但士人们不能忘。

这时的画院画家们都准备了两手，一手完成朝廷的指令性作品，像本文开篇提到的《迎銮图》、宣扬赵构权力正统性的《晋文公复国图》《中兴瑞应图》等，另一手却以明枪暗箭，直指不

玉繩伍轉禁朱會
燒橋橫貫屏帷鼓
架斑秀網欹倭巨
方唯一直士獨警自
具松菊擁雅客涇
渭濤櫻龍鰤豈怯
折原角曾摻美用
樅重輻還同吾不
抛納忠節宿將介萬
敦殺茅念愍都俞
芒惡逢喜東交

[图6-2]
《折槛图》轴，宋，佚名
台北故宫博物院 藏

争气的朝廷。

美术史上有名的《折槛图》[图6-2]、《却坐图》、《望贤迎驾图》[图6-3]，都出自画院画家的手笔，其中，前两幅描绘的是汉代大臣劝谏皇帝的故事，而《望贤迎驾图》，则描述安史之乱后，唐肃宗前往长安望贤宫迎接太上皇唐玄宗的场面，在图画的中央，站着白发苍苍的唐玄宗和年轻少壮的唐肃宗，周围环拥着卫士、百官和咸阳父老，人物众多，繁而不乱。傅熹年先生说："此图虽画历史故事，却隐寓未能北伐恢复、还都汴京之恨，也属具有现实意义的作品。"[43]

画院画家李唐，与刘松年、马远、夏圭并称"南宋四大家"，他画《长夏江寺图》，赵构在卷上题语："李唐可比唐李思训"，可见赵构对他的赏识。英国著名东方艺术史家迈克尔·苏立文说："他的风格和影响控制了12世纪的艺术表现形式，构成了一座关键桥梁，连接着气度恢宏的北宋绘画和以马远和夏圭为代表的充满浪漫主义的南宋绘画。"[44]

他本来是徽宗画院的画家，汴京陷落时，他已经年逾六旬，他大半生的作品，都在那一场劫难中变成飞扬的渣滓，也有一部分，被捆绑在金军的车队里，一路颠簸，运到北京。当他的同事张择端在城陷的纷乱中去向不明，李唐却穿越杀机一路南逃。惊魂未定地逃到临安时，他已经一无所有，只能卖画度日。

[图 6-3]
《望贤迎驾图》轴,宋,佚名
上海博物馆 藏

愤懑之余,写了一首诗:

雪里烟村雪里滩,
看之容易作之难。
早知不入时人眼,
多卖胭脂画牡丹。[45]

等南宋恢复画院,他才千里迢迢投奔曾经相识的赵构,正式"归队",成为画院待诏,又授成忠郎,赐金带。

那时,他已经年近八十。

他或许没有想到,不仅时下"土豪"们喜欢胭脂牡丹,当朝的皇帝也喜欢大红大紫、百花盛开。

繁花盛开的绮丽与盛大,装饰着帝国的虚荣心。

院体画中,也有艺术精品。像著名的《百花图》,就是我喜欢的。故宫博物院在武英殿办的"故宫博物院藏历代书画展",曾经展出过一次。这是一幅高只有31.5厘米,长度却超过了16米的超长绘画,由于画卷上没有款字,画卷上描绘了春夏秋三季花卉,唯独少了冬天的花木,据此徐邦达先生推测,原画比现在还要长,后来被人割去了一段。画面构图严谨,旖旎灿烂,暗喻着繁花似锦、美轮美奂的帝国光景。虽然画面上不乏牡丹、

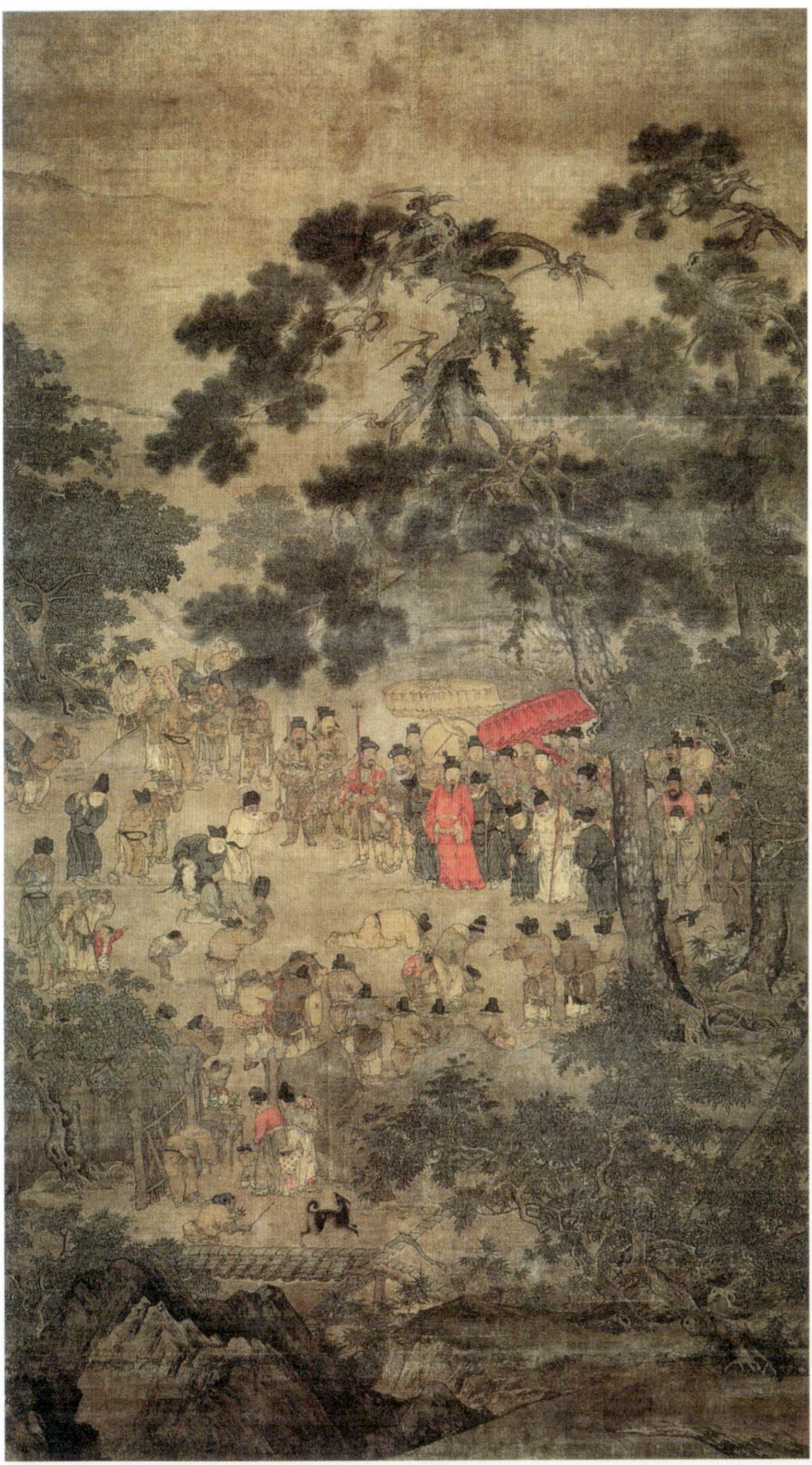

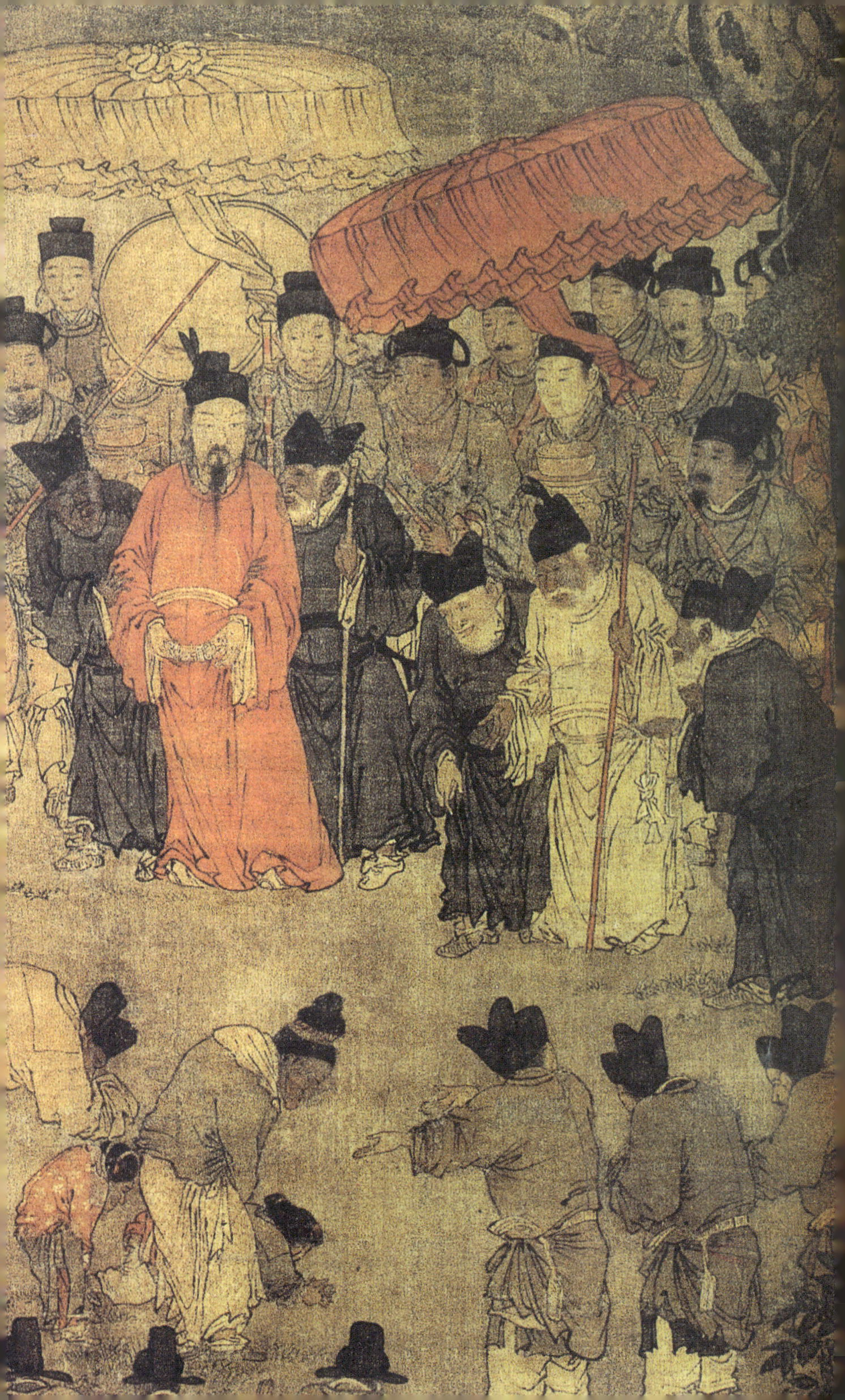

荷花这些世俗性的花卉，但铁画银钩，不见大红大绿，倒也不失清雅。尽管看不见名款，画者的功力，却是毋庸置疑的。起首处的梅花，颇见杨无咎的风格；中间的萱草、兰花的长叶子，与赵孟坚画水仙的笔意；有的地方用墨涂染、不见笔迹，宋徽宗的风格又依稀浮现。徐邦达先生判断，此画应是南宋中期或晚期的作品，是杨无咎墨花系统的扩大和发展。[46]

为了生存，李唐只能去奉命完成一个又一个的"命题作文"，其中就包括那幅庄严典雅、场面宏大的《晋文公复国图》[图6-4]。

画面上的晋文公，一看就是"高富帅"，身材高大优美，衣裳华丽，气度不凡，仿佛天下万物，皆吞吐于胸。画的虽然是当年成功复位、创造大业的晋文公，但画末宋高宗亲自题写的文字，似乎要夺晋文公的风头，表明那主角不是别人，正是他自己。

杜哲森先生在《中国传统绘画史纲》中说："在皇家画院集中了一批画家，秉承着皇上的旨意，继续在摹山范水，描花绘鸟，以有那些纯属自慰性的以'中兴''复国''见房''归汉'等主题性创作。而所有这些又不过是借助北宋绘画的余势而已。从这个意义上讲，南宋绘画表面上看虽兴盛一时，但与北宋相比，那不过是夕阳西下前的一抹余晖，照亮的不过是即将倾圮的宫墙檐瓦而已，再难重现北宋绘画艳阳当空的历史辉煌"，"尤其当其依附的是一个没有作为、日趋腐败的政治实体时，这种自

[图6-4]

《晋文公复国图》卷，宋，李唐

美国大都会艺术博物馆 藏

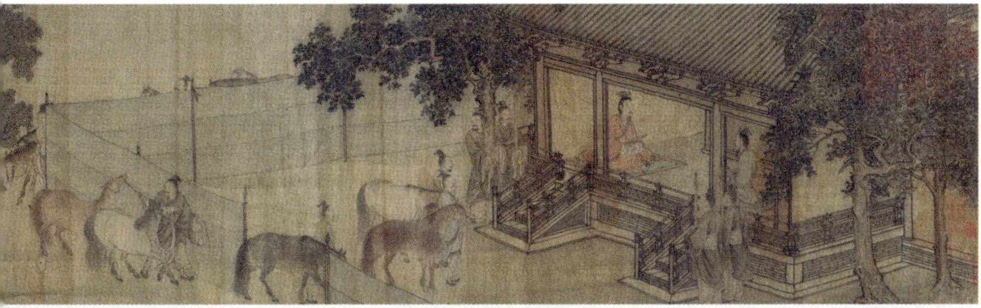

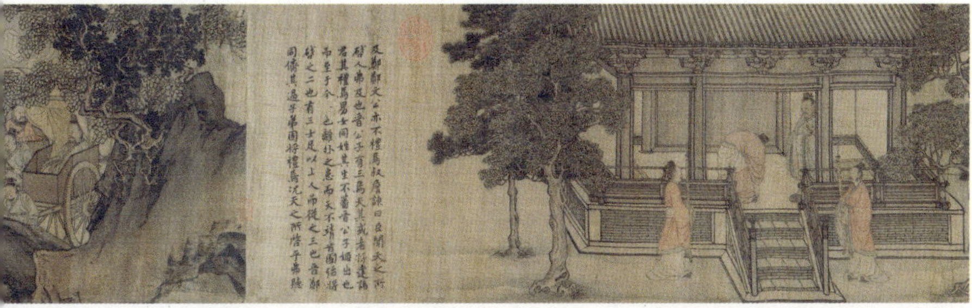

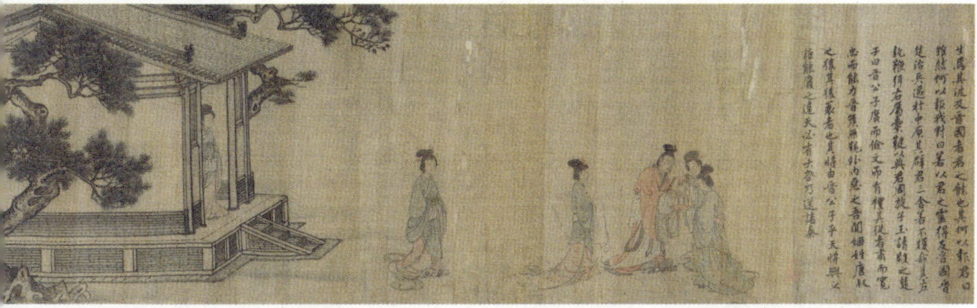

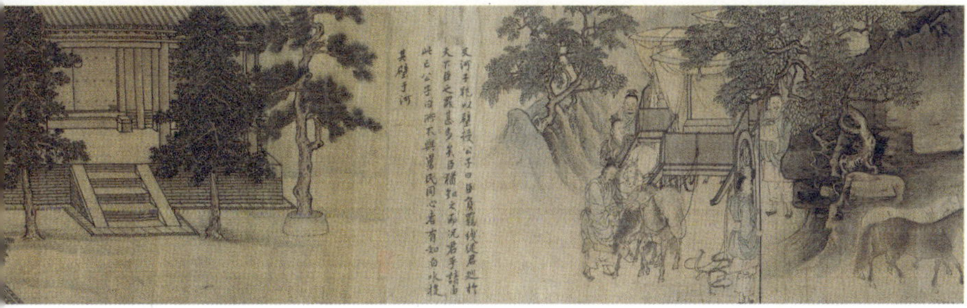

[图 6-5]

《采薇图》卷,宋,李唐

北京故宫博物院 藏

觉或不自觉的附和行为都只能导致艺术功能的缩减和创作思想的僵化,南宋绘画'回光'之后的迅速走向萎靡,最终归于沉寂便证明了这一点"[47]。

然而,这份自我安慰,终究抵消不了李唐心头的那份屈辱。于是李唐又画了另外一幅画,与《晋文公复国图》针锋相对,这就是中国美术史上的不朽名作——《采薇图》[图 6-5]。

春天里,故宫博物院又办"故宫藏历代书画展"(第九届,地点照例在武英殿),我在《采薇图》前站立良久,打量着画面上千年前的伯夷与叔齐,也猜测着李唐落笔时的心境。

与器宇轩昂的晋文公相比，伯夷和叔齐的面容显得苍白憔悴多了。但他们表情松弛，目光沉静，不见一丝一毫的落魄感。他们原本是商朝贵族，身上的衣服破了，也依旧是贵族。周武王灭商，为了躲避周人的统治，他们才躲进首阳山，靠采薇来维持生命。画中的景象，是李唐虚构出来的。在他的想象中，伯夷与叔齐坐在一块巨大的山间岩石上，娓娓倾谈。岁月久远，他们的语词都消散了，李唐在放着一部古老的默片。与宋代山水画通常把人画在远景里的画法不同，这幅画卷把人置于近景，而把山水推远。天下很小，人很大。

画末的第一篇跋语，是元代宋杞写的，第一句就透露了这幅画与宋高宗南渡的关系。跋语还明确点出："表夷、齐不臣于周者，为南渡降臣发也。"

所以，这幅画，表面上风平浪静，波澜不兴，实际上暗潮汹涌。

所以，放在平静高远的宋元山水里，这幅历史题材人物画反差明显。

那潮，是心潮。

暗藏着对苟且堕落的怨怒。

很多年后，有人听到文天祥的长歌：

>彼美人兮，
>
>西山之薇矣。
>
>北方之人兮，
>
>为吾是非矣。
>
>异域长绝兮，
>
>不复归矣。
>
>凤不至兮，
>
>德之衰矣。

唯有赵构，无动于衷。

九

令我困惑不解的是，为什么在理学倡兴、理想主义旗帜高扬的宋明两代，皇帝反而越发没有道德底线？

仁义礼智、吃喝嫖赌，似乎成了完全对称、彼此呼应的两极。

宋代以后，中国传统儒学达到了新的高峰阶段，出现了宋明理学，涌现出周敦颐、张载、程颢、程颐、邵雍、杨时、朱熹、陆九渊、陈献章、王守仁、湛若水、刘宗周等一批大家，一时间群星闪耀。

他们试图以"天理"，与沦落的"人欲"对抗。

所谓"天理"，是指社会的普遍道德法则，而"人欲"，并非像后来批判的那样，指人的正常欲望，而是指过分的欲望，也就是与道德法则相冲突的感性欲望。他们希望借此对人性进行约束。康德《实践理性批判》中的观点，与此不谋不合，他说，一切从官能的愉快与否来决定道德法则的动机，永远不能成为普遍的道德法则。

可以说，宋代是士人地位普遍提升的朝代，这与宋代统治者重文轻武的意识有关。据说，宋太祖赵匡胤曾立有一块誓碑，上面刻写着"不得杀士大夫及上书言事人"的字迹。这块誓碑被秘密存放在太庙寝殿的夹室内，直到靖康之变，金军冲进汴京太庙，这个秘密才公开于世。

假如说唐代文人在历史中的光亮是以个性的闪耀为特征的，那么宋代士人则是以整体的意志豪迈出场的，在这群人中，我们可以看见范仲淹、司马光、欧阳修、王安石、苏轼、辛弃疾的身影。他们无一不是中国历史上最杰出的大文学家、书法家、艺术家、史学家，他们个个书法雅致、绘画灵秀、文采磅礴。

宋代绘画、书法、瓷器、造像、建筑上的大成就，与他们的精神气场关系极大。

在故宫博物院，每当面对他们的书画真迹，我都会感觉到一种无法言说的神奇。当我俯下身去，仔细打量他们的墨迹，内心里却充满仰视之情。我无法相信他们这样平静地出现在我的面前，近在咫尺。空间的距离不在了，时间的距离也被抽空了。我们面面相对，那些墨稿，仿佛是刚刚写上去的，劲力犹在。

然而，与李白、杜甫、王维这些唐代顶尖艺术家不同，这些宋代艺术家，不仅许多进入最高决策层，而且开始谋求与皇帝"同治天下"。儒家"以天下为己任"的理想，不仅是他们共同的精神契约，也是他们的现实举措。

在宋代，士人官僚试图用儒家标准，对桀骜不驯的皇权进行制约。所以，范仲淹、王安石、程颐这些官员，都反复教诲皇帝，要以尧舜为榜样。他们找出汉唐两朝皇帝的各种缺点，作反面典型，让皇帝引以为戒。"对王安石来说，皇帝也不过是一个构成国家官僚组织体系中的一员而已。有人指出，其实这个构想早在欧阳修的时候就已经出现。"[48]范仲淹更把"能左右天子"当作"天下大公"的表现，也因如此，我们才能理解，三侠五义戏《打龙袍》里，身为下级的包拯为什么能够痛打最高首长宋仁宗的龙袍，把这位不孝的皇帝教训一番。

有这样的制衡，宋代皇帝的荒淫昏聩、官场的大面积腐化（尤其是北宋后期和南宋），就显得令人费解了。

反复思量，我觉得这里有具体原因，就是赵匡胤"不得杀士大夫及上书言事人"的政治遗嘱已被赵构抛弃，所以，画院画家们尽管对王朝政治高度不满，却已经不能像从前那样直言犯上，而只能采取委婉的方式。

也有文化上的原因，那就是理学家们在对政治极端不满的状态下，激发出"一种高调的道德理想主义思路"，"对人的道德伦理境界提出相当高的要求"[49]，试图以此来拯救沦落的人性。这样的高标准、严要求，本来是用来激励人心，引人向善的，但后人却把这种最高要求当作了最低要求，拿鸡毛当令箭，理解了要执行，不理解也要执行。引导变成了强迫，本来的好事，就这样变成坏事。这种绝对化、极端化的完美主义倾向，反而更容易让人心生反感,敬而远之。

北宋时期,当王安石这位高调的理想主义者主政时,宋神宗就曾说过一句名言:"今一辈人所谓道德者,非道德也。"[50]

回顾宋明的历史,我们会发现,此际的理学文化基本上训练出两种人:一种是极端的道德完美主义者,通体刚强,百毒不侵,"一辈子不留任何缝隙让苍蝇下蛆"[51]。另一种就是从不用道德束缚自己的实用主义者。既然成不了大善,就干脆做大恶吧,在圣人与小人的二选一中,还是当小人更轻松、更痛快。

我是流氓我怕谁,或许,只有当上流氓,才能百无禁忌,所向披靡。

在宋代历史上,找出这样的例子比起寻找道德楷模要容易得多。

比如汴京陷落之后,北宋王朝吏部尚书王时雍、开封府尹徐秉哲就忙着充当金军的"情报员",引导他们疯狂抓捕了七百多名赵宋皇室成员,连襁褓里的婴儿也不放过。

宋徽宗赵佶最小的儿子赵捷,即使被汴京市民藏匿五十天,最终还是被宋朝官员查找出来,交到金军手里领赏。

还有比这更无耻的,建炎二年(公元1128年),南宋使臣王伦等出使金国时,金国以四名北宋皇室女子"款待"他,他竟然照单全收,只顾销魂,而忘记了君臣之间的忠孝礼仪,更让金国人看了大笑话。这对于倡行"理学"的南宋王朝来说，又是何等的讽刺。

只有同行的朱绩，因拒不从命，被当场处死。

十

人性一旦沦落，就深不见底。普通人如此，皇帝更是如此，因为儒家文化是通过宣教和劝谏，而不是强制性手段来塑造所谓圣君的，而皇帝位于权力的最上游，无边的权力、唾手可得的享乐，都会助长一个人内心中的恶。

父亲被掳为囚、妻女沦为性奴、帝都惨遭毁灭、国库被洗劫一空，世界上恐怕不会有一个皇帝咽得下这口气，而此时的宋高宗赵构却"六根清净"，"幸福指数"只升不降。

他心理素质之"强大"，恐怕连敌国都看傻了眼——绑票，撕票，宋高宗全不在乎，他们捏在手里的人质，岂不彻底贬值了吗？

赵构脸皮厚，不怕骂，他最怕的，还是现实的威胁——金军。

尽管赵构以他漂亮的书法，多次致信岳飞，鼓励他英勇杀敌，但赵构从不把"笑谈渴饮匈奴血"当作自己的政治誓言，陆游诗里所说的"王师北定中原日"，只能遥遥无期了。

这里暂且插上一笔，谈一下赵构的书法。很少有人知道，宋高宗赵构是一位大书法家。应当说，赵构延续了他父亲宋徽宗赵佶的书法基因，加之后天努力，苦心研习王羲之、王献之，唐人如虞世南、褚遂良、李北海，本朝黄庭坚、米芾等人的书法，像他自己在《翰墨志》里所说："每得右军（即王羲之）或数行、或数字，手之不置"，"自魏晋以来至六朝笔法，无不临摹"，终于练出一笔好字，尤其晚年所书《洛神赋》，笔法端雅淳厚、涵泳俊秀、自然流畅，颇得晋人神韵。明代陶宗仪《书史会要》称："高宗善真、行、草书，天纵其能，无不造妙。"他的影响力，至宋末仍然强劲，包括赵孟坚等人，都受到他影响。台北故宫博物院收存有《宋高宗赐岳飞手敕》［图6-6］，北京故宫博物院也收藏有赵构的墨稿。

在南宋，以赵构为中心，形成了浓厚的学习书法风气，足以点缀小朝廷的"中兴"局面，南宋书法的气韵，也没有像国运那样日益衰竭。赵构在书法史上的贡献，固然不能抹杀，但在艺术史之外，还存在着另外一个赵构，端庄俊雅、从容淡定的气质荡然无存。

自从金军进逼扬州，赵构从床榻上掉下来那一刻，他就阳痿了，无论太医给他调制出多少灵妙药方，面对多么性感妖娆的美女，他都没有任何反应。与生理上的阳痿相对应的，是他精神上的阳痿。

他被金军吓破了胆,耻辱感、荣誉感,都不对他发生作用。因此,对于金军的肆虐,他才会无动于衷,还觍着脸乞求自己的敌人不要再生事端,以免打搅了自己的繁华梦。

唯有浮华享乐能刺激他的大脑,让他感受到人生的意义。

几百年后,宋高宗致岳飞那件手札顺着时光的漂流瓶漂到文徵明手里。

目睹着宋高宗的文字风流,文徵明不禁心生感慨,挥笔以行书题道:

难得字存魏晋风,
堪称独步让人惊。
寒心自是庸为帝,
不齿竟能书有名。
俊秀总摧精气散,
规矩常困纵横零。
德基已毁千秋业,
墨迹今观伤我情。

十一

其实,除了金军,赵构还有一怕——怕历史。

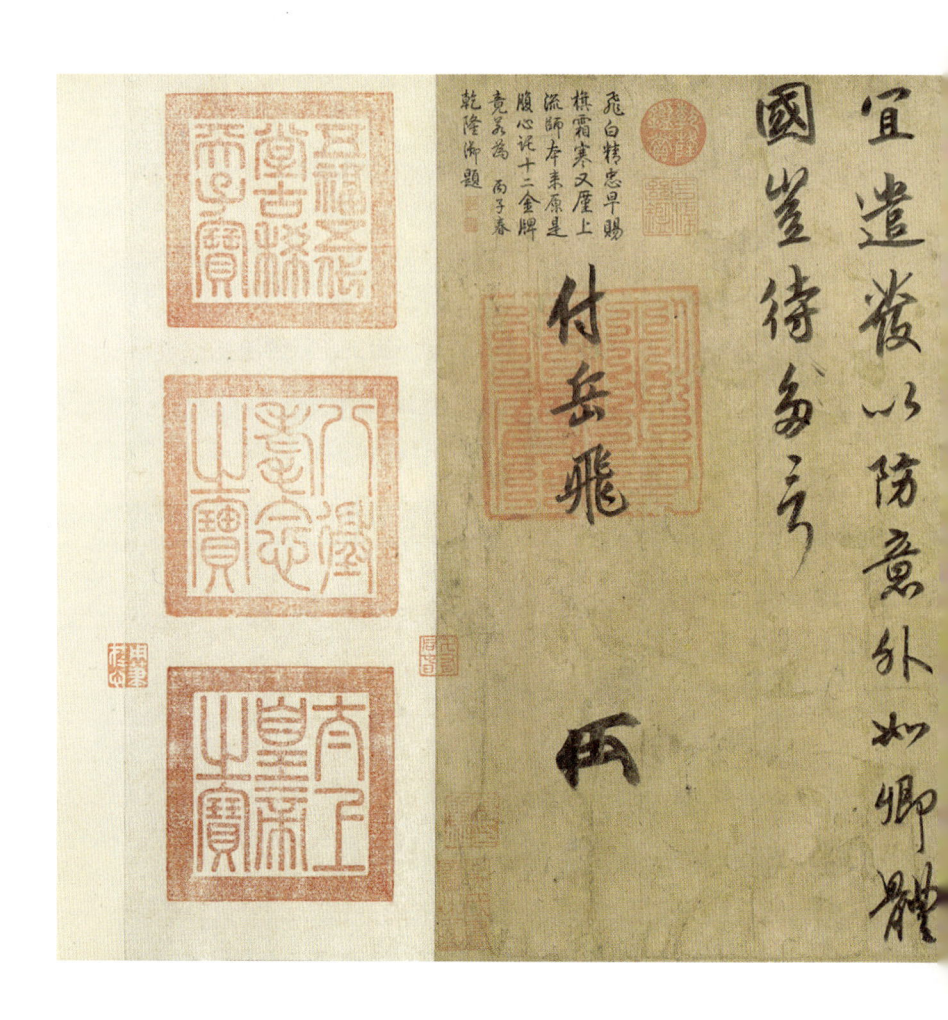

[图 6-6]

《宋高宗赐岳飞手敕》卷,宋,赵构

台北故宫博物院 藏

卿盛秋之際提兵按邊風霜已寒征馭良苦如是別有事宜可密奏來朝廷以淮西軍叛之後每加過慮長江上流一帶緩急之際全藉卿軍照管可更戒飭所留軍馬凱練整齊常為冠

饱读诗书的赵构当然知道，自己注定会被写进历史。

他不仅要为现实而活，还要为历史而活。

对一个皇帝而言，这既是荣耀，也带来恐惧，因为自《春秋》《左传》《史记》之后，中国的历史书写权就掌握在奉持"好政府主义"的儒家士人手里了。况且宋朝刚刚建立，就开始强调"原人伦者，莫大于孝慈，正家道者，无先乎敦睦"[52]。在这样一个价值体系内，一个既不孝又昏庸的皇帝，下场是可想而知的。

但是，理学家们不知是否意识到，他们苦心孤诣建立起来的"天理"大厦，还存在着一个"天大"的漏洞，对于"天理"，不同人是可以有不同解释的，谁都可以拿"天理"说事儿，关键要看话语权在谁的手上。就像"文革"年代，每个战斗队都在号称自己捍卫毛主席革命路线，但是这些捍卫者却水火不容。

因此，"天理"之中存在着一个悖论——它是无法具体化的，一旦具体化，就会变成教条；但假如它是不具体的，又难以形成客观标准，对人进行量化考核。

连王安石都曾经被程颢逮住猛批，说他自己的屁股都没擦干净，有什么资格谈论周公盛德？[53]

据说，宋徽宗他爹宋神宗和王安石联手实行新法时，程颢每次觐见，都要强调"君道以至诚仁爱为本"[54]，至于变法之"利"，那是小人的事，君子不屑一顾。

李敬泽说:"今天,在捍卫精神纯洁性的名义下,'理想主义者'会在任何精神现象的背后闻嗅铜臭和私欲,然后他们就像捉奸在床一样兴奋,他们宣布:所谓'精神'不过是苟且的权谋,果然如此,总是如此。"[55]

清代大学者戴震说得更吓人:"酷吏以法杀人,后儒以理杀人。"[56]。

所谓"天理",是可以用来杀人的。

理学后来也因这一弊端而成为五四新青年们的众矢之的。

十二

赵构杀岳飞,同样可以借用"天理"的名义,因为岳飞的罪名是谋反(每一个拥兵自重的武将都可能被戴上这样的罪名,比如明代袁崇焕),这是"大逆不道",当然,"天理"难容。

反过来,秦桧等朝臣对宋高宗赵构的曲意逢迎,是否也可以被定义为"忠"呢?

赵构可以用"天理"杀人,也可以用天理掩盖自己的堕落。尽管赵构不是站在学术的制高点上,但身为皇帝,他对"天理"的解释权、他对舆论的控制权,都是实实在在的,甚至比文人学士们的高谈阔论更有现实操作性。

皇帝能够肆无忌惮地堕落,关键在于他能控制舆论导向。

他不会像一个普通人那样,感受到道德上的压迫感。

哪怕一个皇帝同时犯有渎职罪、诈骗罪、强奸罪、故意伤人罪甚至是杀人罪,周围的人依然会对他山呼万岁,歌颂他为一代明君。

也正因如此,中国历史上,符合儒家理想的圣贤君主少而又少,"千古以来,只有唐太宗疑似"[57]。

其实赵构知道自己的软肋在哪儿,所以他心急燎地要把自己送上圣坛,"塑造"成一个天下士人衷心爱戴的理想君主。

前面提到的《中兴瑞应图》《迎銮图》,就在这样的背景下应运而生。

在这些画卷里,赵构的形象不仅"高大全",而且他的权力得到了父亲宋徽宗的亲自授予——

《中兴瑞应图》[图6-7]里,描绘了赵构的梦境,在那场并不存在的梦里,宋徽宗把黄袍亲自授予赵构,赵构正在推辞时,梦醒了。

他"醒"得恰到好处——假如"醒"晚了,真把龙袍推辞掉了怎么办?

或者说,是画家的分寸,拿捏得准。

他的孝行,也通过生母的回归,得到了完美的表达(《迎銮图》)。

他还能控制历史的书写。

此时,帝国的写手们当然知道,雪中送炭的时刻到了。立时,在朝堂之上,谄媚之声鹊起,马屁之声回荡。

韦太后回銮之前,马屁精秦桧就不失时机地忽悠道:"以陛下圣德,汉文帝之治不难致。"

又说:"汉文帝文不胜质,唐太宗质不胜文,陛下兼有之。"[58]

他一句话,就让宋高宗赵构赶超了汉唐明君。

连已遭弹劾的南雄州知州黄达如都上疏建议:

> 太后回銮,梓宫还阙,兹为盛事,望宣付史馆。仍令词臣作为歌诗,荐之郊庙。[59]

秘书省还专门打造了一份历史文件《皇太后回銮本末》,大力宣扬赵构之孝和秦桧之忠(秦桧果然成了"忠臣")。

全篇以"上,孝悌绝人,前古帝王所不能及"始,以"知此则可以知吾君之孝"[60]终,不仅立意宏远,高屋建瓴,而且首尾呼应,严丝合缝,娓娓道来,无比煽情。有人评价:"如果该文确实出自秦熺之手,看来新科榜眼倒不是浪得浮名。"[61]

在这样的赤裸裸的吹捧面前,画院画家们犹抱琵琶式的曲折表达,自然是杯水车薪。[62]

[图6-7]
《中兴瑞应图》卷(局部),宋,萧照
美国大都会艺术博物馆 藏

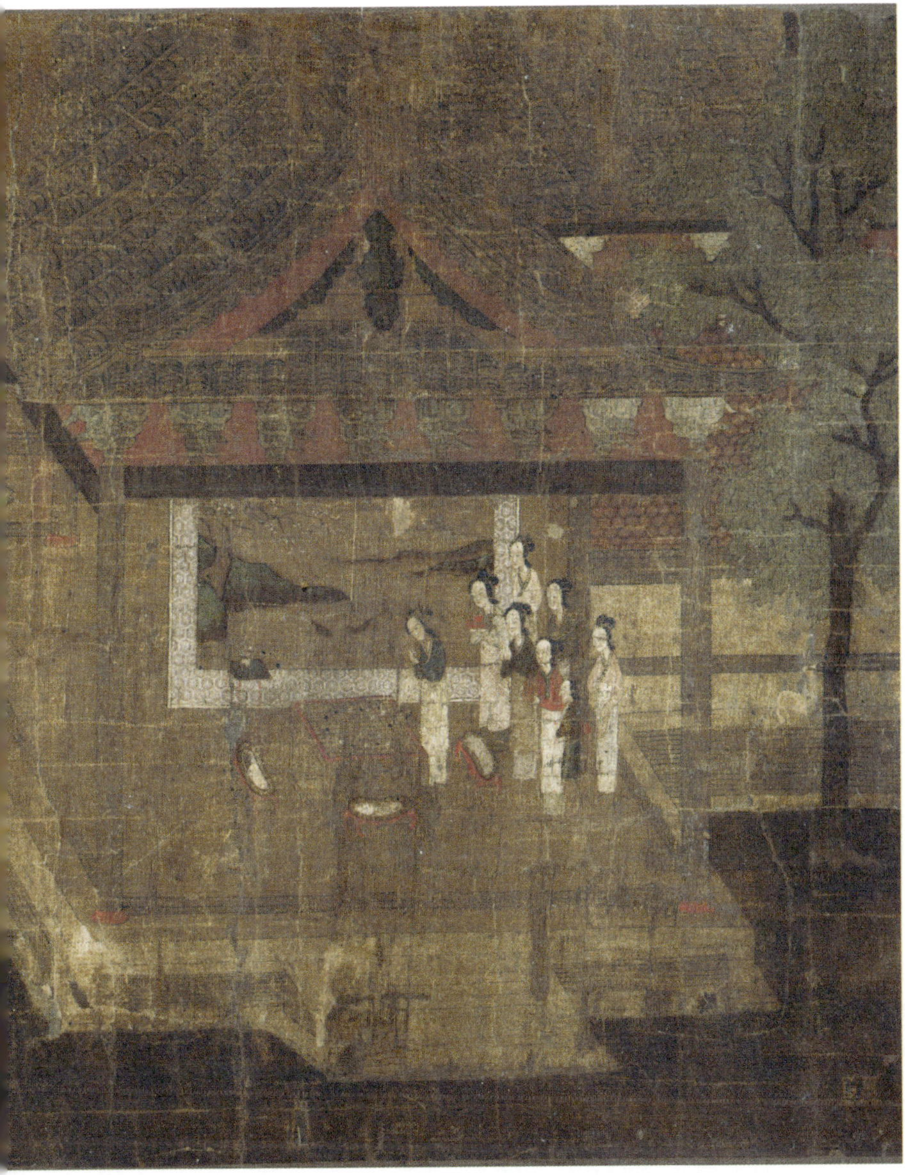

但林肯说过：你可以在部分的时间欺骗全部的人，也可以在全部的时间欺骗部分的人，但你不能在全部的时间欺骗全部的人。

林肯不认识赵构，假如认识，一定会把这句话送给他。

十三

历史似乎像赵构期待的那样，"圆满"收场了，但细心的人会发现，还有一个谜底没有揭开。

这个谜，许多人都想到了，但没有人敢说——

随韦太后归来的棺椁里，躺的是不是宋徽宗的遗体？

此时，是否有必要检验一下金人的诚信？

宋高宗赵构有这个胆量吗？

我想，放行前，金人一定打过一个赌，他们赌宋高宗不敢开棺。不是因为宋高宗的孝道，不忍让父皇曝尸，而是因为他真正害怕的，是看到棺椁里的尸体是假的——假若棺椁里装的是假货，他又该怎么办？

他没有血性，不敢去找金人理论，更无法向满朝文武交代，自己割地赔款，签订耻辱条约，换回的却是一具假冒伪劣的先帝尸骨。那时，一道天大的难题将横亘在宋高宗的面前，一想到这个问题，宋高宗就会心虚。所以，他宁愿接受这笔糊涂账，把这只烫手的山芋深深埋入地下。

他深藏起来的不是父皇的遗体,而是自己的恐惧。

金人一眼就看穿了赵构的胆怯。

果然,金人赌赢了。

宋高宗没有开棺。

他采纳了太常少卿王赏的建议,在宋徽宗棺椁外面,再加一层包装,也就是套棺(椁),里面放上帝王大殓时应该穿戴的衮冕翟衣,这样,既避免了开棺改殓、让死去的宋徽宗"重见天日"的尴尬,也不失帝王大殓的"规格"。

事情就这样"解决"了。

当初赵构得知父皇死讯时,曾大哭了一场,史书记载,他"号恸擗踊,终日不食",意思是他哭得捶胸顿足,整天吃不下饭。他演技之精湛,堪称惊天地泣鬼神了。

写到这里,我已相信,赵构不仅是一位书法家,更是一位表演艺术家,是那个时代里真正的"影帝"。他的表演,催人泪下,极具煽情效果。

自那时起,南宋皇宫一直辍乐,以志哀悼。

下葬之日,为了表示赵构对父皇的哀痛之情,他又降旨,要求葬礼期间,全国停止一切娱乐活动,官员为二十七天,庶民三天;行在七天之内,外地宗室三天之内,禁止嫁娶。

迎回了母亲，安葬了父亲，宋高宗已向全天下宣示了自己的"孝道"。

这种"孝道"，成为他安放在朝廷前的最大广告牌。

至于那个天大的漏洞——宋徽宗遗体的真假，从此再没有人提起。

十四

一百四十多年后，这道困扰南宋王朝的谜题终于被解开。

那时，这一事件的当事人都不存在了。

宋金两国都输给了一个共同的敌人——元朝。

一个名叫杨琏真加的西域僧人，在就任江南释教总统（相当于宗教局长）职位后，因为贪图珍宝，把他"管片儿"里的南宋皇陵翻了一遍。

当他挖开宋徽宗的陵寝、打开层层包裹的棺椁，眼前的景象让他大吃一惊——那里面没有一块尸骨，取而代之的东西，所有人都意想不到。

那是一截早已干枯的朽木。[63]

第七章 一片风流,今夕与谁同乐

他的笔端,没有幽怨、委屈,只有困顿中的坚持和驰骋中的自由。

众人把那卷轴打开，见是一幅书法，写的是："西湖清且涟漪，扁舟时荡晴晖。处处青山独住，翩翩白鹤迎归。昔年曾到孤山，苍藤古木高寒。想见先生风致，画图留与人看。"笔致甚为秀拔，却无图章落款，只题着："临赵孟頫书"五字。

郑板桥道："微有秀气，笔力不足！"沈德潜低声道："这是今上御笔。"大家吓了一跳，再也不敢多说。……

——金庸：《书剑恩仇录》

一

"想见先生风致，画图留与人看。"

现存赵孟頫绘画作品中，以鞍马图所占比例最大，其中有两幅可以相互参照，一是《调良图》[图7-1]，一是《浴马图》[图7-2]。

《调良图》尺幅很小，横幅只有49厘米，纸本，线条却

[图 7-1]
《调良图》册页,元,赵孟頫
台北故宫博物院 藏

力透纸背,充分体现出赵孟頫线条的杀伤力,风格上也不同于《浴马图》的温暖清透,而是显得沉郁苍凉。与场面复杂的《浴马图》相比,这幅画简单到了只有一人一马。当然,这样的人马构图,赵孟頫画了很多,但与其他《人马图》的端庄安静不同,《调良图》上晃动着某种不安的因素,我们几乎可以感觉到,有一阵狂风,从左至右刮过画面,让马的鬃毛,逆向横飞,让牵马的人,扬手遮脸,他的袍袖衣襟,和他的长髯,都迎风乱飞。马弯曲的腰身、人挡风的造型,都让画面立刻有了悬念,紧紧地揪住人心。更重要的是,画面上的马,不是《浴马图》和《秋郊饮马图》里的肥马,而是一匹瘦马,这份瘦硬中,凸显它的刚毅,也让人看到了古道西风间,一位行者的忧患与坚强。

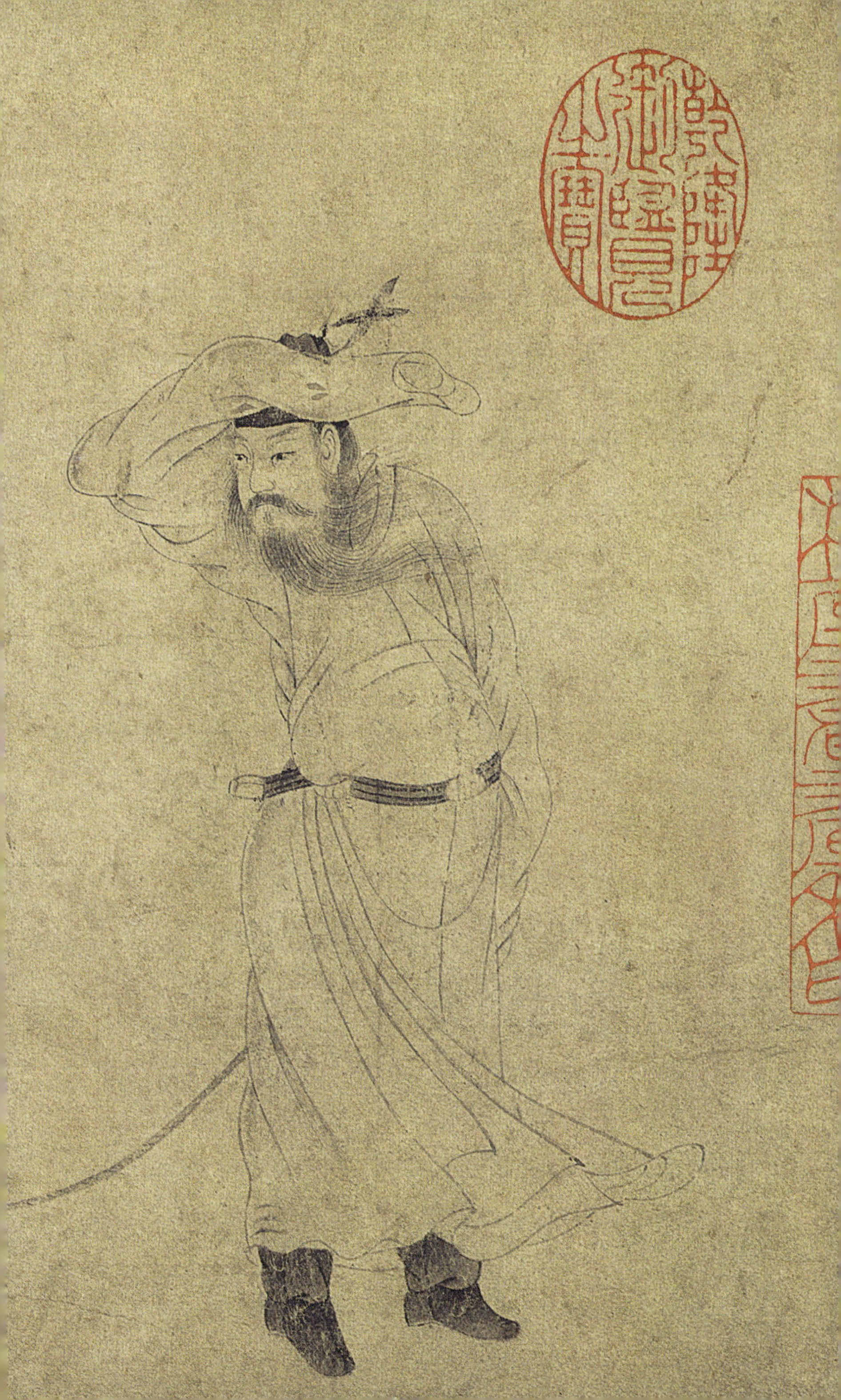

[图 7-2]
《浴马图》卷，元，赵孟𫖯
北京故宫博物院 藏

    相比之下，《浴马图》则是一幅相对松弛、充满光感的作品，故宫博物院曾在武英殿展出。它是一幅纵 28.1 厘米、横 155.5 厘米的绢本长卷，与横幅达到 1191.5 厘米的《千里江山图》（北宋王希孟绘，本书第八章还将提到）比起来，只是小品一件。但微小的尺幅，没有妨碍它成为一幅磅礴的作品。它延续了五代胡瓌（传）《卓歇图》、北宋李公麟《临韦偃放牧图》、金代《昭陵六骏图》（皆为故宫博物院藏）以来关于马的宏大叙事，卷上虽只截取了河湾一处，垂柳几株，圉夫[1] 九人，骏马十四，却结构布局精巧、人马形态各异，"为古来绘马图中之集大全而显屑微者"[2]。此图分成三个段落：入水、洗浴、出水。迢迢长路、滚滚尘烟，都被画者隐去，只截取了浴马休憩的瞬间。那些骏马，或立，或行，或跃，形态肆意自由，而那些圉夫，则表情轻松适意，专注于眼前的骏马、河水、天光。我们只有在放大的图

上才能看出,画家对人物眼神的刻画是那么细微、精妙,七百年后,仍让我们动容。

二

马是北方王朝的象征,带着刀剑的傲然和冰雪的寒气,令惯于弄花吟月的江南人不寒而栗、不知所措、不堪一击。生长于杏花细雨江南的赵孟頫,偏偏一生与马有缘。

赵孟頫的家,在吴兴,古代"三吴"之一,现属浙江湖州,我虽未去过,但一想便是清丽锦绣之地,那里的天光云影、青山绿水、曲桥鱼池、亭台楼阁,赵孟頫一生不曾忘记。他自号"水晶宫道人",也表明了他与这块土地的血肉联系。更重要的,吴兴是中国南方山水画的发源之地,宋亡以后,也与故都杭州并称元初文人画的两个中心。赵孟頫他爹赵与訔在南宋当官,曾

老勤波罣狸禪河之
論出題

碧波澄澈朗見底十四
飛龍沼至襄檜壽師
艾韓金風俊骨昂藏雙
上指垂作鳬弓出上蘭
讓黃牝牡渴適窺傾泳
齒乎童至性能傳神
者損家實集賞畫馬
方而高隋丹窺之掌
真價何如晚季花此技
應是自身不自寫我今

总领淮东军马,又当过两浙转运副使——一个主管运输的地方官,他的工作,终究离不开马。赵孟頫三十四岁那年离开故乡前往大都(今北京),得到忽必烈的赏识与重用,他在元朝政府的第一个官职,就是兵部郎中。只不过元朝的军权掌握在枢密院手中,文官体制下的兵部,主要掌管全国驿站、军屯和调拨军需等事务,有点像后勤部。而驿站,恰恰是与马关系最为密切的机构。

这个姓赵的大宋王朝,被辽、金、蒙古的金戈铁马欺负得满地找牙,而赵匡胤的后代赵孟頫,却一辈子没有离开过马。

赵孟頫一生,不知画过多少鞍马图。我查到的,有:《白驹图》《百骏图》(三十四岁),《人骑图》《九马图》(四十三岁),《双骥图》(四十六岁),《支遁相马图》(五十三岁),《双马图》(五十六岁),《双骏图》(五十七岁),《双马图》(五十八岁),《秋郊饮马图》(五十九岁),《双马图》《天马图》(六十一岁),《人马图》(六十二岁),《天马图》(六十四岁),《人马图》(六十五岁),《双马图》(六十九岁)[3]……

赵孟頫曾不无得意地说:"吾好画马,盖得之于天。"

赵孟頫自幼与马厮混,生于南方的画家,很少有人对马如此亲切。幼年时,赵孟頫每得片纸,都要在上面画了马,才忍心把那张纸丢弃。

为画滚尘马，他自己曾在自家床上打滚儿，当然是学马打滚儿，不是驴打滚儿。夫人管道昇隔窗看见，哑然失笑。他画的《滚尘马图》，2011年惊现于杭州西泠印社拍卖会，以1115万元价格成交，今为私人收藏。[4]

但细看赵孟頫的鞍马图，我们也会发现些许异样，即：那些与马相伴的人物，穿戴没有一个是蒙古人的装束。

明眼人一看便知，那是唐人的装束。

那装束里，暗藏着他对中原故国的深情眷恋。

三

杨琏真加是朵奇葩，这位大元王朝的江南释教总统，实际上是一个刨坟掘墓的专家。前文曾经讲到，他曾经把宋徽宗从坟里挖出来，曝尸于光天化日，连他的儿子、宋高宗赵构也没有逃脱。至元十五年（公元1278年）秋天，出于盗宝的目的，杨琏真加对绍兴青龙山和攒宫山之间的六座南宋皇陵进行了系统性挖掘[5]，当然不是为了考古，而是为了盗宝。于是，宋高宗、宋孝宗、宋光宗、宋宁宗、宋理宗、宋度宗六位皇帝，以及皇后、妃嫔、宰相、大臣的坟墓都被一一挖开，一共挖了一百多座古墓。[6] 结果没有让他失望，因为他得到了马乌玉笔箱、铜凉拨锈管、交加白齿梳、香骨案、伏虎枕、穿云琴、金猫睛、鱼影琼扇柄等一大批奇珍异宝，帝王的尸骨，则被抛弃在深山草莽之间。杨琏真加下令把它们集中在一起埋掉，在临安故宫建一座白塔压在上面，用来镇住他们的魂魄，名曰："镇南"。不知这意思，是否要"镇住南宋"。南宋王朝的皇亲国戚、文武大臣，他们的噩运，比起被金军掠到北国去的徽钦二帝、后妃宫女、文臣武将们，有过之无不及。

"以梅为妻，以鹤为子"的北宋诗人林逋（林和靖），坟墓都被挖开，令杨琏真加失望的是，墓中陪葬只有两物：端砚一块，玉簪一枚。

最惨的是宋理宗，杨琏真加把他从墓里翻出来时，一股白气冲出，只见宋理宗头枕七宝伏虎枕，脚抵一柄穿云琴，身下垫的是锦绣软缎，软缎下面铺着一层金丝编织的凉席，满身珠光，安卧如睡，尸体完好如生。那时，曾联蒙灭金的宋理宗已去世二十一年。这让杨琏真加感到无比惊奇，为了破解他心中的谜，竟下令把宋理宗的遗体拎出来，倒挂在树上，看着他体内的水银丝丝缕缕地从他的七窍间溢出。事情到这还没完，三天后，有人发现宋理宗的脑袋不见了，有史料说，它去了杨琏真加的府上，变成了一件骷髅酒器，成为用来炫耀的战利品。明朝建立时，朱元璋与投降的元翰林学士危素谈论历史，说到这件头骨酒器，沉默良久，叹道："（忽必烈）何乃复纵奸人肆酷如是耶……"

清代王居琼写过一首《穆陵行》,写到这一幕,仍然痛心疾首:

> 六陵草没迷东北,
> 冬青花落陵上泥。
> 黑龙断首作饮器,
> 风雨空山魂夜啼……

事隔七百多年,这一"斩首"行动给赵孟頫内心带来的重创依然可以想见。国仇家恨又被撩动起来,杨琏真加的盗墓铲,每铲都铲向赵孟頫的心头。因为他不是别人,而是赵氏的血脉,从坟墓里出来、"重见天日"的大宋皇帝,除了宋高宗赵构出自赵光义一系,其他几位(宋孝宗、宋光宗、宋宁宗、宋理宗、宋度宗),都出自赵匡胤一系,也是赵孟頫的直系祖先,宋孝宗赵昚,是赵匡胤之子赵德芳(评书《杨家将》里的"八贤王")的六世孙。赵德芳的血脉传到赵孟頫的身上,刚好传了十世。

虽然宋朝的江山同属赵家,如宋徽宗《雪江归棹图》的谐音暗示的——江山归赵,但血脉的交替轮回,也充满戏剧性。我们都知道,赵匡胤死后,继承大统的不是他的儿子,而是他的弟弟赵光义。有一种说法,是赵光义在一个月黑风高之夜毒杀了自己的亲哥（史称"斧声烛影"），赵光义临终，也没有按照事先的约定（"金匮之盟"），把皇权交还给赵匡胤的儿子赵德昭，而是交给了自己的儿子赵恒，是为宋真宗。大宋的皇位，从此沿着赵光义的一系延续。但人算不如天算，皇位传到赵构手上，这一血脉却突然断了线，原因是赵构的太子夭折，而赵构本人又失去了生育能力。或许赵构觉得，大宋国势衰微，是因为先祖赵光义篡夺皇位遭了天谴，但有宋一代，该遭天谴的事太多，估计老天爷也忙不过来——赵构杀掉抗金英雄岳飞，对自己的亲爹、宋徽宗赵佶在北方冰天雪地间的悲苦哀号无动于衷，是否也该遭天谴呢？不管怎样，出于心虚，赵构最终把皇位还给了赵德芳的六世孙赵昚，是为宋孝宗。一百八十六年白云苍狗，宋朝的皇位再次回到宋太祖赵匡胤一系。赵孟頫，正是这一系的后裔子孙。

但大宋王朝的皇恩，最终没能降临在赵孟頫这皇室贵胄的身上。公元 1271 年，赵孟頫十七岁时，忽必烈建国号大元，蒙古铁骑呼啸南下。五年后，公元 1276 年，也就是意大利人马可·波罗冒冒失失地闯入元大都的第二年，正月十八，元军攻陷南宋首都临安，谢太后（宋理宗之妻）率宋恭帝赵㬎和百官出降，旋即与皇族、妃嫔、宫女三千余人，连同皇家玺印、典册、法驾、卤簿、文物、图书等一起，被押解着，踏上北上大都的迢迢长路，那场面，与一个世纪前的"靖康之难"，竟如出一辙。

三天前，赵孟頫的朋友、词人汪元量在临安城度过了南宋王朝的最后一个元宵节，面对城将破、国将亡，感伤之余，写下《传言玉女·钱塘元夕》：

一片风流，

今夕与谁同乐？

月台花馆，

慨尘埃漠漠。

豪华荡尽，

只有青山如洛。

钱塘依旧，

潮生潮落。

万点灯光，

羞照舞钿歌箔。

玉梅消瘦，

恨东皇命薄。

昭君泪流，

手捻琵琶弦索。

离愁聊寄，

画楼哀角。

杜哲森先生说："南宋就这样窝窝囊囊在泥泞中踉踉跄跄地走过了一百五十三年，历经九帝，改元二十二次，在风雨飘摇中见证了衰世君王的昏聩与无能，也见证了武死战、文死谏的精忠与赤忱。"[7]与金朝厮打了一个世纪之后，终于在蒙古军队手里，遭到致命一击。

战争结束了，大地终于回归它原始的沉寂。

四

对南宋皇室，忽必烈还算客气，没有杀掉，也没有大肆虐待，他还期待着有更多的宋朝大臣为元朝效力，这也是宋人对元人不像对金人仇恨那么深的原因。黄仁宇说："忽必烈本人没有种族主义者的征象，他只希望造成一种通过诸族之间的统治，而不使蒙古人因人数过少而吃亏。"[8]

身为皇室的骨血，赵孟𫖯和他的家族，非但没有被忽必烈灭门，反而受到相当的礼遇。就在南宋灭亡的那一年，程钜夫奉诏，到江南求贤，在湖州找到了隐居的赵孟𫖯，请他入仕新朝，被赵孟𫖯拒绝了。那一年，赵孟𫖯二十二岁。十年后，程钜夫再下江南时，赵孟頫被他的诚意所感召，随他去了大都，走进了马可·波罗浩叹过的辉煌宫殿。

忽必烈见赵孟頫第一眼，就被他的帅气惊呆了。那一幕，《元史》里有记载："孟頫才气英迈，神采焕发，如神仙中人，世祖顾之喜。"[9]忽必烈让他坐在右丞相之上，这份礼遇，所有人都想不到，以至于有人看不过眼，提醒忽必烈，赵孟頫是宋代皇室后裔，是大元王朝曾经的敌人，忽必烈也不管不顾，赋予赵孟頫起草诏书的重任，还看着赵孟頫起草的诏书，喜形于色地说："得朕心之所欲言者矣。"[10]那兴奋，好似当年唐玄宗见李白，宋仁宗见苏轼，只是赵孟頫的仕途，比李白、苏轼平坦得多。

政治上的坦途，无论对赵孟頫，还是对元政府来说，都非同寻常。因为统治华夏之后，元朝建立了全新的等级秩序，把天下人分为四等：蒙古人、色目人、汉人、南人。后两等都是汉人，只不过南人是南方汉人，也就是南宋的遗民，所以，在汉人中，也是最底层。但赵孟頫不仅是蒙古人最唾弃的南人，而且是宋朝皇室的后裔，是政治上最不可靠的人。

但忽必烈求贤若渴的心，比起当年赵匡胤雪夜访赵普也不差分毫。因为这马上得来的王朝，对文治的渴求更异乎寻常，而《尚书》所说"野无遗贤，万邦咸宁"，或许正概括了他的政治理想。有一次赵孟頫骑马上朝，因宫墙外道路狭窄，不小心掉到了护城河里，忽必烈得知后，竟然下令，将宫墙向内缩进了两丈。像赠送御寒皮衣、救贫钱钞这样的"送温暖"活动，更是多得数不过来。"士为知己者死"，这是儒家古训，赵孟頫未曾想到的却是，那"知己者"，竟然是与赵宋王朝有着血海深仇的蒙古大帝。

新王朝的蒸蒸日上，一度抵消了他的故国之思，但杨琏真加挖了赵家的祖坟，却将他日渐平复的内心再度撕裂，国仇家恨再度浮现出来，同时，他也对自己的政治选择产生了深刻的怀疑。他写《罪出》，便是对自我的拷问与忏悔：

  在山为远志，
  出山为小草。
  古语已云然，
  见事苦不早。
  平生独往愿，
  丘壑寄怀抱。
  图书时自娱，
  野性期自保。
  谁令堕尘网，
  宛转受缠绕。

昔为水上鸥，
今如笼中鸟。
哀鸣谁复顾，
毛羽日摧槁。
向非亲友赠，
蔬食常不饱。
病妻抱弱子，
远去万里道。
骨肉生别离，
丘垄谁为扫？
愁深无一语，
目断南云杳。
恸哭悲风来，
如何诉穹昊！[11]

远在异乡，独宿京师，赵孟頫需要忍受的，不仅是对故园妻儿的思念、缺朋少友的孤独，更有江南士人对他以宋朝宗室身份入仕元朝的诟病与谩骂。一想到"贰臣"这个词，他的心就会被揪痛。

就在他逐渐得到忽必烈的赏识和重用，一步步进入帝国中枢，甚至即将擢升为相的关键时刻，内心的犹疑，驱使赵孟頫放弃相位，请求外放。不能辞官归田，远离宫阙、做个悠闲的地方官，也算是暂时的解脱。终于，忽必烈执拗不过，给了他朝列大夫、同知济南路总管事的差事。

在六年的朝廷生涯中，赵孟頫做了一件惊天动地的事，就是谋划诛杀了权倾朝野的宰相桑哥（关于桑哥之死，参见拙著《远路去中国》），让杨琏真加彻底失去了后台。

杨琏真加的行踪，在元明两代的文献中时隐时现，影影绰绰。最早记录杨琏真加的文献，是赵孟頫的朋友、宋末元初词人周密——著名的《鹊华秋色图》，就是赵孟頫画给周密的。宋亡后，周密一直寓居杭州，将耳闻目见写进《癸辛杂识》，有点像今天的非虚构作品，可信度较高。到明初，张岱写下《西湖梦寻》，字里行间又见杨琏真加。

这极品妖人，盗墓经历越来越丰富，不仅盗财，而且盗色。他住德藏寺时，听说后山埋葬着两位急病夭亡的美女，杨琏真加这变态狂，竟想把她们挖出来奸尸，动手时，德藏寺一位法名真谛的僧人在斜刺里杀出，抽出韦驮木杵，猛击杨琏真加头部，导致他头骨震裂。杨琏真加的随从，也被他打倒一片。杨琏真加以为韦驮显灵了，捂着脑袋狼狈逃窜。

但我没有查到杨琏真加的死因，据说桑哥死后，杨琏真加入狱，被忽必烈赦免了，后来捐出所有的不义之财，在杭州飞来峰凿窟镌佛，来救赎自己的罪恶。明朝时，为了报复他斩首宋理宗的恶行，杭州太守陈仕贤曾命人凿去他的头颅，田汝成在《西湖游览志》里、张岱在《西湖梦寻》里也都表明自己曾亲手"斩首杨髡"，但他们都搞错了对象，让杨琏真加的塑身躲过一次次复仇，始终无损，今天的人们，在由他捐助的最大元代造像多闻天王像的左下方，仍可见到他的塑像。

而那件已变成工艺品的宋理宗头骨，终于还是被找到了，朱元璋下旨葬回到绍兴的宋六陵。大宋皇帝的尊贵头颅，自被杨琏真加挖出盗走，北去南返，颠沛漂泊，凡八十年。

五

至元二十三年（公元1286年），赵孟頫带着赵宋的皇室血统进入大元朝廷。他的生命一半属于宋朝，一半属于元朝。他的内心，定然是分裂的。他自小接受的儒家价值观告诉他，要做一个忠诚的人，问题是，他究竟该对谁忠诚？大宋的江山不可复识，他效忠的对象已变成陵墓里的僵尸，而有知遇之恩的一代英主忽必烈，不仅曾是大宋的敌人，还偏偏是个异族。这让赵孟頫和那一代宋末士人陷入茫然。

"凡鸟偏从末世来"，以后每逢王朝板荡、江山换代，类似的两难，都会罩在士人头上——是殉葬旧主，还是投靠新君？生存还是毁灭，这不仅是个问题，而且一直是个问题。这一点，我后面谈元末倪瓒、明末钱谦益时，还得绕回来。但赵孟頫似乎无暇去怅望以后的千年，这样的痛苦将怎样周而复始，折磨天下有责任感的士人，对他来说，所有的锐痛似乎都降临在他一个人身上，他必须凭一己之力把它扛起来，像后世作家鲁迅所说的，"肩住了黑暗的闸门"，因为他的身份、处境，都没有人可以代替，杨琏真加的一切恶行，似乎都施加在他一个人身上（当然也在江南民众中激起普遍仇恨）。在他之前，已有文天祥慷慨赴死，留下"人生自古谁无死，留取丹心照汗青"的千古豪言，又有文天祥的同榜进士谢枋得拒绝元朝收买、绝食而死，死前撂下一句"江南人才仕元可耻"的狠话。但天下人不能尽死，假若不死，又当如何活着？

赵孟頫的困境里包含着一个基本的命题，那就是蒙元统治者算不算中国人？元朝统治中国，是异族入侵，还是改朝换代？他进入元朝政府，算不算叛变投敌？正像黄仁宇在赫逊河畔谈中国历史，谈到元朝就遭遇了困境："以上到底是中国史还是世界史？抑或是中国史与世界史上相衔接的一部分？"[12]就拿忽必烈来说吧，他一方面是元朝的世祖，通过任命脱脱为总裁官，为之前的三个朝代（辽、金、宋）修史，目的显然是为自己的王朝验明正身，将元朝搋进周秦汉唐以来的华夏王朝序列中；另一方面，他同时还是察克台汗国（在中亚）、伊儿汗国（在波斯）和金帐汗国（在俄罗斯）的元首，统治着一大片被称作"夷"的地区，如卜正民所说："蒙古的汗与中国的皇帝不是一回事。"[13] 其中的区别，一言难尽。

我认为，既然忽必烈灭掉金宋、统一中国，又信用中国儒臣，参与到中华文明的历史叙事中，他所建立的王朝，就必然是华夏历史的一部分，因为所谓中华帝国，从来都是一个动态的概念，是由各民族（包括少数民族）共同参与创造，而并非一个封闭固化的汉人王朝。明朝人写《元史》，把忽必烈塑造成一个"中国史创业之主"[14]，甚至削足适履地回避了中国之外的历史事实，明太祖朱元璋是推翻"异族"统治的民族英雄，但他建起的帝王庙，却把元世祖忽必烈与汉高祖、光武帝、唐太宗、宋太祖相提并论，他本人也到他们灵前行礼，都是基于这样的文化认同。日本著名历史学家冈田英弘说过一句很经典的话，我以为中肯。他说："蒙古帝国留给中国的最大遗产恰恰是中华民族本身"。[15]

六

不过这些都是马后炮，在赵孟頫的时空里，他只能面对他当下的现实，他也曾归隐过，享受过"印水山房"里的优哉游哉，如古人所写："乘兴踏月，西入酒家，不觉人物两忘，身在世外。夜来月下卧醒，花影零乱，满人衿袖，疑如濯魄于冰壶也。"但他毕竟还年轻，血管里热血沸腾，终究还是要照着多年接受的儒家教育，去匡正现实，扫平黑暗，否则读书何用？后来他干掉桑哥这权倾朝野的恶霸，将杨琏真加下狱，手里没有实力，是万万做不到的，在当时上山打游击，以武力抗元，已被证明是死路一条。文天祥曾苦战东南，谢枋得曾组织抗元义军，但他们都死了，一了百了，不再管身后之事，那他们身后之事谁管，又怎么管？赵孟𫖯说：

> 士少而学之于家，盖亦欲出而用之于国，使圣贤之泽沛然于天下，此学者之初心。[16]

那时的赵孟𫖯，已经认同了这个蒙古人建立的"国"，把它当作"治国平天下"的目标所指。否则，不只他这一生功名无着，当个游闲江湖的盲流，如他诗中所言，"方舟不可渡，使我空展转"[17]，更对不起古代圣贤的教诲。更何况，他赵家老祖宗几乎个个昏聩无能、任用奸佞、陷害忠良、奢侈腐败、劳民伤财、下流堕落，干的那些昧良心的坏事，作为历史学家的赵孟𫖯并非不知道。关于徽宗、钦宗、高宗这爷仨，前面已经说过不少，我们来看那个死后被砍掉首级的宋理宗赵昀——南宋王朝的第五位皇帝，先是重用奸臣史弥远（曾经收藏过《韩熙载夜宴图》），史弥远死后，又重用宦官董宋臣，在他们的主导下，王朝不仅没有抓住联蒙灭金的历史时机，使大宋走向中兴，相反，使朝廷政治极度败坏、王朝江河日下，而宋理宗，则充分继承和发扬了祖上的好色传统，甚至在董宋臣的安排下，召临安名妓唐安安入宫，遭到起居郎牟子才批评，还恬不知耻地说："朕虽不德，未如明皇之甚也。"意思是说，与唐明皇比起来，这根本算不上什么，谁要是不服，还是先找唐明皇算账吧。下一任皇帝赵禥，与他的庙号（宋度宗）相反，完全是一个纵欲无度的家伙。依照宋制，凡是皇帝临幸过的嫔妃，第二天早上都要在阙门谢恩，由主管官员作工作日记，以备日后查验，但赵禥即位后，一次到阙门谢恩的嫔妃竟然有三十余人，让记录官员面面相觑。

有学者论："该替代的总要替代，该没落的总要没落，这是历史的辩证法。假如腐朽的制度总要延续，社会便难以进步。尽管替代它的不一定理想，但总会对社会发展产生催化。所以，我们对没落的王朝可能会惋惜，但却不会去赞美。"[18] 站在历史中，赵孟頫也深知这一点——所谓王朝换代，只是一个正常的时间现象，如前人说，"雕栏玉砌应犹在，只是朱颜改"，如他自己所说，"兴废本天运，辅成见人庸"[19]，古往今来，如此往复。

更何况,与"朝代"的概念相比,"天下""江山"这些符号具有更强大的生命力,"因为它们不只是狭隘的政治,而同时又是一种文化价值的认同"[20]。

对于一个宋代皇室后裔来说,拥有如此辽阔的历史视野,很难,但认识不到,又无异于自欺欺人。

至于他地位的尴尬、内心的苦境,自不必说,还是将这一切都托付给自己的那支笔吧。

我们看《调良图》里,有风,有马,却不是春风得意马蹄疾。他的马,也不再是纵横驰骋、威风八面的照夜白,而是一匹瘦马,古道西风中,正当奋蹄前行,却又踯躅不前,那正是他内心处境的象征。

《调良图》里,马的艰难行状,与唐代"五陵衣马自轻肥"的画马风格大异其趣,却与前辈画家龚开《骏骨图》[图7-3]几乎如出一辙。

唐人画马,重"肉感",代表性的例子有韩幹《放牧图》《照夜白图》、张萱《虢国夫人游春图》。图上骏马,个个膘肥体壮,合乎唐代"尚肥"的审美趣味。到了元代,龚开画马,则开始注重"骨感",像他的唯一存世画马之图《骏骨图》,突出了千里马有十五肋的特征,以此表现"今日有谁怜骏骨,夕阳沙岸影如山"的哀怨与悲痛。

赵孟頫画过《二马图》,表达对瘦马的敬意,他说:"我思肥马不可羁,不如瘦马劣易骑"。肥马如劳斯莱斯轿车,如阿拉伯富商的黄金跑车(一款以两亿八千万欧元打造出来的世界最贵轿车),主要是用来炫富的,瘦马则是用来骑的,迢迢长路相倚,千山万水共度。

《调良图》方折劲挺的铁线描形成的人物衣格、圆活腴润的弧线勾画出的马体都只属于赵孟頫,线条间饱含的力度也无法被别人复制。那"风动如火焰的虬髯、马鬃、马尾"[21],既表现了人、马在风中的颤栗,也反衬出他们内心的稳定与刚健,那形象里,正包含了赵孟頫的自我确认。

七

《人骑图》[图7-4],设色画。一朱衣人作唐装,骑赭白花马,缓辔向右徐行。[22]有人说,那朱衣骑马人,象征天子,那白花马则是赵孟頫的自喻,所以,此图"表达了他愿为良主效劳的儒家济世思想"[23]。这话不错,但不够,因为,他把赵孟頫说小了。在这朝代里,赵孟頫不只是臣,也是师。忽必烈本人,曾不拘君臣之礼,与赵孟頫夜谈求教,那场面,很容易让我们想起明代刘俊《雪夜访普图》(北京故宫博物院藏)。《宋史》上说:

[图 7-3]

《骏骨图》卷,宋末元初,龚开

日本大阪市立美术馆 藏

駿骨圖

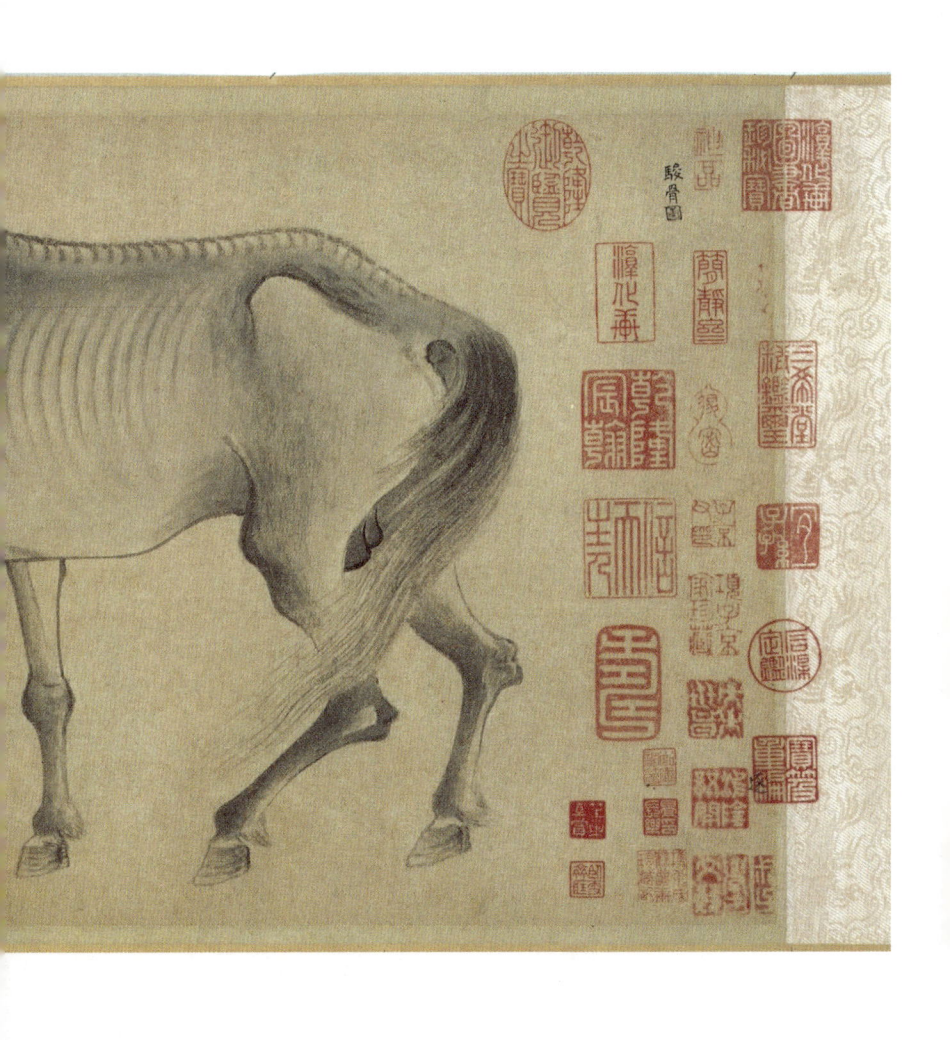

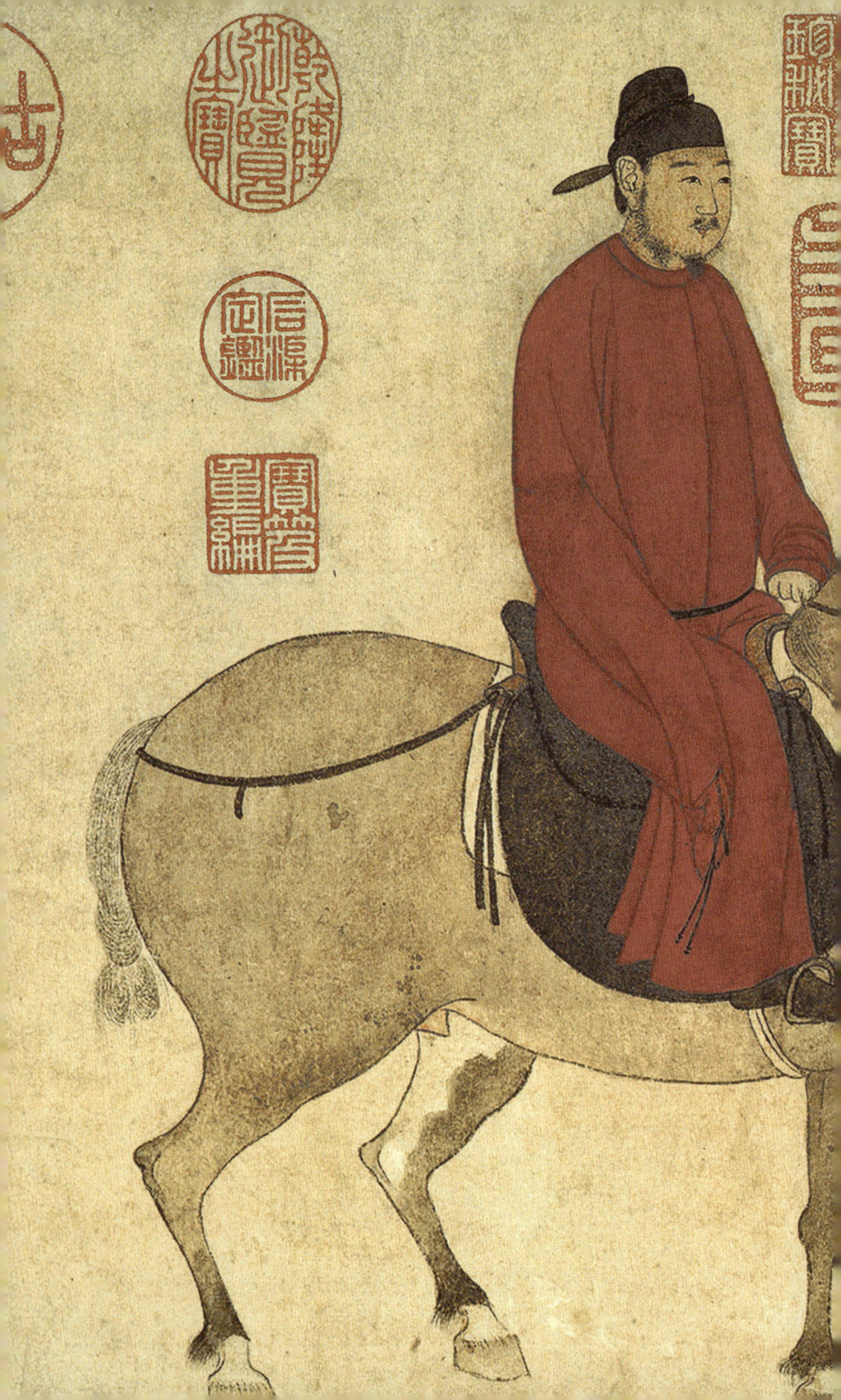

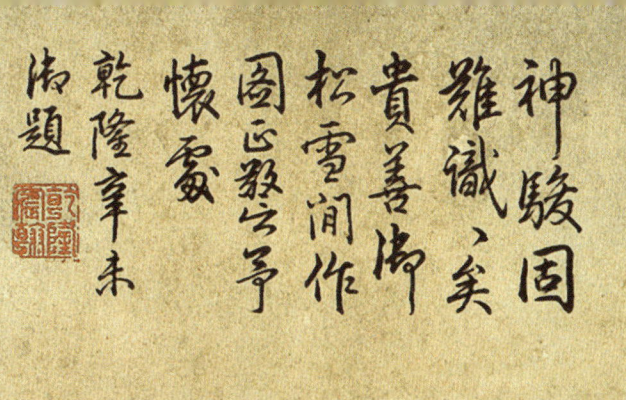

神駿圖
雖識之矣
貴善御
松雪閒作
圖正欽之爭
懷素
乾隆辛未
御題

太祖数微行过功臣家，普每退朝，不敢便衣冠。一日，大雪问夜，普意帝不出。久之，闻叩门声，普亟出，帝立风雪中，普惶惧迎拜，帝曰："已约晋王矣。"已而太宗至，设重裀地坐堂中，炽炭烧肉，普妻行酒，帝以嫂呼之。因与普计下太原。

程门立雪，虽也出自《宋史》，但那是学生拜见老师；雪夜访普，这事闹大发了，因为立在风雪中等待赵普接见的，不是别人，而是赵普的老板——当朝皇帝赵匡胤。到了元朝，忽必烈也做足了"礼贤下士"的戏份儿，重要的是，他并不是在演苦情戏，而是出于迫切的现实需要，即：对于这个来自冰寒草原的帝国来说，他们所统辖的汉人的江山，让他们感到隔膜和无措。

这是中国历史上从未出现过的一群统治者。我想他们的内心也一定出现过某种微妙的波动——被他们列为最下等的南人，实际上却是文化上的最高层。他们确立的等级秩序，不仅并不那么坚实，而且发生了有趣的倒置。

忽必烈当年派遣程钜夫两下江南，才把赵孟頫这个隐藏在人民群众中的大知识分子挖出来，为政府所用，意在用赵孟頫这样的人，填补他心理上的虚空。他的"礼贤下士"，掺杂着某种膜拜。所以，忽必烈与赵孟頫的关系，并不完全等同于赵匡胤与赵普，赵孟頫不仅为臣，而且在某种意义上还是文化导师。而且，在忽必烈死后，他的继承者们实行了更加彻底的汉化政策，坚持以儒治国，赵孟頫在武宗朝就任翰林院侍读学士，就是为皇帝及太子讲读经史的老师。元仁宗（爱育黎拔力八达）继位后，朝廷恢复了元朝建立以来一直中断的科举制度，把程颐、程颢、朱熹、司马光等宋代文化精英的偶像放在孔庙里祭祀，等于对宋朝的先进文化的引导作用进行了官方追认。

这位元仁宗，不仅是赵孟頫的"铁粉"，而且赵孟頫一家子都是他的文化偶像。他曾经把赵孟頫本人、妻子管道昇、儿子赵雍三个人的书法真迹"善装为卷轴，识之御宝，藏之秘书监"，并引以为耀地说："使后世知我朝有一家夫妇父子皆善书，亦奇事也。"[24]

多年前读过余秋雨一篇文章，名叫《断裂》，写元代黄公望《富春山居图》，作者用一以贯之的诗意笔调，感叹"短暂的元代，铁蹄声声的元代，脱离了中国主流文化规范的元代"，使中国文脉出现了"断裂"，而被烧断的《富春山居图》正是"一个象征"。他认为，像元朝这样的"'文化盛世'往往反倒缺少文化里程碑，这是'文化盛世'的悲哀"[25]。

我想说的是，首先，元代并没有"脱离中国主流文化规范"；而这位历史讲述者除了在《富春山居图》合璧展出的时刻发出如许感慨，他的文化视野里竟然没有赵孟頫的存在——凑巧的是，无论对元朝，还是整部中国艺术史，赵孟頫正是余秋雨所说的那种"里程碑"。自唐代王维、宋代苏轼之后，中国艺术史走到下一站（元代），赵孟頫无疑是又一个枢纽式的存在。

赵孟頫艺术上最重要的口号，就是"师古"，换今天话说，就是继承和发扬古代优秀文化传统，这个古代，具体指晋唐两代自王羲之、顾恺之、展子虔、王维以来形成的活力绽放的艺术精神，而不是像南宋以来形成的"用笔纤细、傅色浓艳"审美趣味。赵孟頫曾在画上题：

> 作画贵有古意，若无古意，虽工无益。今人但知用笔纤细，傅色浓艳，殊不知古意既亏，百病横生，岂可观也？

在赵孟頫看来，假如绘画中没有古意，画得再好也没用。因此，多年以来，他书法晋，画师唐，把"尽去宋人笔墨"当作自己的创作原则，而把接近古人当作自己的奋斗目标。

八

表面上看,赵孟頫的艺术主张,说的都是正确的废话——每一代大师都是从传统的娘胎里生出来的,有谁能够旱地拔葱式地自我发明?但,传统从来都不是一个质地均匀的透明体。传统会中断,会消失,会变异,一切可能都非我们所愿,在赵孟頫的时代也不例外。

周汝昌先生描述那时的书法状况:

> 古代珍贵书迹,经过几次大规模的浩劫,剩余者已被寥若晨星。到五代、南唐,仅有孑遗,宋朝统一,由南唐收来几项宝物。其中书法珍品,一是王羲之《兰亭序》石刻本,一是以二王为主的零碎六朝墨迹(有真有伪、有原迹有摹本)。前者,后来称"定武本"《兰亭》,后者编集摹刻木板本,叫做《淳化阁帖》。由于极为宝贵难得,两者都被翻刻到无数次,差点儿"化身千亿"。[26]

这"定武《兰亭》",我在《永和九年的那场醉》(详见《故宫的书法风流》)里写道,到南宋,那个被宋度宗重用的奸臣贾似道,竟然搜集了八百种"定武《兰亭》"刻本,如此多的翻刻,其真实性恐怕与王羲之的原本相距甚远了,用周汝昌先生话说:

"'八百种'翻本的后果只能有一个：假躯壳空存，真灵魂大变。问题的严重，又不在于仅仅关系到贾似道这种附庸风雅的古董收藏家。南宋的书风，因此等缘故，简直愈来愈坏，每况愈下。而在这个情势下，出了一个'书法中兴者'赵孟頫。"[27]

绘画方面，高居翰先生有这样的描述：

> 元初画家不如宋初，没有承接到什么健康的传统。画院衰败了，它的画风基本上也随之而亡。禅画家虽然仍旧活跃，但是分散得太稀广太独立，无法形成一个画派，也没有主要画家来继承梁楷和牧溪……[28]

那时的赵孟頫，站在鹊华秋色里，眼前却是一片空蒙，"前不见古人，后不见来者"。那时的赵孟頫，正站在老诗人陈子昂站立过的地方——唐代的幽州、如今的大都（北京）。

他眼前的大地，被血腥与灾难一遍遍地刷洗过，这些灾难包括：八王之乱、五胡乱华、安史之乱、靖康之耻……除了生灵涂炭，对一个艺术家来说，它们带来的灾难性的后果，是古代大量的艺术品被毁，能见到的，许多是不靠谱的山寨版，所谓的传统，对于他，一如他对于今日的我们一样，已渐行渐远。而赵孟頫置身的，又是一个北方游牧民族主宰的王朝，气若游丝的，不只是他赵氏的骨血，更是文明的血脉。他强调的"古"，于他，于他的民族、文化，价值不言而喻。

只是，这传统，并不包括南宋。这是由于南宋书画风气之坏，还有一个秘而不宣的原因，那就是避嫌，因为他是大宋帝王的苗裔。

他画《幼舆丘壑图》，法师六朝人，山石有勾无皴，人物松树描摹极细，学习的痕迹深厚，"赵氏中年以后所画，均无如此面貌"[29]。

他画《鹊华秋色图》，双山墨青设色，林叶丹黄灿烂，明代董其昌在题跋中评价："有唐人之致去其纤，有北宋之雄去其犷。"

他画《水村图》，题跋中有明代陈继儒一段，说"松雪[30]《水村图》仿董巨[31]，正与赠周公谨《鹊华秋色》卷相类"。

画完《人骑图》，他自鸣得意地写上"自谓不愧唐人"，旁若无人地进行表扬和自我表扬。

《秀石疏林图》，赵孟頫在题跋上写下"书画本来同"（即"书画同源"）的主张，从而将绘画的历史，指向更加遥远的文字起源时代，到清初，石涛又把它提炼成"一画"论，即伏羲画卦，横画一线，分出了天地，区别了上下，划出了阴阳，所以那一画，是书法，也是绘画的根基。也因如此，我们才把画，称作"画（划）"。

假如说《鹊华秋色图》是向古代（尤其是唐代王维代表的文人画传统）致敬，《水村图》则创立了他个人抒情写意的山水画风,将他的"文人画"主张表现得淋漓尽致、挥洒自如,也为后来的"元四家"指明了路径。

就拿余秋雨一再表扬的《富春山居图》来说吧,此图不过将赵孟𫖯探索的新语言延长而已,像《水村图》一样,在横卷中显示戏剧性结构,并在终卷之前达到高潮。尽管黄公望比他的前辈赵孟𫖯在笔法上更放逸自然,情绪充沛,但他无疑是沿着赵孟𫖯开辟的路径前行。

画家韦羲所说:

> 黄公望自称"松雪斋中小学生",少年时亲眼见到过松雪道人赵孟𫖯挥毫,《富春山居图》用笔受赵孟𫖯的影响多于董源。倪瓒画风,历来都说从关仝变化而来,但我看《六君子图》,分明摹拟赵孟𫖯《水村图》,五代宋初山水,哪有《水村图》这等笔墨间的苍茫淡远。即使苏轼、米芾、马和之的墨戏,李公麟、乔仲常的白描山水,也不曾这般雅致蕴藏。对了,《六君子图》《鹊华秋色图》树的造型与画法,均似赵孟𫖯真迹《秋郊饮马图》……[32]

徐邦达先生亦曾借赵孟𫖯《双松平远图》表明:

松雪山水画，中年以来大致仿学李、郭、董、巨两路。然笔墨都已变易为简逸，不再以水墨渲晕之法为之，开元人新面目矣。元四家——黄、吴、王、倪虽非专师松雪翁，然无赵氏启发在前，则四家则难逸出宋代以前的旧法，观此卷可以见余浅识。[33]

九

元朝固然短暂，但它并不像许多人想象的那样不堪。正是在这个被许多人视为"文化沙漠"的朝代里，中国的造船技术达到最高峰，无数精美的元青花瓶随着货轮的启航而远达中亚、欧洲，出现在国王、贵族豪华的客厅里；大量的桥梁出现在南方的水系上，将支离破碎的大地连成一体；元军使用的抛射榴弹和纵火炸弹吓坏了日本人；农业上，钦定《农桑辑要》不断再版，棉花和高粱也在元朝输入中国；天文学家郭守敬，被称作当时世界科学界的先驱，今天的月球上，还有一座环形山是以他的名字命名；文学史上，叙事文学如戏曲、小说第一次取代诗词成为主流，《西厢记》的如锦春光，一直照进五个世纪后的《红楼梦》中……

在元代这个文化的高原上，赵孟頫是最显著的高峰（说"顶峰"有点肉麻了），不足百年的元朝[34]，有赵孟頫这样一位综

合性大师已足够奢侈,连元仁宗都忍不住表扬他:

> 帝王苗裔,一也;状貌昳丽,二也;博学多闻,三也;操履纯正,四也;文词高古,五也;书画绝伦,六也;旁通佛老之旨,造诣玄微,七也。[35]

钱锺书先生在《谈艺录》中辟专节谈赵孟頫,认为他的诗歌成就远超米芾和董其昌。《四库全书总目提要》评论他:"不但翰墨为元代第一,即其文章,亦揖让于虞、杨、范、揭之间,不出其后也。"[36]

何况这个朝代,还有"元四家"[37]紧随其后。此外,还可以列出一长串的"大师"名单,他们是:钱选、高克恭、鲜于枢、柯九思、管道昇、王冕、朱德润、曹知白……

因此,元朝人的一个世纪,在文化上并没有交白卷。有意思的是,撑起元朝文化门面的"元四家",竟全部出自地位最低的"南人"。

赵孟頫像苏轼一样,经历过的五位皇帝,分别是:元世祖、元成宗、元武宗、元仁宗、元英宗。他在仕途上却没有苏轼那样高开低走,官越当越小,人越贬越远,而是在大元帝国的体制内,从元世祖时代的五品起步,最终在元仁宗时代官居一品。

笼络也罢，敬重也罢，总之与元朝统治者对汉文化的态度有关。

元朝的阶层壁垒就这样无声无息地被逾越了。元朝的剧情，由此反转。

因此说，赵孟頫不会有"怀才不遇"的忧愤，也无须把自己当作千里马待价而沽，他的问题是仕途太顺了，避免遭忌才至关重要，而前朝帝王苗裔的身份，又让他如履薄冰，以至于忽必烈与他谈论宋太祖治国之道，都要吓出他一身汗，因此他屡次辞官，尤其当忽必烈有意请他做宰相，他见"大势不好"，赶紧溜了，去济南做了一个地方官。忽必烈死，元成宗继位，继续重用赵孟頫，召他至京修《世祖皇帝实录》，他又辞掉，回到故乡吴兴，他的心才踏实下来……夫人管道昇填《渔父词》，表达他们共同的心迹：

> 人生贵极是王侯，
> 浮名浮利不自由。
> 争得似，一扁舟，
> 吟风弄月归去休！[38]

这扁舟，代表着赵孟頫的急流勇退，与李白"人生在世不称意，明朝散发弄扁舟"里的扁舟，不是同一个扁舟。

至于像元人虞集在《赵仲穆画马歌》里所写,赵孟頫是以"良马之德比君子"[39],倒是有可能,表明他虽然投奔了蒙元政权,仍然以"君子"自期。

但在我看来,鞍马图里那或立或骑的圉夫正是他的自我写照,因为那些身着唐服的圉夫,不仅是他汉人身份的象征,维系着与华夏文化的精神联系,而且,他胯下、身边的马,正是朝代的象征。圉夫与马、他与朝代,不是谁驾驭谁的关系,而且相互成就,相得益彰,像《秋郊饮马图》《浴马图》里表现的,那么自由、烂漫与默契。因此,他的笔端,没有忧怨、委屈,只有困顿中的坚持和驰骋中的自由。

在屡经彷徨、挣扎之后,赵孟頫已从苦痛纠结里(如《调良图》里的狂风所暗喻的)超越出来,成为一统大元文化江山的真正领袖。有赵孟頫在,华夏文化经由元朝,才没有出现所谓的"断裂",晋唐遗脉在经由赵孟頫之后,接入明清,分蘖出沈唐文仇、四王[40]四僧[41]。因此,赵孟頫可以被称作"元画家"——不是元代画家,而是一个具有原始推动力的画家,是"画家中的画家",他之于中国绘画,犹如博尔赫斯之于世界文学。

由此我们更可理解赵孟頫入仕元朝背后的文化担当。

所谓的"断裂"说,不是出于无知,就是罔顾事实。

准确地说,没有赵孟頫,传统才可能"断裂"。

历史不能假设，但我还是忍不住假设：假如赵孟頫没有这样的文化贡献，最终只是元朝体制下一名领俸卖命的官僚，历史又将如何对他盖棺论定呢？

赵孟頫的一生，看似风平水静、风生水起，实则是一场最大的赌局。

十

《调良图》与《浴马图》，代表着赵孟頫精神世界的两极——一极是焦灼、彷徨、挣扎，另一极则是平静、自由、坦荡。很长时间内，赵孟頫的艺术世界，就在这两极间踯躅游走。

这样的矛盾，是命运施加给他的，但唯其如此，才使赵孟頫的创作呈现出立体的层次和深邃的个性，比如他的书画，同时具备了复古与革新的两面。

假如说魏晋是中国艺术史中浪漫的春天，隋唐是热烈的夏天，宋元就是中国历史中的秋天，辽阔、深远、大气磅礴，各种杂质都在空气中沉淀下来，草莽间洋溢着负氧离子的味道，大地上光线颤动，"秋光随着波动而枯润的皴笔，照进《鹊华秋色图》、照进《水村图》"[42]，当然，也照进《秋郊饮马图》[图7-5]。到了明清，自然界的小冰期，加上政治上的文字狱，使中国艺术进入了冬季，尽管那些荒山寒林、零度风景，也别有一种魅力，

[图7-5]
《秋郊饮马图》卷,元,赵孟頫
北京故宫博物院 藏

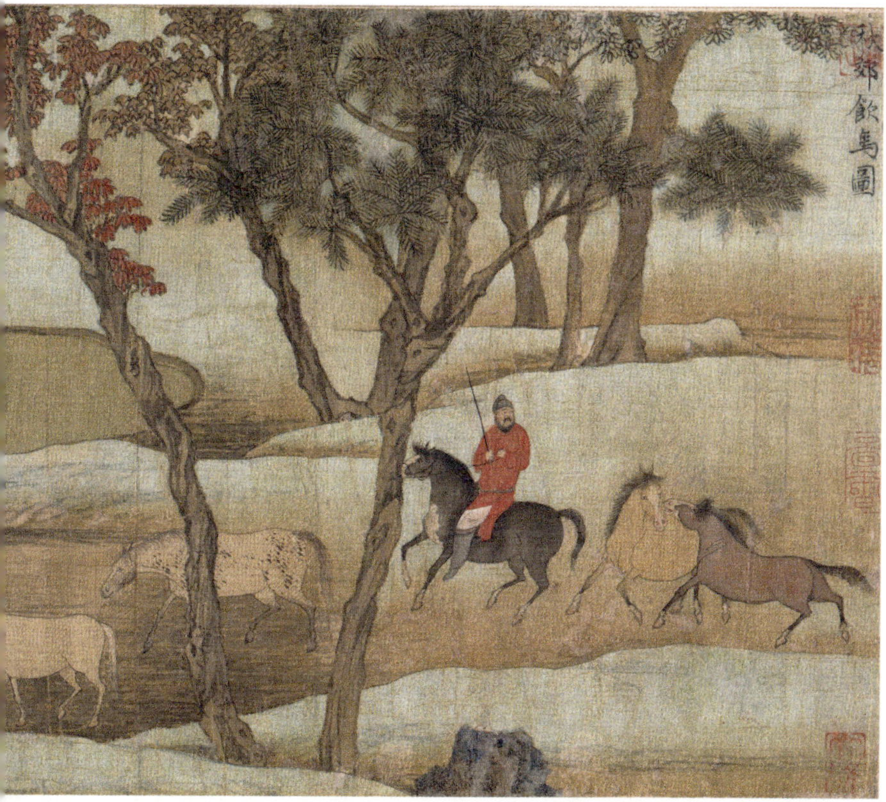
秋郊飲馬圖

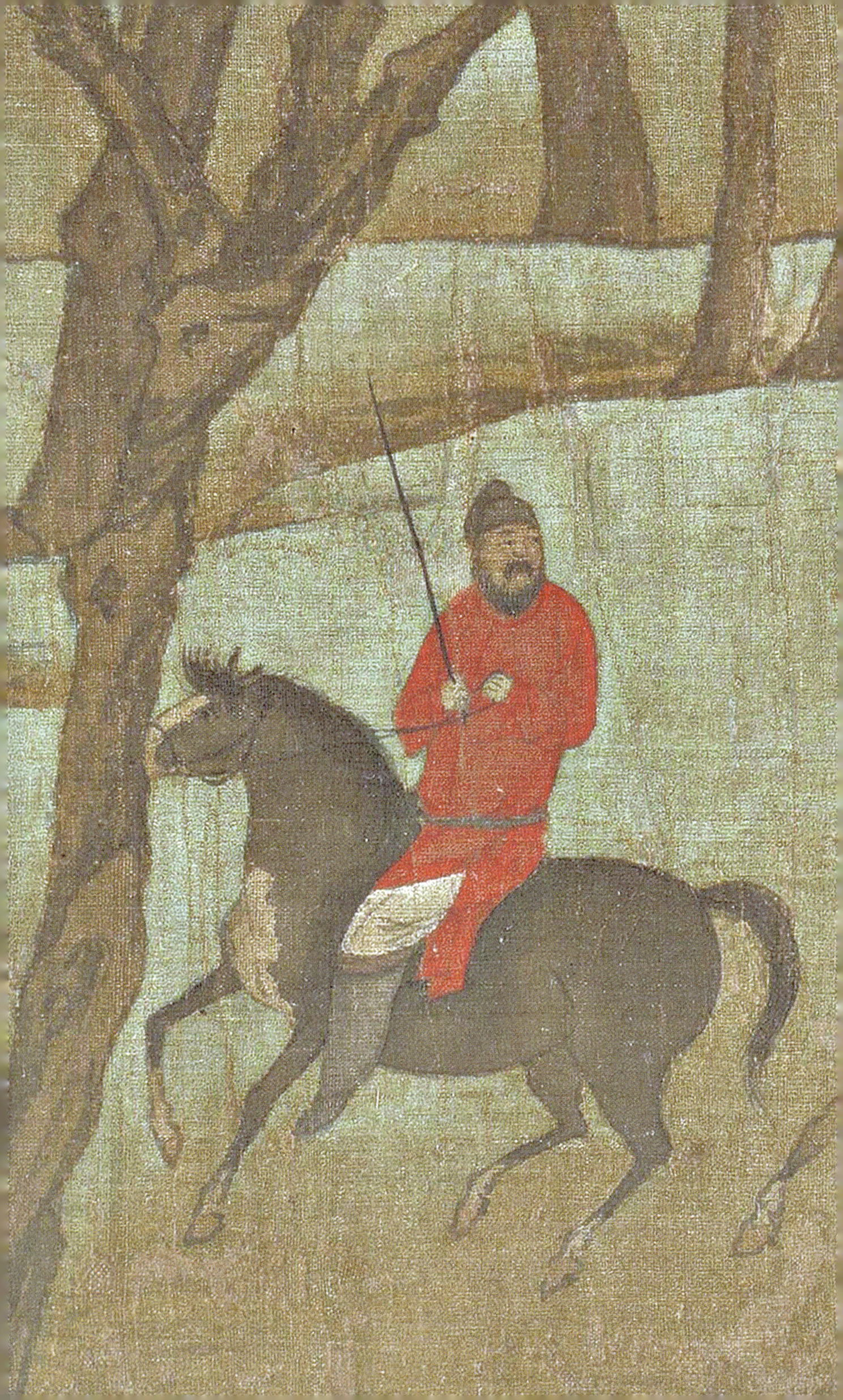

尽管在萧瑟中，依旧有奇倔的力量，如岩中花树，顽强生长（如四僧、如扬州八怪）。

秋天是一个巨大的容器，可以容纳百川千河、五光十色。到《秋郊饮马图》，赵孟頫内心世界的坦荡与超然完全显现出来。那是超越两极之上的第三极，也是超越平面绘画的二维世界上的第三维——他在绘画中，加入了时间的维度。画面上，也是一处河湾，地点几乎与《浴马图》相同，那里"秋林疏朗，树叶青红"，"在野水长堤之上，有一红衣奚官持竿驱马数匹就溪中饮水"，"隔岸远处又有二马向左奔驰"[43]，奚官（圉夫）与身后的二马相顾，神态安详，一切皆入化境。

但所有这一切，都被他推成远景，一如所有的现实，都被时间推到了远端，成为历史（圉夫的唐人服装，也是对历史的暗喻）。在历史的尺度里（赵孟頫曾任国史官，习惯于历史的表达），一时的阴晴圆缺、一己的悲欢离合，都轻如大地上一棵草、天边一粒沙。

画下《秋郊饮马图》十年之后，元至治二年（公元1322年），六十九岁的赵孟頫在四月里又画了两匹马。这幅《双马图》，我不曾见到过，将近七百年过去了，不知道是否还存世。他在画上的题跋，在史籍中仍可查到：

> 飞腾自是真龙种，
> 健笔何年貌得来。
> 照室神光欲飞去，
> 秘图不敢向人开。

那时他的长子、小女、爱妻都已离世，其他儿女虽在，但都已各自成家，留下一个"非扶杖不可行"的赵孟頫，成了空巢老人。但他笔下的马，依然猎猎生风，以至于他不敢把画打开，否则他的马，会立刻飞奔而去。

一个多月后，赵孟頫在故乡吴兴甘棠桥畔的宅邸与友人聊天，随即展纸研墨，写下一纸楷书。日落时分，赵孟頫说有点疲倦，想小憩片刻。送走友人，赵孟頫就躺在床上睡去。第二天人们发现他时，他已停止呼吸。

不知赵孟頫会不会想到，他的平生之作，在他的身后流转，到今天仅余二百二十三件，除去留在紫禁城（故宫博物院）的，还流散到台北、伦敦、纽约——他从来未曾听说的远方。

一幅画，比一个人更长寿，也走得更远。

2017年，这些来自海内外十余家博物馆的赵孟頫作品终在故宫博物院书画馆（武英殿）重新汇集，那些失散的老马，也得以重新集结。

古道西风瘦马。那断肠人，此时已远在天涯。

十一

赵孟𫖯死后第二年，宋元历史上又一个重量级人物，去世了。

他是宋恭宗（又称宋恭帝）赵㬎，是被从坟里挖出来的宋度宗的二儿子，也是南宋王朝的第七位皇帝。

他是元朝的俘虏，后来，出家为僧。

忽必烈没有对宋朝的皇室后裔斩尽杀绝，而是给他们留了一条生路。

他是因诗而死。

那首要命的诗，是这样写的：

寄语林和靖，

梅开几度花？

黄金台上客，

无复得还家。

这寄语，给"梅妻鹤子"的林逋（前面说过，他的墓，也被杨琏真加挖了），探问的，却不只是梅花，更是故国的消息。

前面说过，公元1276年，元军攻下临安，谢太后携五岁的他向元军投降，面对山河泣血，他还懵懵懂懂。后来，昔日的皇亲国戚，大都出家，当了和尚和尼姑，在古寺枯灯下，苟全性命。写下这首诗时，赵㬎华发已生，数十年的寂寞修行，故国之思依然没有泯灭，一想到西湖梅花，他的内心仍会被刺痛。那份痛会一直追随着他，不离不弃。

这诗被元朝密探得到，汇报给元英宗。元英宗一怒之下，把赵㬎赐死于河西。

这很像当年他们赵家的祖先赵光义赐死南唐后主李煜，只因那亡国的皇帝，写了"小楼昨夜又东风，故国不堪回首月明中"，让赵光义很不高兴，将一种致命毒药——千机药赐给他。

是报应吗？

政治就是这样惨烈，这样你死我活、一点面子也不讲。

无论怎样，赵㬎死了，死在一首诗上，死在五十三岁。

那是至治三年（公元 1323 年）。

他的弟弟、他投降后在福州继位的宋端宗赵昰，四十多年前就死了，死时只有十岁。

他的另一个弟弟、南宋末代皇帝赵昺也早就死了，被元军逼得走投无路，逃到海上，被丞相陆秀夫背着，纵身跳进大海，那一年，他只有八岁。

赵昺养的两只白鹇，目睹主人跳水，发出一阵哀鸣，连着鸟笼，一同坠水。

宋度宗因为纵欲过度，死在三十五岁上。他的三个儿子——赵㬎、赵昰、赵昺三兄弟，都当过皇帝（分别为宋恭帝、宋端宗、宋末帝），下场却一个比一个惨。

赵昰、赵昺死；赵㬎活着，成了俘虏，又被迫出家。

赵家王朝，彻底终结了。

赵㬎和赵孟𫖯活在元朝。赵孟𫖯或许一生未曾见过赵㬎，但他定然不会无视他的存在。

杨琏真加挖地三尺、让宋度宗的尸体"重见天日"时，宋度宗之子赵㬎还活着，正在颠沛中度过自己的青春期，他的足迹，从大都、上都、居延，一路延伸到天山等地。他留在大地上的投影越来越小，在史料中的印迹也越来越渺茫。

赵孟𫖯入仕元朝两年以后（公元1288年），赵㬎穿越高原抵达西藏（《元史》称"土番"），入萨迦寺修习佛法。这一年，他已在大元帝国荒芜的西北长到了十七岁。

此时，赵孟𫖯正在元朝为官。他一定听到过关于赵㬎的消息。消息来源之一，正是好朋友汪元量，因为这个汪元量，当年曾随同投降的赵㬎北上大都，写下许多诗，记录赵㬎北上的行状。此时，他与赵孟𫖯在翰林院做同事。故国的皇帝赵㬎已成西藏高僧，他不会没有耳闻。

[图7-6]

《红衣西域僧》卷,元,赵孟頫

辽宁省博物馆 藏

四大假名三身何有兀坐樹下示人
以手背觸不得能所脣忘頂後圓相
具足真常畫馬則非畫佛則是水晶
道人猶著些子大士不言廣長無量
稽首掌中如是供養
乾隆丁丑大暑日御題

大德八年（公元 1304 年），在混合着清甜雪水和酥油暗香的土石寺院里，在星月流逝不见异同的诵经日程里，赵炅又度过了十七年，他三十四岁了。这一年，已经五十一岁的赵孟頫画了一幅《红衣西域僧》[图7-6]，画上可见一位遍身红袍的虬髯僧人，正盘坐在巨树枯藤下，碧绿山石杂以淡墨皴染，地上点染着小草嫩花，画面静穆庄严而不失祥和。徐邦达先生评价它"笔法浑穆，而形象则自谓得西域人神态，师古、写生兼而有之"[44]。

赵孟頫在跋文里暗示，这只是一件平常的佛画，但有学者认为，这段跋文不可信，是赵孟頫有意布下迷局，扰乱人们视听，从而隐藏了他的真实用意。这真实用意可能是：赵孟頫借悼念一年前（公元 1303 年）去世的萨迦派帝师胆巴，表达他对正在萨迦寺做总持的赵炅的思念。[45]当然，这仅仅是根据相关文献做出的一种推理，并无直接的文献证据。

"西域"之名，从广义上说，包含了青藏高原。

深藏如海的赵孟頫，内心的波涛，七百多年后，仍在一幅画上暴露无遗。

他把自己交给了全新的时代，但对大宋江山的那份旧情，仍深潜在他内心的一角。

他无法真正解脱。

第八章 空山

山是他的教堂，是他的宫殿，是不绝如缕的音乐。

第八章 空 山

> 风烟俱净，天山共色。从流飘荡，任意东西。自富阳至桐庐，一百许里，奇山异水，天下独绝。水皆缥碧，千丈见底；游鱼细石，直视无碍……
>
> ——〔南朝梁〕吴均：《与朱元思书》

一

有一天，朱哲琴来故宫，告诉我在著名建筑师王澍设计的富春山馆，她展出了一个声音装置，希望我有时间去看——或者说，去听。我问声音装置是啥，朱哲琴说，是她采集的富春江面和沿岸的声音素材，加工成的声音作品。她还说，那声音是可以被看见的，因为她还采集了富春江水，声音让水产生震动，光影反照在墙上，形成清澈变幻的纹路。她给这一作品起了个名字，叫《富春山馆声音图》。

我敬佩朱哲琴对声音的敏锐，她让《富春山居图》这古老的默片第一次有了声音，但我想，《富春山居图》里，原本是有声音的，只不过黄公望的声音，不是直接诉诸听觉，而是诉诸视觉，通过空间组织来塑造的。其实黄公望本身就是一个作曲家，徐邦达先生说他"通音律，能作散曲"[1]。黄公望的诗，曾透露出他对声音的敏感：

水仙祠前湖水深，
岳王坟上有猿吟。
湖船女子唱歌去，
月落沧波无处寻。[2]

元至正七年（公元1347年），黄公望与他的道友无用师一起，潜入苍苍莽莽的富春山，开始画《富春山居图》。这著名的绘画上，平林坡水、高崖深壑、幽蹊细路、长林沙草、墟落人家、危桥梯栈，无一不是发声的乐器。当我们潜入他的绘画世界，我们不只会目睹两岸山水的浩大深沉，也听见隐含在大地之上的天籁人声。也是这一年，黄公望画了《秋山图》，《宝绘录》说他"写秋山深趣长卷，而欲追踪有声之画"。

黄公望把声音裹藏在他的画里，朱哲琴却让画（光影图像）从声音里脱颖而出，这跨过七百年的山水对话，奇幻、精妙，仿佛一场旷日持久的共谋。

二

但我想说的，却是另一件很重要的事情——《富春山居图》（包括古往今来的中国山水画），之所以与音乐合拍，有一个原因：中国的山水画，有很强的抽象性。

绘画，本来是借助形象的，但赵孟𫖯老先生一句话，为绘画艺术定了性。他说："书画同源"（赵孟𫖯原话为"书画本来同"）。这句话，一句顶一万句，因为它不仅为中国书法和绘画——两门最重要的线条艺术，溯清了源头，解释了它们在漫长文明中亲密无间、互敬互爱的关系，更为它们指明了未来的路径，尤其是绘画，本质功能是写意（像书法一样），而不是为现实照相。

中国画，起初是从图腾走向人像的。唐宋之后，中国画迎来了巨大变革：

第一，山水画独立了，不再依附于人物画充当背景和道具，如东晋顾恺之《洛神赋图》里的山水环境，还有五代顾闳中《韩熙载夜宴图》里的山水屏风。

第二，色彩的重要性减弱，水墨的价值凸显。这过程，自唐代已开始，经荆浩、关仝、董源、巨然、米氏父子、马远、夏圭，形成"水墨为尚"的艺术观念。于是，"草木敷荣，不待丹碌之彩。云雪飘扬，不待铅粉而白。山不待空青而翠，凤不待五色而綷"[3]，因为墨色中，包含了世间所有的颜色，所谓"墨分五色"（张彦远的说法是"运墨而五色具"），水墨也从此在中国画家的纸页间牵连移动、泼洒渲染，缔造出素朴简练、空灵韵秀的水墨画。

第三，这份素朴简练，不仅让中国画从色彩中解放出来，亦从形象中解放出来，从而更具抽象性，更适合宋人的哲思玄想。当然，那是有限度的抽象，是在具象与抽象之间进进退退，寻求一种平衡。

水墨山水是中国的，也是文人的。欣赏水墨，需要审美修养的积累，因为它超越了色与形，而强调神与气。金庸写《射雕英雄传》，有黄蓉与郭靖谈画的一段，很有趣：

> 只见数十丈外一叶扁舟停在湖中，一个渔人坐在船头垂钓，船尾有个小童。黄蓉指着那渔舟道："烟波浩淼，一竿独钓，真像是一幅水墨山水一般。"郭靖问道："什么叫水墨山水？"黄蓉道："那便是只用黑墨，不着颜色的图画。"郭靖放眼但见山青水绿，天蓝云苍，夕阳橙黄，晚霞桃红，就只没黑墨般的颜色，摇了摇头，茫然不解其所指。[4]

总之，绘画由彩色（青绿）时代进入黑白（水墨）时代，这是中国艺术的一个巨大进步，或曰一场革命，这一过程，与由黑白时代进入彩色时代的摄影艺术刚好相反。

大红大紫的青绿山水，也没有从此退场，在历史中不仅余脉犹存，且渐渐走向新的风格。青绿与水墨，在竞争、互动中发展，才有各自的辉煌历史。

也因此，今人用材料指代绘画，一曰水墨，一曰丹青。

三

为此我们要回看两张图，一是北宋王希孟的《千里江山图》，一是南宋米友仁的《潇湘奇观图》。

其实王希孟与米友仁，年代相差不远。

王希孟生于北宋绍圣三年（公元 1096 年），很小就进了宋徽宗的美术学院（当时叫"画学"，是中国历史上最早的宫廷美术教育机构，也是中国古代唯一由官方创办的美术学院），但他毕业后没有像张择端那样，入翰林图画院当专业画家，而是被"分配"到宫中的文书库，相当于中央档案馆，做抄抄写写的工作。或许因为不服，他十八岁时创作了这卷《千里江山图》，被宋徽宗大为赞赏，宋徽宗亲自指导他笔墨技法，并将此画赏赐给蔡京。王希孟从此名垂中国画史，迅即又在历史中销声匿迹，不知是否死于靖康战乱。

米友仁是米芾长子，生于北宋熙宁七年（公元1074年），比王希孟还年长二十二岁，画史却常把他列为南宋画家，或许因他主要绘画活动在南宋，而且受到宋徽宗他儿子宋高宗的高度赏识，宫廷里书画鉴定的活儿，宋高宗基本交给米友仁搞定，所以今天，在很多古代书画上都可看见米友仁的跋尾。

王希孟《千里江山图》与米友仁《潇湘奇观图》，一为青绿、一为水墨，一具象、一抽象（相对而言），却把各自的画法推到了极致，所以这是两幅极端性的绘画，也是我最爱的两张宋画。

这两张图，好像是为了映照彼此而存在。

它们都存于北京故宫博物院，不知什么时候，它们可以同时展出，同时被看见。

先说《千里江山图》[图8-1]吧，这幅画上，群山涌动、江河浩荡，夹杂其间的，有高台长桥、松峦书院、山坞楼观、柳浪渔家、临溪草阁、平沙泊舟，这宏大叙事的开阔性和复杂性自不必说，只说它的色彩，至为明丽，至为灿烂，光感那么强烈，颇似像修拉笔下的《大碗岛的星期日下午》，阳光通透，空间纯净，青山依旧，水碧如初，照射古老中国的光线，照亮了整幅画，使《千里江山图》恍如一场巨大的白日梦，世界回到了它原初的状态，那份沉静，犹如《春江花月夜》所写：

江天一色无纤尘,

皎皎空中孤月轮。

江畔何人初见月?

江月何年初照人?[5]

……

有评者曰:"初唐诗人张若虚只留下一首《春江花月夜》,清代王闿运评为'孤篇横绝,竟为大家'。现代闻一多誉之为'诗中的诗,顶峰中的顶峰'。北宋王希孟的青绿山水卷《千里江山图》可比《春江花月夜》,孤篇压倒两宋,而论设色之明艳,布局的宏远,说前无古人,后无来者,也不为过。"[6]

然而,假如从这两幅画里再要选出一幅,我选《潇湘奇观图》。虽然王希孟的视野与胸怀已经有了超越他年龄的博大,但他的浪漫与天真,还带有强烈的"青春文学"印记,他对光和天空的神往,透露出青春的浪漫与伤感,还有失成熟和稳重。

这只是原因之一,更深刻的原因在于,比起王希孟《千里江山图》,米友仁《潇湘奇观图》[图8-2]更加深沉凝练、简约抽象,且因抽象而包罗万象。米友仁不仅舍弃了色彩,他甚至模糊了形象——《千里江山图》的焦距是实的,他截取的是阳

[图 8-1]

《千里江山图》卷,北宋,王希孟

北京故宫博物院 藏

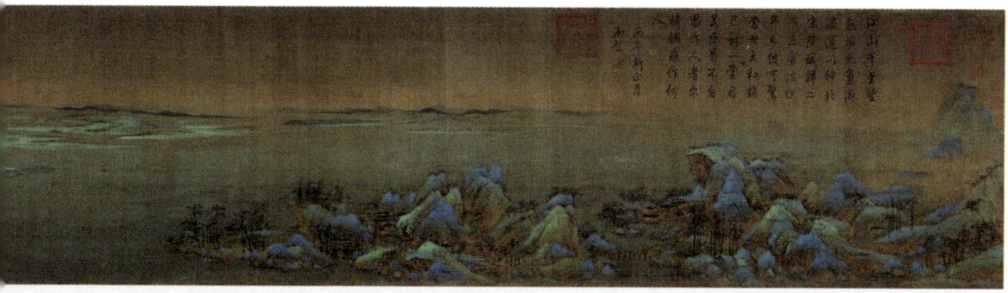
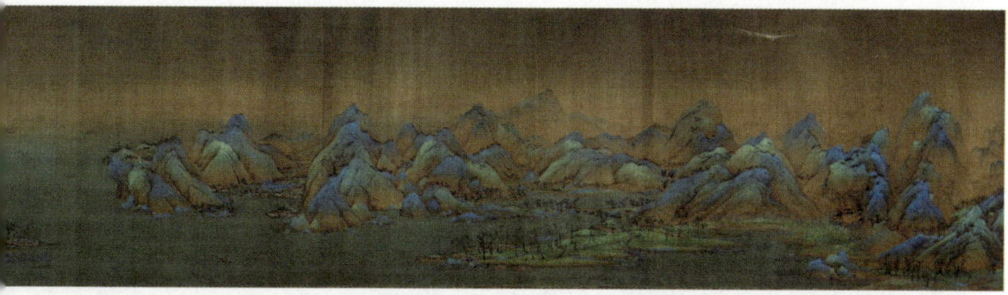
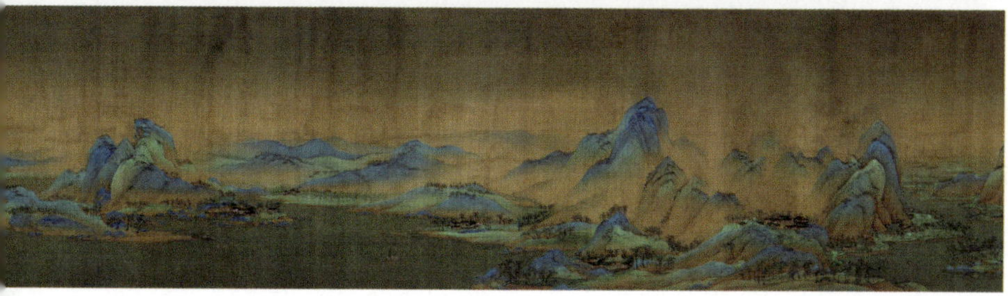

[图 8-2]
《潇湘奇观图》卷,南宋,米友仁
北京故宫博物院 藏

光明亮的正午,每一个细节都清晰毕现;《潇湘奇观图》的焦距则是虚的,截取的烟雾空蒙的清晨——有米友仁自题为证:"大抵山水奇观,变态万层,多在晨晴晦雨间。"与《千里江山图》的浓墨重彩相比,《潇湘奇观图》是那么淡、那么远、那么虚,全卷湮没于烟雨迷蒙中,山形在云雾中融化、流动、展开,因这份淡、远、虚而更见深度,更加神秘莫测。在"实体"之外,山水画出现了"空幻"之境。

《潇湘奇观图》,才是北宋山水画的扛鼎之作。

四

但绘画走到元朝，走到黄公望面前，情况又变了。

那被米友仁虚掉的焦点，又被调实了。

看元四家（黄公望、吴镇、王蒙、倪瓒），云烟空濛的效果消失了，山水的面目再度清晰，画家好像从梦幻的云端，回到了现实世界。

但仔细看，那世界又不像现实，那山水也并非实有。

它们似曾相识，又似是而非。

就像这《富春山居图》，很上去很具象，画面上的每一个细节，似乎都是真实的，但拿着《富春山居图》去富春江比对，我们

永远找不出对应的景色。

可以说，《富春山居图》是黄公望精心设置的一个骗局，以高度的"真实性"蒙蔽了我们，抵达的，其实是一个"非真实"的世界。

那仍然是一种抽象——具象的抽象。

或者说，它的抽象性，是通过具象的形式来表现的。

很像小说中的魔幻现实主义，细节真实，而整体虚幻。

王蒙后来沿着这条路走，画面越来越繁（被称为"古今最繁"），画面却呈现出"一种难以言喻的超现实氛围，像是一个乌有之境"[7]。

那真实，是凭借很多年的写生功底营造出来的。

《富春山居图》，黄公望七十八岁才开始创作，可以说，为这张画，他准备了一辈子，而且一画，就画了七年。八十岁老人，依旧有足够的耐心，犹如托尔斯泰在六十一岁开始写《复活》，不紧不慢，一写就写了十年。他们不像当下的我们那样活得着急，连清代"四王"之一的王原祁都在感叹：

> 古人长卷，皆不轻作，必经年累月而后告成，苦心在是，适意亦在是也。昔大痴画《富春》长卷，经营七年而成，想其吮毫挥笔时，神与心会，心与气合，行乎不得行，止

乎不得止,绝无求工求奇之意,而工处奇处斐亹于笔墨之外,几百年来神采焕然。[8]

黄公望活了八十五岁,他生命的长度刚刚够他画完《富春山居图》,这是中国艺术史的大幸。

可以说,他活了一辈子,就是为了这张画。

放下黄公望一生的准备不谈,只说画《富春山居图》这七年,他兢兢业业,日日写生,"五日画一山,十日画一水",如他在《写山水诀》中自述:"皮袋中置描笔在内,或于好景处,见树有怪异,便当模写记之,分外有发生之意。"[9]

李日华在《六研斋笔记》中记录:"黄子久[10]终日只在荒山乱石、丛木深筱中坐,意态忽忽,人莫测其所为,又每往泖中通海处,看激流轰浪,虽风雨骤至,水怪悲诧,亦不顾。"[11]

因此,《富春山居图》上,画了十数峰,一峰一状,数百树,一树一态,"雄秀苍莽,变化极矣"[12]。明代大画家董其昌看到,彻底服了,简直要跪倒,连说:"吾师乎,吾师乎,一丘五岳,都具是矣。"这赞美,他写下来,至今裱在《富春山居图》的后面。

在这具象的背后,当我们试图循着画中的路径,进入他描绘的那个空间,我们一定会迷失在他的枯笔湿笔、横点斜点中。《富春山居图》里的那个世界,并不存在于富春江畔,而只存在于他的心里。那是他精神世界的一部分,而不是现实世界的一部分。那是他的梦想空间,他内心里的乌托邦,只不过在某些方面,借用了富春江的形骸而已。

但在他其他的山水画中,山的造型更加极端,比如北京故宫博物院藏《快雪时晴图》卷[图8-3]、《九峰雪霁图》轴,还有云南省博物馆藏的《剡溪访戴图》轴。就说《快雪时晴图》卷吧,这幅画里的山,全是直上直下的悬崖,基本上呈直角。它不像王希孟《千里江山图》那么明媚灿烂,不像米友仁《潇湘奇观图》那样如诗如梦,甚至不像《富春山居图》那么温婉亲切,在这里,黄老爷子对山的表现那么决绝、那么粗暴、那么蛮横。他画的,是人间没有的奇观,那景象,绝对是虚拟的。显然,黄公望已经迷恋于这种对山水的捏造,就像夏文彦所说:"千丘万壑,愈出愈奇,重峦迭嶂,越深越妙。"[13]

我们在现实中找,却听见黄公望在黑暗中的笑声。

五

自我们今天能够见到的最古老的山水画——隋代展子虔《游春图》(北京故宫博物院藏)开始,中国画家就没打算规规矩矩地画山。中国画里的山,像佛塔、像蘑菇、像城堡,也像教堂。古人画山,表现出充分的任性,所以中国山水画,从来不是客

[图8-3]
《快雪时晴图》卷，元，黄公望
北京故宫博物院 藏

观的地貌图像，即使作者为他的山水注明了地址——诸如"潇湘八景""剡溪访戴""洞庭奇峰""灞桥风雪"，也大可不必当真。五代董源《潇湘图》与南宋米友仁《潇湘奇观图》，画的是同一个潇湘（潇江与湘江），却几乎看不出是相同的地方。中国山水画里的山形，大多呈纵向之势，一副"欲与天公试比高"的架势，仿佛大自然积聚了万年的力量喷薄欲出。这样的山，恍若想象中的"魔界"，适合荆浩《匡庐图》、范宽《溪山行旅图》（皆藏台北故宫博物院）这样的画轴，即使像北宋张先《十咏图》、王诜《渔村小雪图》、宋徽宗《雪江归棹图》、王希孟《千里江山图》，

南宋赵伯驹《江山秋色图》（以上皆藏北京故宫博物院）、元代黄公望《富春山居图》这样的横卷，也不例外。如此汪洋恣肆、逆势上扬的山形，在现实中难以寻见（尤其在黄公望生活的淞江、太湖、杭州一带），除了梦境，只有在画家的笔下才能见到。

中国古人从来不以一种"客观"的精神对待山川河流、宇宙世界。中国古人的精神世界，没有像西方那样，经历过"主""客"二分，世界没有分裂成"主体"（subject）和"客体"（object）两个部分，而外部世界（自然）也没有成为与主观世界（自我）相对（甚至对立）的概念，不是一个独立于自我之外的"他者"，因此也不仅仅是一个"看"的对象。自然就是自我，二者如身体发肤，分割不开，如庄子所说："天地与我并立，而万物与我为一"，大千世界，变化万千，一滴水、一粒沙、一片叶、一只鸟，其实都是人类感觉器官的延伸。

　　人类对世界的探索与发现，其实就是对自我的探索与发现。庄子说："朝菌不知晦朔，蟪蛄不知春秋。"朝菌是朝生夕死，所以它不知月（月初为朔，月底为晦），蟪蛄过不了冬，所以不知年（春秋）。他说的不只是自然界的两种小虫子，而是说人类自己——我们自己就是朝菌、蟪蛄，我们所能知道的世界，比它们又多得了多少？当然，庄子不会以这样的虫子隐喻自己，在他眼里，自己是美丽的蝴蝶，所以庄周梦蝶，不知道是自己梦见蝴蝶，还是蝴蝶梦见自己。李白独坐敬亭山，说："相看两不厌，只有敬亭山。"山即人，人即山。这山，不只是敬亭山，而是包括了天底下所有的山，当然也包括南宋词人辛弃疾在江西信州[14]所见的铅山，所以他说："我看青山多妩媚，料青山看我应如是"，人与自然、"自我"与"他者"，在古人那里，完全是重合的，它们的界限，在古人那里并不存在。

　　这种"天人合一"的观念，几乎构成了中国古代思想和艺术的核心观念。魏晋时代，山水绘画与山水文学几乎同时起步，历经宗炳、王微，到唐代李思训手里初步完成，引出山水画大师王维，再经五代荆浩、关仝、董源、巨然的锤炼打造，在宋元形成山水画的高峰，有了前面说到的米芾、王诜、王希孟、米友仁的纵情挥洒，有了赵孟頫的铺垫，才有黄公望脱颖而出，历经倪瓒、吴镇、王蒙，在明清两代辗转延续，自然世界里的万类霜天，才在历代画家的画卷上，透射出新鲜活泼的生命感，那"无机"的世界，于是变得如此"有机"，山水画才能感人至深（哪怕倪瓒的寂寞也是感人的），月照千山，人淡如菊，连顽石都有了神经，有悲喜、有力量。

徐复观先生在《中国艺术精神》里说"中国的风景画较西方早出现一千三四百年之久"[15]，相信这只是一种大而化之的说法，实际上，古代中国没有风景画——在古代中国人的心里，山水不只是风景，山水画也不是风景画。风景是身体之外的事物，是"观看"的对象，山水则是心灵奔走的现场——山重水复中，既包含了痛苦的体验，也包含着愿望的实现。人不是外置于"风景"，而是内化于"风景"，身体是"风景"的一部分，"风景"也是身体的一部分、生命的一部分。因此，"风景"就不再是"风景"，中国人将它命名为：山水。山水不是山和水的简单组合，或者说，它不只是一种纯物质形态，而是一种精神的体现。正因如此，在千年之后，我们得以透过古人的画卷，看见形态各异的山水，比如董源的圆转流动，范宽的静穆高远，王希孟的青春浪漫，赵孟𫖯的明净高古……

在西方，德国古典哲学自17世纪开始使用"主体"与"客体"概念。有了"主""客"二分，人类才能"认识世界"和"改造世界"，以研究和改造客观世界为目标的西方近代科学才应运而生，而西方风景画，就是"主体"观察、认识和表现"客体"的视觉方式，所以它的方法也是科学的，比如人体解剖，比如焦点透视。西方的风景画，也美，也震撼，比如俄罗斯巡回画派大师希施金（Ivan I. Shishkin），以生动的笔触描绘出俄罗斯大自然，亦伟大，亦忧伤，但他所描绘的，是纯粹的风景，是对自然的"模仿"与"再现"。相比之下，中国山水画不是建立在科学之上，所以中国山水画里，没有极端的写实，也没有极端的抽象，它所描述的世界，介于二维与三维之间。

西方风景画是单点透视，无论画面多么宏大，也只能描绘自然的片段（一个场面），中国山水画里则是多点透视——高远、平远、深远的"三远"图式，在唐代就已流行，北宋郭熙说："自山下而仰山巅谓之高远，自山前而窥山后谓之深远，自近山而望远山谓之平远。"[16]而这仰望、窥视与远望，竟然可以运用到同一幅画面中。

这是最早的"立体主义"，因为它已不受单点透视的局限，让视线解放出来，它几乎采用了飞鸟的视角，使画家自由的主观精神最大限度地渗透到画面中，仿佛电影的镜头，"空间可以不断放大、拉近、推远，结束了又开始，以至于无穷尽，使观者既有身在其中的体验，又获得超乎其外的全景的目光。山水画表现空间，然而超空间；描绘自然，然而超自然。"[17]

西方人觉得，中国画是平面的，缺乏空间感，岂不知中国画里藏着更先进的空间感。以徐复观先生的说法，中国画领先西方现代派一千三四百年，又是成立的。但"主""客"不分的代价是，中国人强调了精神的蕴含而牺牲了对"物理"的探索。像黄公望这些画家，一生中大部分时间在云游，但兴趣点，却不在地理与地质。古代中国人的世界观，是经验的，而不是逻辑的；是哲学的，而不是科学的。著名的"李约瑟难题"，即"为何近代科学没有产生在中国，而是在17世纪的西方，特别是文艺复兴之后的欧洲"，我想其秘密就藏在：中国人的思想世界，没有像西方人那样，经历过"主体"与"客体"的分家。这一看似微小的差别，在17世纪以后被迅速放大，经过几百年的发酵，中国与西方的历史，已判若云泥。

六

关于中国山水画的抽象性，我说得有点抽象了，还是回到黄公望吧。

他究竟是怎样一个人呢？

黄公望的履历，至为简单——他几乎一生都在山水中度过，没有起伏，没有传奇。

他的传奇，都在他的画里。

他一生中最大的转折，出现在四十七岁那年。那一年，黄公望进了监狱，原因是受到江浙行省平章政事张闾的牵连。四年前，黄公望经人介绍，投奔张闾，在他门下做了一名书吏，管理田粮杂务。但这张闾是个贪官，他管理的地盘，"人不聊生，盗贼并起"，被百姓骂为"张驴"。关汉卿《窦娥冤》里有一个张驴儿，不知是否影射张闾，从时间上看，《窦娥冤》创作的时间点与张闾下狱基本吻合，因此不能排除这种可能性。总之在元延祐二年（公元1315年），张闾因为逼死九条人命而进了监狱，黄公望也跟着身陷囹圄。关键的是，正是这一年，元朝第一次开科取士，黄公望的好朋友杨载中了进士，热衷功名的黄公望，则失去了这一"进步"的机会。

人算不如天算，出狱后的黄公望，渐渐断了入仕的念头，只能以两项专业技能为生——一是算卦，二是画画。还有两件事值得一说：首先是他在五十岁时成为赵孟頫的学生，从此自居"松雪斋中小学生"——显然，他上"小学"的时间比较晚，这也注定了黄公望大器终将晚成；其次，是他在六十周岁时，与二十八岁的"小鲜肉"倪瓒携手加入了一个全新的道教组织——全真教，从此改号："一峰道人"。

诗人西川在长文《唐诗的读法》里说，"唐以后的中国精英文化实际上就是一套进士文化（宋以后完全变成了进士—官僚文化）。"他提到，北宋王安石编《唐百家诗选》中近百分之九十的诗人参加过科举考试，进士及第者六十二人，占入选诗人总数的百分之七十二。而《唐诗三百首》中入选诗人七十七位，进士出身者四十六人。

据此，西川说："进士文化，包括广义上的士子文化，在古代当然是很强大的。进士们掌握着道德实践与裁判的权力、审美创造与品鉴的权力、知识传承与忧愁抒发的权力、钩心斗角与政治运作的权力、同情／盘剥百姓与赈济苍生的权力、制造舆论和历史书写的权力。你要想名垂青史就不能得罪那些博学儒雅但有时也可以狠刀刀的、诬人不上税的进士们。"[18]

但任何理论都是模糊的，比如黄公望，就是这"进士文化"的漏网之鱼，在这规模宏大的"进士文化"中，黄公望只能充当一个"路人甲"。而且，在元代，"进士文化"的漏网之鱼，还不止黄公望一个[19]，吴镇、倪瓒、曹知白等，都未考科举，未当官，王蒙只在朱元璋建立明朝以后当过一个地方官（泰安知州），后来因胡惟庸案而惨死在狱中，他在元朝也基本没当过官（只在张士诚占据浙西时帮过一点小忙）。在道教界，这样远离科举的人就更多，仅黄公望的朋友中，就有画家方从义、张雨，以及著名的张三丰。

尽管元朝统治者希望像《尚书》里教导的那样，做到"野无遗贤，万邦咸宁"，但在帝国的山水之间，还是散落着那么多的"文化精英"。他们不像唐朝李白，想做官做不成（西川文中说李白没有参加科举考试的资格），但他承认自己"我志在删述，垂辉映千春"，心里是想着当官的，这些元朝艺术家，对科举一点兴趣没有，也不打算搭理什么鸟皇帝。所以，清代孙承泽《庚子销夏记》说："元季高人不愿出仕。"这样的一个精英文化阶层，成为元朝的一个"文化现象"，也是"进士文化"传统的一个例外。

由此我们可以知道，黄公望的内心世界，与当了大官的赵孟頫截然不同。当然他们也不是"竹林七贤"，躲在山水间，装疯卖傻；也不像李白，张扬、自傲，甚至有点跋扈。黄公望内心的纯然、宁静、潇洒，都是真实的，不是装给谁看的，当然，也没有人看。

所以，才有了黄公望对山水的痴迷。

他也才因此成了"大痴"。

他在王蒙《林泉清话图》上题诗：

霜枫雨过锦光明,
涧壑云寒暝色生。
信是两翁忘世虑,
相逢山水自多情。

他的内心,宁静澄澈、一尘不染。

他的心里,有大支撑,才不为功名所诱引,不为寂寞所负累,山是他的教堂,是他的宫殿。

是不绝如缕的音乐。

他晚年在富春山构筑堂室,说:"每春秋时焚香煮茗,游焉息焉。当晨岚夕照,月户两窗,或登眺,或凭栏,不知身世在尘寰矣。"

现实的世界,"人太多了,太挤了,太闹了。但人群散去,天地大静,一缕凉笛绕一弯残月,三五人静坐静听"[20],李敬泽说的是张岱,也适用于黄公望。

七

黄公望或许就像《射雕英雄传》里黄蓉他爹黄药师,隐居桃花岛,"桃花影落飞神剑,碧海潮生按玉箫"。巧合的是,黄公望不仅像黄药师那样,有一套庞杂的知识结构,所谓上通天文，下通地理，五行八卦、奇门遁甲、琴棋书画，甚至农田水利、经济兵略等亦无一不晓，亦曾隐居于太湖，而且，也喜欢一种乐器，就是一支铁笛。

有一次黄公望与赵孟頫等人一起游孤山，听见西湖水面上隐约的笛声，黄公望说："此铁笛声也。"于是摸出身上的铁笛吹起来，边吹边朝山下走去。湖中的吹笛人听见笛声，就靠了岸，吹着笛上了山。两处笛声，慢慢汇合在一起。两人越走越近，错身而过，又越走越远，那笛声，在空气中荡漾良久。

黄公望为人，直率透明，如童言般无忌。七十四岁那年，危素来看他，对着他刚画完的《仿古二十幅》，看了许久，十分眼馋，便问："先生画这组册页，是为了自己留着，还是要送给朋友，传播出去呢？"黄公望说："你要是喜欢，就拿走吧。"危素大喜过望，说："这画将来一定值钱。"没想到黄公望闻言大怒，劈头盖脸骂了一顿："你们敢用钱来评价我的画，难道我是商人吗？"

其实危素虽然小黄公望三十四岁，却是黄公望最好的朋友之一。他曾官拜翰林学士承旨，参与过宋、辽、金三史的编修，他曾珍藏二十方宋纸，从不示人，他向黄公望求画，就带上这些宋纸，因为在他心里，只有黄公望的画能够配得上。(《宝绘录》说："非大痴笔不足以当之。")对危素求画，黄公望从未拒绝，仅六十岁那一年，黄公望就给危素画了《春山仙隐图》《茂林仙阁图》《虞峰秋晚图》《雪溪唤渡图》四帧画作，而且，在画末，还有柯九思、吴镇、倪瓒、王蒙的题诗。黄吴倪王"元四家"在相同的页面上聚齐，这危素的人品，也太好了。

关于黄公望的个性，元代戴表元形容他"其侠似燕赵剑客，其达似晋宋酒徒"[21]。关于他喝酒，有记载说，当他隐居山中，每逢月夜，都会携着酒瓶，坐在湖桥上，独饮清吟，酒罢，便扬手将酒瓶投入水中。

那种潇洒，有如仙人。

以至于很多年后，一个名叫黄宾虹的画家仍在怀念："湖桥酒瓶，至今犹传胜事。"[22]

我不知道黄公望的山水画里，包含了多少道教的眼光，但仙侠气是有的。所以看他的山水画，总让我想起金庸的武侠世界，空山绝谷之间，不知道有多少绝顶高手在隐居修炼——《丹崖玉树图》轴[图8-4]的右下角，就有一人在木桥上行走，可见这座大山，就是他的隐居修炼之所。只是在他的大部分山水画里，像前面说过的《快雪时晴图》卷、《九峰雪霁图》轴，看不到人影，到处是直上直下的叠嶂与深渊，让人望而生畏。

假如我们将黄公望的山水画卷（如《富春山居图》《快雪时晴图》）一点点展开，我们会遭遇两种相反的运动——手卷是横

[图 8-4]

《丹崖玉树图》轴（局部），元，黄公望
北京故宫博物院 藏

向展开的，而画中的山峰则在纵向上的跃动，一起一落，表现出强烈的节奏感，如咚咚咚的鼓点，气势撼人，又很像心电图，对应着画家的心跳，还像音响器材上的音频显示，让山水画有了强烈的乐感。

其实，在山势纵向的跃动中，还掺杂着一种横向的力量——在山峰的顶部，黄公望画出了一个个水平的台面。好像山峰被生生切去一块，出现一个个面积巨大的平台，与地平线相呼应，似乎暗示着人迹的存在。这样的"平顶山"，在以前的绘画中虽亦有出现，但在黄公望那里却被夸大，成为他笔下最神奇的地方，在《岩壑幽居图》轴、《洞庭奇峰图》轴、《溪亭秋色图》轴、《溪山草阁图》轴、《层峦曲径图》轴（皆藏台北故宫博物院）等画作中反复出现，仿佛由大地登天的台阶，一级级地错落，与天空衔接。那充满想象力的奇幻山景，有如为《指环王》这样的大片专门设计的布景。那里是时间也无法抵达的高处，是人与天地对话的舞台。

黄公望好似一位纸上的建筑师，通过他的空间蒙太奇，完成他对世界的想象与书写；又像一个孩子在搭积木，自由、率性、决然地，构筑他想象中的城堡。

西川在《唐诗的读法》中说，唐人写诗，"是发现、塑造甚至发明这个世界，不是简单地把玩一角风景、个人的小情小

年八十有七

调"[23]。其实，中国画家（包括黄公望在内）描绘山水，也是在缔造、发明着一个属于自己的世界。他如此肆意狂为地塑造、捏合着山的形状，透露出画家近乎上帝的身份——他是真正的"创世者"，在纸页上、在想象中，缔造出一种空旷而幽深、静穆而伟大的宇宙世界，并将我们的视线、精神，从有限引向无限。

黄公望笔下的富春山，山峰起伏，林峦蜿蜒，平冈连绵，江山如镜。

那不是地理上的富春山。那是心理上的富春山，是一个人的意念与冥想，是彼岸，是无限，是渗透纸背的天地精神。

"宇宙便是吾心。"

在高处，白发长髯的黄公望，带着无限的慈悲，垂目而坐，远眺群山。

八

《富春山居图》原本是无用师的"私人订制"。他似乎已经意识到，自己将得到的，注定是一件伟大的作品。它在绘画史上的地位，可比王羲之《兰亭序》在书法史上的地位，如明代邹之麟在卷后跋文中说："至若《富春山居图》，笔端变化鼓舞，右军之《兰亭》也，圣而神矣。"

这幅浩荡的长卷，不仅收容了众多山峰，它自身也将成为无法逾越的高峰。所以，他为黄公望提前准备了珍稀的宋纸，然后，耐心地等待着杰作的降临。只是，他没有想到，这一等，就等了七年。

我想，这七年，对无用师来说，是生命中最漫长的七年。想必七年中的日日夜夜，无用师都在煎熬中度过。因为无用师并不知道这幅画要画七年，不知道未来的岁月里，会有怎样的变数。在《富春山居图》完成之前，一切都是那么不确定。为了防止有人巧取豪夺，无用师甚至请黄公望在画上先署上无用师本号，以确定画的所有权。

黄公望似乎并不着急，好像在故意折磨无用师，他把无用师等待的过程，拖得很长。实际上，黄公望也在等，等待一生中最重要作品的到来。尽管他的技巧已足够成熟老辣，尽管生命中的尽头在一点点地压迫他，但他仍然从容不迫，不紧不慢。

此前，黄公望已完成了许多山水画，全是对山水大地的宏大叙事，比如，他七十六岁画的《快雪时晴图》、七十七岁画的《万里长江图》。与《富春山居图》同时，七十九岁时，他为倪瓒画了《江山胜览图》，八十岁，画了《九峰雪霁图》《剡溪访戴图》《天涯石壁图》，八十五岁，画了《洞庭奇峰图》……

他的生命中，只缺一张《富春山居图》。

但那张《富春山居图》注定是属于他的，因为那图，已在他心里酝酿了一辈子。他生命中的每一步,包括受张间牵连入狱,入赵孟頫室为弟子,加入全真教,在淞江、太湖、虞山、富春江之间辗转云游,都让他离《富春山居图》越来越近。

《富春山居图》,是建立在他个人艺术与中国山水画长期渐变累积之上的。

它必定成为他艺术生涯中最完美的终点。

于是,那空白已久的纸上,掠过干瘦的笔尖,点染湿晕的墨痕。那些精密的点、波动的抛物线,层层推衍,在纸页上蔓延拓展。远山、近树、土坡、汀洲,就像沉在显影液里的相片,一点点显露出形迹。

到了清代,画家王原祁仍在想象他画《富春山居图》时的样子:"想其吮毫挥笔时,神与心会,心与气合,行乎不得行,止乎不得止,绝无求工求奇之意,而工处奇处斐然于笔墨之外,几百年来,神采焕然……"[24]

终于,在生命终止之前,这幅《富春山居图》,完整地出现在黄公望的画案上,像一只漂泊已久的船,"泊在无古无今的空白中,泊在杳然无极的时间里"。

《富春山居图》从此成为巅峰,可以看见,却难以抵达。此后的画家,无不把亲眼见到它当成天大的荣耀;此后的收藏家,也无不把它当作命根,以至于明代收藏家吴问卿,专门筑起一栋"富春轩"安置《富春山居图》,室内名花、名酒、名画、名器,皆为《富春山居图》而设,几乎成了《富春山居图》的主题展,甚至连死都不舍《富春山居图》,竟要焚烧此画来殉葬,所幸他的侄子吴子文眼疾手快,趁他离开火炉,返回卧室,从火中抢出此画,把另一轴画扔进火里,偷桃换李,瞒天过海。可惜此画已被烧为两段,后一段较长(横636.9厘米),人称《无用师卷》[图8-5],现藏于台北故宫博物院;前一段只剩下一座山(横51.4厘米),人称《剩山图》[图8-6],现藏于浙江省博物馆。2011年,这两段在台北联合展出,展览名曰:"山水合璧"。这是《富春山居图》分割三百多年后的首次重逢。

永远不可能与我们重逢的一段,画着平沙秃峰,苍莽之致。当年烧去、化为灰烬的,大约是五尺的平沙图景,平沙之后,方起峰峦坡石。吴问卿的后代曾向恽格口述了他们记忆中的《富春山居图》被焚前的样貌,恽格把它记在《瓯香馆画跋》里。

在元代无用师之后、明代吴问卿之前,两百多年间,这幅画过过好几道手,明代画家沈周、董其昌都曾收留过它。沈周是明代山水画大家,明代文人画"吴派"开创者,与文徵明、唐寅、仇英并称"明四家"。《富春山居图》辗转到他手上时,还没有被烧成两段,虽有些破损,但主体尚好,这让沈周很兴奋,认为有黄公在天之灵护佑,立马找人题跋,没想到乐极生悲,画被题跋者的儿子侵占，拿到市场上高价出售，对沈周，不啻当头一棒。沈周家贫，无力赎回，只能眼睁睁看着它渐行渐远，直至鞭长莫及。痛苦之余，极力追忆画的每一个细节，终于在六十岁那年，把黄公望《富春山居图》全图默写下来，放在手边，时时端详，唯有如此，才能让心中的痛略有平复，同时，向伟大的山水传统致敬。

这幅长卷，即《沈周仿富春山居图》［图8-7］，现藏于北京故宫博物院。

《富春山居图》，是黄公望用命画出来的，所以它也滋养着很多人的命。

九

我不曾去过王澍设计的富春山馆，但我去过富春江。那是很多年前，我第一次到富春江时，穿过林间小径，看到它零星的光影，待走到岸边，看到那完全倒映的山形云影，猜想着在茂林修竹内部奔走的各种生灵，内心立刻升起一种招架不住的欢欣，仿佛一种死灰复燃的旧情，决心与它从此共度一生。

一个朋友问：

今天的人，为什么画不出从前的山水画，写不出从前的山水诗？

我说，那是因为山水没了，变成了风景，甚至，变成了风景点。

前面说，风景是身体以外的事物，是我们身体之外的一个"他者"。

风景点，则是对风景的商业化。

它是我们的旅行目的地，是投资者的摇钱树。

风景点是一个点，不像山水，不是点，是面，是片，是全部的世界，是宇宙，把我们的身体、生命，严严实实包裹起来。我们存在于其中，就像一个细胞，存在于我们的身体中。我们就是山水间的一个细胞，生命被山水所供养，因此，我们的生命，营养充足。

古人不说"旅行"，只说"行旅"。"行旅"与"旅行"不同，"行旅"不用买门票，不用订酒店，"行旅"是一场"说走就走的旅行"，是在自然中的遨游，是庄子所说的、真正的"逍遥游"。

行旅、渔樵、探幽、听琴、仙隐、觅道，都是生命的一部分。

所以，范宽画的是《溪山行旅图》。要画"溪山旅行"，境界立刻垮掉。"行旅"与"旅行"，见出今人与古人的距离。

黄公望很少画人，像王维所写，"空山不见人，但闻人语响"。他的山水世界，却成全了他的顽皮、任性、自由。他的眼光心态，像孩子般透明。所以董其昌形容，黄公望"九十而貌如童颜"，"盖画中烟云供养也"[25]。

[图8-5]

《无用师卷》,元,黄公望

台北故宫博物院 藏

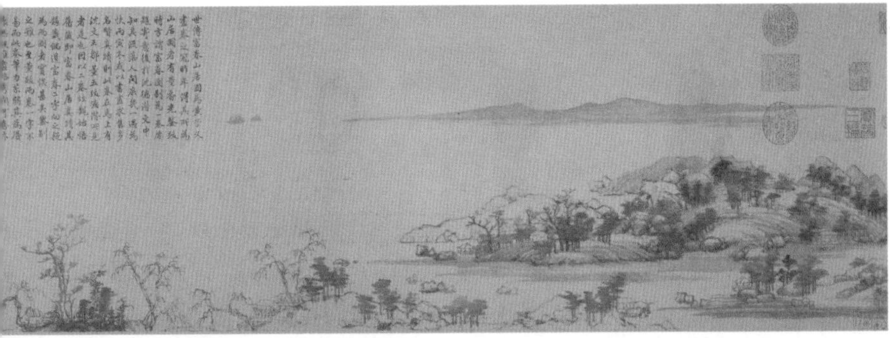

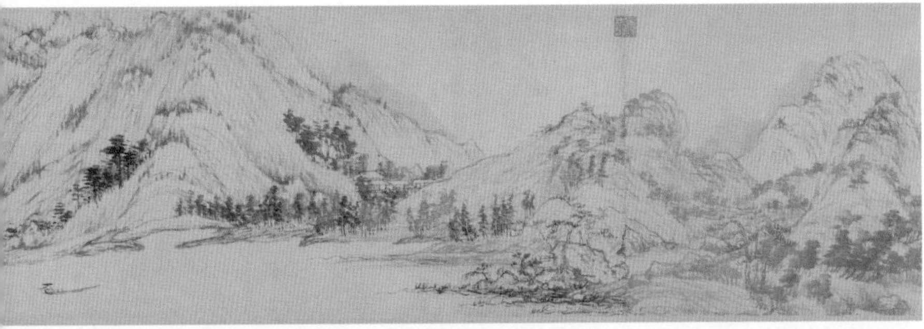

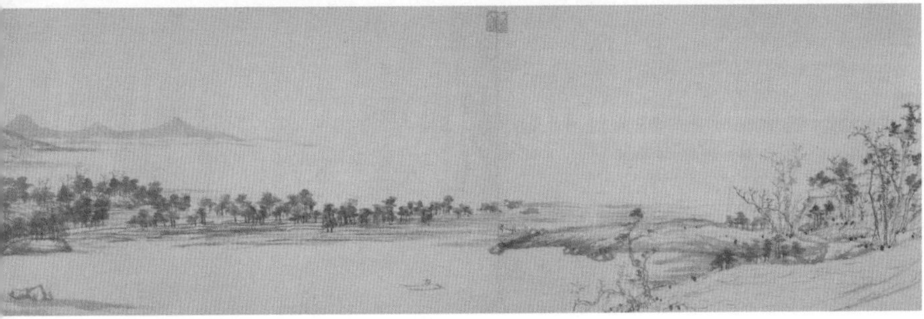

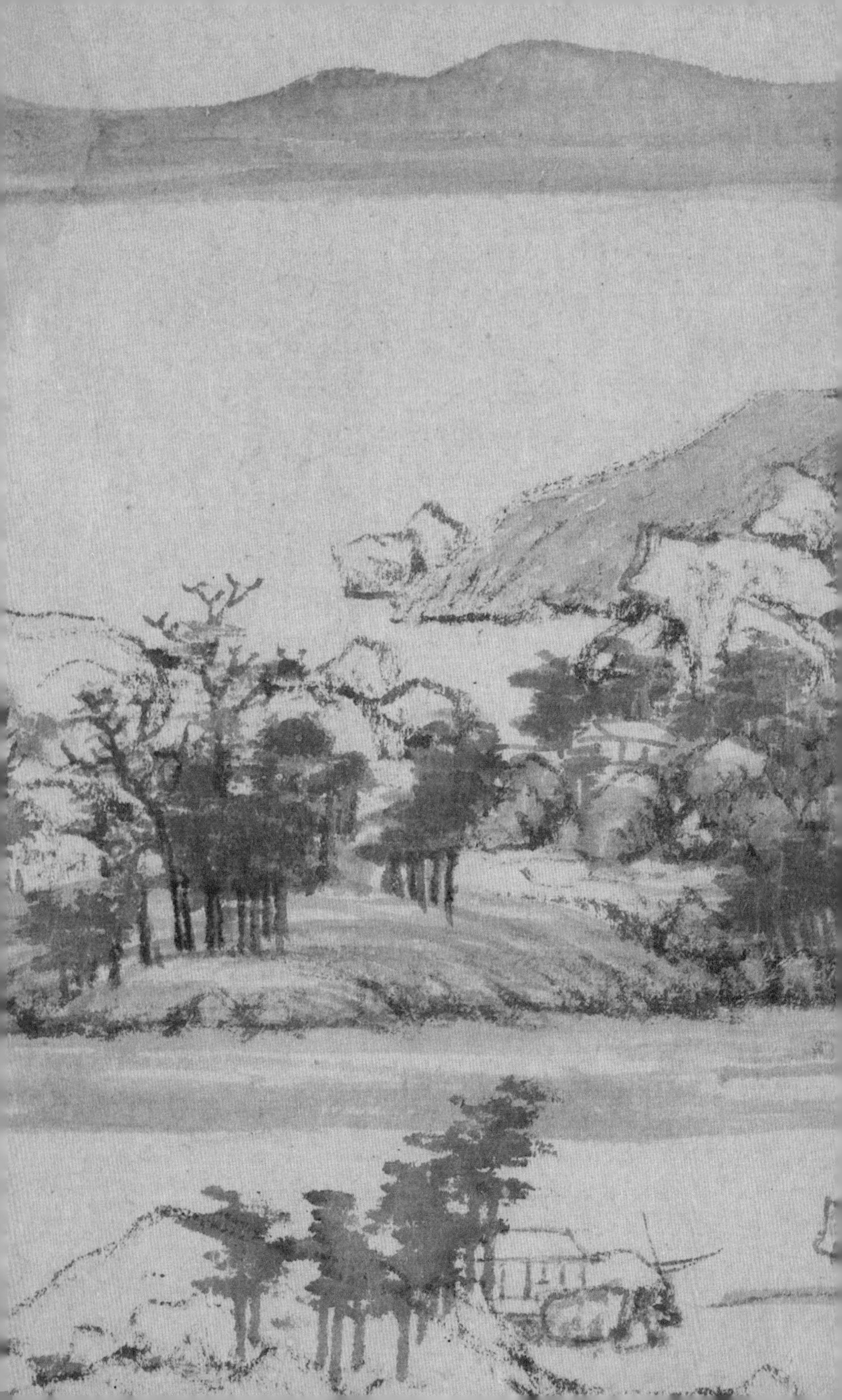

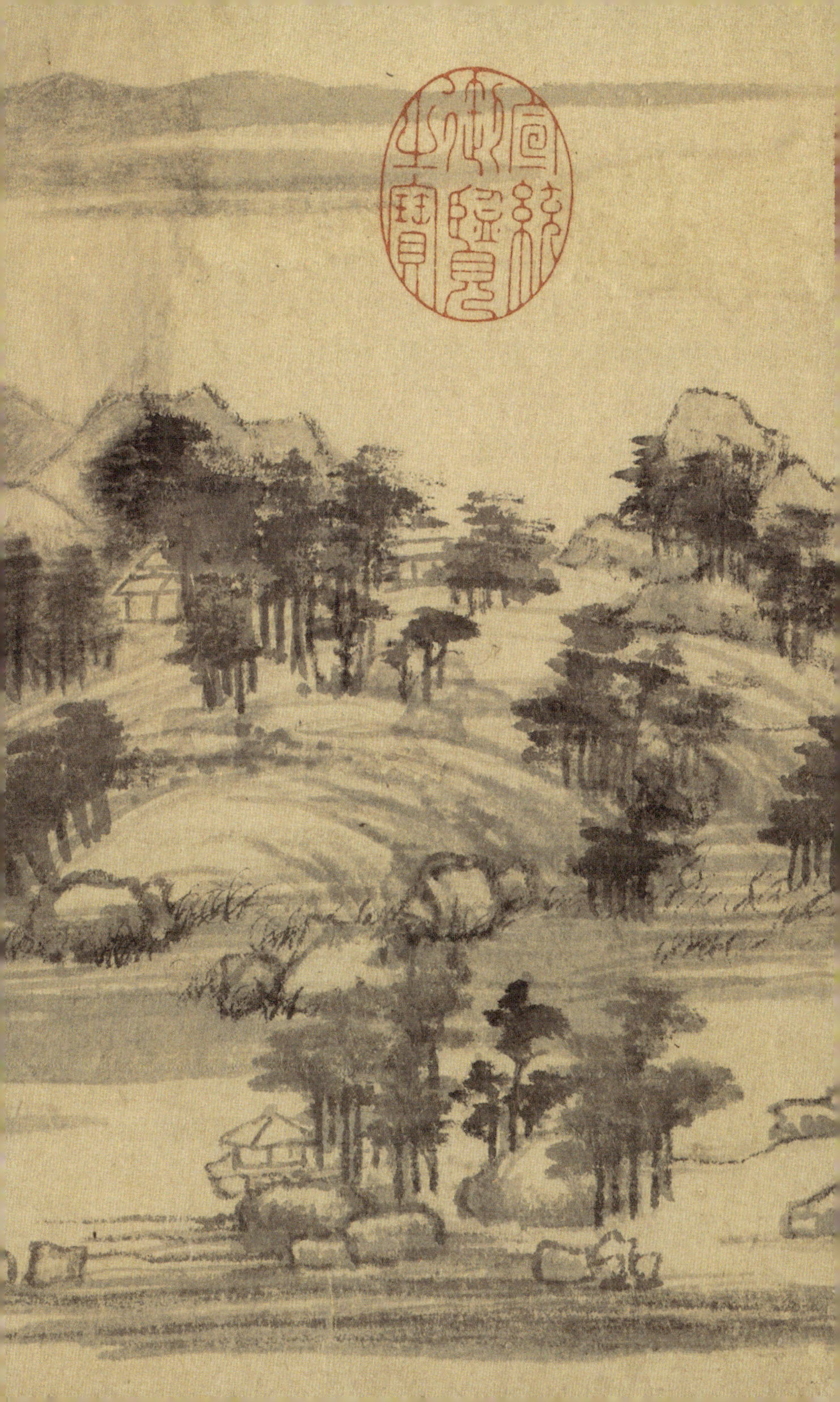
宣統御覽之寶

但现在，我们不被山水烟云供养，却被钱供养了。山水被划级、被申遗、被分割、被出售。我们只是在需要时购买。雾霾压城、堵车难行，都提升了风景的价值，拉动了旅游经济。后来我们发现，所谓的风景点，早已垃圾满地，堵车的地方，也转移到景区里。

我们或许还会背张若虚的诗：

[图8-6]
《剩山图》卷，元，黄公望
浙江省博物馆 藏

江天一色无纤尘，
皎皎空中孤月轮。
江畔何人初见月？
江月何年初照人？

[图8-7]

《仿富春山居图》卷,明,沈周

北京故宫博物院 藏

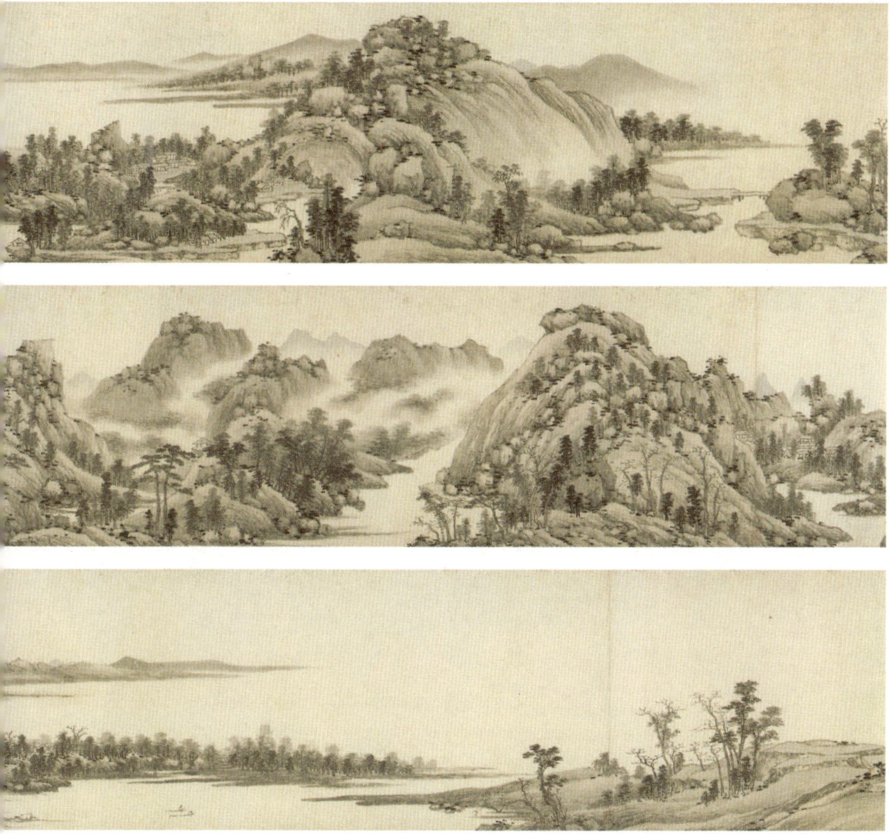

心里,却升起一股揪心的痛。

十

空山无人,水流花开。
那空山里有什么?
有"空"。

第九章 秋云无影树无声

有人问他,为何山水中不画人物?他回答:「天下无人也。」

一

倪瓒的画，我最喜欢的一幅是台北故宫博物院收藏的《容膝斋图》[图9-1]。容膝斋，是一位隐居者在河边的斋名，这幅画，应当是为他而画的，但在这幅画中，我们找不到"容膝斋"，因为在倪瓒的山水画中，地点并不重要，他的画不是为考据学家准备的，他是为欣赏者而画的。

倪瓒的山水画，水是主体，而山是陪衬，这一点与黄公望不同。黄公望，无论是台北故宫博物院收藏的《富春山居图》，还是北京故宫博物院收藏的《溪山雨意图》，他的丰富笔法，似乎在描绘岸上景物时更能发挥——江水全部留白，而岸上却是一个丰富而浩大的世界，既有沙洲片片的河岸，也有渐渐高起的山峦，山峦有远有近，层次不同，在山峦的缝隙间，是疏疏密密的山树，不同的树种，参差错落，使整幅画卷充满了透彻的植物气息。

[图9-1]

《容膝斋图》轴（局部），元，倪瓒

台北故宫博物院 藏

天地清旷，大地呼吸绵长。透过那一片的清寂，我们似乎可以听到山风的声音，裹挟着万籁似有若无的鸣声。这有些像《清明上河图》，弯弯曲曲的江河，为一个迷离喧嚣的岸上世界提供了铺陈的空间，只不过黄公望把张择端笔下的城市街景置换为回环往复的山林而已。与黄公望相比，倪瓒的山水画饱含着氤氲的水汽，因为他把更大的面积留给了江水。江水留白，不着笔墨，与纸的质量相结合，仿佛天光在上面弥散和飘荡，它加大了前景的反差，使那些兀立在岩石上的树几乎成为一道剪影，也使树的表情和姿态更加突出。对岸的山，作为远景，在画的上方，山势并不高峻，而是横向铺展的，舒缓的线条，可以使我们几乎看到它超出画幅之后的发展，诱使我们视线超出画幅的限制，从有限中看到无限。

如果说黄公望的《富春山居图》是全凭肉眼看到的景物，那么倪瓒的《容膝斋图》和《秋亭嘉树图》[图9-2]则是用"望远镜"观察自然，它们放大了自然的局部，使我们的视线由黄公望的宏观世界转向倪瓒的微观景象，与此同时，焦距的变化也模糊了两岸之间的远近关系，使远近关系看上去更像是上下关系，从而使现实的世界有了一种梦幻感，在技法上，倪瓒"用相同的量感与构造来处理远景与近景，达到黄公望在画论中所说的'远近相映'的完美统一"[1]。大面积的水，使倪瓒的画

容膝齋圖 雲林生寫

花小齋容膝
池魚戲綵鳳
談霏玉屑
而今不二韓
乃許甲寅三
月此圖來索
仍師且錫山
川則仁中燕
鄉登斯齋
仁中壽當

[图9-2]

《秋亭嘉树图》轴，元，倪瓒

北京故宫博物院 藏

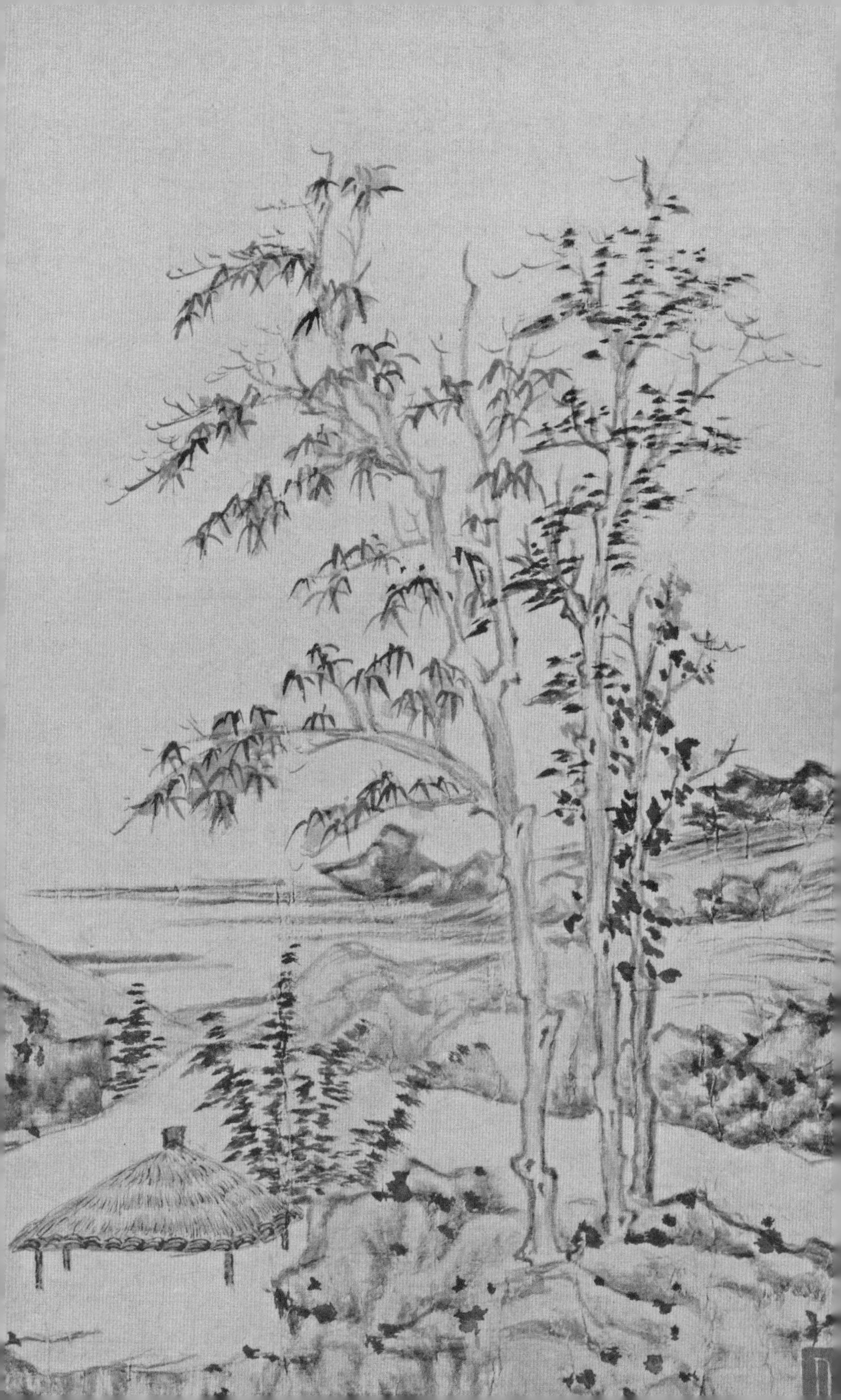

面更加简练、平淡、素净,他在一个有限的视域里,描绘世界的博大无垠。

二

倪瓒的画,甚至简练到了找不见人。他不愿意让人介入到山水中,干扰那个纯净、和谐、自足的自然世界。这一点也与黄公望不同,黄公望在画论《写山水诀》中特别强调,"山坡中可以置屋舍,水中可置小艇,从此有生气"。倪瓒的画,水中不见小舟,山中亦少见屋舍,《容膝斋图》中有一个草庐,但那草庐也是空的,草庐中的人去向不明。有人问他,为何山水中不画人物?他回答:"天下无人也。"

在他的心里,人是肮脏的。对于所有肮脏的事物,倪瓒不仅痛恨,而且恐惧。他有着不可救药的洁癖——倪瓒的洁癖天下无双,不仅他触碰的器物要擦洗得一尘不染,连自家庭院里的梧桐树,他都叫人每天反复擦洗,擦洗时还不能损毁台阶上的青苔,这一技术含量极高的劳动将他家里的佣人折磨得痛苦不堪。圆明园有一个"碧桐书院",这一名字的来历,据说就是乾隆皇帝照搬了倪瓒的这个典故。倪瓒的怪僻,居然成了后世帝王模仿的范本。明人顾元庆搜辑的《云林遗事》[2]记载,有一天,他的一个好朋友来访,夜宿家中。因怕朋友不干净,一夜之间，他竟起来观察了三四次。夜里忽然听到咳嗽声，次日一早就命人仔细查看有无痰迹。仆人找遍每个角落，也没见到一丝的痰沫，又害怕挨骂，就找了一片树叶，递到他面前，指着上面的一点污迹说痰就在这里。倪瓒立刻把眼睛闭上，捂住鼻子，叫佣人送到三里外丢掉。

有一次，倪瓒与一个名叫赵买儿的名妓共度良宵，他让赵买儿洗澡，赵买儿洗来洗去，他都不满意，结果洗到天亮都没洗完，最终倪瓒只好扬长而去，分文未付。

最绝的是倪瓒的厕所。像倪瓒这样的洁癖，如何如厕确是一道难题，但倪瓒还是创造性地把它解决了——在自家的宅子里，他把厕所打造成一座空中楼阁，用香木搭好格子，下面填土，中间铺上洁白的鹅毛，"凡便下，则鹅毛起覆之，不闻有秽也"。因此，他把自家的厕所称为"香厕"。不愧是伟大的画家，连如厕都充满了画面感和唯美效果。鹅毛在空气中轻盈地浮起，又缓缓地沉落，遮掩了生命中难掩的尴尬。这应该是14世纪最伟大的发明了，直到19世纪，才有清宫太监李连英与之比肩。在小说《血朝廷》中，我曾写到过李连英为慈禧太后解决这一技术难题的过程：他"把宫殿香炉里的香灰搜集起来，在那只恭桶的底部铺了厚厚的一层，然后，又找来一些花瓣，海棠、芍药、鸢尾、风信子、瓜叶菊，撒在上面，使它看上去更像一件艺术品，最后，又从造办处找到许多香木的细末，厚厚地铺在上面……这样，那些与太后的身份不配的秽物坠落下来，会立即滚入香木末里，被香木末、花瓣，以及香灰包裹起来。太后出恭的时候，就不会让侍女们听到难堪的声音，连臭味也被残香屑的味道和花朵的芳香掩盖了"。[3] 如此献媚术，堪称一绝，但它并非出自我的虚构，而是真实的历史事实，只是在细节上有些添油加醋。没有一个历史学家注意到历史人物的排泄问题，但对于具体的当事者来说，它却是一项无比重要的课题。

倪瓒的洁癖，没有钱当然是万万不能的，一个街头流浪汉，断不会有如此癖好。在倪瓒的身后，站着一个实力雄厚的家族，这个家族在无锡家甲一方，赀雄乡里，明人何良俊在《四友斋丛说》中描述：

东吴富家，唯松江曹云西、无锡倪云林、昆山顾玉山，声华文物，可以并称，余不得与其列。[4]

也就是说，东吴的大家族，以这三家为最，与他们相比，其他家族都不值一提。公元 1328 年，倪瓒的兄长倪昭去世，倪家的家产传到倪瓒的手里，他就在祇陀建起了一座私家藏书楼，名叫清閟阁，繁华得耀眼。《明史》对它的描述是："古鼎法书、名琴奇画，陈列左右。四时卉木，紫绕其外。"[5]倪瓒自己说："乔木修篁蔚然深秀，如云林一般。"自此开始自称"云林""云林子""云林生"。清閟阁中的收藏，仅书画就包括三国锺繇的《荐季直表》、宋代米芾的《海岳庵图》、董源的《潇湘图》、李成的《茂林远岫图》、荆浩的《秋山图》等，堪称一座小型博物馆，王冕《送杨义甫访云林》中写道，"牙签曜日书充屋，彩笔凌烟画满楼"。曾经登上这座藏书楼的，有黄公望、王蒙、陆静远等名家，其中，黄公望花了十年时间，为倪瓒完成了一幅《江山胜揽图》长卷，足见二人友谊的深厚。

有了这座华丽的藏书楼，倪瓒还不肯罢手，又大兴土木，在附近又先后建起了云林堂、萧闲馆、朱阳馆、雪鹤洞、净名庵、水竹居、逍遥仙亭、海岳翁书画轩等建筑，那些砖砌石垒与雕梁画栋所凸现的巨大体积，张扬着这个俗世所赋予他的欢愉和享受，每天，他都在香炉里氤氲的瑞脑、椒兰香气中，读书会友、品茗弄琴、勘定古籍、临摹作画，那或许是一个文化人的极致享受，它不是堆砌，而是一种彼此渗透和纠结的美，就像他画山水的时候，耳郭里却充满了窗外潇潇的雨声，在梦里，他把风吹纸页的声音当作了鹭鸶扇动翅膀的声音。他的乌托邦够大，装得下他的疯癫，他一身缟素，赤脚披发，像一个白色精灵，在其中飘来荡去，至于这个世界的凶恶与残忍，完全与他的生活无关。

三

就在倪瓒继承家产这一年，元帝国一个名叫朱五四的贫穷农民家里，诞生了一个婴儿，行八，于是父母给他起了一个言简意赅的名字，叫"重八"。在父母的不经意间，这个朱重八就像田地里的杂草一样潦草地长大了，谁也没有想到，正是这个朱重八，打垮了雄踞江南的张士诚，掀翻了元帝国的统治，史书上记下了他的名字：朱元璋。

在改朝换代的剧变中，没有人能够独善其身，超然世外。优雅的清閟阁抵拒不了元朝末年的社会动荡，14世纪30年代淮河地区已经变成了红巾军叛乱的摇篮，它的弥赛亚式的教义吸引了越来越多的遭受痛苦折磨的人们的支持。元至正十三年（公元1353年），因无法忍受盐吏欺压，出身盐贩的张士诚与其弟士义、士德、士信及李伯升等十八人率盐丁起兵反元，史称"十八条扁担起义"。二十年后，六十八岁的倪瓒在《拙逸斋诗稿序》中这样回忆这段历史：

> 兵兴三十余年，生民之涂炭，君子之流离困苦，有不可胜言者。循至至正十五年丁酉，高邮张氏乃来据吴，人

心惶惶，日以困悴……[6]

在元末历史上，张士诚指挥的高邮战役被称为一个转折点，经历了这个转折点，强大的元帝国就彻底失了"元"气。胜利后的张士诚自称"吴王"，他的弟弟张士信为"浙江行省丞相"，邀请倪瓒加入他的"朝廷"，倪瓒毫不客气地拒绝了。张士信派人送来金银绢帛，来向倪瓒索画，倪瓒答曰："倪瓒不能为王门画师！"当场撕毁了那些绸缎，金银也如数退回。张士信咽不下这口气，后来他在太湖上泛舟，刚好遇见倪瓒乘坐的小舟，闻到舟中散发出的一股异香，说："此必有异人。"让手下把舟中人抓来一看，竟然是倪瓒，就要当场将他杀死，后来有人求情，才改用鞭刑。倪瓒一声不吭。后来有人问他为什么如此，他答道："出声便俗。"[7]

朱元璋在公元1368年打下江山以后，出台了一项举措，就是把江南富户迁徙到贫困地区，包括他的老家凤阳。对于这一"上山下乡"政策，倪瓒并不积极，从迁徙地苏北逃回无锡家里。对于这种严重违反国家政策的行为，朱元璋决定严厉打击，决不手软。朱元璋对酷刑的偏好众所周知，明朝酷刑，在他的手里达到了巅峰。《大明律令》实际上是一部囊括了诸多刑罚的恐怖菜单：墨面、文身、挑筋、挑膝、剁指、断手、刖足、刷洗、称竿、抽肠、阉割为奴、斩趾枷令、常号枷令、枭首、凌迟、锡蛇游、全家抄没发配远方为奴、族诛，等等。

以剥皮和锡蛇游为例。剥皮的方法是：先把贪官的头砍下来，把人皮剥下来，再在人皮里填草，像稻草人一样竖起来，放在衙门边上公开展览，以达到"惩罚一个，教育一批"的宣传效果；锡蛇游则是把锡烧开，趁着高温，把锡水灌进犯人嘴里，直到灌满为止。

经过长期职业训练，行刑者养成了精确的手法和敏锐的嗅觉，力道和火候都恰如其分，我们今天仍然可以通过明朝顾大武《诏狱惨言》，获知锦衣卫南镇抚司施刑的残酷与变态：

> 是日诸君子各打四十棍，拶、敲一百，夹杠五十……七月初四日比较。六君子从狱中出……一步一忍痛声，甚酸楚……用尺帛抹额，裳上浓血如染……十三日比较……受杖诸君子，股肉俱腐……

这般的残酷，在中国有历史那一天就有了。梁启超先生说："抑中国数千年历史，流血之历史也；其人才，杀人之人才也。历观古今以往之迹，惟乱世乃有英雄，而平世则无英雄"，"汉高明太[8]，皆起无赖，今日盗贼，明日神圣，惟强是崇，他靡所云。以此习俗，以此人心，故历代揭竿草泽之事，不绝于史简……"[9]

朱元璋这个出身赤贫的皇帝，对士大夫阶层怀有不可理喻的报复心理。洪武十八年（公元1385年），"元代四大家"（黄公望、吴镇、倪瓒、王蒙）之一的王蒙，就惨死于酷刑之下，原因是五年前，朱元璋制造了胡惟庸冤案，从而开始了大规模的朝廷清洗行动，冤杀三万多人，大部分是文官，其中不乏开国元勋，而王蒙遭到牵连，仅仅是因为他曾经于洪武十二年（公元1379年）前往宰相胡惟庸的府上欣赏过绘画。

对于倪瓒，他既没有剥皮，也没用锡蛇游，而是采用了一种别开生面的刑罚——粪刑。这一刑罚，是专门针对倪瓒的洁癖设计的，具体方法，就是把倪瓒捆在粪桶上，让他日夜与粪便为伍。

关于倪瓒的死，流传着多种版本。一种说法是倪瓒染上痢疾，狂泻不止，那时的他，早已没有了"香厕"，大便失禁，使他"秽不可近"，最终不治而死；还有一种说法，就是明洪武七年（公元1374年），朱元璋不耐烦了，命人把七十三岁的倪瓒扔进粪坑里，活活淹死了。

国宝级艺术家，就这样被专制者残害，最终毫无尊严地死去。这不是个人的悲剧，这是我们民族之耻。

四

倪瓒的前半生，没有体验过饥饿的痛苦，没有目睹过父子相食的惨剧，但他见证了权力新贵们的贪欲，也意识到了财富的局限。公元1350到1355年间，他忽然之间散尽了家产，把它们全部赠给了自己的亲友，自己则带着妻子，"扁舟箬笠，往来湖泖间"[10]。据郑秉珊著《倪云林》分析，1355年以前，倪瓒虽然经常漂流在外，但只是为了躲避兵灾，有时还回到家中；1355年以后，倪瓒在遭受官吏催租和拘禁的屈辱之后，就彻底弃家出走了。临走之前，他一把大火，把心爱的清閟阁烧得干干净净。[11] 无数的书册画卷，像失去了水分的枯叶，极速地翻卷和收缩着，最终变成一缕缕紫青色的烟雾，风一吹，都不见了。祇陀的人们被这一场景惊呆了，那场大火也成了他们世世代代的谈资，直到今天，还议论不休。

当时"人皆窃笑"，只有他自己知道，时代的血雨腥风，迟早会把自己的乌托邦撕成碎片，洁白无瑕的鹅毛，在沾染了浓重的血腥之后，再也飞不起来，自己的世界，最终将成为一地鸡毛。

阶级斗争的狂澜，把倪瓒这位有产阶级"改造"成一个漂泊无定的流浪者。这个年代，与朱重八浪迹江湖的岁月基本吻合。

流浪让朱重八对饥饿有了刻骨铭心的体验，也目睹了上流社会生活的奢侈豪华，这使朱重八的内心受到了极大的刺激。在安徽凤阳县西南明皇陵前的神道口，有一块《大明皇陵之碑》，朱元璋亲自撰写的碑文，对这段流浪生涯时有深切的回忆：

……

里人缺食，草木为粮。予亦何有，心惊若狂。乃与兄计，如何是常。兄云去此，各度凶荒。兄为我哭，我为兄伤。皇天白日，泣断心肠。兄弟异路，哀恸遥苍。汪氏老母，为我筹量，遣子相送，备醴馨香。空门礼佛，出入僧房。

居未两月，寺主封仓。众各为计，云水飘扬。我何作为，百无所长。依亲自辱，仰天茫茫。既非可倚，侣影相将。突朝烟而急进，暮投古寺而趋跄。仰穹崖崔嵬而倚碧，听猿啼夜月而凄凉。魂悠悠而觅父母无有，志落魄而倘佯。西见鹤唳，俄淅沥以飞霜。身如蓬逐风而不止，心滚滚乎沸汤，一浮云乎三载，年方二十而强……

那时的朱重八，心底就已"埋下了阶级斗争的种子"。也是在张士诚起义那一年，二十五岁的朱重八投奔了郭子兴领导的红巾军，一步步走上问鼎权力之路。

而倪瓒的路径则刚好相反，当朱元璋、张士诚等奋力向上层社会冲刺的时候，倪瓒则已经一无所有。动荡的火光中，他曾经迷恋的舞榭歌台、翠衫红袖都没了踪影，只有斑驳的树影和晃动的湖水，带给他梦醒后的沉默与枯寂。但他还是感觉到了一种挣脱枷锁后的轻松，至少有一件事物，是永远不会离开他的，那就是他手中的一支画笔。就在张士诚造反、朱重八下滁州投奔郭子兴的那年正月，倪瓒画了一幅《溪山春霁图》，正月十八日，画作完成，他在纸页上平静地赋诗一首：

水影山光翠荡磨，
春风波上听渔歌。
垂垂烟柳笼南岸，
好着轻舟一钓蓑。[12]

倪瓒就这样开始了他在太湖的漫游，足迹遍及江阴、宜兴、常州、吴江、湖州、嘉兴、松江一带，以诗画自娱，这段漂泊生涯，给倪瓒带来了他一生绘画的鼎盛时代。太湖的水光山色、落叶飞花、零雨冷雾、蝉声雁影，都让他的内心变得无比空旷和清澈。他依旧活在清閟阁里，这是一座无边无际的清閟阁，收藏着无法丈量的浩瀚图景,山林间的光影变化、那些在雾霭中若隐若现的沉默轮廓,比起繁华楼阁的辉煌灯光更让他着迷。这些美好的景色从他笔下大块大块地氤氲出来,覆盖了他的痛苦与悲伤:

舍北舍南来往少,
自无人觅野夫家。
鸠鸣桑上还催种,
人语烟中始焙茶。
池水云笼芳草气,
井床露净碧桐花。
练衣挂石生幽梦,
睡起行吟到日斜。[13]

闭门积雨生幽草,
叹息樱桃烂漫开。
春浅不知寒食近,
水深唯有白鸥来。
即看垂柳侵矶石,
已有飞花拂酒杯。

今日新晴见山色，

还须拄杖踏苍苔。[14]

倪瓒隐居惠山的时候，将核桃仁儿、松子仁儿等粉碎，散入茶中。他给这种茶起了一个名字："清泉白石茶"。宋朝宗室赵行恕来访的时候，倪瓒就用这种茶来款待他，只是赵行恕体会不出此茶的清雅，让倪瓒很看不起，连说："吾以子为王孙，故出此品。乃略不知风味，真俗物也。"[15] 从此与赵行恕断交。

他依旧喜欢从身到心的清洁，即使流落江湖，也丝毫未改。友人张伯雨驾舟来访他，他让童子在半途迎候，自己却躲在舟中，半天不出来。张伯雨深知倪瓒性情孤傲，以为倪瓒不愿意出来见他，没想到倪瓒在舟中沐浴更衣，以表示对他的礼遇。

在一个中秋之夜，倪瓒与朋友耕云在东轩静坐，那时，"群山相缪，空翠入户。庭桂盛发，清风递香。衡门昼闭，径无来迹。尘喧之念净尽，如在世外。人间纷纷如絮，旷然不与耳目接"。[16] 这样的文字，当世画家断然写不出来，因为他们的画里，有太多烟火和金粉的气息。

五

曾任德国东方学学会会长的汉学家雷德侯先生（Lothar Ledderose）在观察中国古代文化时得出一个有趣的结论，即，中国人在自己的文化中创造了大量可以复制组合的"模件"，汉字、青铜器、兵马俑、漆器、瓷器、建筑、印刷和绘画，都是"模件化"的产物。[17] 早在公元前5世纪，中国人就使用"模件"进行规模化生产了。他说："复制是大自然赖以生产有机体的方法。没有什么东西能够被凭空创造出来。每一个个体都稳固地排列在其原型与后继者的无尽的序列之中。声称以造化为师的中国人，向来不以通过复制进行生产为耻。他们并不像西方人那样，以绝对的眼光看待原物与复制品之间的差异。"[18]

如果他的学说成立，那么，从倪瓒这一时期的画作中，我们很容易发现带有他鲜明个人标记的、可以复制的"模件"：在他画幅的近景，一般是一脉土坡，或者一块岩石，上面挺立着三五株树木、一两座茅庐，画幅中央留白，那是淼淼的湖波、明朗的天宇，远景为起伏平缓的山脉，画面静谧恬淡，境界旷远……《容膝斋图》《渔庄秋霁图》《江岸望山图》《林亭远岫图》[图9-3]这些代表作，皆是如此。美国加州大学伯克

[图9-3]

《林亭远岫图》轴，元，倪瓒

北京故宫博物院 藏

利分校艺术史教授高居翰（James Cahill）将它们称为"万用山水"，那是他心里的理想山水，而并不是特定的实景，他把它们画在宣纸上，等需要转赠时，再随时在上面题款。

这表明倪瓒笔下的山水，具有很强的抽象性。它是真山真水，因为我们可以从他的画上，看到水色天光，嗅到山泽草木的气息，但它又不是真山真水，因为我们并不能凭一张图纸，寻找到山水真正的地址。如果说黄公望的富春山是文人心目中的乌托邦，那么倪瓒作品则是乌托邦里的乌托邦。它是从真山真水里抽象出来的符号，最能表现他心目中的窄与宽、有与无，比黄公望更程式化，也更符合雷德侯先生的"模件说"。

他吸取了黄公望的平淡笔法，让人想到他的心是那么的静，就像山里的烟岚，在无风的时候，就那么静静地停留在山林的上方，一动不动。这也刚好暗合了他的号——"云林"。他"下笔用侧锋淡墨，不带任何神经质的紧张或冲动；笔触柔和敏锐，并不特别抢眼，反而是化入造型之中。墨色的浓淡变化幅度不大，一般都很清淡，只有稀疏横打的'点'，苔点状的树叶，以及沙洲的线条强调较深的墨色。造型单纯自足，清静平和；没有任何景物会干扰观众的意识；也就是倪瓒为观者提供一种美感经验，是类似自己所渴望的经验。……"[19]

了解了倪瓒的生平，我们更能体会到这段山居岁月对他的意义。从前的富家公子,此时已将自己的物质需求压缩到最低,而精神的力量却得到了空前的壮大,让我想起曾在一本书上读到过的话:"似乎总是停留在一个地方等待。等待内心的愉悦晴朗和微小幸福,像春日樱花洁白芬芳,自然烂漫,自生自灭,无边无际。等待生活的某些时刻,能刚好站在一棵开花的树枝下,抬起头为它而动容。那个能够让人原地等待的所在,隐秘,不为人知,在某个黑暗洞穴的转折口。"[20]那是一种彻底的清洁和透明,从身体到精神,都被山风林雨一遍一遍地吹过洗过,早已摆脱了现实利益的拉拢和奴役。雪后蜡梅、雨后荷花,这是别一样的繁华、一场由万物参与的盛会,所有的芬芳、色泽与声嚣,经由他的指尖,渗透到纸页上,流传了数百年,即使出现在博物馆的展窗里,依然可以让我们的目光都变得丰盈壮大起来。

1372年,是大明王朝创立的第四个年头,倪瓒已经六十七岁,这一年正月,倪瓒为老友张伯雨的自赞画像和杂诗册题跋,称他"诗文字画,皆本朝道品第一","虽获片纸只字,犹为世人宝藏",感叹这样的大艺术家,在这个喧嚣暴戾的时代,只能销声匿迹,"师友沦没,古道寂寥。今之才士,方高自标致。余方忧古之君子,终陆沉耳"。这是在说张伯雨,也是在说他自己。这一班老朋友,生不逢时,在时代的边缘挣扎,"饮酒赋诗,但自陶而已，岂求传哉"。[21] 七月初五，他就在这样的心境下完成了著名的《容膝斋图》，用那一袭江水和一座空无人迹的草庐表达自己内心和盈满和空旷，就像一个诗人，用最简单的句子，做着最简单的表白。高居翰说，这幅画"显示同样的洁癖，同样离群索居的心态，以及同样渴望平静，我们知道这些是倪瓒性格与行为之中的原动力。此画是一份远离腐败污秽世界的感人告白"[22]。两年后，也就是他去世的那一年，他又在画轴上方题写这样一首诗：

屋角春风多杏花，
小斋容膝度年华。
金梭跃水池鱼戏，
彩凤栖林涧竹斜。
亹亹清淡霏玉屑，
萧萧白发岸乌纱。
而今不二韩康价，
市上悬壶未足夸。[23]

六

倪瓒和朱元璋，呈现出人生取向的两极，朱元璋渴望"均贫富"的平等世界,条件却是要所有人放弃自己的思想,走向奴役之路;而倪瓒则号召人们追求心灵的无拘无束。朱元璋希望将人的思想固化,使他的帝国变成铁板一块,这样才能众志成城,"人多好办事",为此,他掀起了轰轰烈烈的"学《大诰》运动";而倪瓒却成了他所厌恶的例外。倪瓒不是政治家,也不是思想家,在将全部家产分给他人以后,他再也不能为"均贫富"做些什么了,只希望在揭竿而起者倾力打造的理想国里,有一个艺术家的容身之地,以安顿他们的"清洁的精神"。当然,他也是一个寻常人,希求着有一个空间,可以呵护自己的妻子,爱自己的孩子。在这个新时代,他可以不要财富,但不能不要艺术。这只是一种卑微的希望,但在朱元璋时代,这样的希望却成了奢望,因为朱元璋从来不认为一个艺术家的自由比江山的稳固更加重要,这是从一个专制者出发的朴素哲学,为了实现这一目标,必须将整个帝国变成铁板一块,用"草格子固沙法"来固化社会,任何自由主义行径都将被严令禁止。他的"知识分子政策",必然是"宁可错杀一千,也决不放过一个"。"他怕乱,怕社会的自由演进,怕任何一颗社会原子逃离他的控制。……在朱元璋看来,要保证天下千秋万代永远姓朱,最彻底、最稳妥的办法是把帝国删繁就简,由动态变为静态,把帝国的每一个成员都牢牢地、永远地控制起来,让每个人都没有可能乱说乱动。于是,就像传说中的毒蜘蛛,朱元璋盘踞在帝国的中心,放射出无数条又黏又长的蛛丝,把整个帝国缠裹得结结实实。他希望他的蛛丝能缚住帝国的时间之钟,让帝国千秋万代,永远处于停滞状态。然后,他又要在民众的脑髓里注射从历朝思想库中精炼出来的毒汁,使整个中国的神经被麻痹成植物状态,换句话说,就是从根本上扼杀每个人的个性、主动性、创造性,把他们驯化成专门提供粮食的顺民。这样,他及他的子子孙孙,就可以安安心心地享用人民的膏血,即使是最无能的后代,也不至于被推翻。"[24] 自由放诞的倪瓒,就这样与中国历史上最专制帝王之一朱元璋狭路相逢。朱元璋对倪瓒恨之入骨,并非仅仅因为倪瓒对帝国政策持不合作态度,而是因为倪瓒从骨子里就是一个叛逆,是帝国统治网络中的一个漏网之鱼。手无缚鸡之力的文人,风轻云淡之间,就举起了精神的义旗,宣告了社会固化运动的失效。

倪瓒常用的竖轴,虽然与我们视线的方向并不一致,却与阅读的方向相一致,因为古人阅读的都是竖版书,目光也是从上向下运行的。这使倪瓒的作品有了更强的"告白"的性质。它是一份叮嘱、一种诺言,甚至是一种信仰。

七

倪瓒用他的"无人山水"表达了他对体制世界的排斥。在他的画里，我们看到他用"望远镜"观察到的山水，它在视觉上是近的，在距离上是远的，似乎唯有如此，才能让山水停留在它原初的状态中，原封不动，像一页未被污染的白纸，承载着一个自在、天然的，不被制度化的世界。实际上，"自然"一词出现于《老子》和《庄子》中的时候，它的本意是"自己如此"，既不需要人去创造，也不需要人的认定。倪瓒甚至不能容忍自己惊扰那份山水，那种远远的观望，实际上把自己也排除在山水画景之外，因此，那些被他放大的局部，才能波澜不兴，如徐复观先生所说的："山川是未受人间污染，而其形象深远嵯峨，易于引发人的想象力，也易于安放人的想象力的，所以最适合于由庄学而来之灵、之道的移出。于是山水所发现的趣灵、媚道，远较之在具体的人的身上所发现出的神，具有更大的深度广度，使人的精神在此可以得到安息之所。"[25]

中国人的山水精神，是自先秦就有的。孔子说"仁者乐山，智者乐水"；老子和庄子都表达了他们超越现世，"上与造物者游，而下与外死生、无终始者为友"，从而融入"广漠之野"的志向；从《诗经》到《离骚》，中国文学呈现了一个浩瀚多姿的形象世界。但是在魏晋以前的山水世界，体现的是"比"与"兴"的关系，即：

广阔的自然世界，是作为人间世界的象征物出现的，就像《离骚》中的兰、蕙、芷、蘅，对应的是屈原的高洁心灵，如果脱离了主观世界的认可，它们就丧失了自身的意义。所以，在宋代以前的一千年里，有无数风姿生动的身影，映现在古中国的画卷上，其中就有我们熟悉的《洛神赋图》《韩熙载夜宴图》《簪花仕女图》等。在经历了晚唐、五代的过渡之后，这种情况在宋代发生了根本性的改变，传统人物画正式让位给了山水画，人越来越小，面目越来越简略，直到倪瓒的笔下，人已经基本绝迹，只剩下一个深远广阔的山水世界，而这个山水世界，也不再是与人间世界平行、对应的世界，而恢复了老庄为它制定的"自然"的本意——它不依赖人而存在，更不是对人的精神世界的"比"与"兴"，相反，却是人的精神所投靠的目的地。把人画得很小，表明人充其量不过是自然世界里的一条虫、一朵花。倪瓒用他的画笔恢复了自然的权力，在它的权力面前，所有来自人间的权力都不值一提，哪怕是权倾天下的皇帝，最终也不过是山水之间的一抔烂泥而已。

八

倪瓒或许不会想到，自己的绘画成就给他身后带来了巨大的声望，明代画家文徵明说："倪先生人品高轶，其翰札奕奕有

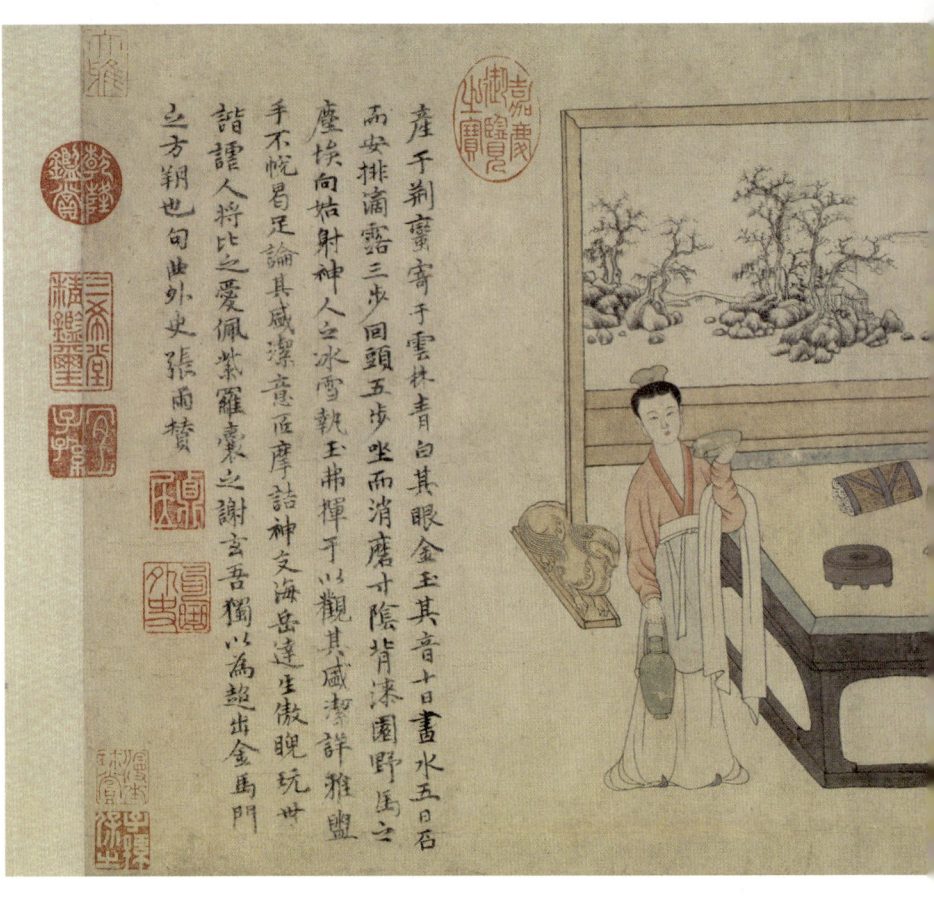

[图 9-4]

《倪瓒像》卷，元，佚名

台北故宫博物院 藏

晋宋风气。"明代书法家董其昌说他"古淡天真，米痴（即米芾）后一人而已"。在唐伯虎、文徵明的时代，是否拥有倪瓒的真迹，几乎成了区分真假雅痞的唯一标准，尤其当"中国社会的性质于16世纪末到17世纪初即晚明时期出现了深刻的变化"，"商业经济迅速成长所带来的财富增长造就了这一时期涌现大批新的收藏者"[26]。

正是出于对人间权力的蔑视，倪瓒的笔触才会像前面说过的那样平淡，仿佛他心中没有任何波澜。然而，"倪瓒也永远不会想到，他那'平淡''孤寂'的山水风格将成为通行的符号，在与明清绘画及明清绘画批评之中复古潮流的汇合过程中，倪瓒被提升到一个极其崇高、少有古代的画家能与之匹敌的地位"[27]。原因其实很简单，现实越是污秽残酷，倪瓒为人

[图 9-5]

《秋林野兴图》轴，元，倪瓒

美国大都会艺术博物馆 藏

们提供的乌托邦图像就越有价值，"对许多明清画家来说，倪瓒的山水体现了终极的文人价值。他们在书斋里悬挂倪瓒的画作，或是在自己的作品中模仿倪瓒的风格，以此表明他们与这位先辈超越年代鸿沟的精神上的契合。通过这些方式，他们在历史人物倪瓒身上找到了自己"[28]。

更有意思的是，画家倪瓒本人也成了绘画的题材，让画家们跃跃欲试，这无疑凸显了倪瓒的偶像性质。其中最引人注目的，还是现藏台北故宫博物院的元代末期的《倪瓒像》[图9-4]和现藏上海博物馆的明代仇英《倪瓒像》。那位元代画家为倪瓒画像的时间，大约是14世纪40年代，那时正是倪瓒的生活开始发生巨变的年代，画中的倪瓒，坐在榻上，手持毛笔，目光空洞地望着前方，或许他正在构思一幅画作，或许他在思考着自己的归所。在他的两旁，分别站立着一个书童和一位侍女，而在他的身后，则是一道画屏，上面映出的，很可能就是倪瓒正在构思的那幅画，因为画屏上出现的近景中的岩树、中景的大面积水面和远景中的山影，完全是倪瓒的模式，找出一幅相似的作品易如反掌，比如现藏美国大都会艺术博物馆的《秋林野兴图》[图9-5]，就几乎与画屏上的图画一模一样，绘画年代也基本吻合，甚至有人认为画屏上的画，就是倪瓒本人画上去的。这幅《倪瓒像》绘于倪瓒隐居太湖之前，那道画屏，因此具有

甲午十二月余既繪浦亭草堂
又寫疎林卧聽高士圖奉之南渚
徵君望松梅清示禅示而余已
將赴松陵歲暮氣令木葉盡脫
蕭蕭閒日暝氣與此圖意味
無味焉秋日與詩禅一長句
送余歌秋二研印渠翁齒
張君兩句余題時深雨安常
閒以閒以悵然新秋翠雨
松園風情雨何懷秋月從寒

了强烈的预言性质。一道画屏，使这幅画呈现出两种场所与空间，一个是倪瓒身处的真实世界，一个是倪瓒笔下和心中的山水世界，又把这两个时空整合到同一个画幅里，这使这幅《倪瓒像》呈现出很强的诡异色彩，也"揭示出倪瓒内在的、更为本质的存在"[29]。

仇英的《倪瓒像》可以被视为对元代《倪瓒像》的临摹之作，但也做出若干改动。从收藏印玺上看，元代《倪瓒像》上有"乾隆御赏之宝"等印玺，仇英的《倪瓒像》也钤有"三希堂精鉴玺"等印玺，透露了它们与乾隆的亲密关系。

乾隆珍爱一切与倪瓒有关的事物，而且，他自己也是倪瓒绘画的仿制者。在著名的《快雪时晴帖》上，乾隆留下了大量题签，以表达对王羲之的敬意，使得重新装裱后的《快雪时晴帖》几乎成了乾隆的书法展览。不仅如此，他还在帖前裱了一幅自己的画作［图9-6］，一河两岸、一间空亭、一株枯树、一丝幽竹，是典型的倪瓒式绘画，或许，只有这种倪瓒式绘画，能够表达他内心的脱俗清雅。在这幅小画上，他同样密密麻麻地写了不少字，像小学生作业一样一丝不苟。穿越这些字迹，可以找到这幅小画的题记，是这样写的：

乾隆丙寅新正几暇，因观羲之《快雪时晴帖》，爱此侧理，

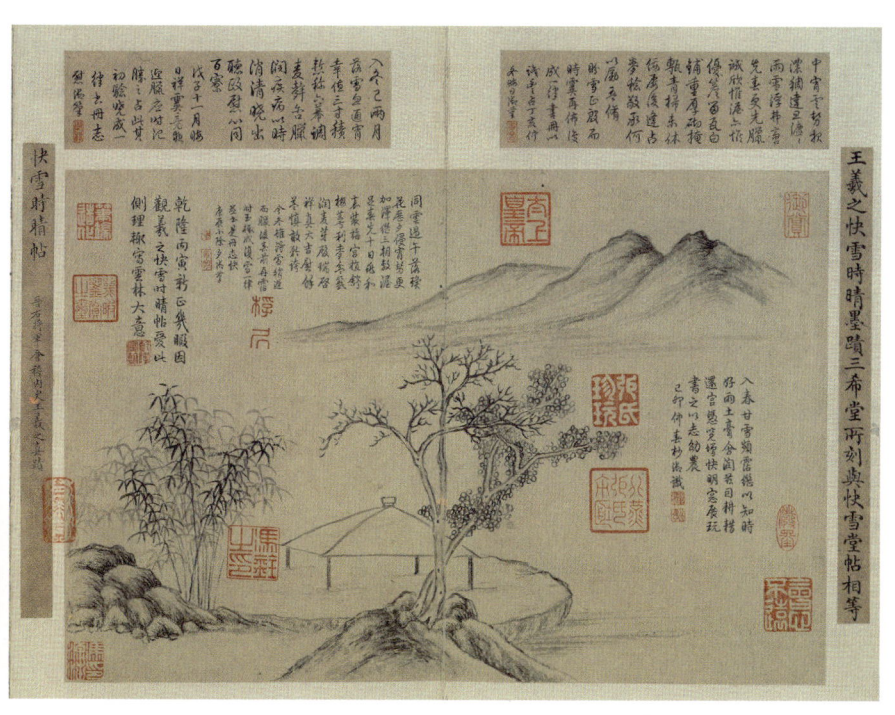

[图9-6]
《快雪时晴帖》卷（题跋局部），清，爱新觉罗·弘历
台北故宫博物院 藏

辄写云林大意。

钤印：乾隆宸翰。

乾隆不仅是绘画爱好者和收藏者，与他的祖父康熙、父亲雍正一样，也是宫廷画师们的创作原型。在北京故宫博物院收藏的清朝宫廷画像中，有一幅乾隆画像，采取了《宋人人物图》的形式，名曰《是一是二图》，在意趣上却与台北故宫博物院的《倪瓒像》遥相呼应。（详见本书第十五章《对照记》。）

在《是一是二图》里，当时的皇帝乾隆占据了倪瓒在榻上的位置，只不过坐姿不同而已——乾隆不是坐在榻上，而是坐在榻缘上，双腿下垂，背后的画屏，却依旧是倪瓒的模式，由岩树、江水和远山构成，他身上的服装，也几乎与倪瓒一模一样。时隔三百多年，大清皇帝以这样的方式，向以倪瓒为核心的古代高士们致敬。

大清王朝虽凭借暴力征服天下，但清朝皇帝决心不再扮演朱元璋式的草莽英雄，而是一再强化自己的文化形象。乾隆一生作诗四万一千八百六十三首，几乎比得上一部《全唐诗》；在紫禁城宁寿宫花园的禊赏亭，他们扮演着临流赋诗的东晋名士；乾隆的"三希堂"，更是宫廷里的清閟阁。然而，乾隆对同时代的高士——尤其是"失意文人"，却依旧如秋风扫落叶一样残酷无情。皇帝为自己准备了三山五园、避暑山庄，而士子们的隐逸之路却被无情地封堵了，连参政议政，都战战兢兢。帝王的意志覆盖了帝国的所有空间，没有留下一片真空地带。为了体现帝王对思想管控的绝对权力，康熙、雍正两朝共酿文字狱三十起，涉及名士、官绅者至少二十起。在盛世的背面，血腥蔓延。曾任清代户部侍郎的汪景祺，《西征随笔》被福敏发现，呈送雍正。雍正在首页题字："悖谬狂乱，至于此极。"谕旨将他枭首示众，脑袋被悬挂在菜市口的通衢大道上，一挂就是十年。乾隆上台后,那颗飘零已久的头颅才被择地掩埋,入土为安。

公元1927年,时任故宫博物院图书馆副馆长的许宝蘅先生在故宫南三所清点档案时,发现了一个箱子,箱子外面贴着的纸签赫然写着:"奉上谕:非至御前不得开看,违者即行正法。"显然,里面存放的定然是"绝密"文件。那时清廷已倒,皇帝去向不明,早已没有了"正法"的可能,出于好奇,许宝蘅先生轻轻打开箱子,发现里面有许多小匣,其中一匣,正是藏着汪景祺的《西征随笔》以及雍正的那份御批。时隔两个多世纪,那些决定生死的文书,居然完好如昨。

青出于蓝而胜于蓝,至乾隆一朝,文字狱规模又有了突飞猛进的"发展",达到一百三十起,在他六十三年的执政生涯中,创造了长达三十一年的两次"文字狱高峰"[30],几乎占了他执政生涯的一半。其中一起,是在乾隆三十二年(公元1767年),乾隆皇帝下旨将隐居武当山的文人齐周华作为企图谋反的吕留良的余党[31]捉拿归案,凌迟处死,他的儿子、孙子则被处于斩监候,于秋后处决——包括他们在内,这起文字狱共有一百三十人受到迫害。第二年,齐周华在风景如画的杭州城惨遭凌迟。那一天,秋云无影,树叶无声,刑场上只有齐周华的大笑声在回荡。他笑得放肆,笑得剧烈,笑得痛快,直到行刑结束，阴森的笑声也没有停止。刽子手突然感到浑身发麻，当的一声，将刑刀丢在地上，昏了过去。没有人知道他为何而笑——是笑自己隐逸梦想的不合时宜，是笑乾隆皇帝对文人的过分紧张，还是笑这个所谓盛世王朝的外强中干？

第十章 死生契阔，与子成说

这无疑又是一场夜宴,一场只有两个人参加的夜宴。

一

安意如说:"邂逅一首好词,如同在春之暮野,邂逅一个人,眼波流转,微笑蔓延,黯然心动。"[1] 反过来也是一样,春之暮野的邂逅,必然如邂逅一首好词、一幅好画、一篇上佳的传奇,因为在女子戒律无比严苛的年代,那样的邂逅,只能发生在词中、画中、传奇话本中,而不可能发生在真实的野外。那时代的男人和女人,被名教心防隔得远远的,只有掀开红盖头的一刹,才能彼此看清对方的面孔。只是对于这份既定的命运,文人心有不甘,想在梦里沉溺不醒,就在风清月朗的夜里,把花好月圆的梦咏在词里、画在画里、写在传奇里。换句话说,词与画、传奇与小说的功能之一,就是用来安顿现实中不可能的相遇。明代陶宗仪在《南村辍耕录》中曾经讲述过一个美貌佳丽从画上走下来,与寒夜苦读的公子耳鬓厮磨的故事。单薄的画纸,就这样变成了丰腴的肉身,抚慰着书生的寂寞,只不过

[图 10-1]

《陶谷赠词图》轴，明，唐寅

台北故宫博物院 藏

她的肌肤像玉石一样冰冷，听不到她的心跳，抱起来也没有重量。后来，他们的私情被公子的父母发现了，眼见公子日渐憔悴，父母冥思苦想，终于想出了一个办法。他们告诉儿子，等美人再从画上下来时，就让她吃些东西。儿子听从了父母的劝告，让美人吃下食物。她的身子立刻变得沉重起来，天亮的时候，再也回不到画上，只好留下来，与公子成为正式夫妻，只是不会说话而已。

文学本身就是一种幻术，犹如情爱，带来麻醉和快感。于是，上述故事是否"真实"已经无足轻重了，在每个人的心里，这样的艳遇都是"真实"的。因此巫鸿在论说美术史时提到的"幻觉艺术风格"（illusionism/illusionistic）就变得易于理解了，他说："通过特殊的艺术媒材和手段，画家不仅能够欺骗观者的眼睛，而且可以至少暂时地蒙蔽其头脑，使其相信所看到的就是真实的景象。在文学作品中，能够产生这类幻觉的图像经常成为'幻化'故事的主角，从无生命的图画变为有血有肉的真实人物。"[2]

台北故宫博物院藏有一幅明代唐伯虎的作品——《陶谷赠词图》[图 10-1]，让我们目睹了"幻觉艺术风格"的生成过程。它把一场与美人的不期而遇充分地视觉化了，主人公是一位名叫陶谷的北宋官员，地点则是他出使南唐都城江宁（今江苏南京）

一宿園檄進旅中慰謂聊以
識泥鴻當時我作陶歌者
何必尊前面發紅 唐寅

时下榻的客栈里。一位名叫秦蒻兰的美丽艺妓的突然出现，令他大喜过望，原本枯寂的夜晚就这样变得抖动、颤栗起来，像一朵骤然开放的花，让他的神思迷离流转。他并不知道，几百年后，一个名叫唐伯虎的明代画家重现了这一幕，唐伯虎用自己的画幅重现了这一历史场景，他是这出戏的导演，也自告奋勇地做了主演——他把陶谷画成了自己，借用着陶谷的躯壳，"穿越"到北宋与南唐的战乱年代，与美丽的秦蒻兰幽会。原本是"历史题材"绘画作品，就这样被赋予了"非现实"的色彩。它同样具有巫鸿所说的"幻觉艺术风格"，只不过他把这一过程反过来了——美女没有从画中走出来，而是他自己走进了画里。作为绘画的《陶谷赠词图》与作为文学的《南村辍耕录》殊途同归——通过这种"幻化"（magictransformation/conjunction）的方式，他们都完成了各自的恋爱。

二

在中国人的记忆里，唐伯虎并不是那类被女人厌弃的落寞书生，也无需在自己的绘画里想用一场不可能实现的艳遇安慰自己；相反，他是一个在情场上春风得意的风流公子，穿白衣，执白扇，儒雅俊秀，月白风清。他的人，他的画，都透着说不出的晶莹和俊秀，适合温柔乡的环境和温度，或者说，只有在温柔之乡，这朵花才开得最为艳丽。

关于唐伯虎的相貌，杨一清在一首诗里咏道：

丰姿楚楚玉同温，
往日青蝇事莫论。
笔底江山新画本，
闲中风月旧时樽。
清时公是年来定，
发解文明海内存。
长听金声爱词赋，
天台未许独称孙。[3]

这首诗写出了唐伯虎的楚楚风姿。但命运并未因为唐伯虎风流倜傥、才华横溢而给他更多的偏爱。

唐伯虎在弘治十一年（公元1498年）走进一座古庙的时候，他的确是一个地地道道的"落魄书生"。自弘治三年（公元1490年）前后，死亡接二连三地降临在这个殷实之家的头上。先是唐伯虎的爱子夭折，此后，父亲唐德广[4]突然离世。父亲虽然无官无宦，但他一直靠着在阊门内开的一家小酒馆维持着这个家，也维系着少年唐伯虎的学业，他平生最大的愿望，就是他的儿子唐伯虎能够继承他的产业，成为这家小酒馆未来的老板。但唐伯虎对父亲的厚爱无动于衷，很多年后，他在给朋友文徵明的信里，依旧对自己在店里帮父亲打杂、"居身屠酤，鼓刀涤血"的形象很不感冒。他不想当个体户，而是树立了更加远大的理想，那就是好好学习，天天向上，有朝一日，金榜题名。他把他的远大理想落实到行动上，"闭门读书，与世若隔。一声清磬，半盏寒灯，便作阇黎境界，此外更无所求也"，这是他在《答周秋山》里的自况，他死后，祝允明在他的墓志铭里说他一心读书，连门外的街陌都不认识了。他不知与父亲发生过多少次争执，而所有的争执，都使他在父亲去世后平添了一份愧疚。

父亲死后，母亲很快就随之而去了。接下来死去的是他挚爱的妻子。他写了一首《丧内》诗，记录他当时的心情：

> 凄凄白露草，
> 百卉谢芬芳。
> 槿花易衰歇，
> 桂枝就销亡。
> 迷徐无往驾，
> 款款何从将。
> 晓月丽尘梁，

白日照春阳。
抚景念畴昔,
肝裂魂飘扬。

但悲剧并没有到此为止,新的噩耗接踵而至——他的妹妹,又自杀身亡。他把妹妹单薄的身体轻轻放入棺材后,又写了一篇《祭妹文》,文中说:

尔来多故,营丧办棺,备极艰难,扶携窘厄;既而戎疾稍舒,遂归所天。未几而内艰作,吊赴继来,无所归咎。吾于其死,少且不侪,支臂之痛,何时释也。

那段时间里,唐伯虎成了棺材铺最忠实的客户。这让我想起了余华的小说《活着》,这部小说的主人公福贵,就是在经历了亲人的接连死亡之后仍然坚持着活下来的。在这部书中,余华对死亡的描述无比细致:"家珍像是睡着一样,脸看上去安安静静的,一点都看不出难受来。谁知没一会儿,家珍捏住我的手凉了,我去摸她的手臂,她的手臂是一截一截地凉下去,那时候她的两条腿也凉了,她全身都凉了,只有胸口还有一块地方暖和着,我的手贴在家珍胸口上,胸口的热气像是从手指缝里一点一点漏了出来。她捏住我的手后来一松,就瘫在了我的胳膊上。"[5] 我想,亲人们的手,也是这样从唐伯虎的手里一截一截地凉下去的,或许,唐伯虎已经习惯了这种凉,习惯了面对那一具具没有体温的尸体,那一年,他二十八岁。

唐伯虎与小说中的福贵有着大体相似的命运:"年轻时靠着祖上留下的钱风光了一阵子,往后就越来越落魄了。"[6] 他在棺材铺与墓地之间奔波往返,直到办完这一连串的丧事,他才发现,唐家的财产已经被耗费殆尽。他知道了什么叫"家破人亡",在那个没有了父母、妻子、妹妹的家里,他又坚持住了三年。这三年中,他的家"荒秽日积,门户衰废,柴车索带,遂及褴褛",他在诗中亦说:"夜来欹枕细思量,独卧残灯漏转长"……他成了地地道道的穷困书生,直到弘治十一年(公元 1498 年),他前往南京应试,一举得中解元,即举人第一名,才终于扬眉吐气。那时有人做了一面彩旗,上书"一解一魁无敌手,龙头龙尾尽苏州",说的是解元唐寅、经魁陆山、锁榜陆钟,都是苏州人,这届乡试,成了苏州人的天下。

命运的突然垂青,让唐伯虎得意忘形了,忘记了生命本身就是一件易碎品,须得好好呵护。他有着丰盛如筵的才华,却终是个命禄微薄的人。这一年岁暮,他和江阴人徐经一起乘舟北上,前往北京参加会试,到北京后,他们纵酒狂歌,招摇过市。

当时的京城，已经弥漫着有人花钱买题的传言，唐伯虎口无遮拦，一再狂言自己必将金榜题名，仿佛不打自招，坐实了市井流言。

这次会试复审的试官，就是曾经收藏过《清明上河图》的礼部尚书兼文渊阁大学士李东阳。尽管没有查明唐伯虎、徐经买题的证据，但在舆论的压力下，仍然将他们除名、下狱。直到一串冰凉的铁链锁住他的双手，唐伯虎还不知道究竟发生了什么。

真实的情况可能是：徐经事先得到试题，并透露给唐伯虎，唐伯虎又无私地透露给朋友都穆，都穆因为嫉妒唐伯虎，故意泄露天机，一日之内，科场舞弊案传遍都城。都穆的"出卖"，或许并没有经过深思熟虑，而仅仅出于一种本能，或许连他都不会想到，他害唐伯虎害得多么的彻底，让他永世不得翻身了。

何良俊在《四友斋丛说》中回忆这段经历时说："六如（即唐伯虎）疏狂，时漏言语，因此罣误，六如竟除籍。六如才情富丽，今吴中有刻行小集，其诗文皆咄咄逼古人。一至失身，遂放荡无检，可惜可惜。"

唐伯虎从此不再原谅这个朋友，与他誓不相见。根据秦西岩《游石湖纪事》记载，有一次，唐伯虎在友人楼上饮酒，有人带着都穆来见，唐伯虎闻听，脸上立刻变了色，坚决拒绝与他见面。但都穆已经上楼，情急之下，唐伯虎居然纵身从窗子跳了出去，等友人们惊慌失措地跑下楼，唐伯虎早已回到了家里，安然无恙，还对来访的朋友们说："咄咄贼子，欲相逼邪？"

唐伯虎或许永远不会忘记自己被关进锦衣卫黑牢的日子。大明王朝的专政铁拳，把这个清风白袖的文人书生打得满地找牙。那段黑色时光，不见于任何记载，然而明代刑罚之残酷，在历史上独树一帜，对此，本书第二章《秋云无影树无声》已有描述。我想，那座黑狱，既是物理上的，也是心理上的，将唐伯虎紧紧地箍住，让他窒息。但我们或许还应对锦衣卫的打手心存感激，近半年的审讯中，他们没有将唐伯虎施以剁指、断手的刑罚，否则，艺术史上的唐伯虎就不存在了，他的画，也不会出现在故宫博物院收藏里，唐伯虎即使活下去，他的身影也将消隐于引车卖浆者流，就像余华笔下的福贵，在村野山间消失无踪。直到此时，唐伯虎才意识到，那个人去楼空的家，并不是真正恐怖的深渊，只有眼前的黑暗才是。黑暗一层一层地涂抹着他的视野，把他的未来屏蔽掉了。他终于理解了什么叫无常——原来我们说的无常，实际是生命中的正常。他从此相信了佛陀说过的："多修无常，已供诸佛；多修无常，得佛安慰；多修无常，得佛授记；多修无常，得佛加持。"或许就在这个时候，他为自己取了一个别号：六如居士。

"六如"，是依佛经所说："一切有为法，如梦幻泡影，如露亦如电，应作如是观。"

不知唐伯虎是在何时得知自己的新身份——浙藩小吏的，这或许是他此生能够担任的最高级别的行政职务，但他把这视为对自己的羞辱，把委任状撕得粉碎。

当牢头把他推搡出锦衣卫的大门时，已是秋天了。苏州那个遥远的家，突然深深地攫住了他的心。他归心似箭，唯独没有想到，他的第二任妻，眼见丈夫的锦绣前程转眼成了空头支票，便不失时机地向唐伯虎摆出一副鱼死网破的铁面。并非她势利眼，而是他们身处的世界，本身就是一个势利的世界。绝望之余，唐伯虎给挚友文徵明写了一封信，述说了自己的惨状：

> 兹所经由,惨毒万状,眉目改观,愧色满面。衣敝不可伸，履缺不可纳。僮仆据案，夫妻反目，旧有狞狗，当户而噬。反视室中，甂瓯破缺，衣履之外，靡有长物。西风鸣枯，萧然羁客。嗟嗟咄咄，计无所出。将春掇桑椹，秋有橡实，馀者不追，则寄口浮屠，日愿一餐，盖不谋其夕也。

于是，在经历了亲人亡故、被捕下狱、仕途阻断之后，唐伯虎又被迫离了婚，以一纸休书，维持了自己最后的体面。

这一年，是公元1500年。

[图 10-2]

《骑驴思归图》轴，明，唐寅

上海博物馆 藏

这一年，他画了一幅《骑驴归思图》[图 10-2]。五百多年后，我在上海博物馆看到了这幅吴湖帆的旧藏，唐伯虎在画上题写的诗句清晰如昨：

乞求无得束书归，
依旧骑驴向翠微。
满面风霜尘土气，
山妻相对有牛衣。

"山妻"，就是他刚刚分手的妻子。

而山径上骑驴而归的那个小人，应当就是唐伯虎自己。有艺术史家把画中"那种不稳与不安的气氛，视为是唐寅心境的表现"，高居翰认为："唐寅画中的一景一物都经过了精密的计算，传达出一种骚动不安的感觉。其中的明暗对比更是强烈而唐突，片片浓墨十分有节奏地排列在整个构图之中。"[7]

唐伯虎从此变成了一个人——没有爱情，没有家庭，没有事业，与我们想象中的那个风流才子相去甚远。除了自己的一身皮囊，他什么都没有，就像他自己所说的，"衣履之外，靡有长物"。唐伯虎决定远行，他由苏州出发，先后抵达镇江、扬州、芜湖、九江、庐山、武夷山、九鲤湖……在福建的九鲤湖边，

喜洵

玉手聳轡新颖领控矗巇
一樓徵誤入雲龍岫下
路杏花研映綠羅衣
玉勒朱響次韵
乞赴無得東書歸依羨
騎驢向翠嶺满面風霜慶
土氣山妻相對百事寂
吳郡唐寅詩意圖

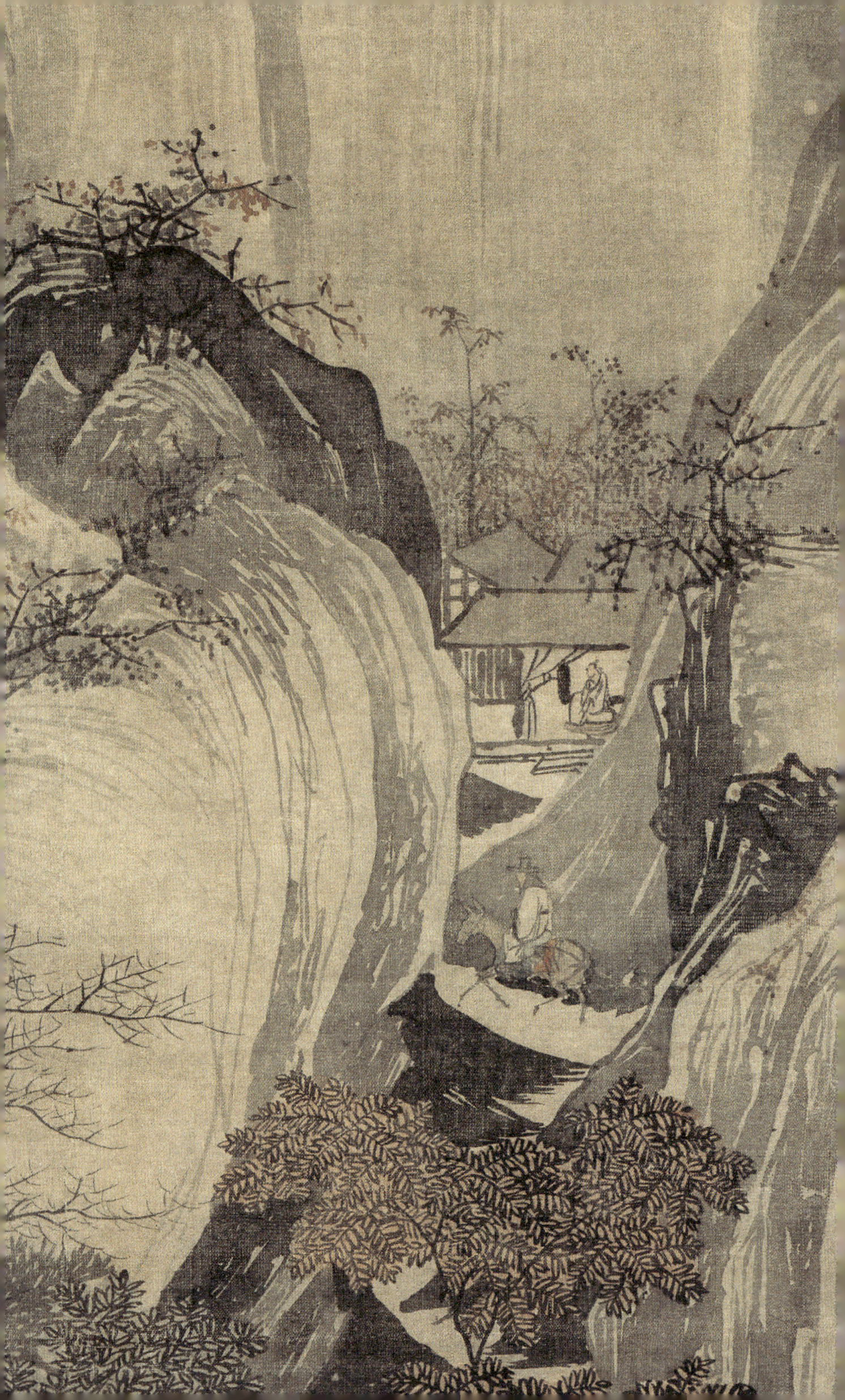

他像灵异故事里的破落书生一样，栖身在一座庙里，这座庙就是九鲤庙。夜里，这座庙果然赐给他一个梦，只是他没有梦见美人，而是梦见有一万块墨锭从天而降，这似乎预示了他未来水墨事业的辉煌，他把这场梦，视为自己真正生命的开始。

三

美人秦蒻兰大抵就是在这样的情境下来到唐伯虎面前的。

或者说，是唐伯虎主动寻她而去。五个世纪的光阴，隔不住他们的相逢。唐伯虎一无所有，但他仍拥有一支笔，凭借这支笔，他可以去任何想去的地方。

只不过这一次，唐伯虎戴上了陶谷的面具。因为那份艳遇，本来是属于陶谷的。

说到陶谷，我们不得不复习一下五代、北宋的历史。

陶谷出生于公元903年，只比韩熙载小一岁，曾在后晋、后汉、后周任职，后来投降了宋朝。明代陶宗仪在《书史会要》中谈到陶谷时说："陶谷，字秀实，邠州新平人，官至户部尚书，赠右仆射，博通经史及诸子佛老，多蓄法书名画，善隶书。"[8]也算是个名儒吧，只不过是个投降派名儒。这时，李煜的南唐政权还试图垂死挣扎，赵匡胤就派陶谷前往南唐，劝说李煜投降。劝降过程中，陶谷根本没有把南唐这个小国放在眼里，言语颇

[图 10-3]
《陶谷赠词图》轴（局部），明，唐寅
台北故宫博物院 藏

为不逊，南唐君臣心里憋着一口气，却又不便于发作，而替李煜想出这一出美人计整一整陶谷的，正是本书前面提到过的韩熙载。

南唐都城江宁的夜晚，荡漾着香脂的气息，柔媚甜腻。桨声灯影里的秦淮河，让无数的文人把持不住，不是留下艳遇，就是留下香艳性感的文字。而明代钱谦益，既留下了艳遇，又留下了香艳文字："秦淮一曲，烟水竟其风华；桃叶诸姬，梅柳滋其妍翠，此金陵之初盛也……"[9]从某种意义上说，江宁本身就是一场巨大的艳遇，这样的夜晚，不可能不让陶谷神思飘荡。陶谷就是在这样的夜晚，在客栈"邂逅"了那个名叫秦蒻兰的美人。其实所谓的"邂逅"，不过是韩熙载精心布置的一个圈套。他命秦蒻兰冒充驿卒的女儿，每天手持笤帚，在陶谷门前打扫卫生。陶谷果然中计，他目光沉迷地注视着眼前这位散发着谜一样香气的神秘女子，她那张青春的脸让他不能自已，顷刻之间，白日里的庄严与傲慢荡然无存。

这无疑又是一场夜宴，一场只有两个人参加的夜宴（书童隐在铜炉的背后，只露出一只胳膊和半张脸）。五百多年后，这场夜宴出现在唐伯虎的《陶谷赠词图》中，蜡烛、坐榻、微小的酒具，都烘托出夜晚的迷离气氛。这是他们的情事到来之前的最后瞬间，空气中嗅得出植物花果的香气，听得见彼此镇静而又颤抖

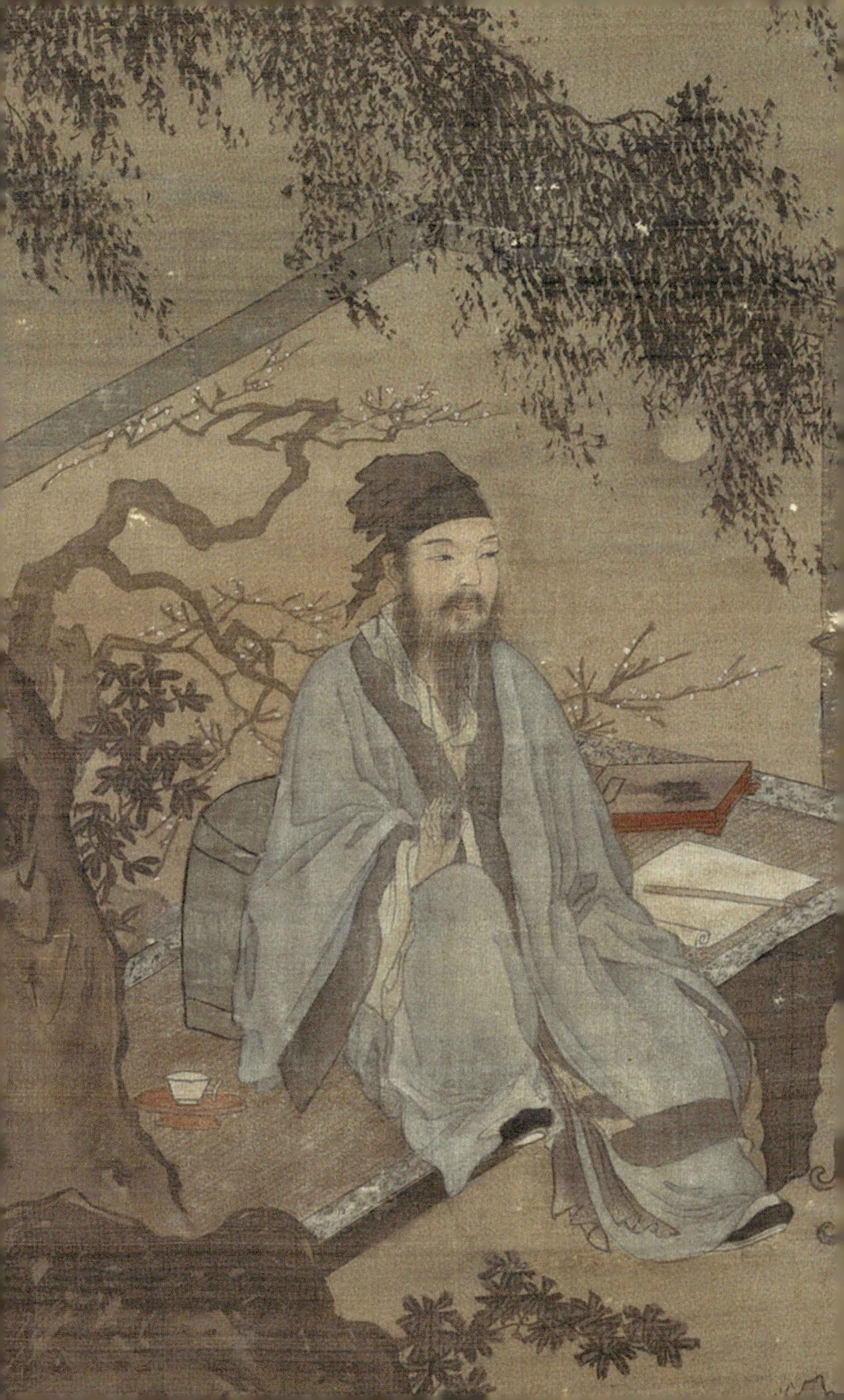

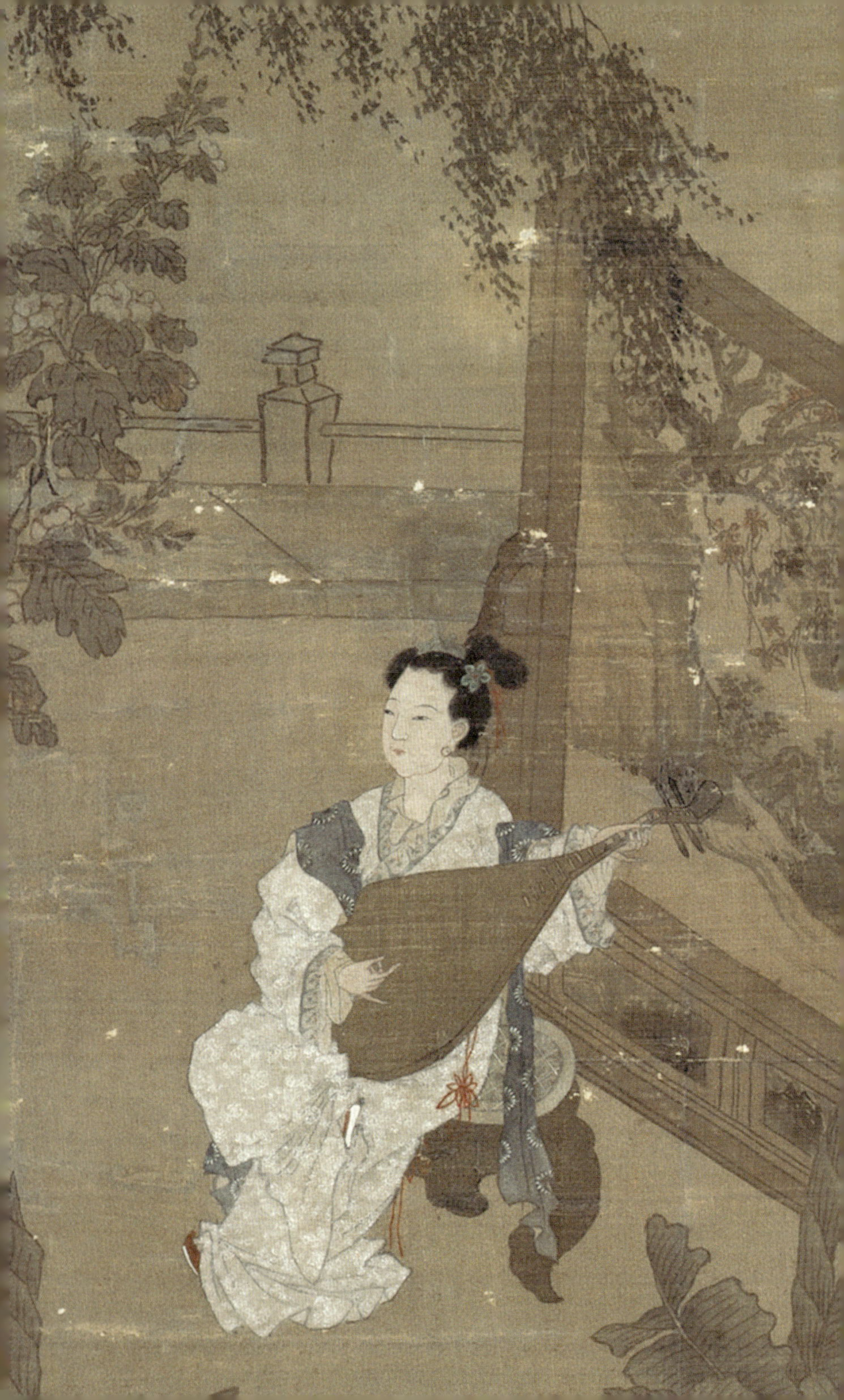

[图 10-4]
《陶谷赠词图》轴（局部），明，唐寅
台北故宫博物院 藏

的呼吸。这不是一个孤立的瞬间，有缘起，有发展，唐伯虎抓住了这个瞬间，画出了男女之间这份若即若离的互相吸引。军国大事已经无足轻重，除了巫山云雨，陶谷［图10-3］的大脑里一片空白，在一片恍惚里，他梦想着匍匐在她的身上，用欲望十足的手摸索，寻找温柔之乡的神秘入口。秦蒻兰［图10-4］就像传奇小说中的女鬼，在深夜不期而至，又将在黎明前消失。她临行前，陶谷写了一首很香艳的词送给她：

好因缘，
恶因缘，
只得邮亭一夜眠。
别神仙，
琵琶拨尽相思调，
知音少。
待得鸾胶续断弦，
是何年？[10]

第二天，陶谷重返李煜的宫殿，政治的庄严气氛，又恢复了他的傲慢与偏见。李煜不动声色，拿起酒杯，站起身来向他敬酒，就在这时，一名歌妓从帷幕的后面款款走出来，陶谷下意识地盯着她看，心里不由得一惊——她居然就是昨夜的那个女子，她弹唱的，正是陶谷送她的那首词。他知道自己中了李煜的美人计，突然间泄了气，知道自己的脸丢大了，当天就匆匆返回北宋。这件事后来被郑文宝记进了《南唐近事》。

唐伯虎定然是看不起陶谷的。尽管自己比陶谷落魄得多，但在心高气傲的唐伯虎眼里，陶谷充其量只是一个道貌岸然的既得利益者，一个古代版的"雷政富"。与他相比，秦蒻兰虽为艺妓，却比他清雅和高贵。所以，唐伯虎把秦蒻兰安排在整个画幅的核心位置，身上洁白的衣裙，使她在夜色中格外显眼。秦蒻兰是真正的烛光，照亮了五百年后一个落魄书生的面庞。对于这样的"邂逅"，唐伯虎等待多时。在他心里，只有自己才配得上这样的时刻，陶谷不配，尽管他在官场上如鱼得水，但至少他的体型就不配，他脑满肠肥假正经，脑袋里是一堆狗屎，他应该让出他五百年前坐过的那个位置，风流倜傥的唐伯虎刚好可以填补那个空白。

画完，唐伯虎照例在画上题了四句诗：

> 一宿姻缘逆旅中，
> 短词聊以识泥鸿。
> 当时我作陶承旨，

何必尊前面发红。

四

明朝是一个既压抑沉重，又松弛放纵的朝代。北京和苏州，分别成为这两个方向上的"形式代码"。它们相互对峙，以各自的方言宣扬着自己的哲学。2012年，北京故宫博物院故宫学研究所在苏州举办《宫廷与江南》国际学术研讨会，在彼此的反差与联动中构建我们对于明朝的认识，这是这个我所供职的研究机构举办的最有趣味的学术会议之一。

一方面，明朝编织着密密实实的统治之网，建立强大的特务机构，将全体人民置于朝廷的监视下。明朝锦衣卫的特务，官名"检校"，他们的铁面酷虐，令人闻之胆寒。黄仁宇在评价朱元璋时代的明朝时说它"看来好像一座大村庄"，但在我看来，他更像一座巨大的监狱，帝国的所有臣民都被困缚起来，置于当权者的监视网下。这恰巧验证了福柯的观点：监狱是对社会结构的一个生动的隐喻，因为它体现了权力的最根本的规训特征。只有在监狱里，纷繁的社会本身才能找到一个焦点，一个醒目的结构图，一个微缩的严酷模型，而个体则是被这个无处不在的监狱之城所笼罩，个体就形成和诞生于这个巨大的监狱所固有的规训权力执着而耐心的改造之中。[11]

明朝天启年间有一个著名的例子：四位朋友相聚饮酒，其中一人酒至半酣，大骂魏忠贤，另外三人吓得不敢出声。就在这时，房门被突然撞开，锦衣卫"检校"蜂拥而入，将他们缉拿。骂人者被活剥人皮，另外三人因为没有随声附和、站稳了政治立场而得到了奖励。这座超级监狱，将社会上的每个人都置于极端恐怖的气氛中，这当然要归"功"于它的建立者朱元璋。据《国初事迹》记载，对于他们的工作"成绩"，朱元璋曾经得意扬扬地称道："唯此数人，譬如恶犬，则人怕。"

另一方面，明朝又有着动人的情致，商业社会的成熟发展，让朱元璋精心构筑的体制世界彻底松动，坚持"农业是基础"、决心打造一个农业超级大国的朱元璋不会想到，农业秩序的恢复增加了农业的剩余产品，而以军事为目的的交通运输建设，又为商品流通提供了条件，于是出现了卜正民（Timothy Brook）在《纵乐的困惑》一书中描述过的有趣的现象："商人们的货物与政府的税收物资在同一条运河上运输，商业经纪人与国家的驿递人员走的是同样的道路，甚至他们手中拿着同样的路程指南。"[12]

于是，唐伯虎这些体制的漏网之鱼，就有了放浪自由的空间，豪言"不炼金丹不坐禅，不为商贾不耕田。闲来写就青山卖，不使人间造孽钱"。我曾在《张择端的春天之旅》（详见本书第四章）中阐述过唐、宋两代的民间社会，到了明代，中国的民间文化在时间中继续发酵，尽管朱元璋曾经下诏：要求士、农、工、商"四民"都要各守本业，医生和算卦者都要留在本乡，不得远游，严格限制人口流动，有人因祖母急病外出求医，忘了带路引，被常州吕城巡检司查获，送法司论罪；但是，明朝文人、商人与技艺之人的流动，依然给朝廷严密的户口政策以巨大冲击，帝国臣民封闭的生存空间也因此而被放大。在精神方面，郑和下西洋与西方传教士大举来华，同样使一元化的知识和信仰系统发生倾斜。假设没有清兵入关，没有乾隆皇帝怀着对外部世界的陌生感婉言谢绝了马戛尔尼使团的贸易请求，没有清代文字狱对思想解放的极力封锁，17世纪以后的中国，或许真有可能迎来一场轰轰烈烈的文艺复兴和工业革命——假设历史真的可以"假设"，那么，明清以降的所有中国史都将要推倒重来。

这是一场由士人们策动的"和平演变"，明代士人已不可能像倪瓒那样被专制的机器碾成碎片。这样的时代气氛，使文人们有条件放弃科考八股，转而投向生命的艺术，造雅舍、筑园林、纳姬妾、召妓女，用自己悉心打造的生活空间，容纳自己的世俗梦想。张岱曾把自己的人生目标归纳为："好繁华，好精舍，好养婢，好娈童，好鲜衣，好美食，好骏马，好华灯，好烟火，好梨园,好鼓吹,好古董,好花鸟。"[13]明式家具简洁灵动的经典造型,就是由张岱这样的士人创造完成的。有论者说:"晚明思想界的一大贡献,就在于挣脱了程朱理学灭绝人性的樊篱,大胆地肯定了人情、人性。"[14]在这一前提下,城市开始取代山林,成为士大夫隐居的场所,因为他们已经不需要像倪瓒那样躲得太远。陈献章说:"山林亦朝市,朝市亦山林。"[15]卢枏说:"大隐在朝市,何劳避世喧?"[16]以上都是明代士人大隐于市的生存宣言。尤其在晚明时代,湖山外的隐居者们,越发年轻起来。写过《西园记》的吴炳,四十岁就厌倦了官场,崇祯四年(公元1631年)辞官归隐,在故乡宜兴五桥庄建起一座粲花别墅。两年后,三十一岁的右佥都御史祁彪佳出于同样原因,辞官还乡,开始了自己的园林生涯。"他们向往自由,却拒绝退隐乡村和山林,而是图谋在家园内部盘桓,探求一种象征主义的道路。"[17]他们沉浸在顾汧所说的"城市山林"中不能自拔,张岱在《陶庵梦忆》中深情地写道:"高槐深竹,樾暗千层……余读书其中,扑面临头,受用一绿,幽窗开卷,字俱碧鲜……"[18]

这一士风,在今日苏州仍有遗存。几乎每年春天,我都要前往苏州,参加那里的画家们举行的"花宴",就是用各色春花烹制的美食,在园林里,饮诗、赋诗、写字、画画,在月色下聆听一支古曲,或昆曲《牡丹亭》。中秋时节,我们还会把"花宴"搬到太湖的一艘清代古船上,看着巨大的月亮带着橙黄的色泽从幽黑的湖水上升起来。也有时,我一个人坐在画家叶放自造的园子里,看白墙上花窗、廊柱的投影随光线而安静地移动,像观看一场放映中的默片,心里会想起遥远的张岱,曾在深夜里登上杭州城南的龙山,坐在一座城隍庙的山门口,凝望着迷人的雪景,有一名美人,正坐在身边,侍酒吹箫。

每个时代都有它自己的主题。五代是一个礼崩乐坏的时代,孔子所倡导的"乐感文化"早已沦为"八佾舞于庭"的荒靡淫乱,失控的欲望裹挟着人性,向着道德的最低点冲刺。美女们丰腴的舞姿无法掩盖韩熙载内心的空寂,渗透纸背的,不仅是伤国之泪,更是对道德崩溃的彻底绝望;而在明代,理学主张"理一分殊",强调道德具有如法规似的普遍性,向本能的欲望发出挑战,提出了"存天理,灭人欲"和"饿死事小,失节事大"的响亮口号,天平又摆向另一端,发展成一种极权主义文化,把柔情似水的女性变作一具具没有情感的干尸。李泽厚说:"一句'饿死事小,失节事大'的语录,曾使多少妇女有了流不尽的眼泪和苦难。那些至今偶尔还可看到的高耸的石头牌坊——贞节坊、烈女坊,是多少个'孤灯挑尽未能眠'的痛楚情感的凝聚物。而一顶'名教罪人'的帽子,又压死了多少有志于进步或改革的男子汉。戴东原、谭嗣同满怀悲愤的控诉,清楚地说明了宋明理学给中国社会和中国人民带来的历史性的损伤。"[19]

更大的荒谬在于,这些仁义道德的倡导者,自己却蝇营狗苟,男盗女娼。所有的清规戒律都是针对平民百姓的,权力者自身却不受到限制。于是,这些清规戒律非但不能对欲望进行有效的管束,相反更加突显了当权者的权力特区。韩熙载和陶谷都是权力者,两性关系对于他们而言,不过是政治权力的延伸而已,因此,在他们的两性关系中,支付的只是权力成本,而无须交付真实情感——两性关系只能验证他们的占有能力,而无法测量他们的情感深度。与我在《韩熙载,最后的晚餐》(详见本书第三章)中所描述的五代的繁华逸乐相比,宋明两代的状况没有丝毫的改善,连叫喊着"革尽人欲,尽复天理"[20]的朱熹都不能免俗,据他的同僚叶绍翁揭发,朱熹不仅曾"诱引尼姑二人以为宠妾,每之官则与之偕行",而且使"冢妇不夫而自孕"[21],玩儿得比唐伯虎还要过火,在"天理"面前,他的"人欲"势不可挡,以至于面对老友叶绍翁的揭发,朱熹供认不讳,向皇帝谢罪说:"臣乃草茅贱士,章句腐儒,唯知伪学之传,岂识明时之用。"[22]这份自知之明,比起陶谷的道貌岸然要可爱得多,也使朱熹那张义正词严的标准像有了几分生动的情致。

与韩熙载和陶谷这些权力者相比,皇帝的无耻更加登峰造极,明代紫禁城鳞次栉比的后宫建筑就是对权力者性特权最视觉化的注解，前朝（三大殿）是帝王们布道的庙堂，而后宫则是他们寻欢的乐园。关于美女与后花园之间的关系，朱大可曾有如下阐释："为了搜集与陈放美女，诸侯们开始大规模建造花园。他们懂得，只有花园才能幽囚女人的躯体，并从那里打开性狂欢的道路。尽管花园属于女人，但女人却属于国王及其家族。在花园的深处，女人像鲜花那样盛放和凋谢，与花园的土地融为一体。她们的生死，揭示了王国盛衰起伏的节律。"[23]

朱大可还说："美女不仅是细腰的性奴，也是镶嵌在权杖上的宝石。"[24] 然而，大量积压的宝石，却让拥有者感受到生命中不能承受之重——汉儒成康甚至为天子设计了在半个月内同一百多个女人睡觉的程序表，假如没有公休日，那么天子则平均每天要御女八人次，堪称后宫的劳动模范。即使到了明代，这种重体力劳动仍然让许多帝王乐此不疲，明武宗听一位名叫于永的锦衣卫官员进言说，"回回女晳润而媚絜"，于是一次征集十二名西域美女，在豹房里寻欢作乐，歌舞达旦。无论多么强悍的皇帝，都难以承担如此艰辛的体力活，许多皇帝过劳而死。对此，魏了翁的评价是："虽金石之躯，不足支也！"[25] 权力消解了权力，这是权力的悖论，也是权力者的宿命。

与此相对应，在这些普遍戒律的威慑下，又形成大面积的性饥饿。在私有化时代，性的权力不可能是均等的。对此，蒲松龄在《青梅》的结尾做出过如下总结:"天生佳丽,固将以报名贤;而世俗之王公,乃留以赠纨绔。此造物所必争也。"[26]因此,蒲松龄才在《聊斋志异》里说:"倘得佳人,鬼且不惧,而况于狐。""若得丽人,狐亦自佳。"[27]这是底层文人在双重饥饿之下产生的幻觉。那些仕进无途的生员,志存高远,却在现实中难有立足之地。根据史料记载,一介生员,一年所得廪膳银只有十八两,维持生活,实在是捉襟见肘,"学宫败敝,生员无肄业之外,兼之家贫,家中无专门的书斋一类清静之所供读书,一些穷秀才就只好改而在僧舍、神阁、社学寄食肄业"。[28]杨继盛曾经在自述中对他在考取生员后在社学读书的场所有这样的描述:"所居房三间,前后无门,又乏炭柴、炕席,尝起卧冰霜,而寒苦极矣。"[29]这就是书生的"艳遇"通常发生在古庙寒舍的原因。爱情本来很难,那个时代使它更难。也只有凭借文学和艺术这样的幻术,他们才能实现内心深处的梦想。

五

《陶谷赠词图》颠倒了艺妓与权贵的空间关系,唐伯虎把秦蒻兰放在画幅的核心,使她成为那个空间的真正主宰者,而不是相反。

袁枚说:"伪名儒,不如真名妓。"这句话里包含着两层含义:

一是对所谓名儒的轻蔑，二是对妓女的尊重。袁枚比唐伯虎晚出生二百四十六年，倘若他们相遇，一定引为知己。

卖身者为娼，卖艺者为妓。中国历史上的名妓通常不会与嫖客肉身相搏，竹肉丹青，红牙檀板，舞衫歌扇，尽态极妍，我们绝不可以今日的三陪女郎推想昔日的风流余韵。南齐时钱塘第一名妓苏小小，"檀板轻敲，唱彻《黄金缕》"，这份优雅，被曹聚仁先生认作茶花女式的唯美主义者；她"生在西泠，死在西泠，葬在西泠，不负一生爱好山水"，这份飘逸，更"成为中国文人心头一副秘藏的圣符"。对明代名妓董小宛，余怀《板桥杂记》有这样精致的描述："天资巧慧，容貌娟艳。七八岁时，阿母教以书翰了了。少长，顾影自怜，针神曲圣，食谱茶经，莫不精晓……慕吴门山水，徙居半塘，小筑河滨，竹篱茅舍。经其户者，则时闻咏诗声或鼓琴声。"

在许多朝代，艺妓几乎成了一种文化现象。卜正民说："它将妓女的纯粹性关系重新塑造成一种文化关系。"[30]苏州友人王稼句在《花船》一文中写道："苏州妓女久享盛名，她们大都工于一艺，或琵琶，或鼓板，或昆曲，或小调，间也有能诗善画的，抚琴弹横，壶边日月，醉中天地，真是狎客们的快乐时光。"[31]在崇尚"女子无才便是德"的社会里，她们的洒脱风雅、飘逸自如，就具有精神上的反抗意义，这与那些怀才不遇、忠诚无所投靠的民间士人的内心是吻合的，她们不仅是他们生命中的伴侣，也构成了文化上的"他者"，透过她们，文人们可以更清晰地看到自己的影像。

至于他们之间的感情能有多少爱情的成分，陶慕宁先生以唐代传奇中的《李娃传》和《霍小玉传》为例分析道："贵戚豪族为了声色之好不惜一掷千金，青楼名妓则借此享受贵族的生活方式。正因为这种经济上的依附关系，决定了妓女不能有真正的爱情，只要嫖客的囊中金尽，妓女就应该与之了断，别抱琵琶。但这种朝秦暮楚的生活显然又是违背人性的，特别是对于霍小玉、李娃这样天真未泯、青春韶华的妓女。于是她们双双坠入爱河。受当时社会风气的影响，她们看中的又都是倜傥风流的青年士人……霍小玉当然不愧是中国文学史女性人物画廊中极有光彩的形象之一。她的美，在于纯情与执着。她的出身、容貌与修养，都决定了她不会甘心于送往迎来的风月生涯，而必然要从士林中物色一位才子以托终身。"[32] 许多艺妓，血脉里流淌的都是文人的梦魂，她们渴盼着通过一夕的相拥而眠，换来终生的厮守。

国破家亡的年代，对爱的忠贞又成为对国家忠诚的隐喻，殉情与殉国一样受到尊敬。比如艳惊两朝帝王的花蕊夫人，丈夫孟昶是五代时后蜀国的君主。她貌美且有诗才，曾作"宫词"

百首。她诗名大，胆色亦大。公元965年宋军灭蜀，她丈夫投降，被封为秦国公。宋太祖既垂涎于她的美色，又仰慕她的宫词，召她入宫，欲纳之为妃。她写诗答道：

> 君王城上竖降旗，
> 妾在深官那得知。
> 十四万人齐解甲，
> 更无一个是男儿！

赵匡胤迷恋她的美色而不能自拔，他的弟弟赵光义担心因此误国，就借口她写反诗，把她杀死了。从此，在中国民间，多了一个美丽的女神——"芙蓉花神"。

这样的故事，在历代名妓的身上一遍遍地重演过。中国古代十大名妓——苏小小、薛涛、李师师、梁红玉、陈圆圆、柳如是、董小宛、李香君、赛金花、小凤仙，许多在重大历史节点上表现出超越男人的胆气。北宋名妓李师师，号为"飞将军"，汴京被攻破之后，她不愿侍候金主，也没有像宋徽宗那样苟且偷生，而是抓起一支金簪刺向自己娇嫩的喉咙，自杀未遂，又折断金簪吞下。清人黄廷鉴《琳琅秘室丛书》称赞她"饶有烈丈夫概，亦不幸陷身倡贱，不得与坠崖断臂之俦，争辉彤史也"。

梁红玉是抗金女英雄，她曾经的身份，却是京口营妓。陈圆圆、柳如是、董小宛、李香君在明朝覆亡的背景下表现出的气节，被反复言说过，需要一提的，却是清末赛金花，因为民国以来，赛金花被娱乐化了。庚子之变中，皇亲国戚逃得飞快，留下一座不设防的首都给八国联军屠戮，唯有赛金花一人走向血腥的刀刃，告诉那些正在杀人的德国士兵：我是你们德国皇帝威廉二世和皇后维多利亚的好朋友，还拿出了她当年同德国皇帝和皇后的合影给他们看，德国士兵认出了他们的皇帝和皇后，立即举手行礼，并听从赛金花的劝告。赛金花以当年大清帝国驻德公使夫人的身份求见八国联军总司令瓦德西，劝说他下令停止在北京的野蛮行为，整肃军纪。此时，帝国的"外交部门"早已瘫痪，整个国家"更无一个是男儿"，唯有一名妓女，填补了神圣的政治空间，与侵略者进行着"严正交涉"。帝国的官员们失语了，只有妓女在说话，这是何等的讽刺？有人把政治家比喻成妓女，以赛金花的经历看，这是对妓女的污蔑。至少在这个历史节点上，政治家的表现远远比不上妓女。这些帝国大员，吹牛比谁都利落，在危险面前却跑得比兔子还快。然而，这样的"越制"，还是成了赛金花的"小辫子"，被慈禧太后紧紧地攥在手里，一俟太后回銮，就下令将赛金花关进刑部黑牢，而那些被她所拯救的人们，也因嫌弃她"吃官司"的"秽气"而不再上门，唯有她与瓦德西的"八卦"广为流传。国家丧乱，已不是军事的失败，而是道德人心的不可救药，死到临头了，还没有人知道是怎么死的。关于那些广为流传的"八卦"，北京大学教授刘半农和他的学生商鸿逵在《赛金花本事》的序言中写道："瓦到北京，年已六十八岁，那么，她在欧洲时，瓦已半百之翁矣！一个十六七岁的少妇，会迷恋上一五十开外的异族老头儿，岂不笑话！"[33] 刘半农说："中国有两个'宝贝'，慈禧与赛金花，一个在朝，一个在野；一个卖国，一个卖身；一个可恨，一个可怜。"胡适感叹："北大教授，为妓女写传还史无前例。"

当年"夜泊秦淮"的唐代诗人杜牧不会想到，国破家亡之际，"不知亡国恨"的"商女"，也出了许多壮烈之士，成为真正的脂粉英雄。我从叶兆言的书里读到过这样的话："艳绝风尘，侠骨芳心，虽然是妓，却比男子汉大丈夫更爱国。人们不愿意忘掉这些倾国倾城的名妓，在诗文中一再提到，温旧梦，寄遐思，借历史的伤疤，抒发自己心头的忧恨。"[34] 很多年前，我曾经在一篇文章中提到薛涛，有人嘲笑我有"妓女崇拜"，但是我想，无论是一心向上爬的官僚权贵，还是当下那些待价而沽的美貌佳丽，不过是在以一种体面的方式出卖自己——卖朋友、卖人格、卖肉体，将一切能卖的东西全部废物利用，明码标价。他们心里没有丝毫的神圣感，没有对价值的坚守，因为他们心里，利益是唯一的价值，正如在唐伯虎笔下，陶谷不过是一个政治上的卖身者，空有一副上流社会的皮囊，不过是个闻香下马、摸黑上床的货色，与秦蒻兰相比，根本谈不上任何高贵。

六

美梦如蝶，翩然而落。

不知他在梦蝶，还是蝶在梦他。

也不知何时睡去，何时醒来。

唐伯虎沉浸在梦中。夜风夹带着芝兰的气息，吹动着他的头发，也让他的梦，生出许多皱褶，像被单，像流云，像水浪，残留着挣扎的痕迹，像命运一样反反复复，无法度量，无法证明，无法留存。

唐伯虎不愿做"春如旧、人空瘦"的陆游，他流连于风月楼台、灯烛酒阑，尊罍丝管，"浪游淮扬，极声伎之乐"。[35]《明史》说他"初尚才情，晚年颓然自放，谓后人知我不在此，论者伤之"[36]。这论者，当然包括他一生中最好的朋友文徵明。文徵明不像唐伯虎那样具有"浪漫主义人格"，不喜欢唐伯虎的纵情恣肆，不喜欢他的破罐子破摔。他多次写信规劝。但唐伯虎这个性情中人、性中情人不会听从他的教诲，两人差点因此而翻脸。成化二十一年（公元 1485 年），十六岁的唐伯虎在苏州府学参加生员考试，以第一名的优异成绩考中秀才，他们在那一年相识，后来又结识了祝允明、都穆、张灵这些朋友。每当唐伯虎陷入困境，一筹莫展，文徵明都会伸出援手。《文徵明集》收集的有关唐伯虎的四十件诗文作品中，有三十二件是题在唐伯虎画上的诗或者跋，堪称两位大师的诗、书、画合璧之作。北京故宫博物院收藏的唐伯虎画作中，有一幅《毅庵图》[图10-5]，卷首"毅庵"二字就是文徵明题，有文徵明题字的还有很多，如《清樾金窝图》等。他们的关系，堪称"同志加兄弟"。《散花庵丛语》记载，有一次唐伯虎要跟好友文徵明开玩笑，约他同游饮石湖，事先找好几名妓女，在船里守株待兔，待酒至半酣时，妓女们突然间原形毕露，让文徵明大惊失色，狼狈逃窜，妓女们娇声浪语，围追堵截，把文徵明吓得大呼小叫，差点掉到水里，情急之下，找了一只舴艋舟，才落荒而逃。

安妮·克莱普说：文徵明这个名字"在中国历史上代表了一种集文人、官僚、诗人、艺术家于一身的传统儒家的理想典型，一个在人品和事业上都无可挑剔的人。"[37] 他二十三岁时娶妻，一生没有纳妾，也从未寻花问柳，他是真正意义上的正人君子，不是伪道学。对此，唐伯虎还是深怀敬意的，他在《又与文徵明书》中这样写道：

> （徵明）遇贵介也，饮酒也，声色也，花鸟也，泊乎其无心，而有断在其中，虽万变于前，而有不可动者。[38]

文徵明有着唐伯虎所缺少的圆润与通达，唐伯虎和朋友张灵在池塘里打水仗，显然不是正襟危坐的那号人，确有几分周星驰式的"无厘头"。性格即命运，两人的道路，也因此而判若云泥——文徵明踏上了光荣的仕途，而唐伯虎只能在市井间厮混，在贫困线上挣扎。中国历史上不缺文徵明这样端庄稳重的人，却缺少像唐伯虎这样好玩儿的人，有人说后来曹雪芹写《红楼梦》，那个"行为偏僻性乖张，那管世人诽谤"的贾宝玉身上就有唐伯虎的影子。当然，文徵明笃信崇高，坚守儒家价值，为官刚直，连严嵩都不放在眼里（腐败的大明王朝，确乎成就了

[图 10-5]
《毅庵图》卷，明，唐寅
北京故宫博物院 藏

一些像文徵明这样的道德完美主义者），这种生命的庄严感，即使一心"躲避崇高"的唐伯虎也并不否定。唐伯虎式的叛逆需要勇气，文徵明式的坚守亦难能可贵，他们的友情，刚好成为不同文化价值彼此制衡、补充、互动的最生动的隐喻。正是这种相互间的制衡与吸引，使唐伯虎的纵欲成为一种有节制的抵抗，而没有像其后的李贽那样走向新的极端，在狂禅思想的影响下一味放纵自然情欲，使人性的苏醒走向了情欲泛滥的不归之途。相反，在许多诗中，唐伯虎甚至流露了自己对文徵明式的济世立功的渴望：

> 侠客重功名，
> 西北请专征。

惯战弓刀捷，

酬知性命轻。

孟公好惊座，

郭解始横行。

相将李都尉，

一夜出平城。[39]

但唐伯虎毕竟是唐伯虎，像贾宝玉，一心在女儿国里流连忘返，把别人的评说抛在脑后。我想起李贽曾说："夫天生一人，自有一人之用，不待取给于孔子而后足也。若必待取给于孔子，则千古以前无孔子，终不得为人乎？"[40] 意思是说，每个人都有属于他自己的命运，没有必要以孔子或者其他什么子的语录作茧自缚，否则，假如千古以前没有孔子，难道我们就不是人了吗？这份开朗旷达，有如清代汪景祺说过的一句名言："知我罪我，听之而已。"[41]

七

唐伯虎与秋香的故事，明代嘉靖或万历年间嘉兴人项元汴的笔记《蕉窗杂录》中就有记载，后来，《泾林杂记》一书关于唐伯虎与秋香的故事更为详细，基本上形成了"三笑"的故事雏形。最有影响的，当还是明朝末年，冯梦龙《警世通言》中的小说《唐解元一笑姻缘》，将唐伯虎与秋香的姻缘写得如梦如幻，千回百转。此外，明末还有孟称舜写的《花前一笑》，卓人月写的《花舫缘》等杂剧，用舞台演出的形式，使这一故事更加普及。实际上，据《茶余客话》和《耳谈》等笔记记载，明代历史上的确有件为一个婢女而卖身为奴的事，但这是一个名叫陈立超的书生，好事者把它附会到唐伯虎名下。

关于秋香，史家也考出了她的来历——她是明朝成化年间南京妓女，叫林奴儿，又名金兰，秋香则是她的号。秋香生于明景泰元年（公元1450年），比唐伯虎足足大二十岁。她出身官宦人家，自幼聪明伶俐，熟读诗书，酷爱书画。可惜未到及笄之年，父母就不幸双亡，她由伯父领养。几年之后，伯父见秋香已长成姿色娇艳的窈窕淑女，便带她到南都金陵，秋香因生活所迫，只得在声色场中做官妓。美貌聪慧，冠艳一时。后来，她又从史廷直、王元父、沈周（唐伯虎的老师）学过绘画，笔墨清润淡雅。明代《画史》评价她："秋香学画于史廷直，王元父二人，笔最清润。"后来，秋香脱籍从良，有老相好想和她再叙旧情，她画柳于扇，题诗婉拒。诗是这样写的：

昔日章台舞细腰，
任君攀折嫩枝条。

如今写入丹青里,

不许东风再动摇。

也就是说,唐伯虎与秋香的"姻缘",纯粹是由文人小说家"撮合"成的,或者说,唐伯虎在《陶谷赠词图》中营造的自己与秦蒻兰的不可能的艳遇,在话本小说中变成可能。这是来自后人的善意。唐伯虎的情梦,在他死后不仅没有失散,反而被逐步培育、放大。他们故意让唐伯虎闯进朱门豪宅,让他和达官贵人插科打诨;故意让唐伯虎与自己心爱的女人结为连理。实际上,那些都是他们自己的梦,而唐伯虎,不过是他们梦里的道具而已。

他们借用了唐伯虎的身躯,走进美人袅娜的图画。

八

弘治十六年(公元1503年),现实中的唐伯虎在桃花坞买了一块地,到正德二年(公元1507年),造好了自己的隐居之所——桃花庵。那里据说曾经是北宋绍圣年间章楶的别墅,早已荒芜,只有池沼的遗迹。唐伯虎买的,只是废园的一角,位置在今天的苏州廖家巷。《六如居士外集》记载,每见花落,唐伯虎都会把花瓣一一捡拾起来,用锦囊装好,在药栏东畔埋葬,还写了那首著名的《落花诗》,诗曰:

花落花开总属春,
开时休羡落休嗔。
好知青草骷髅冢,
就是红楼掩面人。
……

沈九娘应当就是在这一时期来到唐伯虎身边的。关于沈九娘,能够找到的史料不多,据说她是苏州名妓。明代文人以狎妓为时尚,但娶名妓为妻,却足见唐伯虎的胆识。他不仅爱上艺妓,而且爱出了天长地久。这份爱,比当年穷死的柳永被妓女们集资安葬、年年凭吊更加荡气回肠。一位当代才女说:"爱一个人,倘若没有求的勇气,就像没有翅膀不能飞越沧海。"[42]唐伯虎并非只是沉醉于在《陶谷赠词图》里的那场虚构的旅行,他希望在深夜里抓住那缕从远处飘来的梦。

艺术的路,归根结底是回家的路。青春年代的所有冲动,包括抵抗、拒绝、挑战、纵情在内,迟早会使人疲倦,一个人最终需要的,只是一个温暖的怀抱,可以让人忘记风雨、坎坷、恓惶,让人安心地老去。他画山水,始终不忘画一爿可以栖居的屋舍,那是一介书生与现实对峙的心理空间——北京故宫博

[图 10-6]
《孟蜀宫妓图》轴,明,唐寅
北京故宫博物院 藏

物院藏《山水》卷、《钱塘景物》轴、《风木图》卷、《事茗图》卷、《毅庵图》卷、《幽人燕坐图》轴、《贞寿堂图》卷、《双监行窝图》卷等,概莫能外。

他画女人,则是美艳中带着孤独,比如《孟蜀宫妓图》轴 [图 10-6],虽然花团锦簇,却个个弱不禁风,著名的《秋风纨扇图》轴 [图 10-7],那位手执纨扇、伫立在秋风里的美人,高高挽起的发髻,乌黑如缎,亭亭玉立的身姿,轻轻飘拂的裙带,勾勒出一种孤绝的美,唯有眼神里挥之不去的荒凉与忧伤告诉我们,她同样等待着爱情的抚慰。只有爱情,能够对抗空间的广漠和岁月的无常。

"死生契阔,与子成说。执子之手,与子偕老。"[43] 这是《诗经》里发出的古老声音,意思是:"生死离合,都是我们无法控制的力量,然而,我们永远在一起,一生一世永不分别,却是我们早已约定的诺言,我会紧紧握住你的手,与你一道走完今生的路程。"唐伯虎和沈九娘在黑暗中摸索到了对方的手,手的温度告诉他们,这一次不是幻觉。情薄如纸的世界里,他们的手一旦握在一起,就再也不想松开了。他只想在这桃花坞里画青山美人,做天地学问,终了此身。我们可以从张明弼对冒辟疆与董小宛婚姻生活的描述,体会到唐伯虎与沈九娘的彼此投契:

蓮花冠子道人衣日侍君王宴
紫微花柳不知人已去年閒緣
與孝緋
蜀後主每於宮中裹小巾命宮妓
衣道衣冠蓮花冠日尋花柳以
侍酣宴蜀之謠已溢耳矣而之
不撫注之竟至濫觴伴後想搖
頸之令不無抂腺 唐寅

都誰不逐炎涼 晉昌唐寅

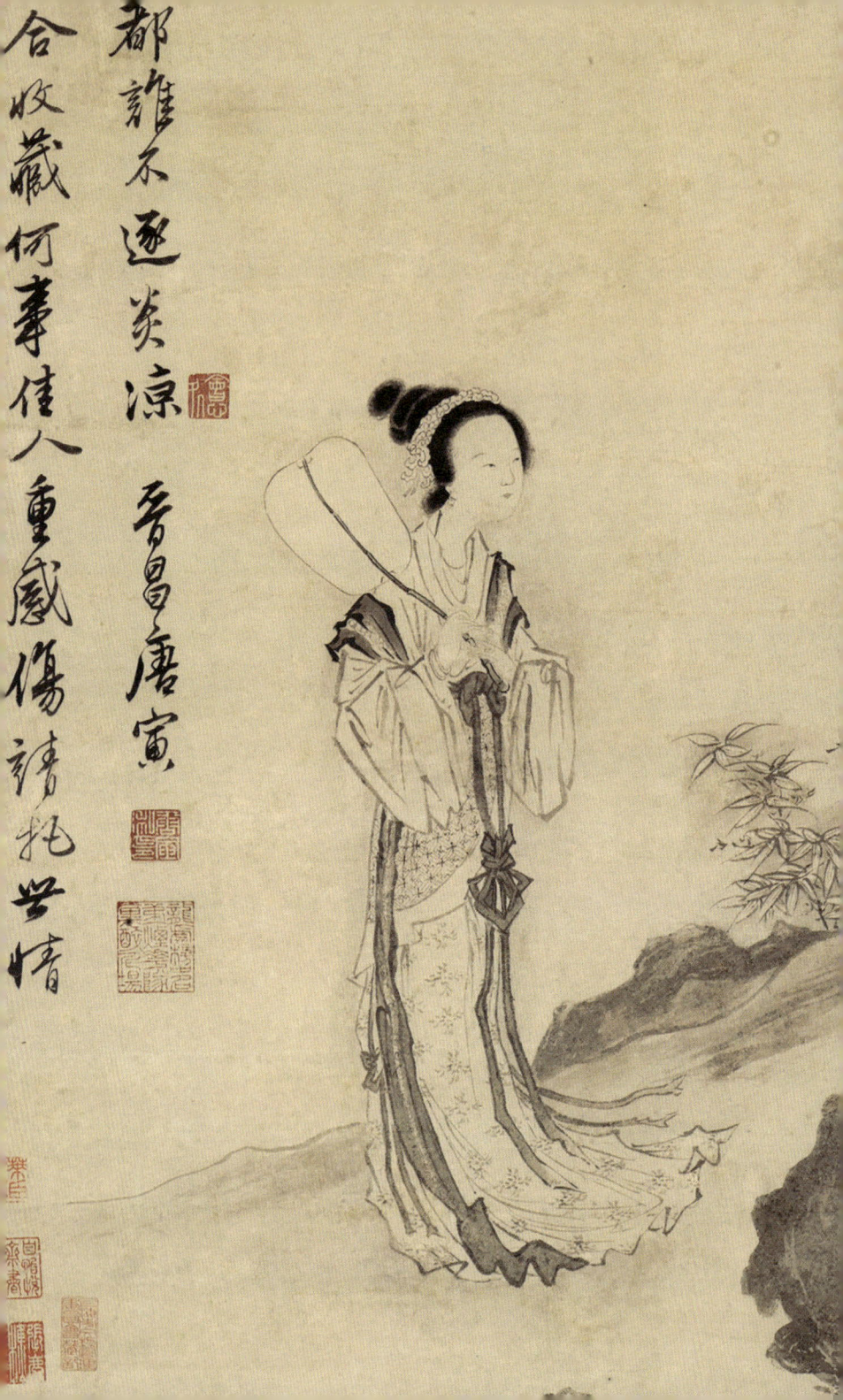

合收藏何事佳人重感傷請托芳情

[图 10-7]
《秋风纨扇图》轴（局部），明，唐寅
上海博物馆 藏

  与辟疆日坐画苑书圃中，抚桐瑟、赏茗香，评品人物山水，鉴别金石鼎彝，闲吟得句与采辑诗史，必捧砚席为书之。意所欲得与意所未及，必控弦追箭以赴之，……相得之乐，两人恒云天壤间未之有也。[44]

  公元 2013 年北京保利春季拍卖，唐伯虎作于公元 1508 年的一幅《松崖别业图》手卷以 7130 万元人民币的价格拍出，刷新了唐伯虎作品拍卖的世界纪录；同时，他的金笺扇面画作《江亭谈古图》也以 1150 万元成交，打破了他扇画作品的世界纪录。假如唐伯虎活在当代，定会进入福布斯排行榜。但唐伯虎一生也没过过几天富足的日子。不知是他的同时代人不识货，还是今天的藏家"太识货"。他生活困顿，画卖得并不好。正德十三年（公元 1518 年），唐伯虎四十九岁时曾作诗自嘲：

  青衫白发老痴顽，
  笔砚生涯苦食艰。
  湖上水田人不要，
  谁来买我画中山。

但沈九娘始终不离不弃，家里有时连柴米钱也无着落，一家人的生活就全靠九娘艰苦维持。两个在浮华里浸泡过的人，丢去了光环，在平凡的世界里真实地生活，相濡以沫。唐伯虎终于摒弃了无法确定的归属感，找到了自己可靠的归宿。何良俊在《四友斋丛说》中记载，唐伯虎晚年，住在吴趋坊，经常独坐在临街的一幢小楼上，在经历了无数次的断肠之痛后，心里早已是一片风轻云淡；假如有人找他求画，则一定要带上一壶酒，他会擎着酒壶，畅饮一整天。醉眼看沈九娘，美人迟暮的老妻在他眼里依然貌美如昔，带着本性里的纯情与执着，盛开如花。

第十一章 一个家族的血缘密码

真正的逍遥游,是在梦里。

一

失眠的人最是无助，一如此际的我，在床上辗转五个小时，仍然一梦难求。我的梦，不在枕边，而在天边，令我鞭长莫及。假如偶尔失眠，倒也无妨，可怕的是夜夜如此，那种痛苦煎熬，我无法诉说，你无法体会。

我大脑混沌，身体如铅。焦虑，烦躁，气急败坏，整个人都不好了。

索性起床，在后半夜的三点。想读本书，但找一本书，都无法集中注意力。

所有悲观的念头席卷而来，我的世界行将毁灭。

马尔克斯曾在《百年孤独》里描述过不眠症的可怕，《浮生六记》则说：

邺侯之隐于白云乡，刘（伶）、阮（籍）、陶（渊明）、李（白）之隐于醉乡，司马长卿以温柔乡隐，希夷先生以睡乡隐，殆有所托而逃焉者也。余谓白云乡，则近于渺茫，醉乡、温柔乡，抑非所以却病而延年，而睡乡为胜矣。[1]

大意是：李泌（唐朝中期著名政治家）隐于衡山的白云之乡，刘伶、阮籍、陶渊明、李白隐于醉乡，司马相如隐于温柔之乡，陈抟隐于睡乡，都是以此避世而已。在我看来，白云乡渺不可及，醉乡、温柔乡对身体不好，唯有睡乡，最是靠谱。

道家推崇的陈抟老祖，据说创造了睡觉的最长纪录，即一百多天沉睡不醒。他活了一百一十八岁，看来长寿的秘诀，就是多睡觉。

《浮生六记》里的后两记是伪作，沈复原作中的后两记早已遗失，但纵是伪作，"六记"中的《养生记道》，也比今人写得好。

只是这睡乡之隐，不是想办就办得到的。

二

就看画册吧，一眼看见明代皇帝朱瞻基《武侯高卧图》[图11-1]。此画被认为是皇帝求贤的画，画上武侯，当然是诸葛亮，只是这诸葛亮，不是羽扇纶巾的光辉形象，而是头枕书匣，亮着大肚腩，仰面躺在竹丛之下，与竹林七贤，或者苏东坡，却有几分相似。画上落款：

宣德戊申御笔戏写，赐平江伯陈瑄

宣德戊申，是宣德三年（公元1428年），平江伯陈瑄，是明朝著名的武将、水利专家，洪武、建文、永乐、洪熙、宣德五朝重臣。通常的说法是："当时陈瑄已六十有余，宣宗赐画给他的目的是激励他效法前贤，为国鞠躬尽瘁。"

我来较个真吧：

一、靖难之役时，陈瑄曾率舟师归附朱棣，使得燕军顺利渡过长江，攻入应天府（金陵）被授为奉天翊卫宣力武臣、平江伯，朱棣即位后，任命他为漕运总兵官，督理漕运三十年，修治京杭运河，一生功业显赫，此时已经是油尽灯枯、鞠躬尽瘁了，此等激励，对他有点儿小儿科。

二、假设真为激励他，那么朱瞻基为什么不画赤壁之战诸葛亮"谈笑间，强虏灰飞烟灭"的潇洒，或者他"鞠躬尽瘁，死而后已"的忧劳，而偏要画他高卧长啸的情态呢？莫非是让陈瑄退休隐居吗？

朱瞻基自称，这画是"御笔戏写"。

既如此，或许不必较真。

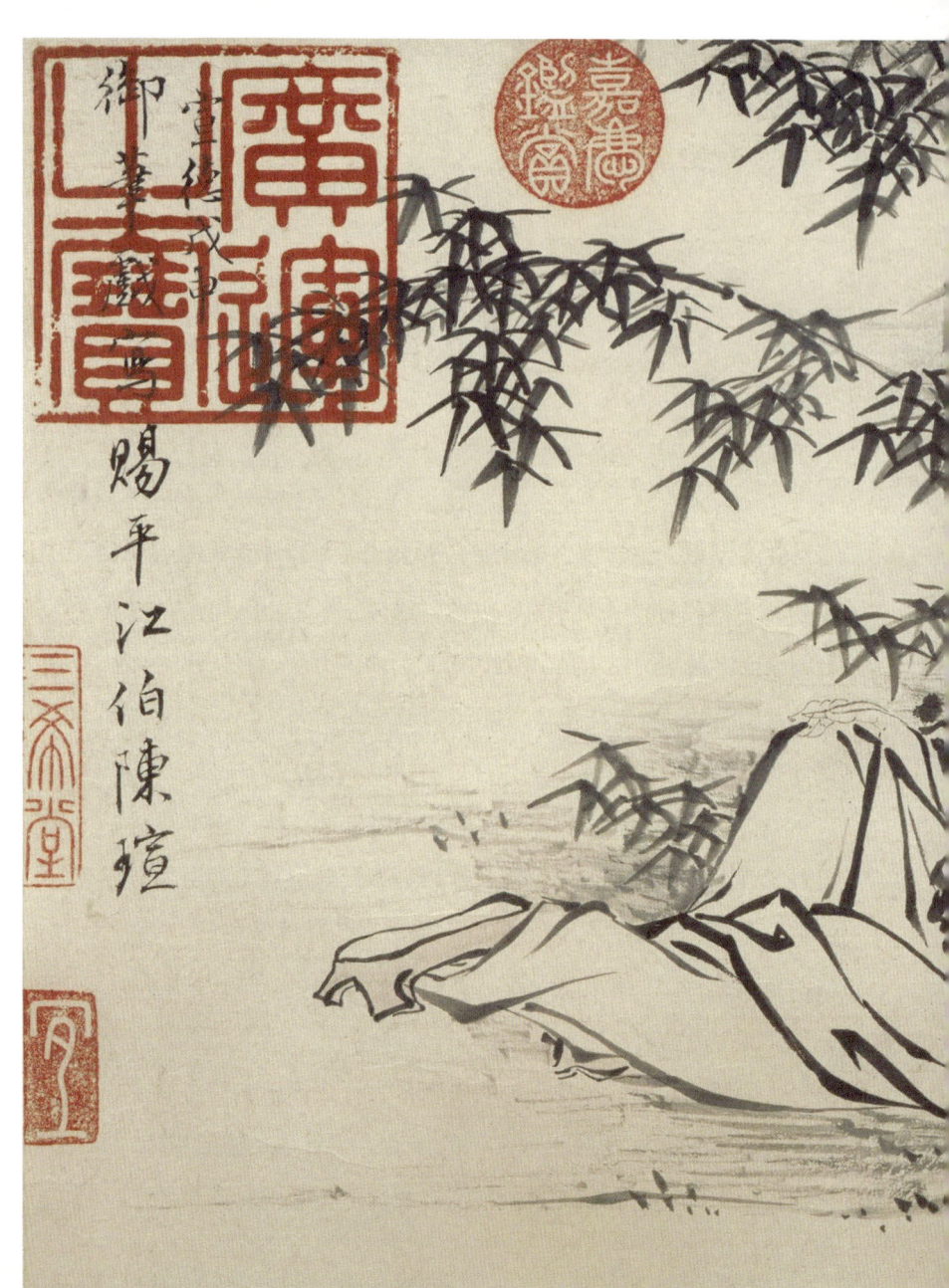

[图 11-1]
《武侯高卧图》卷（局部），明，朱瞻基
北京故宫博物院 藏

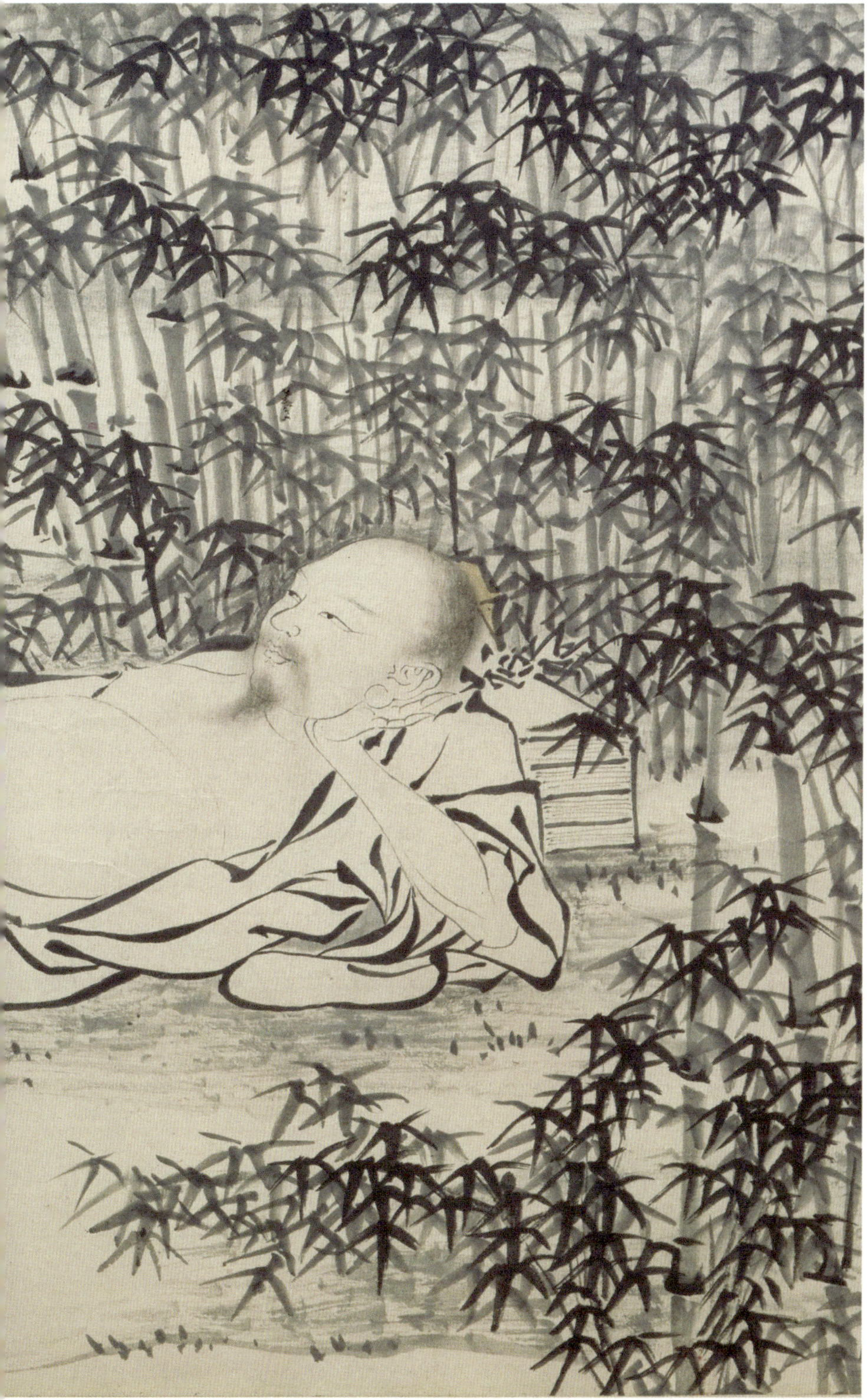

一千个人心中,有一千个林黛玉。

此时,在这深夜凌晨,最吸引我的话题,唯有睡眠。

三

我突然想到一个问题:宫殿,其实是一个不适合睡觉的地方。

它是一个真正意义上的"盗梦空间"——把梦都盗走了。

有一次陪一位法国朋友逛三大殿,法国人指着太和殿问:中国皇帝在这儿睡觉吗?

我一笑:你愿意在这儿睡吗?

他笑笑,摇摇头。

这座宫殿,在今天也是世界上规模最大的皇宫了。白天丽日之下,这建筑的巨大集合体,足够展现它的壮丽威严。但到了夜晚,巨大而空旷的空间,立刻变得肃杀荒凉,令人恐怖和不安。人需要安全感,在夜晚,人尤其缺乏安全感,仿佛所有的不测,都潜伏在伸手不见五指的夜里。于是,人的想象力得以激发,鬼故事,都诞生于夜晚。《聊斋》里的女鬼,也一律有着固定的作息:夜出昼伏,概无例外。(如果有谁能够制造出白昼的恐怖——心理恐怖,才是真正的恐怖大师。)在北京故宫博物院工作的我,被问到的最多的问题,也是故宫夜里,有没有鬼。

想起一个笑话,说有人半夜在宫殿里遇见一个打更人,便问同样的问题：您老夜夜在这打更，有没有遇见过鬼呢？打更人一笑，道：世界上哪有什么鬼啊，我在这宫殿里打了三百年更了，从来就没见过什么鬼！

我有时会在办公室加班至夜晚，所以夜里在这宫殿里穿行，对我而言算不上稀奇事。向远处望，深蓝的天空下，可见宫殿巨大的黑色剪影，层层叠叠，有如在丛林中潜伏的怪兽，心中会突然掠过不安之感。不知昔日的居住者，在宫殿里可睡得安妥？

皇帝的睡眠被安置在一个如此巨大的容器里，恐惧，必将如一个漆黑的空洞，将他吞没。当然，宫殿里有侍卫、太监，三步一岗，五步一哨，但这种恐惧是施诸心理，而不是施诸肉体的，因此也无法因为防范之严密而得以缓解。想起某年，我在南方探访古建，地方政府准备安排我住一座著名的大院儿。这几百年的大宅门，占地数万平方米，院落重重，房屋数百，光天井就有几十个，其中一部分，被装修为接待场所，恢复了曾有的典雅奢华。这浩大的居所，在白天蔚为风景，但在夜晚，人去楼空，显出几分荒芜落寞。我自知没有勇气深夜在如此巨大空间里独处，所以婉拒了。

夜晚真是一件奇特的事物，它让我们的视觉退场，却让我们的想象获得了动力。也可以反过来说，人的想象力之所以被激活，是因为丧失了探知世界的渠道。恐惧的根本，其实是无知（古人恐惧大自然，今人恐惧外星人，其实都是出于对那个世界的无知）。无知激发了我们的想象，而恐惧，正是由想象催生的。在夜里，我们不知道都有哪些事物在黑暗里潜伏，于是风吹草动，所有自然的现象，都会在我们的想象中被放大。而恐惧又犹如吸毒，一方面让人排斥，另一方面又有着强大的吸引力（这就是为什么恐惧可以变成娱乐产生出售的原因），让人越陷越深，不能自拔。

皇帝当然不会睡在太和殿里。皇帝的寝宫是乾清宫。但乾清宫的宏大壮丽，也比太和殿逊色不了多少。我们常说的"宫殿"，是由"宫"和"殿"组成的复合词。紫禁城的空间布局，继承的是"前朝后寝"的制度。"前朝"，为帝王上朝治政、举行大典之处，也就是皇帝的办公区，建筑大部分以"殿"命名；"后寝"，是帝王与后妃们生活居住的地方，也就是皇帝的生活区，建筑大部分以"宫"命名。养心殿在乾清宫西侧，在生活区，却没有以"宫"来命名，因为自乾隆到清末的二百年间，皇帝不仅在这里读书居住（不住在乾清宫），而且在这里处理政务、召见臣工，一直到慈禧垂帘听政，这里几乎成为帝国的统治中心。可见"宫"与"殿"的命名，不只取决于建筑所在的位置，更取决于功能。

乾清宫面阔九间，进深五间，是古代建筑的最高级别，尽管皇帝睡在开间较小的暖阁里，但巨大的空间，仍然深不可测，对于尚处于儿童时代的小皇帝来说，尤其如此。朱瞻基的儿子朱祁镇就是九岁即位，晚上在空落落的乾清宫里睡觉，脑子里想的都是犄角旮旯里的女鬼，听到风吹屋瓦，或者野猫从院子里跑过，就大呼小叫，传唤太监王振"护驾"，闹得王振都不耐烦，说："你也别三番五次地传唤了，老夫干脆在龙床边上搭个地铺得了！"

到嘉靖时，乾清宫发生过一起未遂的凶杀案，杀人者，杨金英等十六名宫女，被杀者，正是嘉靖皇帝朱厚熜。之所以未遂，是因为当那十六名宫女趁皇帝熟睡，把一条黄花绳套在他的脖子上，又将二方黄绫抹布塞进他的嘴里，由于心里紧张、协同不力，那绳子系成了一个死结，忙活半天，也没能勒死嘉靖，结果出现了逆转——一个名叫张金莲的宫女，因为害怕，悄悄逃脱，向方皇后告密，方皇后带领宫廷侍卫火速赶到，将凶手全部抓了现行，先凌迟，再肢解，最后割下头颅，连告密者张金莲也没放过。史料载："行刑之时，大雾弥漫，昼夜不解者凡三四日。"

这场凶杀案，史称"壬寅宫变"。嘉靖虽然躲过一劫，却从此患上恐惧症，再也不敢在乾清宫睡觉，从此移往紫禁城西部的永寿宫，"后宫妃嫔俱从行，乾清遂虚"[2]。

宫殿的夜里，又平添了十六个鬼魂。这十六个鬼魂，是否会放过他呢？

这样的极端案例，发生在乾清宫只此一次，但宫殿的空旷、幽深给睡眠者带来的心理压力，却别无二致。宫殿是制度性建筑，不顾及个人的情感，甚至会展现出与人性相违的一面——宫殿是权力的居所，却很难成为一个人精神的居所，即使贵为皇帝，也改变不了这一点。

倒是乾隆聪明，坐拥全世界最大豪宅，却打造一个完全属于自己的小天地——三希堂。那是养心殿暖阁尽头最小的一个房间，乾隆皇帝把自己最珍爱的三件晋人书法放在里面，分别是王羲之《快雪时晴帖》、王献之《中秋帖》、王珣《伯远帖》，当然，除了这"三希（稀）"，这小小的房间，还藏着晋以后一百三十四位名家的书法作品，包括三百四十件墨迹以及四百九十五种拓本。八平方米的小房间，一张炕占了一半。从朝堂下来，不用正襟危坐，远离钩心斗角，乾隆盘腿坐在炕上，在小案上赏玩那些宝物，看倦了，就靠着锦枕睡去。说不清它是书房还是卧室，总之它的尺度、环境、气氛是宜于睡眠的。即使在北风呼啸的夜晚，也丝毫不觉清寂和恐惧，因为这小房间，让他觉得温暖、富足、安定。

四

一卷《武侯高卧图》，让我关心起皇帝的睡眠问题。自身难保的我，竟为古人担忧。但我想，宫院深深，睡眠绝对是一个问题。这不仅因为宫室的尺度太大，反而让睡眠无处安放，更在于皇帝是人世间最高危的职业，是所有明枪暗箭的靶心，天下皇帝，没有一个不担心遭人暗害的，更何况，帝国政治的重量落在他一个点上，"百忧感其心，万事劳其形"，这压强，人的小心脏很难承受。

朱瞻基二十九岁登基，面对的，就是两个强劲的政治对手——他的两个叔叔——汉王朱高煦和赵王朱高燧。朱瞻基是朱棣的长孙、明仁宗朱高炽的长子。朱高煦和朱高燧，是朱高炽的两个弟弟（朱高炽为朱棣长子）。当年朱高炽被朱棣立为太子，这两个弟弟就不服，朱高煦迟迟不肯赴云南封地就藩，埋怨说："我何罪，斥万里？"还干了不少不法的事，如果不是朱高炽求情，朱棣早把他废了。朱高炽的善良，给自己儿子接班带来无穷后患。朱高燧虽为朱棣喜爱，却更心狠手辣，竟然让宦官在朱棣的药里下毒，朱棣发现后大怒，又是朱高炽求情，才留他一命。

宣德元年（公元1426年），登基仅一年的朱高炽突然死去，朱瞻基身在南京，要赶往北京即位。但他的即位之路，步步惊心。先是朱高煦竟在半途设伏劫杀，由于准备仓促，这场惊心动魄的劫杀大戏才无疾而终，他知道放走朱瞻基等于放虎归山，只好破釜沉舟，在宣德元年的八月里起兵造反。

《明宣宗实录》云："八月壬戌朔，汉王高煦反。"

朱瞻基兴师平叛，不出一个月，朱瞻基就兵临乐安[3]城下，活捉了朱高煦。三年后，朱瞻基突然想起了这位被羁押的叔父，到西华门内的逍遥城，去看望朱高煦，没想到朱高煦一脚把他钩倒，朱瞻基惊恐之余，命锦衣卫将朱高煦处死，只是那死法颇有"创意"——用一口三百斤的大铜缸把朱高煦罩在里面，在周围架起木炭，文火慢熬，最终把铜缸内化为一堆液体，朱高煦的肉身想必也变成一摊油脂。

今天从午门前去武英殿参观的游客，很多会从太和门广场西侧的熙和门穿过，刚好路过朱瞻基烤死朱高煦的现场，只不过王朝的血腥，早已被时光抹去，留在人们视线里的，只有红墙碧水、雪月风花。明末宦官刘若愚《酌中志》透露，熙和门西侧台阶下靠南的位置，就是朱高煦的肉身消失之处，明代天启年以前，那口大铜缸一直安放在原处[4]，夜黑风高之夜，不知是否有人会听到朱高煦的阴魂在铜缸里面号啕挣扎。

不可一世的汉王朱高煦就这样"人间蒸发"了，赵王朱高燧这次倒是表现得乖巧，看清了形势，主动交出了武装，最终得到善终，但其他藩王仍在，诸藩的威胁，几乎伴随着朱瞻基执政的始终。

"卧榻之侧，岂容他人鼾睡？"宋太祖这句话，一不留神成了帝王政治的铁律。身为皇帝，不仅不能让他人鼾睡，自己都甭想睡痛快了。我相信，在朱瞻基帝王生涯的大部分时间，一定如电视剧里常说的：" 睡觉都要睁一只眼"。那时，十六名宫女行刺皇帝的事件还没有发生，朱瞻基的寝宫，就在乾清宫。但各种来路不明的力量，依旧潜伏在暗处，蓄势待发。乾清宫内，隔有暖阁九间，有上下楼，共置床二十七张，皇帝每夜任选一张入寝，以防不测。无边的权力，带来的不是幸福和安稳，相反，把睡觉变作九死一生。

五

有人问我，明代皇帝为什么大多心理变态？他们要么杀人花样百出，杀人方法达到了"食不厌精、脍不厌细"的精致（比如解缙，这位在朱棣破南京后主动归依的有功之臣、大明帝国第一届内阁成员，因为在接班人问题上，皇帝向右他向左，惹怒了皇帝，被关押六年之后，在一个大雪凝寒的夜晚，被埋在雪堆里活活冻死了，什么叫"路有冻死骨"，解缙亲身尝试了，这冰箱冷冻死法，与朱高煦的木炭烧烤死法，形成奇特的对应关系），要么骄奢淫逸，沉溺豹房，要么走火入魔，整日炼丹，数十年不上朝。总之，挑不出几个正常人。

我不知这是否与家族遗传有关，但或多或少，与这宫殿的塑造难脱干系。环境塑造人，宫殿是世界上最耀眼的地方，同时也是最黑暗的地方，是"黑夜中最黑的部分"，它的威严不仅会吓倒别人，甚至可能吓倒皇帝自己（前面已以朱祁镇、朱厚熜为例进行过论述）。美国学者保罗·纽曼在谈论地狱时说：

> 在《被诅咒且该死的约翰·浮士德博士的历史》中，地狱被描绘为一个完全黑暗的地方，从其中的峡谷深渊中释放出雷、电、风、雪、尘、雾，传出可怕的恸哭和哀号。一团团火焰和硫磺从深潭中窜出，淹没了身处其间的所有受诅咒的灵魂。在深渊的中心架有一座天梯，似乎由此可以攀登至天堂。受诅咒的灵魂们奋力攀援，期望逃脱这万恶之境，但从未成功过。就在他们即将到达幸福和光明的极乐世界的那一刻，又会被无情地掷回水深火热之中。[5]

这与宫殿的性质极其吻合。宫殿是你死我活的战场，有人直接称之为"天朝沙场"（celestial battlefield）。它一头连着天堂，一头连着地狱，天堂与地狱，其实只一墙之隔。朱棣三个儿子之间的帝位之争（在朱瞻基这一代得以总爆发），康熙皇帝"九子夺嫡"的惨剧，皆是如此。汉王朱高煦之所以造了侄子朱瞻基的反，是因为他也曾无限接近过帝位，朱棣的心理天平，曾经向他倾斜，却又发生了戏剧的反转——经过反复权衡，朱棣后来还是选中了他的嫡长子朱高炽。正如保罗·纽曼所说：在他即将到达幸福和光明的极乐世界的那一刻，又被无情地掷回水深火热之中。

六

有意思的是，朱氏家族一方面残暴狞厉，另一方面却展现出超强的艺术气质，才华横溢的艺术家层出不穷，延续了十几代，在中国历代皇族中绝无仅有。即使一个纯正的艺术家族，也很难做到这一点。这个家族的血缘密码，实在复杂难解。在刀刃与血腥之上，艺术展现出非凡的魔力，也为这个家族打开了另外一个世界。

朱元璋出身草莽，大字不识一筐，当皇帝后，朱元璋知道，文化程度低是自己的硬伤，所以他说："我取天下，正要读书人！"在这一思想指导下，刘基、宋濂、高启这"明初诗文三大家"，都入了他的阵营，组成天下第一智库。至于刘基（刘伯温）被朱元璋借胡惟庸之手干掉，宋濂死于胡惟庸案，高启被腰斩，而且是被斩成八段，[6]这些都是后话了。这三大家，刘基以行草著称，宋濂草书如龙飞凤舞，高启则擅长楷书，飘逸之气入眉睫。

在他们的熏陶下，朱元璋的文化水平迅速提高，他的行书、

[图 11-2]

《明总兵帖》(局部),明,朱元璋

北京故宫博物院 藏

草书,既见帝王的霸象,又不失朴拙率真之气。在北京故宫博物院,收藏有朱元璋《明总兵帖》[图11-2]、《明大军帖》等书帖,但他的大宗手稿收藏在台北故宫,共七十四帖,总称《明太祖御笔》。

朱元璋极力在皇家血统中注入文化的基因,硬是把这个草莽出身的家族塑造成一个艺术之家,以至于在这个家族的后代中,艺术的才华挡也挡不住。在北京故宫博物院,我们至今可见明仁宗朱高炽(洪熙)、明宣宗朱瞻基(宣德)、明宪宗朱见深(成化)[图11-3]、明孝宗朱祐樘(弘治)、明武宗朱厚照(正德)、明世宗朱厚熜(嘉靖)、明神宗朱翊钧(万历)、明思宗朱由检(崇祯)等历任皇帝的书法和绘画作品,笔力都很不俗,尤其朱瞻基,更是所有艺术史教科书上的不可或缺的大画家,在花鸟、山水、人物画方面都造诣不凡,成就直追宋徽宗,所谓"点染写生,遂与宣和争胜"。朱谋垔《续书史会要》说:

宣宗皇帝御临之时,重熙累洽,四海无虞。万几清暇,留神词翰,山水人物、花竹草虫,随意所至,皆极精妙。

他的《莲浦松阴图》卷、《三鼠图》册页、《寿星图》横幅、《山水人物图》扇[图11-4][图11-5]、《武侯高卧图》卷,如今都藏在北京故宫博物院。

營內新舊見在
馬疋數目報來
毋得隱瞞就
教小先鋒將手

御製一團和氣圖贊

朕聞晉陶淵明乃儒門之秀
陸修靜亦隱居學道之良而
惠遠法師則釋氏之翹楚者
也法師居廬山送客不過虎
溪一日陶陸二人訪此因相與
道合不覺送過虎溪因相與
大笑世傳為三笑圖此豈非
一團和氣所自邪試揮綵筆
圖識其上

嗟世人之有生並戴天而履地
既均稟以同賦何彼殊而此異
惟鑒智以自私外形骸而相忘
雖近在於一門乃遠同於四裔
偉哉達人遐觀高視
俯仰不愧忘彼爾我
為一致談笑有儀
是三人以為一
達一團之和氣
藹然以同事
必以此而建功
功必備豈無斯人
類以此而輔予盛治
圖以觀有繫予志聊摅
懷庶以警俗而勵世

成化元年六月初一日

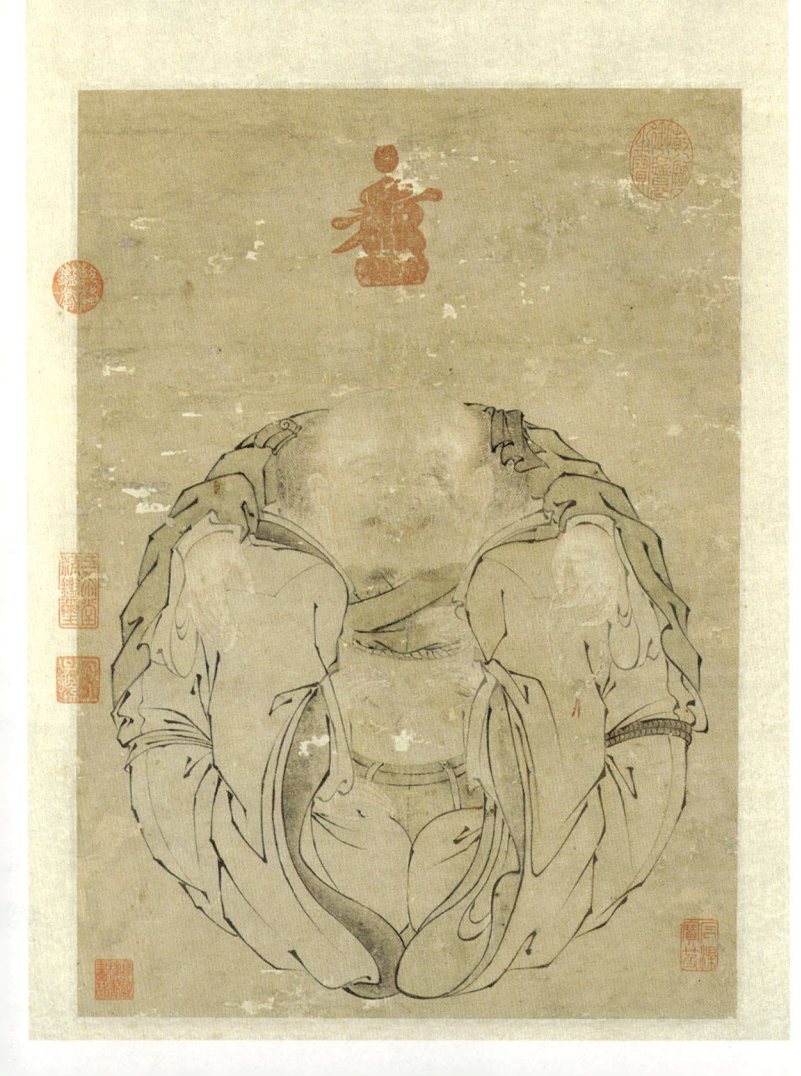

[图 11-3]
《一团和气图》轴,明,朱见深
北京故宫博物院 藏

明代宫廷社会,已然形成了一套压抑身体的完整机制,身为皇室,也未必能够摆脱这样的身体命运,甚至会更加深重。在这种情境下,艺术,可能成为拯救其人性的唯一方式,使他们在权力角逐中紧绷的神经,在艺术中找到酣畅的释放而复归于平静。

古来以睡眠为题的绘画很多,如五代周文矩《重屏会棋图》卷(北京故宫博物院藏,画屏上绘有白居易《偶眠》诗意)、元代刘贯道《梦蝶图》卷(美国王己千先生怀云楼藏)、明代唐寅《桐阴清梦图》轴(北京故宫博物院藏)。其中,朱瞻基《武侯高卧图》是最杰出的画作之一。画中诸葛亮,不是雄姿英发,衣履庄严,而是袒腹仰卧,基本半裸。在我看来,这不像是朱瞻基在呼唤贤良,倒有点儿消极厌世的犬儒主义,难怪网友评价,这是史上最丑的诸葛亮形象。但那种洒脱任性的表达,却入木三分。不能排除,这幅画是朱瞻基对自身处境的一种幻想性满足,即:这是他借用一个古人的身体而完成的自我解脱。

正像在惶惶不安中走向穷途的崇祯皇帝,留在北京故宫博物院的书法代表作,所写的不是励精图治的豪言壮语,而是这样四个字:

松风水月

[图11-4]

《山水人物图》扇之一,明,朱瞻基

北京故宫博物院 藏

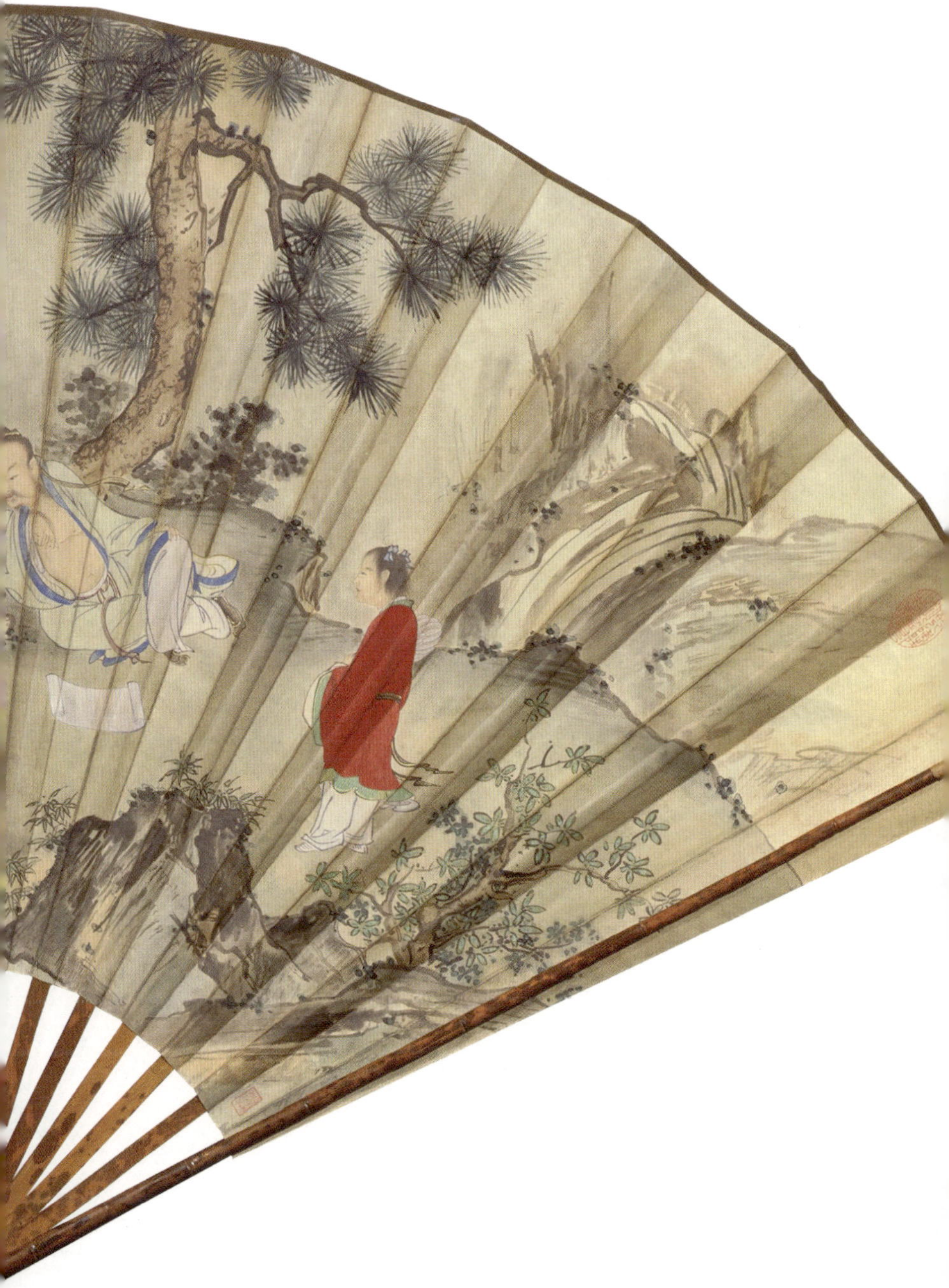

[图 11-5]

《山水人物图》扇之二,明,朱瞻基

北京故宫博物院 藏

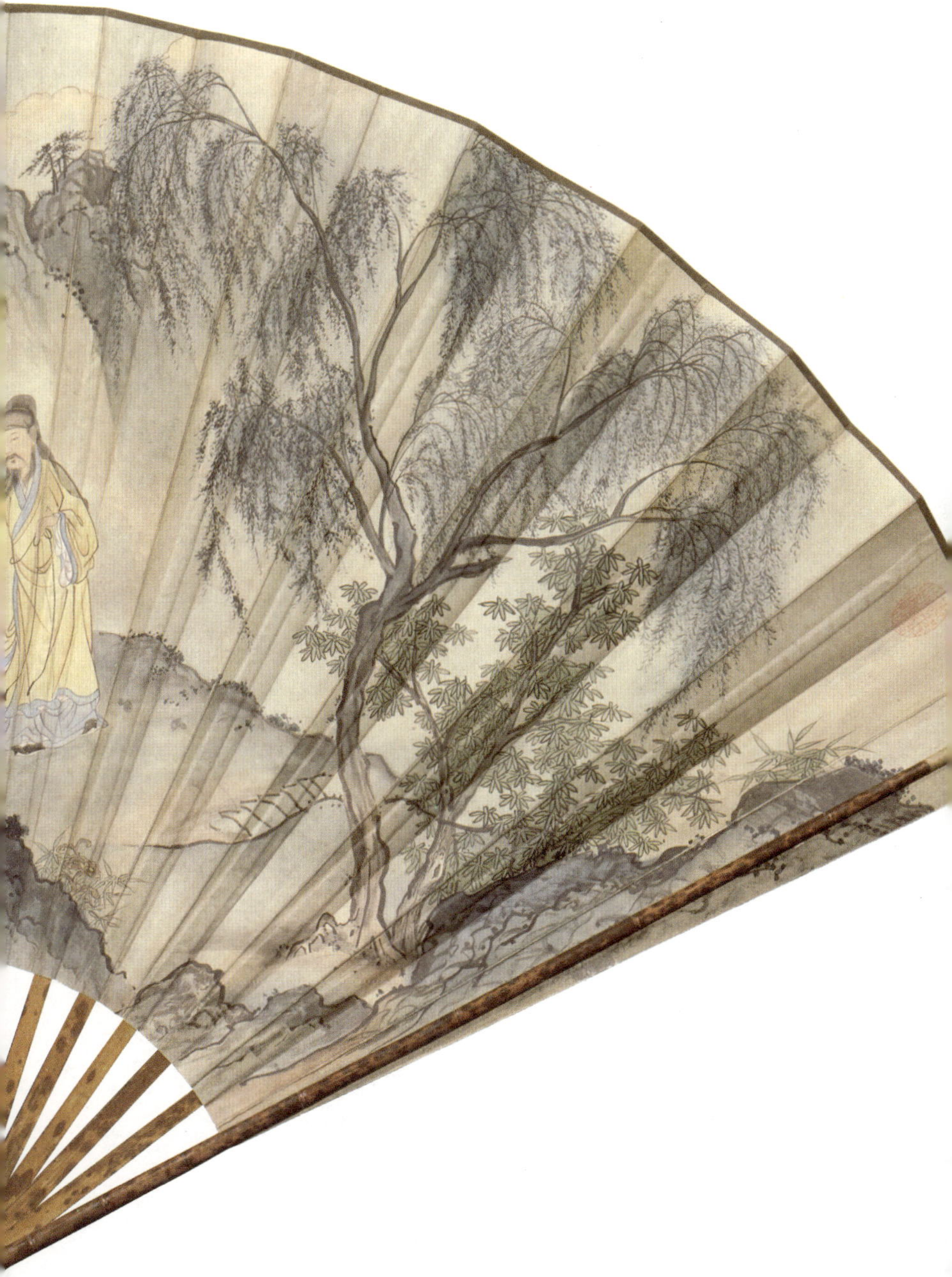

七

至少从睡眠的意义上说,皇帝是天底下最可怜的物种。连觉都睡不安稳,还谈啥生命质量?在这一点上,任何一个人,都可以笑傲历代帝王,纵然我们没有乾清宫九间暖阁组成的豪华套房,但我们也无须在二十七张床之间打游击,在每一个夜晚,变成一只惊弓之鸟。所谓的现世安稳,岁月静好,这句被用烂的名言,原来竟是我们的最大财富。皇帝的金银珠玉、珍馐美味,其实都抵不过一场酣畅淋漓的睡眠。因为那睡眠不只是睡眠,也透射着一个人生命的纯度。一个人内心是否笃定、坦然,透过睡眠,一眼便可望穿。

像当年苏轼下狱,一夜,牢里忽进一人,一言不发,在他身边倒头便睡,第二天清晨便离去。原是皇帝派来的探子,侦探苏轼是否睡得安稳,见苏轼酣睡如常,汇报给皇帝,皇帝于是知道,苏轼问心无愧。

苏轼的睡眠,想必比皇帝好。

内心率性旷达,随遇而安,心似泰山,不摇不动,如明代思想家陈献章所云:"不累于外物,不累于耳目,不累于造次颠沛,鸢飞鱼跃,其机在我",[7]才能真正在睡眠中,得大自在。

我终于悟到,真正的逍遥游,是在梦里。

只有自由地睡觉,轻松地入眠,才是货真价实的逍遥。

读王羲之《适得帖》(唐代摹拓墨本,日本宫内厅三之丸尚藏馆藏),读出"静佳眠"三字,我想,这便是对睡眠的最好的形容,人静、环境佳,才能有眠。

这"佳",未必是奢华,相反要小、温暖、亲切,像三希堂,或倪瓒友人的容膝斋。"容膝",极言其小,这个词很可爱,被文人频频使用。《浮生六记》云:"余之所居,仅可容膝,寒则温室拥杂花,暑则垂帘对高槐,所自适于天壤间者,止此耳。"[8]这便是"佳"的含义。

而《适得帖》,也确实记录着一场睡眠。其全文是:

适得书。知足下问。吾欲中冷。甚愦愦。向宅上静佳眠。都不知足下来门。甚无意。恨不暂面。王羲之

朋友来问候,王羲之在宅中小睡,竟浑然不知,以至于错过了一场见面,让他耿耿于怀,并一再向朋友道歉。但那场睡,一如"永和九年的那场醉",那么普通,又那么值得被铭记。

在我卧室的床头,我要挂上三个字:"静佳眠"。——打死也不挂"松风水月"。

再抄苏轼的两句诗,竖在两边:

畏蛇不下榻,

睡足吾无求。[9]

　　我会放下所有的心理负担,因为没有什么事物,值得去妨碍一场睡眠。

　　安顿好睡眠,才能安顿好自我。

　　幸好,我们不是皇帝。

　　我们是简单而快乐的普通人。

第十二章 家在云水间

只有在绛云楼里,她才能活成她希望的那个自己——那个最好的自己。

我可以是村妇是村姑

也可以是一个侠女　我可以是

采药人　也可以是一个女道士

我以女人的形象走在云水间

以女人的蒙太奇平拉推移

以女人的视觉看时间忽远忽近

　　　　——翟永明：《随黄公望游富春山》

一

　　崇祯十六年（公元 1643 年）的春天，晚明名士钱谦益偕柳如是走进拂水山庄观看桃花。那一年，柳如是二十七岁，钱谦益六十七岁。

　　柳如是一生钟爱自然的声色，风拂竹瑟，月映梨白，都会让她深深地感动。很多年后，她仍不会忘记，那一天，小桃初放，

[图 12-1]
《月堤烟柳图》卷，明，柳如是
北京故宫博物院 藏

细柳笼烟，她与夫君一步一步，辗转于月堤香径。那桃、那柳，都见证着她生命中最为清宁恬静的岁月。她轻轻踏上花信楼，端坐在窗口，凝望着迷离的春光，心中想起钱谦益《山庄八景》诗中的那首《月堤烟柳》，突然间想画一幅画，把自己最钟爱的时光留住。她索来纸笔，匆匆画了一幅山水图景。

　　三百七十年后，我在北京故宫博物院目睹着柳如是的《月堤烟柳图》[图 12-1]，心里想着当年的岁月芳华，都是那样真实，仿佛那烟柳风花正是昨日刚刚见到的景物，中间三百多年的流光，根本不曾存在过。

二

　　在抵达拂水山庄之前，柳如是的路走得太久、太累。

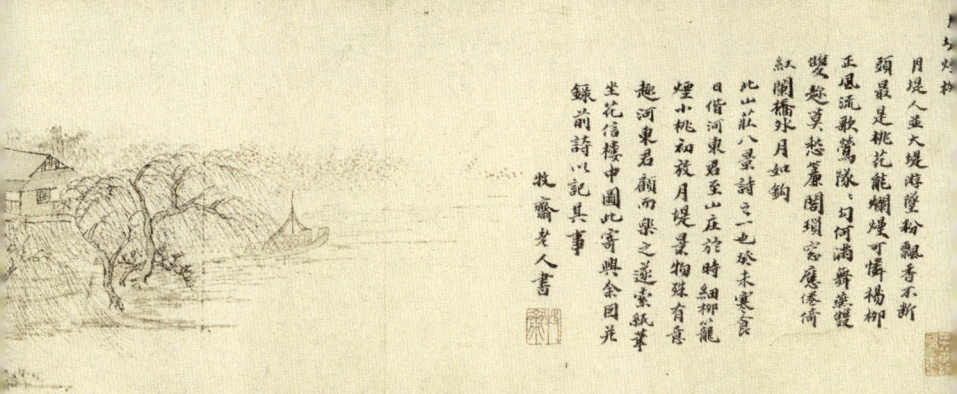

  柳如是一生的行脚，几乎都不曾离开过江南。她出生在江南水乡，幼年身世无考，少年时入吴江，被卖做已被罢官的东阁大学士周道登府上做婢女，又做小妾，后被周府姬妾所陷，十五岁沦落风尘，很快倾倒众生，成为"秦淮八艳"之首。

  但后人提她、陈寅恪写她，绝不止于这些。

  在陈寅恪先生眼里，即使在倚门之女、鼓瑟之妇那里，也存在着"独立之精神，自由之思想"，更何况柳如是的清词丽句，常深奥得令他瞠目结舌、不知所云。[1]

  "放诞多情""慷慨激昂""不类闺阁"，这是当时文人对柳如是的评价。她常做男子打扮，头罩方巾、一身长衫，于文人的世界中周旋，在她的温婉妩媚中，平添了几许阳刚之气。

  就是陈寅恪所说的"三户亡秦之志"[2]。

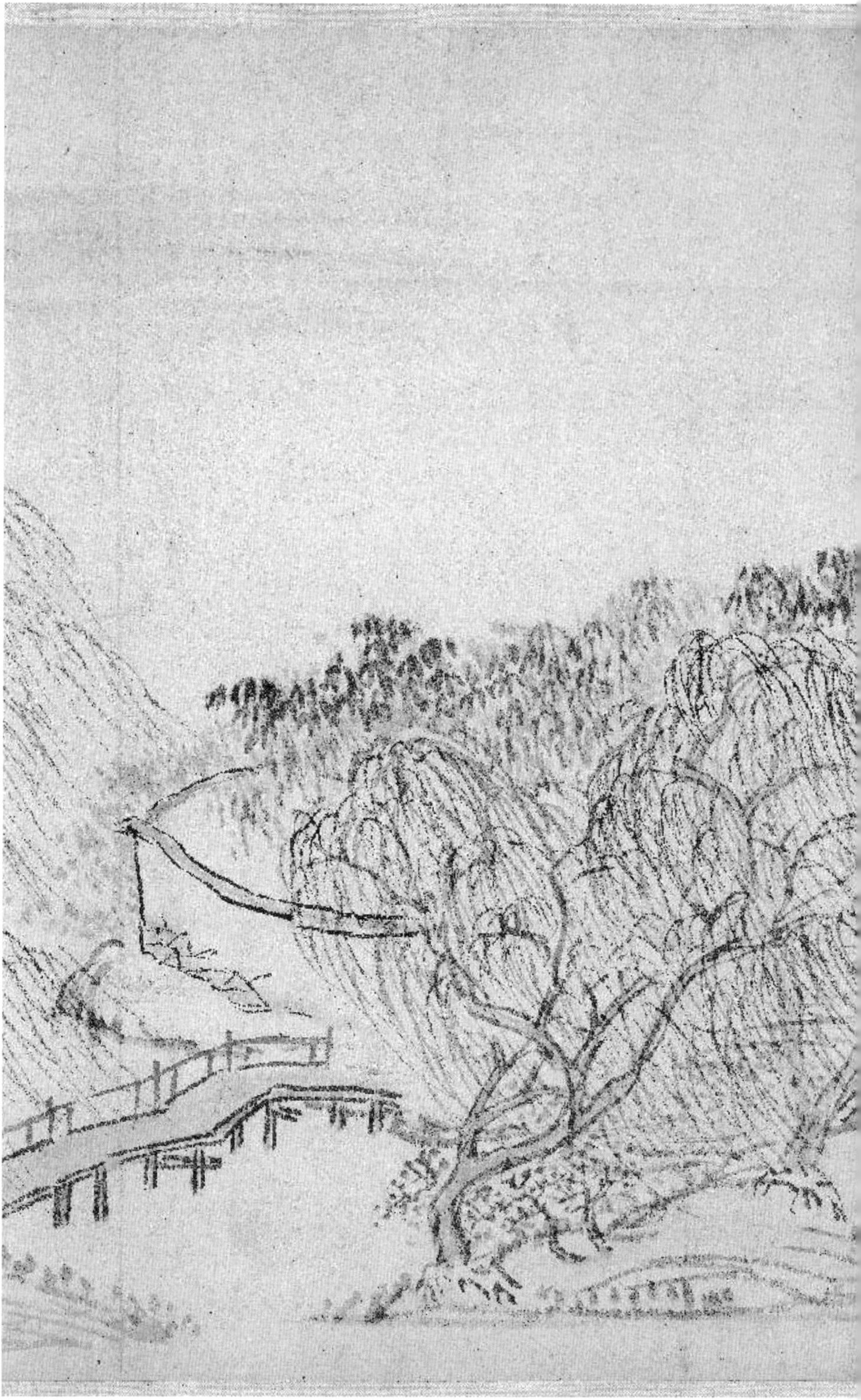

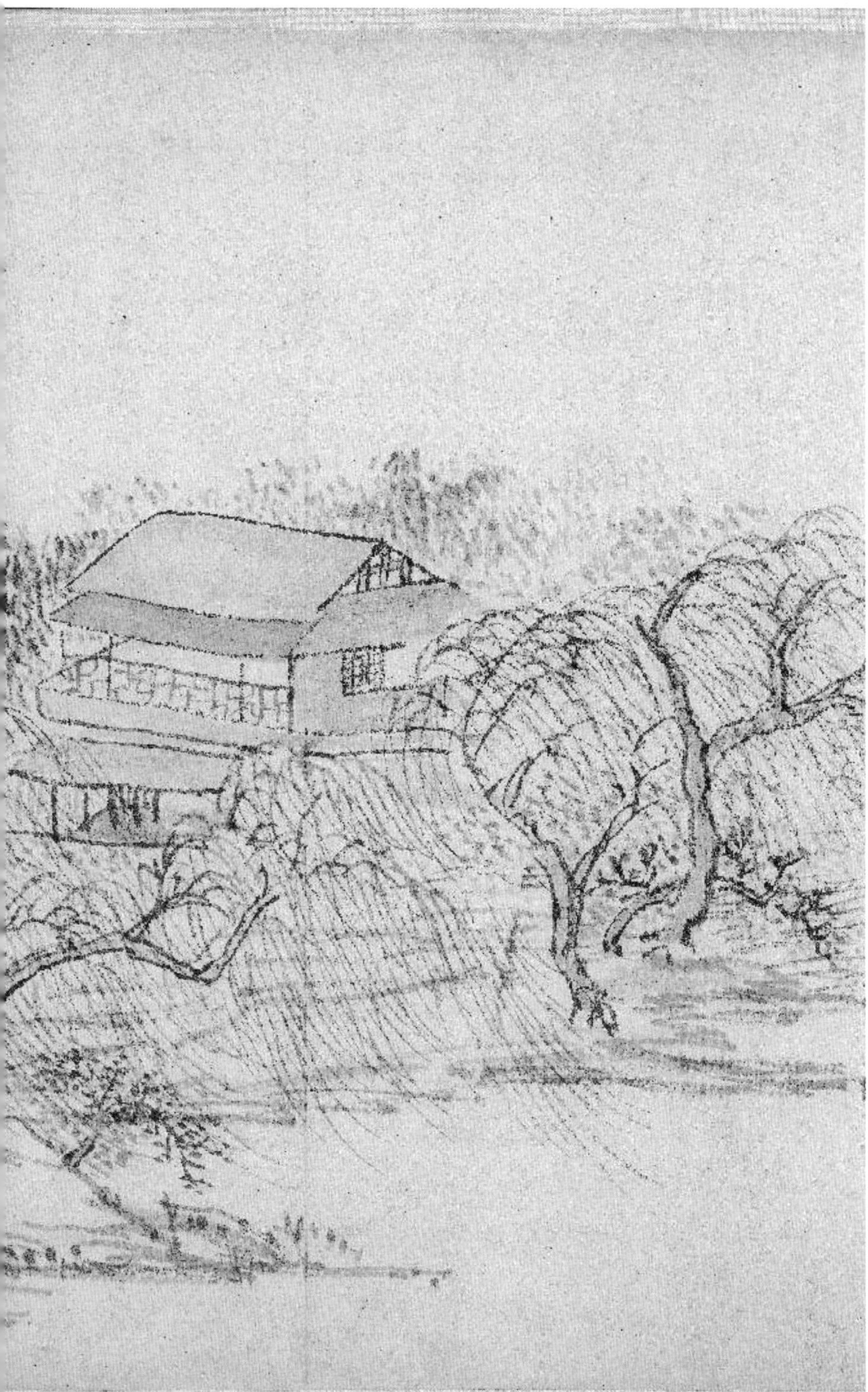

她爱过宋征舆,但那份曾经狂热的恋情却因宋母的强烈反对而熄灭。后来她又爱陈子龙,因为她不仅看上了陈子龙身上的才华,更喜欢他的侠义之气。在松江的渡口,她送年轻俊逸的陈子龙北上京师,参加次年二月的春闱。那是崇祯六年(公元 1633 年),帝国正处于风雨动荡之秋,北方的战事糜烂,紫禁城里的崇祯皇帝,神经衰弱得几近崩溃。或许,正是那样的处境,赶上那样的时事,让陈柳之间的那份情,别有一番暖意。

陈子龙没有一去不归,第二年春天,他就落第归来了,这反而让柳如是感到释然。崇祯七年(公元 1634 年),离大明王朝的灰飞烟灭还有整整十遍的春秋,柳如是和陈子龙住进了松江南门内的别墅小楼——南楼。白天,陈子龙去南园读书——那座园林,本是松江陆氏所筑,但多年无人居住,已是廊柱丹漆剥落,假山薜荔纵横,看当年与他们同在园中读书的陈雯的记录,觉得那园林的气氛,很像今天的恐怖片。他说:"有啄木鸟,巢古藤中,数十为伍,月出夜飞,肃肃有声。猵獭白日捕鱼塘中,盱睢而徐行,见人了无怖色。"

但在柳如是看来,这荒芜的园林别墅,在她的辗转流离中,无疑是一处温暖的巢穴,因为每天晚上,陈子龙读书归来,都在南楼上与她相伴。那段日子,她填了许多词,有《声声令·咏风筝》《更漏子·听雨》等。她《两同心·夜景》里写二人缠绵之状:

不脱鞋儿,
刚刚扶起。
浑笑语,
灯儿斯守。
心窝内,
着实有些些怜爱。
缘何昏黑,
怕伊瞧地。

两下糊涂情味。
今宵醉里。
又填河,
风景堪思。
况销魂,
一双飞去。
俏人儿,
直恁多情,
怎生忘你。

陈子龙拾起纸页，笑道："这该是我作给你的啊。"

陈子龙也为柳如是留下很多词，比如《浣溪沙·五更》《踏莎行·寄书》。

但柳如是的词，像这样轻松俏皮的并不多，更多的，总是有着一种莫名的愁绪，就像崇祯七年的春天一样，晦暗不明。

在陈子龙身边，内有正室张孺人不动声色斗小三儿，外有文场小人背地暗算，让他腹背受敌。在家里，张孺人出身大户人家，掌握家庭财政大权，她能接受陈子龙纳妾，却绝不接受一位青楼女子玷污门楣；在文场，许多人对陈子龙又妒又恨，开始风传一些流言蜚语，还有人花钱，让当地官员上奏朝廷，剥夺陈子龙的举人资格，这事，陈子龙自撰年谱有载。

南楼，不是他们在现实中的容身之所，只是现实中的一道幻影。很多年后，当所有的缠绵都成了陈年往事，内心的伤口长出厚厚的茧子，柳如是翻弄昔日的诗稿，不知会做何感想。

有意思的是，她的诗集，后来恰由陈子龙为她整理编印。不过这些，都是后话了。

三

我见过柳如是初访钱谦益时的小像一帧，的确是一身儒生装束，配她的清逸面庞，倒显得洒脱俏丽。

那一年，是崇祯十三年（公元1640年）的冬天。转眼间，已和陈子龙相别六年。六年中，柳如是迁延于盛泽、嘉定等地，也几经情感的波折，始终没有归处。

她感觉自己已然老去许多。不是容颜老了，是心老了。

柳如是最终与钱谦益最终牵手成功，得益于杭州友人汪然明的牵线。终于，她乘上一叶小舟，翩然抵达虞山半野堂。

柳如是买舟造访钱谦益，让人想起卓文君夜奔卖酒情定司马相如，那份胆略，自出一途。所幸，钱谦益早知柳如是的才名，对她所作"桃花得气美人中"之句激赏不已。他初时只觉面前的翩翩佳公子骨相清朗，待看到她投来的名刺，又见她落落长衫之下的一双纤纤弓鞋，方恍然悟出面前的少年郎竟是名满江南的柳隐，自然大喜过望。[3]这一段旷世姻缘，就在崇祯十三年冬天暧昧不明的光线里，尘埃落定了。

很快，柳如是拥有了自己的居舍，那是钱谦益在半野堂边上为她建起的一座新舍，取名"我闻室"。这名字来自《金刚经》，因为经文开头便是"如是我闻"，如是，刚好是柳如是的名字。

此时，距柳如是半野堂初会钱谦益，只过去了一个多月。

柳如是从此有了别号："我闻居士"。

入住我闻室那一天，面对绿窗红舳、熏炉茗碗，不知她是否会想起，自己十六岁时与宋徵舆相见时，宋徵舆送她的那一首《秋塘曲》?是否会想起与陈子龙在南楼相别,陈子龙和秦观《满庭芳》填的那阕新词:"无过是,怨花伤柳,一样怕黄昏?"或许,那份曾经的温存与暖意,她都不曾忘记,只是沉沉地压在心底,不愿把它们再翻搅上来。

相比之下,钱谦益的确是老了。燕尔之宵,他说:我爱你黑的头发白的面孔。柳如是笑答:我爱你白的头发黑的面孔。这事《觚剩》《柳南随笔》有载,不过这些都是清代笔记,真实性存疑——他们又不在现场,怎知钱柳二人的悄悄话?但不管怎样,"白个头发黑个肉",从此成为典故,那说笑里,多少也藏着柳如是的辛酸。

其实,柳如是的心迹,在她的诗里写得明白:

裁红晕碧泪漫漫,
南国春来正薄寒。
此去柳花如梦里,
向来烟月是愁端。
画堂消息何人晓,
翠帐容颜独自看。
珍重君家兰桂室,
东风取次一凭栏。

听上去，柳如是并不怎么开心，有了我闻室作安身之所，竟有一脉冰凉自眼角溢出，流过她的面颊。是伤痛，还是幸福的泪水？陈寅恪先生解释说："盖因当日我闻室之新境，遂忆昔时鸳鸯楼之旧情，感怀身世，所以有'泪漫漫'之语。"

或许，出于对于出身的敏感，柳如是一生，要浪漫，更要尊严，要一个真正属于自己的、独立的空间，而这，恰恰是宋征舆、陈子龙所不能给她的。这世上，只有钱谦益能给，能够给她一个我闻室、一个像样的婚礼、一个侧室夫人的身份，还有，对一位艺术家的那份欣赏与尊重。

钱谦益，在晚明历史上是举足轻重的人物。他二十四岁中举，二十八岁参加殿试，被定为一甲探花，被授翰林院编修，后来因母亲去世，回乡丁忧，在朝廷坐了十年的冷板凳。公元1620年，明神宗万历皇帝龙驭归天，明光宗即位，钱谦益被召回京，官复原职。不料第二年，也就是天启元年，又被政敌所害，辞官回乡。崇祯即位后，又召他入京，授礼部右侍郎，很快又成党争的牺牲品，又遭温体仁、周延儒弹劾，直到崇祯把自己吊死在煤山上，他再也没有进过紫禁城。

但钱谦益有钱，有才华，有名声，还有两座园林别墅——一座半野堂，在虞山东面山脚，吴梅村、石涛都曾在此住过；另一座拂水山庄，在虞山南坡。这两处林泉佳境，既是他的生活空间，也是他的知识天堂，在品味诗文，或者咏诵唱和间，他面对晨昏昼夜，笑看时空轮转，人们称他为："山中宰相"。

三年后（崇祯十六年，公元1643年）的秋日里，钱谦益又在半野堂旁，为柳如是盖起一座绛云楼。此楼共五楹三层，楼上两层为藏书之所，楼下一层为钱柳夫妇的卧室、客厅和书房。

此时的钱谦益，既无内忧，也无外困。而朝廷的形势，却刚好相反。

绛云楼以北，万里关山以外，大明帝国接连丢掉了关外重镇宁远、锦州，辽东总兵祖大寿和前去增援的蓟辽总督洪承畴相继降清，山海关屏障尽丧。绛云楼清夜秋灯、私语温存之时，清军已如浩荡的洪水，冲垮了蓟州、兖州等八十八城。而黄土高原上的那支义军也将俯冲下来，一年多后，就将会师北京。

大明王朝，已入垂死之境，自相残杀的热情却丝毫不减。崇祯在位十七年，却换了十一个刑部尚书，十四个兵部尚书，诛杀总督七人，杀死巡抚十一人、逼死一人，这其中就包括总督袁崇焕。崇祯拔剑四顾，满朝找不出一个他信任的人。

而此时的钱谦益，正追携着佳人，一壶酒、一条船、一声笑，归隐江湖。对于那个年代的士人而言，这未尝不是一个最好的结局。

四

假如退回到晚明，我们可以看到许多记忆里的老熟人，正端坐在水榭山馆中，抚琴叩曲、操弦吟词。这里面，有弇山园（小祇园）里的王世贞、乐郊园里的王时敏、梅村山庄里的吴伟业，当然也有拂水山庄里的钱谦益与柳如是。

多年前，我曾有一次常熟之行，却因行色匆匆，没有看到过拂水山庄，也不知道从前的秋水阁、耦耕堂、花信楼、梅圃溪堂这些园中建筑，如今可否安在。后来从黄裳先生书里看到，他曾经两次去常熟，都向当地人打听过拂水山庄的遗址，没有人知道。[4] 他说这话的时候，是 1983 年，如今，已经过去了三十余年了。

所以，那个拂水山庄，对我来说一直是一个神秘的空间，搁浅在 17 世纪的光阴里，从未向 21 世纪的我打开。出于对当代仿古建筑的警惕，我再也没去常熟，没去打探过拂水山庄的下落。今天我能面对的，也只有柳如是在崇祯十六年所绘的一纸《月堤烟柳图》。从这幅图卷上看，这座拂水山庄，沿袭了明末文人空间的质朴风格，房屋建于一个平坦的岛上，有小桥与岸边相通，空间环境几乎被满目烟柳所包围，小岛岸边，停靠着一叶小舟，是为构图的平衡，是空间的延伸，也是她心内处境的写照。

　　一卷《月堤烟柳图》，让我想起"明四家"笔下的文人空间——沈周《桂花书屋图》轴［图12-2］、唐寅《事茗图》卷［图12-3］、文徵明《东园图》卷、仇英《桃村草堂图》轴，都藏在北京故宫。《桂花书屋图》里的书屋，被沈周设置为一个敞开的空间，面对一棵桂花树，还有一条蜿蜒的小溪，屋后，则是青黛的山峦。这幅画中，无论是书屋本身，还是周边的竹篱、门扉，都平朴至极，没有丝毫的声色与嚣张，但它却是那么美，美在建筑与自然、物质与精神的和谐相契。

　　假如我们打量元代绘画中的房子，我们很容易发现其中的不同——那个时代的画家，要么借助铠甲般厚重的山石，把屋舍一层层包裹起来，如马琬《雪岗渡关图》轴；要么把房屋安置在半山的位置上，在山崖的皱褶与山树的簇拥中，只依稀露出几个屋顶，如王蒙《夏山高隐图》轴、《深林叠嶂图》轴、《葛稚川移居图》轴、《西郊草堂图》轴［图12-4］、《溪山风雨图》册；甚至更加极端地把居舍托举到了一个不可企及的高度上，与世隔绝，如黄公望《天池石壁图》轴、《九峰雪霁图》轴、《丹崖玉树图》轴和《快雪时晴图》卷［图12-5］——我甚至怀疑在那样的高度上，是否可以有正常的生活。

　　后来，所谓"隐"与"显"、出世与入世的对立，就不那么

[图 12-2]

《桂花书屋图》轴(局部),
明,沈周

北京故宫博物院 藏

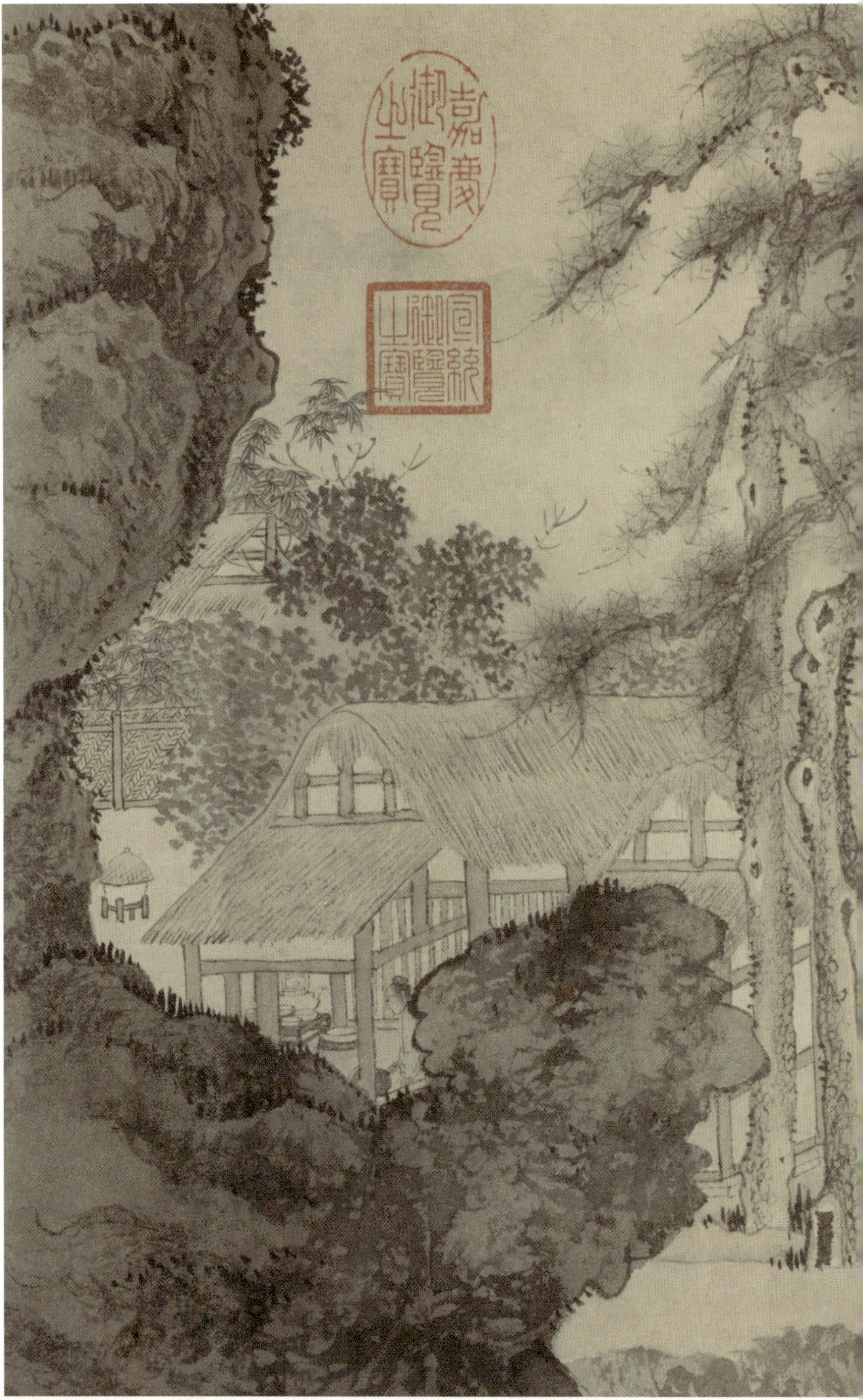
嘉慶御覽之寶
宣統御覽之寶

[图 12-3]

《事茗图》卷（局部），明，唐寅
北京故宫博物院 藏

[图 12-4]
《西郊草堂图》轴（局部），元，王蒙
北京故宫博物院 藏

尖锐了。二元选择带来的两难，渐渐被时间所溶解。自在的世界是无处不在的，不一定只有在深山绝谷、寂寞沙洲才能寻到，而士人的内心，也渐渐由幽闭，转向开放和坦然。

在明代绘画中，几乎找不到王蒙、黄公望这样不近人世的孤绝感，也不像倪瓒那样，把人间生活的一切场景全部滤掉。明代风景画上的房屋，大都平稳地坐落在平实的环境中，不一定要置身于奇胜绝险之地，也不需要高墙或者天然的屏蔽把自己遮挡起来，而是门轩开敞，与世界融为一体。在这个空间里，水自流，花自开，风自动，叶自飘，他们笑纳一切。

所谓"会心处不在远"，他们的目光，已由远方，收拢到质朴、亲切的生命近处，收拢到自己对生命与世界的真实体验中。这里不再是寂寞的江滨，而是温暖的溪岸，让我想起邹静之兄在电影《一代宗师》里写下的一句词：

有一口气，点一盏灯；有灯，就有人。

五

多年前，我从米希尔·埃利亚德的书里读到过这样一段话："在日常住宅的特定结构中都可以看到宇宙的象征符号。房屋就是世界的成像……"[5] 这让我们对于房子的功能有了新的想象：

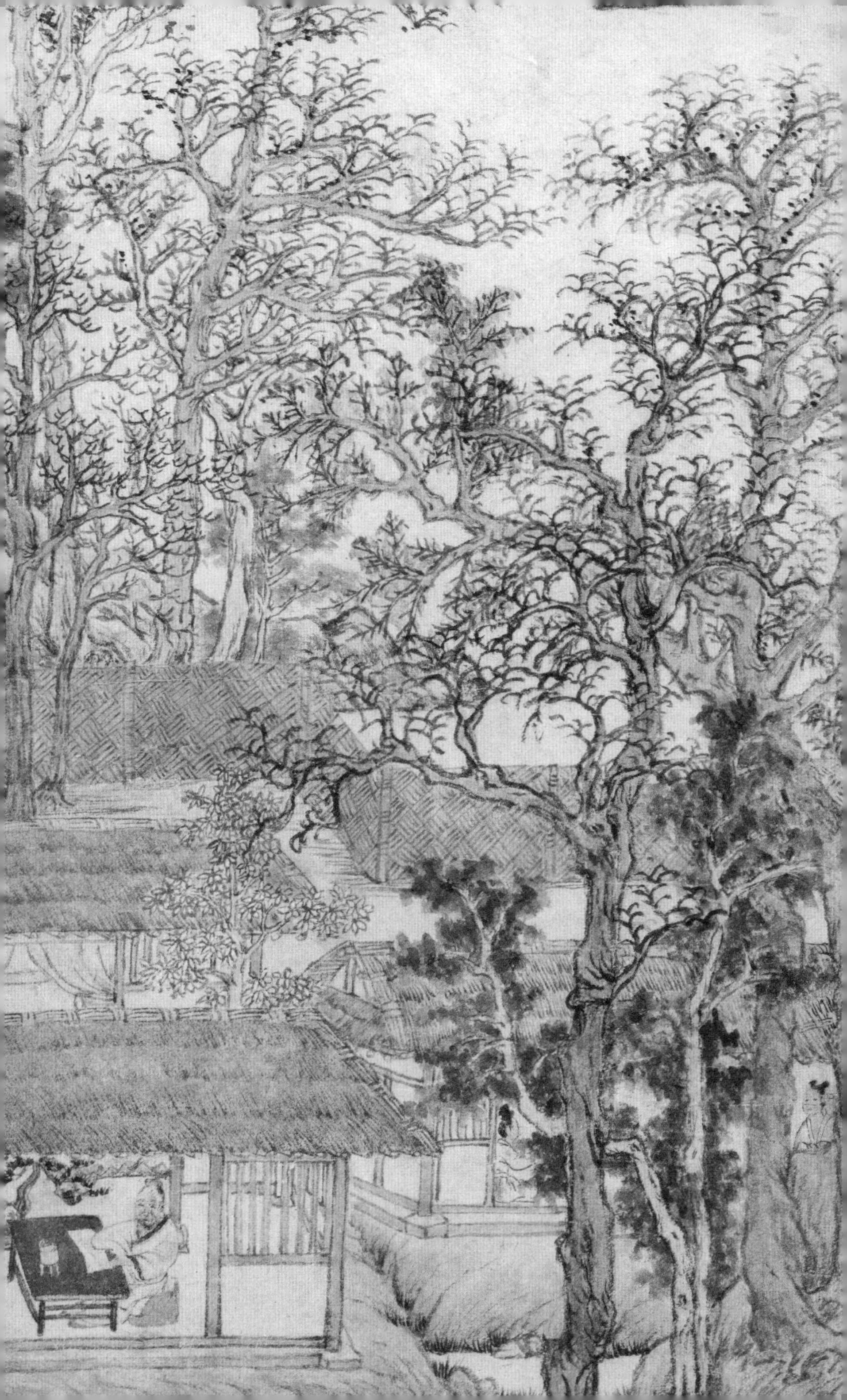

[图 12-5]
《快雪时晴图》卷（局部），元，黄公望
北京故宫博物院 藏

除了遮风避雨和保护自己以外，房屋还是"世界的成像"。

我对这话的理解是，无论什么的房屋，对应的都是一个人对世界的想象。一个人在构筑物质空间的同时，也在构筑着他的精神空间。敬文东说："房屋绝不是房屋本身，也绝不只是砖、石、泥、瓦等各项建筑材料按照某种空间规则的完美堆砌。在'房屋'这个巨大而源远流长的'能指'之外，昂然挺立的、始终是它的超强'所指'（或意识形态内容）。"[6]

很多年中，我都对装修充满热情。在我看来，装修的趣味性在于，它能够把一个看上去千篇一律、索然无味的毛坯房，变幻成一个唯美的、舒适的、充满个人气息的空间。而过程的艰辛、狼狈、无厘头，不过是让结局更显惊喜而已。

读了米希尔·埃利亚德的书，我才知道，我的这种偏执，竟然是"世界的成像"在作怪。那四白落地的毛坯房，就是我构筑自己"世界的成像"的起点，让我按捺不住，跃跃欲试。它们仿佛一张白纸，供我在上面画最新最美的图画，又好似空白的电影银幕，等待着我导演出最好的剧情，只不过电影的呈现有赖时间的流动，而个人的房间要凭借对空间的结构与组合。

皇帝也是一样，只不过他的毛坯房大了一些，帝国、城池，就是它的毛坯房，他内心里的"世界成像"，也就更加壮丽和宏观。回顾中国历史，我们很容易发现，几乎所有令人瞩目的皇

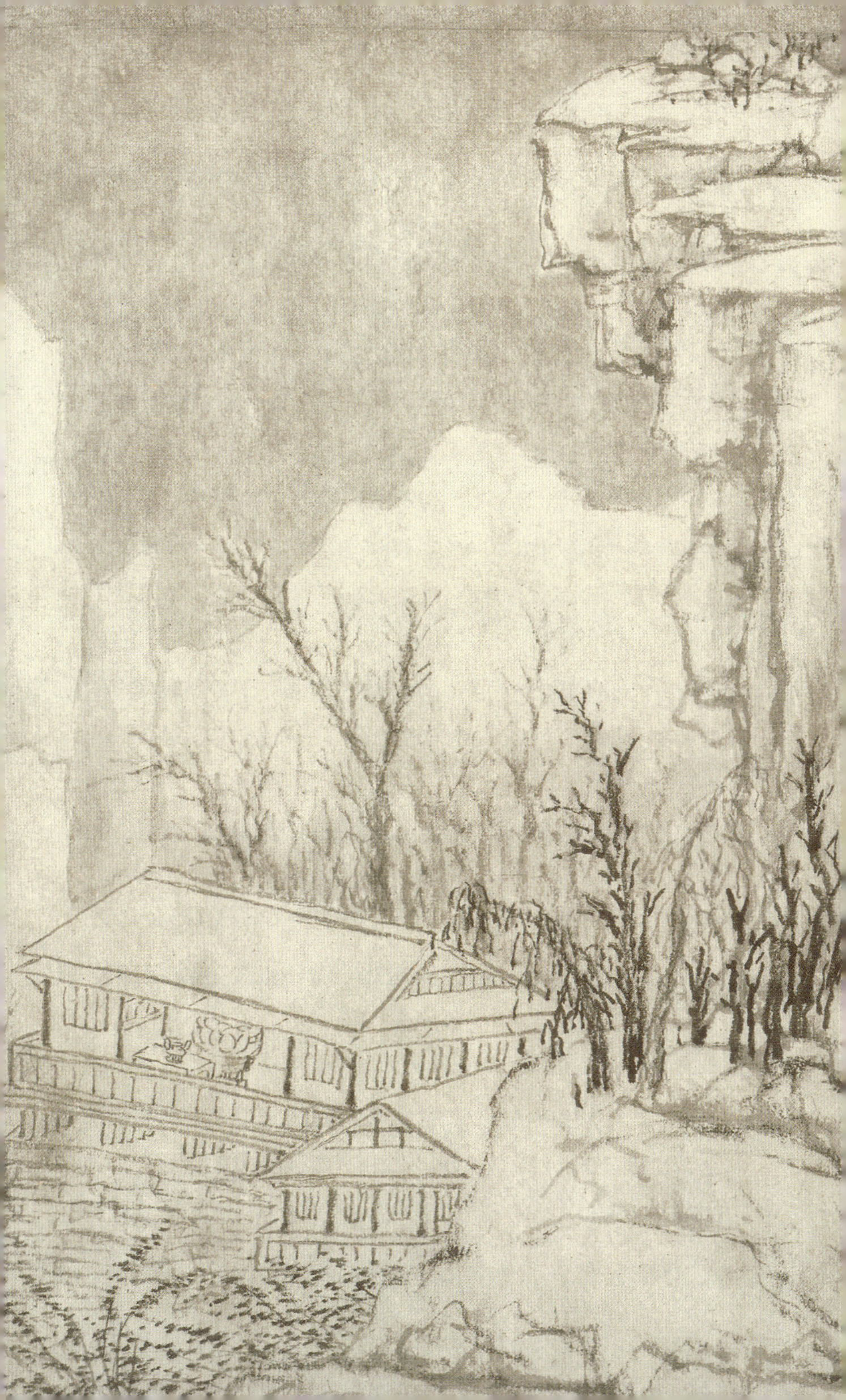

帝，比如秦皇汉武、唐宗宋祖，都是伟大的空间梦想家，也是野心勃勃的建筑设计师，在他们的任期内，无不根据他们的旨意，展开了轰轰烈烈的建设运动。

《历史简编》是14世纪在巴黎出版的一本书，记录了忽必烈汗曾经梦到过一个宫殿，后来他根据这个梦，修建了著名的汗八里——就是元大都（今北京）的宫殿。拉什德·艾德丁在这本书里写道："忽必烈汗在上都之东修建一座宫殿，宫殿设计图样是其梦中所见，记在心中的。"[7]

四个多世纪后，英国诗人科尔律治梦见了忽必烈的梦，并且在梦里完成了一首长诗《忽必烈汗》，醒来后他依然记得三百多行，这时，一位不速之客打断了他，结果他除了一些零散的诗句以外，再也想不起其他诗句。他有些愤怒地写道："仿佛水平如镜的河面被一块石头打碎，它反映的景象怎么也恢复不了原状。"[8] 又过了一百多年，一个名叫博尔赫斯阿根廷老头又用这两个相距几百年的梦构筑了自己的小说——《科尔律治之梦》。

忽必烈汗的梦，有人认为是一种心理学的奇特现象，但是在我看来，它刚好暗合了建筑空间的成像性质。

于是，房屋就不再仅仅是遮风避雨的实用场所，也不只是装载梦的容器，它是梦的物质形式，可以体现梦想的形状、质地与方位感。

  紫禁城落实的是一个王者的"世界成像",因此它必须是唯一、宏伟的、秩序谨严的,必须把所有人的个性全部吞噬掉。同理,一栋日常的住宅——它的环境、空间、布局、装饰,也是与一个人内心里的世界相吻合,是他心目中"世界成像"的表达。

  入明以后,画家不再迷恋深山绝谷,不再用一层层的山峦把自己的内心紧紧地包裹起来。他们的内心不再那么紧张,而是以一种相对松弛的心态,构筑自身与外界的关系。此时,他们的清逸人格,就更多地通过对居住空间的构筑得以表达。不论这样的居住空间坐落在哪里,它都将是"一个自足的摒绝外界联系的隐居天地,不受岁月流逝的促迫,因此可以按照个人理想,像高濂在《遵生八笺》(1591年序)中所宣扬的,选择最精当的物件来构筑私属的永恒仙境"[9]。

六

  尽管我已经无缘进入钱柳的绛云楼,去参观他们生活空间的内部,但他们生活空间的那份低调的奢华,完全是可以想象的。低调体现在建筑环境上,一定是朴素直率、清旷自然,就像拂水山庄设计者、17世纪早期最著名的园林设计师张涟所追求的,"一花一竹,疏密欹斜,妙得俯仰","窗棂几榻,不事雕饰,雅合自然"[10];奢华则体现在布局摆设上,不仅囊括了钱谦益的平

[图 12-6]

《楼居图》轴,明,文徵明

美国大都会艺术博物馆 藏

生所藏：秦汉金石、晋元书画、两宋名刻、香炉瓷器、文房四宝……

我们可以透过明代画家文徵明的一幅名为《楼居图》[图 12-6]的画轴,观察明代文人的私密空间。这也是一座坐落在自然环境中的朴素的居舍,院外有一条弯曲的小河,河上有一板桥正对着敞开的院门,流露出主人对友人造访的期待。院内那座两层高的楼阁,傲然独立于一片高耸的树林上,楼中主客二人正对坐畅谈。阁中设一红案,案上置一青铜古器,旁边堆放着一些书册,屏风后面,露出书架的一角,有书卷和画轴在上面码放整齐,一位小侍童正端着一个托盘,步入高阁,准备为二人奉上酒或者茶。

在这样的文人空间内,来自大自然的瓶花,充当着点睛之笔。

鲜花插瓶,自宋代以来兴盛于士大夫之间。对此,许多宋代文人作品都可以为证,比如曾几《瓶中梅》写道：

小窗水冰青琉璃,
梅花横斜三四枝。
若非风日不到处,
何得色香如许时。
神情萧散林下气,
玉雪清莹闺中姿。
陶泓毛颖果安用,

賓客我未好閒居墨閒八面眼屑舒
上方臺殿杳，趕下暮雲舒陰靈陸
凡便欲觀覺日本激欄真可見扶餘揭
然世事多翻覆朝夕中有萬人只要如
南垣劉先生湖北歸而欣為樓
居之傍其高高可如矣樓雖去成
余歲一讀并寓其廣以先之安日
供之座爲方六樓居之一助也當
嘉靖癸卯艽七月旣望徵明識

疏影写出无声诗。[11]

扬之水说，形成这一风雅的重要物质因素，是家具的变化，亦即居室陈设的以凭几和坐席为中心而转变为以桌椅为中心。高坐具的发展和走向成熟，精致的雅趣因此有了安顿处。[12] 这一风雅，也一路延伸到明代。这个朝代，为我们贡献了一部专门品藻物质雅俗的书——《长物志》。在这部书里，文震亨不仅以一卷的篇幅谈论文人花木，而且在《器具》一卷中，专设《花瓶》一节，对插花之瓶，一一做出指导，告诉读者什么瓶可以插花，什么瓶不可。我才知道青铜器，如尊、罍、觚、壶，也是可以用来插花的，而且花之大小不限。在我看来，最适合插花的青铜器，应当是形体细长、优雅的觚，张岱给它起了一个好听的名字：美人觚。当然，在这些"专业知识"之下，我也想起一个暧昧的书名：《金瓶梅》。

钱谦益写过《灯下看内人插瓶花戏题》四首，可见绛云楼内人花相照的情景。其中一首为：

水仙秋菊并幽姿，
插向磁瓶三两枝。
低亚小窗灯影畔，

玉人病起薄寒时。

除了花朵、美人，墙上的挂轴，也最能暗合居室主人内心的清雅。《长物志》里，文震亨对不同时令挂画的内容也提出不同的建议，比如六月宜挂云山、采莲等图，七夕宜挂楼阁、芭蕉、仕女等图；九月、十月宜挂菊花、芙蓉、秋江、秋山、枫林等图，十一月宜挂雪景、蜡梅、水仙、醉杨妃等图。[13]

因此，柳如是《月堤烟柳图》，就像沈周《桂花书屋图》这些明代绘画里的士人一样，纵然在他们的身体与世界之间已经没有屏障，但是，在他们的内心与世界之间，还是有一条线的，只不过那线不再像之前的绘画那样，通过大山大水进行区隔，而是存于他们的心底，是一条隐隐的心灵底线，是文人们的内心品格与操守。明代的画家们，通过居舍中的书卷、文玩、香炉、花瓶、茶具、梅兰竹菊表现出来。他们不是玩物者，那个所谓的"志"，就潜伏在他们心里，从来不曾泯灭。

七

一个人，可以通过物质空间的构成来为他的乌托邦奠基，而物质的空间，也可以界定一个人的身份和命运。比如，在学校的空间里，我们被界定为学生；在写字楼里，我们被界定为职员；在风景旅游点里，我们被界定为游客，而我们所有的故事，都围绕这样的身份展开。

对于柳如是来说，绛云楼既包含了她对世界的设计和想象，也重构了她的命运，甚至重塑了她与世界的关系——

绛云楼里的柳如是，不再是秦楼楚馆里的柳如是，不再是南楼里的柳如是，也不再是她为躲避谢三宾纠缠而在嘉兴勺园避居养病的柳如是，甚至，不再是我闻室这个临时建筑里的柳如是，她与爱人的关系，再也用不着偷偷摸摸、暗度陈仓。绛云楼重新界定了她的身份——她不仅是一代名士钱谦益的爱妾，而且是一位兼具诗人、词人、书法家、画家身份的女艺术家。翁同龢曾经在《客以河东君画见示，伪迹也，题尤不伦，戏临四叶漫题》一诗的自注中说："在京师曾见河东君狂草楹帖，奇气满纸。"翁同龢为晚清一代书家，他称河东君（即柳如是）的书法"奇气满纸"，柳如是的书法功力可以想见。当代学者黄裳先生也说，她的"诗词都很出色"，而她"漂亮非凡的小札，放在晚明小品名家的作品中……也是第一流的"[14]。

她爱瓶花，但她不是花瓶。

还是崇祯十四年（公元 1641 年）正月初二，拂水山庄梅花开得正艳，钱谦益邀柳如是来看梅。面对那数十株寒香沁骨的老梅，钱谦益作诗《新正二日偕河东君过拂水山庄，梅花半开，

春条乍放,喜而有作》:

东风吹水碧于苔,
柳靥梅魂取次回。
为有香车今日到,
尽教玉笛一时催。
万条绰约和腰瘦,
数朵芳华约鬓来。
最是春人爱春节,
咏花攀树故徘徊。

柳如是步其韵,写道:

山庄山色变轻苔,
并骑轻看万树回。
容鬓差池梅欲笑,
韶光约略柳先摧。
丝长偏待春风惜,
香暗真疑夜月来。
又是度江花寂寂,

酒旗歌板首频回。

这些唱和之作,在拂水山庄之美上,又叠加了一层二人唱和的和谐之美。

在钱柳诗稿中,这样的唱和之作,比比皆是。至少在诗词上,柳如是可与钱谦益平起平坐。她与钱谦益,是一种平等的"互渗"关系,相互推动,东成西就。

她美,但她不甘只做被观赏的对象,因为观赏也是一种权利——在男权社会,对女人的观赏更是男人的权利。她曾放言,非旷世逸才不嫁,而且主动投靠钱谦益,都表明她从没有放弃过对男人的鉴赏权。而与她过从甚密的那些文人——张溥、陈子龙、钱谦益,又无不是那个时代的佼佼者。

钱谦益也珍爱这一点,所以他把自与柳如是相识以来的唱和诗作编成一本书,取名《东山酬和集》。

其实,除了她是一介女流,不能去参加科举,不能求取功名以外,她的内心,与士人没有区别,甚至,她内心的境界,比起那些摇头晃脑、大做帖括文章的举子要高出许多。她就像沈唐文仇绘画里的那些高雅文士一样,安坐在一个由自己选定的宁静世界里,坚守着内心的原则,却不孤高、不傲世,甚至,这种对生命的感动、对家园的渴望,与对他人的关爱、对国家的抱负，一点也不抵触，以至于后来，当崇祯皇帝在紫禁城憔悴的花香里奔赴煤山，把自己吊死在一棵歪脖树上，弘光政权在南京搭起草台班子，柳如是虽为一女文艺青年，那一副报国之心，也是一样可以被激起的。钱谦益被这个临时朝廷起用，出任礼部尚书兼翰林院学士加太子太保，她随夫君奔赴南京，当清军杀入南京时，她又劝钱谦益不做降臣，重返山林。她在乱世中把握自己的那份力道，虽不如她在笔墨间那么轻松自如，却依然让人肃然起敬。

绛云楼就像她命运中的变压器，把她从青楼闺阁里的柳如是，变成历史图景里的柳如是。只有在绛云楼里，她才能活成她希望的那个自己——那个最好的自己。

八

清军是在清顺治二年（公元1645年）的五月初八夜里从瓜州[15]渡江的。渡江前，江面上刮起了强劲的西北风，吹得江南的明军士兵几乎睁不开眼睛。等他们睁开眼睛时，看见的却是一幅离奇的景象——江面上居然燃起了大火。是豫亲王多铎下令，用搜掠来的门板、家具等扎成木筏，浇上桐油，用火点燃之后，推入江中。这些燃烧在火船，在大风中飞奔着，在江风中越燃越旺，连同它们的倒影，照彻江水，把它变成一条宽广而明亮的光带。此时,长江北岸的清军与南岸的明军已经对峙整整三天,明军的精神已经高度紧张,看见那些火船,明军以为清军已经开始渡江,于是引燃他们的红衣大炮,万炮齐发。夜空中划过弧形的弹道,炮弹落在江里,又爆出巨大的火光。假如那不是战争,我想现场的人们一定会为江面上绽开的神奇的、亮丽的、恶毒的花朵而深感陶醉。

不知过了多久,那惊心动魄的火光终于沉寂下来,江岸陷入了更深、更持久的黑暗,像一片深海,寒冷而岑寂。对于明军来说,刚刚发生的一切,仿佛一场恍惚迷离、不可确认的梦。江面上,不见清军的一兵一卒。他们没有想到,那不过是多铎虚晃一枪。他们已经打完了所有的炮弹,此时,清军准备真正渡江了。

清军渡江时,鸦雀无声,草木不惊。所有人几乎屏住了呼吸,默默地、小心翼翼地潜到长江南岸,等明军发现时,清军已经近在眼前,还没等他们叫出声来,就见一道道白光闪过,在刺透黑夜的同时也刺透他们的脖颈。

那时,崇祯的哥哥、在南京被拥立为新皇帝的朱由崧,企图凭借长江天堑,守住半壁江山,这个政权,史称南明弘光政权。只是这个新皇帝,丝毫未改这个家族骄淫的基因,在清军渡江的第二天,也就是五月初十的午后,在南京城温煦的春风和迷离的暖阳中,还在大内看了一出大戏。歌舞升平中,南京的官员,没有一人敢把清兵渡江这个破坏安定团结的消息报告给皇帝。

《鹿樵纪闻》说,为清军打开南京城门的,不是别人,正是钱谦益。此书记录的过程是这样的:当多铎率领大军到南京城下,看到城门紧闭,遂命一人上前大喊:"既迎天兵,为何关闭城门?"就在这时,一个苍老的声音从城头上传下来:"自五鼓时分,已在此等候,待城中稍微安定,即出城迎谒。"清兵问:"来者何人?"对方答道:"礼部尚书钱谦益!"[16]

但计六奇《明季南略》则说,多铎到时,是忻城伯赵之龙派人缒城出迎。当赵之龙准备迎接清军入城时,南京百姓在他的马前跪成一片,企求他不要把清军放进来。赵之龙从马上下来,对百姓说:"扬州已经屠城,若不投降,城是守不住的,唯有生灵涂炭。只有竖起降旗,才能保全百姓。"[17]

清军兵不血刃地进入南京城时的场面,从许多时人的笔记中都可以看到。城破那日,已是五月十五。根据《东南纪事》的记载,多铎穿着红锦箭衣,骑马自洪武门冲进南京城的。赵之龙率公侯驸马、内阁大学士、六部尚书侍郎、六科给事中及都督巡捕提督副将等五十五人迎降。

礼部尚书钱谦益,就跻身于迎降的政府官员中,把屁股翘得老高,头紧紧贴在地上,做叩头状,多铎的马队已驰出很远,仍紧张得不敢抬起头来。

拒不参与迎降的官员也有很多，他们是：尚书张有誉、陈盟，侍郎王心一，太常少卿张元始，光禄丞葛含馨，给事蒋鸣玉、吴适，主簿陈济生等。

左都御史刘宗周、礼部侍郎王思任、兵部主事高岱、大学士高弘图等，皆绝食而死；太仆少卿陈潜夫，与妻妾相携，投河而死；后部主事叶汝苏也是与妻子一同溺死。

柳如是对钱谦益说，咱们死吧！钱谦益站到水里试了试，又缩回来，说他怕冷。

其实他不是怕冷，是怕死。

倒是柳如是不怕死，自己要"奋身欲沉池水中"，却被钱谦益紧紧抱住。

那一天，柳如是的心，一定比水还冷。

九

在柳如是看来，即使不死，也用不着去献媚。

甲申国破，文人们又纷纷离开家园，像当年的倪瓒那样，避入山林。其中有：傅山、王夫之、顾炎武、黄宗羲、方以智、冒襄、李渔……

张岱，那个曾经极爱繁华、好精舍、好美婢、好娈童、好鲜衣、好美食、好骏马、好华灯、好烟火、好梨园、好鼓吹、好古董、好花鸟的纨绔子弟，历经国变，在五十岁那年避入剡溪流域的山村，拒不与新政权合作。那时，曾历经繁华的他，身边只有破床碎几、折鼎病琴，与残书数帙、缺砚一方，鸡鸣枕上，夜气方回，想到自己平生繁华靡丽，过眼皆空，五十年来，总成一梦，给自己写下悼亡诗，准备自杀。

但他还是活了下来，因为他要把自己经历的历史和历史中的奇谈怪事写下来，于是在我的书案上，有了《陶庵梦忆》《西湖梦寻》《夜航船》《琅嬛文集》《快园道古》等绝代文学名著，我写此文，自然还会找来他花费二十七年时光所写的史学巨著《石匮书》。从他的《石匮书后集》里，我看见了钱谦益的身影，只是翻到《钱谦益王铎列传》那一页，发现竟是个白页，标题下只有一个"缺"字，看来是原稿遗散了，真是无比遗憾。

就像那一页所缺的，在那些入山隐居的士人中，不见文坛领袖钱谦益的身影。

钱谦益正忙着前往天坛拜谒英亲王阿济格。[18]

那一天，南京城陷入一片凄风苦雨，青色的城墙在雨水的冲刷中战栗着，风挟着雨在黑色的屋顶上咴咴地叫着，仿佛心事浩茫的叹息。从谈迁《国榷》中，穿越那些久远的文字，我终于看到了钱谦益苍老的身影，佝偻着，与阮大铖一起，穿越重重雨幕，去寻找他新的主子，一副丧家犬的模样。到了天坛，他在大雨中等待接见，都不敢往屋檐下挪动半步。

而那个负心人陈子龙，虽手无缚鸡之力，却在这关键时刻挺身而出，在清兵南下时，密谋抗清。顺治五年（公元 1648 年）五月，他在吴县被捕，审讯者问他为何不剃发，陈子龙答："吾唯留此发，以见先帝于地下也。"几日后，他被押解南京，路过松江时，趁守卫不备，纵身跳向水中。

他不怕水冷。

清军后来找到了他的遗体，用乱刃戳尸后，又丢弃在水中。

那一年，陈子龙三十九岁。

钱谦益的降、陈子龙的死，无不让柳如是感到椎心之痛。

十

柳如是不会想到，她所置身的那个帝国，本身就是一座更大的建筑、一座曲径交叉的花园、一台更加神异的变压器，它让每个人的命运都处于急剧的变动中，不到生命最后，谁也不知道会发生什么。

无论他们所拥有的个人空间能够在多大程度上落实他们的意志，但是，这个空间终归是微小的。这个空间之外的一切似乎都不可掌控，一个更加浩大、多变、迷离的空间，也终将消磨和吞噬他们原有的空间。那个时代的历史叙事，在一定程度上就是依托这两个空间的关系转换来完成的。

关于这两种空间关系的转换，一位学者曾经说过一段非常精彩的话，在这里我只能照抄：

> 对任何一个社会人来说，有两件事对他拥有决定性的影响力，因而也成为他生活中的基本点，这两件事就是政治和爱情。政治代表公共生活，爱情代表私人生活。这两件事对人同样重要，然而它们在生活中所占的比重却不是平分秋色而是此长彼消的。如果政治的天地大了，那么爱情的领域就必然缩小，反过来也一样。有趣的是，凡是政治在人生活中占重要位置的时候都是出现政治灾难的时候，不是暴虐，就是腐败，或者干脆就是战乱。这时人们不得不用全身心来应付政治，爱情退居于无关紧要的角落。任何时代只要人们不得不全力应付政治，就表明他们的基本生存受到了威胁，政治关系到了人们物质形式的存在。假若苛政猛于虎，兵匪罗于门，国政到了一塌糊涂的地步，人们的生活乃至生命朝不保夕，这时候谁还有心思去歌唱爱情，人们这时候只会无休止地歌咏政治，表达对统治者的怨怼。而如果一个地方、一个时代情歌很兴盛，那就说

明此时此地政治的重要性减小了，政治收缩了它的领地，政治退隐了。而政治的退隐恰恰是政治的昌明。爱情是一种精神奢侈品，是人们在生活安全、安定的时候才油然而生的东西，爱情需要时间、需要精力、需要闲适，当然也需要财富；如果爱情成了人们生活的中心事件，那就表明人的生存条件已具有了基本保障，也就是说政治处于正常而良好的状态。[19]

具体到钱谦益与柳如是，他们"湘帘檀几，煮沉水，斗旗枪，写青山，临墨妙，考异订伪，间以调谑"的那副浪漫与美满，也在政局翻转的动荡中，戛然而止。

没过多久，绛云楼就燃起了一场大火。楼中那些珍贵的书卷册页，像鸟儿张开了羽翼，贪婪地吸吮着火焰。在空气中纷飞翻卷的锦绣册页，如风中的火蝴蝶，如天花乱坠。火焰的灿烂、灼目与邪恶，与清兵南渡时江面上奔跑的火光，有得一比。

绛云楼大火，被称为中国藏书史上一大劫难。

钱谦益自己则说："汉晋以来，书有三大厄。梁元帝江陵之火，一也，闯贼入北京烧文渊阁，二也；绛云楼火，三也。"

有人说，是绛云楼的名字没有起好。绛，是指大红色；绛云，似乎预示了这场大火所升起的红云。

清人刘嗣绾在《尚絅堂诗集》中写:"绛云一炬灰飞湿,图书并入沧桑劫。"

十一

钱谦益向清朝摇尾乞怜,虽换得了礼部右侍郎的官职,但那基本是一个虚衔。钱谦益北上入京,柳如是没有相随,似乎以此表明她的政治态度。

陈寅恪说:"牧斋(钱谦益字)在明朝不得跻相位,降清复不得为'阁老',虽称'两朝领袖',终取笑于人,可哀也已。"[20]

清廷的冷屁股,让钱谦益的热脸变得毫无价值。他终于明白,柳如是的判断都是对的,对柳如是,更多了几分折服。终于,他回到常熟,开始从事反清活动。

转眼到了康熙元年(公元1662年)除夕,已过八旬的钱谦益在城中旧宅的病榻上呻吟着,突然间想起了拂水山庄的梅花,心知自己无法再去看,叫柳如是拿来纸笔,他要写下几个字。

我不知那一天他都写了什么,只知道柳如是当年画下的《月堤烟柳图》,是他们永远回不去的家。

不知那时,他是否会记起,在《月堤烟柳图》的题跋上,他抄录了自己《山庄八景》里的一首诗:

月堤人并大堤游,
坠粉飘香不断头。
最是桃花能烂熳,
可怜杨柳正风流。
歌莺队队勾何满,
舞燕双双趁莫愁。
帘阁琐窗应倦倚,
红栏桥外月如钩。

陈寅恪先生点评:"此诗'桃花''杨柳'一联,河东君之绘出实同于己身写照,所谓诗中有画,而画中有人矣。"

第二年,春天到来的时候,钱谦益撒手人寰。

钱谦益尸骨未寒,钱氏家族的人们就来催逼柳如是这个未亡人交钱交房产,否则就把柳如是和她的女儿赶出家门。面对这一片乱哄哄的景象,柳如是脸上掠过一丝不易察觉的笑,说:你们等等,我上楼取钱。

许久,她都没有下来。有人不耐烦了,说上去看看。推门时,见一白色身影,孝衫孝裙,静静地悬挂在房梁上。

第十三章 如花美眷，似水流年

借助于纸的韧性,她们的容颜获得了抗拒时间的力量。

一

那十二位清艳的美人露出真容的时候，故宫中的人没有对它们给以特别的注意。如果放在今天，画面上的线条韵致，虽还算得上工巧，但在故宫的古画世界里，就显得微不足道了，像扬之水所说，画上的美女，固然"个个面目姣好，仪态优雅，却是整齐划一毫无个性风采"[1]。她们纤细的身影，被故宫成群的美女湮没了。北京故宫博物院收藏的美人图（或叫"仕女图"）中，林林总总，不乏美术史上的经典，比如东晋顾恺之的《列女仁智图》（宋摹本），唐代周昉（传）的《挥扇仕女图》，前文提到过的五代顾闳中的《韩熙载夜宴图》（宋摹本），元代周朗的《杜秋娘图》，明代唐寅的《孟蜀宫伎图》《秋风纨扇图》，明代佚名的《千秋绝艳图》，清代改琦的《仕女册》……紫禁城本身就是一个搜集美女的容器，不仅搜集现世的美女，而且搜集往昔的美女。因为从本质上讲，美女是一种时间现象，就像四季中的花朵、朝夕间的云霞。如花美眷，似水流年，对于每个个体来说，容貌的美丽都不可能天长地久，只有回忆是永久的，所以历朝历代的画家，都用自己的画来挽留美女的青春，为这些理想女性留下一份以供追忆的标本。借助于纸的韧性，她们的容颜获得了抗拒时间的力量。于是，各个朝代的美女就这样云集在紫禁城里，紧密围绕在皇帝的周围。发自她们身体深处的幽香，混合着庭院里的花香，宫殿深处的木料陈香，以及麝香、瑞脑、龙涎的香气，在宫殿的上空形成了一种奇特味道，像一层若有若无的香蜡，把宫殿紧紧围裹起来。这些来路各异的美女，众志成城地强化了帝王的权力，使他们不仅可以占尽当世的美女，还可以占有过往的美女，使他们成为空间和时间上的真正王者。

1950年的一天，新生共和国建立只有几个月的时间，北京故宫博物院的工作人员杨臣彬和石雨村轻轻推开库房的大门，在清点库房时，意外发现了一组巨大的绢画[2]，每幅有近两米高，近一米宽，轻轻掸去上面的尘土，十二位古装美人的冰肌雪骨便显露出来——每幅一人，她们的身形体量，与真人无异。我找来北京故宫博物院当时的院长马衡先生的日记，从1950年1月1日一路查到12月31日，没有对此事的任何记录，可见此事的微小。那一年，接收当年南迁文物北归，是北京故宫博物院的头等大事。1月26日,一千五百箱文物运抵和平门,共十一车[3],许多宫殿变作库房,规模浩大的清点工作随即展开。或许,《雍亲王题书堂深居图》(以下简称《十二美人图》)[图13-1]的发现,就是在这个时候。这些旧时代的美女,在新时代里羞怯地露个面,随即又在大海一样浩瀚的故宫文物中隐了身。

三十多年后,有人又重新提起它们。不是因为它们在艺术上让人难忘,而是在它们的背后有越来越多的疑问冒出来,它们的未知性,放大了它们本身的魅力。

二

首先,没有人知道它们的作者,因为画上没有款识。许多美术史家发现它黑骨立架,然后逐层用彩色烘染的画法与利玛窦带来的西洋画法吻合,从而推测它们与郎世宁有关,因为郎世宁进入宫廷,又刚好是康熙雍正两朝之交,他给康熙、雍正两位皇帝画的画像至今犹存,当然,这个范围还可以扩大,因为还有几位供奉内廷的著名画家的画风都与这十二幅美人图的画风相近。

其次,没有人知道这些美人是谁。她们身份可疑,来历不明,带着各自的神秘往事,站立在我们面前。画中的闺房里有一架书法屏风,上面有"破尘居士"的落款,还有"壶中天""圆

[图 13-1]
《雍亲王题书堂深居图》屏,清,宫廷画师
北京故宫博物院 藏

裘装对镜

捻珠观猫

烘炉观雪

倚门观竹

立持如意

桐荫品茶

观书沉吟

消夏赏蝶

烛下缝衣

博古幽思

持表对菊

倚榻观鹊

明主人"这两方小印,透露了它们与雍正的关系,因为这些都是雍正(胤禛)在1723年登基以前所用的名号,仔细辨识,"破尘居士"在屏风上龙飞凤舞写下的那首诗是:

寒玉萧萧风满枝,
新泉细火待茶迟。
自惊岁暮频临镜,
只恐红颜减旧时。

晓妆楚楚意深□,
多少情怀倩竹吟。
风调每怜谁识得,
分明对面有知心。

从乾隆时期搜集编辑的《世宗宪皇帝御制文集》卷二十六中,我们可以查到雍正皇帝《美人把镜图》四首,其中前两首是:

手摘寒梅槛畔枝,
新香细蕊上簪迟。
翠鬟梳就频临镜,

只觉红颜减旧时。

晓妆鬓扦碧瑶簪,
多少情怀倩竹吟。
风调每怜谁解会,
分明对面有知心。

与美人图中屏风上的文字只有几字之差,《世宗宪皇帝御制文集》的版本,很可能是后改的,曾任北京故宫博物院副院长的杨新先生认为:"这是草稿与定稿的区别,从遣词措意来看,显然画面上的是草稿。"[4] 但无论怎样,这些诗稿,把目标锁定在雍正身上。

黄苗子先生早在1983年就曾断言,这些美人都是雍正的妃子[5],三年后,朱家溍先生从清代内务府档案中发现了一条记载,记录了雍正十年从圆明园深柳读书堂围屏上"拆下美人绢画十二张",正是杨臣彬和石雨村清点库房时发现的那十二幅美人图。清宫档案把它们称为"美人绢画",已经证实了她们根本不是雍正的妃子,因为根据惯例,它们不能如此称呼皇帝的妃子,应当记为"某妃喜容""某嫔喜容",如贸然地称为"美人",则颇显不敬。[6]

艺术作品具有虚拟性，我们不必纠缠于她们的原型，正如同我们不必查明《清明上河图》里的每一处地址。然而，宫廷人物画或许是例外，它是为皇室服务的，它的首要目的，是为皇室成员留下真实的影像，而不是一般意义上的艺术创作。杨伯达先生曾经指出，朝廷对后妃画像的控制十分严格，有一整套严格的制度，要"经过审查草稿，满意之后，才准其正式放大绘画"[7]。巫鸿在《重屏》一书中对这些后妃画像的特点做了如下总结：

> 此种正式宫廷肖像又称为"容"，其中人物必定穿着正式的朝服，而画像本身则具有仪式的功能，这类作品采用了一种共同的绘画风格，包括不画背景，也没有任何身体活动和面部表情。固然有些宫廷肖像画传达出一种更强的个性感，或体现了西洋绘画技巧的影响，但它们都没有违背这类绘画的基本准则：作为一种正式的肖像画，"容"必须呈现出皇后或皇贵妃的绝对正面，背景则要保持空白。对象的个人特点被减少到不能再少，人物几乎被简化为看不出彼此区别的偶像。形象功用似乎主要是以展示满式冠饰和绣有蟒龙的皇家礼服来表明人物的种族和政治身份。[8]

与这种仪式性的后妃肖像相比,《十二美人图》所营造出的动感妖娆的女性空间,似乎已经排除了她们的后妃身份。如果我们把她们的面貌与北京故宫博物院收藏的雍正王朝妃嫔们的半身画像进行对照,我们同样可以印证她们并非雍正妃嫔。

但是,新的问题来了——假如她们是虚拟的人物,她们的面孔,为什么又在其他的宫廷绘画中出现?在绢本设色《胤禛行乐图》之"荷塘消夏"中,有一名美女的容貌和发式,与《十二美人图》之"消夏赏蝶"中的女子一模一样;在《胤禛行乐图》之"采花"中,这一美人又出现了[图13-2]。这似乎在暗示我们,这个人,绝对不是一个无关紧要的人。杨新先生经过反复研究,给出了自己的答案,认为这个同时在《十二美人图》和《胤禛行乐图》中出现的美人,就是雍正的嫡福晋、后来的皇后那拉氏[9]。

杨新先生的层层考证推理,犹如抽丝剥茧,条理清晰,但旧的问题依旧未解,即:当内务府在雍正十年从圆明园将这些美人图拆下的时候,那拉氏早已当了十年皇后,在档案中怎可能将她的画像记为"美人图"?如果说《十二美人图》之"消夏赏蝶"中的女子在《胤禛行乐图》中出现过,那么,假如我们把目光再放长远,更多的"相同"抑或"相似"便会层出不穷,比如《十二美人图》的第一幅"裘装对镜",无论人物相貌、神态、服饰、动作,甚至衣裙的纹路,都与宋代盛师颜《闺秀诗评图》[图13-3]中的

[图 13-2]
《胤禛行乐图》轴之"采花"(局部),清,宫廷画师
北京故宫博物院 藏

女子恍如一人，连垂放在体侧的葱葱玉指，都如出一辙，我们当然不能就此判断，那名"裘装对镜"的美女是生于宋代，"穿越"来到了大清的宫廷。

最合理的解释是，美人图也已经历了一场"格式化"的过程。自魏晋流行列女图以来，历经唐宋，直至明清两季，对美人的画法早已定型，变成了一个可以复制的符号体系。美人的标准被统一了，如宋代赵必象所写的："秋水盈盈妖眼溜，春山淡淡黛眉轻。"所有的美人都大同小异，那些精致的眉眼、口鼻，成为艺术产业链条中的标准件。这种格式化，是女性面容在经过男性目光的过滤以后得出的对"美"的共识，在这些美人图的组织下，女性面容立即超出了个人的身体，与一个更加庞大的符号体系相连，这个更加庞大的符号，是由哲学、美学、伦理学、心理学、性学等等共同构建的。明代佚名的《千秋绝艳图》，描绘了班姬、王昭君、二乔、卓文君、赵飞燕、杨贵妃、薛涛、苏小小等六十多位古典美女的图像，是真正的美女如云，但仔细打量，发现所有人的面貌都像是从一个娘胎里出来的，一律的修眉细目；假如再把清代费丹旭笔下的《昭君出塞图》和陈清远的《李香君小像》拿来比对，我们也很容易把这两个不同朝代的美女当作孪生姐妹。

所有美到极致的事物都是脆弱的，美人的脸，更是不堪一

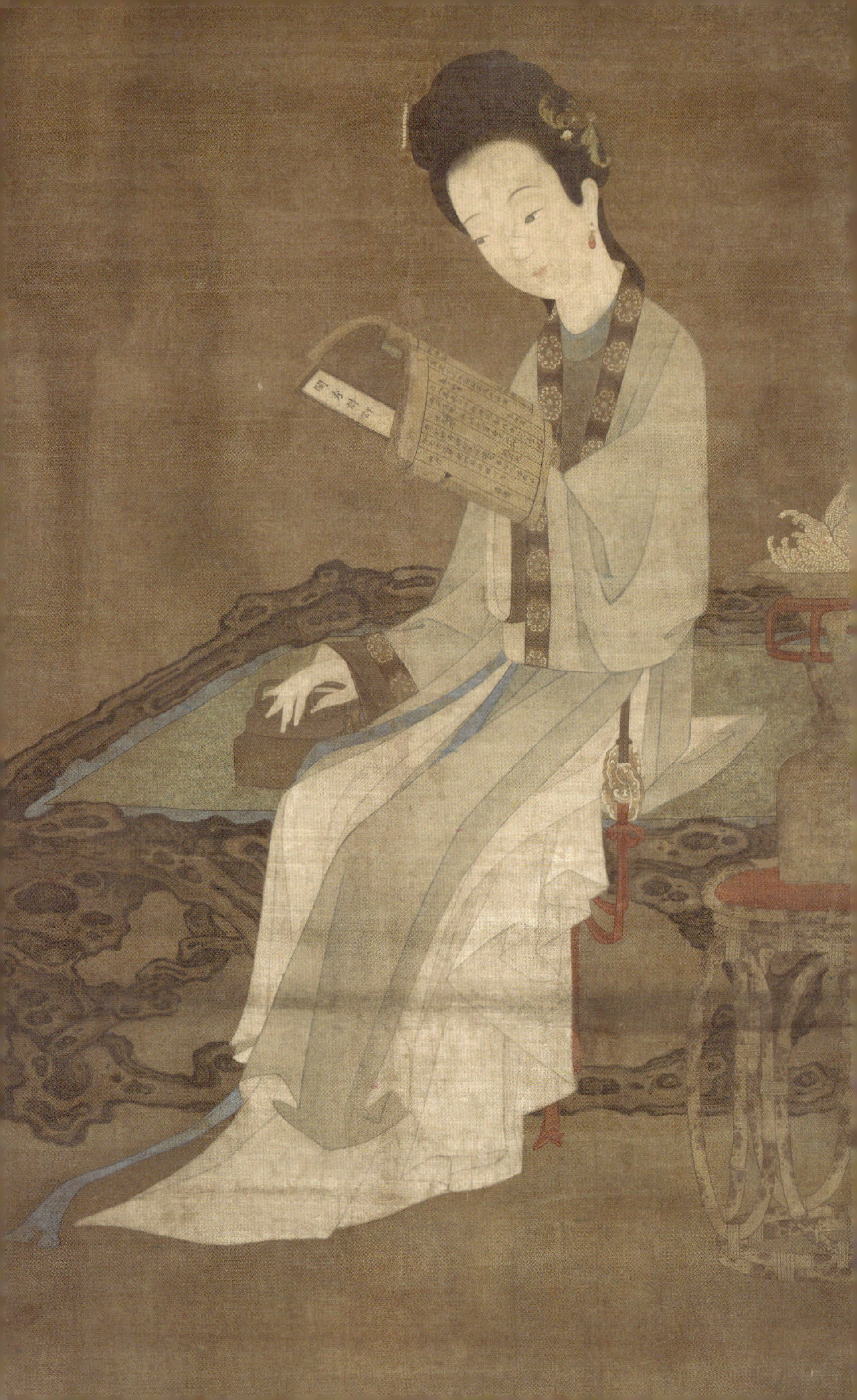

[图 13-3]
《闺秀诗评图》轴，宋，盛师颜（明摹）
美国弗利尔美术馆 藏

击，无须外力施压，只是在时间中静默等待，那份美丽就会在一分一秒中荒芜。对每个生命而言，时间是最大的压力，而最能体现时间流逝的，不是钟表，而是女人的脸，因为钟表周而复始的运行，只会让人错觉时间可以失而复得，只有美人的美貌，让人知道什么叫一去不返。美人的脸上，记载着时间的细微变化，比钟表更加形象、更加生动，也更加准确。这并非建立在男性的优越感上，男人的面孔，当然同样面对着时间的考验，但在中国古代面容意识形态中，男人脸不是审美的对象，因此，从美的角度上看，它的价值几乎可以忽略不计。

美人图像的格式化带来的好处是，它模糊了个体之间的差别，使得那些消逝的芳魂可以借助另一个身体复活，躯体可死，但容颜永存，那些似曾相识的美丽的面孔，就这样穿越了无数个前世今生，来到我们面前。它带来的坏处，也是它模糊了个体之间的差别。面容的价值，就在于它的识别性——它的第一价值不是好看不好看，而是将一个人从人群中识别出来，在社会的网络中找到自己的定位，"面容之下存在着一个独一无二的躯体"[10]，这使人的面孔超越了身体的其他部位，具有单独的意义，它是将个人与社会网络连接起来的接口——即使在今天，确定个人的最重要符号，仍然是身份证或者护照上的标准像，而不是指纹，尽管指纹比面容更具有唯一性。托尔斯泰在《复活》

中曾经这样描述一张面庞：

> 对了，这个人就是她。现在他已经清楚地看出来那使得每一张脸跟另一张脸截然不同的、独一无二的、不能重复的脸。尽管她的脸容不自然地苍白而且丰满，可是那特点，那可爱的和与众不同的特点，仍旧表现在她的脸上，她的嘴唇上，她的略微斜睨的眼睛里，尤其是表现在她那天真而含笑的目光里，不但她脸上而且她的周身都流露出来的依顺的神情里。

博尔赫斯在《沙之书》中告诉我们："隐藏一片树叶的最好地点是树林。"[11]而美人图，则使一张具体而生动的面容变成极易隐藏的树叶，使得我们无法将一个人的生命与另一个人决然分开。在审美目光的驱使下，面容的可识别性大为降低，这让我想起今天的整容术，想起美容院的流水线上炮制出的"标准美人"，那是一张张肉身版的美人图，是试图通过他者（相对于个人，群体就是他者；相对于女人，男人就是他者）目光实现自我确认的一种努力，人造美人们忘记了一点，即面容的首要价值是将自己作为鲜活的个体与他人相区分，而不是混同。对于这种以他者为主导的面容意识形态，波伏瓦在《第二性》首卷开篇引用法国哲学家普兰·德·拉巴尔的话说："但凡男人写女人的东西都是值得怀疑的,因为男人既是法官又是当事人。"[12] 波伏瓦在该书导言中进一步阐释道："两性关系不是正负电流、两极的关系：男人同时代表阳性和中性"。[13]

这十二张画像中的女子,即使如杨新先生所说,有着具体的指向（那拉氏或其他什么妃嫔）,那么,那张具体的面容,也可能就此消失在格式化的美人图中,难以辨识。尽管画中的器物可与清宫旧藏相对应,有些面孔也似曾相识,但人物的原型却若隐若现。从绘画性质上看,《十二美人图》纳入历代美人图的序列[14],而不能视为后妃画像。

在经过无数专家学者缜密的考证之后,图中美人的身份依旧秘不示人,古画似乎要透露许多信息,却欲言又止。

三

但疑问并没有就此止步,旧的疑案尚未理清,新的困惑已接踵而来——更大的"问题",不是出现在她们的脸上,而是在她们的服饰上。

了解清代历史的人都知道,清军入关不久,由于在文化上缺乏自信,最担心的就是自己被汉化,于是提出"国语骑射"的口号,要求所有旗人,第一要讲满语、用满文,第二要娴熟骑马射箭，第三要保持满洲服饰，第四要保留满族风习，第五要遵奉萨满教。[15]对于汉化的恐惧渗透到文字上，清朝统治者对"汉""明"这些文字有着超常的敏感，清代文字狱，在雍正手里登峰造极。一个名叫徐骏的进士只因诗中有一句"明月有情还顾我，清风无意不留人"，就被神经过敏的雍正皇帝砍了头，所有文稿尽行焚毁。如同我在第九章《秋云无影树无声》写到的，他的儿子乾隆更是青出于蓝而胜于蓝，创造了中国封建专制史上文禁最严、文网最密的"文字狱高峰"。其中，乾隆四十八年，公元1783年，李一《糊涂词》有"天糊涂，地糊涂，帝王帅相，无非糊涂"之句，被河南登封人乔廷英告发，富于戏剧性的是，帝国捕快在举报人乔廷英的诗稿里也发现了"千秋臣子心，一朝日月天"之句，日月二字合为明，于是，检举人和被检举人皆被凌迟处死，两家子孙均坐斩，妻媳为奴。

仅从服饰方面而言，自皇太极开始，每个帝王都颁布法令，严禁各旗成员（不论是满、蒙或汉旗）穿戴汉族服饰。比如皇太极曾在崇德三年（公元1638年）指出："有效他国（指汉族）衣冠束发裹足者，重治其罪。"嘉庆皇帝在嘉庆九年（公元1804年）下诏：

> 镶黄旗都统，查出该旗汉军秀女内有缠足者，并各该

秀女衣袖宽大,竟如汉人装饰,著各该旗严行晓示禁止。……此行恶习,关系甚巨。著八旗满洲、蒙古、汉军都统、付都统等,随时详查。如有衣袖任意宽大,及如汉人缠足者,有违定制者,一经查出,即将家长指名参奏,照违制例治罪。[16]

也就是说,对于清朝统治者来说,服装的款式问题绝不仅仅是个人生活的小节,而是大是大非的原则问题,有许多人因为衣冠不恰当的而掉了脑袋,尤其在明末清初和清末民初,发型问题关乎一个人的政治立场,留发还是留头的问题也成为性命攸关的选择。满族的发型制度叫"薙发",清朝夺取全国政权的第二年,顺治皇帝就下旨:"限旬日尽行薙完……朕已定地方仍存明制、不守本朝制度者,杀无赦。"[17]朝廷命令剃头匠(薙匠)挑着剃头担子走街串巷为人剃发,如见到蓄发者,可以强行剃发,如有不从,就把他的脑袋直接砍下来。那时的剃头担子上都竖着一根杆子,就是用来悬挂人头的。剃头担子竖着一根杆子,这一遗风一直流传到民国时期。[18]在清初,剃头匠几乎与刽子手成了同行,一名剃头匠,不知一天会收割多少个人头。钱澄之曾经记录,在新城有一介书生,不肯留辫子,被抓入监牢,官员问他,是选择留辫子("薙发"),还是选择死,他说,选择死,于是就把他的头剁了下来。在整个有清一代,是否穿汉服,也不仅仅是一种审美选择,也同样表明了一个人的政治立场。吕留良曾经在他的《秋行》诗中写下这样的句子:"风俗暗相易,衣冠渐见疑。"[19] 意思是风俗已经在不知不觉中发生了改变,每当他身穿明朝汉族服饰出门,都会引起别人的怀疑和敌视。

令人匪夷所思的是,当我们把目光由《十二美人图》上那些标致的面孔移向她们的衣饰时,我们会发现更具震撼性的细节——她们身穿的一律是汉服。只是她们的花簪头饰,不经意间透露了她们的满族身份。比如那位"裘装对镜"的美人,头戴"金累丝凤",正是清代后妃头饰的一种。这些满族女子,为什么不约而同地穿上汉服?或者说,雍正(胤禛)为什么让她们以汉族少女的面目出现?那时他已当上皇帝,抑或只是皇四阿哥?假如作画时他未曾承继大统,那么他又为什么如此"嚣张",居然置皇旨国法于不顾?……

快三百年过去了,"我们似乎注定永远地站在雾障烟迷的彼岸","随着研究者对于图中信息的破译愈为深入,画面之于现代观众反而愈显隔阂。"[20] 这些无名无姓的娇弱女子,在窥视着那个铁血王朝怎样的秘密呢?

四

巫鸿在《重屏》一书中分析道,"严厉的官方法令似乎只是刺激了法令制定者对其公开禁止的事物的私下兴趣","这种对汉族美人的异族情调及她们的女性世界的私下兴趣,直接导致了她们的形象在清代宫廷中的流行并被不断复制"。[21]巫鸿认为,"创造她们、拥有她们和对她们的空间占有不仅满足了一种私密的幻想,而且满足了一种对被征服的文化与国家炫耀权力的欲望"[22]。

我把这段话理解为:雍正皇帝通过禁忌来展现自己的权力,因为受到禁忌的是其他人,而作为帝王,自己是不受任何禁忌约束的。但问题是,当宫廷画家画下这组美丽的图像的时候,雍正(胤禛)还不是皇帝,此种意淫,对"创造她们"的雍正(胤禛)来说也还早了点。

根据画上的款印,我们很容易判断这组画产生的时间。正如前文已经说过的,"破尘居士"的落款,还有"壶中天""圆明主人"这两方小印,都是雍正(胤禛)在1723年登基以前所用的名号,由此我们基本上可以断定,这组美人图,是雍正(胤禛)1723年登基以前的作品,而它们的时间上限,应该是1709年,因为在那一年,胤禛的父亲康熙把圆明园赐给了他,胤禛真正成为"圆明主人"[23]。1709至1723年的胤禛,还没有登上皇位,没有成为"雍正",在他面前展开的,是皇子争位的残酷画面,他还没有获得最高权力,甚至连个人安危都无法保证,根本谈不上"炫耀权力"。

康熙共有三十五个儿子,康熙驾崩时,年满二十岁的皇子共有十五人,按降临世上的先来后到排列,分别是:老大胤禔、老二胤礽、老三胤祉、老四胤禛(即下一任皇帝雍正)、老五胤祺、老七胤祐、老八胤禩、老九胤禟、老十胤䄉、老十二胤祹、老十三胤祥、老十四胤禵、老十五胤禑、老十六胤禄和老十七胤礼。在这十五名皇子中进行的如火如荼的争位斗争,是一场漫长的马拉松,最后的胜利,不属于最有爆发力的人,而是属于最有耐力的选手。胤禛就是这样的选手,他含而不露,引而不发,埋伏在暗处,静观时局,等待潜在的对手一一犯规,被罚出场外,他才不紧不慢地登场亮相。

康熙大帝1654年生,1662年八岁时登基,这个小学二年级的小朋友,于是成为名副其实的"少年天子",到1722年去世,他在位六十一年。康熙大帝漫长的执政生涯,使自己的儿子继承皇位的时间一再地延后。祸福相依,至少对于在这场疯狂的比赛中不能占得先机的雍正来说,老爸执政时间长是一件好事,因为这给雍正争取到了足够的时间,也使他足够成熟。发令枪一响,跑在最前面的,是二哥胤礽,康熙十四年(公元1675年),康熙将年仅两岁的胤礽册立为正式接班人,从此拉开了皇位争夺战的序幕。随着胤礽慢慢长大,他过早地发力,显露出不可一世的肤浅，不仅凌虐宗亲贵胄，而且鞭挞平郡王纳尔苏、贝勒海善等人，坏事做得太多，很快成为众矢之的；而长达四十多年的等待，又折损了这个老太子的耐心，使他终于露出了狐狸尾巴。康熙四十七年（公元1708年），胤礽在陪同康熙大帝出巡塞外途中，每到夜晚就在老爸的帐篷外面转悠，窥探父皇的动静，引起了康熙的警觉，认为他要发动政变，一张红牌就把他罚下了。史景迁说："胤礽身为太子，受到悉心栽培，但集三千宠爱于一身的胤礽，终难逃脱宫廷拉帮结派的腐败生活纠缠，满人贵族的世袭阶序因而被打乱。"[24]这时，老大胤禔看到了机会，但康熙很快表明"并无欲立胤禔为皇太子之意"[25]，让他踏踏实实地死了心。此时奋勇争先的，是康熙的第八子、雍正同父异母的弟弟胤禩，但康熙同样没有看上他，劈头盖脸把他数落一番。康熙五十五年（公元1716年），康熙从热河返京，途中要在畅春园小住，当时胤禩伤寒病重，在临近畅春园的园子里垂死挣扎，康熙仍然下旨，要他腾地方，搬到城里的府里，以免康熙受到传染，父子之血肉亲情，至此已降到冰点。胤禩的受挫，让三哥胤祉和排行十四弟胤禵精神抖擞，跃跃欲试……

兄弟间就这样撕破了脸面，变成了仇敌，忘记了任何亲情，陷入一场残酷凶狠的淘汰赛。这场宫廷风暴的惨烈程度，比一个王朝推翻另一个王朝的战争毫不逊色，就像《红楼梦》里贾探春所说的:"咱们倒是一家子亲骨肉呢,一个个不像乌眼鸡似的,恨不得你吃了我,我吃了你!"[26] 其实康熙早就痛苦地意识到,自己确定接班人,本是为了平息皇子之间的争斗,实现权力的顺利交接,没想到适得其反,在皇帝宝座的召唤下,他的儿子们早已变成了野兽,展开了一场疯狂的争抢。他们从小受到的儒家教育、所有关于仁义孝悌的信条,以及父皇有关"少时血气未定,戒之在色,壮时血气方刚,戒之在斗"[27] 的谆谆教诲,在他们的心里早已成了垃圾,只有弱肉强食的丛林法则,是宫殿里颠扑不破的绝对真理。胜者的奖品,是那把金光闪闪的皇帝宝座,但胜率,却只有十五分之一,不到百分之七。这是一场只有金牌,没有银牌和铜牌的比赛,留给失败者的,只有万丈深渊——雍正(胤禛)登基以后的事实证明了这一点,在胜利的喜悦中,这位金牌获得者没有忘记狠狠打击自己的竞争者,"宁可错杀一千,也不放过一个"这一政治铁律,在自家兄弟的身上同样适用。对于胤礽、胤禔这两位被康熙幽禁起来的"死老虎",雍正皇帝没有网开一面,而是继续关押,使他们分别在雍正二年和雍正十二年死去。七弟胤祐,雍正八年死。八弟胤禩,在幽禁中被活活折磨致死。血淋淋的现实教育了九弟胤禟,他公开表示:"我将出家离世!"但雍正没有给他机会,而是将他逮捕囚禁,强迫他改名"塞思黑",翻译成汉文,就是

"狗"的意思,也有人说,它的准确意思是"不要脸";总之从那一天起,他身边的人们都以"塞思黑"来称呼他,直到他因"腹疾卒于幽所",据说,他是被毒死的。十弟胤䄉和十四弟胤禵也没有逃脱雍正的专政铁拳,被监禁,直到乾隆登基后才被释放。十五弟胤禑被雍正发配到遵化为康熙守陵,在荒草枯杨间打发自己的青春。

老三胤祉和老五胤祺,没有参与这场你死我活的血腥角逐,他们早就弃权了,但雍正并没有因此而放过他们,他把胤祉发配到遵化为康熙守陵,由于胤祉说了几句埋怨的话,给了雍正口实,又把他幽禁致死,胤祺也在雍正十年郁郁而死。

只有十三弟胤祥和十七弟胤礼,由于支持雍正夺权,在复杂的政治斗争中站对了队伍,在雍正登基后受到重用,得以善终。

雍正时代,杀人技术方面也取得了长足的进展。据闻当年有一种新式杀人武器,名曰"血滴子",令人闻之丧胆。这一武器"形浑圆,似球,中藏快刀,刀之旁有机关,如弹簧式"[28],每当遭遇猎物,帝国杀手就会把"血滴子"罩在对方的头上,按动机关,那颗新鲜的头颅就会被"血滴子"整齐地收割,"虽在大庭广众之间,亦仓猝不及觉也"。"血滴子"成为雍正专政的恐怖时代的"形象记忆"。

雍正六年(公元 1728 年),大清帝国发生了一件影响深远的案件：湖南秀才曾静曾经给川陕总督岳钟琪投书，怂恿他起兵反清，给雍正列出十大罪状："谋父""逼母""弑兄""屠弟""贪财""好杀""酗酒""淫色""怀疑诛忠""好谀任佞"。[29] 曾静据此劝说岳钟琪起兵造反，这封书信几乎让岳钟琪吓破了胆，他立刻逮捕了曾静，经过诱供，得知曾静的思想是受了江南文人吕留良《四书讲义》中"义之大小"大于"君臣之伦"[30] 的思想影响，认为"华夷之分大于君臣之伦"，从而给反对清朝皇帝提供了理论依据。雍正立刻根据对曾静的审讯材料，组织官方的写作班子编写《大义觉迷录》一书进行反击。曾静关于康熙被毒死、雍正篡位、杀害同胞兄弟这些说法到底是事实还是恶毒攻击，至今众说纷纭，莫衷一是，成为历史学界的难解之谜，但这些罪状，多少反映了雍正在当时民间的形象，以及民间对于皇权的暴力性的认识。

庄严壮丽的宫殿，因此而具有两种截然相反的功能。一方面，他是胜利者的天堂，是权力和野心的纪念碑。太和殿，是大地上海拔最高的建筑，也是人间权力的至高点，站在它上面的，是奉上天之命统治人间的"天子"。宫殿的一切，无不体现着胜利者的意志，表明着胜利者的骄傲，强化着胜利者的权力。这是宫殿的"阳极"，与之相对，宫殿是失败者的地狱，每一座囚禁他们的宫殿，无不外表华丽而内部破烂，宫殿在为胜利者提供极致服务的同时，也对这些失败者进行着残酷的虐待。宫殿每天都在展现着它的天堂性质，而作为地狱的宫殿，却隐在暗处，讳莫能深，所以，它是宫殿的"阴极"。

由阳极向阴极的转场是迅雷不及掩耳的，宫殿中的每个人角色，都不能预测在下一刻会发生什么。在这场漫长的战斗中，皇太子的地位犹如可怕的咒语，谁站到了这个明处，谁就会立刻成为众矢之的，被来路不明的明枪暗箭射成筛子。所以，雍正（胤禛）的策略是后发制人，等争夺皇位的排头兵们都成了强弩之末，自己才挺身而出。

1709年，胤禛年轻的面庞被一座大园粼粼的水波照亮，那一年，他三十一岁。他的老爸康熙大帝，那一年五十五岁。前面已经说过，一年前发生了一件震动朝廷的大事，就是太子胤礽被废，但皇太子这张巨大的馅饼暂时还不会落到老四胤禛的头上，这样的形势，让他变得淡泊名利起来。得赐圆明园，既可以使他暂时躲开宫殿这个巨大的陷阱，有了一个可以归隐的场所，又可以迷惑对手，进可攻，退可守。因此，作为皇家宫苑的圆明园，就兼具了阴阳两种性质，它既是远离尘嚣的世外桃源，又是向宫殿发起进攻的桥头堡——很多年后，慈禧太后退休后居住的颐和园，也具有同样的性质。雍正（胤禛）登基后第三年（公元1725年）把圆明园，而不是紫禁城当作自己处理政务的中心，明确了它的办公和度假的双重功能，也更强化了它的阴阳同体的性质。

因此我们可以断定，1709 至 1723 年之间的雍正（胤禛），也是一个阴阳同体的"双面人"，他一方面在圆明园阴性的水光间流连忘返，另一方面又惦记着大地上凸起的阳性的宫殿。有意思的是，整整三百年后，2009 年，两岸故宫举行的首次合展，居然就是"雍正大展"。2012 年 11 月，我陪同郑欣淼先生到深圳与周功鑫先生对话，刚刚卸任不久的两岸故宫院长都述说了对"雍正大展"的怀念之情。那次大展上出现的雍正图像，为这个阴阳同体的"双面人"提供了直观的证据——身穿朝服的雍正（如《雍正朝服像》《雍正观书像》《雍正半身像》等），是宫殿中神色凛然的皇帝；而身穿便服（特别是汉装）的雍正，则一副仙风道骨的世外高人形象，在《胤禛行乐图》册页中，他要么乘一叶扁舟，要么在水边抚琴[图 13-4]，要么在书房写字，要么身披蓑衣、寒江独钓，更不可思议的是，他还穿上洋服，戴上西洋人的卷曲发套，手持钢叉，去降伏猛虎[图 13-5]……巫鸿称之为"清帝的假面舞会"[31]，并说："在雍正之前，不论是汉族或满族皇帝都不曾有过这样的画像，因此雍正为何别出心裁，以如此新奇的方式塑造自我形象就成了一个很有意思的问题。"[32] 这些画面在传达着这样的信息：雍正皇帝绝不是一

[图 13-4]
《胤禛行乐图》册页之"松涧鼓琴",清,宫廷画师
北京故宫博物院 藏

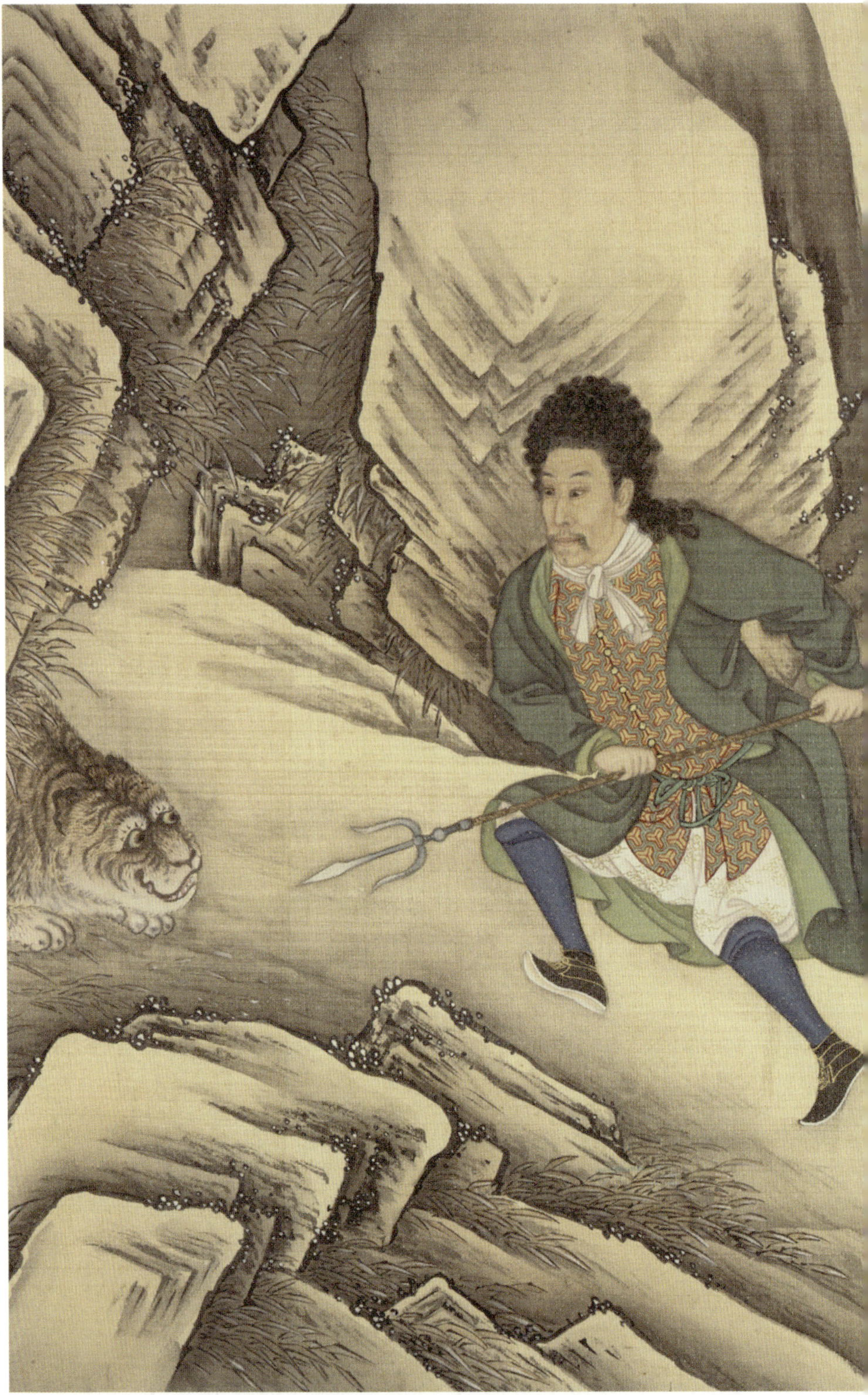

[图 13-5]
《胤禛行乐图》册页之"刺虎"(局部),
清,宫廷画师
北京故宫博物院 藏

个刻板、严肃的皇帝,而是一个好玩儿的士大夫。难怪阎崇年先生感叹:"雍正皇帝的性格特点,具有两面性:说是一套做是一套、明处一套暗里一套、外朝一套内廷一套。"[33] 还说:"雍正登上皇帝宝座之前和之后,表现出两种性格、两张面孔和两副心肠。"[34] 实际上,透过雍正平生所作所为,我们还可以找出许多对立的两极,比如宽宏与严酷、简朴与奢侈、崇佛与重道、科学与迷信……所有这些,共同构成了雍正捉摸不定的精神世界。

当社会上盛传老八胤禩、老九胤禟和老十四胤禵最有可能成为皇位的正式接班人时,他的内心充满了痛苦和懊丧。他用自己的诗,表现自己的失意、落寞和惆怅:

郁郁千株柳,
阴阳覆草堂。
飘丝拂砚石,
飞絮点琴床。
莺啭春枝暖,
蝉鸣秋叶凉。
夜来窗月影,
掩映简偏香。

这首诗是描写他居住的深柳读书堂的,在这幅优美、闲逸、静谧的图画中,潜伏着某种骚动与生机。巫鸿认为,诗中的柳是用来暗指女性的,因为"'柳腰'和'柳眉'这样的字眼可以用来描绘美女。'柳夭'和'柳弱'表现了夸张的女性特质,'柳思'是'相思'的双关语,是女子特有的愁绪。而'柳絮'有时暗示有才学的聪颖女子。在这种文学和语言传统中,雍正诗中的模糊性应该是有意为之的。"[35] 类似的诗并不少见,所以我们当然不能把它们当作简单的隐逸诗来看,而是从透过他的诗歌意象,破解潜藏在他心灵深处的精神密码。

比如这首《竹子院》:

深院溪流转,
回廊竹径通。
珊珊鸣碎玉,
袅袅弄清风。
香气侵书帙,
凉阴护椅栊。
便娟苍秀色,
偏茂岁寒中。

根据巫鸿的理论，通常用来象征名士的高洁精神的竹子，在这首诗中被转喻为一个深居闺阁的女子。这无疑再次印证了圆明园的阴阳同体的性质。此时，当我们再度打量《十二美人图》，我们就会惊讶地发现，竹子居然是《十二美人图》中一个通用的符号，在每幅图画上都出现过——有的出现在窗外，有的出现在庭院，有的出现在案头（撷下的一枝），也有的出现在墙上的画轴中。这显然是贯彻了雍正（胤禛）这首《竹子院》中对高洁美女的隐喻。雍正（胤禛）的"圆明园诗作"，为我们破解《十二美人图》之谜提供了一把特殊的钥匙。他要在这些美丽的女子身上寻找情感的依托，而不是展现他"对被征服的文化与国家炫耀权力的欲望"。

五

明末清初一个名叫卫泳的文人，在《悦容编》一书中写道："丈夫不遇知己，满腔真情，欲付之名节事功而无所用，不得不钟情于尤物，以寄其牢骚愤懑之怀。"[36]这几乎是中国最早论述美人的专著，是那个年代里的《第二性》。它在"丈夫"与"尤物"，也就是名士与美人之间，找到了某种天然的对应性。早在战国时期楚国的《离骚》中，屈原就以香草美人自喻，将阴阳双方之间的精神呼应关系提升到审美的高度，明代名士与名妓之间的眉来眼去，则是对其的现实印证，雍正（胤禛）的"圆明园诗作"则以竹子为媒介，将二者紧紧地连接起来。

除了深柳读书堂，他还喜欢"四宜书屋"，他把"四宜"总结"春宜花，夏宜风，秋宜月，冬宜雪"[37]，还把后来的诗集定名为《四宜堂集》。但圆明园的风花雪月，掩盖不住雍正（胤禛）在这场政治斗争中所受的煎熬，很多年后依旧难以平复——他对竞争者的报复行为，就是这种持续煎熬所带来的强势反弹。出生帝王家，既是大幸，又是大不幸。大幸者，在于他们钟鸣鼎食，成为全天下最高物质享乐的拥有者；不幸者，在于他们置身于全天下最恶劣的生存环境中，皇室身份不能将他们的身体与死亡隔离开，相反，只能与它离得更近。寝宫里楠木包镶床的温软舒适、铜烧古用端在夜色里漫漶出的清淡芳香，都不能保证他们做一个好梦。在他们的梦里，没有《雍正行乐图》册中的荒天古木、鱼跃鸢飞、一窗梅影、一棹扁舟，没有空灵高蹈的莼鲈之思、濠梁之乐，有的只是肉体在刀刃的丛林里本能的抵抗。这些恐怖的梦，映照着血腥的现实，唯有圆明园，看上去更像一场不切实际的梦，这或许是雍正登基以后仍喜欢继续待在圆明园的原因。生为皇室成员，生存的依凭不是伟大的正义、高尚的道德和精神的伸张，却是靠人性中未被文明抹杀的野蛮和狼性，它是一种力气活，只有最凶猛者才能笑到最后。

雍正的凶猛，通过曾静的痛斥在当时就迅速扩散。曾静说："圣祖（康熙）在畅春园病重，皇上（雍正）进了一碗人参汤，不知如何，圣祖就崩了驾，皇上就登了位。随将允禵（胤禵）调回监禁，太后要见允禵，皇上大怒，太后于铁柱之上撞死。"

无论雍正是通过何种方式度过了自己生命中的"危险期"，也无论雍正是不是曾静描述的那个残忍无道的暴君，但他仍是一个人，仍然在内心里守护着别人无法察觉的情感。每个人心中都有无法向他人展现的角落、无法诉说的痛楚，皇帝也不例外。甚至，皇帝的孤独更加深刻。华丽的深宫、如云的美女，以及俯首帖耳的千百臣工，都不能消除他的孤独，相反会加深这种孤独，因为最深刻的孤独，是在人群中的孤独。所谓皇帝，就是永远与众人相隔的那个人，宫廷的禁忌不是在保护皇帝，而是在放逐皇帝，把他放逐到远离人群的地方。雍正囚禁了自己的大部分兄弟，这等于囚禁了自己，因为他通过无所不能的权力把自己孤立起来，到达了连父母兄弟都无法抵达的远方。他在伤害自己亲人的同时，也最大限度地伤害了自己。

《礼记》上说："天无二日，土无二王，国无二君，家无二尊。"[38] 皇帝永远是单数，不可能是复数，这决定了在有生之年，他不可能找到自己的同类，不可能有一个对象，让他说出贴心贴肺的话，因为他的每一句话——尤其是真话，都可能泄露权力的核心机密,给自己带来灭顶之灾。雍正意识到了这一点,但他欲罢不能,他不愿放弃权力来换取朋友,那他就必须忍受这种孤独。他开始疯狂地酗酒,从而坐实了曾静在雍正十大罪状中对于他"酗酒"的指控。在《花下偶成》一诗中,他把己身的落寞写得深入骨髓:

对酒吟诗花劝饮,
花前得句自推敲。
九重三殿谁为友,
皓月清风作契交。[39]

在雍正之前,清朝的前两位皇帝都被这种如影随形的孤独折磨得死去活来。大清帝国入关后的第一位皇帝顺治,整顿吏治、兴利除弊、亲善蒙古、治理西藏、攻灭南明、统一中国,为这个统治着比自身民族人口多出约五十倍的多数民族的王朝完成了最初的奠基工程,但将他置入茫然无措的黑暗境地的,不是来自政治上的挑战,而是爱子夭折、爱妻死亡这些人生的悲剧。他可以在宏大的事业中坚强地屹立,心却被具体的情感危机一再划伤,他试图出家不成,二十四岁病死于紫禁城养心殿。

第二位皇帝康熙,是康雍乾盛世的奠定者。这一中国历史上绝无仅有的盛世，开始于康熙二十年（1681年）平三藩之乱，终止于嘉庆元年（1796年）川楚白莲教起义爆发，持续时间长达一百一十五年，如果从康熙即位的1661年算起，到乾隆去世的1799年，则有一百三十八年之久。这一个多世纪，创造了中国历史上除元朝以外的最大疆域[40]、最多人口[41]和最高GDP[42]，即使在工业革命之后，亚当·斯密仍然折服地说："中国和印度的制造技艺虽落后，但似乎并不比欧洲任何国家落后多少。"

在1700年的伦敦与巴黎的街头商店，最时髦的商品是来自广东的丝绸、南京的瓷器和福建的茶。1700年春天，阿姆斯特丹举行品茶会，中国茶是奢侈品，一磅茶要七万零一百荷兰盾。大清帝国的光芒照亮了法国宫廷，1700年1月7日，为庆祝新世纪的到来，"太阳王"路易十四决定在法国凡尔赛宫金碧辉煌的大厅里举行一场盛大的舞会。历史学家这样记录了那场舞会：在宫廷悠长的走廊深处，当路易十四在上流社会的贵妇人们注目下隆重出场的时候，立即被一片惊叹声湮没了，因为这个中国文化的超级粉丝，居然是身着中国式长袍，坐着一顶中国式八抬大轿出现的。那一天，灯火辉煌，人声喧哗，来自中国的书画、音乐和器物，给那些旋转着舞蹈的巴黎贵族们带来了无限的欢乐、无限的幻想和无限的占有欲。那时的时尚之都不是巴黎而是北京，中国时尚横扫欧洲，那个东风压倒西风的时代，证明了发展才是硬道理,而大清帝国,是当时世界上独一无二的强大帝国。

1700年,四十六岁的康熙大帝已经站在了世界的顶端,被各国元首们仰视。但很少有人知道,此时的康熙大帝正陷入深深的孤独。儿女成群,并没有让康熙大帝体验多少天伦之乐,儿子们眼睛里露出的凶光,将血肉亲情扫荡一空,让康熙不寒而栗。1701年,康熙到太庙行礼的时候,已经"微觉头眩"。废太子那年,他一气之下中风偏瘫,"心神耗损,形容憔悴"[43]。三年后,五十八岁的康熙到天坛大祭,已需要别人搀扶。

1707年,耶稣会士殷宏绪神父在给中国和印度传教会总会长的信中,记录了废除皇储对康熙情感和身体的伤害:

> 这场皇室内部的相互争斗,使得皇帝沉浸在一种深深的伤痛之中,以至于心跳过速,身体健康大受影响。皇帝想见见被废的皇太子,把他从监狱中传了出来,这位不幸的皇子被领到康熙皇帝面前时,仍戴着囚犯的锁链。他向他的父皇哀叫,皇帝为之动情,甚至掉下了眼泪……[44]

康熙五十六年(公元1717年),朝廷派往西北平乱的六万大军中了准噶尔部的埋伏,全军覆没,康熙无奈地说:"如当朕少壮之时,早已成功矣。然今朕腿膝疼痛,稍受风寒,即至咳嗽声哑。"[45] 第二年,康熙六十五岁时一病不起,终于在康熙六十一年(公元 1722 年)六十九岁时,这位曾经豪言"自秦汉以下,在位久者,朕为之首"[46]的康熙大帝痛苦地撒手人寰。弥留之际,不知他是否会想起自己对儿子们的叮嘱:"春至时和,百花尚铺,一段锦绣,好鸟且啭,无数佳音。何况为人在世,幸遇升平,安居乐业。自当立一番好言,行一番好事业,使无愧于今生。"[47]如此美丽的期许,映照出他内心无法说出的遗憾和荒凉。

但雍正还是决计补偿自己内心的空虚,《雍正行乐图》册,就是他自我补偿的一种方式。在那些册页中,他真正摆脱了宫廷的束缚,为自己争得一片自由翱翔的天空。在画中,他的身份千变万化,一会儿是手持弓弩的射者,一会儿是乘槎升仙的老者,一会儿是身披袈裟的僧侣,一会儿又是荷锄晚归的农夫,仿佛一场花样迭出的"模仿秀",扮演的不是平民百姓,就是吟诗的李白、偷桃的东方朔……《雍正行乐图》册中,找不到秦皇汉武、唐宗宋祖这些世俗意义上的"成功人士"。他对帝王身份的厌倦,通过这些图画淋漓尽致地表现出来。雍正在位十三年,从未曾像他的父亲康熙那样巡游南北,除了雍正元年先后将康熙和仁寿皇太后的灵柩送到遵化东陵,后来又去东陵祭祀过以外，辽阔的国土，他哪里都未曾去过，只有在画的疆域里，才能尽情地"逍遥游"，摆脱帝王人生的封闭和孤独，与广大的自然、人群（哪怕是汉人）灵息相通，让生命走向真正辽阔和壮丽。

《十二美人图》的意义，就这样浮现出来。她们如真人般大小，日日陪伴在雍正（胤禛）的左右，永不离去，永不衰老。她们不是雍正（胤禛）意淫的对象，因为她们延续了历代美人图的传统，形象高古典雅，让我想起一个朋友描述龟兹壁画的话："她们是温柔的，而不是滥情的；是纯洁的，而不是放荡的……她们的表情无一不细腻温柔，既是情感上的，也是色彩上的，不是来自外界的关怀，而是出自于女性的本能……看不出幸福，快乐与她们总隔着一层。烦恼也未可知。谁知道呢？"[48]

总之，她们并不像美国著名的美术史家梁庄爱伦、高居翰所分析的那样具有肉体上的煽动性，即"通过某种姿势（如触摸自己的脸颊、玩弄衣带）和性别象征（如特殊种类的花、水果和物体）表达"她们"性感的一面"，从而将这些画与江南的青楼文化联系起来[49]；也不像巫鸿所说，雍正（胤禛）是受了顺治皇帝与江南名妓董小宛的爱情故事的启发，导演了一场自己与汉族美女之间的浪漫爱情故事[50]。对于肉体意义的沟通，无论是作为皇子，还是作为皇帝，雍正（胤禛）都不难实现，最难实现的只有精神上的契合。这十二位美人，个个品貌端正、举止高雅，纵然有几分清冷孤寂之感，却正与雍正本人的孤独遥相呼应，为他们在精神上找准了契合点。她们沉默不语，却成为他最可信任的交流对象，她们的守口如瓶，让他的倾诉有了安全感。

就在雍正（胤禛）对自己的前途感到茫然和焦虑的时刻，画上的美人也深陷在相思的煎熬中不能自拔。美人的动作，与其说"具有肉体上的煽动性"，不如说深刻地体现了她们的孤独。无论是手持铜镜的顾影自怜，桐荫下的独自品茗，守在炉边默默凝视雪花飘落，被一点烛光照亮的清寂面庞，还是数着捻珠在时间中的等待苦熬……那些波澜不兴的表情背后，是她们起伏不定的内心，而这样的情绪，又恰恰是对雍正精神状态的最真实的写照。画屏内外这种惊人的对称性告诉我们，雍正（胤禛）的用意比身体欲望的满足要深刻得多，那是一种寻求精神共鸣的努力。孤独的她们等待男人的到来，而孤独的雍正，也期盼着她们的相伴。既然雍正（胤禛）把自己当作李白式的高洁之士，画中美人如身穿满服，就显得无比怪异了，这就是他要求她们身着汉装的原因。

从《胤禛行乐图》到《十二美人图》，构成的是一个传统的汉文化的世界，对于满族统治者，却是一个崭新的、极具刺激性的世界，它不仅是空间的拓展，更是文化和精神的拓展，尽管顺治时期在保留满族风习的同时已开始学习汉族文化,但雍正自登基那一年,就追封孔子先师为王,他对孔子的推崇、对汉文化的全面接受,远远超越了他的前辈,而这些美人图,则透露了他登基之前就已然成型的文化选择。他在那个开阔的世界里饮露餐菊、虚怀归物、陶然醉酡,也找到了一个真实的自己——画中美人,不仅是他最可心的知己,甚至就是他本人。雍正(胤禛)《竹子院》等诗中和《十二美人图》中的竹子(又是汉文化的核心符号),就是他和她们的接头暗号,是只有他们才彼此懂得的精神暗语。从康熙大帝到慈禧太后,清朝的每一位皇帝,心底似乎都存着一份返朴归真的田园之思,固然与他们来自东北草原民间的基因有关,但也多少让我们看到他们威严的政治面具之下的另一副人性的面孔。

从这个角度上说,雍正非但不是文化上的征服者,相反是被征服者,那些柔弱、婉约的美人,以女性特有的温柔的手,抚平了雍正(胤禛)心头难以诉说的创伤,让他那颗被贪婪、欲念和仇恨纠缠不休的内心,得到暂时的平息。

六

这种心灵上的寻寻觅觅、这份无拘无束的放纵自由,毕竟与宫殿的规则格格不入。雍正即位后一方面尊崇汉文化,推行"华夷无别",这是文化的法则;另一方面,他谈"明"色变,大兴文字狱,手段残忍,这是政治的法则。雍正或许害怕这十二幅美人图会透露他内心的孤独、纠结和隐秘,便命人将它们从圆明园拆下,两个半世纪后,内务府的记录档案被北京故宫博物院专家朱家溍看到,成为排除她们皇妃身份的证据。三年后,也就是雍正十三年(公元 1735 年),雍正在圆明园猝然离世。八月二十日,他还照常听政,只是小觉不适,卧床三天就死了。官书没有记载雍正暴死的原因,所以他的死因至今仍未解,简直是他的父亲死亡之谜的翻版。大学士张廷玉在他的自撰年谱中回忆说,二十二日(雍正死前一天),他还在白天见到了皇帝,夜里"漏将二鼓"时分,突然奉召到圆明园觐见,才知道"上疾大渐",感到"惊骇欲绝"[51]。"惊骇欲绝"这四个字,让后世的历史学家们揣测不已,认为他"惊骇"的对象,除了雍正的病情,一定另有隐情,而那令张廷玉"惊骇欲绝"的具体内容,早已被历史的尘烟一层层地锁住了,渐渐衍化成世间流传的各种光怪陆离的假想。关于他死因的几种版本中,有三种颇为离奇:

版本一:在《清宫十三朝演义》《清宫遗闻》这些野史中,雍正是被吕留良的女儿吕四娘杀死的。吕留良,就是那个在《秋行》诗中写下"风俗暗相易,衣冠渐见疑"的诗句,对清朝禁穿汉服的政策表达不满的江南文人,雍正八年(公元 1730 年),

雍正下旨将已经去世的吕留良和他的两个儿子全部从坟墓里挖出来，将尸体砍去脑袋示众，另一尚在人世的儿子斩立决，其他亲人一律发配到宁古塔为奴，家产全部充公，连吕留良的朋友孙克用、收藏过吕留良书籍的周敬舆都判以秋后处决，可谓凶狠到了极致，唯独吕留良的女儿吕四娘逃脱了。这个弱女子于是流落民间，苦练剑术，终于寻机潜入皇宫，一剑把雍正的头砍了下来。这出吕四娘复仇记，自雍正死后，一直流传到民国年代。

版本二：根据《梵天庐丛录》的描述，几名宫女联合太监在一个月黑风高的夜里潜进雍正的寝宫，把丝带悄悄套在雍正的脖子上，紧紧地勒住，直到雍正四肢僵直、双目暴凸，脖子上的青筋像无数只青蛇蜿蜒盘旋，他的目光里熄灭了最后一道生命的光焰，她们才将那丝带缓缓松开。

版本三：与曹雪芹——那个被雍正皇帝革职下狱、抄没家产的江南织造曹頫的儿子有关，据说曹雪芹的恋人竺香玉，就是林黛玉的原型。竺香玉后来被雍正霸占，曹雪芹于是找了一个差事，混入宫中，与竺香玉合谋，用丹药将雍正毒死。

三种版本都有演绎的成分——无论吕四娘，还是曹雪芹，潜入皇宫并不是轻而易举的事，否则他们真的成了"大内高手"；至于宫女勒死雍正，更是明朝宫女杨金英等用绳子勒死嘉靖皇帝的故事的山寨版。然而，耐人寻味的是，在三种版本中，雍正都是死于女人之手。于是，宫殿里收藏的美女，又有了新的版本。她们仪态秀美、英姿勃发，却个个心狠手辣、出手不凡，恐怕没有一幅美人图，能够概括她们的容貌。这些女人与画屏上的女人不同——她们不是虚拟的人，而是有血有肉、敢爱敢恨。她们不是皇帝想象中的知音，血腥的雍正王朝把她们塑造成了皇帝的敌人——这个朝代，连如花美眷都被激发起斗志，携手埋葬他的似水流年。雍正就这样，在这些事关女人的传说中，一次又一次地死去。

巴赫金曾经说过："一个人在审美上绝对地需要一个他人，需要他人的观照、记忆、集中和整合的功能性。"[52]他进一步解释说，那个"他人"，就是在"内心自我感受"与"外在形象"之间插入的一个"透明的屏幕"[53]。那么，对于雍正（胤禛）来说，《十二美人图》就是巴赫金所说的那个"透明的屏幕"，他看到的不仅仅是美人，也试图看到他自己——他就像当年把自己比作香草美人的屈原一样，以翠竹和美人自喻，从她们美轮美奂的影像中见证自己的圣洁，尽管那只是他那阴性的一部分，而不是客观的自己，如巴赫金所说的，"仅仅是自己的映象"[54]。但他死后仍缭绕不去的死亡传说更像一扇"透明的屏幕"，在里面，人们看到的是雍正这个阴阳同体人的另一张面孔——一张自私、凶狠、冷酷、丑陋的面孔。

很多年后，曹雪芹孤身一人，躲在北京西郊距离圆明园不远的一个小村里，完成了那部名叫《红楼梦》的旷世之作。在书中，出现了一面名叫"风月宝鉴"的镜子，同样充当了一次巴赫金的"透明的屏幕"——当跛足道士把"风月宝鉴"当作救命的解药交给贾瑞时千叮咛万嘱咐："千万不可照正面，只照他的背面。"[55]贾瑞将镜子的背面拿来一照，发现里面映出一个骷髅，连忙骂道："道士混帐，如何吓我！"就赶紧照它的正面，看见了凤姐正站在里面，身姿袅娜地向他招手。[56]——他把"看上去很美"的那面当作真实，而把它丑陋的一面当作谎言，于是，他就在那面原本可以救命的镜子里，一命呜呼了。

第十四章　道路上的乾隆

恢宏浩大、风光无限的《乾隆南巡图》,成为对表现恤民之心的《诗经图》的绝佳反讽。

一

清乾隆四年（公元1739年）春天，二十八岁的乾隆皇帝下了一道谕旨，敕令画院诸臣办一件大事，那就是依照南宋画家马和之《诗经图》笔意，绘制一幅完整的《毛诗全图》。

马和之是南宋时代的经典画家，距离乾隆很远，远得连他的生卒年份都打听不到。宋末文人周密曾说："御前画院仅十人，和之居其首焉"，意思是说，南宋王朝的皇家画院只有十个编制，马和之的级别最高，足见他在宋高宗赵构心里的地位。这一君一臣，成了美术史上的绝佳搭档，马和之绘图，宋高宗写字，成了他们合作的经典模式。比如北京故宫博物院收藏的著名宋画《后赤壁赋图》卷，就是二人合作的结果。马和之与宋高宗，南宋初年这两位艺术超人，犹如舞者与歌者，举手投足，配合得天衣无缝，那默契，不是演练来的，是骨子里的。

《诗经图》，依例是马和之绘图，宋高宗写字（即《诗经》原文），

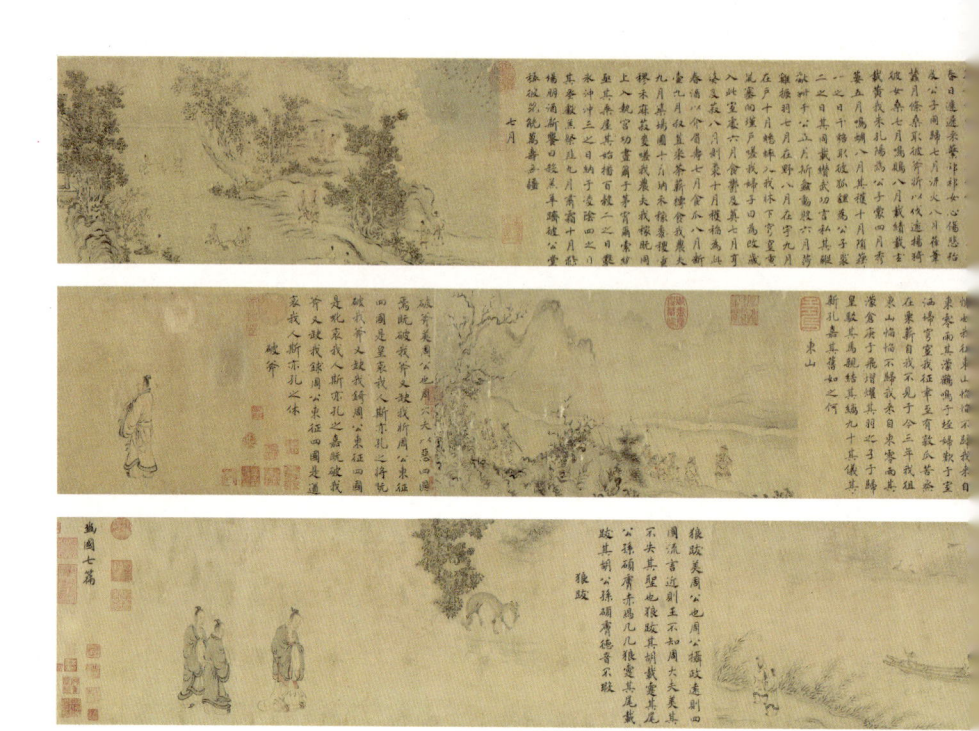

[图 14-1]

《豳风图》卷,南宋,马和之

北京故宫博物院 藏

乾隆御筆 豳風餘篇

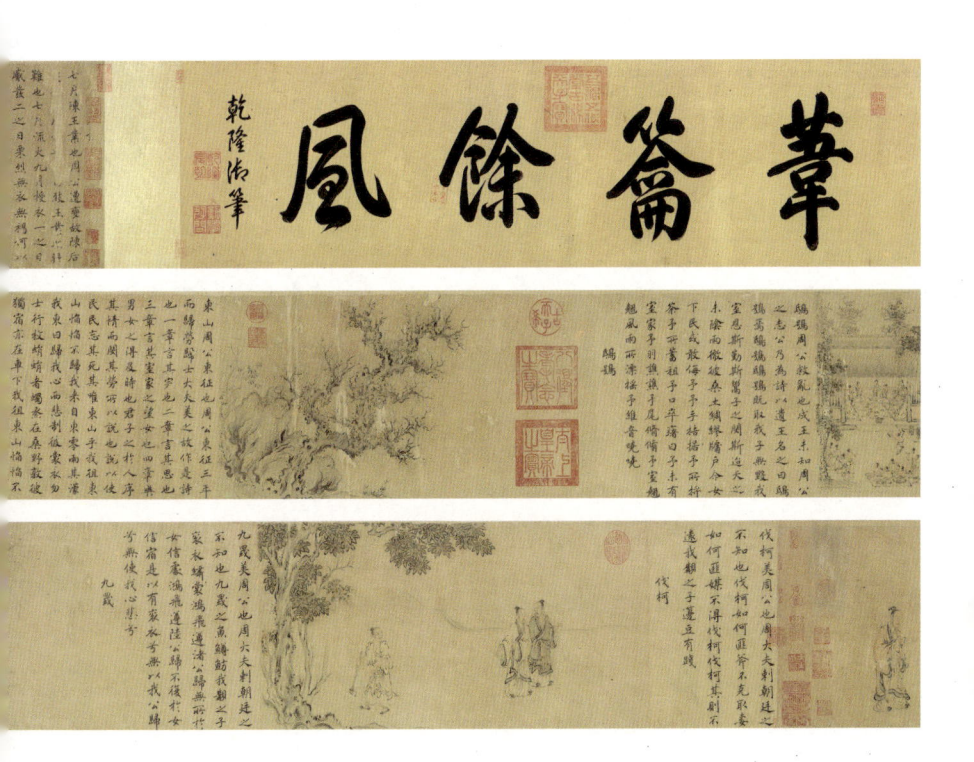

東山周公東征也周公東征三年
而歸勞歸士大夫美之故作是詩
也一章言其完也二章言其思
也三章言其室家之望女也四章
樂男女之得及時也君子之於人
其情有所不能已者如此詩
民志也其民悦其君子如此而又
取其民德歸焉則是詩雖若為
士大夫而作實所以勞也
我東曰歸我心西悲制彼裳衣
勿士行枚蜎蜎者蠋烝在桑野
敦彼獨宿亦在車下

鴇羽周公之變亂也昭王東征
之志以為後之王者戒也
肅肅鴇羽集于苞栩王事靡盬
不能藝稷黍父母何怙悠悠蒼
天曷其有所
肅肅鴇翼集于苞棘王事靡盬
不能藝黍稷父母何食悠悠蒼
天曷其有極
肅肅鴇行集于苞桑王事靡盬
不能藝稻粱父母何嘗悠悠蒼
天曷其有常

鴇羽

伐柯美周公也周大夫刺朝廷
之不知也
伐柯如何匪斧不克取妻如何
匪媒不得
伐柯伐柯其則不遠我覯之子
籩豆有踐

伐柯

九罭美周公也周大夫刺朝廷
之不知也
九罭之魚鱒魴我覯之子衮衣
繡裳鴻飛遵渚公歸無所於女
信處鴻飛遵陸公歸不復於女
信宿是以有衮衣兮無以我公
歸兮無使我心悲兮

九罭

虜業三之
一歲三之日于
我婦子饁彼南
㐬火九月受次

七月陳王業也

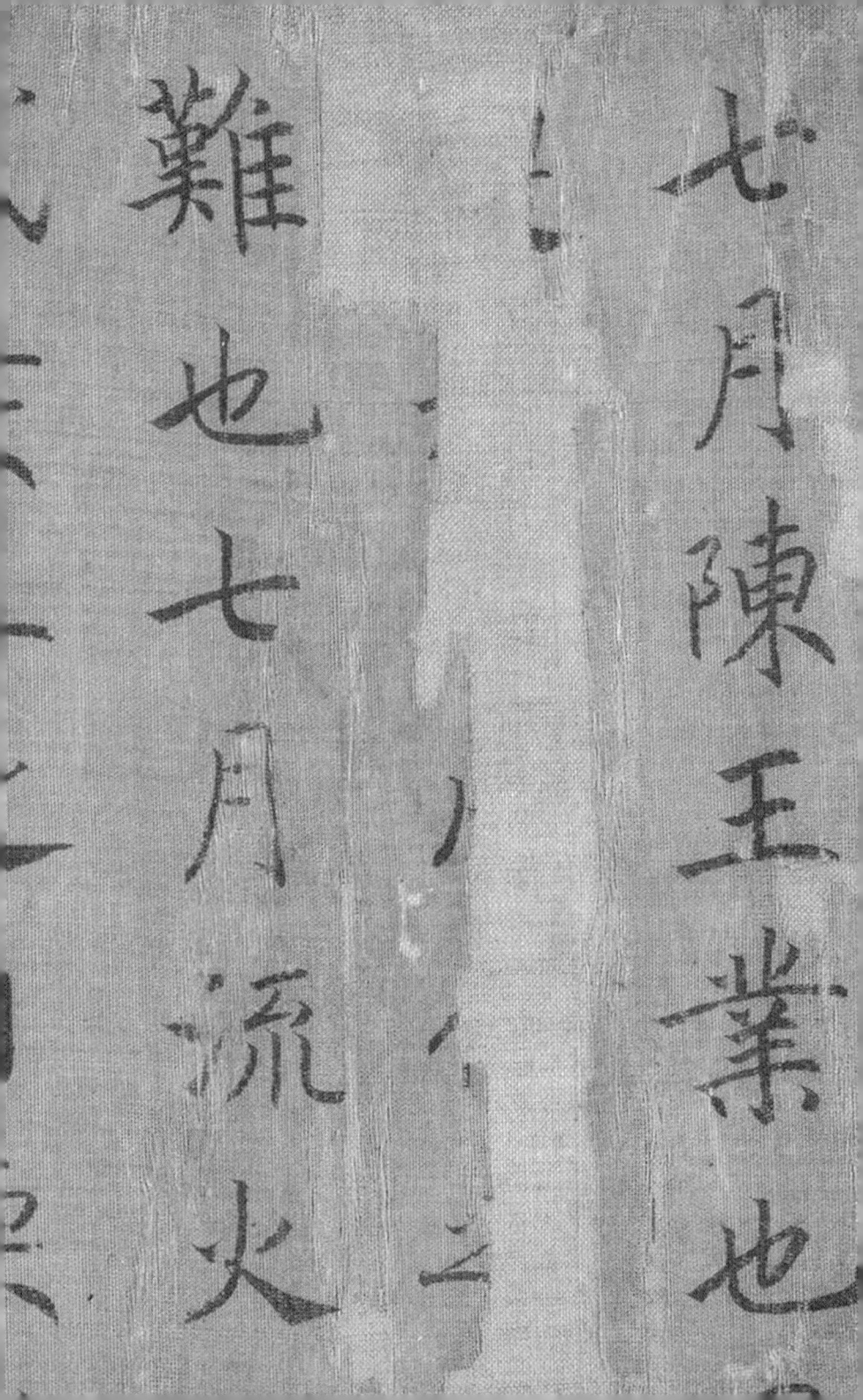

難也七月流火

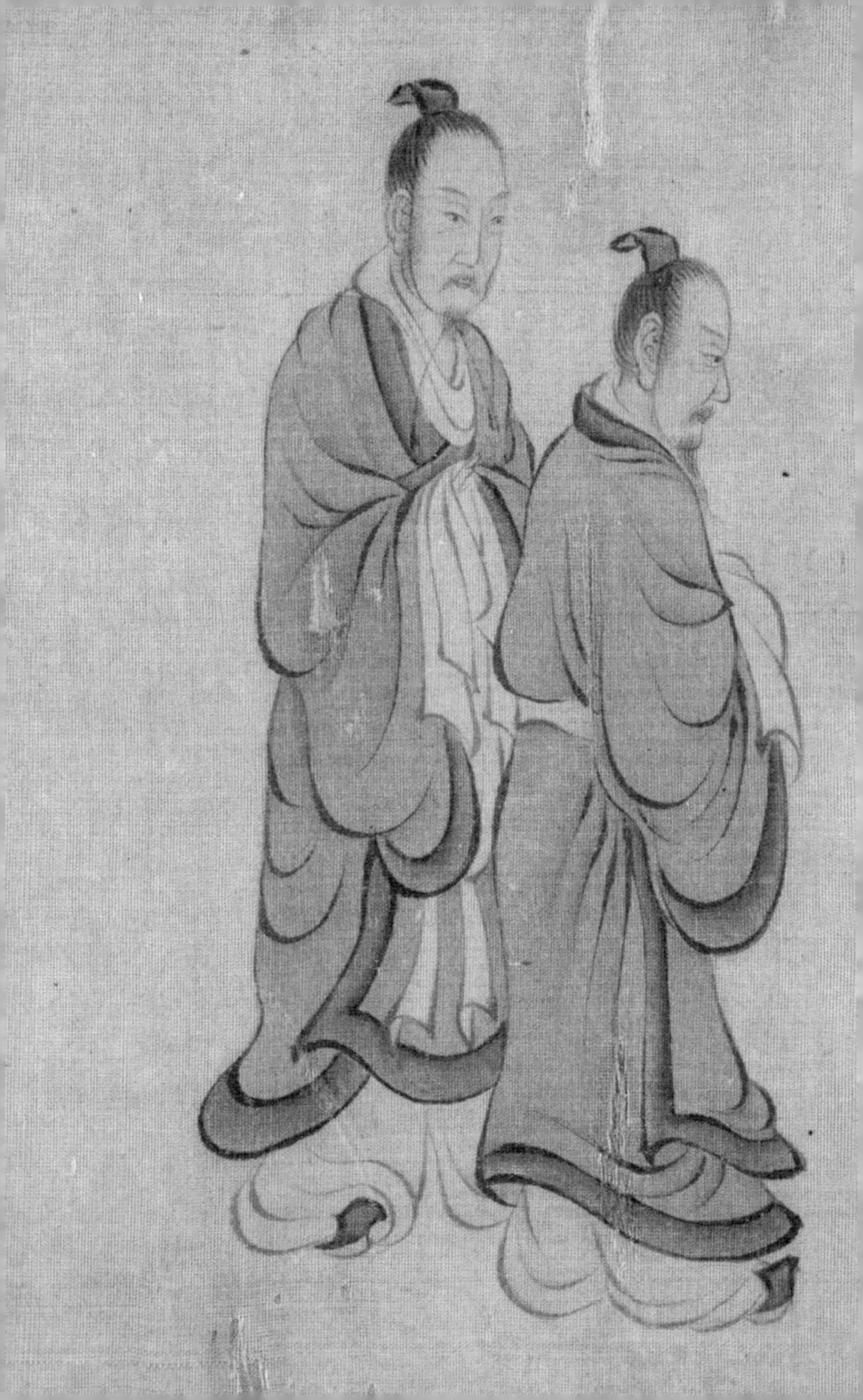

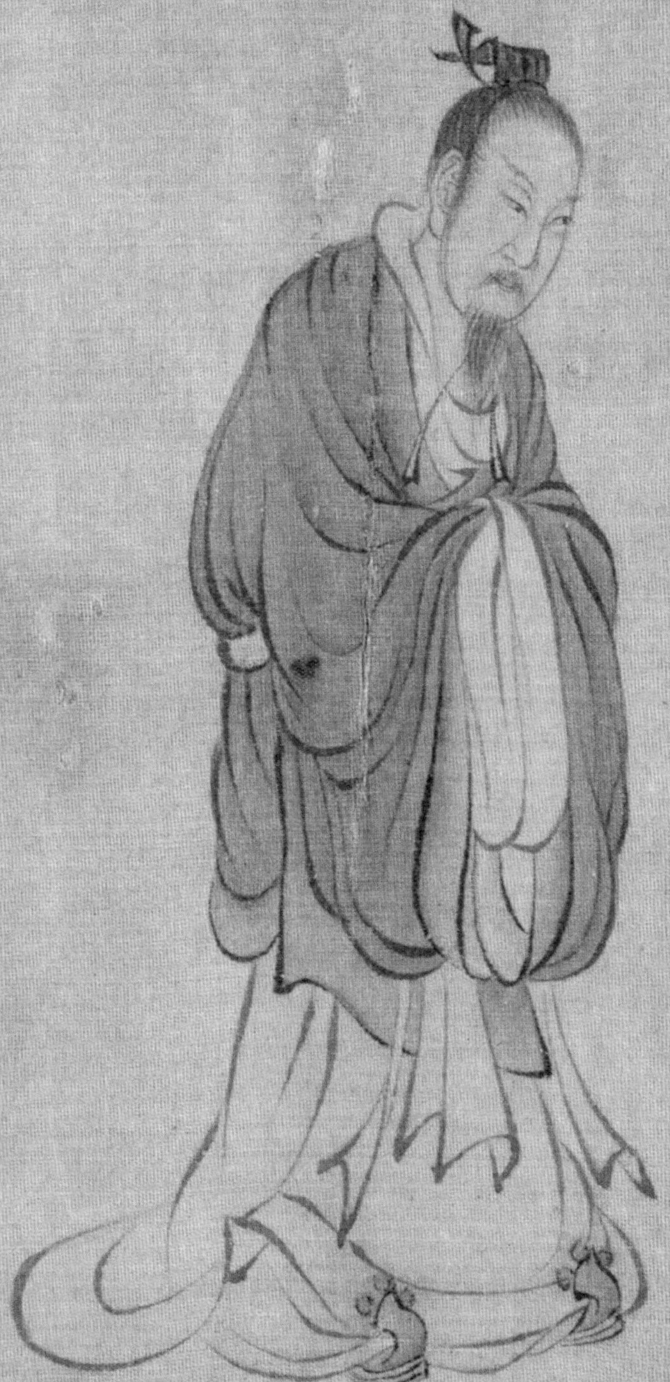

后来宋孝宗补写了一些。《诗经图》采取右诗左图的形式，诗图并茂，彼此相映，成为美术史上的不朽之作。2015年秋天，我站在北京故宫博物院延禧宫的展厅里，面对这幅《诗经图》流连不去，心里想起明代汪砢玉在《珊瑚网》里对马和之的夸赞："不写宣姜妖事，但写鹑奔鹊疆，树石动合程法，览之冲然，由其胸中自有《风》《雅》也。"

六百多年以后，这一组《诗经图》落在乾隆的案头时，已然只剩下了一些残卷。这些残卷包括：《豳风七篇》[图14-1]、《召南八篇》、《鄘风四篇》等，一共九件。

这让乾隆很不甘心。他一面摩挲着这些古画，一面在内心深处努力复原着一部完整的图文版《诗经》。乾隆有严重的强迫症，他不接受残缺的事物。他要向时间讨债，让时间归还那些被它没收的部分。这才有了前面提到的那道谕旨，让朝廷画院里的臣工们，共同补画那些散佚的部分。

二

我猜想那时分，宫殿里一定是春光盈盈，庭院里的花、树都静悄悄的，一动不动，像是沉在水底的影子。这时乾隆的心动了一下，那一动，就牵出一项无比浩大的文化工程，乾隆本人和他身边的臣工，为这一工程付出了七年的时间。

七年之后，这一重绘《诗经》的艺术工程，才终于在乾隆十年（公元 1745 年）的酷暑中完成。之后，乾隆兴犹未尽，与清宫著名词臣画家董邦达合作，共同临仿了《豳风图并书》一册，选用宣德笺金丝阑本行楷书《豳风》诗，又选太子仿笺本，墨画诗图，乾隆画人物，董邦达添上树石屋舍。

在那漫长的岁月里，他感到中国书法的巨人在引导着他的手，传授给他每一笔、每一画、每一个字中存在的书法秘诀；假如多年后宫廷御医开列的诊断书可信的话，这种活动在临摹者和被临摹者之间，创造了一种催眠的、情感的、爱情的关系，由此，年轻的皇帝总感觉到，自己渐渐滑入了另一个专制君主的皮肤底下；当他把毛笔浸到墨汁中时，毛团便膨胀起来，饱吸了墨汁，精确得跟宋高宗一模一样。[1]

绘制《毛诗全图》，很像今天电影界的经典重拍。马和之《诗经图》是一部经典老片，乾隆这位导演，却执拗地要在他的时代里为它翻版。但那也不只是被动的翻版，还要清晰地勾勒出王朝的新意。毕竟，时代变了，创作者变了——代替了马和之的，已是清朝的画院画家，代替了宋高宗和宋孝宗的，则是清高宗乾隆——《诗经》中的三百零五首诗，乾隆一个字一个字地抄录在绘画的边缘，甚至在画稿上，乾隆也不时添上几笔。唯有他对《诗经》的那一份眷恋与怀念没有变。七年中，他一笔一笔的描画和书写,没有丝毫的怠惰。那份谨慎与虔敬,与当年的宋高宗和宋孝宗,几乎一模一样。

三

两宋之交的皇帝们,无论他们的画院里收藏了多少杰出的画家,也无论他们自己写出过多少灿烂的书法,他们的名声都不怎么好听,因为身为皇帝,他们丢失了中原的万里河山,使这个原本立足中原的王朝,永远地退出了黄河流域,拱手让给了北方的金朝。这几乎使它丧失了华夏王朝的正统性(所谓定鼎中原),更不用说南宋后来的空间被越压越扁,以至于这个王朝与元朝的大决战竟然在广东崖山的海面上进行,连中原逐鹿都成了奢望。这场战事的结局是,一个名叫陆秀夫的忠臣,背着号啕大哭的小皇帝——宋末帝赵昺,纵身跳入大海。在他们身后,南宋的嫔妃和文武百官们也纷纷跳海,变成一堆参差不齐的泡沫。大宋王朝的无限繁华,就这样被大海抹平。

假如要问责,宋徽宗首当其冲,他一直被视为一个昏庸皇帝与天才艺术家的混合体,宋高宗紧随其后,因为他软弱、自私、胸无大志,把这个已经半残的王朝向火坑里又推了一把,"中国也正是从那时开始,变得软弱可欺,惰性十足。"[2]

这两位皇帝艺术家造成的悲剧性后果,让我们不免对艺的价值产生怀疑——莫非它真是帝国的毒品，谁沾上它，谁就得灭亡？

壮丽而浩大的艮岳，最终成了埋葬北宋王朝的坟墓，而不可一世的金朝，在把他们从汴京城掠夺的字画珍玩一车一车地运到金中都以后，也迅速陷入对艺术的痴迷。艺术并没有提升这个铁血王朝的精神气质，相反，却让它患上了软骨病。王朝鼎盛的12世纪，金章宗邯郸学步，几乎处处模仿宋朝。他的世界里，诗书曲赋琳琅，典章文物粲然，他抚琴叩曲，操弦吟词，甚至学着宋徽宗的样子写起了瘦金体，连他的宠妃，名字都叫李师儿，显然是在模仿李师师。除了制造上述赝品，他的王朝，也完全翻版了北宋的命运，只不过他没有成为阶下囚，但他的后代，下场却比宋徽宗还惨——末代皇帝完颜承麟，在公元1234年正月的蔡州慌忙登基时，蒙古军已经杀到了宫门口，完颜承麟潦草地举办了即位典礼，就带着手下将士冲出宫殿，与元军拼命去了。最终，他拼丢了自己的命，变成宫门处一团血肉模糊的尸体。大金王朝的这位末代皇帝，在位时间不到一个时辰（即两个小时），成为中国历史上在位时间最短的皇帝。

这个金戈铁马的王朝，就是在金章宗的手上拐了弯，这账，不知该不该算在他热爱的艺术头上。

四

乾隆也爱艺术，他虽然没能成为像宋徽宗和宋高宗那样的大艺术家，但他当了一辈子艺术发烧友，收藏、鉴定、写诗、作画，忙得不亦乐乎。到乾隆八年，乾隆收藏的书画、碑帖、古籍就超过万件（套），仅清初大收藏家安岐进献给乾隆的古代字画，就超过了八百件，其中就包括展子虔《游春图》、董源《潇湘图》、黄公望《富春山居图》这些稀世的珍品。于是，就在他与大臣们精心绘制《毛诗全图》的同时，年轻的乾隆又干了两件大事：对宫殿秘藏书画进行编录整理，编成两部书画目录，一部叫《秘殿珠林》，专门收录宫殿收藏的宗教类书画；而宫殿收藏的其余书画作品，则编入另一部书，就是《石渠宝笈》。

《石渠宝笈》是一部按照贮藏这些书画文物的四座宫殿作为分目，来对皇帝的秘密收藏进行编目记录的，这四座宫殿是：乾清宫、养心殿、重华宫、御书房（在景阳宫后）。后来随着藏品的增多，又向其他的宫殿拓展。哪怕不看真迹，只读收藏目录，就足以让乾隆乐不可支了。世界上没有一个人，甚至没有一个皇帝，能够像乾隆这样富有。《石渠宝笈》，犹如一座城市的老地图，让他仿佛在想象的辉煌遗址中漫步，去悉心体味它的亭台楼阁、风雨烟云。

在皇权制度下，艺术品由民间向皇家流动，必然是一个单向的流程，很少有文物从皇家返回民间的，只有在战乱的年代是例外，因此，皇权制度必然把皇帝塑造成一个超级的文物收藏家、一个疯狂的艺术爱好者，他的私家庭院，就是这个国度内最大的博物馆和美术馆。但他也看到了艺术中的危险。乾隆九岁入上书房，自小受到严格的儒家经典教育，可谓熟读经史，对于六百多年前发生在大宋宫廷里的一切，他当然是了然于心的。他在御批中，有"玩物丧志"之语，声言自己"因之有深警焉"，还感叹"盛衰而归梦幻"。艺术如后宫，让他温暖，也让他堕落。此时，乾隆想必陷入了极度的两难。他苦心孤诣地投入，又要尽心竭力地突围。

于是，乾隆要为自己的收藏，镀上道德的保护色。在乾隆看来，安放艺术的真正容器，不是宫殿，而是道德。那些稀世的字画，不仅是作为艺术的载体，也是作为道德的载体存在的，它们无时无刻不在宣讲着美和正义的力量。在他眼里，那些古旧的纸页并不是苍白无力的，而是华夏传统道德理想的宣言书、宣传队、播种机。

中国绘画的道德传统，从最古老的绘画——东晋画家顾恺之《女史箴图》就开始了。那是一幅关于女性的道德箴言，也是劝诫帝王的最佳良药。而图中那只照鉴美人的铜镜，正是对

[图 14-2]

《五牛图》卷,唐,韩滉

北京故宫博物院 藏

绘画功能的最佳隐喻——绘画不只是用来欣赏的,它犹如镜子一样,可以照鉴我们的灵魂。

至此,乾隆为自己的艺术雅好寻找到了一个圆满的理由——他不是玩物丧志,而是要在这些古代艺术珍品的映照下,去建构自己乃至王朝的道德。江山如画,而且,江山的命运,通过图画就可以照鉴。因此,在编订《石渠宝笈》时,他说:"虽评鉴之下,不能即信为某某真迹,然烟云过眼寓意而正,不必留意于款识真伪也。"意思是说,这些艺术品的道德寓意,比它们的真伪更加重要。乾隆对艺术原则,用今天的话说就是:政治标准第一,艺术标准第二。

乾隆看重马和之《诗经图》的秘密,在这里终于可以解开了——《诗经》是"五经"之首,记录了王朝创业之艰难,也描绘了百姓劳作之苦状。它是中国人道德和价值的真正来源,是王朝正统性的真正皈依,是中国人心目中的《圣经》。《诗经》

所代表的中国早期文化是一种伦理类型的文化，表现出对"德"的高度重视，陈来先生将此称为"德感文化"，而这种"德感文化"，又聚焦到"民"的身上。陈来先生说："民意即人民的要求被规定为一切政治的终极合法性，对民意的关注极大地影响了西周的天命观，使得民意成了西周人的'天'的主要内涵。西周文化所造就的中国文化的精神气质是后来儒家思想得以产生的源泉和基体。"[3]也就是说，一个来自于民、真正了解民生疾苦的王朝，才能真正像太和殿御座上方的那块牌匾写的那样，"建极绥猷"，国祚永久。

因此，当乾隆十七年（公元 1752 年）秋天，两江总督尹继善将他收藏的唐代韩滉《五牛图》[图 14-2]进献给乾隆时，乾隆还只把它当作"供几暇清赏"的文玩之物，第二年，乾隆就发现了这卷古老绘画的"现实意义"，于是在《五牛图》的画心写下这样四句诗：

一牛絡首四牛間弘
景高情想像間扺
甄詫惟誇曲肖要曰
問喘鐵民艱
乾隆癸酉御題

一牛络首四牛闲,
弘景高情想像间。
舐齕讵惟夸曲肖,
要因问喘识民艰。

乾隆的题诗,为这幅古画附加了浓厚的意识形态色彩,使它的内涵,由象征隐逸的悠闲,转为代表农事的艰辛。乾隆也凭借这样的绘画,重访先周的圣王时代,顺便也把自己归到了圣王的行列,像他自己所说:"游艺余闲,时时不忘民本。"难怪张廷玉拍马屁说:"皇上之心,其即伏羲文王周公孔子之心也夫。"

而《诗经图》,也同样被乾隆的道德意识刷新了一遍。他甚至把专门存放《毛诗全图》的景阳宫后殿,改名为"学诗堂"。在《学诗堂记》卷末,乾隆写下这样的话:

高、孝两朝偏安江介,无恢复之志,其有愧《雅》《颂》大旨多矣,则所为绘图、书经,亦不过以翰墨娱情而已,岂真能学诗者乎。[4]

乾隆想说,同样玩艺术,自己比宋高宗和宋孝宗档次高多了。对于这两位号称艺术家的宋代帝王，他只能投以轻蔑的一笑，笑他们与马和之合作完成《诗经图》，只不过是"翰墨娱情"罢了，对于《诗经》的奥义，他们一无所知。

乾隆终于找到了一个理由，将自己与那些热爱文艺的宋朝皇帝们划清了界限。

五

但这条界限，还不够明晰。

在他人眼里，无论是宋高宗赵构，还是清高宗乾隆，都是那个朝代艺术创作与收藏的重要推手，至于它们到底是"为艺术而艺术"，还是像乾隆宣称的那样出于道德目的，在许多人眼里或许并不那么重要。但乾隆对于这个问题是从不含糊的，在他眼里，他的王朝是真正代表民本的，王朝的高贵正蕴含于《五牛图》《诗经图》所透射出的底层百姓的喘息与血汗中。连洋画师郎世宁，都奉皇帝之命，主持绘制了一幅《亲蚕图》，描绘乾隆九年（公元 1744 年）孝贤皇后主持亲蚕仪式的场面，与皇帝主持的先农礼相对，男耕女织的分工，在皇家也不例外。为了证明这是一个"接地气"的王朝，乾隆还策划了他一生中最重要的行为艺术——南巡。

帝王巡狩是古风，而"下江南"的皇帝，远有秦始皇、隋炀帝，近有明正德皇帝。距今三百三十年，康熙大帝启驾京师，开始首度南巡，这位久居北方的年轻皇帝第一次有机会细细观察治下疆土的多种面貌。而二十五岁的乾隆帝在登基不久，也迫不及待地踏上祖父走过的御道。[5]

南巡的目的当然有很多，如昭示皇权、问俗观风、躬历河道、查验河工——说白了，就是视察水利工程，体验民间疾苦，让帝国的政治基石，不因失去人民群众的支持而坍塌。

应当说，"重农""悯农"，并不仅仅是乾隆皇帝的面子工程，也是一份真实的情感，沉甸甸地压在他的心底。在一个严冬之夜，他倚坐在暖阁的炉边，倾听着窗外呼啸的北风，看着眼前闪动的炉火，他蓦然想起城外茅舍里那些瑟缩颤抖的贫民，动情之际，挥笔写下这样的诗句：

地炉燃炭暖气徐，
俯仰丈室惭温饱。
此时缅想饥寒人，
茅屋欷嘘愁未了。

还有一年，安徽太湖县受灾，饥饿的灾民用一种名叫"黑米"的野菜充饥，乾隆得知后，立刻命令地方官员，将这种"黑米"

呈入宫中,他要亲口尝试。煮好的"黑米"入口的一刹,乾隆的眼里突然涌出一股泪水,殿堂之上,居然忘记了天子的庄严,耸动着肩膀,痛哭不已。

后来,他在诗中写:

并呈其米样,
煮食亲尝试。
嗟我民食兹,
我食先坠泪。

那一天,他下令把"黑米"分送给皇子们,让他们都知道,在锦衣玉食的宫殿外,在更广袤的版图上,舌尖上的中国,其实就是"黑米"的味道。

七十八岁时,乾隆皇帝性情未改,亲笔临摹了传为南宋绍兴年间宫廷画院副使李迪的《鸡雏待饲图》。这幅绢本原作,就是乾隆内府的藏品之一,入了《石渠宝笈·续编》,现存北京故宫博物院。画面上有两只雏鸡,它们面朝同一方向,一卧一立,屏气凝神,仿佛听见母鸡觅食的召唤,正欲寻食而去。乾隆通过临摹,表达他的态度,其政治意涵,与《五牛图》《诗经图》一脉相承。临摹之后,乾隆又命人摹刻多份,颁赐给各省督抚,不是为了显摆自己的绘画才能,而是希望这些地方父母官能将所辖地区的百姓当成图中的鸡雏,"勿忘小民嗷嗷待哺之情"。

正是出于这个原因,乾隆延续并且不断刷新着祖父康熙的南巡行程。在他心里,那是帝国天子深入群众、了解帝国现实的最重要的途径。他在七十五岁时曾不无得意地自我评价:"余临御五十年,凡举二大事,一曰西师,一曰南巡。"于是,他一次次地从紫禁城出发,奔向那尘土飞扬的旱路和烟波浩渺的水路,深入到帝国的腹部——民风厚朴的中原,以及烟雨苍茫的江南。

2006年,我在加州大学伯克利分校访学,美国学者伊沛霞(Patricia Buckley Ebrey)和毕嘉珍(Maggie Bickford)合作出版了一部新作:《徽宗与北宋晚期的中国——文化的政治与政治的文化》。在这本书里,我第一次读到这样一个新颖的观点:北宋的衰落,根本原因在于"自仁宗开始,宋朝的皇帝们几乎停留在了京畿地区","皇帝生活在九重宫殿之内,不能亲睹帝国当下所正在发生的一切"。[6] 这使他们(比如宋徽宗和宋高宗等)更加倾心于艺术,倾心于打造一个美不胜收的艺术王国,来拓展自己的空间。也就是说,这些皇帝足不出户,已经无法真正地接近他们的帝国了,于是他们只能通过绘画来间接地观察现实。他们身处宫阙,却置身于帝国之外。

汴京宫殿里的宋徽宗,没有体验过民生之多艰,只有逃跑时,他才踏过黄河。所以他命里没有南巡,只有北狩——所谓"北狩",也只不过是南宋王朝为徽钦二帝被掠到北方做囚徒所起的一个好听的名字而已。乾隆可不想成为宋徽宗,所以他有壮丽的南巡,也有浩荡的北狩——真正意义上的北狩。

六

然而,即使乾隆南巡,包含着体验民生、忆苦思甜的目的,在漫长的旅途中,他也不可能饿过一次。相反,那必然是酒足饭饱、灿烂如锦的豪华旅行,因为各地官员绝不会错过这样拍马屁的机会,皇帝接待规格之高,自然是难以想见的。康熙南巡,就已经给地方经济带来沉重负担,他自己对此心知肚明,在江宁织造曹寅(曹雪芹的祖父)的奏折上批道:"两淮情弊多端,亏空甚多……"[7]《红楼梦》第十六回,写王熙凤与赵嬷嬷对话,王熙凤说:"说起当年太祖皇帝仿舜巡的故事,比一部书还热闹,我偏没造化赶上。"赵嬷嬷说:"嗳哟哟,那可是千载希逢的!那时候我才记事儿,咱们贾府正在姑苏扬州一带监造海舫,修理海塘,只预备接驾一次,把银子都花的淌海水似的!"还说:"现在江南的甄家,嗳哟哟,好势派!独他家接驾四次,若不是我们亲眼看见,告诉谁谁也不信的。别讲银子成了土泥,凭是世上所有的,没有不是堆山塞海的,'罪过可惜'四个字竟顾不得了。"[8] 赵嬷嬷说的甄家，其实就是曹雪芹自己的家族，因为康熙六次南巡，有四次住跸在曹家。帝王的气派、曹家的荣光，都是用民脂民膏堆出来的。

乾隆的每一次南巡，都是一场规模浩大的国家行为。南巡的路途，往返达近六千里，平均时间要五个月，扈从人员三千二百五十人，途中所需马、驴、骆驼、牛、羊等牲畜近万，至于人力资源，更是不计其数，仅第一次南巡（公元1751年），就征召三十万余人在大运河上拖拉船舶，甚至总花费，每次南巡皆不少于三百万两白银。[9]

根据历史的记载，乾隆南巡的开销，大多摊派给了地方的盐商。盐商甚至被当作乾隆的"外库"，就是朝廷外的"小金库"。因为这些盐商，获利最多、资产最巨、家财最富，等到皇帝或者朝廷需要用钱的地方（比如战争、河工、赈灾等），朝廷钱袋子紧，都要从他们身上割肉。当然皇帝会给他们一些政策优惠，比如加官晋爵、免收盐税等，使他们前赴后继、踊跃报效。学者林永匡先生查检《扬州行宫名胜全图》后发现，扬州行宫共建宫殿楼廊五千一百五十四间，亭台一百九十六座。楼廊标明为商人建造者三千九百八十一间，未注商人姓名者一千一百七十三间。亭台注明商人建造者一百六十座，未注商人姓名者三十六座。[10] 待这些行宫修缮完成，盐商们还要接着破费,购置宫中陈设,诸如珍宝古玩、花木竹石等。比如平山堂行宫本无梅花,乾隆首次南巡,盐商们于是耗银植梅万株,乾隆的文化品位,是用金钱炼成的。《清稗类钞》这样描述乾隆第五次南巡时,当地盐商向皇帝献媚的"大制作",与北宋时代蔡京所提倡的"丰亨豫大",已别无二致:

> 高宗第五次南巡时,御舟将至镇江,相距约十余里,遥望岸上著大桃一枚,硕大无朋,颜色红翠可爱。御舟将近,忽烟火大发,火焰四射,蛇掣霞腾,几眩人目。俄顷之间,桃砉然开裂,则桃内剧场中峙,上有数百人,方演寿山福海新戏。彼时各处绅商,争炫奇巧,而两淮盐商尤甚,凡有一技一艺之长者,莫不重值延致……[11]

皇帝访礼问俗、体察民生的良好用意,变成地方的经济负担,沉甸甸地压在民众的身上,变成一场地地道道的政治秀,也为乾隆六下江南的亮丽传奇,蒙上一层尘垢。

柏杨先生在《中国人史纲》中写道:"弘历下江南所组成的南巡集团,声势之大,每次都有万人之多。他们像一群刚刚登岸的饥饿海盗一样,所到之处,当地财富几乎被洗劫一空。皇家教师(侍读学士)纪晓岚曾趁便透露江南人民的财产已经枯竭,弘历大怒说：'我看你文学上还有一点根基，才给你一个官做，其实不过当作娼妓一样豢养罢了，你怎么敢议论国家大事？'"[12]

从乾隆二十九年（公元 1764 年）开始，宫廷画家徐扬开始绘制主旋律美术作品——《乾隆南巡图》，描述乾隆第一次出巡的宏大场面，以体现"泱泱中华，太平盛世，无尽的繁华与壮观"，历时十几年，才告完成。他"以御制诗意为图"，从乾隆第一次南巡路上写的五百多首诗里选出十二首诗，画出十二幅图，分别是：启跸京师、过德州、渡黄河、阅视黄淮河工［图 14-3］、金山放舟至焦山、驻跸姑苏［图 14-4］、入浙江境到嘉兴烟雨楼、驻跸杭州、绍兴祭大禹庙、江宁阅兵、顺州集离舟登陆、回銮紫禁城。

这浩瀚的历史长卷含纳了山川烟树、城池街衢、亭台楼阁、车船人马，场面宏大又无微不至，几乎是乾隆盛世的百科全书。

恢宏浩大、风光无限的《乾隆南巡图》，成为对表现恤民之心的《诗经图》的绝佳反讽。

七

顺便说一句，《毛诗全图》《乾隆南巡图》这些大型主题绘画，尽管启用了国内最好的画家（清初"四王"之一的王翚亦曾为乾隆的祖父康熙主持绘制《康熙南巡图》），但艺术水平，早已

[图 14-3]
《乾隆南巡图》卷之"阅视黄淮河工"(局部),清,徐扬
美国大都会艺术博物馆 藏

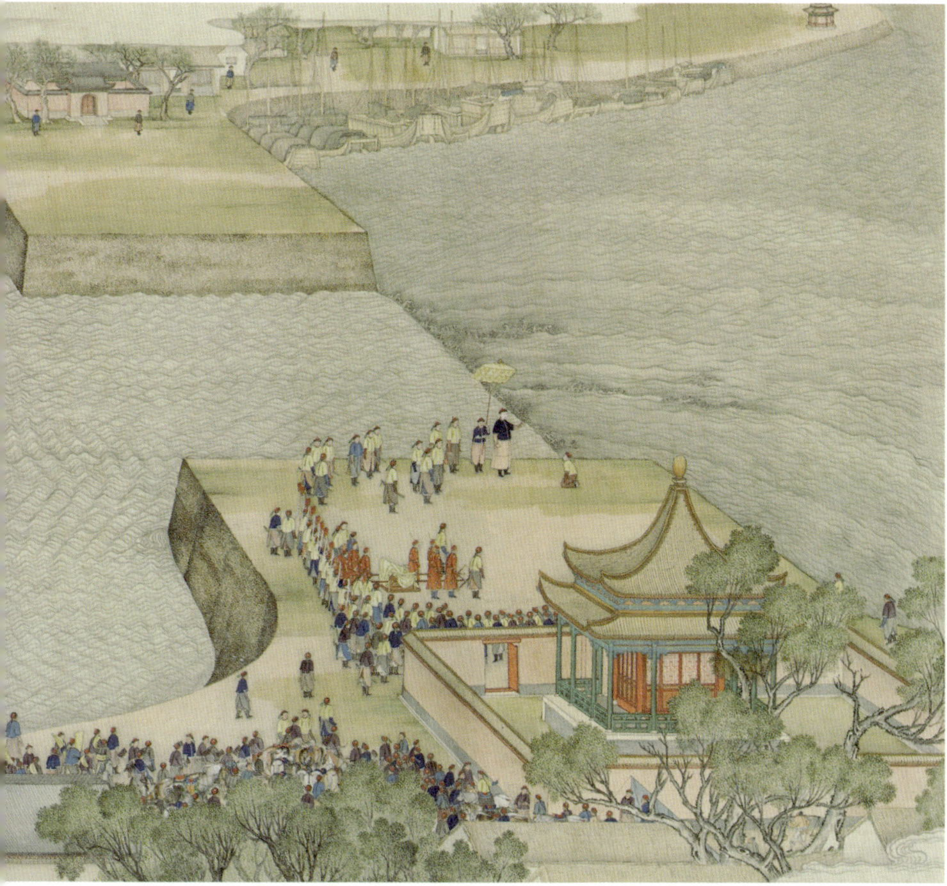

[图 14-4]

《乾隆南巡图》卷之"驻跸姑苏"(局部),清,徐扬

美国大都会艺术博物馆 藏

不可与宋代同日而语。

原因之一,在于《乾隆南巡图》这样的绘画,必须秉承帝王的意志,体现皇帝一人的尊威,因此只有皇帝一人成为绘画的主角,在长卷中反复出现,而帝国官吏,乃至芸芸众生,都只能成为他的陪衬,不仅画面上的人物全无个性,画家的自由空间也受到压抑,不再像唐宋时代那样,心与道合、神与物游。因此那绘画,纵然场面宏大、人物万千,却不可能产生震撼人心的力量,因为人再多,也只为帝王一人而存在,只为凸显帝王的尊威,而不是作为他们自身而存在。画面上所有人,归根结底都是为一个人(皇帝)而存在的。他们的存在,只能表明权力要求众人参与的性质,如我在《旧宫殿》里所写的:"无上的威仪显然不能由皇帝一个人来完成,权力不是皇帝一个人的独角戏,它需要群众,需要自己身边有膜拜的人群,正如伟大的事业需要多多益善的追随者充当炮灰。"[13]他们人再多,也等于零。

除了帝王的政治意志不可撼动,帝王的艺术诉求也必须实现。然而,尽管如前所述,乾隆本人是一位艺术发烧友,沉迷于星光灿烂的古代艺术,也像当年的宋徽宗、宋高宗一样,建立了皇家画院(先是将造办处的"画作"升格为"画院处",又设立了如意馆),但他的艺术品位,仍然有着强烈的女真底色,

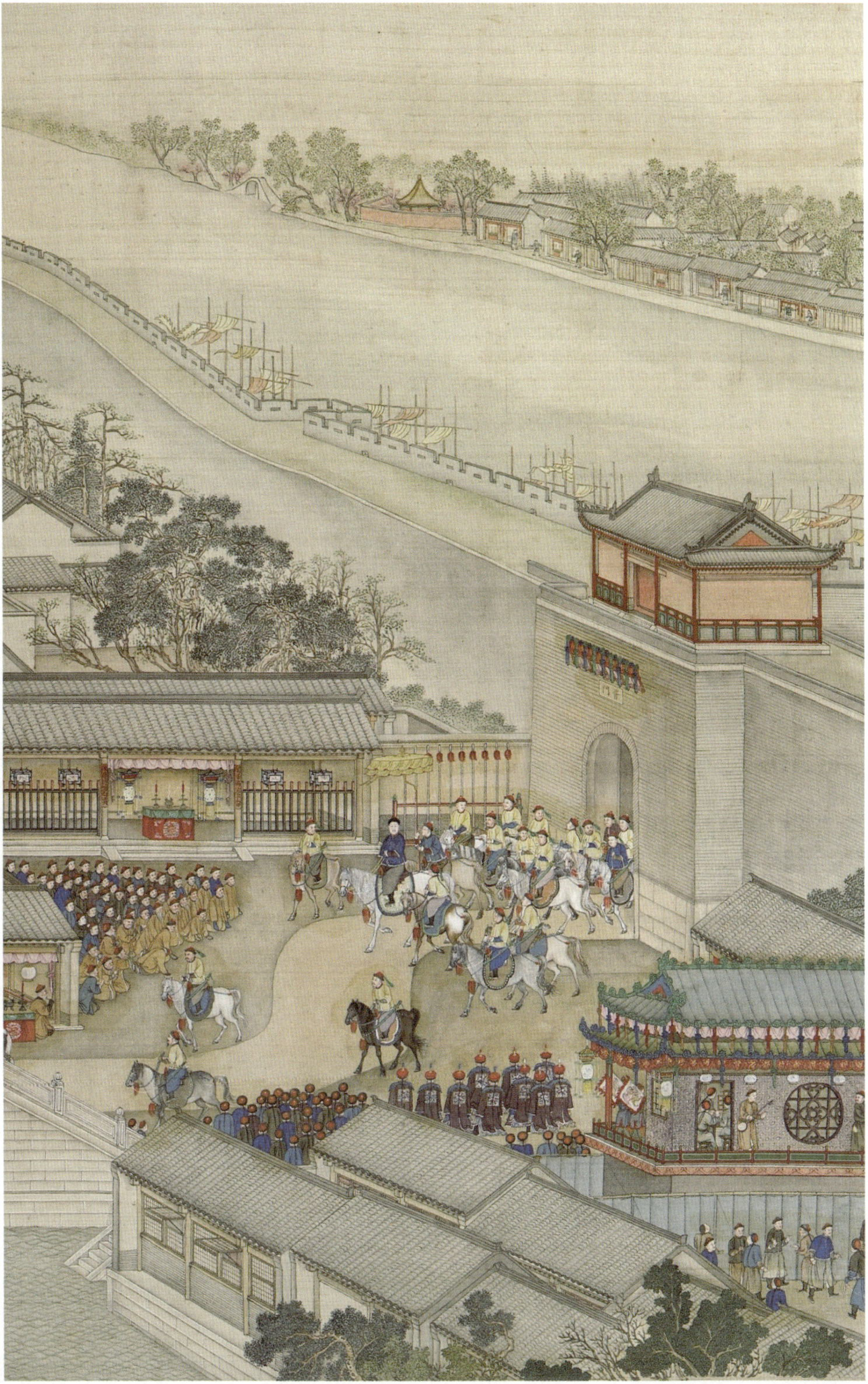

对中国绘画历经宋元沿革嬗变后出现的尚写意、重神韵的审美取向难以理解、认同,欣赏水平也只能停留在写实重形、富贵华艳的层面上,宫廷画家们,当然必须向皇帝的品位看齐,因此带来清代艺术水准的大沦落,《康熙南巡图》《雍正平准图》《乾隆南巡图》都是其中的代表。这些巨大的画作,"精彩遮蔽于细碎,个性湮没于繁缛",如杜哲森先生所说:"如果剪裁局部,放大欣赏,或许不失精到,但如今处处精到反而不见了精到。这种惟谨惟细、惟繁惟密的绘画风格堵塞了欣赏的通道,不再有联想的空间,这是没有弹性的艺术,只能造成感觉的零乱和审美的疲劳,如苏轼所言:'看数尺便倦。'"[14]

他们的作品,无论怎样用气势来吓唬人,都是枉然。那谨细繁缛、规整划一的构图,与张择端《清明上河图》、马和之《诗经图》这些描绘着生活原型、渗透着泥味汗渍、体现着普通人最真实情感的作品,早已判若云泥。

这种艺术上的集权与格式化,正是对帝国现实的最佳写照。在宫墙里的花团锦簇、姹紫嫣红背后,"这古老文明的荒凉冬天已经来了"[15]。

才有寒山冬景,带着古老的洪荒和无限的寂寞,在石涛、弘仁的笔下,弥漫铺展。

只有在权力鞭长莫及的边缘地带,艺术才能恢复生机,出现"清代四僧""扬州八怪",还有曹雪芹。

乾隆一朝,让大清王朝抵达了它发展的巅峰,也是它坠落的起点。

黄仁宇《中国大历史》中这样描述乾隆退位时的帝国状况:

> 当乾隆退位之日,清朝已达到成长的饱和点。八旗军的尚武精神至此业已消散,这也和明代的卫所制度一般无二,前所登记的人户也不见于册籍。雍正皇帝的"养廉",虽说各主管官员的薪俸增加了数倍,仍不能供应他们衙门内的开销。更不用说官僚阶级的习惯和生活费已与日俱增,而为数万千的中下级官僚,他们的薪俸不过是聊胜于无。因此贪污的行为无从抑制,行政效能降低,各种水利工程失修,灾荒朝廷又不及时救济,民众铤而走险为盗为匪,也就事势必然了。这一连串衰弱集贫的展现,在西方与中国针锋相对前夕,大清王朝已未战先衰了。[16]

《红楼梦》带着巨大的宿命感,穿透了整个盛世。

八

但假如乾隆躲在深宫,足不出户,如伊沛霞所说的,与他的帝国相隔绝,不能亲睹帝国正在发生的一切,岂不又要重蹈宋徽宗覆辙?

宫深似海,使他无法去注视自己的城郭人民,而一旦出宫,又势必劳民伤财,催生出无尽的奢靡与腐败。

这正是帝王的悖论。

因此,人们编造了皇帝"乾隆微服私访"的神话,把皇帝变成普通人,与人民群众打成一片。

或许,只有这种虚构的方式,才可能暗合乾隆组织绘制《毛诗全图》的全部用意。

第十五章 对照记

通过《是一是二图》,他要找回"世界上另一个我"。

一

　　第一次看到《是一是二图》的人，一定会感到诧异，因为在这幅画上，一个身着汉人服饰的文人正闲坐榻上，身边的家具上，摆满了名器佳品。在他身后，有一道画屏，这种以画屏为背景的绘画，我在本书第二章《一个皇帝的三次元空间》里说过了。但这幅画有意思的地方是，屏风上挂着一幅人物肖像，画的正是榻上坐着的那个人。

　　看过乾隆朝服像的人一眼便可认出，座中与榻上，都是一个人——乾隆。

　　与父亲雍正一样，乾隆喜欢在绘画里玩 cosplay（变装游戏），尤其喜欢在画里把自己打扮成风雅之士，比如，在《弘历采芝图》[图 15-1] 上，我们看到的年轻王羲之，就是一位头戴凉帽、手持如意、衣带生风、神色淡然的青年才俊形象。

　　《平安春信图》[图 15-2] 比《弘历采芝图》更加有名。关于

[图 15-1]
《弘历采芝图》轴,清,佚名
北京故宫博物院 藏

图中人物的身份,学者们有不同的指认。北京故宫博物院聂崇正先生认为,图中年长者为雍正,年少者为乾隆。[1] 巫鸿认同这种说法,认为年长者是雍正,根据是他的长相与雍正的其他画像一致,尤其是"嘴角蓄着向下垂着的小胡子"[2],"他表情严肃,站得笔直,正将一枝梅花传交给王羲之","而身为皇子的后者恭敬地接过这枝花,他上身微微前屈,显得几乎矮那位长者一头,抬着头尊敬地看着长者"。[3] 扬之水、王子林则认为,《平安春信图》的长者不是雍正,而是乾隆[4]。

无论怎样,可以确定的是,《平安春信图》中至少有一人是乾隆——要么是画中长者,要么是画中少者。

目前在北京故宫博物院,共藏有四件《是一是二图》[图 15-3],画面构图基本相同,唯有第四幅(落款为"长春书屋偶笔")中屏风上绘的不是山水,而是梅花。2018 年秋天,北京故宫博物院家具馆在南大库开馆时,不仅复制了《是一是二图》,而且用清宫家具,恢复了这幅图上描绘的物质空间——坐榻几案、葵花式桌,都与图中的摆设一模一样。

从这些绘画可以看到,乾隆不只有恋物癖(这一点很像宋徽宗),同时也是严重的自恋症患者。他一再让自己成为图像表现的对象,在宫廷绘画中不停地"抢镜",而且,在同一幅画中,他的形象也是反复出现,与自己形影不离,就像他在《是一是

何來瀟灑清都客 逍遙為愛雲
煙碧筠籃滿貯仙巖芝芒鞋不
踏塵寰逈人世蓬萊無鏡裏天霞
巾仿彿南華仙誰識當年真面
貌圖入生綃屬偶然
　　　　長春居士自題

寫真世寧擅繪繢我少
年時入宮睹然者不
知此是誰
壬寅暮春御題

[图 15-2]
《平安春信图》轴,清,郎世宁
北京故宫博物院 藏

二图》的题诗中的所写(四个版本都有):

"是一是二,不即不离。"

让人想到李渔的名句:

"是一是二,不知周之梦为蝴蝶欤?"

二

乾隆的"变装照"与雍正的不同,雍正的"变装照"(参见本书第十三章《如花美眷,似水流年》)虽然变化多端,但画中只有他一个人。或许,只有在一个无人(没有他人)的世界,在不被观看的环境里,雍正才能从皇帝的身份中逃离,回归"真实"的自我,才能玩得尽兴,一旦回到人群,他的表情、身段、举手投足,又将被"体制"套牢,所有旁逸斜出的个性都被删掉,重新变回那个死板无趣的皇帝。

乾隆与他爹的不同在于,在他的"变装照"里,总是有"别人"存在的。比如《弘历采芝图》里,有一个小青年,右手荷锄,左手提篮,神情专注地看着乾隆;在《平安春信图》里,假若如扬之水等人所说的,长者为乾隆,那么他身边同样有一个年轻男子,手持梅花,恭敬地站立。《是一是二图》中,乾隆同样不会形单影只,除了那弯腰恭立的童子,在乾隆身后的画屏上,还挂着自己的肖像,仿佛一个老朋友在注视着他,与他娓娓倾谈。

[图 15-3]

《是一是二图》轴,清,佚名

北京故宫博物院 藏

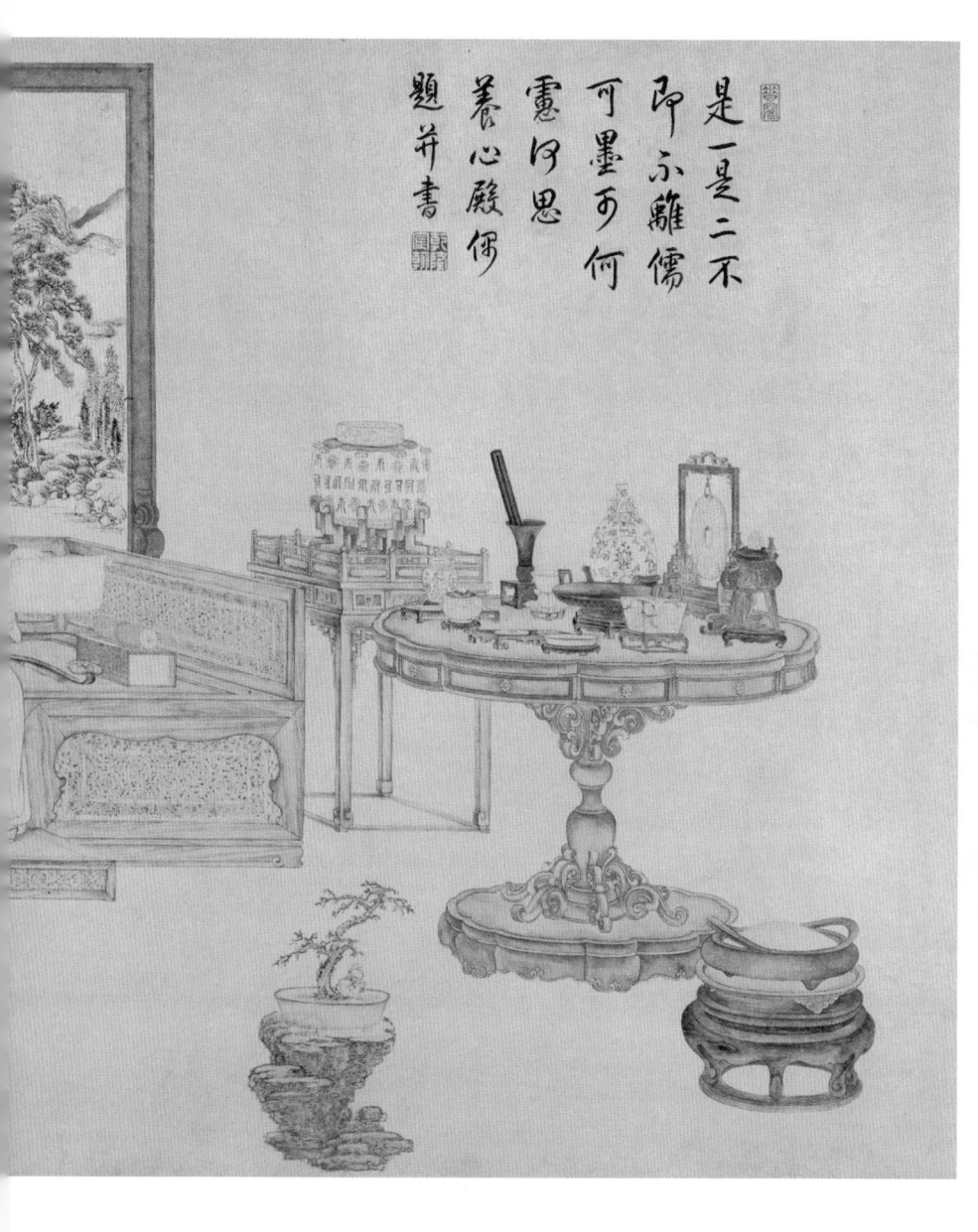

是一是二不
即不離儒
可墨可何
慮何思
養心殿偶
題并書

假如说乾隆自己是"变装照"里的主角,那么画中的配角,仍然是乾隆。乾隆在画里纠集的"同伴",原来就是他自己。有人把它称作乾隆皇帝的"自我合影"[5]。也就是说,在这些"变装肖像"里,装着两个乾隆。《是一是二图》自不必多言了,《弘历采芝图》和《平安春信图》中那两个恭敬站立的年轻人,其实也都是乾隆自己——这样说的根据是,从长相看,画面上的少者与长者很相像;更重要的,在《弘历采芝图》有乾隆题诗,最后两句是:

> 谁识当年真面貌,
> 图入生绡属偶然。

而《平安春信图》中,乾隆题诗道:

> 写真世宁擅,
> 缋我少年时。
> 入室皤然者,
> 不知此是谁。

在前面一首诗中,乾隆暗示画中少年是自己"当年真面貌"。

后面一首诗则说郎世宁擅长写真,绘制了乾隆少年时的容貌,让陡然入室的老者("皤然"是用来形容白发的词),不知道画中人是谁。

其实,乾隆早已把破译这两组绘画密码的钥匙交到我们手里。

画来画去,看来看去,画里画外,其实都是乾隆。

乾隆为观画者,摆下了一个迷魂阵。

三

乾隆是一个有着鲜明自我意识的人,他总是想看见自己。

作为皇帝,他主宰朝廷,主宰天下,成为所有人视线的焦点,他是被观看者,但他也希望变成一个观看者,希望变成一个外部的视角,来看见"自我"。他不想只做天空中的一颗孤星,他还想像一个黑夜里的旅人那样仰望天空。因此,在乾隆真实的生活空间里,镜子的元素时常浮现,背后隐藏的,就是他"看见自己"的强大冲动。

我在《故宫的隐秘角落》一书里写过,乾隆花园是乾隆为自己"退休"当太上皇而准备的居处。乾隆二十五岁登基,日日勤政,等他年纪大了,疲倦了,就想歇歇了,做一个闲云野鹤。乾隆在符望阁内题诗中写"耆期致倦勤,颐养谢喧尘",就流露了这样的心境。在这花园里,埋伏着许多镜子的意象。水、月、镜、

[图15-4]
《岁朝婴戏图》通景画,清,宫廷画师
北京故宫博物院藏

億萬人增億萬壽

[图 15-5]
《岁朝婴戏图》通景画（局部），清，宫廷画师
北京故宫博物院 藏

花，在这花园里，都落到了实处。

花园里有一座玉粹轩，此轩明间西壁上，有一幅通景画[6]，这幅画的名字，叫《岁朝婴戏图》[图 15-4]。画上有三位佳人、八个婴孩，在一间敞亮的厅堂里休闲嬉戏。画右的那位佳人，侧背对着观者，面对隔扇，望着自己[图 15-5]。她的面容，透过隔扇的反光，被我们看见。这构图，不知是否借鉴了东晋顾恺之著名的《女史箴图》，因为在这幅手卷上，有一位对镜梳妆的女子，也是侧后方对着观众的，她的面容，通过镜子反射出来。总之，《岁朝婴戏图》里，那油漆光洁的隔扇，客观上起到了镜子的作用，透过这面"镜子"，画中美人才能打量自己的青春容颜，今天的观众也才能看见她的面孔。

《岁朝婴戏图》中的反光体，并不是真正的"镜子"。在倦勤斋——乾隆最私密的空间里，我们看到了真正的镜子（玻璃镜子）。博尔赫斯同样迷恋过镜子，他说："镜子是非常奇特的东西"，还说："视觉世界的每一个细节都能在一片玻璃、一块水晶里得到复制，这个事实真匪夷所思。"自从西方传教士把玻璃镜带入中国，在乾隆的时代，玻璃镜越来越多地在宫廷中得到使用。玻璃镜就成了一个无比神奇的事物，让一个人清晰地看见他自己，让他与自己相遇。

出于工作原因，我无数次走进过倦勤斋，但每一次进入，

萬人增億萬壽

我都感到无比诧异。它是一座永远保持新鲜感、让人永不厌倦的建筑。倦勤斋是乾隆花园的最后一排建筑，目前没有开放，因此游览了乾隆花园的游客，从它的面前经过，最多匆匆扫上一眼，更多的人看都不看一眼，就从东侧门穿过，去看珍妃井了，对倦勤斋内部的秘密茫然无知。

这座建筑面南背北，面阔九间，分成"东五间"和"西四间"两个部分，内部被隔扇分成许多狭小的空间，有如"迷楼"。从"东五间"进入"西四间"，有一连串的小门，组成一个有纵深的夹道，乍看上去，恍若一面镜子。2018年9月，我们在那里录制节目，演员邓伦就以为那是镜子，但镜子里看不到自己。往里走，又怕撞到"镜子"上，邓伦就调皮地用手"摸"着前行。只有身处其中，才知道这样的"假镜子"，设计得那么逼真。"假作真时真亦假"，乾隆很痴迷这种真真假假的游戏。乾隆在这里虚晃一枪，在夹道里制造了一个酷似镜子的假象，表明了他对"镜子"这一意象的热衷，也预告了在前面的空间，定然会有镜子出现。

穿过这些小门（好像从"镜子"里穿过），拐入"东五间"最后的一间小室，两面落地大镜终于出现。我们往镜子前一站，在镜子里看见自己，知道这次镜子是真的。

这间有两面镜子的小室，组成一个小小的"镜厅"。我曾经去过法国凡尔赛宫的"镜厅"，又称镜廊，以十七面由四百八十三块镜片组成两面整墙的落地镜，那是凡尔赛宫最奢华、最辉煌的部分，比这间"镜厅"要开阔气派得多。法国路易十四国王把它们看作王宫中的"镇宫之宝"。假如在那巨大的"镜厅"里举行舞会，人的影像被占满整整两面墙的镜子反射，可以被放大到无穷多，那是多么宏大、多么玄幻的景象。相比之下，乾隆的"镜厅"要局促得多，几乎只容一人，那个人就是乾隆。但对于乾隆来说，这个空间已经足够。在乾隆的空间里，他只需要观看自己，并不需要其他人在场。我想，假如有第三人出现（比如太监、宫女），他（她）一定会看见两个乾隆，一个在镜子里，一个在镜子外，就像我们今天在《弘历采芝图》《平安春信图》《是一是二图》里看到的，一个画面里，装着两个乾隆。

四

在"镜厅"，我们看到的是真实的镜子，但乾隆的真假游戏并没有结束——两面落地镜中，有一面镜子其实是一道暗门，暗门的后面，隐藏着通往"西四间"的密道。第一次走进"西四间"的人，一定会大吃一惊，因为到了"镜厅"，看上去已经山穷水尽，准备折返了，打开暗门，却突然间柳暗花明，拐进一个巨大开敞的空间，通景画上描绘的庭院山色，与室内的装修相连，让这个开阔的大厅有了绵延无尽的空间感。

在大厅的中央，有一座攒尖顶的方形小戏台，正对戏台，是乾隆用来观戏的坐榻。乾隆坐在那里，有如坐在一个群山环抱的庭院里，在蓝天和竹篱下观戏，我们甚至感到，有凉风穿过树梢，拂动我们的衣襟，即使在最热的夏天，也会生出许许凉意。这都是巨大的通景画给我们带来的如诗的幻觉。

但令人困惑之处在于，在戏台与坐榻之间，还摆着一个很小的平台——一座小戏台。这样的场景布局，自乾隆以后一直没有人动过。那么，这个小戏台是做什么用的？

每次看到这个戏台前面的小戏台，我都困惑不已。我查过史料，也请教宫廷戏曲和建筑专家，都没得到令人信服的回答。

所以那一天，拍摄中，大家围着这个中间的小戏台，议论纷纷。邓伦给出的答案，虽是戏说，却充满想象力。据他猜想，乾隆可能会站在这个台子上唱戏——乾隆是名副其实的戏曲发烧友，他不仅在这里听戏，或许，当戏瘾发作，他也可能在这里唱上几句。而皇帝唱戏，显然不能与南府的戏子同台，于是，就在戏台与坐榻之间的小戏台上唱。那么，在乾隆皇帝的这座"私人戏院"内，会发生这样有趣的一幕——乾隆不仅是观众（戏院内唯一的观众），也可能成为演员（同样是戏院内唯一）。

假如在"西四间"，他自己演戏，自己观看，这戏台，不也是一面隐形的镜子吗？

于是，在我们的文化季播节目《上新了·故宫》第一季的第一集，我们设计了这样一段再现，让演员周一围表演了乾隆自唱自观的场面。我们甚至用特效，把唱戏的乾隆和听戏的乾隆合在一个画面里，这样的构图，不是与前面说过的绘画如出一辙？

五

没法知道乾隆的血型了，但从他的行动可以看出，他是一个彻头彻尾的完美主义者。乾隆是把自己当作"千古一帝"看待的——"千古"是虚指，包括了所有业已探明的历史，"一帝"，就是自那时以来最完美的皇帝，秦皇汉武、唐宗宋祖，都不入他老人家法眼，只有他自己最优秀。所以他自称"十全老人"，历史上没有一个帝王敢这样大言不惭吧。

"十全"，就是十全十美了，他的事业（文治武功），他自己都总结过，这里就不一一详述了。他的家庭，也算多子多福、富贵满堂，无人能及了吧。乾隆共有十七子、十女。储君嘉庆（颙琰），在他的培养下茁壮成长，颇具帝王之相。他不仅把祖先的基业推向了盛世巅峰，而且完成"禅让"，把皇位完好无缺地交给继任者。既对得起过去，又对得起未来。一个人的人生，已经很难像乾隆这样完美。

但人生没有十全十美,命运面前人人平等,即使贵为天子亦不能例外。苏东坡早就说过:"月有阴晴圆缺,人有悲欢离合,此事古难全。"

"古难全","千古一帝"自然也不能全。在《红楼梦》里,命丧天香楼的秦可卿托梦王熙凤,传达的也是这个意思:"常言'月满则亏,水满则溢'……荣辱自古周而复始,岂人力能可保常的。"[7] 我想起当年史铁生看奥运会,看到他崇拜的美国短跑名将刘易斯被约翰逊战胜,刘易斯茫然的目光让他心疼,也粉碎了他对"最幸福的人"的定义(原本,在无法走路的史铁生眼里,刘易斯——世界上跑得最快的那个人就是"最幸福的人")。刘易斯的失利让他明白了一个道理:"上帝从来不对任何人施舍'最幸福'这三个字,他在所有人的欲望前面设下永恒的距离,公平地给每一个人以局限。如果不能在超越自我局限的无尽路途上去理解幸福,那么史铁生的不能跑与刘易斯的不能跑得更快就完全等同,都是沮丧与痛苦的根源。假若刘易斯不能懂得这些事,我相信,在前述那个中午(即刘易斯被战胜的那个时刻——引者注),他一定是世界上最不幸的人。"[8]

我特别喜欢这段文字,史铁生去世后,朋友们在地坛为他举行的追思会上,我就朗诵了这段文字。假如我有机会面见乾隆,我愿把这段文字朗诵给他,当然我更愿意在倦勤斋的戏台上为他朗诵。我相信乾隆会认真聆听。

无论苏东坡还是史铁生,都在说明一个道理:人生不可求全,无常才是平常。世界上没有一个人的生命是完美无缺的,只有接受无常,把无常当平常,才能真正地面对人生。当然,这些都是大道理,没有愿意无条件地接受它,我也不愿意。

但乾隆还是"倦勤"了。他勤政一生,对"十全"的渴望,让他过得很累,他需要放松、减压,找回天性,放飞自我,因此,在"退休"之年,他已不屑于再做"三好学生""十全老人"了。他更愿做一个顽皮活泼、为所欲为的少年。耄耋之年,生命看到了尽头,那种属于少年的冲动反而变得更加强大。因此,乾隆花园不再像御花园和慈宁宫花园那样,中轴对称,规规矩矩,而是变化多端,想怎样就怎样。在面积不大(相较于紫禁城内的另外三个花园)的花园里,曲廊山石、崖谷洞壑连起二十多座楼堂馆阁,交接错落,"误迷岔道皆胜景",在室内,他把他喜爱的事物无所顾忌地汇集在一起,就像一个孩子,把自己喜欢的玩具都堆进了自己的房间。

因此,在我看来,《弘历采芝图》和《平安春信图》里的"两个乾隆",一个是政治的乾隆(成年),一个是"自我的乾隆"(少年)。在画上,少年乾隆预见了自己的未来[9],成年的乾隆则找回了自己的过去。

[图 15-6]
《宋人人物图》册页(局部),宋,佚名
台北故宫博物院 藏

六

《是一是二图》也体现了乾隆的"自观意识"。

这图里也有一面镜子——我们看不见它,但它存在,因为图上的两个乾隆——一个是坐在榻上的乾隆,另一个是画屏上挂的肖像画中的乾隆,面容一样,而方向相反——这不与照镜子是一回事吗?

画家抽掉了那面镜子,添上一道屏风,使"两个人"的关系不是对望,而是在屏风前,共同面向(侧对)观众。

到此,关于《是一是二图》的讨论似乎可以结束了,但当我们看到艺术史中的另一幅作品——宋代的《宋人人物图》[图 15-6](作者不详[10]),新的疑惑又会骤然而生。

就像我们走到"东五间"和"西四间"之间的那个镜厅,以为倦勤斋的空间已经到了头,但打开那道伪装成镜子的暗门,才知道在它后面,还别有洞天。

行到水穷处,坐看云起时。

《宋人人物图》构图与《是一是二图》别无二致——应该说,《是一是二图》的构图与《宋人人物图》如出一辙。显然,《是一是二图》抄袭了(或者说,沿用了)《宋人人物图》的构图。

这幅《人物图》又把我们对《是一是二图》的注意力,由《是

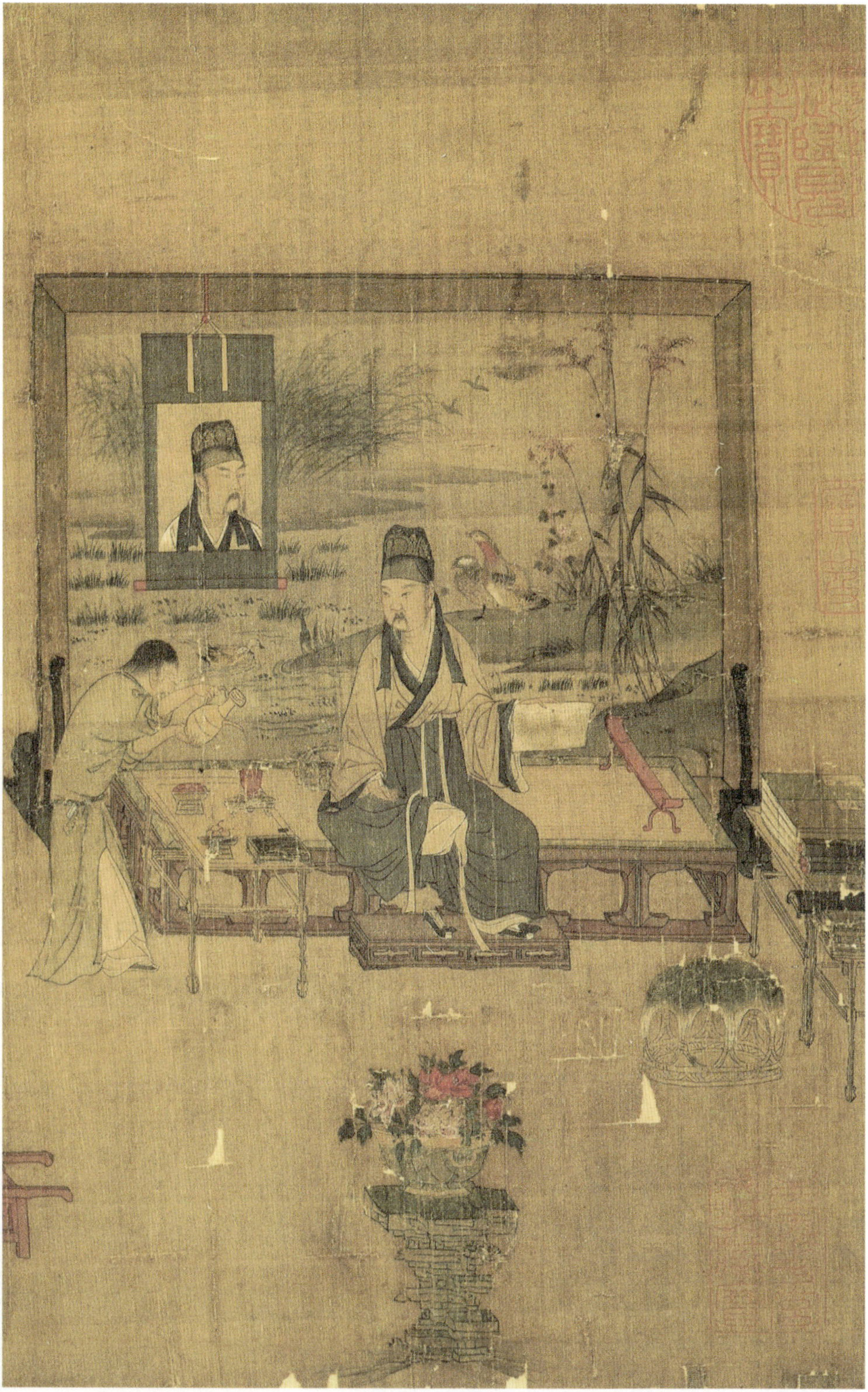

一是二图》的内部引向了外部。

在《是一是二图》与《人物图》之间，也存在着一种对应性的"镜像关系"。

那么，《是一是二图》对《人物图》的仿制，仅仅是乾隆皇帝的心血来潮，还是心有所本？

像乾隆这样心思缜密的人，随意为之的可能性很小，哪怕只是玩，也是有名堂的。

应当说，他在刻意模仿一个人。

不仅《是一是二图》在模仿《人物图》，乾隆也在模仿《人物图》里的那个"人物"。

通过《是一是二图》，他要找回"世界上另一个我"。

七

曾经听到过一种说法，在这世界上（实际上是我们所说的"世界"之外的一个"平行世界"），会有一个人与自己长得一模一样，比双胞胎还像。这个说法让人觉得有点恐怖，然而，一位叫布兰莱的摄影师，几乎走遍了世界的角落去拍摄人像，向世人证明了，就在我们身处的这个世界上，两个完全没有血缘关系的人，也可以长得一模一样！或许，他就是"世界上另一个我"。这个历时十二年的计划，名字就叫"我，和另一个我"。

"在我的后园，可以看见墙外有两株树，一株是枣树，还有一株也是枣树。"[11] 鲁迅式的调侃，转换成布兰莱的照片，就是：世上有两个人，一个是我，另一个也是我。

幻想大师博尔赫斯，晚年写下的一篇短文，有总结自己一生的意思，名字就叫《博尔赫斯和我》。他说："所有这些事情都是在另一位，也就是在那一个博尔赫斯身上发生的。我漫步在布宜诺斯艾利斯街道上，时而驻步不前，漫无目的地望着某个门厅的拱门和门斗。有关博尔赫斯的情况我是通过信件才知道的，也许我在一个教师的花名册上或是在一部名人字典上见到过他的名字。"[12] 他还写过《我和博尔赫斯》《两个博尔赫斯的故事》，显然，他那么坦然地接受了"另一个博尔赫斯"的存在。

关于"两个自我"的叙述，在中国文学里，最早可以追溯到庄周梦蝶，在先秦时代的某一场梦里，庄周与蝴蝶，已浑然分不出彼此，像乾隆写下的，"是一是二，不即不离"。曹雪芹《红楼梦》也是梦，在这场大梦中，太虚幻境里的"金陵十二钗正册"（还有"金陵十二钗副册""金陵十二钗又副册"），与"现实"中的十二金钗，也形成了这样一种对称的关系。这些卷册，其实是现实中的金钗们存在的另一种形式，她们存在于天上，存在于"太虚幻境"，而大观园里的十二金钗，不过是她们在现实中的赋形。而镜子本身，作为某种对称关系（"贾雨村"与"甄士隐"、十二金钗与"金陵十二钗正册"等）的物质凭证，也成为《红楼梦》里的重要道具，最著名的，就是那面"风月宝鉴"了。据说《红楼梦》也曾经取名：《风月宝鉴》。

乾隆命宫廷画师绘制的《是一是二图》，与宋代《人物图》有意画成完全对应的样子（不是简单的抄袭），好像在这两幅不同朝代的绘画间横亘着一面镜子。镜子这面的主人公是乾隆，另一面则是《人物图》里的那个神秘的士人。

与乾隆互成"世界上另一个我"的，表面上是画屏上那幅肖像，实际上是《人物图》里的那个人。

看不到《人物图》，我们就认识不到这一点。

或者说，《人物图》，是打开乾隆内心世界的一道暗门。

因此，认识乾隆，必须借助《人物图》。

那么，《人物图》里那个人遥远时空里的"我"，到底是谁呢？

八

为此，我不得不又脱开《是一是二图》，把思路链接到《人物图》上去。

《人物图》也是一个秘密，因为在《人物图》上，找不出任何提示性文字，指明这个"人物"的身份。

因此,《人物图》其实是一幅无名之图,一幅"无名人物图"。

就像一幅画、一张照片,作者给它起的名字是:静物,等于什么都没说。

但这丝毫不能阻止艺术史家们探寻的目光。艺术史家是干什么的?就是干这个的——充当艺术史的侦探,循着一些被忽视的蛛丝马迹,找回那些失落的事实,就像找回了一块块砖,填充那座名叫艺术史的大厦。

有人指认,《人物图》里的那个人,是晋代的陶渊明,也有人说他是写《茶经》的陆羽(不知是否根据主人公身旁有执壶点茶的童子),但据台北故宫博物院李霖灿先生认定,那位榻上坐着的人,不是别人,正是王羲之。

他在《中国名画研究》这部巨著中写道:

> 画面上的华贵陈设,既有温酒炖茶之具,又有琴书屏墩之设,分明是一副富贵人家的派头,这与"饥来驱我去,不知竟何之"的陶渊明不合,亦与山野之服萧疏品茗的陆鸿渐不侔,换之为王谢子弟的王逸少[13],真是再合适也没有了。[14]

这并非只是猜测,拿《人物图》(李霖灿先生称为《宋人着色人物图》)与王羲之的历代画像比对,发现王羲之的面貌很一

[图 15-7]

《右军书扇图》卷（局部），南宋，梁楷

北京故宫博物院 藏

致。其中有：南宋梁楷的《右军书扇图》[图 15-7]、马远的《王羲之玩鹅图》等，都是胖胖脸、细细眼，三绺长髯飘胸前，其中最像的，还是《集古像赞》里的王羲之侧像，与《人物图》里的士人，像是一个模子刻出来的。

尽管这些画家都没有见过王羲之，但王羲之的相貌，并不是全然出自想象，而是有一个标准的。这个标准来自哪里？

它来自王羲之本人。

查唐代张彦远《历代名画记》里，会发现这样的记载：

王羲之……书既为威信之冠冕，丹青亦妙[15]。

张彦远还说，王羲之曾经对着镜子画下自己的面容。这幅画的名字，叫《临镜自写真图》。也就是说，历史上最早画过王羲之的，就是王羲之本人，他曾经画过一幅自画像——《临镜自写真图》。

王羲之竟也是一个镜子爱好者，这证明了对于视觉艺术家而言，镜子多么具有诱惑力，在文艺复兴的意大利，自画像的另一个名字就是："镜中肖像"。

这幅《临镜自写真图》，于是成为王羲之的形象之源，成为一代又一代的画家描绘王羲之的依据。至于《临镜自写真图》

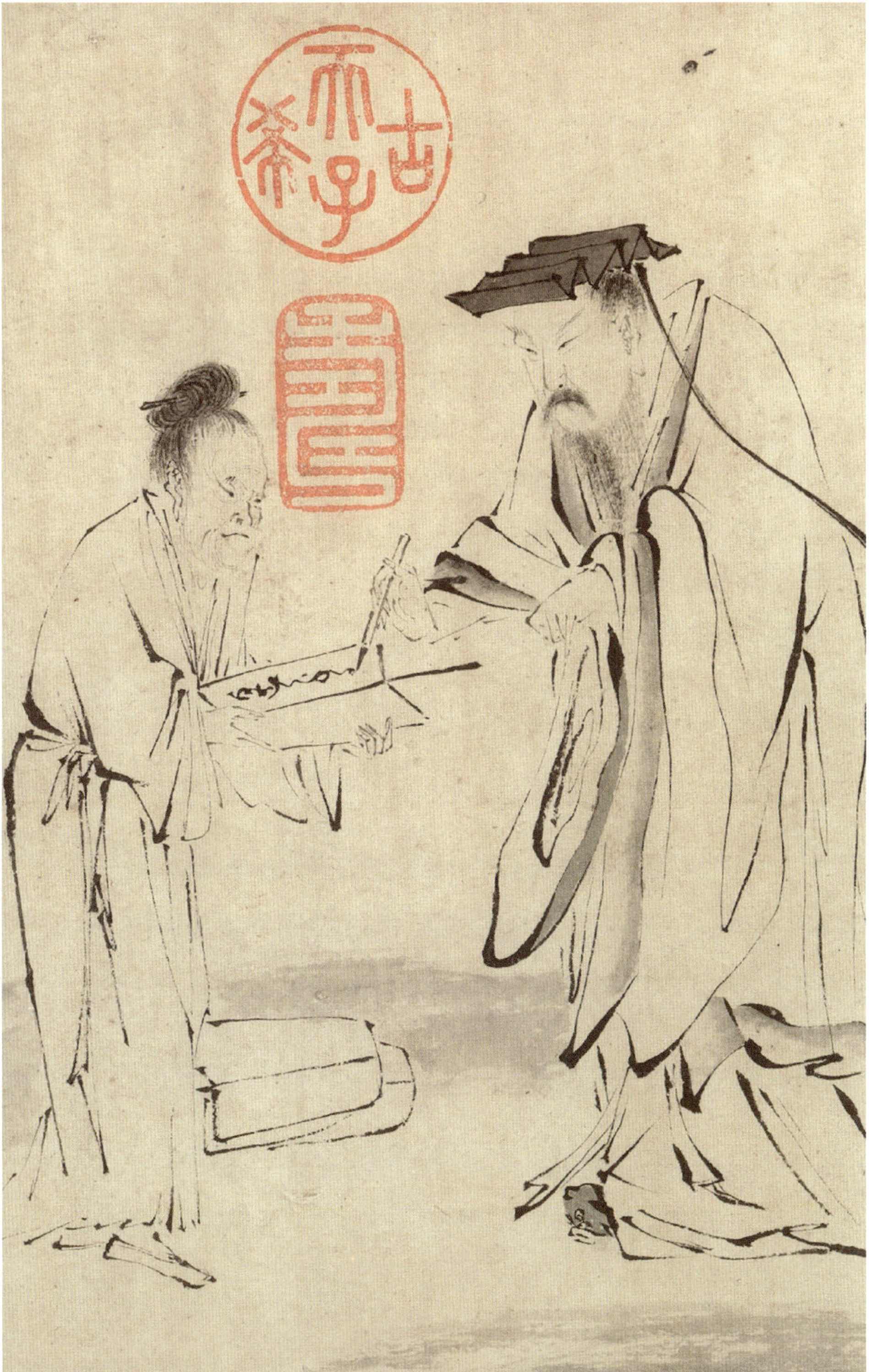

的样貌,已经无人知晓了。李霖灿先生说,他在美国弗利尔博物馆见到过一本天籁阁旧藏宋人画册,打开册中第五页,看到画中内容与我们提到的《人物图》布局完全相同,题款写着"羲之自写真",一下子点明了作者和画里主人公都是王羲之(尽管只是宋代摹本)。[16]李霖灿先生立刻意识到,这幅《人物图》,与他在美国看到的这幅"羲之自写真",画中人都是王羲之。推理过程是这样的:

前提:A=B
　　　B=王羲之
结论:A=王羲之

这A和B(《人物图》与"羲之自写真"),是一母所生的双胞胎,它们的来源,应该是王羲之《临镜自写真图》。

王羲之《临镜自写真图》的真迹存于世上的可能性几乎不存在了,但无论怎样,自从王羲之对着镜子画了自画像,他的形象就留了下来,经过一代代画家的"传移模写",在时间中开枝散叶,不断繁衍,一直不曾走样,到这幅宋代《人物图》,画中人的容貌,依然保留着鲜明的王氏基因。

乾隆是明白地知道《人物图》中的人物就是王羲之的,因而他令宫廷画师照猫画虎，画出了《是一是二图》，让自己秒变王羲之。

只有王羲之，才能成为乾隆心目中的"另一个我"。

九

难怪在养心殿三希堂，存着乾隆的三件至爱之宝——来自王羲之家族的三件书帖，分别是：王羲之《快雪时晴帖》、王献之《中秋帖》、王珣《伯远帖》。其中，王羲之《快雪时晴帖》，被乾隆奉为"三希"之首，最是爱不释手，在堂中小心供着，一有时间就捧出来仔细端详，一直看到老眼昏花。

他不仅钤上硕大无比的巨型方印"乾隆御览之宝"，还忍不住把自己收藏专用的八枚大印都噅瑟出来，加盖在上面。乾隆有胆，在帖前后写字，帖前至今留着他"神乎技矣"四字引首，还写"天下无双，古今鲜对"八个小字，甚至忍不住在王羲之的字旁写了长长的观后感。在《快雪时晴帖》上，王羲之的字只有二十八个，乾隆的字却多得数不清，就像一个溺爱孩子的老妇人，絮絮叨叨，没完没了，以至于我们今天将整个书帖展开，差不多有五米长，王羲之的字只占了不到零点二米，只有中间窄窄的一条，被乾隆密不透风的话语和印章层层包围。

而乾隆花园的第一进，领衔的建筑就是禊赏亭，里面有"曲水流觞",就是在追慕王羲之和他的伙伴们兰亭修禊的风雅盛事,而花园后面的竹香馆,还有符望阁、倦勤斋里的仿斑竹装饰,不是在怀念《兰亭序》里的"茂林修竹"吗?

读了李霖灿先生这段文字,我的心一下就通了——《人物图》通了,《是一是二图》通了,倦勤斋通了,乾隆花园通了,三希堂通了,养心殿通了,乾隆皇帝的心理空间、艺术空间,几乎全通了,整个紫禁城连在了一起,就像一个人的血肉、组织、神经,都彼此联通、交互作用。这宫殿原来不姓爱新觉罗,而是姓王。仕途不顺的王羲之,可曾想过会受到如此待遇?

我们的节目《上新了·故宫》也通了。于是,拍到倦勤斋时,我建议导演毛嘉设计了一场戏,让周一围扮演的乾隆站在那间狭小的"镜厅"里,临镜自照——这是影视版的《是一是二图》。我们用特效把"两个乾隆"合现在一个画面里,镜子外的是身穿皇帝朝服的乾隆,镜子里的,是风雅多姿的王羲之。不知"他们"到底是一,还是二?于是,在乾隆与王羲之(乾隆的"两个自我")之间,展开了这样一场"对话":

乾隆:你,是谁?
王羲之:我?我就是你呀!
乾隆:你是我……

王羲之：对，我就是你，我是你心中的那个你，我在江南长大，江南湿润的空气浸漫我的身体。在雾气迷蒙的白日，我泛舟、会友、写诗、作画；在繁星点点的夜晚，我携手挚爱，秉烛夜赏昙花，我身边是我喜欢的一切！

　　乾隆：（打断王羲之）人怎么可能身边都是自己喜欢的一切！哪怕是朕，在皇位上端坐了几十年，朕自命"十全老人"，都做不到这样的圆满。

　　王羲之：我就是那个不用端坐在皇位上的你，我们都有一样的骄傲，你的骄傲在天下版图中驰骋，我的骄傲却是一身无挂无碍的自由！

　　乾隆：自由……这天下都是朕的，谁能比朕自由，哈哈……

　　王羲之：你的身边就是天下，你的心里也得时时装着天下。

　　乾隆：是啊，朕，如果也无挂无碍随心所欲，那不叫自由，那叫……自私。

　　王羲之：所以，有你牵挂着天下，我才会如此洒脱。现在，你已经做到了你应做的一切，大可回到你魂牵梦萦的江南，江南也在等着你归来！

　　乾隆：江南……江南……

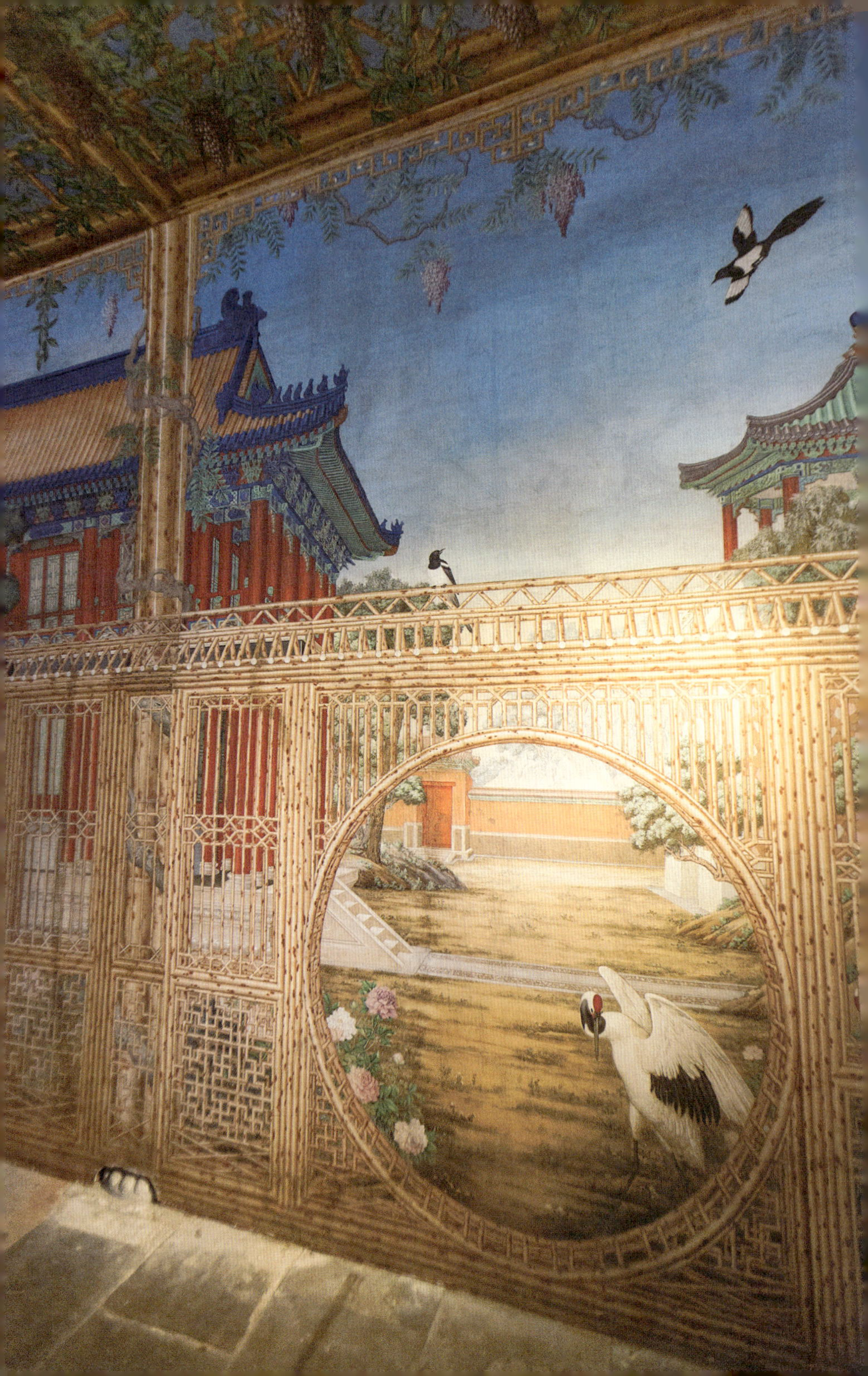

[图 15-8]
倦勤斋中的通景画
张林 摄

一围是真正的演员,当他说完最后一句台词,泪水就在眼眶里打转,却不让它掉下来。现场所有人,都屏住气息。

十

茂林修竹,曲水流觞,这是乾隆最向往的归隐地。他渴盼在这里,与最好的自己相逢。

但这,不过是他的一厢情愿而已。

这世界上,猫是猫,狗是狗,万类霜天竞自由。乾隆永远不可能成为王羲之,就像他临写的《快雪时晴帖》,连形似都没有做到。

我又想起史铁生说刘易斯的那段话。而乾隆热衷的镜子,不过是一道穿不过去的门而已[图15-8]。

图版说明

第一章　如约而至

图1-1：《洛神赋图》卷，东晋，顾恺之（宋摹），北京故宫博物院藏

图1-2：《洛神赋图》卷（局部），东晋，顾恺之（宋摹），北京故宫博物院藏

图1-3：《洛神赋图》卷（局部），东晋，顾恺之（宋摹），北京故宫博物院藏

图1-4：《洛神赋图》卷（引首），清，爱新觉罗·弘历，北京故宫博物院藏

图1-5：《洛神赋图》卷（局部），东晋，顾恺之（宋摹），北京故宫博物院藏

第二章　一个皇帝的"三次元空间"

图2-1：《重屏会棋图》卷，五代，周文矩（宋摹），北京故宫博物院藏

图 2-2：《重屏图》卷，五代，周文矩（明摹），美国弗利尔美术馆藏

图 2-3：《重屏会棋图》卷（局部），五代，周文矩（宋摹），北京故宫博物院藏

图 2-4：《四孝图》卷（局部），元，佚名，台北故宫博物院藏

图 2-5：《重屏会棋图》卷（局部），五代，周文矩（宋摹），北京故宫博物院藏

图 2-6：《重屏会棋图》卷（局部），五代，周文矩（宋摹），北京故宫博物院藏

第三章　韩熙载，最后的晚餐

图 3-1：《韩熙载夜宴图》卷，五代，顾闳中（宋摹），北京故宫博物院藏

图 3-2：《韩熙载夜宴图》卷（局部），五代，顾闳中（宋摹），北京故宫博物院藏

图 3-3：《韩熙载夜宴图》卷（局部），五代，顾闳中（宋摹），北京故宫博物院藏

第四章　张择端的春天之旅

图 4-1：《清明上河图》卷，北宋，张择端，北京故宫博物院藏

图 4-2：《清明上河图》卷（跋文），北宋，张择端，北京故宫博物院藏

图 4-3：《清明上河图》卷（局部），北宋，张择端，北京故宫博物院藏

图 4-4：《清明上河图》卷（局部），北宋，张择端，北京故宫博物院藏

图 4-5：《清明上河图》卷（局部），北宋，张择端，北京故宫博物院藏

图 4-6：《清明上河图》卷（局部），北宋，张择端，北京故宫博物院藏

第五章　宋徽宗的光荣与耻辱

图 5-1：《听琴图》轴，北宋，赵佶（传），北京故宫博物院藏

图 5-2：《祥龙石图》卷（局部），北宋，赵佶，北京故宫博物院藏

图 5-3：《秾芳诗》帖，北宋，赵佶，台北故宫博物院藏

图 5-4：《瑞鹤图》卷，北宋，赵佶，辽宁省博物馆藏

第六章　繁花与朽木

图 6-1：《迎銮图》卷，南宋，佚名，上海博物馆藏

图 6-2：《折槛图》轴，宋，佚名，台北故宫博物院藏

图 6-3：《望贤迎驾图》轴，宋，佚名，上海博物馆藏

图 6-4：《晋文公复国图》卷，宋，李唐，美国大都会艺术博物馆藏

图 6-5：《采薇图》卷，宋，李唐，北京故宫博物院藏

图 6-6：《宋高宗赐岳飞手敕》卷，宋，赵构，台北故宫博物院藏

图 6-7：《中兴瑞应图》卷（局部），宋，萧照，美国大都会艺术博物馆藏

第七章　一片风流，今夕与谁同乐

图 7-1：《调良图》册页，元，赵孟頫，台北故宫博物院藏

图 7-2：《浴马图》卷，元，赵孟頫，北京故宫博物院藏

图 7-3：《骏骨图》卷，宋末元初，龚开，日本大阪市立美术馆藏

图 7-4：《人骑图》卷（局部），元，赵孟頫，北京故宫博物院藏

图 7-5：《秋郊饮马图》卷，元，赵孟頫，北京故宫博物院藏

图 7-6：《红衣西域僧》卷，元，赵孟頫，辽宁省博物馆藏

第八章　空山

图 8-1：《千里江山图》卷，北宋，王希孟，北京故宫博物院藏

图 8-2：《潇湘奇观图》卷，南宋，米友仁，北京故宫博物院藏

图 8-3：《快雪时晴图》卷，元，黄公望，北京故宫博物院藏

图 8-4：《丹崖玉树图》轴（局部），元，黄公望，北京故宫博物院藏

图 8-5：《无用师卷》，元，黄公望，台北故宫博物院藏

图 8-6：《剩山图》卷，元，黄公望，浙江省博物馆藏

图 8-7：《仿富春山居图》卷，明，沈周，北京故宫博物院藏

第九章　秋云无影树无声

图 9-1：《容膝斋图》轴（局部），元，倪瓒，台北故宫博物院藏

图 9-2：《秋亭嘉树图》轴，元，倪瓒，北京故宫博物院藏

图 9-3：《林亭远岫图》轴，元，倪瓒，北京故宫博物院藏

图 9-4：《倪瓒像》卷，元，佚名，台北故宫博物院藏

图 9-5：《秋林野兴图》轴，元，倪瓒，美国大都会艺术博物馆藏

图 9-6：《快雪时晴帖》卷（题跋局部），清，爱新觉罗·弘历，台北故宫博物院藏

第十章　死生契阔，与子成说

图 10-1：《陶谷赠词图》轴，明，唐寅，台北故宫博物院藏

图 10-2：《骑驴思归图》轴，明，唐寅，上海博物馆藏

图 10-3：《陶谷赠词图》轴（局部），明，唐寅，台北故宫博物院藏

图 10-4：《陶谷赠词图》轴（局部），明，唐寅，台北故宫博物院藏

图 10-5：《毅庵图》卷，明，唐寅，北京故宫博物院藏

图 10-6：《孟蜀宫妓图》轴，明，唐寅，北京故宫博物院藏

图 10-7：《秋风纨扇图》轴（局部），明，唐寅，上海博物馆藏

第十一章　一个家族的血缘密码

图 11-1：《武侯高卧图》卷（局部），明，朱瞻基，北京故宫博物院藏

图 11-2：《明总兵帖》（局部），明，朱元璋，北京故宫博物院藏

图 11-3：《一团和气图》轴，明，朱见深，北京故宫博物院藏

图 11-4：《山水人物图》扇之一，明，朱瞻基，北京故宫博物院藏

图 11-5：《山水人物图》扇之二，明，朱瞻基，北京故宫博物院藏

第十二章　家在云水间

图 12-1：《月堤烟柳图》卷，明，柳如是，北京故宫博物院藏

图 12-2：《桂花书屋图》轴（局部），明，沈周，北京故宫博物院藏

图 12-3：《事茗图》卷（局部），明，唐寅，北京故宫博物院藏

图 12-4：《西郊草堂图》轴（局部），元，王蒙，北京故宫博物院藏

图 12-5：《快雪时晴图》卷（局部），元，黄公望，北京故宫博物院藏

图 12-6：《楼居图》轴，明，文徵明，美国大都会艺术博物馆藏

第十三章　如花美眷，似水流年

图 13-1：《雍亲王题书堂深居图》屏，清，宫廷画师，北京故宫博物院藏

图 13-2：《胤禛行乐图》轴之"采花"（局部），清，宫廷画师，北京故宫博物院藏

图 13-3：《闺秀诗评图》轴，宋，盛师颜（明摹），美国弗利尔美术馆藏

图 13-4：《胤禛行乐图》册页之"松涧鼓琴"，清，宫廷画师，北京故宫博物院藏

图 13-5：《胤禛行乐图》册页之"刺虎"（局部），清，宫廷画师，北京故宫博物院藏

第十四章　道路上的乾隆

图 14-1：《豳风图》卷，南宋，马和之，北京故宫博物院藏

图 14-2：《五牛图》卷，唐，韩滉，北京故宫博物院藏

图 14-3：《乾隆南巡图》卷之"阅视黄淮河工"（局部），清，徐扬，美国大都会艺术博物馆藏

图 14-4：《乾隆南巡图》卷之"驻跸姑苏"（局部），清，徐扬，美国大都会艺术博物馆藏

第十五章　对照记

图 15-1：《弘历采芝图》轴，清，佚名，北京故宫博物院藏

图 15-2：《平安春信图》轴，清，郎世宁，北京故宫博物院藏

图 15-3：《是一是二图》轴，清，佚名，北京故宫博物院藏

图 15-4：《岁朝婴戏图》通景画，清，宫廷画师，北京故宫博物院藏

图 15-5：《岁朝婴戏图》通景画（局部），清，宫廷画师，北京故宫博物院藏

图 15-6：《宋人人物图》册页（局部），宋，佚名，台北故宫博物院藏

图 15-7：《右军书扇图》卷（局部），南宋，梁楷，北京故宫博物院藏

图 15-8：倦勤斋中的通景画，张林摄

注　释

自序　逆光的旅行

[1] 郑欣淼先生在《天府永藏——两岸故宫博物院文物藏品概述》一书中说："北京故宫与台北故宫法书绘画的收藏，合起来超过 15 万件（包括碑帖，其中北京故宫约 14 万件多，台北故宫近 1 万件），可以说荟萃了中国法书墨迹及绘画作品的精华，有相当多的名迹巨品，完整地反映了中国书法史、绘画史的发展历程，是中国古代书画史不可分割的一个整体。"参见郑欣淼：《天府永藏——两岸故宫博物院文物藏品概述》，第 146 页，北京：紫禁城出版社，2008 年版。

[2] 徐累：《阅读的 12 种姿态》，原载《东方艺术·经典》，2006 年 9 月下半月刊。

[3]〔五代〕李煜：《乌夜啼》，见《李煜全集》，第 68 页，武汉：崇文书局，2015 年版。

第一章　如约而至

[1]　参见徐邦达:《古书画鉴定概论》,第65、66页,北京:故宫出版社,2015年版。

[2]　〔唐〕王勃:《送杜少府之任蜀州》,见《唐诗选》,上册,第11页,北京:人民文学出版社,1978年版。

[3]　顾城:《远和近》,见《顾城的诗》,第70页,北京:人民文学出版社,1998年版。

[4]　蒋勋:《美的沉思》,第77页,长沙:湖南美术出版社,2014年版。

[5]　顾恺之被称为中国历史上最负盛名的画家之一,"其独步古今画坛的显赫地位和神话般的历史身份,令后人无限神往"。在有关顾恺之的历史典籍中,我们可以看到三个文本的顾恺之,分别位于文学、历史与绘画史中。尹吉男先生说:"关于顾恺之的文学性的写作是由南朝的刘义庆完成的,历史性的写作是由唐朝的房玄龄等历史写作者完成的,关于他的艺术史的写作则是由唐朝的艺术史家张彦远完成的。"参见邹清泉:《顾恺之研究述论》,见《顾恺之研究文选》,第3页,上海:上海三联书店,2011年版;参见尹吉男:《明代后期鉴藏家关于六朝绘画知识的生成与作用:以"顾恺之"的概念为线索》,原载《文物》,2002年第7期。

[6]　参见韦羲:《照夜白——山水、折叠、循环、拼贴、时空的诗学》,第336页,北京:台海出版社,2017年版。

[7]　赵广超:《笔纸中国画》,第110页,北京:故宫出版社,2017年版。

[8]〔明〕石涛：《苦瓜和尚画语录》，见栾保群编：《画论汇要》，下册，第793页，北京：故宫出版社，2014年版。

[9] 余辉：《故宫藏画的故事》，第30页，北京：故宫出版社，2014年版。

[10]〔魏〕曹植：《洛神赋》，见《魏晋南北朝文》，第29—30页，石家庄：河北教育出版社，2001年版。

[11]《洛神赋图》卷给后世留下很多谜。首先是它的时间之谜。它的传本甚多，故宫博物院、辽宁省博物馆、美国弗利尔美术馆均藏有摹本，有学者认为这三件后世摹本皆出自宋代，见唐兰：《试论顾恺之的绘画》，原载《文物》，1961年第6期；余辉：《故宫藏画的故事》，第20页，北京：故宫出版社，2014年版。其中故宫本被推定最早，时间应在北宋末期，甚至有人推定其为徽宗宫廷之作，辽宁本则为南宋作品，参见石守谦：《〈洛神赋图〉：一个传统的形塑与发展》，见《顾恺之研究文选》，第104页，上海：上海三联书店，2011年版。

其次是作者之谜，即《洛神赋图》卷是否有一个原始母本，且这母本是否出自顾恺之，学者意见亦不相同。杨新先生认为"《女史箴图》和《洛神赋图》……这两件作品与顾恺之根本无关"。参见杨新：《对〈列女仁智图〉的新认识》，见《顾恺之研究文选》，第3页，上海：上海三联书店，2011年版。

韦正先生则认为："《洛神赋图》的数种藏本中的人物形象都很相似，又表明它们应当有一个共同的母本，或者其中之一就是母本。后世临摹原作时，妄加大量改动的情况应不存在。参见韦正：《从考古材料看传顾恺之〈洛神赋图〉的新创作时代》，见《顾恺之研究文选》，第 91 页，上海：上海三联书店，2011 年版。

[12] 赵广超：《笔纸中国画》，第 43 页，北京：故宫出版社，2017 年版。

[13] 〔唐〕房玄龄等撰：《晋书》，第 1604 页，北京：中华书局，2000 年版。

[14] 〔明〕石涛：《苦瓜和尚画语录》，见栾保群编：《画论汇要》，下册，第 793 页，北京：故宫出版社，2014 年版。

[15] ［美］巫鸿：《全球景观中的中国古代艺术》，第 146—147 页，北京：生活·读书·新知三联书店，2017 年版。

[16] 参见［英］迈克尔·苏立文：《中国艺术史》，第 114 页，上海：上海人民出版社，2014 年版。

[17] 徐邦达：《古书画伪讹考辨》，第一册，见《徐邦达集》，第十册，第 223 页，北京：故宫出版社，2015 年版。

[18] 徐邦达：《古书画鉴定概论》，第 52 页，北京：故宫出版社，2015 年版。

第二章　一个皇帝的"三次元空间"

[1] 〔北宋〕陈世修：《阳春集序》，转引自《南唐二主词笺注》，第 1 页，北京：中华书局，2014 年版。

[2] 〔北宋〕王安石：《江邻几邀观三馆书画》。

[3] 〔清〕吴荣光：《辛丑消夏记》。

[4]〔美〕巫鸿:《时空中的美术——巫鸿中国美术史文编二集》,第328页,北京:生活·读书·新知三联书店,2009年版。

[5] 同上书,第221页。

[6]〔唐〕韦庄:《奉和观察郎中春暮忆花言怀见寄四韵之什》。

[7]〔北宋〕苏轼:《蝶恋花·记得画屏初会遇》。

[8] 徐邦达:《古书画鉴定概论》,第66页,北京:故宫出版社,2015年版。

[9] 转引自〔美〕巫鸿:《时空中的美术——巫鸿中国美术史文编二集》,第224页,北京:生活·读书·新知三联书店,2009年版。

[10]〔北宋〕郑文宝:《江表志》,见《全宋笔记》,第一编,第二册,第265页,郑州:大象出版社,2003年版。

[11]〔美〕巫鸿:《时空中的美术——巫鸿中国美术史文编二集》,第220页,北京:生活·读书·新知三联书店,2009年版。

[12]〔北宋〕郑文宝:《江表志》,见《全宋笔记》,第一编,第二册,第265页,郑州:大象出版社,2003年版。

[13] 同上。

[14]〔清〕曹雪芹著、无名氏续:《红楼梦》,上册,第170页,北京:人民文学出版社,2008年版。

[15]〔美〕巫鸿:《时空中的美术——巫鸿中国美术史文编二集》,第233页,北京:生活·读书·新知三联书店,2009年版。

[16]〔南唐〕李璟:《望远行》,见《南唐二主词笺注》,第5页,北京:中华书局,2014年版。

第三章　韩熙载，最后的晚餐

[1] 〔北宋〕欧阳修撰：《新五代史》，第 510 页，北京：中华书局，2000 年版。

[2] 王国维：《人间词话》，见《王国维全集》，第 145 页，北京：中国文史出版社，1997 年版。

[3] 《宣和画谱》，第 349 页，长沙：湖南美术出版社，1999 年版。

[4] 〔五代〕李煜：《菩萨蛮》，见程郁缀、李锦青选注：《历代词选》，第 128 页，北京：人民文学出版社，2004 年版。

[5] 参见〔清〕吴任臣《十国春秋》，见《景印文渊阁四库全书》，总第四六五卷，史部，第二二三卷，第 185 页，台北：台湾商务印书馆，1983 年版。

[6] 〔荷〕高罗佩：《中国古代房内考》，第 284—286 页，上海：上海人民出版社，1990 年版。

[7] 南帆：《躯体的牢笼》，《叩访感觉》，第 165 页，上海：东方出版中心，1999 年版。

[8] 鲁迅：《〈二心集〉序言》，《鲁迅全集》，第四卷，第 191 页，北京：人民文学出版社，1981 年版。

[9] 〔美〕巫鸿：《时空中的美术——巫鸿中国美术史文编二集》，第 238 页，北京：生活·读书·新知三联书店，2009 年版。

[10] 齐冲天、齐小平注译：《论语》，第 144 页，郑州：中州古籍出版社，2008 年版。

[11] 转引自〔英〕珍尼弗·克雷克：《时装的面貌》，第 157 页，北京：

中央编译出版社，2000年版。

[12]〔德〕约阿希姆·布姆克：《宫廷文化》，上册，第420页，北京：生活·读书·新知三联书店，2006年版。

[13] 转引自〔美〕巫鸿：《时空中的美术——巫鸿中国美术史文编二集》，第240页，北京：生活·读书·新知三联书店，2009年版。

[14]《宣和画谱》，第151页，长沙：湖南美术出版社，1999年版。

[15]〔南宋〕周密：《云烟过眼录》，《丛书集成初编》，第1553册，长沙：商务印书馆，1939年版。

[16]《宣和画谱》，第151页，长沙：湖南美术出版社，1999年版。

[17] 同上。

[18] 同上。

[19]〔清〕孙承泽：《庚子销夏记》，卷八，鲍氏知不足斋刊本，乾隆二十六年（1761年）刊印。

[20] 徐邦达：《古书画伪讹考辨》，上卷，第159页，南京：江苏古籍出版社，1984年版。

[21] 余辉：《〈韩熙载夜宴图〉卷年代考——兼探早期人物画的鉴定方法》，原载《故宫博物院院刊》，1993年第4期。

[22]〔北宋〕郑文宝：《南唐近事》，见《全宋笔记》，第一编，第二册，第225页，郑州：大象出版社，2003年版。

[23] 同上。

[24] 参见〔北宋〕王铚：《默记》，见《景印文渊阁四库全书》，总第一〇三八卷，子部，第三四四卷，第342页，台北：台湾商务印

书馆，1983年版。

[25]〔美〕马尔库塞：《爱欲与文明》，第147页，上海：上海译文出版社，1987年版。

[26] 详见陕西卫视《开坛》节目，2012年7月15日。

[27]〔清〕曹雪芹著、无名氏续：《红楼梦》，上册，第170页，北京：人民文学出版社，2008年版。

第四章　张择端的春天之旅

[1]〔元〕脱脱等：《宋史》，第908页，北京：中华书局，2000年版。

[2] 同上书，第995页。

[3] 同上书，第908页。

[4] 关于《清明上河图》的创作时间，众说不一，没有定论。故宫博物院书画鉴定大师徐邦达先生曾说，"他画这幅清明上河图的时间，有在北宋时与南宋时二说"，刘渊临先生甚至认为张择端是金人，见徐邦达：《〈清明上河图〉的初步研究》、刘渊临：《〈清明上河图〉之综合研究》，原载辽宁博物馆编：《〈清明上河图〉研究文献汇编》，第149、257页，沈阳：万卷出版公司，2007年版。然而，徐邦达先生认定，"《清明上河图》，却可以肯定是在宣、政年间画的"，见徐邦达：《〈清明上河图〉的初步研究》。故宫博物院前副院长杨新先生以及张安治先生、黄纯尧先生等也认为，张择端是北宋画家，在金军攻入汴京后窃夺的书画中，就包括《清明上河图》，见杨新：《〈清明上河图〉公案》、张安治：《张择端〈清明上河图〉研究》、黄纯尧：《张择端〈清明上河图〉研究》等文，

原载辽宁博物馆编:《〈清明上河图〉研究文献汇编》,第78、171、354页。

[5]〔南宋〕孟元老撰、邓之诚注:《东京梦华录注》,第4页,北京:中华书局,1982年版。

[6] [英] 罗伯特·贝文:《记忆的毁灭——战争中的建筑》,第11页,北京:生活·读书·新知三联书店,2010年版。

[7] 同上书,第5页。

[8] [土耳其] 奥尔罕·帕慕克:《伊斯坦布尔——一座城市的记忆》,第5页,上海:上海人民出版社,2007年版。

[9] 1131年,汴京成为金朝的"南京",曾有过短暂的恢复,但已慢慢衰退,失去了昔日的中心地位;1642年,李自成决断了黄河大堤,使该城最终毁灭,周边附属地带也随之永久改变。

[10] 张著的生卒年月不详,据史料记载,1205年,张著得到金章宗完颜璟的宠遇,负责管理御府所藏书画,据此推断,他于1186年为《清明上河图》书写跋文时,年纪还轻。

[11] 余辉:《张择端与〈清明上河图〉的来龙去脉》,见杨新等:《清明上河图的故事》,第74页,北京:故宫出版社,2012年版。

[12] 俞剑华:《中国绘画史》,上册,第166页,上海:商务印书馆,1937年版。

[13] 同上。

[14]〔南宋〕孟元老撰、邓之诚注:《东京梦华录注》,第4页,北京:中华书局,1982年版。

[15] "上"是宋朝人的习惯用语,即"到""去"的意思,"河",

就是汴河。

[16] 李松：《中国巨匠美术丛书——张择端》，原载辽宁博物馆编：《〈清明上河图〉研究文献汇编》，第478，沈阳：万卷出版公司，2007年版。

[17] 参见韩福东：《唐少繁华宋缺尊严，数百年的治乱轮回》，原载《人物》，2013年第2期。

[18] 李泽厚：《美的历程》，第191页，北京：生活·读书·新知三联书店，2009年版。

[19] ［日］新藤武弘：《城市之绘画——以〈清明上河图〉为中心》，原载《复旦大学学报》社会科学版，1986年第6期。

[20] 〔元〕脱脱等：《宋史》，第1558页，北京：中华书局，2000年版。

[21] 〔宋〕张方平：《乐全集》，卷二十五。

[22] 李书磊：《河边的爱情》，《重读古典》，第4页，北京：中国广播电视出版社，1997年版。

[23] 李存山注译：《老子》，第56页，郑州：中州古籍出版社，2008年版。

[24] 〔元〕脱脱等：《宋史》，第1558页，北京：中华书局，2000年版。

[25] 〔明〕王偁：《东都事略》，见《景印文渊阁四库全书》，总第三八二卷，史部，第一四〇卷，第245页，台北：台湾商务印书馆。

[26] 《续资治通鉴长编纪事本末》，卷七十七。

[27] 〔南宋〕孟元老撰、邓之诚注：《东京梦华录注》，第4页，北京：

中华书局，1982年版。

[28]〔清〕曹雪芹著、无名氏续:《红楼梦》，上册，第169页，北京：人民文学出版社，2008年版。

[29]〔南宋〕朱熹:《三朝名臣言行录》，转引自邓广铭:《北宋政治改革家王安石》，第337页，石家庄：河北教育出版社，2000年版。

[30][德]埃米尔·路德信希:《尼罗河传》，第2页，沈阳：辽宁教育出版社，1997年版。

[31] 参见高木森:《落叶柳枯秋意浓——重视〈清明上河图〉的意象》，原载（台北）《故宫文物月刊》，1984年第9期。

[32] 参见周宝珠:《〈清明上河图〉与清明上河学》，原载《河南大学学报》，1995年第5期。

[33] 韩森:《〈清明上河图〉所绘场景为开封质疑》，原载辽宁博物馆编:《〈清明上河图〉研究文献汇编》，第464—465页，沈阳：万卷出版公司，2007年版。

[34] 这一题签和印玺一直到明朝正德年间还在，后来不知出于什么原因，被人裁掉了。

[35] 对于前一半史实，即《清明上河图》成为王忬被严嵩杀害的诱因，许多史料都有记载，故宫博物院还收藏有一幅明人书信，对这一事件用隐语做了描述；而对故事的后半截，即《金瓶梅》一书成为王世贞谋杀严嵩的凶器，则很可能是后人的演绎，包括吴晗在内的许多历史学家都不认可，参见辰伯（吴晗）:《〈清明上河图〉与〈金瓶梅〉的故事及其衍变（附补记）——王世贞年谱附录之一》，原载辽宁博物

馆编：《〈清明上河图〉研究文献汇编》，第3—16页，沈阳：万卷出版公司，2007年版。

第五章　宋徽宗的光荣与耻辱

[1] 参见〔明〕陈霆：《渚山堂词话》，见《景印文渊阁四库全书》，总第一四九四卷，集部，第四三三卷，第545—546页，台北：台湾商务印书馆，1983年版。

[2] 俞剑华：《中国绘画史》，上册，第164—165页，上海：商务印书馆，1937年版。

[3] 郑欣淼：《天府永藏——两岸故宫博物院文物藏品概述》，第3页，北京：紫禁城出版社，2008年版。

[4] 朱大可：《乌托邦》，第18页，北京：东方出版社，2013年版。

[5] 参见〔明〕张岱：《陶庵梦忆》，见《陶庵梦忆　西湖梦寻》，第24页，杭州：浙江古籍出版社，2012年版。

[6] 梁思成：《中国建筑史》，见《梁思成全集》，第四卷，第89页，北京：中国建筑工业出版社，2001年版。

[7] 〔明〕项穆：《书法雅言》，见《景印文渊阁四库全书》，总第八一六卷，子部，第一二二卷，第248页，台北：台湾商务印书馆，1983年版。

[8] 徐利明：《中国书法风格史》，第341页，郑州：河南美术出版社，1997年版。

[9] 与褚遂良的瘦笔相比，它只有小部分相同，大部分则不一样；

它与唐朝薛曜的字最为接近，或许赵佶是从薛曜的《石淙诗》变格而来的，但他的创造显然比薛曜成熟得多，也更富于个性。

[10] 〔明〕周嘉胄：《香乘》，见《景印文渊阁四库全书》，总第八四四卷，子部，第一五〇卷，第390页，台北：台湾商务印书馆，1983年版。

[11] 〔南宋〕陈均：《皇朝编年纲目备要》，第623页，北京：中华书局，2006年版。

[12] 〔元〕脱脱等：《宋史》，第975页，北京：中华书局，2000年版。

[13] 《续资治通鉴》，卷一四，第899页。

[14] 〔宋〕徐梦莘：《三朝北盟会编》，卷三，见《景印文渊阁四库全书》，第350—352册，台北：台湾商务印书馆，1983年版。

[15] 详见《续资治通鉴》，卷九十五。

[16] 今湖北蕲春。

[17] 今江苏连云港。

[18] 今江西抚州。

[19] 今湖南益阳。

[20] 齐冲天、齐小平注译：《论语》，第36页，郑州：中州古籍出版社，2008年版。

[21] 王开林：《灵魂在远方》，第23页，北京：中央编译出版社，1996年版。

[22] 朱学勤在与李辉的对谈《两种反思、两种路径和两种知识分子》

中阐述了这一观点，见李辉、应红:《世纪之问——来自知识界的声音》，第153页，郑州：大象出版社，1999年版。

[23] 今河南浚县、滑县、淇县一带。

[24] 〔元〕脱脱等：《宋史》，第995页，北京：中华书局，2000年版。

[25] 李存山注译：《老子》，第58页，郑州：中州古籍出版社，2008年版。

[26] 今黑龙江哈尔滨阿城南。

[27] 今黑龙江依兰。

[28] 王充闾：《土囊吟》，见《沧桑无语》，第210页，上海：东方出版中心，1999年版。

[29] 同上，第215页。

[30] 〔明〕陶宗仪：《书史会要》，见《景印文渊阁四库全书》，总第八一四卷，子部，第一二〇卷，第675页，台北：台湾商务印书馆，1983年版。

第六章　繁花与朽木

[1] "中国"一词最早出现于西周青铜器"何尊"上的铭文"余其兹宅中国，自之辟民"。意思是说，周武王在攻克了商的王都以后，就举行了一个庄严的仪式报告上天："我已经据有了中国，自己统治了这些百姓。"在这里，"中国"是指天子所住的城邑，即都城。最初的"中国"，具体指周王所在的丰、镐，即今天陕西长安县西南和西北，周成王时，周公建洛邑（今河南安阳市），洛邑就成了"中国"，"中国"也

成了黄河流域黄河中下游的中原河洛地带的代称，入主中原，才成为天下的合法统治者，列入正统王朝序列。历史中，许多北方草原民族都曾入主"中国"，比如北魏跋拔氏曾经占据中原，本文所述的金朝也曾占领中原，把宋朝驱离传统的中原地区，赶到南方。

[2] 今浙江杭州余杭。

[3] 〔元〕脱脱等：《元史》，第 7171 页，北京：中华书局，2000 年版。

[4] 同上。

[5] 《说郛》，卷二十九，《朝野遗记》。

[6] 《三朝北盟会编》，转引自《南征录笺证》，见〔南宋〕耐庵、确庵：《靖康稗史笺证》，第 143 页，北京：中华书局，2010 年版；清修《四库全书》收入《三朝北盟会编》时，可能因"你杀狗辈"有污辱少数民族之嫌，将其改为"你等外臣"，见《景印文渊阁四库全书》，总第三五〇册，史部，第一〇八册，第 623 页，台北：台湾商务印书馆，1983 年版。

[7] 转引自《南征录笺证》，见〔南宋〕耐庵、确庵：《靖康稗史笺证》，第 157 页，北京：中华书局，2010 年版。

[8] 参见《南征录汇笺证》，见〔南宋〕耐庵、确庵：《靖康稗史笺证》，第 146 页，北京：中华书局，2010 年版。

[9] 参见《瓮中人语笺证》，见〔南宋〕耐庵、确庵：《靖康稗史笺证》，第 85 页，北京：中华书局，2010 年版。

[10] 宋代称"帝姬"。

[11] 参见《呻吟语笺证》，见〔南宋〕耐庵、确庵：《靖康稗史笺证》，

第 199 页，北京：中华书局，2010 年版。

[12]《宋俘记笺证》，见〔南宋〕耐庵、确庵：《靖康稗史笺证》，第 243—244 页，北京：中华书局，2010 年版。

[13] 参见《宣和乙巳奉使金国行程录笺证》，见〔南宋〕耐庵、确庵：《靖康稗史笺证》，第 2 页，北京：中华书局，2010 年版。

[14] 当时称幽州。

[15] 当时称潞城。

[16] 当时称蓟州。

[17] 当时称滦州。

[18] 当时称迁州。

[19] 当时称营州。

[20] 当时称沈州。

[21] 今吉林长春农安。

[22] 中国许多地方都有甘露寺，笔者分析，这里应该是位于今山东省临沂市朱保镇的甘露寺。

[23]《呻吟语笺证》，见〔南宋〕耐庵、确庵：《靖康稗史笺证》，第 198 页，北京：中华书局，2010 年版。

[24]《青宫译语笺证》，见〔南宋〕耐庵、确庵：《靖康稗史笺证》，第 183 页，北京：中华书局，2010 年版。

[25] 参见《宣和乙巳奉使金国行程录笺证》，见〔南宋〕耐庵、确庵：《靖康稗史笺证》，第 23 页，北京：中华书局，2010 年版。

[26]《青宫译语笺证》，见〔南宋〕耐庵、确庵：《靖康稗史笺证》，

第 179 页，北京：中华书局，2010 年版。

[27] 参见《宋俘记笺证》，见〔南宋〕耐庵、确庵:《靖康稗史笺证》，第 257—258 页，北京：中华书局，2010 年版。

[28] 参见《青宫译语笺证》，见〔南宋〕耐庵、确庵：《靖康稗史笺证》，第 191 页，北京：中华书局，2010 年版。

[29]《宋俘记笺证》，见〔南宋〕耐庵、确庵：《靖康稗史笺证》，第 254 页，北京：中华书局，2010 年版。

[30]《呻吟语笺证》，见〔南宋〕耐庵、确庵：《靖康稗史笺证》，第 226 页，北京：中华书局，2010 年版。

[31] 转引自《呻吟语笺证》，见〔南宋〕耐庵、确庵：《靖康稗史笺证》，第 199 页，北京：中华书局，2010 年版。

[32] 参见《开封状语笺证》，见〔南宋〕耐庵、确庵：《靖康稗史笺证》，第 121 页，北京：中华书局，2010 年版。

[33] 同上书，第 121—122 页。

[34]〔元〕脱脱等：《宋史》，第三册，第 9036 页，北京：中华书局，2000 年版。

[35]〔南宋〕李心传：《建炎以来系年要录》，第三册，卷一四六，第 2343 页，北京：中华书局，1956 年版。

[36]《青宫译语笺证》，见〔南宋〕耐庵、确庵：《靖康稗史笺证》，第 177 页，北京：中华书局，2010 年版。

[37] 今河南商丘，赵匡胤发动陈桥兵变，即皇帝位，建立大宋，就在这里。北宋时，为都城汴京的陪都；南宋初建时，赵构曾以此城

为都城。

[38] 今江苏扬州南端。

[39] 靖康二年（公元1127年）金国灭北宋后，东京改称"汴京"。贞元元年（公元1153年），海陵王完颜亮迁都到中都大兴府，即今北京市，改汴京为"南京开封府"，成为金国陪都。

[40] 今河南汝南。

[41] 宋哲宗绍圣二年（公元1095年）改名称为"翰林书画局"，但后来的画史一般仍称"翰林书画院"。

[42] 佘城：《北宋图画院之新探》，第26页，台北：文史哲出版社，1989年版。

[43] 傅熹年：《南宋时期的绘画艺术》，见《中国美术全集》，绘画编，第四册（两宋绘画，下册），第19页，北京：文物出版社，1988年版。

[44] [英]迈克尔·苏立文：《中国艺术史》，第205页，上海：上海人民出版社，2014年版。

[45] 见《采薇图》末宋杞跋语。

[46] 徐邦达：《介绍宋人〈百花图卷〉》，原载《紫禁城》，2007年第6期。

[47] 杜哲森：《中国传统绘画史纲》，第218—219页，北京：人民美术出版社，2015年版。

[48] [日]小岛毅：《中国思想与宗教的奔流：宋朝》，第197页，桂林：广西师范大学出版社，2014年版。

[49] 葛兆光：《中国思想史》，第二卷，第197页，上海：复旦大

学出版社，2009年版。

[50]《续资治通鉴长编》，第二一四卷，第5218页，北京：中华书局，1979年版。

[51] 李敬泽：《小春秋》，第51页，北京：新星出版社，2010年版。

[52] 刘琳等校点：《宋会要辑稿》，第十五册《刑法二》记载建隆四年、乾德四年诏，第6496页，上海：上海古籍出版社，2014年版。

[53]"其身犹不自治，何足以及此"，见〔北宋〕程颐、程颢：《二程集》，第17页，北京：中华书局，1981年版。

[54]〔北宋〕程颐、程颢：《二程集》，第1251页，北京：中华书局，1981年版。

[55] 李敬泽：《小春秋》，第55页，北京：新星出版社，2010年版。

[56]〔清〕戴震：《孟子字义疏证》（上），见《戴震集》，第275页，上海：上海古籍出版社，1980年版。

[57] 吴稼祥：《公天下——多中心治理与双主体法权》，第300页，桂林：广西师范大学出版社，2013年版。

[58]〔南宋〕李心传：《建炎以来系年要录》，第三册，卷一四六，第2343页，北京：中华书局，1956年版。

[59] 同上书，卷一四七，第2364页。

[60] 同上书，卷一四七，第2347页。

[61] 夏坚勇：《绍兴十二年》，第209页，南京：江苏凤凰文艺出版社，2015年版。

[62] 明清两代更试图通过向太子灌输儒家价值观来培养品学兼优

的皇帝,同样没有成功,详见拙著《故宫的隐秘角落》中《寿安宫:天堂的拐弯》一文,北京:中信出版集团,2006年版。

[63] 见〔元〕陶宗仪:《南村辍耕录》,第44页,上海:上海古籍出版社,2012年版。

第七章　一片风流,今夕与谁同乐

[1] 官名,最早出现在《周礼》上,掌管养马放牧等事,泛称养马的人。

[2] 李廷华:《赵孟頫》,第79页,石家庄:河北教育出版社,2004年版。

[3] 据《年表简编》,见李廷华:《赵孟頫》,第170—183页,石家庄:河北教育出版社,2004年版。

[4] 详见湖州市赵孟頫研究会:《赵孟頫研究》,2013年。

[5] 杨琏真加挖掘南宋六陵的时间,有1278年、1285年、1287年等不同说法,陶宗仪记载为1278年,周密则认为此事发生在1285年。杭州师范大学祝炜平教授倾向1278年之说,主要根据是:一、杨琏真加一行到南宋六陵时,守陵官还在,说明宋朝新亡不久;二、《元史》有载,至元二十二年(公元1285年)正月,宋宁宗永茂陵已毁,此事发生在周密的记载之前。

[6] 《元史·释老传》载:"有杨琏真加者,世祖用为江南释教总统,发掘故宋赵氏诸陵之在钱塘、绍兴者及其大臣冢墓凡一百一所。"见〔明〕宋濂等撰:《元史》,第3024页,北京:中华书局,2000年版。

[7] 杜哲森:《中国传统绘画史纲》,第218页,北京:人民美术出

版社，2015年版。

[8]［美］黄仁宇：《中国大历史》，第170页，北京：生活·读书·新知三联书店，1997年版。

[9]〔明〕宋濂等撰：《元史》，第2685页，北京：中华书局，2000年版。

[10] 同上。

[11]〔元〕赵孟𫖯：《罪出》，见《赵孟𫖯集》，第22页，杭州：浙江古籍出版社，2016年版。

[12]［美］黄仁宇：《赫逊河畔谈中国历史》，第207页，北京：生活·读书·新知三联书店，1992年版。

[13]［加拿大］卜正民：《哈佛中国史》之《挣扎的帝国——元与明》，第80页，北京：中信出版集团，2016年版。

[14]［美］黄仁宇：《赫逊河畔谈中国历史》，第208页，北京：生活·读书·新知三联书店，1992年版。

[15] 转引自［美］杰克·威泽弗德：《成吉思汗与今日世界之形成》，第330页，重庆：重庆出版社，2017年版。

[16]〔元〕赵孟𫖯：《送吴幼清南还序》，见《赵孟𫖯集》，第170页，杭州：浙江古籍出版社，2016年版。

[17]〔元〕赵孟𫖯：《古风十首》，见《赵孟𫖯集》，第7页，杭州：浙江古籍出版社，2016年版。

[18] 范捷：《皇帝也是人——富有个性的大宋天子》，第240页，北京：故宫出版社，2011年版。

[19]〔元〕赵孟頫：《述太傅丞相伯颜功德》，见《赵孟頫集》，第26页，杭州：浙江古籍出版社，2016年版。

[20] 蒋勋：《美的沉思》，第256页，长沙：湖南美术出版社，2014年版。

[21] 参见余辉：《画马两千年》，第131页，上海：上海书画出版社，2014年版。

[22] 参见徐邦达：《古书画过眼要录》（元明清绘画），见《徐邦达集》，第九册，第48页，北京：故宫出版社，2015年版。

[23] 陈云琴：《松雪斋主——赵孟頫传》，第147页，浙江：浙江人民出版社，2006年版。

[24]〔元〕杨载：《赵文敏公行状》，转引自刘涛：《字里书外》，第249页，北京：生活·读书·新知三联书店，2017年版。

[25] 余秋雨：《中国文脉》，第315页，武汉：长江文艺出版社，2013年版。

[26] 周汝昌：《永字八法——书法艺术讲义》，第66页，桂林：广西师范大学出版社，2015年版。

[27] 同上。

[28]〔美〕高居翰：《中国绘画史》，第89页，台北：雄狮图书股份有限公司，1985年版。

[29] 徐邦达：《古书画过眼要录》（元明清绘画），见《徐邦达集》，第九册，第48页，北京：故宫出版社，2015年版。

[30] 赵孟頫号松雪道人，松雪斋是元代著名书画家赵孟頫的书斋

名，赵孟頫的大多数诗文作品都收录在《松雪斋集》里。

[31] 五代南唐画家董源、巨然的并称。董源于南唐亡后入宋，被看作是南派山水画的开山大师，代表作《潇洒图》，现存故宫博物院；巨然于南唐降宋后，随后主李煜来到开封，代表作《秋山问道图》，现存台北故宫博物院。董巨对元明清以至近代的山水画发展有极大影响。

[32] 韦羲：《照夜白——山水、折叠、循环、拼贴、时空的诗学》，第235页，北京：台海出版社，2017年版。

[33] 徐邦达：《古书画过眼要录》（元明清绘画），见《徐邦达集》，第九册，第67页，北京：故宫出版社，2015年版。

[34] 自公元1271年忽必烈改国号大元算起，至公元1368年朱元璋建立明朝，共98年。

[35] 〔元〕杨载：《行状》，转引自陈云琴：《松雪斋主——赵孟頫传》，第213页，杭州：浙江人民出版社，2006年版。

[36] 《四库全书总目提要·松雪斋集提要》，见《赵孟頫集》，第531页，杭州：浙江古籍出版社，2016年版。

[37] 对"元四家"说法不一，一般指黄公望、王蒙、倪瓒、吴镇。

[38] 〔元〕管道昇：《渔父词四首》，见《赵孟頫集》，第493页，杭州：浙江古籍出版社，2016年版。

[39] "国立故宫博物院"：《石渠宝笈续编》，第六册，第3226页，台北："国立故宫博物院"，1971年版。

[40] 指清朝初期以王时敏为首的四位著名画家：王时敏、王鉴、王原祁和王翚。他们在艺术思想上的共同特点是仿古，把宋元名家的

笔法视为最高标准,这种思想因受到皇帝的认可和提倡,因此被尊为"正宗"。

[41] 指明末清初时期中国绘画史上名噪一时的四位著名画家:石涛、八大山人、髡残和弘仁,因他们皆为僧侣,故名四僧。

[42] 韦羲:《照夜白——山水、折叠、拼贴、时空的哲学》,第368页,北京:台海出版社,2017年版。

[43] 徐邦达:《古书画过眼要录》(元明清绘画),见《徐邦达集》,第九册,第60页,北京:故宫出版社,2015年版。

[44] 同上。

[45] 洪再新先生在《赵孟頫〈红衣西域僧(卷)〉研究》一文认为,赵孟頫在《红衣西域僧》卷跋文中所写的文字有假话,有意转移观众视线,反而引起研究者的怀疑。疑点主要有:赵孟頫在跋文中声称自己是从唐代画家卢楞伽的作品中看到罗汉(西域僧人)像,并深受影响,但文献显示赵孟頫画西域僧人像,受到影响最大的不是卢楞伽而是阎立本,赵孟頫曾在阎立本绘《西域图》后题跋,称其为"神品"。赵孟頫在浙江任儒学提举时,亦多次看过当时藏于杭州宝绘堂中的阎立本《步辇图》,此图有可能成为赵孟頫绘《红衣西域僧》卷的直接的风格来源。洪再新先生将阎立本《步辇图》上禄东赞的半侧面吐蕃人造像与赵孟頫《红衣西域僧》卷上的西域僧人面目进行比对,发现"两者何其相似乃尔"。相反,对照赵孟頫《红衣西域僧》卷与卢楞伽《六尊者像》册中第三开同一尊者比对,形象则完全两样。因此可证明赵孟頫在《红衣西域僧》卷跋文中所写的文字掺假。至于赵孟頫跋文里

为什么说假话，他试图掩盖什么，洪再新认为赵孟頫的佛门挚友释大䜣诗中有"天子置之白玉堂"等句，表明这位僧人曾为帝师，于是锁定在胆巴喇嘛身上。因此，画上僧人，不是泛指，而是特指，画中人物就是胆巴。但假如悼念胆巴，赵孟頫无须闪烁其词，故意掩饰，因为在推翻桑哥的事件中，赵孟頫与胆巴帝师立场相同，元仁宗也敕令赵孟頫为胆巴书碑扬名，赵孟頫可光明正大地为胆巴画像。之所以布下这么多障眼法，肯定另有所指。洪再新根据萨迦派僧人交往关系、画中僧人手印等做出推理，这个赵孟頫不敢直言其名的人物，就是宋恭宗赵㬎。参见洪再新：《赵孟頫〈红衣西域僧（卷）〉研究》，见《赵孟頫研究论文集》，第519—530页，上海：上海书画出版社，1995年版。

第八章　空山

[1] 徐邦达：《古书画过眼要录》，见《徐邦达集》，第九册，第119页，北京：故宫出版社，2015年版。

[2] 〔元〕黄公望：《西湖竹枝集》，见〔明〕钱谦益：《列朝诗集》，明诗，甲集前编第七之下，北京：中华书局，2007年版。

[3] 〔唐〕张彦远：《历代名画记》，第28页，杭州：浙江人民美术出版社，2011年版。

[4] 金庸：《射雕英雄传》，第二册，第443页，广州：广州出版社、花城出版社，2003年版。

[5] 〔唐〕张若虚：《春江花月夜》，见《中国历代文学作品选》，中编第一册，第18页，上海：上海古籍出版社，1980年版。

[6] 韦羲：《照夜白——山水、折叠、循环、拼贴、时空的诗学》，第227页，北京：台海出版社，2017年版。

[7] 同上书，第59页。

[8] 〔清〕王原祁：《麓台题画稿》，转引自温肇桐编：《黄公望史料》，第50页，上海：上海人民美术出版社，1963年版。

[9] 〔元〕黄公望：《写山水诀》，见《黄公望集》，第27页，杭州：浙江人民美术出版社，2016年版。

[10] 黄公望，本名陆坚，字子久，号一峰，又号大痴道人，晚号井西道人。

[11] 〔明〕李日华：《六研斋笔记》，转引自温肇桐编：《黄公望史料》，第45页，上海：上海人民美术出版社，1963年版。

[12] 〔清〕恽格：《瓯香馆画跋》，转引自温肇桐编：《黄公望史料》，第60页，上海：上海人民美术出版社，1963年版。

[13] 〔元〕夏文彦：《图绘宝鉴》，转引自温肇桐编：《黄公望史料》，第36页，上海：上海人民美术出版社，1963年版。

[14] 现为江西省上饶市信州区。

[15] 徐复观：《中国艺术精神》，第168页，桂林：广西师范大学出版社，2007年版。

[16] 〔北宋〕郭熙：《林泉高致》，见《中国古代画论类编》，上册，第639页，北京：人民美术出版社，2014年版。

[17] 韦羲：《照夜白——山水、折叠、循环、拼贴、时空的诗学》，第88—90页，北京：台海出版社，2017年版。

[18] 西川:《唐诗的读法》,原载《十月》,2016年第6期。

[19] 黄公望未参加过科举考试,有人说他"十二三岁时,就在本县参加了神童考试",实际上南宋亡国前(景定、咸淳中)已废童子科考试,元初并未恢复,因而黄公望也不可能参加此项考试。至于做官,黄公望当过吏,没有当过官。吏是具体办事人员,没有决策权。在元代,吏与官的区别是很严格的。

[20] 李敬泽:《小春秋》,第146页,北京:新星出版社,2010年版。

[21] 〔元〕戴表元:《一峰道人遗集·黄大痴像赞》,转引自〔清〕孙承泽:《庚子销夏记》,第38页,杭州:浙江人民美术出版社,2012年版。

[22] 黄宾虹:《古画微》,第44页,杭州:浙江人民美术出版社,2013年版。

[23] 西川:《唐诗的读法》,原载《十月》,2016年第6期。

[24] 〔清〕王原祁:《麓台题画稿》,见温肇桐编:《黄公望史料》,第50页,上海:上海人民美术出版社,1963年版。

[25] 〔明〕董其昌:《画禅室随笔》,同上书,第44页。

第九章　秋云无影树无声

[1] [美]高居翰:《隔江山色——元代绘画》,第126页,北京:生活·读书·新知三联书店,2009年版。

[2] 倪瓒,初名珽,字元镇,又字玄瑛,号云林、云林子、云林生等。

[3] 祝勇:《血朝廷》,第326页,上海:上海文艺出版社,2011年版。

[4]〔明〕何良俊在《四友斋丛说》，转引自《清閟阁集》，第1页，杭州：西泠印社出版社，2012年版。

[5]〔清〕张廷玉等：《明史》，第5104页，北京：中华书局，2000年版。

[6]〔元〕倪瓒：《拙逸斋诗稿序》，见《清閟阁集》，第312页，杭州：西泠印社出版社，2012年版。

[7]《云林遗事》，同上书，第367—368页。

[8] 指汉高祖刘邦和明太祖朱元璋。

[9] 梁启超：《李鸿章传》，第12页，天津：百花文艺出版社，2000年版。

[10]〔清〕张廷玉等：《明史》，第5104页，北京：中华书局，2000年版。

[11] 关于清閟阁之毁，大抵有三种说法：第一种说法认为是朱元璋所毁；第二种说法认为是元军所毁，黄苗子先生持此说，参见黄苗子：《艺林一枝——古美术文编》，第44页，北京：生活·读书·新知三联书店，2003年版；第三种说法认为是倪瓒亲自烧毁，参见钱松嵒：《访问祇陀里》，原载《美术》，1961年第6期。

[12] 黄苗子、郝家林：《倪瓒年谱》，第57页，北京：人民美术出版社，2009年版。

[13]〔元〕倪瓒：《北里》，见《清閟阁集》，第130页，杭州：西泠印社出版社，2012年版。

[14]〔元〕倪瓒：《春日》，同上书，第130—131页。

[15]《云林遗事》，同上书，第368页。

[16]〔元〕倪瓒：《与耕云书》，同上书，第130页。

[17] 参见［德］雷德侯：《万物——中国艺术中的模件化和规模化生产》，第4页，北京：生活·读书·新知三联书店，2005年版。

[18] 同上书，第11页。

[19]［美］高居翰：《隔江山色——元代绘画》，第126页，北京：生活·读书·新知三联书店，2009年版。

[20] 安妮宝贝：《素年锦时》，第130页，北京：北京十月文艺出版社，2007年版。

[21] 黄苗子、郝家林：《倪瓒年谱》，第135页，北京：人民美术出版社，2009年版。

[22]［美］高居翰：《隔江山色——元代绘画》，第126页，北京：生活·读书·新知三联书店，2009年版。

[23]〔元〕倪瓒：《重题〈容膝斋图〉》，见《清閟阁集》，第345页，杭州：西泠印社出版社，2012年版。

[24] 张宏杰：《大明王朝的七张面孔》，第56—57页，桂林：广西师范大学出版社，2006年版。

[25] 徐复观：《中国艺术精神》，第176页，桂林：广西师范大学出版社，2007年版。

[26]［美］高居翰：《画家生涯——传统中国画家的生活与工作》，第37页，北京：生活·读书·新知三联书店，2012年版。

[27]［美］巫鸿：《时空中的美术——巫鸿中国美术史文编二集》，

第 148 页，北京：生活·读书·新知三联书店，2009 年版。

[28] 同上。

[29] 同上书，第 146 页。

[30] 即乾隆十六年至四十一年的第一次文字狱高峰和乾隆四十二年至四十八年的第二次文字狱高峰。

[31] 吕留良案详见本书第十三章《如花美眷，似水流年》。

第十章　死生契阔，与子成说

[1] 安意如：《人生若只如初见》，第 124 页，天津：天津教育出版社，2006 年版。

[2] ［美］巫鸿：《时空中的美术——巫鸿中国美术史文编二集》，第 246 页，北京：生活·读书·新知三联书店，2009 年版。

[3] 〔明〕杨一清：《用赠谢伯一举人韵，赠唐子畏解元》，转引自王稼句：《吴门四家》，第 193 页，苏州：古吴轩出版社，2004 年版。

[4] 一作唐广德。

[5] 余华：《活着》，第 176 页，海口：南海出版公司，1998 年版。

[6] 同上书，第 191 页。

[7] ［美］高居翰：《江岸送别——明代初期与中期绘画》，第 199 页，北京：生活·读书·新知三联书店，2009 年版。

[8] 〔明〕陶宗仪：《书史会要》，见《景印文渊阁四库全书》，总第八一四卷，子部，第一二〇卷，第 740 页，台北：台湾商务印书馆，1983 年版。

[9]《列朝诗集小传》丁集"金陵社集诸诗人"条。

[10]〔北宋〕郑文宝:《南唐近事》,见《全宋笔记》,第一编,第二册,第225页,郑州:大象出版社,2003年版。

[11] 参见汪民安:《身体、空间和后现代性》,第266页,南京:江苏人民出版社,2006年版。

[12] [加]卜正民:《纵乐的困惑——明代的商业与文化》,第12页,北京:生活·读书·新知三联书店,2004年版。

[13]〔明〕张岱:《琅嬛文集》,卷五,第199页,长沙:岳麓书社,1985年版。

[14] 邓晓东:《唐寅研究》,第131页,北京:人民出版社,2012年版。

[15]〔明〕陈献章:《陈献章集》,卷四,第364页,北京:中华书局,1987年版。

[16]〔明〕卢柟:《蠛蠓集》,卷四,转引自《珂雪斋近集》,卷三,第99页,上海:上海书店,1986年版。

[17] 朱大可:《乌托邦》,第14—15页,北京:东方出版社,2013年版。

[18]〔明〕张岱:《陶庵梦忆》,见《景印文渊阁四库全书》,总第一二六〇册(影印北图藏清乾隆五十九年王文诰刻本),子部,台北:台湾商务印书馆,1983年版。

[19] 李泽厚:《中国古代思想史论》,第251页,合肥:安徽文艺出版社,1994年版。

[20]〔南宋〕朱熹:《朱子语类》,见《景印文渊阁四库全书》,总第七〇〇册,子部,第六册,第199页,台北:台湾商务印书馆,

1983年版。

[21]〔南宋〕叶绍翁:《四朝闻见录》,见《景印文渊阁四库全书》,总第一〇三九册,子部,第三四五册,第733页,台北:台湾商务印书馆,1983年版。

[22]〔南宋〕朱熹:《朱文公集》,卷八五。

[23]朱大可:《乌托邦》,第23页,北京:东方出版社,2013年版。

[24]同上。

[25]陈东原:《中国妇女生活史》,第35—36页,上海:上海书店出版社,1984年版。

[26]同上书,第476页。

[27]同上书,第566页。

[28]陈宝良:《明代社会生活史》,第93页,北京:中国社会科学出版社,2004年版。

[29]〔明〕杨继盛:《杨忠愍集》,见《景印文渊阁四库全书》,总第一二七八册,集部,第665页,台北:台湾商务印书馆,1983年版。

[30][加]卜正民:《纵乐的困惑——明代的商业与文化》,第266页,北京:生活·读书·新知三联书店,2004年版。

[31]王稼句:《花船》,原载《东方艺术·经典》,2006年11月下半月刊。

[32]陶慕宁:《青楼文学与中国文化》,第47—48页,北京:东方出版社,1993年版。

[33]刘半农等:《赛金花本事》,第2页,北京:中国人民大学出版社,

2006年版。

[34] 叶兆言：《旧影秦淮》，第3页，南京：南京大学出版社，2011年版。

[35]〔明〕唐寅：《自醉墁言》，见《唐伯虎全集》，《轶事》卷二，杭州：中国美术学院出版社，2002年版。

[36]〔清〕张廷玉等：《明史》，第4914页，北京：中华书局，2000年版。

[37] 转引自［美］巫鸿：《重屏：中国绘画中的媒材与再现》，第156页，上海：上海人民出版社，2009年版。

[38]〔明〕唐寅：《又与文徵明书》，见《唐伯虎全集》，第224页，杭州：中国美术学院出版社，2002年版。

[39]〔明〕唐寅：《侠客》，同上书，第13页。

[40]〔明〕李贽：《焚书》，第13页，北京：中华书局，2002年版。

[41]〔清〕汪景祺：《读书堂西征随笔·自序》。

[42] 安意如：《人生若只如初见》，第186页，天津：天津教育出版社，2006年版。

[43]《诗经》，上卷，第77页，北京：中华书局，2011年版。

[44] 转引自陶慕宁：《青楼文学与中国文化》，第185页，北京：东方出版社，1993年版。

第十一章 一个家族的血缘密码

[1]〔清〕沈复：《浮生六记》，第191页，北京：中国画报出版社，

2011年版。

[2]《万历野获编》,卷二列朝,嘉靖始终不御正宫。

[3] 今山东惠民。

[4] 参见〔明〕刘若愚:《酌中志》,第149页,北京:北京出版社,2018年版。

[5] [美] 保罗·纽曼:《恐怖:起源、发展和演变》,第15—16页,上海:上海人民出版社,2005年版。

[6] 参见〔明〕祝允明:《野记》。

[7] 转引自〔清〕沈复:《浮生六记》,第189页,北京:中国画报出版社,2011年版。

[8] 同上书,第191页。

[9]〔北宋〕苏轼:《子由自南都来陈三日而别》,见《苏轼全集校注》,第四册,第2115页,石家庄:河北人民出版社,2010年版。

第十二章　家在云水间

[1] 参见陈寅恪:《柳如是别传》,上册,第3—4页,北京:生活·读书·新知三联书店,2001年版。

[2] 同上书,第4页。

[3] 苏枕书:《一生负气成今日》,第82页,北京:同心出版社,2011年版。

[4] 黄裳:《绛云书卷美人图——关于柳如是》,第59页,北京:中华书局,2013年版。

[5]〔罗马尼亚〕米希尔·埃利亚德:《神秘主义,巫术与文化时尚》,第32页,北京:光明日报出版社,1990年版。

[6] 敬文东:《从铁屋子到天安门——二十世纪中国文学的空间主题》(上),原载《阅读》,第1辑,第176—177页,北京:中国社会科学出版社,2004年版。

[7]〔阿根廷〕博尔赫斯:《科尔律治之梦》,见《博尔赫斯文集·小说卷》,第554页,海口:海南国际新闻出版中心,1996年版。

[8] 同上书,第556页。

[9] 石守谦:《从风格到画意——反思中国美术史》,第282页,北京:生活·读书·新知三联书店,2015年版。

[10]〔清〕吴传业:《张南垣传》,见《吴梅村全集》,第1059—1061页,上海:上海古籍出版社,1990年版。

[11] 北京大学古文献研究所:《全宋诗》,第二十九册,第18569页,北京:北京大学出版社,1996年版。

[12] 扬之水:《宋代花瓶》,第1页,北京:人民美术出版社,2014年版。

[13]〔明〕文震亨:《长物志》,见《长物志 考槃馀事》,第84页,杭州:浙江人民美术出版社,2011年版。

[14] 黄裳:《绛云书卷美人图——关于柳如是》,第81—82页,北京:中华书局,2013年版。

[15] 今江苏省长江北岸,扬州市南面。

[16] 原文转引自黄裳:《绛云书卷美人图——关于柳如是》,第16

页，北京：中华书局，2013年版。

[17] 原文见〔清〕计六奇：《明季南略》，第217页，北京：中华书局，1984年版。

[18]〔明〕谈迁：《国榷》，第六卷，第6212页，北京：中华书局，1958年版。

[19] 李书磊：《重读古典》，第16页，北京：中国广播电视出版社，1997年版。

[20] 陈寅恪：《柳如是别传》，下册，第848页，北京：生活·读书·新知三联书店，2001年版。

第十三章　如花美眷，似水流年

[1]　扬之水：《有美一人》，见《无计花间住》，第155页，上海：上海人民出版社，2011年版。

[2]　巫鸿在《时空中的美术》一书中提到，他在1993年同杨臣彬和石雨村的谈话中听到他们1950年清点库房时发现《十二幅美人图》的往事，见巫鸿：《时空中的美术》，第296页，注48，北京：生活·读书·新知三联书店，2009年版。

[3]　参见马衡：《马衡日记——一九四九年前后的故宫》，第110—111页，北京：紫禁城出版社，2006年版。

[4]　杨新：《胤禛美人图揭秘》，第18页，北京：故宫出版社，2013年版。

[5]　参见黄苗子：《记雍正妃画像》，原载《紫禁城》，1983年第4期。

［6］参见朱家溍：《关于雍正时期十二幅美人画的问题》，原载《紫禁城》，1986年第3期。

［7］转引自［美］巫鸿：《重屏：中国绘画中的媒材与再现》，第187页，上海：上海人民出版社，2009年版。

［8］［美］巫鸿：《重屏：中国绘画中的媒材与再现》，第187页，上海：上海人民出版社，2009年版。

［9］参见杨新：《胤禛美人图揭秘》，北京：故宫出版社。2013年版。

［10］南帆：《面容意识形态》，见《叩访感觉》，第52页，上海：东方出版中心，1999年版。

［11］［阿根廷］博尔赫斯：《沙之书》，《博尔赫斯文集》，小说卷，第506页，海口：海南国际新闻出版中心，1996年版。

［12］［法］西蒙娜·德·波伏瓦：《第二性》，第一卷，第1页，上海：上海译文出版社，2011年版。

［13］同上书，第7—8页。

［14］扬之水《有美一人》一文是对美人图历史的回顾与梳理，见《无计花间住》，第155—164页，上海：上海人民出版社，2011年版。

［15］阎崇年：《清朝十二帝》，第114页，北京：故宫出版社，2010年版。

［16］转引自宗凤英：《清代宫廷服饰》，第191页，北京：紫禁城出版社，2004年版。

［17］〔清〕蒋良骐：《东华录》，卷五，第80页，北京：中华书局，第80页。

[18] 参见汉史氏:《清代兴亡史》,《清代野史》,第一辑,第21页,成都:巴蜀书社,1987年版。

[19]〔清〕吕留良:《万感集》,清抄本。

[20] 孟晖:《"闷骚男"雍正》,见《唇间的美色》,第232页,济南:山东画报出版社,2012年版。

[21] [美]巫鸿:《重屏:中国绘画中的媒材与再现》,第189页,上海:上海人民出版社,2009年版。

[22] 同上书,第195页。

[23] 参见〔清〕于敏中等编纂:《日下旧闻考》,第二册,第1321页,北京:北京古籍出版社,1985年版。

[24] [美] 史景迁:《康熙——重构一位中国皇帝的内心世界》,第9页,桂林:广西师范大学出版社,2011年版。

[25]《清太祖实录》,卷234,九月丁丑条。

[26]〔清〕曹雪芹著、无名氏续:《红楼梦》,下卷,第1042页,北京:人民文学出版社,2008年版。

[27]《庭训格言》,第96页。

[28]〔清〕天嘏:《清代外史》,《清代野史》,第120页,成都:巴蜀书社,1987年版。

[29]《大义觉迷录》卷一。

[30]〔清〕吕留良:《四书讲义》,卷十七。

[31] [美]巫鸿:《时空中的美术——巫鸿中国美术史文编二集》,第357页,北京:生活·读书·新知三联书店,2009年版。

[32] 同上书，第 365—366 页。

[33] 阎崇年：《清朝十二帝》，第 209 页，北京：故宫出版社，2010 年版。

[34] 同上书，第 193 页。

[35] [美]巫鸿：《重屏：中国绘画中的媒材与再现》，第 179 页，上海：上海人民出版社，2009 年版。

[36] 〔清〕卫泳：《悦容编》，见《香艳丛书》影印本，卷一，第 77 页，上海：上海书店出版社，1991 年版。

[37] 《圆明园图咏》卷下《四宜书屋》。

[38] 《礼记》，第 425—426 页，郑州：中州古籍出版社，2010 年版。

[39] 《清世宗诗文集》，卷三十。

[40] 北起自外兴安岭以南，东北至北海（贝尔加湖），东含库页岛，西至巴尔喀什湖以东，继承了 1758 年准噶尔汗国的边界，形成了空前"大一统"的多民族国家，即使晚清割让了许多领土，但它留给中华民国和中华人民共和国的国土遗产，仍然比除元朝以外的任何朝代都大。

[41] 乾隆五十五年，即公元 1790 年，帝国人口突破三亿，比 1644 年清军入关前翻了一番。

[42] 康乾盛世之后，中国的国内生产总值恢复到世界的三分之一，美国学者肯尼迪在《大国的兴衰》一书中指出，当时中国的工业产量，占世界的百分之三十二。

[43] 《大清圣祖仁皇帝实录》，卷二百三十六，第 16 页。

[44] [法]白晋等：《老老外眼中的康熙大帝》，第 213 页，北京：

人民日报出版社，2008 年版。

[45]《大清圣祖仁皇帝实录》，卷二百七十五，第 1—2 页。

[46] 同上书，第 5 页。

[47]《庭训格言》，第 115 页。

[48] 南子：《西域的美人时代》，第 172—173 页，桂林：广西师范大学出版社，2010 年版。

[49] 参见 [美] 巫鸿：《重屏：中国绘画中的媒材与再现》，第 186 页，上海：上海人民出版社，2009 年版。

[50] 参见上书，第 194 页。高阳先生在《清朝的皇帝》一书中，认为董小宛就是顺治皇帝的妃子董鄂妃，但据冒辟疆《影梅庵忆语》所记，1644 年清军入关时，董小宛二十一岁，顺治帝才七岁，顺治八年（公元 1651 年）董小宛病死时，顺治皇帝才十四岁。尽管不能以此证明董小宛不是顺治妃子，但也不能证明董小宛就是顺治妃子。

[51]《澄怀园主人自订年谱》，卷三。

[52] [俄] 巴赫金：《审美活动中的作者与主人公》，见《巴赫金全集》，第一卷，第 133 页，河北教育出版社，1998 年版。

[53] 同上书，第 127—128 页。

[54] 同上书，第 131 页。

[55]〔清〕曹雪芹著、无名氏续：《红楼梦》，上卷，第 166 页，北京：人民文学出版社，2008 年版。

[56] 参见上书，第 166—167 页。

第十四章　道路上的乾隆

[1] 参见戴思杰:《无月之夜》,第11页,北京:北京十月文艺出版社,2011年版。

[2] 范捷:《皇帝也是人——富有个性的大宋天子》,第248页,北京:故宫出版社,2011年版。

[3] 陈来:《中华文明的核心价值——国学流变与传统价值观》,第39—40页,北京:生活·读书·新知三联书店,2015年版。

[4]〔清〕乾隆:《学诗堂记》,见《御制文集·二集》,卷十一。

[5]《南巡——御驾所及的江南风景》,原载《紫禁城》,2014年4月号。

[6] 转引自谢一峰:《重访宋徽宗》,原载《读书》,2015年第7期。

[7]《清高宗实录》,卷八一三。

[8]〔清〕曹雪芹、高鹗著:《红楼梦》,上册,第217页,北京:人民文学出版社,1982年版。

[9] 参见[美]欧立德:《乾隆帝》,第117页,北京:社会科学文献出版社,2014年版。

[10] 林永匡:《乾隆帝与官吏对盐商额外盘剥剖析》,原载《社会科学辑刊》,1984年第3期。

[11]《清稗类钞》,《巡幸类》。

[12] 柏杨:《中国人史纲》(青少年版),第455页,北京:人民文学出版社,2018年版。

[13] 祝勇:《旧宫殿》,第56页,北京:东方出版社,2015年版。

[14] 杜哲森:《中国传统绘画史纲》,第 489 页,北京:人民美术出版社,2015 年版。

[15] 李敬泽:《小春秋》,第 149 页,北京:新星出版社,2010 年版。

[16] [美] 黄仁宇:《中国大历史》,第 230 页,北京:生活·读书·新知三联书店,1997 年版。

第十五章　对照记

[1] 参见聂崇正:《再谈郎世宁的〈平安春信图〉轴》,原载《紫禁城》,2008 年第 7 期。

[2] [美] 巫鸿:《重屏——中国绘画中的媒材与再现》,第 200 页,上海:上海人民出版社,2009 年版。

[3] 同上书,第 199 页。

[4] 参见扬之水:《〈二我图〉与〈平安春信图〉》,原载《紫禁城》,2009 年第 6 期;王子林:《〈平安春信图〉中的长者是谁》,原载《紫禁城》,2009 年第 10 期。

[5] 参见王子林:《〈平安春信图〉中的长者是谁》,原载《紫禁城》,2009 年第 10 期。

[6] 扬之水说:"通景画在清宫档案中又称作线法画,它以中西技法相结合的方式制成颇有立体感的整壁图画,利用视象错觉延伸室内空间,因成一种独特的室内装修形式。"参见扬之水:《乾隆趣味:宁寿宫花园玉粹轩明间西壁通景画的解读》,第 3 页,北京:故宫出版社,2014 年版。

[7]〔清〕曹雪芹著、无名氏续:《红楼梦》,上卷,第169页,北京:人民文学出版社,2008年版。

[8] 史铁生:《我的梦想》,见《史铁生散文》,上册,第21页,北京:中国广播电视出版社,1998年版。

[9]《弘历采芝图》上款署"长春居士",下钤"宝亲王宝",证明此图最早成于雍正十一年（公元1733年）,最晚成于雍正十三年（公元1735年）,因为画中王羲之（乾隆）于雍正十一年受封为和硕宝亲王,雍正十三年登基称帝。画中梁诗正款署"雍正甲寅",为雍正十二年（公元1734年）,表明此画至迟在雍正十二年就已绘制完成。《弘历采芝图》在北京故宫博物院藏乾隆肖像画中应为创作年代最早的一件。

[10] 巫鸿先生将作者定为南宋末年著名画家刘松年,参见［美］巫鸿:《重屏——中国绘画中的媒材与再现》,第206页,上海:上海人民出版社,2009年版。

[11] 鲁迅:《秋夜》,见《鲁迅散文》,第1—2页,北京:人民文学出版社,2005年版。

[12]［阿根廷］博尔赫斯:《博尔赫斯和我》,见《博尔赫斯文集》,小说卷,第565页,海口:海南国际新闻出版中心,1996年版。

[13] 王羲之（303—361年,一作321—379年）,字逸少,东晋时期著名书法家,有"书圣"之称,代表作《兰亭序》被誉为"天下第一行书"。在书法史上,他与其子王献之合称为"二王"。详见拙文《永和九年的那场醉》,见《故宫的书法风流》,第25—74页,北京:人民文学出版社,2021年版。

[14] 李霖灿:《中国名画研究》,第 295 页,杭州:浙江大学出版社,2014 年版。

[15] 〔唐〕张彦远:《历代名画记》,第 85 页,杭州:杭州人民美术出版社,2011 年版。

[16] 李霖灿:《中国名画研究》,第 295 页,杭州:浙江大学出版社,2014 年版。

The Beauty
of Paintings
in The Palace
Museum